沙汀

1987年10月，沙汀、张秀熟（左二）、巴金（右二）、马识途（右一）在李劼人塑像前合影。

1987年10月，巴金、沙汀、艾芜、张秀熟、马识途等在家乡宝光寺亲切交谈。

1986年3月18日，沙汀在助手秦友甦陪同下去北大朗润园看望老友吴组缃，遇中国现代文学馆杨犁、舒乙、大龚也来拜访，遂在朗润园公寓旁水塘边合影留念。

报告文学代表作《记贺龙》（1958）是 1940 年知识出版社出版的《随军散记》的修订本。

第六卷

沙汀文集

报告文学　散文　剧本

四川文艺出版社

图书在版编目（CIP）数据

沙汀文集. 第六卷，报告文学·散文·剧本 / 沙汀著.
—成都：四川文艺出版社，2017.8
ISBN 978-7-5411-4767-8

Ⅰ.①沙… Ⅱ.①沙… Ⅲ.①沙汀（1904—1992）—文集 ②报告文学—作品集—中国—现代 ③散文集—中国—现代 Ⅳ.①I216.2

中国版本图书馆 CIP 数据核字（2017）第 190607 号

沙汀文集　第六卷

BAOGAOWENXUE · SANWEN · JUBEN

报告文学·散文·剧本

沙　汀　著

责任编辑　周　铁
编辑统筹　卢亚兵　金炀淏
封面设计　叶　茂
版式设计　史小燕
责任校对　文　诺
责任印制　唐　茵等

出版发行　四川文艺出版社（成都市槐树街 2 号）
网　　址　www.scwys.com
电　　话　028-86259287（发行部）　028-86259303（编辑部）
传　　真　028-86259306

邮购地址　成都市槐树街 2 号四川文艺出版社邮购部　610031
排　　版　四川胜翔数码印务设计有限公司
印　　刷　成都东江印务有限公司
成品尺寸　149mm×210mm　1/32
印　　张　17　　字　　数　440 千
版　　次　2017 年 11 月第一版　　印　　次　2017 年 11 月第一次印刷
书　　号　ISBN 978-7-5411-4767-8
定　　价　120.00 元

目 录

报告文学

记贺龙 ………………………………………… (003)

散 文

巫 山 ………………………………………… (111)
好吃船 ………………………………………… (114)
喝早茶的人 ………………………………………… (117)
贾汤罐 ………………………………………… (120)
女巫之家 ………………………………………… (124)
哀悼之辞 ………………………………………… (128)
这不比强盗更可恶么! ………………………………………… (129)
进一步的希望 ………………………………………… (133)
用不着忏悔 ………………………………………… (134)
想不得 ………………………………………… (135)
P医院碰壁记………………………………………… (136)
一伤兵
——沪战回忆琐记之四 ………………………………………… (139)

同难小记 …………………………………………………………（142）
送穆老太太进医院 ………………………………………………（145）
慰问抗战军人家属小记 …………………………………………（147）
由桑镇到成都 ……………………………………………………（150）
贺龙将军印象记 …………………………………………………（154）
一个游击队的故事 ………………………………………………（161）
过　去 ……………………………………………………………（163）
小　鬼 ……………………………………………………………（169）
老乡们 ……………………………………………………………（176）
悼念叶紫先生 ……………………………………………………（184）
同志间 ……………………………………………………………（186）
游击县长 …………………………………………………………（195）
事实胜于雄辩 ……………………………………………………（205）
一件小事 …………………………………………………………（214）
利之所在 …………………………………………………………（216）
知识分子 …………………………………………………………（218）
民主政治 …………………………………………………………（227）
通过封锁线
　——敌后琐记 …………………………………………………（237）
悼冼星海先生 ……………………………………………………（248）
我的呼吁 …………………………………………………………（251）
继续搜捕不要让一个坏蛋漏网 …………………………………（253）
我参加了土改工作 ………………………………………………（255）
关于邵祖平污蔑鲁迅先生的事件 ………………………………（261）
悼陈波儿同志 ……………………………………………………（263）

迎接西南区第一届人民体育运动大会 …………………（265）
对坏分子宽大就是纵容他们继续作恶
——四川灌县聚源乡视察纪要 …………………（267）
胡兆坤找到了自己的岗位 …………………（271）
迎接祖国的伟大节日 …………………（278）
卢家秀 …………………（281）
悼邵子南同志 …………………（290）
幺木匠的故事 …………………（292）
柳永慧 …………………（300）
炮工班长冯少青 …………………（310）
范桂花 …………………（320）
廖老娘 …………………（328）
乔迁之喜 …………………（334）
一个建设山区的共产党员
——七十七岁老人陈镜田印象记 …………………（338）
这就是战斗
——访李光进同志 …………………（345）
在一个耕作区主任家里 …………………（353）
祝日本人民乘胜前进 …………………（360）
记老共青团员周尚明同志 …………………（362）
洪唯元 …………………（365）
沉痛的悼念
——纪念贺龙同志逝世八周年 …………………（384）
悼朱委员长 …………………（392）
悼念·回忆·誓言 …………………（393）

回忆贺龙同志 ……………………………………………… (397)
回忆与悼念 ………………………………………………… (406)
敬爱的周恩来总理永垂不朽 ……………………………… (409)
悼念关向应同志 …………………………………………… (413)
忆邵荃麟同志 ……………………………………………… (417)
安息吧，立波同志 ………………………………………… (422)
贺龙同志，我永远不会忘记
——纪念贺龙同志逝世十周年 …………………………… (427)
痛悼李季同志 ……………………………………………… (435)
沉痛的悼念 ………………………………………………… (439)
我所知道的“二一六”惨案 ……………………………… (442)
祝贺《妇女生活》的创刊 ………………………………… (444)
怀念杨伯恺同志 …………………………………………… (447)
我的悼念 …………………………………………………… (449)
祝周扬八十诞辰发言 ……………………………………… (452)
回忆恩来同志 ……………………………………………… (455)
忆老舍 ……………………………………………………… (459)
赞扬·感谢 ………………………………………………… (461)
悼念蒋牧良同志 …………………………………………… (462)
题安县县志 ………………………………………………… (464)
悼茅公逝世十周年 ………………………………………… (465)

剧　本

风和日丽 …………………………………………………… (469)
焊茶壶的人（电影文学剧本习作） ……………………… (479)

报告文学

记贺龙

一

一九三八年十一月十九日，一个晴朗的融雪日子，我们“鲁艺”一部分同学，还有何其芳同志，跟随贺龙同志一道从延安出发，到晋西北去。因为机器出了毛病，出发时我们乘的一辆车开得最迟，当下午三点钟到达青化砭时，贺龙同志已经歇下来好久了。

青化砭离延安七十里，是一个高踞在山道边的小小村落，只有二三十户人家。贺龙同志正站在路当中和一个青年农民攀谈。那个矮小而又瘦削的农民，一面编织着那种恰和北方人豪迈性格相称的羊毛板带，一面回答着他的询问。这些询问，多半是关于编织毛织物的技术知识的。最后，贺龙同志把那尚未完工的羊毛板带拿过来，学着编织了一阵。那些围绕着他的干部、小孩子和头缠毛巾的朴实农民，全都忍不住笑起来。

我想，不同群众接触，在他显然是不可能的，好在他的精力也容许他这样做。当我弄好住处，他又在和“鲁艺”的同志们闲谈了。他披着一件短短的灰布羊皮大氅、站在山道的边沿上，在他的身后是一列一望无际的高原地带的峰峦，在落照中看起来很迷人；但真正吸引那批青年人的，却是他那关于前线生活的叙述。从他的叙述看来，战争并不可怕，因为即或是在离敌人十里路远近的地区，战士们也一样生活得很好，上着文化课和玩着种种球类。

于是有人，大约是“鲁艺”戏剧系的同学莫耶，一个在都市里长大的女同志，惊问道：

“那么，敌人的飞机来了呢?”

“来它的呀。”

“扔起炸弹来呢?”另一个女同学接着问，更加显得纳罕。

“它扔炸弹吗?”贺龙同志微笑着，照旧用他那种满不在乎的调子答道，“它扔炸弹，你会往防空洞里躲呀。这是消极的，——积极的办法是拿起枪打。”

他很巧妙地做了一个举起枪对空瞄准的姿势。

“你们不要担心，”接着，他又充满关心地说，“将来到火线上去，我可以派队伍保护你们；只要一班人就够了。你们要搞清楚，我们班把人经常同敌人的大队伍碰呢。像那类山嘴子上呀，你好生隐蔽起，敌人一来，就扔他几个手榴弹！……”

他的叙述生动而又恳切；还一面比着手势，一面眯着他那富有表情的眼睛。于是我们这些对于战争还多少抱点恐怖的外行，不但有了信心，而且衷心地笑了。然而，我们还有别种别样的顾虑，虽然其中许多是从他那种有问必答，不嫌麻烦的解释来的。他的知识广博，也是同学们喜欢向他发问的原因之一。不管你是怎样的疑难，好像只要经他点醒，人便无须把它搁在心坎上了。

在所有的询问中，有人提到晋西北的莜麦。这点担心，可以说是我们大家所共有的，因为出发之前，就有人警告过我们，要我们当心自己的胃口。并且还为我们描绘了一幕悲喜剧：一个初到岢岚工作的同志，因为放肆了一点，多吃了一些，当天深夜，便被那种山地居民的主要食品夺去了生命。

然而，当那位细心的同志快要结束他的发问的时候，贺龙同志却不以为然地大笑了，说道：

“这有什么要紧！你只要懂得吃莜麦的规矩，就成了呀：醋，辣椒，热炕。并且莜麦并不难吃！你可以向老百姓买米，买面，要买他的莜麦，那可不成。同志！不要小看它吧！”

他的脸上略略带点孩子气的骄傲，摸出烟斗，抽起烟来。

然而，我们的询问是并不因为他的吸烟就停止的，他也毫不以为我们的问题琐碎而显得厌倦。他耐心地告诉了我们一些沿途的情形，风习和掌故，而最重要的是，到了米脂，中国古代美人貂蝉的降生地以后，我们每个人便有一匹马了。部队上已经分派了几十匹马在那里等候我们。

在谈到这种他生平特别喜爱的动物的时候，他又不免着实夸奖了它们一番，并且嘲笑了一通一般市面上一部分常见的马匹。

“让我形容起你们看吧，”他接着说，颇感兴会地仔细描摹起来，“头这样一搭搭起，腿子是这样的，屁股溜尖，你要不打它两下子呀，它就连动都不晓得动。给你们讲，要我是一个文学家么，单凭这一点我就可以写它一两千字！”

他的精彩刻画惹得我们大笑起来。其间有人担心冬天骑马太冷。他回答对方道：

“那有什么！棉裤一穿，棉袜子一穿，外套这样子一搂，包管你一点也不感觉冷了。”

我们一直谈到天黑时才分手。但是半点钟后，我同其芳又同他围坐在一张矮小的圆桌旁了。这圆桌是摆在地上的，几块木板算是凳子。同座的还有我们一位老乡，国民党军事委员会的联络参谋陈宏模。这个人到解放区的险恶用心是十分明显的，贺龙同志的谈话因而非常慎重。因为恰巧我们三个都是四川人，贺龙同志早年又在四川住过很久，所以我们一面吃着面条烧饼，一面自然而然地谈起我们的“堪察加”[①]来。我和其芳告诉他一些抗战后的四川情形，以及一部分浑蛋经常用飞机从烽火连天的上海接妓女到重庆、成都胡闹的恶行。

贺龙同志静静地倾听着，随即叫骂了一句粗话，深深地叹息了。

“你们说，这些人要到什么时候才进步呀？”

他发出苦笑，追问着，随又沉思似的回答着自己：

“我看要让日本人轰几大炮才成。”

于是我们的会餐变成了不大快活的会餐，至少没有先前那样活跃和愉快了。我们彼此都感觉有点沉闷。如果没有那位联络参谋在座，这点沉闷，是会爆发成为愤怒和申斥的。忽然，房主人高大的身影出现在窑洞门口，贺龙同志眉宇间又复闪烁着微笑了。那是个老太婆，行动矫健，一双眼睛灼灼有光。

贺龙同志用筷子指点着盛面的瓦盆，亲切地招呼她道：

“快来盛起吃吧！还多得很啊。”

“吃过了，同志！”

“至少也要吃一碗才对。”

“早吃过了。”

“那么吃两个饼子好吧？”

他拿起两个饼子，让警卫员递过去。

二

和我们一道同行的，除了“鲁艺”的三个女同学而外，还有两个妇女同志，全都是四川人，其中一个，贺龙同志叫她作“耗子”，矮矮的，

---

① 堪察加：苏联最大的半岛，在亚洲东北部。十月革命后苏联遭到帝国主义进攻时，列宁曾说：我们就是退到堪察加也要抵抗到底。因而引申为“后方”。

戴着一顶肉桂色鸟打帽。因为丈夫在杨家结台工作，中途便下车了。另一个却要一直同我们去岚县工作，贺龙同志对她十分关切，年龄有二十岁左右。

这位女同志是四川巴州人，十五六岁时，便随着红四方面军经历过雪山和草地了。她新近才从延安的卫生学校卒业。小个子，眼睛大胆得很，恰同她那矫捷的举止相称。她回岚县的另一个目的，是同师部的卫生处长结婚。

当从米脂出发的时候，我们始终走在队伍的最前面，一直没有见着十分关切她的贺龙同志。但当我们正在一条傍河的山道上缓缓前进的时候，一阵马蹄的繁响，忽然从背后掩盖过来，有如疾风骤雨。

最先超过我们的是贺龙同志的大青马。他急驰着，一面转过脸来对那位巴州女同志嚷道：

“赶紧跟上来保护老子呀！——有一把小刀子就成了!”

他把帽子戴得略高一点，大衣的前襟飘扬着，而他骑在马上的宽大结实的身躯，就像岩石一样坚定。他的脸色比平日更红润，胡髭更黑，脸上的轮廓也比平日更显著了。在这种情景下，我似乎更加认识了他那种性格上阔大不羁的特点。他嚷叫着，带着一种感情洋溢的嬉笑。他的身影逐渐在北方的尘雾中隐没了。

可是我们的女英雄并没有紧跟上去。我们都是骑老实马的，加之，这一天要赶一百五十里路。当我们到达吕家坪的时候，天已经黑尽了。一个在路边守望我们的老乡，把我们引到门口燃着一支鱼烛的院子里去。院内屋檐边摆着一张破旧的方桌，贺龙同志立刻招呼我们过去，让我们大吃他的陕北红枣和得自敌人的咖啡。这时候他的态度显得十分悠闲。

其时，他正在和一批先到的同志谈着他的另一匹大青马；当我们分别坐下，他又继续说起来了。

“不但是跑得好，”他向我们投着严肃的视线，“它还很有德义呢!

比如你前面有人这样躺起，它就停下来不走了。翻大雪山的时候，靠它救了多少命啊！至少五六十条。每一次总是好几个人，尾巴上、颈项上都拖得有，我自己还一手提一个：就这样往返了好几回。要不然死的人会更多些。山又高又大，又冷，空气很稀薄，身体坏一点的，还没有喘过气，倒下去就死了。”

片刻不大自然的沉默之后，有谁问起这匹牲口的踪迹。

“后来给猴子偷走了。”

他率然地回答着；而一发觉大家惊奇的眼光，就又立刻加以解释：

“这在西康是常有的事呢。天天看见藏族同胞骑马，军队骑马，它也懂得骑马了呀。”

兵站部丰盛的餐食端出来了。用饭过后，虽然饱食和长途行军的疲劳使我们渴想睡眠，渴想休息，但是，整好被褥，我们又陆续走进贺龙同志的卧室里去了。

那里已经有五六位同志，正在喝茶。巴州同志的位置离他最近，她捧着茶杯，全身靠在一张壁柜上面。而贺龙同志自己则占据着方桌的一面，手拐支撑在桌面上，整洁的手指间夹着一支叶子烟卷。

他正在和那位女同志谈话，轻言细语，带着父亲般的挂虑。非常明显，在这需要人们付出全部精力的战争年代，又还那样年轻，他是不赞成她现在就结婚的。

“将来养了孩子，单是生活就够你麻烦了，还谈得上什么工作？……”

他忽然停下来不讲了。这也许由于他警觉出来，在众多生人面前批评到个人的私事不怎么合适吧。他默默吸着烟斗，而他那明澈的眼睛略略浮上一层忧郁。

但是，沉默一会，在向“鲁艺”的几个男女同学投过亲切的一瞥之后，他又就一般恋爱问题发起议论来了。这对长期生活在国统区的青年说来，确也必要。

他从容不迫地讲说着，正像一个慈祥的长辈一样。因为他所用的是活的经验和活的语言，所以，富有教育意义，却又没有教条味。他极力反对“一杯水主义”，说那样对工作对个人都是极有害的，没有任何好处。并且坚决主张政治信仰的一致应该是男女结合的大前提，其次是互相自爱：“不要拆烂污！”他十分鄙弃地说。

他的话语看来已经完了，但他忽然又带点嘲讽，用那种说反话的语调这样加上一句：

“自然啊，背后做一两回错事，我们可以装作不懂。”

三

留宿克虎塞那天晚上，贺龙同志给了我们最大的愉快，主要是给了我们很多社会生活知识。

当上午十点钟渡过黄河的时候，贺龙同志原是决定继续向岚县进发的，但是，到了后来，我们却又不能不在那为八路军所扼守的古老河流的岸边停留下来。使他改变计划的是杨爱源，这位国民党的将军正在那里检阅山西部队。

在白昼的大半天当中，贺龙同志仅仅让我们鉴赏了他的战友们从敌人手里缴获的日本马匹，一个警卫员，一个跛腿马兵和一个小鬼的大胆的驰骋；其余的时间全部花费在他和杨爱源的会谈上面。他回兵站时已经是夜里了，我们又陆续走进他的房间里去。一有机会，我们总希望倾听他那有声有色的谈吐，这在两三天行军当中，已经成了大家的习惯了。

他是很会刻画人物的。有一次，他的几位战友偶尔同他谈到一个新来参加工作的同志，觉得头痛。但其中有人并未见过这个似乎有点装腔作势的知识分子，因而略显吃惊地问道：

“这是怎么一个人，我为什么没有见过呢？”

“怎么一个人吗，”长久沉默着的贺龙同志，忽然间开口了，“让我告诉你吧，就这样：瘦瘦的，头发很长，随时夹窝里挟一本书；今天这本，明天那本，可是从来没有翻过……”

这天夜里，由于大家一再要求，他为我们刻画了一个辛亥革命时期的人物形象。而通过他对这个人物的介绍，大家不仅认识到当时混乱的社会动态，也从它认识到那次革命的弱点。当然，对于贺龙同志广博的社会生活知识，我们这些历世不深的青年同样感到惊异。

这个人物的诨名叫周铁鞭，可以说是个地道的骗子手，也正是他那个时代的副产品。他做过跟丁、茶博士和算命先生，还在陕西当过几天军门，不过是偷跑的。回到家乡湖南，他又做起“司令”来了，而且三起三落；垮台一次，他又很快爬起来了。真也颇不简单！

医卜星相这些精神法宝，他都懂。他时常骑了马去乡间“捉龙”；而在司令时代，他自信捉住了。于是吩咐他的爱妾立刻死掉，好葬下去。这因为他爱她，恰恰又只有她养着一个能够承受一份“龙脉”的好处的男孩。然而她才不受抬举，哭闹着，哀求着，最后把他的部属怂恿起来了。他们于是向他宣称，要是他再这样疯下去，他们就离开他，或者让他自己滚蛋。

总之，这是很值得考虑的，而那最为适合的办法，便是让她活着而到那“龙脉”所在地的庙子里出家……

“你们笑！”忽然自己先停止了笑，贺龙同志望着我们继续说了下去，“他硬把她送去当了尼姑才完事的呢。这个人就有这样怪，他的样子也特别得很。人很高，又黑又瘦，肩头这样宽，眼睛鼓鼓的，一个头小得像汤团一样……”

我们忍不住大笑了，但是，他自己却并不笑；而当我们刚刚喘过气来的时候，他又诱惑似的这样说了：

“要是高兴听嘛，我一生遇到过的怪人多得很呢。”

但他并不立刻接受大家的邀请，要我先讲一个。我讲了一个老名士的故事，但是没有引起在场的青年同志多少注意。十分明显，这因为我所讲述的故事，既缺乏应有的社会意义，也讲得不怎么生动。

“这是你们四川内江的赵班若呀!”我的叙述一完，贺龙同志立刻微笑着插嘴了，“这个人我又清楚哟。是汤子模的老师，我两个还见过面。旧文学好，生活一塌糊涂。茶壶呀、夜壶呀，什么东西都往床头上搁。他的趣事多得很啊……”

他接着讲了一个赵班若的趣事，我们自不必说，连他自己竟也忍不住大笑了。

“这个不算，”停停他又继续道，“我再给你们讲个人才更有意思。老沙恐怕都知道吧，就是傅英呀。前清的翰林，一个老官僚，满脑子的封建思想。这个人也算得我们湖南的怪物之一呢！……”

当贺龙同志和这个怪物接触的时候，老头子已经七十岁上下了。但是，他的雄心并不因为他的年龄衰竭下来，相反，他还企图在民国初年那种混乱局面下成立一支军队。他同贺龙同志的结识，就为了这件事。他们初次见面的情形，贺龙同志描摹得很精细，使得所有青年同志不断发出笑声。然而，更为重要的是，从他所选择的语言和那讽刺口吻，人们却不知不觉会嗅到一种官僚社会的腐烂气息。在讲述傅英一些生活细节的时候，也是这样。而在最后，他更为我们谈到老翰林第一次检阅部队时的神情。

当老头儿爬上检阅台的时候，因为兵士们一齐应声立正，他大大地吃惊了！停歇了好一会，这才松了口气，叹息道：

“哎呀，我侍候了二十多年皇帝，从没有像今天……”

“以下的话更加糊涂!”在一阵暴起的哄笑声中，贺龙同志带着鄙视一切的微笑结束道，“我两个还没搅上三个月就分家了。你们看这个人有趣吧？见了趣人，我总要给他画个像的，来他几笔。”

四

是到岚县的头一天下午，看好宿营地点，我们三四个人刚好在阳坡村村口的几块木料上坐下，贺龙同志终于骑着马赶到了。

当早上从临县动身的时候，他没有和我们一道走，他得留下来给全城的群众讲话。我们已经到了三四个钟头了。这时虽然已经挨近黄昏，天色依旧十分明朗，远处连绵的山岭涂抹着一层微亮的紫色。赤裸裸的大地上挺立着擎天的白杨树。他在平整的大道上驰骋着，一进村街，便立刻从马上跳下来了。

他把缰绳交给警卫员，而由于燥烈的寒冻，又刚才骑过马，他跺脚搓手地嚷道：

“哎呀，这不冷死人吗!”

仿佛一个活泼好动的青年人那样，他又跳蹦着向一个头戴毡帽的老百姓面前跑去，一面胡乱地挥舞着手臂。

“老乡！有什么吃的东西卖么?”

他笑问着，而且已经走进那间半开着的小店里去了。

“啊……哟！还卖得有挂面呀！……”

一片洪亮的欢呼声从那破旧的店屋里传了出来。随即，他又仿佛阳光一样出现在村街上面。他笑着，嚷着，吩咐警卫员赶紧煮点面吃。最后，他要我们一同随他到宿营处去。这时他的态度已经比较平静；但当经过那家墙角有着一株老槐树的大门边时，他又吃惊似的停下来了。

他欢呼了一声，嚷叫道：

“喝，马夫！哪里搞来的皮大衣呀?!……”

马夫是一个瘦削的长条子中年人，约有四十多岁，站在那家院子当中，穿着新缝的黑布羊皮大氅。周围空地上错乱地堆积着五六个驮子。贺龙同志巧妙地迈过那些障碍，一直奔了过去。高高兴兴拍了一下对方的肩头，他便翻看着那件新羊毛大氅，审查着它的质量。

最后，他又稍稍离开一步，打量着，认真地评论道：

“不错，准可穿七八年！”

他又会合起我们前进了，走上一个小小的土坡。

“这个马夫跟我最久，一二十年了。”他一面上坡，一面充满感情地说道，“人很老实。全家人都是为革命牺牲掉的，现在就只剩他和一个兄弟了。是一个好同志！”

马夫同志引起他不少回忆，他向我们一直谈到宿营地方。

我们的宿营地是一座颇大的地主的宅第。相当富丽，涂着色彩的檐牙，窑顶上的女墙很高。略微休息了一下，贺龙同志便独自跑上窑顶上眺望去了。从窑顶上下来后，没有在房间里停留上五分钟，他又忽然出现在“鲁艺”的同学们中间。这时大家正聚集在院坝里闲谈，有的坐在阶沿上，有的靠在石碾上面。他提议要大家唱歌，但是他们却逼着要他先唱一个。他低着头，含着微笑，十分勉强地哼了两句山歌。

然而，正当同学们进行齐唱的时候，他的注意，好像已经并不停留在唱歌上了。其实，他要大家唱歌，不过随便说说，并不怎么热心。他倒好像有着什么心事似的。于是我向他提起他的大姐贺英同志。他第一次向我提到这个杰出的女性的时候，是在延安。她是他初次参加民族解放运动的唯一合作者，而在以后，每次遭到失败她都帮助他重新组织起队伍又干。她是在一九三四年湘西的游击战争当中牺牲掉的。

“她并不懂得理论，”握着烟斗，背靠在延安一所平房的柱子上，他曾经望着我说道，“但是她的理解力是很强的。胆大，天分比我们高多了。她说队伍要‘武’，就是要打仗，‘不武’就要垮台！”

他得意地微笑了……

但是，现在引起我发问的，却是他在抗大女生队成立时的一场讲演。在这场讲演当中，他曾经提到贺英同志，后来听讲者之一的颀[①]，把她自己的感奋，以及当时的情形全都告诉我了，所以我就从这点说起。

“听说毛主席那天也很兴奋呢。”我加上说。

“好像有这回事。”他含糊地回答说，接着却又认真地说了下去，“她确实很能干，不管多少队伍，她都能够统率。她知道怎样发现人才，使用干部。许多土匪都怕她的；那些人正像大山里赶下来的猴子，调皮得很。我第一次成立红军，得到她的帮助最大。……”

他顺下眼睛，陷入深思了，一面静静地吸着烟斗。

“你就拿给养问题说吧，”一会儿后，他又不大自然地继续道，“哪里会像这样，半天还弄不到吃的！总是自己骑匹骡子赶在前面，队伍一到，什么饭呀、水呀通弄齐了。”

一个负责管理给养的同志恰从左面阶沿上走过，于是他略含恼怒地问道：

“你们在搞些什么呀，饭还没有弄好吗?”

“他们正在做呢。”

“今天真把人饿够了。”

他望了我强笑着说，于是漠然地离开石碾，漠然地走回自己的房间里去。

五

到达岚县三四天后，他第一次来看我和其芳的新居，是夜里，警卫员也没带，一个人轻悄悄地进来了。他对我们谈了一些晋西北的战

---

① 颀：即沙汀的爱人黄玉颀。

况，当时宁武正从阎老西[1]手里失掉不久，敌人新的进攻已经开始。占据着方桌的一面，他平静地讲说着，似乎每一个字、每一句话，都经过慎重考虑。而且同时留神着我们的反应。这已经不是日常生活中贺龙同志的风度了。

他说他三天前去看过一位山西部队的军官。

“看样子这几天很苦闷，”他接着说，依旧衔着烟斗，“一见了我就拉着手说：你回来得正好，太走久了。”

于是他谈起他们商讨怎样对付敌人进攻的情形。他是不赞成打硬仗的，因为敌人已经利用各个据点构成火网，在那里等待着我们了。但他并没有直接提出来，只是从侧面叙述了自己的见解。他用食指在桌面上画出山脉、河流，以及晋西北各县的地位。他特别看重宁武，认为这是目前战争的关键；可惜山西部队两次的反攻都失败了。

为要引起我们注意，他又着力地用手指点着宁武的地位。

“你们看，这样就成了一个扇面的形式，”他说明着，同时屈起手臂向怀内一拥，“敌人随便从哪一处都可以进攻我们；从这里，——从这里，都行。这是第三次失守了，前两次也是我们帮着拿回来的，一落到他们手里就出事了。”

他的所谓他们，当然是指的阎老西的部下。接着他沉思了好一会。而在最后，仿佛要赶掉一种不很愉快的念头似的，他摇了摇头，望着我们微笑起来。

“走的时候他说还要来找我，”贺龙同志似乎吃力地说，“要是再吃一个大亏，他会来的！他们这些人都是这样，一有烂事，就来找你，事情一过，便认不得你了。有的还觉得你讨厌得很呢。”

响了一下嘴唇，他轻微地叹息了；半眯着眼睛望人空间。

“有什么办法呢，”他终于发出苦笑，安慰起自己来，“无论什么人，

---

① 阎老西：即山西军阀阎锡山。

只要他还在抗战，总该想法子把他引上路呀。就这样：前头放一个乌龟，叫他慢慢跟着走吧！”

于是他坚定地微笑着，仿佛忽然从长久的焦灼中得到了一个毫无疑义的决心似的，玩弄起火柴匣子来了。他反复地审视着它，随又拿来搁在桌子上面，找着适当的地位，恰像他打算要把它改造得更为适合一些、美观一些那样。但他终于毫不顾惜地抛开它，凝神地望着我们，用一种略带感情的调子重新说开头了。

他的声调执拗而带恼怒，但却照旧渗透着最大的容忍。

“你们说，这样的事情别人会怎样呢？”他质问似的说道，“在阳曲，我们一个新兵连遭到敌人袭击，打崩了，连长打死了，大家举出一个头目来收容，结果收容了七八十个人。但是，他们的县长却估着把这些人改编了，头目也打死了，还把尸首抛在河里！”

他被迫似的忽然把话头切断了。闭着嘴唇，屏息着，而他眼角上饱经忧患的皱纹，也就更多更密起来。

“你们说这个该怎么做？”他接着说，声调却意外地柔和起来，“我们仅仅拍了一个电报，去查问我们自己的人是不是有不对的地方？头目是不是同他们里面的人有私仇？就这样！至于队伍呢，只要士兵愿意，就由他们改编好了。”

他的脸上现出极端忍受的表情。想了一会，这才又以一种心平气和的口气提醒我们道：

“要不冷静一点，这不会立刻搅糟吗？”

他凝视着我们，叹息着，慢慢站起来了。但他并未立刻离开我们，还问了我们一些生活上的琐事：缺什么不缺？起居方便不方便？他又提到我们用的小鬼，说是如果太笨，就向副官处另外调换一个，并且主张小鬼应该同我们住在一个院子里面。遇到空袭去防空壕的路线，他也告诉了我们。他的周到细致使人感到无比温暖。

最后，因为发现炕上还睡着一个老百姓，他不免吃惊了。

“这怎么成？你们要谈问题、写文章，明天请他移动下吧。”

我们向他说明，这是一个七十多岁的木匠，白天很少在家，对我们毫无妨碍。并且还是一个聋子。而在听到聋子这两个字的时候，他这晚上第一次爽朗地微笑了。

“那就好，”接着他用幽默口吻说道，“再有什么秘密话，你们也可以让他听了。”

我们送他到大门口。街上渺无人迹。

六

一天早上，贺龙同志叫人约我们去司令部吃早饭。同桌的只有甘泗淇同志的爱人李贞同志，一个农村妇女出身的干部，现在是教导团的政治部主任，朴实干练，没有丝毫城市妇女的气息。吃饭当中，他仿佛家人一样地同她谈着一些日常生活琐事；有时也带点幽默神情讲一两句笑话。

饭后，他要我们同他一道去城外看炮兵试炮。这些炮，是三五九旅最近在五台附近的洗天河缴获敌人的。在这一次重大胜利当中，除却三门山炮和迫击炮，还缴获到好几百匹马，无数枪支和七八百名日本俘虏。然而出城不久，我们才得到改期试炮的通知，于是只好临时去参观工兵们演习造桥。

同行的有甘泗淇同志和参谋长周士第同志。甘泗淇同志同我一直闲谈着晋西北初期开展工作的困难情形。贺龙同志则在沟道般的大道上漫步着，一时又很敏捷地跳到高坎边的小路上去。因为碰到牲口，便总带来一阵烟雾似的尘土。我们照样地跟着他做，而当我们正在一处土塍上行进的时候，领头的他，忽然把脚步放缓了。前面来了约有一排骑马的队伍。

他同甘泗淇同志互相推测起来，认定那是前来参加干部会议的代表，并且从装束和神情指点出谁是谁来。他们全猜中了。大约过了有一刻钟，在和那批代表简略但却亲切地交谈了几句之后，他走向一个稍稍落后的骑者面前，停留下来。

“这也是个独只眼呀?”他凝视着那匹小种红马，“我先前也有一匹，跑得很好。”

“是害病瞎了的。”那位骑者回答。

“生下来是这样就好了！你骑起跑几步看。”

骑者照着他的请托驰骋起来；但还没有跑上五十码远近，他便失望地摇摇头，不注意了。

我们重新往造桥的地方走去。这桥，是造在岚河上的，一共有五个桥孔，两丈多长。河面几乎全结冰了。我们各自照着自己不同的目的鉴赏起来，一会又下到河面上去。

贺龙同志并不参加周士第同志和工兵负责同志的详细问答，只一意上上下下地审查着；直到经过好一会了，他才望着我们，脸上闪着一种夸耀似的微笑，仿佛忽然想起了什么愉快的回忆。

“你不要看，同志!”他接着笑说道，“我们这队工兵，在长征当中起过满大的作用呢。”

随又集中视线，向那位大脚大手、又粗又矮的工兵连长望去，接着扣问起来。

“你说，搭一座可以渡过渭河那样宽的桥，需要多少时间?”

“我没有到过渭河。”

皱皱眉头，他耐心地寻思了一会，遂又柔声问道：

“你是什么地方的人?”

“湖南大庸。”

“对了!”他高兴了，“这么说吧，搭一座大庸张家沟对面那样宽的桥，你说需要多少时间?”

他得到满意的答复了。

在归途中，我们碰见两个牧者，一个半大的孩子和一个牙齿全部掉光的老人；嘴唇下巴全是光秃秃的，没有一根胡须。各人手里拿着一根长棍，一端上着一只小铁铲儿。他问明了那叫扬铲，是扬起石子尘土赶羊儿的，于是他模仿着做了几下；老头儿张开嘴大笑了。

在交还扬铲的时候，他问那孩子道：

“遇见狼你们怎样做呢?”

“不敢打……”

这时候，我从那横着短髭的唇边发觉出一种鄙视和同情混合着的微笑；但也立刻就消失了。并且随即详细地询问起他们的家庭状况，工资待遇，等等。离开那一对全不相称的伙计不久，他又叫住两个恰好从对面撞来的青年战士问话。一高一矮，高的手上提着一大块猪肉。两个人比起来，那高的一个显得太魁梧了。

也许就是这点对照引起了贺龙同志的兴致，问明了他们的番号姓名以后，他默默地把他们拖在一起，背靠背地比了比高矮；而末了，他拍了一下那高个子战士的肩头，赞赏道：

“不错！这样大的块头，只要一杆步枪，两个手榴弹就行了!”

七

我觉得贺龙同志住的屋子是再朴素不过的，还没有我们住的漂亮。陈设也很简单，只有一个火炉，一张方桌，几条独凳，书籍和茶具之类的用具。如果一定要找出点不同来，那就是僧舍一般的整洁，以及贴满墙壁的二十万分之一的华北地图。

我们站在一幅山西地图面前找着我们的行程。我们是应了他的召唤来闲谈的。我正在寻觅着兔板一类的怪地名，他进来了。他客气地问起我们的生活状况，一面让我们坐到方桌边去。吸燃烟斗，他面对了窗子坐着，我们的闲谈也就真个开始起来。而由于他具有广博的社会生活知识，他那半生来奇瑰的经历，我们很难插嘴。

我们由湘鄂边境的战事谈到长沙大火和他的故乡桑植。

“据说，桑植就是从前的夜郎国，——所谓夜郎自大呀。”

他半眯着眼睛，意味深长地笑了。

“人民强悍得很，”他接着说，态度变得认真起来，“从前老喜欢械斗；打死个把人不算回事。马江口一家姓顾的，为一点小事，叔父把侄儿杀死了！侄儿的两个儿子赶场，在路上拦住这个叔公，又把叔公杀了。都才这么高的人呢！”

他用手比着高矮，在一种苦恼的兴奋里沉默下来。

“同志！”他随又叹息道，“这就是野蛮呀！”

我们请他告诉我们械斗最普遍的原因。

“你算呀，”他伸出手臂，扳着手指头讲起来了，“为世仇，为正月里赛灯，为水，为界址，经常都是引起械斗的导火线！一闹大了，总是成千上万的人参加。经常打得头破血流，就是把皇帝老子搬起来都挡不住！”

“可以举几个实例么?”

其芳追问着，但他似乎没有听见。因为他的脸上依旧兴奋而又苦恼，眼光聚拢着，紧闭着嘴，好像他又重新看见了那种大胆粗豪的风习，或者如他所说的野蛮的生活场面了。

“不过野蛮虽是野蛮，”他忽又显得满意地注视着我们，声调柔和起来，“也有他们的长处呢：朴质，好胜，有骨气！不讲交情硬是不讲交情，一信任了你，就死心塌地的不变，不管是拿官、拿钱，都买不到他。并且很勇敢，——单跟我一起闹革命就牺牲了不少的人。”

他自豪地，然而略带忧郁地笑了。

他从裤袋里摸出烟包，装上烟斗，吸起来。这一切都照例做得那么从容，那么有条不紊。而且，在装好烟后，照例十分巧妙地把烟斗送进卷起的手指间，转几转，去掉那些尘埃一般的烟末。

这中间，我问起桑植从前贫富之间的关系，他笑答道：

“阶级矛盾相当尖锐。就拿放利说吧，有大加一，跟斗翻，我自己家里就是被剥削的。小时候的事情我还记得，借钱付利不算，还要说好话，送人情。可是，穷人也并不弱呢！一到年成饥荒，总是一吆喝，就把地主的谷子分了。”

他接着告诉我们一件民国八年农民起义的故事。

这次起义，是在迷信的外衣下进行的。当时那座古老的山城正闹饥荒。有一个平常人，一个打鬼的巫师，两夫妇因为抵抗驻军拉夫，失手把一个拉夫的兵士一扁担打死了，于是趁势夺下枪支，成立神军，号召起几万人参加。他们的口号是反对驻军，打土匪和保护穷人，一直闹了一年多才解决；而这解决的主脑人物就是贺龙同志自己。那时候他恰恰被调到他的故乡追剿，但他却用严格的军纪和比较温和的办法，把他们瓦解了。但他并不满意自己的措置。

他不满意，这是完全可以理解的。而在停了一会以后，他又摇摇头，叹息道：

“这的确不是办法！以后还闹过一两回，更厉害！”

我问他辛亥革命以后，桑植的社会关系有过些什么变动。

“变动大呢，”他十分自信地回答了，“辛亥革命不久，我们那里就流行一句俗话：穷人翻身了。很多出去当兵的拖了枪回来，有钱人倒霉了；同时也向从前的穷人借钱。有家姓龚的大家，老头子在世的时候，一到冬天总是米呀，棉衣服呀，发给穷人，向穷人进行欺骗。儿子不成器，花花公子一样，几年家当就玩光了。后来连老家伙‘做好事’修的一座桥，都要拆来卖掉，恰恰给我碰到，叫他不要拆，出了百多串钱把桥买了。我那时候只有二十来岁……”

后来我们又谈到桑植的山川形势，一直到吃中饭的时候。

八

在全师干部会议这一段时间当中，我们只见到贺龙同志一次，同时还见到了他的亲密战友关向应同志；但是时间都很短促。

一天早上，他照例独自到我们的住处来了。我们还没有起床。他自己推开那两扇小门，我立刻被惊醒了。和阳光一起，我同时发现了他那充满愉快和精力的颜面。他微笑着，嘴里衔着烟斗，两手张开撑在门框上面。想到自己在睡懒觉，我一面催促着还在打鼾的其芳，一面带点惭愧坐起来了。

“怎么样，住得惯么?”

我很质朴地表示了我的满意，于是他含笑道：

“那就好。不要起来，你们睡你们的吧!”

我刚刚跳下炕，他已经走掉了。

此外就只碰过三四次头，在球场上，在晚会当中，在一次空袭后那种充满荒凉意味的街道上。他在巡视着老百姓的受害情形。当阎锡山政权领导下一个地方剧团的代表来到岚县的时候，我存心要去看他，而且存心要和那个剧团的代表们一道去。原因是这样的：在吕家坪谈到男女问题的时候，他曾经宣称，他要揶揄代表当中某一个人，因为那个青年人和他的一个部下的爱人结婚了。

我没有得到这个机会，可是事后一个同志告诉我说：

“已经提到过了！是昨天上午。有很多人在场。他半正经半玩笑的，劈头就是一句：‘唉，同志！我们在前方抗战，你们在后方搞我们的老婆!’这个人太痛快了!”

当然，这不是什么痛快问题，对于这种违反拥军优属政策的人，真也应该当头一棒，让他认真受点教育。

半个月后，我们这才跑去看他。头天夜里，一个在政治部分配了工作的同志来看我们，说是一两天后，司令部要开拔了。目的地呢，他不知道，只听说要过铁路，要行军一个多月。这件事，使我们第一次懂得了什么叫作迅速和秘密而外，还使我胡思乱想了一整夜。最后，我们决定向他提出要求，让其芳跟随部队开拔，我自己单独留下，继续了解晋西北的情况。我觉得我的决心很大，简直不可动摇。

贺龙同志屋子里有很多人，大部都是带了建议和要求来的。有的，他耐心地向他们解释；有的，只消一两句巧妙的反问，就解决了。他的行动多少显得有些匆忙。一个战地服务团的同志也在那里。这个同志在同他谈着通过封锁线的问题。这件事他们似乎不止谈过一次，而且已经有了满意的答复，因为他正在倾听着，忽然正像受到损伤似的站起来了。

他含着微笑，但却用了一种显然不大快活的调子嚷道：

“同志！你们怎么这样不相信人呀！——我担保你们安全通过好么?”

一个被分派到邓宋支队去的技术工作干部，向他提出的要求顶多。看他的神情，那些要求显然都不合理，但他耐心听下去。直到申诉完了，这才逼视着对方，笑嘻嘻反问道：

“你是在搬家么？同志！搬家的办法，八路军从来没有过呢。”

那是个外貌善良的同志，眉毛很短很浓，脸上有点麻斑，随又继续提出一些什么要求。

“你拿去有什么用呢?”他照旧反问道，“你说呀!”

于是那位善良的同志瞪着眼睛想了一下，显然觉得他所要求的东西的确没有什么用处，于是敬了个礼，准备走了。

贺龙同志一面还礼，一面望着我们笑说道：

“你们不要小看他，他的老婆还是个航空员呢。”

另一个接着提到马匹的事，他立刻让那请求者满意了。并且顺便讲了许多关于马的知识，建昌马小，善走；甘肃马则很大，等等。他又说，他不久前送了一匹马给毛主席，还留下一张照片。

他半开玩笑地称赞那匹马是他的“有功之臣”。

“有好几次危险都全靠它，”他列举着它的事迹，“一次过湘河，正碰着涨大水，河面有五六里宽，不是它我也许早就完了。毛主席原来有一匹马和它一个样子。一九二八年的，去年死了。死后，他还亲自去看过一次，叫人挖了一个坑埋起。他两个像满有感情呢。”

那位国民党派来的所谓联络参谋，忽然带点挂虑问道：

“师长！听说明天要出发呀？”

“明天一早就走。再这样老是吃山药蛋，莜麦，连人都吃蠢了。”

这时，我也终于向他提出我的要求；虽然在接触到他那坚定愉快的性格以后，我的决心已经动摇起来，有一些迟疑了。我所根据的理由是：我打算继续收集晋西北的材料，因为中途搁置下来太可惜了。

贺龙同志微微吃惊地望定我，从而大笑着截断我道：

“同志！到了铁路那边还少了你的材料呀？比这里还丰富！……”

我真不知道怎么说好，有点开口不得。

“让我告诉你吧，”他又忍住笑接着道，“到了那边，就要继续搞晋西北的材料，也并不困难呀？随便什么人都可以告诉你：老甘，我，都成。最近是没有工夫，等将来住定了，我们一定有很多时间谈话。至少一个星期谈两三次不成问题。讲老实话吧，同志！说不定我们还要通到关外去呢。”

我再也说不出什么理由，我的决心已经总崩溃了。贺龙同志显然也看出了这一点，所以在我们互相望着笑了一会以后，他就直率地关照起我来了，料定我不至于和他纠缠。

“不要再提了吧，”他笑说道，“同志！马都给你们准备好了。”

这时，一个警卫员正走进来。贺龙同志顺势问他钓钩在什么地方，随又取出来让大家鉴赏。

“这是我托人从河南带来的呢，”他平静而愉快地说，“河南的钓钩顶好，你们看，钓钩并不大，可是一二十斤重的鱼都可以钓起来。好生捡起吧！”他把钓钩退还给警卫员，继续道，“将来好在松花江钓鱼吃。听说松花江鱼多得很！有人讲笑话，说是多到轮船走过，都会挤到河岸上来……”

他嫌警卫员包扎得太马虎，自己又取来裹上一层厚纸。

九

冒着大雪，我们在黎明的街道上踯躅着，不知道应当跟随哪一部分队伍走好。

最后，由其芳看管马匹，我跑去见贺龙同志了。院子里相当杂乱，塞满着驮子、马匹，以及等候各种各样指示的人们。他正站在阶沿上下命令。他在大声地说着话，不时又挥动一下手臂。他已经扎了皮带，穿着马裤，头上是淡黄色灯草绒的日本皮帽，看来更魁梧了。宽阔的颜面红喷喷的，因此他那上唇上的浓髭也就使他越加显出一种坚定不移的气概。

他的视线首先捉住了我，于是精神勃勃地问道：

“你们准备好了么？何其芳同志呢？”

我把我们的实际情况告诉了他。

“那就好！赶快到东门外去集合吧，跟司令部走！”

接着，他又用同样洪亮愉快的声音，跟一位穿皮短大衣的同志进行问答去了。

我们没有在行军途中发现过他。但当我们下午到达静乐的时候，贺龙同志已经坐在兵站部了。他不久前才从赵承绶的军部宴会回来，正在为房子的问题发着脾气。我们也是因为房子问题到兵站部去的。根据一位不三不四的老百姓的谈话，在那一座颇大的县城里，几乎每一家都住得有军队，这里几个，那里几个。听口气，大家似乎只有站在街上挡风的份儿了。加之又是落雪的坏天气，露在外面实在不是味道。

兵站部长的小屋子里挤满了人。周士第同志不断用广东官话和当地的动委会打电话，交涉着住处。大家都沉默着，显出急于需要休息的不大安静的神气。在这种心情下，一个人很容易发脾气。一个类似马兵的同志走进来了。

马兵的出现引起了多数人的注意。因为他态度悠闲，一进门就走到火炉边烤起手来；于是贺龙同志耐着性子问道：

“你有什么事吗，同志?”

除了烤烤手他有什么事呢? 马兵如实地回答了他。

“没有事就请出去好么?”他抑制地接着道，“同志！都堆在这里做什么呀。”

在那一个显得有点尴尬的同志出去以后，他又一连接到两三次报告，大家都向他诉说着同样的困难。这一下他真的发火了。他愤愤地嚷叫着，态度十分激越。过了一阵，这才逐渐平静下来。他坐在一张靠墙的独凳上，一面燃着烟斗，一面不耐烦地用左脚赶着那只老在凳子底下擦痒的黑色小犬；但他没有成功。最后，他默默站起来，取下对面墙上挂着的一根马鞭，于是那个倒霉的动物，哀嚎起来，立刻逃跑开了。

这时候，精力充沛、谈吐幽默的甘泗淇同志从炕上坐起来，装作不以为然的神气批评他道：

“你这个人太残忍了。”

“怎么样，你心痛吗?”

同志间的打趣，使得他的怒气一下子全消了。他随即宣称，他自己明天去打前站，担负起交涉房屋的责任。他相信他会做得很出色的，因为他有一个有利条件，沿途的动委会他都熟识。他正说着，一个副官处的同志又跑来报告说，房子大部分已经勉强找好，只是一家地主死也不肯让出几间空屋子来驻扎师部。

这使贺龙同志又发作了，嚷叫道：

“你给他搬进去就是了呀！难道他会把你赶出去么？”

这自然是气愤话，因为板着脸沉默一会，他又用显然含着极大忍耐的口气这样说了：

“搅他妈的鬼啊，——还站着做什么？把铺打开，大家挤着睡呀！”

“这个炕太小了，”警卫员担心道，“看睡得上五个人么？”

“炕小就挤紧些，总不能搁两个在外面露起呀?!”

他接着又吩咐警卫员，叫把他自己的铺位开在挨近墙壁的地方，说是人多了睡觉，躺在中间最不舒服。

“可是老甘无论如何也不要挨着我哇，他身上有虱子。”

“造谣！我会有虱子吗？你看：清洁，整齐，严肃！”

贺龙同志忍俊不禁地大笑了，一面进行着反驳：

“一定有！你不要骗我！”

十

我们在河北灵寿县的七祖院停留了七天，大家都以为住定了，后来才知道是在那里进行通过平汉铁路的准备工作。

刚到七祖院那天晚上，我和其芳正在那家豆腐店的破炕上纳闷，一阵不成腔调的歌声把我们引到街上去了。街上很黑，但是我们终于找到了村救亡室，那传出歌声来的地方。我们耽搁了一两刻钟才退出来。我们照旧在暗夜里摸索着，一面说说笑笑地交换着我们的对于那些村民们和儿童们的印象。然而，一刹那间，我的眼睛忽然好像全瞎掉了。

一股电筒的亮光对我们直射过来。一会，我们就听到一种带点惋惜的洪亮的声音：

“你们来得正好！哎呀，我今天找过你们两次了。”

我们立刻辨认出那就是贺龙同志。在最近几天行军当中，我们不时总看见他急驰着从行列侧面飞奔过去，或者挟着黑皮大氅，和同志们交谈着，一面不知疲倦地跋着山道。但是，自从在山西河北连界的沙湖滩见过他一次以后，我们便再也没有发现过他的踪迹。而他现在，又屹然站立在我们的前面了。我们真是说不出来的高兴。

他又把电筒朝着街道的东头照照，然后轻声说道：

“走吧。我们到周仝那里去，看这个家伙在搞什么。”

周仝是一个刚从苏联回来不久的青年干部。大个子，聪明而且愉快，有点孩子气。我们一到，他就夸耀似的把当天从附近市镇上买的东西全都搬出来：白糖，茶叶，点心，以及别的一些一个月来没有见到过的食物。

于是贺龙同志也同样孩子气地笑了。

“好得很!”他激赏道，“赶紧一样拿它一点，我们到司令部扯乱谈去吧!”

我们在司令部一共待了两三个钟头。所有一个多月来行军当中因为疲劳和不习惯招来的烦闷，全部都消除了。

的确，围着火炉，喝着好茶，在北方小村落冬夜里特有的静穆当中，倾听着贺龙同志那种生气勃勃，充满机趣的谈吐，可以说是一件人生中难得的快事。他讲述了许多晋察冀边区的情形给我们听，因为他恰恰才从边区的中心地带回来。对于边区之成为抗日模范根据地的原因，他分析得很详细。

他认为边区的最大特色，是军权政权的真诚合作。

“单拿初期的情形说吧，”他一气说下去道，“军队在前面打，打下一个地方，就让政府自己恢复政权机关。有些地方，比如唐县、完县，把伪政府摧毁了，政府的负责人还没有到，军队就帮着建立政权，到了的时候立刻交还他们。说是不准直接征粮，一个命令下来，军队就首先实行。要成立银行，没有基金，军队就自动把自己领的饷款拿出来做基金。像这一类的情形，你到哪里去找?!”

他顿住；而在坚定地凝视了我们一会之后，随又叹息着补充道：

“不是吹牛，同志！不是共产党、八路军，这根本就做不到呢!”

我们问他，在敌人疯狂的进攻下，边区的发展前途怎样?

“没有问题!”他满不在乎地回答道，“单同你们讲这一点就够了：上次政府发行一笔公债，才两个月就销完了，还有多的！为什么会这样？下层群众全部发动起来了呀。比如，一个乡下人，卖一点粮食，就买两块钱的，一个老婆婆做几双鞋子卖了，也买一点，这一下什么人还好意思不买？后来连保定、天津、北平，敌人的老窝子都销起去了。你们冷静想一下吧，日本人除了头痛，另外有什么办法呀?!”

最后，他又为我们介绍了好几位在边区行政方面的一般负责同志。边区政府主席是牺盟会的领导者之一，很有民族精神。文化厅长是一个比较进步的国民党党员。但是，在边区地带内，原来很少有国民党的组织，抗战以后，这才在共产党的协助下普遍成立，一面发展着党员。

在谈到边区负责人之一聂荣臻同志的时候，他望着我和其芳笑道：

“这个人还是你们四川江津人呢，就在江津游溪镇河对岸住家，留法勤工俭学生，人很能干！同志，在敌后搞这样大一块根据地不容易呢!”

他对边区另一位负责人彭真同志也很佩服。

“这个人了不起!”他认真地说，“对革命坚决得很！在华北青年中威信满高呢。”

他激赏地连连点头，于是上身倾折下去，双手捧着烟斗，抽起烟来。

“确实坚决!”他又忽然把腰身挺直，不抽烟了，紧接着赞赏道，“北平，天津的监牢他都坐过！在监牢里领导过四次罢饭：第一次两天，第二次七天，——第三次二十天!”

当说到二十天几个字的时候，他的声调愈加激越；简直高昂得无法说下去了。因为他提到的不是一个简单数字，它们包含着许多宝贵东西。他陡然沉默下来，微笑着，自我满足地凝望着我们。

“同志!”他随又自语般叹息道，“二十天呀！……”

于是沉思地眨眨眼睛，这才靠在椅背上面认真抽起烟来。

十一

黄昏时候，我们正在豆腐店那间到处封满尘土的老屋里计划写点东西，贺龙同志走进来了。衔着烟斗，双手插在裤袋里面，他望室内打量着，下着批评。但他还没有谈上三句，那位联络参谋也走来了。这是一个圆滑狡诈的中年人，个子瘦小，很会装腔作态。他一进来，看见我们正在一道，于是立刻发出一种兴高采烈似的笑声，甚至跺着脚来表示他的惊异和愉快了。

联络参谋看起来颇为激动似的，他讨好地笑嚷道：

“好得很，我正要找你们三个人谈谈！真是遇缘极了!”

贺龙同志于是退往一张对了门安置着的柜子边去，从容地靠在上面。他毫无惊异之色，平静而又冷淡，仿佛他是一个观察家，或者一个看透了人情世故的老人一样。他的态度和联络参谋的形成一种十分鲜明的对照。

“你说是什么事情呀?”末了，他冷静而又简短地问。

“什么事情?”联络参谋显得忸怩地重复道，“要找你们三个人合作，供给我材料呢！作战方面的，群众方面的，什么都要一点，——不然将来回到后方，大家问起来怎么办呢?!”

“容易得很!”取掉烟斗，用一种洞察一切的眼光望着对方，贺龙同志平静地回答了，“这个还不容易？我供给你好了。要多少有多少。

还有什么问题没有?”

“没有了。哎呀，现在算是有办法了!”

“这个还不容易？走！我们出去逛一转看。”

于是贺龙同志悠悠闲闲地把我们一直领到了养马的地方。在村外一家老百姓屋前的空地上，钉着很多木桩，有的就利用树木，拴着十几匹马。其中有几匹是王震同志才送来的，但他似乎已经很熟悉它们的性格了。他一匹匹下着批评，但是他的神情一直都显得很冷淡。

在回到司令部后，他的态度也没有多少改变。这时，天已经黑定了。他默默地亲自往一个平常煨水用的小炉子里加着木炭。并且几次用脚移动着它，审视着，看它是否已经蹲在一个所有的人都可以取暖的适当地方。我们大家都落在一种不大自然的沉默里面。最先打破沉默的是那个联络参谋，他要我详细告诉他当天我们去附近镇子上访问农会的情形，装出一副很有兴趣的神气。

我照着他的话做了。主要是介绍几个农民干部在文化上的进步情况。这时候，贺龙同志忽然插嘴说道：

“这算什么？我们一般干部不都是农民出身的？从前一个字不识，现在你去同他们谈谈吧。”

联络参谋立刻同意了他的话。

“是呀，你单看那个警卫班长吧！这两天怎么不见了呢?”

“到前面侦察去了。你看他土头土脑的吧？他满有办法呢!”

一直被他叫作张娃儿的警卫员，一个敦敦笃笃的青年同志，这时走进来添木炭；添好木炭，随又退了出去。

“就像这些青年人吧，”贺龙同志望着张娃儿挺直结实的身影说，“一放出去，都是有办法的。时间不要多久，只要混上三五个月，一搅两搅，他就会搅出一个满大的队伍来。”

联络参谋又照样立刻同意了他，并且把一般抗大毕业的同学和“红小鬼”出身的青年同志同等地夸奖起来。

“那些都还是蛋!”贺龙同志立刻截住联络参谋的话头，柔声地反驳了，“出来工作一年两年，看还成么。这就像石头样，磨来磨去，磨玉了就对了。”

他的调子充满着一种爱抚和期望互相混合的感情。

在谈到一般干部的时候，他大都是这样的，恰像在谈着和自己同一血统的亲属一样。对于那位八路军进入山西以后，便一直在太原附近打击敌人的杨嘉瑞同志，贺龙同志看来特别赏识。而当联络参谋提起这位支队长来的时候，这晚上第一次，他显得有一点兴致了。

“那能打啊!”他半眯着眼睛，拖长声音大声说了，“看样子三天难说两三句话，热也是那样，冷也是那样，——一块面团呢!”

他随即又兴致勃勃地向我们谈起另外两三个干部。

“比如宋时轮吧，”他用同样充满爱抚的调子继续说，“那才要命!他就从来一句话都不多说，石头一样。人又小又黑，比何其芳同志还矮，看了不成样子。嗨，可是东一搅，西一搅，他会搅出一个大队伍来，一直通到冀东去了!”

联络参谋极力称赞这些同志都是白手兴家的能手。

“这也正是八路军的一点特长!”他坦然地承认道，“随便丢个干部出去都能独当一面。失败的很少很少。不过说一句老实话，同志，就是这点特长，也是共产党拿血换来的呢。”

于是在向我们投过严肃的一瞥之后，他又重新往椅背上靠去；慢条斯理地吸燃烟斗，两手搁在椅靠上面，显得更冷淡了。不同的是，在他的冷淡当中添加了一点令人肃然起敬的自豪感。在谈到共产党、八路军的时候，他的表情，多少总带点这种意味。为了沉默的不合适，或者别有用心，联络参谋又和我单独讲说起来。我们谈的是灵寿县优待抗属的情形。

我先告诉了他一个大概，而正当我准备讲几个实例的时候，贺龙同志暗笑一声，我便停下来了。他依旧靠在圈椅里，但却取掉烟斗，一面回忆着什么似的，一面向我讲了一个带有讽喻意味的故事：有一个老太婆，儿子被打死了，按照拥军优属的办法，大家都愿意帮助她，这个担水，那个劈柴。她高兴得很，逢人便说，从前她只有一个儿子，现在全村人都是她儿子了……

我们都失声笑了。显然为了点醒这个故事的含意，他随又加上道：

“这一下再也没有人帮她的忙了！你们想吧，谁又愿意给什么人做儿子呢？”

说时，他隐隐含讥带讽地望了联络参谋一眼。因为感觉贺龙同志已经显得有点倦意，我和其芳认为该让他休息了，于是率先告辞出去。

十二

一天晚上，有人谈到朱总司令，他问其芳和我见过没有。

“他不像一般四川人，”他摇摇头说，“一开口讲演，他总是说：中国，——世界！……”

他带着尊敬和爱抚笑了。

“是个帅才，——是个帅才。”

说完，他便立刻陷在一种满足的沉默里面，好一会没有讲话。

当我们偶尔提到汪精卫叛国消息的时候，尽管大家都很激动，他却一点不动声色。直到我们的愤怒快要发泄完了，他才忽然慢条斯理地向我们谈起来，还一面摩挲着烟斗。声调很轻，好像他在审核着每一个字、每一句话。而在谈到重大政治问题、原则问题的时候，他总特别慎重。

“离开延安的时候，我去见毛主席，”他显得虔诚地说，“问他最近的政局会有什么变动？他就肯定地告诉我，汪精卫迟早会投靠日本人的。现在已经证实，我也可以说了。”

他微笑着埋下头，眼光落在红红的木炭上面，显然正在进行深刻的思索；但他不久却又扬起脸来，轻声地赞叹道：

“毛主席在政治上、军事上的天才，要些人来比呢。”

于是他用一种略带感情，充满敬仰的调子，叙述了一些关于毛主席的事迹：他的反对陈独秀、李立三的错误路线，和他在遵义会议中反对王明的错误军事路线，为党为革命建立的不朽功勋。贺龙同志特别赞扬毛主席在民族存亡关头做出的和平解决西安事变问题的伟大战略决策，因为它迫使蒋介石停止内战，从而形成和发展了全国抗日民族统一战线。他对这部分历史事实叙述得相当生动。

“他只是说不能打，”他模拟着毛主席的神态、动作，不断向那些由于十年血海深仇过分激动的同志摇晃着手掌，“绝对不能打！——无论如何不能打！”

他把声音压得很低，神情激动地扫视着我们。最后，他是那么酣畅地，哑声地笑了，使人感到他对毛主席的无限敬爱。

作为一个“西安事变”的直接发动者，他称赞张学良，认为张学良很坦白，有干劲，在事变中表现了极大的果断和爱国主义热情。但在以前，贺龙同志是看不起他的：“父仇不报，一枪不放就丢了东北三省。又是个大烟葫芦，一天只晓得跳舞，搞女人！”

“九一八过后我们骂得他最厉害！”他大笑着继续说，“几乎每天都骂；过草地的时候也骂，——一直骂到甘肃！”

他笑得呛咳起来了。

当他缓过气来，我们又由西安事变转到抗战，转到抗战中的各省的地方部队。他对一般川军印象不坏。

“一部分在山西和八路军配合作过战的川军就不错。其实湖南部队发生的作用也不小呢！这一点应该说何键多少有点功劳。我从前很讨厌他，因为他只知道压迫人民！”

“何键还主张过读经呢。”其芳插嘴说。

“这也是我见不得他的地方，他想把湖南的青年人全变成老顽固。

还有一点我恨他的：他把我的祖坟挖了！你们还不清楚，我两个早前还是把兄弟呢！”

我们全都忍不住笑了；他也好像偶然谈起一件早已成为陈迹的趣事似的笑了起来。而且充满机趣地加上道：

“我们后来很交过几次手，每次都要道谢他大批枪支！”

“说实在话，”好久不曾开口的联络参谋这时接着说了，照例带着一种虚假神情，“我从前对华北信心是不大的，现在满乐观了。大家都看见的，一过静乐，就到处是八路军！”

“也不能那样说，沿着几条铁路，倒是给它摆满了的……”

他轻声说，感觉得有点害臊似的。因为联络参谋的话，显然言不由衷。也许就因为这点，贺龙同志忽然改变了话题，关心到两个杰出的女性相当清苦的晚境，并且深深地叹息了。

“听说都穷得很，”他感慨无量地说，“可是，她们对于中国革命的贡献并不少呢。”

接着他又称赞了一番她们在革命上的功绩。我们离开他的时候已经是深夜了。到了街上，我才记起手套还留在桌子上，又忙着跑转去取。

在那宽敞的院坝里，有人忽然从暗夜中问我道：

“哪个？”

是贺龙同志的口音。我说明了原因；而当我从屋子里退出来的时候，他还一个人停留在原地方。

“老沙？”他叹息道，“你莫说，我们刚才讲的两个老太婆确实很不错呢！”

天空只有很少几颗星子，一个冷冻而又严肃的夜。

十三

离开七祖庙的前一个夜晚，我们向他谈了谈我们的感触。

“同志，到了目的地就好了呀!”他笑着截断我们，“那个时候还愁没有你们的工作？多得很！四面八方都是材料。恐怕你们两只手也来不及写呢！行军当中只好这样：走路，吃饭，睡觉！你们看，我还不是和大家一样?”

他带笑地停下来望着我们；但也显然是在安慰我们，因为事实上他并不清闲。

“听啦!”停停，他又商量似的继续说道，“我们一到冀中就打发人到天津去买照相机，你们都学着照，哪里打仗你们就去，选择那些有价值有意义的场面，把它们照下来，以后每篇文章都附照片，——这样，顽固分子总不会造谣了吧!?”

最后，他还对顽固分子种种“游而不击”的谰言进行了驳斥，语调相当愤激。闲谈当中，每逢接触到这类事情的时候，他总显得不大痛快；虽然他相信全国人民的眼睛是雪亮的，能够判断是非。我们也向他提出了自己的计划。但当我们谈到时间问题的时候，他立刻挥着手臂阻止我说下去。

“三月五月不要提吧!”他大笑道，“同志！要搞清楚，将来反攻的时候，我们是在最前线呢!”

“因为同学校里说定的……”

“这没关系！我给‘鲁艺’打个电报去好了。”

“我们还办了一个杂志……”

“这个更加不成问题！你看啦，等到达了目的地，我们把交通线弄好了，你们写好一篇，我们就设法送出去，——还不是一样?”

他询问地望我们一瞥，随即又加上道：

“你们最好是抄两份，自己留一个底稿。”

“我们还有些私人问题。”我迟疑地说。

“什么私人问题？说出来我一样帮你们解决呀！”

但我没有回答。我在想象中看见了一次他在延安时的神情：握了烟斗，他拿背靠在副官处的檐柱上，勾着脑袋，好一会不说话。他似乎有些苦痛。一个人不是石头，在谈到全家族的牺牲的时候，他是会感到难受的。然而，他终于吁了口气，扬起他那饱经忧患的坚毅的颜面来了。

“革命是要牺牲的，他们的血并没有白流！”他坦然地说。

面对这种心目中只有党和革命利益的人，你怎么好意思把女人孩子的事搬出来和他打麻烦呢？

我一直沉默着，为惭愧所煎熬，一句话也没有讲。因为我实在也不知道怎么说好。大约在另一种意义上看出了我的难为情，他随即解嘲似的笑了，显然想把我从困境中解救出来。

“有老婆的呢，把老婆接来！”他懒懒地继续说道，“没有的，在前线找一个就是了。你们还有什么问题？全都讲出来吧！”

周仝告诉他我们的鞋子烂了。

“怎么不早说呢？我一直就叫你们不要客气呀。”

他立刻跑到门口，吩咐小鬼去叫副官处的同志。而在退转来的时候，他又从上到下地仔细打量着我们。

“在岚县叫人给你们缝的衣服呢？”他末了问。

我们说明了原因。于是细着眼睛，他十分酣畅地笑了。

“哎呀，你们文学家也该穿得像个文学家的样子呢，怎么像个伙夫一样！”

副官处的负责同志来了。而在交托过我们的鞋袜、津贴等之后，他又苦着脸用一种指责的口气说道：

“你们这些人呀！给你们说过的……”

他沉重地叹口气，随即转过话头。

“好吧！去找司务长弄一点东西来，——你自己也来吃。”

他最后几个字在声调上带点揶揄人的意味。在日常谈话中，在对待熟识同志的时候，他是喜欢开点小玩笑的。而且分明一句极为普通的话，一到他的口里，便立刻变得新鲜而有趣了。过了好一会我们的谈话才又活泼起来。吃着油煎馒头，我们一面谈到几个熟人，他们的生活和他们的风度。

最后周仝提到一个女同志，他玩笑地批评这个女同志道：

“她确实跟别人不同，有些骄傲。因为拿起镜子照照，觉得自己也实在长得比别人漂亮一些。”

“是呀!”另一个青年同志应和道，“我就讨厌她死了！话都不愿多同她讲!”

“那又要不得呢!”贺龙同志忽然变得很严肃了，“你应该帮助她才对！一个人总会有缺点的。”

他接着向我问起“鲁艺”同学的生活情况。我大略告诉了他一点。而当我正在开头叙述几个同学，因为随着一个干部去军区参观惹来的烦言的时候，他似乎知道得比我清楚。

“这都是领导不好!”他叹息着截断我道，“对新同志要特别仔细才对：吃呀，住呀，你都要帮着他们计划……”

临走的时候，他又再三叮嘱我们，叫我们不要向他隐藏自己的任何困难。

十四

我们不但胜利地通过了平汉线，并且到达冀中军区司令部附近的惠伯口了。然而我们正碰上一个相当严重的局面：雄县、霸县、安国和深泽，这些大清河、滹沱河沿岸的重要城镇，都相继落在敌人的手里了。在通过敌人封锁线不久，我们又听到了河间、肃宁同日失守的消息。我们觉得摆在贺龙同志及其战友面前的，将是一长串艰苦困难的日子。同时，根据历史经验，我们却也相信他们能够战胜任何困难。

到惠伯口的那天下午，他派人约我们到西泗头去，要我们参加一二〇师和第三纵队的干部联欢大会。他在三天前就已经住在那里了。他在人丛中站着，挂着六轮子，军帽掀高一点，神气恰像一个刚从火线上下来的久经战斗的老兵。他把我们介绍给军区的联络部长。这是个本地同志，脸蛋有点浮肿，抗战前是做乡村小学教师。在介绍过姓名以后，他又照例用他那亲切的玩笑口吻谈下去了。

“那么，”他拍拍联络部长的肩头，笑道，“现在该你做联络工作了；把他们的马叫人牵去喂起好吧?”

“没有问题！我马上叫人。”

联络部长立刻东张西望起来，呼喊着什么人；但是贺龙同志却又打断他道：

“你不要忙，还有事啊：有他们的饭吃吗?”

“没有问题!”

“那就好。以后你们没有饭吃，问他好了。”

仿佛一个交际场中的熟手一样，一转身，他又把我们介绍给了政治部孙主任。其次是吕正操同志，长条子，又瘦又黑，穿着相当整洁。当我们正同我们的新相识寒暄的时候，而他忽然又走掉了。聚餐过后，我们才又在大会场中再见到他。并且听了他那热情而又坚决的讲演。毫无疑义，大行军的胜利完成，太使他高兴了。

参加晚会的时候，他一直微笑着；便是晚会快要终场，军区的同志跑来向他和吕正操同志报告，敌人已经迫近二十里左右的地区时，他的神色也毫无改变，而且全不张理旁人那些略带焦急的短促商量。仿佛这个紧急消息同他无关。

直到晚会散了，他才向头顶掀掀帽子，向我们关照道：“你们骑马回去睡吧!”而他的眼角浮着一种意义不明的暗笑。

当夜一点钟光景，我们就跟随部队往南边转移了。目的地是边塞村，一个距离肃宁只有十五里地的相当荒凉的村落。我们在那里安安静静住了两天；直到第三天上午，我们才知道在前一晚的夜行军中，贺龙同志从马上跌下来，跌伤了。这使我们深感不安，但是直到当天晚上，我们才见到他。因为白天我们总是碰见一批一批的工作人员在同他商量事情。和我们同去的有周仝，以及另外一个年轻秘书。

他斜靠在炕上，显得有些疲惫。但是一眼望见我们，他就慢慢坐起来了，摇摇头，开始回答我们的问询。

“好多了。”他轻声说，“没见发冷了。前两天，一到夜里就只想烤火，这样偎住火都不够。那个味道呀!”

他闭紧着嘴，眉头聚拢着，显出一种难于忍受的神情。

“同志！三天没有跨过这根门槛呢!”他接着说，静静地笑了起来。“你想，我这个人三天不出门？……”

他望着我们，笑得更好更亲切了。

他忽然注意到其芳在同一天夜里跌坏了的、缠着绷带的手臂，关切地追问起来：是怎样跌伤的？情况严重不严重？我们把经过的情形向他说了。于是他叹息着，向我们讲解一些骑马的方法，以及他自己跌伤的经过。

他接着耐心地告诫我们：

“畜生也像人呢，它救你，你也要救它。有危险的时候，切记不要乱动！等它站稳脚了，才慢慢梭下来，这样马不吃亏，人，也不吃亏。不然的话，不说踩你几脚，压也会把你压坏的。我的处境有点不同，只有掀开它，先救起自己再说了!”

他娓娓动听地说下去；但是他的口气忽又变得激昂起来。

“老实说吧!”他愤愤不平地嚷道，“我骑马跌跤，也要看年看月呢！同志，十来岁就骑起马呀!”

一个小鬼，约有十三四岁，第三次走到门边来窥伺了。

“你进来呀，小鬼。”贺龙同志柔声地招呼道。

于是小鬼跟即走了进来，递给他一卷电报。

“这是几天的吗?”

“好几天的。”

“好几天的，我就懒得看了。”

他把电报原封不动地还给小鬼，但却把孩子留了下来，叫他烤一会火。这是一个多少有点腼腆的孩子，瘦瘦的，很沉静，鼻子、脸蛋冻得通红；他默默地靠在炕沿上；挨近贺龙同志站着；低着头，现出一副思索神气，好像他有满腹心事。

小鬼忽然仰起脸来，带着真切的挂虑轻声问道：

“好了点么?”

“好多了。冷也不发了，下午还吃了这么大一碗粥。”

贺龙同志微笑着柔声回答了他，同时比了个手势形容碗的大小。而我们则一直被封闭在一种高贵庄严的沉默里面、感动里面，好一会没有说话，连咳嗽都没有人咳一声……

最后，周仝把我失落笔记簿的事向他说了。在通过平汉线的夜里，一个同志前前后后地奔跑着，嚷着要白纸头；但是谁也没有。于是我挤出行列，把一册写了小半本的日记簿递过去，叮嘱他到达目的地后一定得归还我；但我后来四处寻访，再也找不着这个同志了。

周仝说完过后，他惊问道：

“真糟糕！是怎么掉了的呢?”

我向他说明着经过，于是他又苦笑着叹息了。

“这也算讨了一回乖！同志，他们哪管你材料不材料呀!”

十五

从边塞村动身的时候，为了减少夜行军的烦苦，贺龙同志约我们和他一道在部队先头走，这样就不会受到行军行列的限制，可以任意驰骋，提前赶到目的地休息。这在我们是极端需要的，因为自从进入冀中以后，我们便很少有大白天走路的机会了，往往是黑夜行军，直到天亮才得宿营。

我们四点钟左右出发，一共有十五匹马。他披着一件黑羊皮外氅，皮帽子的耳罩挪下来，多少还带一点病容。他让他的马自由自在走去，相当缓慢。但是走过十多里后，也许是那广阔的大地，以及同他那毫无掩饰的性格一样的北方的落日令人振奋，他忽然在积雪的原野上疾驰起来。

他驰骋着，不时又大声地、回转头同那些靠近他的骑者交换着简短的问话。他已经全然没有一点病人的形迹了。他脸色红喷喷的，老是浮上一层无所牵挂的愉快。偶尔遇到前头的向导对路线感到困惑的时候，他就急驰过去，把地图夺过来，一同审查着方向；最后，总是十分敏捷地指出一个隐隐约约的村落来。并且往往十分准确，正像那是他的老家一样。

“你就朝那里给我走吧！”他投出手臂嚷道，“只要有一点影子就不怕了！”

于是我们毫无疑虑地策着马前进了。简直就连疑虑这两个字也没有想到过。然而，有一次我们却走错了路。我们望着一条明晃晃的冰河走去，以为可以缩短一点路程。

提醒我们的是一个老乡，他站在村口大声嚷道：

“你们过不了的！同志，从那里绕过来吧！”

贺龙同志首先勒住自己的花马。但他踌躇着，因为如果从大路上转过去，那是相当远的。最后他这样决定了：

“走直线吧，就从这里过去！”

我们大家都下了马，牵着马匹，一直望着那个小而破败的村庄走去。可是，这不是一件简单事情，那驮着我们和我们的牲口的，恰是一片冰冻着的大水淹没过的田野。冰很薄，随时都有破裂的危险，而人和牲口都会陷进泥沼里去。我们十分当心地走着，试探着，把全部注意都集中在脚上。

贺龙同志走在我们前面，不时洪亮愉快地提示我们一下。

“离远一点，——当心踩破冰啊！”

他的声调使人觉得他是在玩着什么有趣的游戏那样。

大约一点钟后，我们才又重新走上尘土飞扬的村道。而在过河以后，那个自愿做我们向导的老乡，又领着我们走了好几里路，并且仔细地交代过我们的前程，然后才和我们分手。这件事，在贺龙同志看来，是十分重大的，认为这是我们坚持敌后抗战的出色条件。

他奔驰着，不止一次转过身来望我们赞赏道：

“河北的老百姓太好了！……”

其他几个村子，也有自动为我们领路的。我们到达尹庄的时候，已经九点钟了。这并不是一个很迟的时间。当我们正同联络参谋，还有新从重庆来的一个宣传厅的干事，在一家院子里喝着开水的时候，贺龙同志走进来了。他尝了一点，批评道：

“是苦水！”

于是同我们谈起甘肃的水来，以及那里的老百姓对于水的珍惜。你可以随便吃人家的馍，而一碗窖水，有的却几乎同生命的价值相等。

“其实他们做的馍很好吃呢！”他着重地解释道，“这样宽，这样长，就和西式面包一样……”

他说甘肃有的水喝了还会死人；红军长征中就曾经上过一次当。

“我的娘！”他惊呼道，“才一两天就死了一百多匹牲口！那些马都是经过考验的。人也病倒不少！”

他做出一副苦脸，摇摇头，深沉地叹息了。

“那里的冷也要说说，”停停，他又继续道，“那个味道啊，说起来都怕人。这点冷算什么？我记得有句俗话：天下第一冷，要数双眼井。我们恰恰住的就是那个倒霉地方。”

照例，凭着他那广泛的经验和锐敏的联想，一开了头，他的语言总是立刻像大江长河一样倾泻而下。从甘肃和甘肃的风习，他又谈到当时反动派对红军的追击，以及一团骑兵和他们的关系。因为这团骑兵在政治上是进步的，同情红军北上抗日这个伟大目标，不但经常放弃自己担负的追击任务，有一次，甚至把整个军事计划都送给他们了；但是红军的处境仍然十分困难。

“那时候真作难人！”他苦恼地继续道，“打吗，怕破坏团结；不打吗，太气人了！同志！从湖南起，我们就一直给他们写信呢，说我们是北上抗日的，可是连回信都没有！——你看这个国民党欺负人么?!”

他愤愤地望了我们一会，于是叹息着，静静地加上一句：

“同志！老实讲，也只有共产党才肯这样顾全大局呢。”

他沉默了。他把炕几上三个烧饼拿来摆着，叠着，正像是在玩积木一样。但他又一下子推开它们，带点激动地向我们谈到红军和东北军建立起统一战线的经过。而且特别提到东北军的高福源团长。

高福源有一次被俘了，于是和对待其他俘虏一样，红军耐心地向他进行政治思想教育，把巨大的民族仇恨摆在一个失掉了家乡的人的面前；而在几十天以后，这个不久以前还同共产党作战的东北军的团长，终于自愿以一个和平使者的资格，回转西安去了。

“跟他谈话的是彭德怀同志，”他加添道，“第一次就把他说哭了！感觉自己对不起祖国……”

因为那个宣传厅的干事是东北人，贺龙同志问他知不知道这个人物。

“这个人可以说是统一战线的功臣呢！”他接着热情地赞叹道，“虽然没有他中国也会抗战，但是要迟得多！可惜后来牺牲掉了。这个人真了不得，是个英雄！……”

他傲然微笑着，轻轻击了一下炕几。

十六

因为那个联络参谋，还有宣传厅的干事和雷加同志要回后方，贺龙同志约我同其芳一道去吃中饭。

我们到的时候，看见大家都在烤火，保持着一种略带拘谨的沉默，而他自己则像岩石一样屹立在屋子中央。挨近他站着的是周士第同志。他在默默地披阅文件，一只手擎着文件，一只手插在裤袋里面。最后，他颠一颠脚，又不以为然地摇摇头，于是抿抿嘴唇，干练而又沉着地凝视着周士第同志。

“这个不太简单、太空洞了吗？”他沉吟道，“这里只说明了一般任务，还缺少中心工作呀？”

他又注意地把文件翻阅了一会。

“你想，”他继续道，“现在还是个水湿屋子，主要要形成一个战斗中心才好呢。你拿着，等下再找老甘来商量吧。”

他缓慢地退到房门口去了。背靠在门框上，静静地笑着，但却显然正在进行着深沉的思索。其间，客人们的闲谈早已经开始了，话题是东北和流亡关内的东北同胞。我也开始向大家讲述一位东北朋友的故事：因为妻子进了抗日军政大学，自己不但无法工作，还得照顾孩子，兼上一份母亲的职务……

“看到真叫人难过！”我充满同情地说，“人生得胖，又是个近视眼，一天都把孩子抱在手里……”

“这个人要是来当兵，一定会被打死！”

贺龙同志忽然硬朗地插断我，随即走出去了……

聚餐当中，他的态度也没有多大改变，很沉静，很少说话。下午五点钟，在离尹庄三里地的店子头碰见他的时候，虽然开朗一点，和平常一样地有说有笑了，但我总觉得这只是一个外表；显然还有一些隐秘的想法和期待盘踞在他的心头。

当时我们正在路边和莫耶说话，他默默地走近来了。

“莫耶！听说你在行军当中很不错呀？”

莫耶说，起初很困难，现在能够走了。但他怀疑地摇一摇头。

“还不成！再熬一些时候就真的不错了。”

他要我们跟他一起到战斗剧社去。剧社的屋子里只有一个勤务员在烧炕，很清静；但是，几分钟后，那些大大小小的剧团团员，便陆续把屋子填满了。他们像欢迎一个远道归来的家长似的接待着他。而且不断向他提出各种各样的要求。

对于这些要求，他一概承认下来，随又解嘲似的笑道：

“唉，同志！我还是这个剧团的后台老板啊！”

那个剧务主任非常担心缺少女角的问题。

“这个容易！”他断然地回答了，“你莫慌，听说‘抗联’的剧团不错，向他们要人好了。”

“恐怕不会拿好的给你吧？”

“谁叫你先讲出来呢？他们不久就要演戏，看哪个演得好，你们悄悄把名字记下来，我们将来指定人要，她还跑得脱么？你们怎么这样老实呀，同志！”

他的幽默口吻，照样把大家惹笑了；而他随又用拳头在炕沿上狠狠一击，态度严正地添说道：

“一定要找人来！也该让张斌休息了。”

张斌是剧务主任的爱人，抗战前在天津做看护，一个很有才能的演员，已经有六个月的身孕了。这时，那个又黑又瘦的“小八路”已经烧好了炕。贺龙同志摸着他的头顶，瞧看着，问到他的姓名、籍贯，而在知道他父亲是高阳城里的铁匠，自己不久还在学习打铁的时候，他显得有些吃惊似的笑了。

“哎呀！那这个小鬼的成分还不坏呀！你认识字么?”

“认识两三个字。”

“才认识两三个！要努力学习呀!”

他眉头皱着；声调里带着一种深厚的关切。

有人忽然向他诉苦，说是没有武器，在平原上打游击很危险。他立刻同意了这个看法，答应分配些手榴弹和马枪给他们。这很快在所有“小八路”当中引起一阵纷扰，大家都毫无顾忌地演习着使用武器的姿势，笑嚷着。而贺龙同志则认真校正着他们，教导他们在拔去手榴弹盖子的时候，应该注意些什么事项。

当我们离开剧团的时候，天已经黑了。和平常比起来，在回去的路上，他的谈话也同样使人感到有些冷淡。他懒懒地告诉我们，当天军区的一位营长跑来看他，因为知道他爱马，深知马的习性、优劣，还特别牵来几匹马要他品评，并且把其中的一匹自夸得很厉害，真像一匹宝马一样。

“看样子他是想送我的。”他继续道，“只等我说一句他就送了，——我才偏不开口!”

他恶作剧似的冷冷笑了。

回家半点钟后，我们忽然得到了大曹村战斗爆发的消息。这是一二〇师到达冀中后的第一次战斗，我似乎理会到他白天显得冷淡的原因了；但是，就在次日中午，担任作战的六团，便已经愉快地胜利完成了战斗任务。

十七

整整听了一天的大炮声和机枪声，躲了两次空袭。大曹村的战斗，又规模更大地开头了。这距上一次的战斗只有两天。六团的胜利，显然使得敌人更加疯狂起来。

根据情报，河间、蠡县和高阳都有敌人增援出击。在将近黄昏的时候，敌人还放过一次毒气。一个通信兵，嫩得像个小孩子样，驰着一匹红马，往村口奔去了。街上只有如水的月光和哨兵。炮声很密。因为希望能够从贺龙同志那里多知道一点消息，我向司令部走去了。

我没有碰见贺龙同志；而当我退出来的时候，我却忽然听见他那勇猛而又愉快的话语声：

"你们马上反冲锋呀！——听见了吗？马上反冲锋！……"

他在向前线发指示。而且就是这个反冲锋成了功，三点钟的时候，我们摆脱了敌人分进合击的阴谋，向留班塞转移了。留班塞离饶阳十二里，一个相当整齐的村庄。我们早晨七点过一点就赶到了。村街中心空地上搁着几副担架。他就挺直地站在担架旁边，衔着烟斗，两手插在敞开的外套口袋里面。他的帽檐，耳罩和衣领，乃至他那浓黑的胡须，完全结了霜了。

他叫我们跟他站在一起去晒太阳，随又告诉我们：

"我拢得顶早，到的时候小学校才升旗。你看，现在已经上早课了……"

他一直等到直属部队过完了才回司令部去。我们再见到他的时候，是第三天夜里。因为到达留班塞后，他就忙着军事上的布置，不断地接见群众的慰问代表。他的客室里几乎每天都坐满了人。毫无疑问，由于两次大的胜利，一二〇师已经在冀中人民的信仰中站住脚了。而在一般农民嘴上，还流传着种种类似神话的传说。他们讲，老八路真了不起，一时钻在鬼子当中冲打，一时又爬上树，架起机枪射击起来……

我们是为了工作问题去看他的。我们的要求是：我单独留在司令部，让其芳去政治部的编辑委员会，因为“鲁艺”的同学大半都在那里。他神色懒散地倾听着，不时又飞快望我们一眼，笑一笑。而且，没有等我讲完，便同意了。

“你看，一来就碰上乱子！”他又解释似的苦笑道，“从天津带照相机的事，也弄来搁起了。这回六团打仗，要是有照相机，多好呀！许多情形都可以照下来。你们问老乡吧，敌人往河间逃跑那个情形好狼狈呵！大家就五零四散地乱窜！……”

话一接上曹庄的胜利，他稍稍振作起来了。他为我们转述着刚才医务主任向他做的报告。

“好勇敢呀！”他激赏地叹息了，“发觉了毒气，大家还是一样进行战斗。有的拿手巾沾了水往脸上一搭，——又打！有的用尿，有的就把人血糊在脸上；打喷嚏、流眼泪也不管。我已经叫他们写详细报告去了，材料满丰富呢！……”

我们向他称赞了一通那个已经成为全军骄傲的迫击炮手。

“头一次很好，”他纠正我们道，“说打庙就打庙，说打树林就打树林，——这一回要差些。”

回忆着什么似的想了一会，他静静地微笑了。

“我们的迫击炮在内战当中很显过几次灵呢。”他接着说，一直显出一副满足神气，“一次是在应城，敌人一师人围住我们，打了几天都打不退。那个时候，我正在害疟疾。我带着望远镜去侦察，把炮手叫来，给他说，你就朝着那个岩堡给我打吧！我想，这样一来，不但破片伤人，打碎了的岩石，也会叫敌人够受的，——没有猜到敌人的司令部恰恰就在岩堡那里！才几炮就把敌人全打崩了。”

邻室里的电话铃忽然急躁地响起来。因为好一会没有人接电话，他自己跑去了。我们听见他在吩咐抽一部分队伍向着安平方面警戒。随后他回来了；但却站在屋子当中，好一会没有出声。

“恐怕又要搬家了。”他最后沉吟道。

并不改变姿势，他一直沉思着，显出一种无限感慨的表情。

“要是早来三个月就好了，——这样一个水湿屋子！……”

他没有说下去；但是冀中的局势给他带来的苦恼，却是很明显的。在河北平原抗日根据地的建立上，军区的同志无疑已经尽过他们最大的努力，成绩也很显著。然而，由于当时环境比较平静，所有的力量，又几乎全部消耗在初期混乱情况的澄清上面，他们在作战上是比较差的。因此喘息未定的一二〇师的部队，便成了眼前敌人疯狂“扫荡”的主要对象；这也就是贺龙同志所最担心的了。

末了，他退到台子边去，坐下，动手修改秘书送来的电稿。

“你看，”他忽然望着我们笑道，“现在晋东南；晋察冀，冀中，黄河沿岸，敌人都在进攻！像专门找着八路军搅呢！”

其芳忽然提到马匹的事。

“你牵去骑呀，”他懒懒地回答道，“骑死了又来牵呀。”

接着他又从电报的措辞上同秘书开了几句玩笑。但这一切都是很勉强的，于是我们忽然发觉，再搅扰他显然是不行了，所以当周士第同志进来的时候，我们就向他告辞出来。而在临走的时候，他却松松爽爽地笑了。

“回去就赶快睡吧！”他关照我们道，“什么也不要管！——最好你们以后每天下午都睡它一觉！”

十八

转移到任庄的下午，十二里外的武强县城便失守了。听见了大炮声和飞机的轰炸声。晚上曾经接到准备出发的命令，但却平平安安地过了一夜，准备出发改成准备战斗。

早饭时候，贺龙同志神色有点懒散。我忍不住问起他晚上睡眠怎样。

“打了一整夜的电话，”他懒懒地回答道，“也睡不着，脑子里要想事呀。”

“我也是!”甘泗淇同志插嘴道，“连饭也吃不下了。这样老得不到休息，怎么行呀?”

“你看，老甘悲观失望了呢！——我要跟你进行思想斗争!”

他打趣着；而那个名叫苗子的“红小鬼”，收碗来了。

“苗子!”他更加大声地笑道，“我们跟甘主任的悲观动摇斗争，好不好呀?”

“好呀。”那个来自贵州的少年回答。

沉闷的空气立刻变活泼了。

“老实讲，”贺龙同志紧接着笑说道，“整整一个晚上，就只有和五团取得联络这件事，使人高兴了一阵。他们是昨天过铁路的。不过也真可恶，还是老脾气，走到半夜，总是这个说冷呀，那个说饿呀，这一下天不管，地不管，大家停下来休息，烧水，煮饭，——敌人就隔他们五六里宿营呢!”

甘泗淇同志哧地一声笑了。

“乱弹琴！……”

他们随即就谈论到敌情，部队的布置、给养，等等；但我听起来却半懂不懂。我退出去了。到家不久我就听到了炮声。起初很隐约，好像来自遥远的地方，但是，一点钟后逐渐清晰起来，便连机枪声也听得见了。敌机在附近的村庄上盘旋着，投掷着炸弹。第三次空袭后，我到司令部去，我没有见到贺龙同志。那里的空气平静而且严肃。有警卫员戴了树枝、枯草做的伪装在屋顶上瞭望。战士们已经笑嘻嘻地在村口做起防御工事来了。

我在街上碰见了我的马兵，他是替我牵马来的。这是一个健谈家，长征英雄。而且和八路军当中一般马夫相似，他们是极端忠实的，但对学习有点冷淡。我们站在大门边闲谈起来。而当扯谈到空袭的时候，他扔掉烟蒂，谈得更起劲了。好像抽去闸门的河堰里的流水一样，没个停息。

“胡子他倒不会怕啊!”放开嗓门，他带点藐视一切的神气叫道，“长征的时候，你问问看，一天飞机要来炸多少次呀？还不是照样走我们的。有一次，恰好一个炸弹落在他的面前，他手这样一掀，就把它掀到河里去了！……

“笑！哪个还骗你么?！我们都在他后面呀！我亲眼看见的，——他手这样一掀……”

胡子，是贺龙同志在一般干部、群众口中最为亲切的代名。我没有再和马兵同志分辩，但是我的不安，已经被另外一种感情所代替了。我觉得我看见了农民和农民当中那种极可宝贵的单纯的信心，也看到了贺龙同志在群众里面的力量，以及他在一般农民群众心目中多少被神化了的性格上的特点……

午餐时候，我们和他照旧一道在大炮声中用饭。惠伯口战斗后便和我们经常一道行军的吕正操同志，也到来了。当日上午遭到袭击的就是第三纵队的一部分和津南自卫军。吕正操同志说，当敌人距离他们很近的时候，他曾经下令至少支持两个钟头，好在敌人逐渐转移方向，往南面败退了。

贺龙同志倾听着，十分审慎地插嘴道：

“那来不得呢，——司令部哪都打得?”

接着他又叙述了一段有关他前期军队生活的插话。

“就在成都东门外牛市口，”他望着我说，“还是大年初一呢。我和汤子模两个正在吃饭，等前线的报告。我把碗这么端起，嗨，糊里糊涂叭地一枪，把碗都给我打破了。”

随后吕正操同志谈到敌情：他们捉住一个俘虏，才十七岁，东北大学一期生，新入伍的。同时被征调来的同级生还不少，都不愿意打仗。这是敌军官知道的，所以只好用火力补救了。

他的结论是：敌军的人力缺乏得很。

“不但人力缺乏，他什么东西都缺乏了。”贺龙同志紧接着补充道，“枪也用中国枪了，中国马他也骑。在山西的敌人还吃小米、莜麦。”

他似乎已经说完了，却又严正地接下去道：

“老甘！老实讲，我们的敌军工作，还要好生干一下才成呢！他们冀南做得顶好，那些东西都是他们寄起去的，——宣言哟，标语哟，多得很！……”

他咂响着嘴唇，叹息了一声。

“可惜我们懂得日文的太少了。”他加上说。

有谁提到津南自卫军的溃败情形，以及他们不够振奋的士气，他主张应该尽力帮助他们，并且多做政治鼓动工作。这时，半途来到的鲁奔同志，一个冀中区党委的负责干部，闷声闷气地插话了：

“刚才小安还向他们宣传了一阵。”

“哎呀，那小安还不错呀！”这时大家已经吃完了饭，贺龙同志半开玩笑地说。“我很喜欢小安，”他一面接着说，一面走到小安的爱人鲁奔同志身边坐下，“就因为她小得好。”

“小得来随便哪里都可以带起走。”吕正操同志温和地紧接着说。

“是呀！”贺龙同志已经把胳臂亲切地搭在鲁奔同志的肩头上了，“就是放在荷包里也成！”

大炮声依旧繁密。

十九

下午四点钟左右，配备着战车和坦克的敌人，终于又溃败了。战事的重心是大小黄龙。津南自卫军是一个地方性的游击队，当他们撤退的时候，情势相当严重，把这种颓势挽回转来的，是五团之一部的猛烈袭击。五团从侧后方出其不意地牵掣了敌人，打击了敌人，而且从护驾池把敌人驱逐到沧石路以南去了。

我到司令部的时候，贺龙同志正好对二三十个干部讲完了话。他们是被分派出去工作的。自从来到冀中以后，虽然局面极为紧张，但是经常都有大批干部分派出去。有的为了应付友军的请求，有的则被派出去参加民运工作，散播游击战争的种子。

他躺在长凳上，吸着烟斗，一望见我就叹息一般说道：

“敌人大约照顾刘伯承同志去了，部队并不小呢。”

我对津南自卫军说了几句不敬的话。虽然仅仅三个月以后，由于一二〇师的调整，这个部队在岔头镇的战斗当中已经变成了名副其实的八路军的部队，沉重地打击了敌人。它的负责人抗战前在北平做过戏剧运动，小小的个子，只有二十来岁，外表很像一个短跑健将。

“真糟糕!”我说，“听说连司令部都打得不见了!”

“是呀，”他发愁地承认着，“不过它才成立好久呢？坏处是我们来得太匆促了，还没有建立起整个作战计划。像这样大一个队伍，东打一下，西打一下，都要得么?”

他认为目前较为重要的工作是培植地方干部。

“培植地方干部顶要紧!”他加重语气说，“因为风习人情比外省干部清楚。你看陕北吧，现在出来好多人才！看样子都是土包子，文化水准也低，做起事来用处大呢。”

我插嘴说，实际经验有时比书本子重要，他立刻赞同了。

“就拿我自己来说吧，从前又懂得些什么?”他兴奋地站起来了，“五岁就念起书，念到他妈十几岁还连一本《人之初》都没念完；结果打了老师一顿，再也不上学了!”

这时，一个抗联会的同志走了进来，问他五团和六团住在什么地方。这个同志是运了三百多斤猪肉来慰劳战士们的。他把来人留下，一面吩咐秘书去找人领路。等到那位同志走后，我们又从冀中新的作战计划谈到一般的战略问题。他认为战略错误可能发生于两种情况，首先，是由于把战略搁在个人的意志之下，其次，是因为政略错了。

他一再强调：正确的政略是正确的战略的基础。

“比如说吧，”他接着道，“我们既然认清了中日两国各自不同的性质、现状，两国彼此间的关系，我们就规定我们的战略是持久战，在战术上是运动战和游击战。你怕毛主席当真是能掐会算的孔明？政略一搞对头，战略自然就正确了！……”

一个青年同志把他的意思做了一个不大正确的推论。

“我们要是在上海打，那又有我们的打法哟!”他立刻纠正那青年人道，“上海有那样多的工人群众，还不好搅!?”

我乘兴说了一两件淞沪战争时期的往事，他接着叹息了。

“这就是矛盾的地方呀！……”

周士第同志忽然衔着烟斗出现在房门口。这是一个长而结实的海南岛人，生着一副一目了然的坦白沉毅的面孔。平常不大喜欢说话。他的出现，照例是来商量工作，贺龙同志随即同他一道走出去了。

经过好一会后，我们才听见他同另外一个同志在隔壁正房里谈话。那位同志似乎不乐意调动他的人到别部分去，或者是担心人数太少；要是碰见敌人怎么办呢？语气相当固执，好像很少商量余地。

到了最后，我听见贺龙同志毫不在意地嚷道：

“这就对啰！有一班人就可以打吗，——怕个啥哟!”

直到晚饭时候，他才同周士第同志一道回来。吃着晚饭，他们一面充满关切地谈论着战士们的生活和给养问题，以及每月仅有的一点津贴。因为觉得目前可能随时发生战斗，往往又十分剧烈，贺龙同志认为应该经常准备好现成的吃食，小米饭、红薯，都成，决不能让战士挨饿。

晚饭过后，本来已经商量定七点钟出发了，但他忽然又改变了念头，沉吟道：

“同志！我们睡一觉再走好吧?”

“好呀。”周士第同志简洁地回答着。

“大家好几夜都没有睡觉了。”

“就是不走也不要紧。”

“那就这样办吧！——快去快去!”

他随即孩子气地笑了，催促周士第同志立刻去下命令。

二十

向着留楚镇开拔的时候，已经是半夜过三点了。天很黑，气候冷得可以，一个不大佳妙的严寒的冬夜。最初，我们只好步行，在积雪的映照中摸索着走；而上马不久，我们却又把道路迷失了，不能确定怎么走好。

我们在黄甫村村口停下来。所有的人都到村里找向导去了，留在外面的只有一个警卫员，我同贺龙同志。他披着大氅，坐在打麦场边的石磙子上，默默抽起烟来。而从烟斗里不时闪耀一下的亮光中，可以看出他的神色多么宁静。马在啃嚼着浓霜凝结过的枯草。村街上不时传来一阵短促的犬吠声，仿佛来自辽远的地方，使人发生一种奇怪感觉。

贺龙同志忽然同警卫员谈起家常来了。这个警卫员同志，可能是才从部队里调来的，一个经过长征的年轻战士。他那刚才离开的首长是一个团政治委员，贺龙同志向他问起那个政委同志的日常生活：有几条驳壳枪，几支别的手枪，几匹牲口，琐琐碎碎，仿佛一个和善有趣的老人似的。我猜想，那位青年战士一定向什么人夸过口，恰恰又被他听见了，所以希望再听一遍他那幼稚而又自负的口吻。

他问得顶详细的是牲口，而对方不大起劲地回答他道：

“一共有四匹马。”

“都很好吗?”

“有一匹栗色马不错。”

“赶得上我们通信兵骑的马么?”

贺龙同志和那青年人全都忍不住悄声笑了。

“老实告诉我吧!”他又正经地继续道,表明他不是开玩笑,“究竟是怎么个好法呀?”

“总归好就是了么。”

“你要说出它的好处在哪里呀。”

沉默一会,那青年人这才迟迟疑疑,但又十分自信地答道:

“想么,好马你看毛子也认得出来嘛,很顺……”

“真了不得!张桂生已经学会认马了呀。”

他轻声笑着截断那青年人的话头,从石礅子上站起来了。而我自己,则感到一种听完一首朴素的牧歌般的喜悦……

向导终于给找来了。于是我们大家重又各自牵了马上路。那位老乡手里提着盏风雨灯,和贺龙同志并排地走在前面。他已经不像前一段旅程中那样的沉默了,一直同向导闲谈着,问着这一带的庄稼,以及那位老乡本人的家庭生活状况,正像一般工作同志访贫问苦那样。

而当他知道了对方已经结婚之后,于是感觉抱歉似的笑了。

“那就太对不住人了,”他轻声说,“同志!半夜三更的,我们把你从热烘烘的被窝里拖出来……”

听了他的亲切、诙谐口吻,连那老乡自己竟也忍不住笑了。接着,他们的谈话更加亲切起来。他那种容易叫人乐于和他接近,容易取得一个陌生群众的信任的力量,是我从来没见过的。直到我们已经上马,在大道上跑过一段路了,那位老乡还提了风雨灯站在分手的地方,望着我们大声报道着方向,深恐我们走错了路。这使我们这一小队人变得愉快而活泼了。

我们奔驰着,一面随意赞扬着我们的向导和一般河北老乡。有谁讲了一段新闻:上前天敌人逼近饶阳的时候,一个动员,老百姓便立刻实行坚壁清舍，一齐向城外转移。但是，由于工作人员的疏忽和缺少经验，许多人在空袭下牺牲了。

“这简直是乱弹琴!”贺龙同志愤怒地嚷叫起来，“坚壁清舍，就该先对老百姓讲清楚坚壁清舍的办法，怎么能让老百姓胡碰呀!？老甘！这怕要对抗联详细谈一谈才对呢!”

我忽然发觉我的挂包丢了。我拨转马头去找；而当我找到挂包，赶上队伍的时候，我听见贺龙同志正在愉快地叫道：

“只要钳制部队发生作用就对了！老子朝东可以打，朝西也可以打！……”

忽然刮起风来，我只能听到一些不相联属的断句了。

二十一

当到达宿营地的时候，已经大天白日；但是刚才躺下，贺龙同志就叫小鬼把我和那年轻秘书找去了。周士第同志也在屋里，炕上摊开一幅地图。他们正在审视着，一面用红蓝铅笔标示出昨天作战的部位。

贺龙同志是要我们去吃烧饼的，但是他自己却不吃。周士第同志似乎对烧饼也不大感兴趣，他哈欠着笑说道：

“现在就只想睡觉。”

“你还睡了一觉呀!”贺龙同志笑道，“我跟村公所那个小鬼一直扯到天亮……”

但是他的脸上毫无倦容。他显得平静而又愉快，倒像舒舒服服睡了一觉刚才醒来的那样。一个干部队的同志走进来向他请示。而在那位青年同志退出去后，他很怀念地谈起从前一个姓罗的干部队的队长，一再称赞他勇敢坚强。

“随便带几个人，他就敢到大城市里搅，”他对一张屏镜站着，仔细地重新戴着帽子，一面说道，“有一次，连常德第一纱厂的厂长，也叫他拖走了。这都不说，走的时候，还拿他妈这样大一杆镰刀斧头旗子，在纱厂屋顶上插起，一直插了两天。兵工厂屋顶上，他也摸去插过镰刀斧头旗子!”

他忍俊不禁似的笑了。但却依旧对着镜子，耐心地移动着军帽，似乎极力想要戴得更周正些。

“勇敢得很!”他一面平静地继续说，“碰见哪里要作战呀，不管有没有他，一听到就溜去了。他还攻打下一次黄石港呢！那个时候我们有两艘军舰。一艘叫列宁号，还开去打过新堤。就是那种大铁壳船呀!走得很快，上面可以架机关枪，迫击炮……”

周士第同志睐着干枯的眼睛插断他道：

“唉，怎么样呀?”

“我们就开始谈呀。”

他随随便便地回答着，并没有即刻把他那喜滋滋的笑脸离开镜屏。我们退出去了。

刚好睡了一觉，他又叫苗子把我们找了去。一个抗战学院的政治教员在他屋里闲谈。黑胖胖的，扬州人，说话随便，也很无聊。幸而贺龙同志这天心情特别愉快，他一直沉默着，就由对方胡扯下去；仅仅在感到过分无聊时笑一笑。

那位“知识分子”走后，贺龙同志不以为然地摇一摇头，又惋惜地叹口气，接着约我到冀中区抗战建国联合会去。那里的负责人是一个高长长的青年人，抗战前在北平做过学生运动。自从撤离惠伯口后，他就跟着司令部一道打游击了。只是很少住在一个村子里面。

当我们走进屋子的时候，那位主任还在炕上躺着，一身脱得精光。因此他一面坐起来，一面不好意思地笑道：

“你看，我这个人太平观念好深呀！……”

“没有关系!”贺龙同志毫不在意地插断他，“跟着我们一道，你再脱光些也不要紧!”

“也正因为跟你们一道，我才敢这样呢。你问吧，这还是一年多来的第一次！”

随后，我们就谈起抗联主任那匹小红马来了。由于长期战争生活的需要和锻炼，贺龙同志一向很喜欢马。而骑上一匹好马驰骋，又正和他在革命道路上勇往直前的精神和性格上的豪迈相称，所以看看小红马可以说是他来抗联的一个主要目的。

根据一位同志转述，抗联主任曾经夸口他那匹小红马是冀中第一匹好马，因此，贺龙同志一开始就用一种行家口气向他问询起来。

“跑得怎样？”

“还快。不过你不要听他们瞎吹吧！”

“跑的是野鸡柳子吗，蝉头？”

抗联主任莫名其妙。于是贺龙同志又用手势和声响区别着马的种种步法，而且一直有声有色地说了下去。

“我生平就爱马！经过的好马也不少。”他满有兴致地继续道，“我还有过一匹宝马呢。头，只有拳头这样大；颈项，巴掌宽一点子，绵羊那样大小；后腿子要长这么多！由安顺到贵阳有四百里路，可以一早赶起去吃早饭。它的特点那才叫奇怪，随便你好多草呀，料呀，都喂不饱它；一面吃一面拉；肚子里结了胆了。”

因为看见我们一句嘴也插不上，他忽然望着门外嚷道：

“张娃儿！你去把那匹小黄马牵来，骑起给史主任看看！”

我们一同到村外去了。

然而，小黄马的表演没有叫大家怎样满意。他自己也老是摇头，惋惜着张娃儿和那畜生步法上的错误：“又颠了！”或者：“他压不住！”最后大声嚷了一句：

“一定叫马兵骑坏了！”

于是脱掉大衣，贺龙同志亲自骑上那匹小黄马去了，在广阔的平野上驰骋起来。

二十二

我们又转移到饶阳、肃宁间的东湾里村来了。司令部提出来的口号是争取两个星期的休息。而在那一段时间当中，那个小而整洁的村落，几乎变成了一个小小的太平世界。

然而，由于贺龙同志正在开始执行八路军冀中总指挥的职务，而他的最亲密的战友，一二〇师的政委关向应同志，又刚从路西赶到了，因此尽管我们得到了充分休息，他却反比以前忙碌。几乎常是这样，只要关政委一出现，司令部就立刻更为活跃起来，经常召开着大小会议，军政干部不停地进进出出。

初到东湾里村那天，看来他还相当清闲。就是这天，我们正一道吃午饭，一个浑身穿戴得臃肿不堪的青年干部，由警卫员搀扶着进来了。这是一个连级干部，才被分派到地方部队不久，是因病回司令部来的。那是一支刚才成立不久的游击部队，作战地区在安国、无极一带。

贺龙同志叫苗子给病号盛好饭，一面耐心倾听着那年轻人的诉苦；终于取笑他道：

“该不是大炮吓病了吧?”

“吓病了的!”那年轻人气愤不平地叫嚷了。

“不是我不相信!”但是贺龙同志故意地揶揄他，“一定是怕死装病跑回来的!”

“怕死我又不到敌后来了哟!”

“还好意思要人扶呢。”贺龙接着说，“我前一晌不是一样吃不下饭么?还是照样做事。我比你的岁数大一倍呀!”

他笑嘻嘻逼视着对方：那青年人沉默了；噘着嘴巴吃起饭来。但不一会，却又开始向贺龙同志诉说他对那支地方部队的不满：长官不能调动，经常有一半人请假，而且敌人一冲，便都立刻换上便衣，回家去了。

“问题多得很，”那青年人恨恨地说，“讨厌透了！”

“没有问题，要你跑去做什么呀？”贺龙同志紧接着反问道，“给我少讲点空话，赶快养好病回去吧！”

等那青年人走后，他还约了我到外面去逛。几乎全村都走遍了。他的态度潇洒而又愉快，碰见老百姓总要扯谈几句，问东问西，仿佛他是出来调查风土人情的一样。随后我们又去看了新从延安来的抗大同学。一共有六七十个，有些是部队里送去的干部，一小部分是外来的青年学生。凡是干部，他差不多全部都能够叫出他们的姓名。

在一间黑洞洞的房间门口，他问一个小个子青年道：

“搅了这么几个月，该学到不少东西了呀？”

“学到了一点。”

“思想意识锻炼得怎样了呢？”他接着问，声调里渗透着深长的挂虑，“还记得吧！有一次，叫你去放哨呢，你躺在老百姓家里睡觉！再这样，谨防我捶你屁股哟，——啊！？”

这间屋里的十多个青年干部当中，有两个是他外甥；可惜等我知道的时候，我们已经走出来了。一个是他大姐贺英同志的儿子，一个是他幺妹贺满姑同志的儿子。关于他的幺妹贺满姑同志，我还第一次听到，因而忍不住追问了几句。

“他娘被捉去杀了的时候，他才这样高点。”他回答道，“老子也跟着我牺牲了，就剩这一个仔。”

他的声调平静，他的表情给黄昏掩盖了，无法看得清楚。但是不管怎样，当我们到了那间住着二十多个青年学生的窑洞里的时候，他的兴致依旧很好。他一个个问明他们的姓氏、籍贯，而在末尾，总要照例加上一个使人发笑的按语。

“啊，是个河南侉子！”或者：“那么又是一个山药蛋了。……”

他仔细地瞧看着那位广东同志。

“你们广东人总是这样小个子，瘦瘦的，一眼就看出来了。广东妇女一般都眉毛弯弯的，长长的，颧骨这么突起来一点，——你说是吧?”

他的刻画，使得那个河南青年笑得来打噎了。

其余的人也都忍不住笑起来。这时候屋子里已经完全为昏暗所占领了。风从破烂的门窗窜进来，夹带着融雪的寒气。然而，毫无疑问，我们在精神上却是光亮而温暖的，贺龙同志亲切活泼的谈吐，已经把暗夜和寒冻赶走了。

最后问到的是一个归绥城里的青年，大大的个子，他那阔而甜润的声调带着一种草原意味。

“同志!”这一回，贺龙同志多少带点激动地大声说了，“想打回老家去，恐怕要多努一把力呢。我们一连去打过两回，都没有拿下来。好在根根给它栽在那里了。”

吸吸烟斗，于是他详细叙述了一通八路军在绥远的进展情形：一路已经穿过长城，伸展过去，到达了河套西缘的托克托；一路接近了热河的南部，当时正在百灵庙附近作战。而且，除了城市，广大的乡村已经变成坚持抗战的重要地区。而一个前途广阔的大青山根据地，已经牢牢扎下根了。

“现在绥远的毛病，并不是少数民族问题，”他生气勃勃地继续说下去道，“回民很好，蒙古人也只有一个德王，只要加强政治工作，就更加好搞了。”

随后他又带点憎恨谈起绥远中上层社会的一般陋习。

“那里抽大烟的太多了!”他严重地说，“有人来，不请他抽大烟他会怄气。而且土匪如毛！不晓得有好多强盗啊！过去军阀、地主的剥削太残酷了。老百姓都喜欢枪，就和四川人差不多，见了枪就笑得跟熊样!”

在说到四川人的时候，他笑着用右手拐靠了我一下，随即离开那只他一直拿背靠在上面的立柜。

他显然准备走了。而在临走之前，他又像一个长辈那样问起他们的日常生活情况，叫他们开张单子，看还需要些什么补充。随后又顺便到副官处走了一趟，叫把那些青年人的菜金暂时由每天六分加到一角，优待一下，好让他们滋补滋补。

二十三

整整有两天时间，我们没有看见贺龙同志。晚上九点钟秘书正在收听广播，我刚睡下不久，贺龙同志衔着烟斗走进我们的屋子里来了。我从炕上坐了起来。他顺手用电筒照了照我的铺位，皱着眉头问我，为什么没有褥子呢?

我支吾着回答他：这样就很不错。

“那怎么成!”他不以为然地摇摇头说，把电筒抛在炕上，一面在床对面大柜边的长凳上坐下，“让我想法子弄一床来吧。这要不得呢！——这无论如何不行!”

为了改变话题，我问起前天他给我看的那一份奇妙的报告是怎么来的。那份报告的确别致，它写在一帖小小的账折子上，字迹粗拙，用野话攻击着独立二支队的一个营长。上面还画有一幅同样粗拙的漫画：一个赤条条的人被反缚了手跪在那里；这大约便是那个不得人心的营长了。

我静静地等待着一个满意而详细的答复，但他似乎不愿意讲；只是平平淡淡回答我道：

“是一个战士送来的。”

他随即充满忧思地凝望着我。好像心事重重，很不快活。

“这是他娘的什么队伍啊!”最后，他摇摇头叹息了，“两千多人就有四五百个老婆。行起军来一长串大车，单是家眷就要住一个村子。还有一两部分也差不多。同志！你说这样的队伍怎么能打仗呢？”

他显得忧郁而又困顿，终于无可奈何似的笑了。

“自然，好的究竟多些。”停停，他又显得愉快地笑道，神色也逐渐开朗了，“因为这里的大部分武装，差不多全是地方党搞起来的，有政治保证。一分区几个大队就很不错，可以算是冀中顶打得的，东边紧打东边，西边紧打西边。不过还有很多游击气息，这不大好……”

他沉思着，随又带点宽容口气加上一句：

“这也难怪，他们的党龄、军龄才好长呢。”

他十分爱抚地瞥我一眼，于是专心专意，用火柴棍拨弄烟斗里的灰烬去了。他接连这样做了好几次，拨松过后，又重新折裂一片火柴匣子，在蜡烛上点燃，吸燃它。而这中间，他一面懒懒地讲说着目前冀中的局势，而且一再地叹息道：

“要是早来两个月呀！……”

我忍不住表示了点我的疑虑，认为有的部队，显然是存心避免战斗。

“那你又看错了！”他反驳说，不住地摇头，“实际上每个分区天天都在打呀。毛病是没有一套完整作战计划：营要依靠大队，大队要依靠支队，大家挤在一团！不要说平坝子里，就是山地作战，你也要有些队伍去牵掣敌人，迷惑敌人，主力部队才好搅呢。现在挤得连身都转不过来，打起仗来就跟正规军一样！你想，这个怎么行呢？”

他恼怒地眯缝着眼睛，额角上的皱纹增多起来；但他随又获得自信似的笑了。

“这两天大家商量了一下，”他紧接着加添道，“几个大队都摆出去了。”

于是他开始把双腿架在炕沿，用大衣衣襟盖好，静静抽起烟来。他显出一种满足神气，而一刻钟前出现在脸上的忧虑，就像他那柚木烟斗里的烟云一样，已经消逝尽了。

为要打破深夜的沉寂，停了一会，我问起他对于目前大局的观感。他告诉我们，敌人已经在准备进攻大西北了。平绥路、平汉路和同蒲路的敌人正在加紧运兵。一个目的是攻占郑州，一个是西安，另一个是延安。而敌人目前在华北平原上的“扫荡”，正是进攻大西北的重要准备工作之一。强盗们这样做，是因为华南、华中没有前进的可能了，而那些地区的湖沼山地已经变成了敌人机械化部队的坟墓！

此外还有一个贺龙同志认为极端重大的理由。

“那里的群众更够他搅！”他接着说，已经兴奋起来了，“都是有斗争经验的！比如广东、闽西南、闽北，江西更不用说，大部分地方原早全是苏区；另外像湘鄂边、鄂北、鄂西、湘西南，还有鄂豫皖，我们都在那里搅过，只要碰一碰，他就尝到辣椒了。就单拿地势说，你看，一个白螺矶，敌人攻打了好久呀？”

他又详细地为我们描绘了一番白螺矶的地形，打着手势。

“同志！那里原早是我们的海关呢。”他得意地笑了，“水浅的时候，你看，轮船这样一弯，那样一弯，总要经过那里才通得过。每个月可以收十几万元的税。那个时候，我们就拿百多门土炮在那里架起；炮弹这么大，一齐放起来满厉害，烟筒一碰上就垮杆了。有个时期，我们搅得它断航了四个月！”

他振臂一挥，比了个手势，笑了；随即沉默下来。

“据我个人的意见，敌人搞西北很困难！”停停，他又比较平静但很自信地说，“晋东南他拿来怎么办？还有晋察冀，晋西北；还有那么大一块陕甘宁边区。不把这几块地方收拾干净，他不敢西进的。可是，这几块橡皮糖也就够他黏了。”

显然由于对党中央、对毛主席的深切关怀，收音员忽然充满挂虑问他：“敌人为什么要进攻延安？”

“这还不明白吗，同志！他知道共产党威信最高，抗战又最坚决，想在政治上打击我们，把党中央所在地搞掉呀！但是毫无用处，——共产党是在大山里住惯了的！”

他随随便便、但是信心十足地回答着；一面拿起电筒，准备走了。但他忽又走向那只关闭了的收音机跟前去，把电门打开，希望听听中央电台的广播。然而，这是一桩不好受用的事，那时常听到的几乎全是一片因为敌台搅扰而来的使人头痛的杂音。

这晚上他恰恰碰上了，于是摇摇头苦笑道：

“真太可怜了。”

随即关上收音机的电门，走了出去。

二十四

一天早饭过后，贺龙同志在火盆边慢条斯理地更换衣服。屋子里只有我同那秘书两个人。秘书年轻好动，一向熬不惯沉默；他先是吃吃地笑着，后来终于孩子气地扯起来了。他急于想表白的，是关于一个新从延安学习回来，只有一只胳膊的团长参加大小黄龙战斗时的勇敢行为。

年轻秘书模仿着那位勇士的神情，随随便便，满不在乎。而且，真像面前爬行着一辆正在行进的坦克一样，他咒骂了一句粗话，同时左手做了一个向下投掷手榴弹的动作……

这时，贺龙同志忍不住笑起来；他已经把衣服穿好了，在扣纽扣。

“这不算啊！”他就敞开上衣笑着说了，“你们还没有看见他当红四师师长时候的情形，那才真是勇敢！有一次在鄂西作战，敌人一师人追我们，他一个人带一班人断后；就蹲在山口上，面前摆起这么一大堆手榴弹！……”

他比比手势，依旧扣他的纽扣去了。最后，他又重新夸奖着那个只有一只胳膊的团长，承认他是一个好干部。

“是不是好干部，你要在最艰苦、最危险的时候去看他。”他着力地说，“好的，一定坚决，一定不悲观动摇。贺炳炎这个家伙就越打越硬，尽管环境极端困难，他也拿得出劲来！”

为了使得他的意见能够在人们头脑里站得住脚，他是喜欢举例子的，而且一般都具体生动。因此他接着叙述了一段大小洪山战斗的故事。那个时候，部队刚才从洪湖拖出来，非常疲惫；可是敌人的追击却越来越紧。停下来反攻吧，也有问题，他们还没有弄清敌人的番号。于是他给了贺炳炎同志一个捉俘虏的任务，限他一天办到；而他真的一天就办到了。

“你不要看他一只手吧，”他又得意地补足道，“打起架来，你两个人也打不过他呢。”

最后，他又用一种愉快调子谈起贺炳炎同志的身世。

“湖北松滋人，就在长江边上住家。”他微笑着一直追述下去，“母亲早过世了，只有一个父亲。他在一家铁匠铺当学徒；因为松滋附近就是苏区，这个小铁匠忽然自动跑来替红军喂马了。可是，喂了几天，大家嫌他太小，都不要。还哭了他妈一场。我恰恰去碰见，就说，好好好，把他拨到宣传部去提糨糊桶子吧。那时候才十四五岁，又不肯长，这么点高，不搭板凳就会把标语贴歪！后来老头子跑来找他，也加入队伍了。”

正说得上劲，那个被他描写的对象，忽然走进来了。

这个矮而健壮的同志，黑眼仁相当小，炯炯地射着闪光，一眼便可看出是个心直口快的人。他穿着整饬，就是搬来搁在一个肢体完好的同志身上，也都毫无愧色。他把右边的空袖管服服帖帖地塞在口袋里面，乍看起来，你会以为他不过是在努力搜取东西，或者是一种习惯了的姿势而已。

一看见他，我们更加忍不住笑起来。而且仿佛做戏一样，秘书一面又把他那抛掷手榴弹的精彩动作表演了一番，这引得对方难为情地笑了。于是我请他讲讲沿途的所见所闻，他刚刚讲了一两桩顽固派的丑恶行为，一个“小八路”给他的首长送电报来了。

这样的电报，几乎每天总有一次，报告着晋西北以至大青山一带的战斗情形。但是贺龙同志并不立刻看它，依旧倾听着贺炳炎同志的洪亮的谈吐；而且一直带着那种愉快神情，仿佛是在倾听一个亲骨肉述说自己的冒险经历一样。直到那位健谈家因为觉得不合时宜而微笑着停歇下来的时候，他才把那一大沓电报逐份看了下去。他盘着一条腿坐在炕沿，右手撑在炕上，支持着他那略微倾斜的身体。

他翻阅着电报，有时皱皱眉头，有时长长松一口气，而他忽然轻声地朗诵起来：

“白汝斌现已到达包头西乌拉山一带，并已在离包头五十里之地，结合人枪百余。不久可能增至二百以上……”

他朗诵着，眼角的笑纹逐渐扩展开来，终至于笑出声气来了。于是坐直他那充满精力的魁梧的身体，用右手连连敲击着那些电报，一面绕视着我们，一面大感兴会地笑起来。

“你们看顽固派有什么办法呀！……”

他是笑得那样酣畅，以至于呛咳起来了。

“同志！这个白汝斌还是个一条腿啊！”停停，他又夹着笑声继续说了下去，“才出去好久呀？已经搅出一个队伍来了！而且就在包头附近！这太有趣了，——正在谈顽固派！”

仿佛刚才做过繁重工作那样，他十分舒畅地吁了口气，重新展阅起电报来；但却从未停止过他那种显然被抑制着的无声的哑笑。这种笑，只有那些饱经风霜，而又具有崇高信仰的人才会有的。他是笑得那么纯真而又深彻。

等到看完全部电报，他更显出一种沉酣在壮丽幻想里的表情，微仰起头，深思地眨着眼睛；然后自语似的笑道：

“这个白跛子太有意思了！——正在谈顽固派！……”

周士第同志不声不响地出现在房门口；但他并不进来，就停在房门边告诉贺龙同志：侦察连已经从河间回来了。

“那就叫他们去摸呀。”

“让别部分也派点人吗?”

“还是自己单独搅吧，免得拖泥带水!”

他声调轻松，而且一直感觉有趣似的笑着。

二十五

我们一同到于庄的抗联会去。因为这里的大道，也同冀中其他地区的大道一样，为了钳制敌人机械化部队的活动，通通给老百姓挖毁了，全都成了半人深的沟道，我们只能在沟道边的小路上走。这是相当吃力的，随时还得躬下身子，迈过那些拦着去路的枣树的枝条。我们大家都以一种敏捷的动作走着，不时又得跨过沟那面去。

天空高朗，耳畔隐隐传来大炮的轰鸣。越过平汉路后，这便已经成了家常便饭了，最近四面的战斗又都进行得很好，所以我们毫不把它搁在心上。快到于庄的时候，一个老乡跟着一架牛车正从前面赶来。里面装着一个友军的战士，一辆自行车，此外便再也没有值得用牛车运送的东西了。

贺龙同志老远就停下来。他发愁地审视着那牛车；等牛车走近身了，他柔声问道：

“同志！你有自行车，为什么还要坐老百姓的牛车呢?”

“前边的河解冻了。”牛车上的战士嗫嚅着回答。

“啊!”他沉吟着，望望那条几丈以外的明晃晃的河流，“那么过了河呢?”

“过了河我就下来。”

他想了想，就让那牛车走掉了。但他并不放心，一面走着，一面不断回转头去张望；直到那架牛车赶了转来为止。

接着我们很快到了抗联。这时候，高长长的抗联主任不必说了，所有工作人员全都立刻活跃起来，差点挤破那间狭小的房间。他们都希望被介绍给贺龙同志。这些男女青年，几乎全是抗战后从北平回来的，他们有的穿着军服，有的则照旧保持着刚从敌占区工作回来的乔装：羊肚帕，破棉短袄，一个地地道道的河北老乡。

接着，一种愉快活泼的谈话就开始了。他一个个简单地叩问着他们的经历，又从头到脚打量一番，于是闪烁着他那灵活生动的眼睛，来一两句有趣的考语。其次的话题是前一天夜里东北救亡总会华北战地服务团的晚会节目。

他不大满意他们的“沈阳花鼓”。

“内容不错，就叫两个女角给弄坏了！打扮得那么花花绿绿的，东一扭，西一扭，——这一来什么政治意义也扭完了！”

好像大家的发笑，乃是一种不信任的表示，接着他又举出一些旁证。

“你们想想我们警卫连那些战士吧！”他接着说，随即装出一副萎靡神情，“先都这么懒妥妥的，像就要打瞌睡，沈阳花鼓才一登场，大家的精神都马上振作了，——都振作到那两个女角身上去了！无论如何这在目前是很有害的！”

停停，他又严正而忧虑地环视着我们，添加上一句：

“你不要说，同志！这是一个值得考虑的大问题呢。”

在批评话剧《一心堂》的时候，他的意见也很令人信服。

“这个戏搬到河南去演更好，那里有很多红枪会，日本人正在想方设法利用。不过，那个演大将军的，还没有把性格拿稳：太精明了！那样精明的人，他会随便受人摆布?”

一个青年同志，忽然担心起祖国的前途来了；而他立刻不假思索地插入道：

“一定是民主共和国！同志！你难道还怀疑吗?”

“那不知道还要多少时候啊。”

“不多！五年就够了！”

大家都忍不住笑起来。好像贺龙同志讲的是句笑话。因为这些青年，都是在国统区成长起来的，对于种种极不民主的事实，知道得太多了！

“你看啦，”正因为如此，贺龙同志认真地继续道，“怎么五年会不成呢？你一面抗战，一面就建国呀！同志，不要说远了，现在的晋察冀，不就是民主共和国的基础吗？县长民选，村长民选，人民群众全都有了自己的组织，——这不是民主共和国的基础吗?”

在他热烈的声调里响着一种虔诚的信心，而他所列举的一些事实，又是千真万确，他们已经和正在亲身体察到的，因此，对方难为情地笑了。

停歇一会儿，贺龙同志又柔声地转圜道：

“你不要说，同志，抗战对中国进步的影响大呢。不说旁的，要不是抗战，你就再搅十年八年，也不会弄到一个县长才拿它五块钱一月的！你看这个进步多大，算得清吗?”

他自信地点着头，特别爱抚地凝视着那个由于对党所领导的抗日根据地的政治制度、政治生活还不怎么熟悉，因而对祖国前途缺乏信心的青年。

“你们还没有见过清朝时候的县长那个威风哟!”停停，他又用回忆的调子，以辛亥革命前的历史事实作对照，继续说下去，“出街时候前头两根长号，一群戴尖帽子的皂班，又是堂勇！不准老百姓包白帕子，大家都得站起来，——你再看现在的县长像个啥样子吧!”

他顺手指指那个曾任县长的青年部长，大笑起来。

“就是这样一身!”他边笑边接着说，“灰布帽子，灰布衣服，钻到那里，老百姓哪里能够认出他是县长?”

便是那个忸怩不安的青年，竟也毫无忌惮地笑了。

“你再拿我们史主任说吧，”他又感情洋溢地紧接着说，“不抗战他会钻到这里来吗？还不是依旧在北平讲恋爱，兜汽车，吃大菜！还有我们的文学家，在上海他至少有一套干干净净的洋服么，——现在你们看他身上有多少虱子吧！”

他笑着指点出我。而当大家笑起来的时候，他的态度却又立刻变严肃了，语重心长地提示道：

“同志，要多往进步方面看看，我们对抗战才会有信心呢。”

因为大家热烈的邀请，他随又为他们讲了一些内战时期的故事。他讲到战士们的勇敢、艰苦，以及赤卫队在土地革命初期成长过程中一些必不可免的插曲，既使我们受到巨大革命传统教育，也使我们感到愉快。而对革命说来，他是一个多么好的宣传鼓动家啊！

最后，他拖住一个十二三岁的小女孩，半开玩笑地要她承认自己做她的爸爸。他对孩子们总是那样喜爱，就像自己亲生的女儿一般。

“写张字约，就暂时叫爸爸，好吧？”

“不！”

“还是不！那我再让点步，做干女儿好吧？……”

我到邻室去探望那个曾经在天津做过乞丐的农会主任去了。而当我们一道转来的时候，他已经达到一个最低限度的要求，而且把那小女孩彩云这个名字改成捷长。

他把双手搭在捷长的肩头上，俯视着她，轻声道：

“知道么，你还有个妹妹，叫捷生，才这么一点子高就跟我过草地……”

他一面说着，一面用手比着高矮。

二十六

几乎有两天时间，贺龙同志忽然变得困顿而又沉默，和平日完全不相同了。

这天吃早饭，他更加显出一种十分疲惫和心不在焉的神情。他的一切举动都很懒散，掏两口饭，便又把筷子拄在碗里沉思起来。仿佛他在尽着无聊的义务一样。他那颇大的食量也减少了很多，才吃了半碗饭，便退回屋子里去了。

随后，我走近房门边去，希望同他谈谈。他轻声地苦笑道：

“你进来坐呀。”

我带点拘束走进去了。但是，我感到一种深重的忧虑，竟然找不出一句适当的话来，仿佛断了舌头一样。这种尴尬情形，可以说是我们几个月来仅有的一次，印象最深。我们彼此都浸没在沉默里面。他架了腿子，坐在一张矮椅子上，面对着可以看见天光云影的敞开的窗户。他用双手兜住后脑勺子，眼睛不住眨着，闪着忧愁的柔和的光芒。最后，他皱着眉头，咬咬嘴唇，忽然凝神地对着我看望了。

随即把双手落下在膝头上面，同时吁了口气，他问我：

“你看过伤兵开刀么？”

“卫生处搬来了吗？”

“就在副官处附近，——应该去看看呢。”

他站起来，睐着充满忧思的眼睛，不声不响走出去了。

我立刻跑到副官处去。最近我们周围都在不断地进行战斗，这是我知道的，但我还不清楚卫生机关就在东湾里村；我几乎被当地的和平气氛弄麻木了。找了好久我才找到那个远在村外的卫生处开刀的地方。然而，我去得不凑巧，副官处、卫生处的负责人都不在！而那位伟大的国际主义者白求恩大夫又是极严格的，不轻易让人进他的手术室，于是只好回去。

贺炳炎同志正在屋子里和秘书谈天。题目是一对青年同志的恋爱。我也勉强参加了进去。但当我们正把一件细事看作重大发现的时候，贺龙同志走进来了。

他追问着我们谈话的内容。而当年轻秘书笑着向他诉说的时候，他懒懒地切住对方的追述：

“这是造谣！她要他买红布做什么?”

他又找了一个反证继续说了几句。但是他的欢笑是做作的，使人感觉不很自然，而这件经常很可能使他发一大篇议论的题目，显然并不怎样叫他关心。他随即取了那份五团新近送来的报纸《战旗》，摊在炕上，坐下，默默阅读起来。

其间，贺炳炎同志忽然孩子气地笑了，说道：

“师长！那个白大夫开起刀来可蛮呢！从前帮你做饭那个老王，也叫他把腿杆锯了。他在六团团部里当司务长。他问我：胡子在哪里呀?我说就在附近，——嗨！这个家伙马上就流起眼泪，哭了。说：‘我想看一看他。我跟他一道干革命这么多年，现在腿杆也搞掉了！’……”

贺炳炎同志忍不住笑起来。贺龙同志扬起脸望他一眼，也勉强笑了笑，接着又低下头，照旧读他的报纸去了。

他盘了一条腿坐在炕上，一只手斜撑着身子，右手大拇指的指甲在芦席上随意画着，嘴里低声哼着一种模糊不明的曲调。十分明显，他很不快活，正在尽量控制自己的感情。

但他终于慢慢昂起头来，苦笑着叹息道：

“昨晚上一整夜没有合眼睛啊。”

我们都沉默着不作声。

“翻来覆去总睡不好！”他接着说，口气听来叫人有些难受，“早上一早，我就到卫生处去了。脚呀，手呀，一大堆！同志！这就是我们共产党人的肉，共产党人的血呢。”

他用同样闪着柔和的光辉的眼睛直视了我一会，于是发愁地笑笑，吁一口气，拿起油印的《战旗》，在炕上躺下了。仿佛决心要隐蔽起自己的感情似的，他双手绷开报纸，轻声地朗诵起来；但是，他的语气是沉滞的，几乎每句、每字一顿，同他平日的开朗、豪迈一点也不协调……

下午，在和周士第同志谈到伤兵问题的时候，他的神色照旧显得很不快活。他不大赞成他们以往的办法，仅仅派一个侦察班，就把成百开过刀的伤兵送到铁路西边晋察冀军区去。他以为这是很危险的；虽然从来没有出过岔子，并且每一次都有老百姓帮助侦察放哨。有一次，因为敌人正在铁路沿线进行“扫荡”，无法到路西去，群众甚至自动负起责来，让伤兵改了装，把他们一个个分批地送到目的地去。

但他不相信这是长久之计，谁也不能保证不会发生危险。

“绝不能老是这样，”他一再苦恼地说，“最好赶快发展两个游击队，沿铁路搁起，这就一点问题也没有了。”

他又叮嘱到伤员们的伙食，认为应该多派几个勤杂人员一道照顾，但是一位同志含笑说道：

“他们都不愿意去。”

“为什么呢?”

“近来有些人笑他们是犯过错误的。”

“这样说不对头呢!”他有点兴奋了，“一个同志犯了错误，难道胡子这样长了，他的错误也还在吗?这不对呢!你们应该随时考核，看他犯的什么错误，改过没有，改过了就马上注销!”

他愤愤不平地沉默下来，随又关照周士第同志道：

“士第，你一定把这件事好生搞一下吧!”

随后，虽然已经是黄昏了，他还约了我们一道出去游逛。他沉默地穿过街道，嘬着烟斗。我们始终没有谁说一句话。途中，我们碰见两个入伍不久的“小八路”，只有十二三岁，穿着空空荡荡的大人的军服。他用手招呼住他们，一个个帮他们扣好那敞开着的领口，很当心地。

二十七

使得贺龙同志这几天发愁的另一原因，是新兵问题。

还在任庄的时候，他就担心着这件事。近两个星期来，我们又陆续进行了窝北战斗，黑马张庄战斗，以及河间附近的伏击，兵员的补充自然更需要了。然而，困难还不在这里，冀中群众入伍的踊跃，是很不寻常的，兵源问题不大；但是，在集合和输送当中，却常常有被敌人冲散的危险。

曾经有两三次，他忽然没头没脑望着周士第同志沉吟道：

“莫是打散了就糟了呢！……”

然而，有一天，我们正吃中饭，大批的新兵终于来了。护送的是一个连长，年岁很轻，外表看起来嫩得像个小鬼。聪明英俊，穿着非常整齐。他是从警卫连来的。他交代完毕就要回去，但是贺龙同志却要他留下来，等到编制完成后再走。

他玩笑似的望着那个表示拒绝的青年人说道：

“你一定留下来！要多给他们做些政治工作才对呀。”

“连上还有许多工作要做，我们又没有指导员。”

“这也是工作呀！还记得你自己入伍时候的情形么？今天鼓动，明天鼓动，没有把人的嘴巴说得来翻白泡，我才不相信呢！”

“我倒没有要人鼓动过哟！”

“你敢说真是这样?!”

贺龙同志摆出一副认真的神气，逼视着对方；而那青年人立刻笑了，但也显然被说服了。

“在八路军当中，不做点政治宣传工作那才怪呢！赶快坐下来吃饭吧，吃了就带他们到六团去。”

于是我们继续吃起饭来。而贺龙同志的神色，再也不像前两天那样的忧闷了。他一面吃着，一面向甘泗淇同志诉说着他最近一向的忧虑。并且深自庆幸，以为只要兵源不成问题，任何残酷的战斗就都不在乎了，一定能够战胜敌人。

他把筷子拄在碗里，凝神地望着我们，叹息似的笑道：

“你想，四面都是敌人，天天都要打仗，没有补充不完事呀!?”

“这该感谢马克思列宁的在天之灵!”

有谁情不自禁地开了句玩笑；我们大家忍不住哑声笑了。

照例，吃完饭他就立刻回到寝室里抽烟的，但他依旧留了下来，守着那个落后一步入席的青年军官。他慢条斯理地把烟斗摸出来，一面装着烟末，一面打量着那青年人。

“这个小鬼怎么弄得这样漂亮呀？又是皮帽子，又是皮挂包！什么地方搞来的？该不是找到老婆了吧?”

青年军官只顾吃饭，一张脸涨得通红。

“我给你说，”他接着道，“讨老婆不要紧，可不准同土豪的女子结婚！这是要受批评的，懂得吧?”

“现在根本还不是结婚的时候。”

青年军官回答，随即搁下饭碗，站了起来。

“这样想就好得很!”贺龙同志衷心地赞许了，显得十分愉快地笑起来，“等到抗战胜利了再说吧。我给你讲，那个时候，自己又是革命战士，人又年轻，还愁找不到一个好的对象?”

说着，他又重新装起烟来。而那个青年人也把烟卷摸出来了；于是他又笑着指责他道：

“怎么还抽纸烟呀？总部早就通令禁止抽呢!”

青年军官的脸一下红了，显得有点羞惭。

“好吧，通融一点，这一盒抽完，就不准再抽了。”

他的声调里带着一点娇纵；停停，他又认真地加添道：

“我给你讲，最好是抽旱烟。你看吧，容易买到，又不贵，我一个月顶多才抽一块钱的。”

这个青年军官显然给了他一个好印象。因为当他把那大批新兵带走以后，贺龙同志回到屋里，依旧带着那种因为感到夸耀而来的愉快，而且仿佛谈说一种灵迹那样，轻声道：

“你不要说，我们八路军这一类小鬼很不少呢。”

吸了会烟，他又提到我在延安认识的一位同志。

“这个同志，小时候也满聪明呢。才这样高就跟着我。广州起义失败过后，我们一道住在香港，他就天天穿件长衫子，戴顶破皮帽，到码头上接人，没有出过一回乱子！”

我问他知不知道那位同志在上海时一场失败了的恋爱；但我还没讲完，他便不以为然地把我的叙说给截断了。

“那根本不会成功！”他紧接着说，“我早就说过，他对象找错了！那些人都是小姐，怎么能认真呀！?”

他的神色显得有些恼怒不平。

二十八

已经是夜深的时候，贺龙同志走来同我摆谈一部分“鲁艺”文学系的同学要求返回延安的问题。

“你应该劝劝他们才对，”他发愁地说，“没有政治上的坚定，是写不出好东西来的。比如高尔基、鲁迅，如果他们对政治没有热情，不关心人类的解放事业，不关心民族的解放事业，他们会有那么伟大吗？绝不会的！就拿别的杰出的作家说吧，他们叫人尊敬，也不单因为文章写得漂亮呢！”

他顿住，把腿杆慢慢移向长凳上去，落在沉思里面。

“他们说是没有材料，材料要你自己去找呀！”他随又继续道，“一天就躺在炕上乱弹琴，那怎么会有材料？”

他凝神注视着我，带点忧郁，也带一点恼怒。显然，他对毛主席、党中央批准创办“鲁艺”和鼓励作家上前线的深远意义，体会很深。而对于我们思想政治上的落后，则感到不满。

“老实说，”停停，他又苦着脸继续说下去道，“在我看来，材料就丰富得很。单是把我们新兵入伍后的变化反映出来，这个对抗战就有很大帮助。比如说吧，别人总讲练兵困难，我们的新兵，今天入伍，明天就可以上火线打仗；带一点伤，出医院来就是个老兵了！”

他十分敏捷地发现了我的惊疑，于是立刻反问我道：

“你不大相信吧？这也难怪，就是我和几个区委谈起，他们也不大相信呢。但是这有什么稀奇！同志，内战时候，还要不到两天，——上半天入伍，下半天就可以开出去打仗！”

于是他站了起来，仿佛演讲似的，充满感情地向我诉说着训练新兵的要点：政治宣传，班长单独钉住一个人说明枪的构造和使用，以及战场上的重要事项。而一碰上战斗，这个班长又亲身带着他一道放枪，并且给以不断的鼓励……

“不单是这一点值得注意，”他有点兴奋了，一口气接着说下去道，“就是我们的战斗过程，只要你们肯去观察，体会，写出来也不坏呢！有党的动员，群众的动员，还有流动宣传队，专门在火线上做政治鼓动工作。所以不管战斗怎样残酷，——哪怕马上要人死吧！党的小组会一开，说不退就没有一个人退！……”

他傲然地把双手朝裤袋里一插，微笑着，重新坐下去了拿背靠住那只已经褪了漆的大立柜，腿子依旧移在长凳上面，现出一种非常满足的神情。但他忽然又把脸转向我。

“同志！”他认真地接着道，“八路军现在就是靠小组会、靠政治动员打仗呢！你当是靠火力打么！”

他得意地、哑声地笑了。

“老实讲，”他又慢腾腾继续道，“我们的冲锋也好，坚持也好，完全依靠政治情绪。像架起机关枪督战呀，拿起大刀督战呀，退却就要砍脑壳呀，我们绝对不用！从红军到现在，我们没有杀过一个退却的干部，——连战士都没有！”

从他的声调可以听出一种坚定的自信，但他随即又苦笑了。

“请问，这不是材料么？”他接着道，“枪一响你就要跟着去呀！说怕死呢，我们会派兵保护，还要人怎样呀？”

他发愁地反问着我，接着，又深深地叹息了。

“真不凑巧，早来三个月就好了！你可以帮忙把他们组织起来，写东西就没有问题了。老沙，我们重新来过好吧？”

我说目前相当困难，太不安定了；但他立刻反驳我道：

“目前自然困难，等我们把敌人的围攻粉碎了，就好了呀！你看在岚县吧，一住就是一年。你还没听见说，去年平静的时候，这里常常有人坐汽车到天津附近去呢。”

我承认了他的意见；但他摇摇头笑道：

“你像有点悲观动摇呀，同志!?”

他的看法使得我很难为情。因为我的确有过不大争气的时候，可是，每一接触到他那生气勃勃的革命乐观主义精神，特别是每一想到他的亲密战友关向应同志，单独对我好几次富有教育意义的深刻谈话，无论什么消极思想感情，都立刻消失了。

当时的情况正是这样，因此，我立刻说出了我的意见。

“我一点也不悲观，”我回答说，“我说的是实在情形。”

“这样就好！”他赞许道，神色一下变得很愉快了，“一个人干革命就要愈困难愈坚决，老实讲，现在比内战时期好多了！可以听收音机，还可以一气住上它十几天。像过去么，吃饭都要担心子弹把饭碗打破！可是我们也一样地吃喝，开玩笑，生活得跟平常人一样！”

我想起了通过平汉路的情形：当一列火车冲过来阻拦我们的时候，由于一些非武装人员的张皇，以为是铁甲车，大家胡乱奔跑起来。而贺龙同志却独自牵着马，站在路基附近的土坎上，异常镇静地注视着铁道。

这天夜里很黑，许多干部都没有发现他，于是不免惊慌起来，压低嗓子互相问道：

“胡子呢？师长在哪里？……”

他不张声，依旧平静地半蹲在那里……

我向他提谈起这件事。

“唉，不错！”他承认道，“我不在那里督率怎么办呢？要他们收容人呀，骡马呀，文件箱呀，你一走他们就更乱了。那天晚上我一直搅到天亮才离开铁路！”

他眨着眼睛想了一会，附加道：

“其实每逢紧张的时候，我总是留在后面……”

于是慢慢吸燃烟斗，他又为我们讲了一件洪湖时期的战斗故事。地点是大小洪山附近，在一回遭遇战当中，一个新兵师被敌人冲散了。许多人都主张他先走，但他大发脾气，偏要亲自督率着收容。而在最后，他不但在猛烈的火力下把所有的人集合起来，并且以一个反冲锋把敌人驱逐开了。

“这样的事多得很！”他继续道，“从前八师师长就经常和我争着收容。他总是要我先走，又吵又闹的，说，你先走吧，让我收容好了！这个人叫陆东生，到苏联学习去了。”

他充满爱抚地笑了。

“贺炳炎也是这样。”他接着道，“有些时候，他还要同你扯呢。你莫看吧，我两个民主得很！……”

二十九

吕汗离东湾里村只有十里，一个敌人从河间进攻肃宁必需占据的要点。黎明时候，敌人便从滹沱河对岸用大炮轰起来，中午占领了它；下午三点，却又被我们赶回河间去了。

当村街恢复了往日的和平，村公所和农会挨户收集着慰劳品的时候，贺龙同志领起两个本地少年，到我们的住处来了。他一条手臂拥抱一个，而两个小脑袋就在他肋下钻动着，发出嘻嘻哈哈的笑声。他一进门就把他们推给我和秘书，自己踏上长凳，在柜子上坐下，慢条斯理抽起烟来。

"这下你们跑吧!"他一面抽烟，一面大笑着嚷叫道，"张娃儿! 你就在门边给我拦住!"

"我们唱不来歌呀!"那小的一个说。

"哪里有唱不来的!"秘书紧接着劝诱道，"你听，连我们房主人都会唱：叫老乡！……"

于是，那个青年人做起政治工作来了。

最肯答话的是那小的一个，地主家的独养子，有十二三岁。那个大点的很沉静，一句话不讲，埋起头拿了我的剪刀剪着指甲。他的动作看起来很困难。贺龙同志于是摸出自己的指甲刀来，递给他；但他做得同样笨拙。贺龙同志接着就又把他叫了过去，亲自替他剪起指甲来了。

而当贺龙同志替那个沉默寡言的孩子剪好指甲以后，接着用一种不大快活的调子说道：

"这种小孩子有什么用处! 我像他们这样大的时候，已经干过不少的事情了。"

他傲然地划着火柴，打算吸烟；但他随又一下把它扔掉。

“看呐，我才十多岁就一个人到涪陵做生意，一来一去千多里路，沿途都是土匪。还到过贵州贩马，总是百十来匹地买；放到辰州去卖。一直把赚的钱玩光了才回家！”

他一顿，忍不住笑起来。因为经过长期革命斗争的锻炼，他青少年时代在旧社会经历过的一些生活，早已同他水火不相容了。这也是为什么他在偶尔提到这些经历的时候，总是侃侃而谈，直言无隐，仿佛他是讲述别人的秘闻。

“就是一九一五年反对袁世凯当皇帝，那时候我的岁数也并不大呀！”停停，他又滔滔不绝地接着说下去道，“才十九岁！同盟会要我搞湘西暴动，我说好吧，立刻就找些人把石门县的团枪提了。转来碰见我的叔父，我说，斋公！我们去提盐运局的枪好吧？于是气都没歇，我们又掉转头搞盐运局去了。这一来我们就去进攻大庸，人数也增加了。

“你们还没有看见农民轰动起来的时候那个情形啊！简直挡都挡不住！凡是和我认识的青年人，都参加了。都是一律打扮：挖了云子的白绸短打，黑纱套头，——后面拖这么长！不过因为城里住着一旅北洋兵，打死我们好几百人，第三天上，剩下来的几乎全跑光了。

“这都是小事，最坏的是那般势利鬼！你搅对了的时候，他捧你，说，这些茅荆条了不得，说干就干！你一失败，他就把嘴一瘪：这些人都搅得出名堂来么？我就说吧！……”

他闷着脸停歇下来，仿佛他正面对着那种渺小庸俗的市侩一样。

而那个年轻秘书于是带点挂虑问道：

“后来又怎样呢？”

“后来我把剩下来的队伍拖到辰州，跟着就下野了。”

沉默一会，他接着又说，虽然是下了野，因为一个民军领袖的地位依然存在，所以当时新上台的督军谭延闿，不但没有把他当成一个不折不扣的仇敌，还委他为督军署的咨议，并且拨出进口的两只粮船让他收税；但他跑到长沙去了。

“我记得是坐的戴生昌的船，”他回忆着继续说，语调、措辞照样坦率，“路上打了账房一顿，就东西也不要，跳上岸走了！但是到了长沙，更加闹得厉害，酒馆、戏园，没一处没有我，——简直一塌糊涂！……”

他纵声大笑起来，之后，却又用一种哲学家的口气说道：

“不过，胡闹是胡闹，同志，长沙这两年的生活，对我的影响也满大呢，知道了很多很多事情！”

因为房里已经昏暗，停停，他就潇潇洒洒走了。

三十

次日下午，他又走来同我们谈起他幼年时代的生活。

“你们不要看，我小时候还打过官司呢！

“大家都晓得的，清朝时候，一个领班那多凶啊！什么案件都要先经过他，手下总是养起好几十个徒弟。我们县里的领班叫陈小涛，无恶不作，随便提人呀，勒索呀，什么坏事都干。他的两个儿子更是豪强霸道，没有人惹得起。一骑起马来，那个劲呀，不管人哟，摊子哟，撞翻了你自己倒霉！

“有一次，他跑到我们那里去了，照例骑起马在街上乱撞。我就拖出一根棍子，站在大门口说：

“‘是好样的你给老子来撞！’

“这个狗娘养的硬是撞来了呢！我就给他一顿打起。许多哥哥兄弟呀，也都出来帮我。因为满街全都是姓贺的。还不到半点钟，就打得他头破血淋，赶紧跑了！

“可是，一跑回去，马上就在衙门里告了我。大家就又替我担心起来，说，这下怎么办呢？我父亲也着急。到了审问那天，把我们族里好多有功名的人都请来了，预先教我怎样做口供，免得取不脱手。因为实际上是我打了别人呀！

“你们还没有看过清朝时候问案的情形，好威严哟！把你一带上大堂，就夹棍、板子，啪的一声堆在你的面前……

“说起来我也满胆大呢，我才不管你那一套！我说：

“‘我怎么敢打他呢！我在街上买东西，他骑起马乱撞，把我的酒罐呀，油罐呀，全碰烂了。要他赔，还打我一顿！……’

“除了这个，我另外还有个供词，是一个姓王的举人跑上门教给我的。这个举人和陈小涛仇恨很深，——这也是个无恶不作的恶棍，后来叫老百姓杀了。他要我暴露陈小涛的黑幕，怎样勒索人，挖苦人，见钱就抢。并且要我咬定那个小领班是下乡抓人的，所以结果连陈小涛的领班也革职了。”

“这样说，你不是很年轻的时候就讨厌官府了?”年轻秘书多此一举地问。

“很小我就讨厌官府了！记得十岁左右的时候，我们镇上来了一个禁烟委员，有喝道的，堂勇哟，一大串！这种情形在小孩子的眼睛里多好玩呀，我就跑拢去看。可是，还没有走近身，就一阵吆喝，把我赶起走了！连街沿都不准下。

“这还不算呢，给我印象最深的是另外一件事。

“一年天旱，农村里吃大户，闹得轰轰烈烈。眼看城镇上的老百姓也快动起来了，公家就借了一批谷子粜米。我父亲是缝工，一边种一点地，家里糊不圆了，也跑进城籴米。带着我同他一道，担了这么大一对箩筐，这能装多少呢！

“粜米的地方在大堂边，那好多的人哪！你挤我，我挤你，都想早一点把米搞回去下锅。可是那些狗腿子偏不肯发，要等杜老爷来了再说。杜老爷是房里的老典，很有势力，他是主办这一件事情的。这有什么办法呢，大家只好等下去了。

“可是杜老爷老不来，而粜米的人愈来愈多；都在往前面挤。这把那些差狗子惹毛了，拿起皮鞭就打！

“我父亲拳术很好，可以打赢十几个人，就去讲公道话。

“‘大家来粜米的，不是来挨皮鞭，怎么兴乱打呢!?’

“话才说完，那些狗腿子就给他一鞭子；他一闪，鞭子恰恰打在我的手上，这一下可把我父亲惹毛了！

“我父亲立刻把我抱起，挤出去，搁在人堆外面一个高坎上面，说，你把箩筐看好！就又跑转去了，把鞭子夺过来，给他妈一阵乱打。随后杜老爷跑出来，又叫他一顿打起。那真搅得痛快呢！可是结果开来一批堂勇，把我父亲抓了。

“好在我们两个堂叔出力，才关了一夜就放出来了……”

当他笑着停下来摩弄他的烟斗的时候，我们提到环境给予一个人的深刻影响和教育意义。

“是呀!”他衷心地赞同道，“比如说吧，要不是南昌起义后去一次香港，哪里能够真正知道什么叫作帝国主义?！我反帝的思想，可以说是从这里生根的。不过在辰州驻防的时候，我也干过一件痛快事情：辰州教堂的石碑叫我打了。

“这太可恶，太丑人了！打死一个洋人，赔了好几十万银子，杀了两个正将，两个游击，还要一五一十写上，立他妈那么大块石牌，好像生怕把中国人的脸丢不完，——太可恶了!”

恰在这时，张娃儿走过来了，请他回司令部开会。

三十一

当贺龙同志出去以后，贺炳炎同志紧接着讲起来了。

“你莫看现在吧，啊哟！先前他的脾气相当躁呢。

“有一回，好容易弄了些布匹回来，他叫裁缝给我们缝衣服，后来发觉裁缝把布偷了，好气呀！说：‘好呀！我们从土豪手里抢来，你又来抢我们！’立刻叫人把那个跛子拖去看管起来……

“可是，只要你不犯错误，工作积极，那他对你好到天上去了！从洪湖撤退出来的时候，我们一面走路，一面打仗，一面还要扩充部队。有一回，我带了一团人单独出去工作，给敌人隔断了，好几天通不到信。他着急得不得了，几个通夜没有睡觉。嗨！他不晓得我已经抄小路转到他前头去了。忽然一天在路上听见说我来了，好高兴呀！一路就那么叫我：‘贺炳炎喃?！贺炳炎在哪里?！赶快把他叫来，问他这几天在搞些什么呀！……’

“我才锯了手的时候，他把碎骨头拿手巾包起，见了人就打开看，说：‘这就是贺炳炎的骨头呀！’

“他先前就怕他大姐贺英。尽管他脾气毛，说干就干，只要贺英一挡，就挡住了。我还记得，有个人犯了严重错误，已经绑到河边，要枪毙了，他大姐看见了，说，你们把这个人交给我！过了几天，她又把这个人送转去了，照旧留在部队里教育改造。

“贺英牺牲了的时候他好难过呀！

“其实，一早大家就都劝她搬到苏区去的，她不听；手底下吃闲饭的人太多了。平常总爱什么人都收留。那些没人要的小孩子呀，无家可归的老头子呀，她都收留下来，养在那里。女孩子长大了，还要帮着找人户，办陪奁。许多她兄弟不要了的人，她也养起，没钱的给钱，有病的就住在她那里养病，过一个时期，又把他们送回苏区，要他分配工作……

“出事的第二天早晨，他跑来向我说：

“‘贺炳炎呀，这一下完了。’

“我说：‘她自己不听话呀。’

“隔了好半天这才吩咐我，说：

“‘你带点钱去，总还剩得有点渣渣吧，收拾一下。’

“贺英牺牲得太可惜了！能干得很。有一回，她兄弟收编了一股土匪。这些家伙心眼儿虚，怕他宰掉，很快就拖起走了，还准备向我们开火。他也想把这股土匪宰掉算了，免得坏事。贺英出来挡住，不赞成打响；自已一个人骑一匹骡子，就跑到土匪那里去了，——后来她硬把队伍又拖转来了呢！

“你不要看她是女的，连许多大土匪头子，听了她的名字都吓怕呢。谁猜到会遇见保安队！这些东西他管你那许多？只要一月拿得到七块半钱，什么坏事都干得出来！……”

三十二

那个有着四百多个老婆的独立二支队叛变了！

支队长叫柴恩波，从前是吴佩孚部下一个连长。他的部队在冀中算是顶复杂的，土匪伪军的数量很大，因此也就成了汉奸和一切民族败类繁荣滋长的场所。而在这次抗拒军区整军计划的叛变中起着决定性的作用。

事变的第三天夜里，我们四五个人正在闲谈，贺龙同志颈子上挂着根手电筒，噘起烟斗走进来了。

“已经打响了。”

他站在门边通知我们。而在引起大家的注意之后，他又紧接着加添道：

“你不要说，我们这次的计划满不错呢！”

我们大家都怀着渴望，睁大着期待的眼睛，希望他告诉我们一个究竟。但是，仿佛故意作弄人似的，他谁也不再多看一眼，也不再说什么，慢条斯理地踏上长凳，居高临下地在柜子上坐下。而且架起腿子，一声不响地抽起烟来。

他把军帽掀得很高，亮出整个前额；挽起一段裤管，仿佛刚才走过长路来的那样。

“你们看这个形势吧!”隔了好久，他才拿手指在膝头上比画着，用一种沉静调子说道，“他的司令部就在这里，周围是水，几个大队就在两边。他自己带的只有一个警备连，一个特务营。这两部分人是他顶打得的，也就是他打仗的本钱。嗨，别处不打，我才偏偏要打他的司令部!”

“有战报来没有呢?”

“那个托派坏蛋，已经叫我们抓住了。”

“还有那个县长呢?”

“就是这个东西坏得很！……”

好像是走来歇歇脚的，他去掉烟灰，把烟斗在衣包里放好，就又洒洒脱脱地走了。

此后一两天我们都没有见到他。而在第三天夜里，他走来告诉我们，那个叛变的支队，大部分已经给解决了。可惜事前柴本人有准备，现在还在文安附近一个村子里面，同那个托派县长一道负隅顽抗。

“并且已经公开当了汉奸!”他继续道，“前天把我们派去的十多个高级干部，全交给敌人了!”

“这才糟糕!”

“不过还有个好消息：都跑脱了！一个日本军官跑出城来接人，才在清点数目，那个参谋长一手枪就把他打死了。又是挨黑时候，两边都莫名其妙，大家跑得一塌糊涂!”

“这一枪打痛快了!”

“那支枪一定是一个同志递给他的，”他推测着，“你想，又是手枪，像那种三号勃朗宁，才好大点? 送茶递水的时候，眨下眼睛就递过去了。像这样藏在裤袋里，你哪里看得出来? 同志！他里面我们的人也多少有几个呢。”

随即他又讲了一个政治委员的英勇行动。

这个政治委员同柴恩波是老朋友，所以在事变的前一天，柴就找他谈话，先用私情，后用威吓，逼迫对方同他站在一道，去当汉奸！也就是背叛自己所属的政党，神圣的抗战，以及那份每一个中国人应该誓死不渝的忠于民族的天职。然而，那是一个不可屈服的革命战士，他最后从身边掏出一枚手榴弹来，向柴表示，如果柴还要强迫他，他就和他同归于尽！

“柴恩波硬拿他没办法呢！”他精神焕发，声调忽然高亢起来，“只好把他放了。这个人够得上是个共产党员，是一个好同志，值得表扬！——真值得表扬！”

“柴恩波拖走多少人呢？”

“没有几个。其实就再多些，他也搅不到好久的！”他紧接着说，口气十分肯定，“先前倒还可以欺骗，说谎，现在你公开和日本人往来，难道士兵就没有长眼睛么？我给你说，现在当兵的进步多了，你看上次那一份报告吧！”

他是指那个画着漫画的账折子说的。于是我们又从士兵群众的进步，一直牵扯到一般招募新兵的难易。他认为补充最方便的是内战时期。而且谈起洪湖苏区的往事来了。

“给你说吧，同志！二十二三岁以上和二十岁以下的，我们还不要呢！并且都是自带装备：军衣，八角帽，干粮袋。到乡苏维埃报名的时候，负责人把你上下一看，缺一样都不要。原因是人口太密，一个小村子都有几百户人。大家分的田地又好，一年要收三季；再加上不断的政治宣传工作，老百姓参加起来怎么不起劲呢？是你，你也要参加呀！”

他把尾声拖得很长，站起来准备走了；但他随又坐下去继续摆谈起来，照旧滔滔不绝。

“不单是这点呢，作起战来，老百姓自动帮助部队的情形，也了不得呀！有一次，我们攻打湖当中一个镇子，四面是水，只有一条独路。

敌人派了一旅人在那里守起，看你怎么办吧！嗨，农民他才聪明得很！一个吆喝，就替我们动员了一两千条水牛。那个时候，红六军正同我们一道打仗。我走了一转回去，一看，怎么一个人都没有了！走去问邝继勋，他说，那不是人呀！原来都牵着大水牛做掩护，从湖中间打过去了！”

他顿住，看了看手表，于是一面不相关联地自言自语道：“柴恩波他搅不到好久的！”一面离开了我们。

三十三

因为大炮越响越近，越响越密，我和秘书跑去侦察科探听消息。探听结果，据说，除开饶阳一股敌人而外，窝北和义门由于都有敌人同时出动。而且，河间、献县等处的敌人，都在一两日内大量增加起来。毫无疑义，敌人对我军的残酷“扫荡”又开始了。

吕汗陷落的时候，我们正在吃午饭。一个参谋跑来见贺龙同志，说是敌人已经在造桥了。但是，这个紧急报告于他似乎毫无影响，他照旧吃着饭，同时充满机趣说道：

“是呀，造起桥他才好过来呀。”

“没有什么话要说吗?”停停，对方就又追问了一句。

“没有了，你走你的吧。”

而当那个显得有些紧张、有些莫名其妙的同志刚才转过身去的时候，他又望着我笑起来。

“同志！你看，敌人对我们的兴趣真不小呢。”

他的态度使我发生一种奇怪感觉，而且，不知道为什么，我也跟着他丢心落意地笑了。在此后十天的行军当中，他的态度都是很随便的。好像一个习惯于惊涛骇浪，而又喜欢同惊涛骇浪搏斗的舟子一样。而我呢，在他这种指挥若定的精神感染下，也没有显得怎样紧张、不安。

在这十天当中，在一个地方停留上二十四个钟头的事，是没有的。早晨开到，夜半或者傍晚，就又得走路了。有两次，我们刚从东头开走，敌人便从西头进了村子。经常听到的是大炮声和机枪声。许多杂务人员，一到宿营地就躺下睡了。然而，贺龙同志却依旧镇静而又愉快，几乎跟平日一样。

在进行反“扫荡”斗争的第四天上，我们驻扎的地点叫卧佛堂，十里外的石马正在进行战斗；然而，贺龙同志却忽然想起要同冀中行署比赛篮球来了。而且兴趣似乎很大。

“一定要注意啊！”他悄声地叮咛着我们，“看哪一个打得好，你们就把他拖过来！”

他随即孩子气地大声笑了起来，解释道：

“你们不清楚，我们还输给赵承绶几个球呢！将来一定要组织人捞转来才想得过！”

然而，随便的是他的态度，工作却比平时繁重。每每经过一处住有队伍的地方，他都要停留一阵，亲自给他们一番指示。而在到达宿营地后，因为一夜的行军，大家都睡觉了，他却还得同别的领导人忙着军事上的布置。而且不仅限于直属部队，全冀中的部队的行动，都得取决于指挥部。因为在那广大的平原上，几乎无时不在进行战斗。

是到青塔的早上。我正在卸行李，他从司令部里走出来了。眼睛有点枯燥，炯炯发光，比平常射人。脸上带着一种病态的红晕。那个短小精悍的六团团长走在前面，离他一两步远，推着架自行车，一面不时侧转脸去倾听他的嘱咐。

当走到第三个门道边的时候，贺龙同志停了下来，继续沉着而又分明地说道：

“不要理他！你回去就催他们弄饭，——吃了就睡！”

那个渔民出身的青年干部离开他已经相当远了，而他又从后面着力地、大声地加上一句：

“没有命令无论如何不许动啊！——黄新廷！”

他决然地退回去了。

当我死尸似的睡了一觉醒来的时候，我又忽然发觉他屹然不动地出现在我们的房门前。衔着烟斗，摊开两手撑住门框。他不声不响地打量着我们的屋子，悠闲自得的，好像房主人那些积满尘埃的家具，以及同伴们的睡相，使他十分感觉有趣。而他的行动立刻引起我一种极不寻常的感觉。

我翻身起来，出奇地望着他。可能我的神情有些可笑，他对我眨眨眼睛，用一种打趣的口气说道：

“快好生睡你的吧！”

于是一转身又走掉了。

到了傍晚出发，碰见关向应同志的时候，我这才弄清楚，这一天是我们最近一向行军当中最紧张的一天。披着一件草黄色皮短大衣，站在村口一堵土墙下面，他扼要地告诉了我几天来的战斗经过。声调照旧那么安静、柔和，同时充满了信心。这使我忽然感觉我们曾经经历过的，好像并不是什么充满血和火的战争，而是一种平凡无奇的日常生活。

关向应同志向我谈了很多，一面用鞋尖在泥地上画着简略的地形。

“敌人的进攻部队一共十路，有两万人呢。”他接着说，胡子边带点笑意，“你看，昨天我们住在这里，严家坞的敌人隔我们才五里路。它想追上我们，可是从我们身边擦过去了。今早上，这里，——还有这里，都是敌人。西边的梁会村隔我们三里路都不到。还轰过我们四五十炮啊！”

“我简直没听见呢！”我说，想起贺龙同志早上的神情。

“可能你睡熟了。”

他静静地笑起来。接着我就挤进列子，跟队伍出发了。

三十四

这一天的宿营地是边关。这是第九天的行军，敌人已经失掉他们追逐的线索了。早饭后躺了一觉，贺龙同志就走来约我们出去逛街。他穿着一身新近浆洗过的蓝布制服，胡子也修剪过了，打扮得很整洁。他整个神态给人一种喜气洋洋的印象，使人感觉愉快。

我们走着，一个同志向他报告着当地村政权的腐败情形，以及一般群众对于恶霸地主的怨愤。

“那你们就好好调查一下呀，”他嘱咐我们，“现在就需要这种材料呢!”

一个绅士模样的老人很有礼貌地向他打着招呼。

“这就是他妈一个土豪!”

他看也不看那老人一眼，而且觑着我们低声说了。

“要不相信的话，你们去调查吧!”他随即又加上道，“一定不会错的。”

横街转角不远便是剧团，我们进去坐了一阵。除开关于行军生活的询问，他还闲情逸致地对离开东湾里前一夜上演的《农村曲》下了一番批评。他最赏识那个串演主角的女同志。这个女同志参加剧团不久，还是第一次演戏。

“真看不出来!”他赞赏道，“你的眼睛呀，眉毛呀，都会做戏。”

随后，他又问起她的年龄，而且扳着指头计算起来。

“噫，再过两天我就满四十五岁了呢!”

“那就请我们吃饭呀!”几个女同志一齐嚷叫出来。

“这个容易!”他满口应承下来，打趣道，“你们哪个有爱人的，就赶快结婚吧！我来帮你们做喜酒。”

最后我们又去看了他的捷长。这个漂亮活泼的孩子，已经在宣传队工作了。他坐在砖砌的栏杆上，握着她的双手，询问着她的学习情形，并且给予她父亲一般的勉励。

而临到离开的时候，他又伛偻着腰身，柔声叮咛捷长：

“听我讲吧，首先，要把政治水平提高；其次，要注意文化课。都记得吗？不要搞忘记了！”

捷长承认地点点头。

“这个不大好呢！”他忽而指着捷长眼睑上一个小疮，忍不住惊叫了，“赶快请大夫给割了吧，长大了那才丑人！”

回去的时候，我们是从房顶上走的，因为依照贺龙同志的意思，这样捷便得多，而且可以一览初春的北方原野。而当我们这样做着的时候，我感觉自己忽然变得更年轻了。

三十五

河西村离东湾里只有三十几里，也就是说，我们已经绕回到十天前出发的地区来了。不过不是东湾里村，而是侯村。

侯村比东湾里大两倍，三分之一的地面耸立着几家姓侯的地主的宅第，高大结实，仿佛城堡一样。这里离高阳四十里，河间四十里，任丘六十里，肃宁二十五里，这几处都是敌人的重要据点。而辛桥、柴里两个据点离我们最近。

上午，我们正在谈着我们十天来的观感，贺龙同志忽然踱进来了，微笑着问我道：

“怎么样，这几天的行军有意思吧？”

“很有意思！”

“是吧！同志，这是亭子间里看不到的呢。你看，我们东一转，西一转，把敌人的头都碰昏了。”

我很感兴会地提起那天在青塔的紧张情形。

“是呀，”他大笑了，显出一种十分开心的神情，“梁会村那一股敌人，是我们到青塔的时候才发觉的呢。有些人主张走，我说怕什么！要是他来，我们就对碰一下。在北严家坞，也只隔几里路呀，我们才走半个钟头，敌人就进去了！……”

他在一张大圈椅上坐下，随即又叹息道：

“真可惜，前天一个漂亮仗没有打好。枪放早了一点。有好几百敌人，五团计划埋伏一部分人在村子里，一部分从侧面攻击，把他赶进村子里消灭他。这应该打得很好。你看呀，里面的队伍还没有埋伏好，就叫敌人发觉出来了。”

想想，他又笑着宽慰自己：

“没有关系，好生休息几天吧，我们还准备打大胜仗呢！”

于是仿佛真该好好休息一番似的，他把双脚在一只果筐上一搁，全身落在圈椅里面，悠悠闲闲地躺着，不说话了。我们大家都沉浸在那种春天的融融和和的静穆当中。小鸟在屋外的阳光下啁啾着，屋后传来细而平稳的推磨的声音。

贺龙同志坐的椅子，忽然前前后后摇荡起来。

“还是在延安的时候，”他停止了摇荡，带点回忆地说了，“他们问我到哪里？我说哪里都好，河北、山东都行，就是不要在晋西北休息得太久了。要我再住下去，我宁肯坐牢！”

他笑着撑起来了。停停，遂又用指头敲击着桌面，唤起我们的注意，显得认真地说道：

“老实讲，同志，这里的士兵质量好呢。文化程度高，生活又很简单。只要有两个窝窝头往肚皮里一装，就完事了。睡觉不要被盖，连鞋子都不脱，穿起衣服往炕上一滚就睡！作战又勇敢。六团那些新兵，才补充进来好久？在石马就可以拖起枪打冲锋！要是把村政权改造一下，这了得呀?!”

冀中的乡村政权的确存在不少问题。他接着举了几个比较突出的例子，于是概括地继续道：

“所以你们看吧！今天的情形就是这样：挖路拆城，农民起模范作用！报名参军，农民起模范作用！抬伤兵、运粮食，——还是农民起模范作用！而农民本身的痛苦呢，就谈不到了。结果连合理负担也是农民起模范作用！”

谈到这里，他狠狠举起手臂一抛，把话头顿住了。陷在一种深沉的恼怒里面，好一会没有说话。

但他随又坦然地望着我们，同样用指头敲击着桌面。

“你看呀，”他苦笑着叹息道，“虽然这样，农民还是很好。只要你肯打仗，不管大的小的，他们那个情绪好高啊！同志，这就是民族解放战争的特色呢：我们是和日本法西斯强盗打！……”

他重重地在桌子上击了一掌，同时突地站起来了。而他整个神态使人感到一种凛然不可干犯的气概。

三十六

我们开始听广播了。但是，能够听清楚的，只有敌人汉奸的反动宣传。而且事情真有那么凑巧，我们第一回听见的恰恰是北平方面对于贺龙同志的无耻攻击。

> 自从共产党贺龙侵入河北以后，即凭其湘西人之蛮横，驰骋冀中，视抗战为彼一己包办之事……

接着便是一大堆想入非非的所谓“罪名”，以及种种只有日本军阀和汉奸卖国贼才能制造的事例。

秘书已经记录一份，正在踌躇着是否应该交到司令部去，那个遭受攻击的本人走进来了。这天贺龙同志显得懒洋洋的，一进门便顺势在炕沿上坐下了，好一会没张声。

最后，他拿背靠着墙壁，眨眨眼睛，叹息道：

“贺炳炎他们这几天在大清河一带才打得厉害呢。都是整天打，一连打了三次了。”

“那里面的老干部很多吧?”

“是呀，我就担心老干部。一个营长在前天带花了。”

他随即站起来，走向方桌边去，寻找着火柴，准备抽烟。而且就在桌子面前的圈椅上坐了下去。秘书恰恰坐在他的对面。自从贺龙同志进来以后，他便一直在暗笑着。现在，擦着桌面，他终于把那张广播记录送到贺龙同志面前去了。

我们都不自觉地闪着好奇的眼光，期待地望着他。但他漫不经心地看了几行，便立刻推开了。

“对付敌人我是‘野蛮’呢!”他接着道，“难道还要对他们客气吗!? ——对他们就要‘野蛮’才好!”

他理直气壮地笑了。

于是静静抽起烟来。十分明显，对于那些攻击，那些谣言，他早就习惯了，用不着把它们放在心上。而且，这种对敌要狠的精神，正是贺龙同志在革命战争中的本色。沉默一会，他又为我们讲述了一段一九二三年，他当混成旅长时同日本人之间发生的故事。我认为，这个故事，以及其他一些他所讲过，已经成为他个人历史陈迹的经历，对于理解贺龙同志后来之所以毅然决然参加党所领导的南昌起义，而从此一直在党和毛主席指引下勇往直前，不断发展、成熟的过程，很有帮助。

他所讲的故事是这样的：作为旧军队中的一个将领，当时他正在长江上游的四川涪陵驻防。一天，一只日本轮船打从那里经过，他叫部下把它扣留起来。在没收了一批私运军火之后，他放走了那只贼船；但却扣留下两个日本浪人，而且扣押了两年光景。

当其释放那两个日本浪人的时候，他们要求见一见贺龙同志。他准备接受这个请求，他的部下却不赞成。

“这有什么见不得呢!”他反驳道，“把他们叫来吧!”

于是一场别致的会见就开始了。除开那两个日本浪人，还有驻重庆的日本领事，他是特别跑来营救那两个冒险家的。

“才一见面，那两个日本浪人就开口了，”他一直讲述下去，“问我，他们犯的是什么罪？我说，什么罪？砍头的罪！你们私运军火，助长内乱！那个领事听到，把脖子都气红了，——好红呀！……”

他摇曳着声调停歇下来，带着一种孩子气的愉快；但又立刻变严肃了，重重击了一下桌子。

“同志，这件事情对我的刺激也很深呢！和那两个日本浪人一起捉来的，还有吴佩孚一个军法处长，叫张介一。你看呀，两个日本浪人不过是普通军火商人，可是好多大脑壳打电报来说人情！对于那个军法处长呢，连信都没人写一封!”

接着他滔滔不绝地对军阀官僚政治攻击了一通。

“这太把自己人不当人了!”他愤愤地接着道，“张介一还算是国家的官吏呢！这一来我不但更加恨日本帝国主义，也更加恨北洋政府了。我对那个军法处长很优待，才押到黄角桠就放了。走的时候还送盘川。我说，我只希望你一件事情：你回去给曹锟、吴佩孚说，要想武力统一中国是不行的，——你一个织布工人，一个秀才！最好是同广东联合。那个时候孙中山在广东……”

一个秘书的客人走进来，打断了他的话。而当那位客人出去以后，他已经处在一种十分静穆的气氛中了。一条腿搭在椅子的靠手上，上半身倾侧着，无挂无虑地抽着烟斗。

因为大家都沉默着不说话，对他闪着期待的眼光，于是他又充满兴会地笑了，接着摆谈下去。

“你莫说，日本人很讲礼貌呢。走的时候，我才送了一点盘川，那个感激样子呀，又是笑，又是鞠躬。那个领事还约我到东京去。我说，你们的地方太小了，装不下我！”

他把后一句说得粗声粗气的，并且打起哈哈笑了。

“说起来大家都知道的，”停停，他又平静地笑说道，“林攸梅，就是林老的弟弟，还有蔡松坡，好大一点病呀？不过是牙齿痛！他给你一点药噙起，一吞下去就死掉了！那些人都沾得？所以那个领事送我的罐头哟，洋酒哟，我才不吃！”

他笑得更酣畅了。而他接着又说，一九二七年，党中央原是要他到苏联学习的，但是，快要起身的时候，中苏邦交就断绝了，没有去成。因为绕道德国去吧，路太远了。而他又不愿意经过日本，认为日本的统治阶级什么事都干得出来。

“不过这个说起来还是有利，”他结论道，“经历了十年内战！……”

于是他用手掌悠闲自得地在大腿上打着拍子，微笑着，陷在一种满足的沉默里面。

三十七

从最近的情报看来，敌人的进攻已经告结束了。这从司令部的动态也可以看出来，虽然照常紧张，但是战争的气氛却很稀薄。全军正在总结关于最近一次战役的经验。而贺龙同志的忙碌，那是可以想象到的；我们一连几天没有看见他了。更少见到关向应同志，在一般情况下，他也很少在司令部住。

有一次，因为返回延安的问题，我和其芳跑到司令部去见贺龙同志。房间很大，生着一个火盆，看神气他好像生病了。靠院坝的窗子边坐着好几个从不认识的干部。屋子里的空气跟以往不同，相当严肃。长期为胃病所苦的关向应同志特别忙碌，刚同组织部长朱明同志在一张方桌边讲了阵话，两个人就又转往另一个房间去了，显然不曾注意到我们。看见他正在紧张地安排工作，我们也没有打扰他。

我们显然来得不是时候。简单同贺龙同志谈了几句，我们就退了出来。然而，就在这天夜晚，他却忽然阴悄悄地走进我们的屋子里来了。

我们正在收听重庆的广播。他一直走到安置收音机的桌子边站住，听了听，于是摇摇头道：

“赶快收拾起吧！一定到天津去买个好的来。”

他闷着脸，声调带点恼怒；但当我们把关闭器闭住以后，他又照常变得很开朗了。

“你们看，”他轻声地接着道，“我们现在搞了两副发电机来，只有这么大点：荷包里一塞就带走了。这个在侦察上作用大呢！以后还要装配，专门到敌人附近去搞！”

这时，我们也都根据自己的一些体会，一知半解地谈了谈侦察工作在平原游击战中的重大意义。

“是呀！”他赞成道，在一张圈椅上坐下，“要不怎么好打仗呢！现在铁路两边，敌人据点周围，算是有了点布置。你看，昨天河间的敌人才增加一辆汽车，我们立刻就知道了。”

接着我们便又说到目前冀中地方部队的情形。而我出乎意外地说了很多，尤其关于三四个月来他们的进步，因为单就我们日常接触到的来说，这个进步也太显著了。比如三支队吧，在我们来的时候游击气息很重，战斗能力也弱，但是，经过整顿以后，在北严家坞的战斗当中，却已经成为坚强的战斗部队，人们不能不用尊敬的眼光看待它了。

另外我还举了几个我所熟知的例子。他倾听着，随即闪着夸耀的微笑说道：

“同志！不单是部队进步了，各方面都有进步呢。就拿政权来讲吧，从前一打仗就把摊子收起来了，现在不但不收摊子，反而更摆开了。群众的进步也大呀！尤其北边、西边，现在都有了武装的除奸团，经常配合部队搞侦察工作；前天肃宁的老百姓抓住一个汉奸，本地人，民愤很大，他们自己挖个坑坑就埋掉了！……”

他不能抑制地大笑起来。随又在桌子上击了一拳，移动一下座位，倾折了上身，压低声调叫道：

“同志！昨天下午，饶阳县的县长，就在离城三里路的村子里召集老百姓开会呀!”

他吃惊似的望了我们一会，于是温和而又平静地笑了起来。

“就是勤杂同志的进步也不小呢，”他继续道，“你看我们那些伙夫马夫吧！这一点不夸大，一般讲起来，战斗力可以说比国内战争时期提高了一倍。所以我们可以做一个结论，在最近的战斗当中，我们的进步不小，敌人可只得到三个县城：肃宁、任丘、文安。这三个县城，我们从来就没有住过人，城墙老早就拆毁了，这有啥用!？尤其文安，四面是水，只有这么宽一条路：这边倒下去，要人死；那边倒下去，也要人死！柴草、粮食一点没有，——就只不愁没有水喝!”

他的表情和语调充满着幽默，我们忍俊不禁地笑了。

接着，他又向我们宣称，抗日战争比国内战争舒服多了，自己不必直接跑到散兵线去……

“不过还好，”他指着自己的左脚笑道，“打了二十多年仗，就是民国五年脚指头擦伤了一点。同志！早先我连参谋也没有呢，什么都自己干。当营长的时候我就直接指挥几十个班打仗。你不要说，这个作用满大！只要你负责指挥的人一挺，一硬，士兵作起战来勇敢得很!”

想想，他又充满自信地补充道：

“当然啊，现在作战，主要是依靠党的力量了。这一点顽固分子顶清楚!”

他没有再说下去；但是，对于某些恶意的扰攘，却已经被他那充满智慧的明澈的微笑揭露穿了。

“老实讲，”隔了一会，他才又忽然改变了话头，接着说下去道，“我自己在作战当中也危险过几次呢。一次在石门县被敌人包围了，我就带一个手枪排，东一转，西一转，一下又和敌人碰了头了。才隔好远点呀，——几十米！幸好守哨的是我从前一个老兵，他说，嗨！师长，这里来不得啊！后面的手枪队马上抽出枪来要打。我说，不要动，不要动。就领着他们在麦田里绕了个弯子，隔得相当远了，我才说，这一下你们打吧！那个时候我们已经爬上一个小土包了。”

他沉思着，随即向我瞟着柔和的眼光，轻声地加添道：

“你不要说，我自来带兵就满好呢。”

他的神气是天真无邪的，他满足而又文静地笑了。这种感情，是我在成年人当中很少见到过的，因此每当他谈到党，谈到他的同志、战士，以及老百姓的时候，总使人感到一种不可抗拒的力量，仿佛直接接触到了他那纯金一般的革命品质。

三十八

已经是夜深的时候，他把电筒挂在肩头，走来告诉我说，明天我和其芳就可以回延安了。随即取下一支日本军官用的自来水笔送我，说是从滑石片战斗中得来的，多少有点纪念意义。

谈了几句，我们便都沉默下来。停停，他才懒懒地叹息道：

“这一次老沙不值，连白洋淀的螃蟹都没有吃到，就走了！”

他发愁似的望着我笑了笑。

“白洋淀的螃蟹满有名呢。”他又语调缓慢地加着说明，“我就爱吃螃蟹，今天早上，看见老百姓墙壁上挂起一个蟹壳，是去年留下来的，——那好大呀！……”

我们重又落在沉默里面。为了解除自己心情上一种异样的不安，我问起他对于冀中今后局势的意见。

“将来的局面一定打得开的!”他决然地回答道，“敌人才好几个人呀，就成天守在他妈几间烂房子里!”

缓一口气，他又显得激动地向我们解释。

“这并不是小看敌人呢!”他加重语气地说，“兵力不足，是它永远没法子补救的。这回围攻我们的敌人，你怕是新调来的么？都是从各个据点，像保定呀，天津呀，沧州呀，这些地方凑的！结果怎样？往东开，找我们的主力；往西开，找我们的主力，——最后找到的却是敌人自己的死尸，伤兵!”

他猝然撑着桌沿站起来了，红涨着脸，军帽往后一掀，露出他那阔而圆润的额头，使人感到一种倔强豪迈的气概。但他随又坐了下去，而且温和地笑了。

“现在算什么啊!”他满不在乎地接着说，“南昌起义、广州起义过后，才剩七个人我都还要干呢！在鹤峰那个艰苦呀，七个人就在山上钻，这里被包围，那里被包围。后来把我搅毛了，我说，索性拖下山去吧！你打，我溜；你想休息，我可打起来了！……”

这时，两个蒙眬睡眼的同伴，都已振作起来，而且受了传染似的愉快地笑了。但这还只是故事的开头。接着他又告诉我们，下山以后，他们经常得到农民的掩护，而且往往就住在敌人附近。一天上午，他们寄居的那户农民的家门口，来了两个卖黄瓜的，在和一个团丁争论价钱。因为正是热天，他对那种平常瓜果，忽然发生了极大兴趣。但是他的同伴都竭力劝阻他，担心露出破绽，他们就又得转移了。

但他拒绝了他们的劝阻，闯出去了。而且出乎意外，他立刻认出那团丁是他从前一个老兵。

“赶快回去对你们团总讲!”于是他索性告诉那个老兵，“说我回来了。”

他敢于这样做有他的理由：首先，那团总是贺英同志的干儿子；其次，他本人的资历和声望也可能保证他的安全。所以就在当天下午，他被接待到团防局去了。许多知道了他的行踪的旧部，都陆续跑来看他。由于长期的军旅生活，他的部下是很多的，而且大都成了地方上的绅士。他把他们对他的馈赠一律分散给所有的团丁。

一天，团总进城去了。他召集起那些可怜的特殊职业者来讲话，问他们：

“你们的生活怎么样呀？”

大家都回答他苦得很。

“平常大架子（土豪）对你们该好吧？”

他得到的是一阵唉声叹气的诉苦。于是他开始对他们鼓动了。

“我是一个共产党员，”他宣称道，“我们的党是为你们谋利益的。去找你们的团总算账吧！他就是一个大架子，叫他拿钱拿地给你们！”

“他不给呢？”一个团丁胆怯地问。

“没出息！你们手里不是都有枪吗？他不给，你们把他吊起来呀！”

讲到这里，他一顿，静静地笑了。

“你看，”他随即补充道，“才三五天工夫，就全部参加游击队了！……”

接着他又另外讲了一个同一时期的故事。一个青年，“筋拌筋绺拌绺的”，忽然妙想天开，到处借了他的名义招摇撞骗、欺压农民。发觉之后，他立刻把那小流氓逮捕了，并且召集当地老百姓来共同审讯。最后，一致决定给他以严厉制裁。

“起初，他还抵赖呢！”他继续叙述道，“后来看见罪证如山，就只好承认了。我就说，好吧，你借我们做幌子去骗人，我们也跟你借一样东西，——马上吩咐人拖出去枪决了！”

等到我们笑过一通之后，他又兴会葱9茏地继续追述起来。

“同志！”他说，自信地点着头，“那个时期，艰苦自然艰苦，也好玩呢。开始，我们只有四杆手枪，又没有匣子，就像电筒这样背起。大家都穿草鞋、蓝布短褂、一顶破草帽子，经常都是陆东生和我换班睡觉。你看，就这样，我们就把苏区搞出来了。”

看看手表，他又热烈地给了我一番鼓励，还表示愿意给我种种必要的帮助。

“最好把家里的事情弄清楚，”他接着说，一面站起来了，“这一来就可以搞它几年了。才三十五六的人，年龄也并不大呀！你看，我这个人就永远什么也不管的！……”

他扬声笑着，而他的神态更加使我深切地感觉到，他正是一个除开党的事业和革命利益，什么也都满不在乎的人。他随即走了出去；但才走到门边，他又忽然回转身来，带点挂虑凝望着我。

最后，他严正而又热情地这样说了：

“你一定来，老沙！我们将来还要通到关外去呢！”

三十九

大炮声和机枪声把我从睡梦中惊醒转来。

作战的地带是大团丁村，离河西村只有八里。我猜想，我们首途的日子，一定会延期了。

但是，黄昏时候，敌人终于遭到了完全的溃败。而当战士们的愉快歌声代替了大炮的轰鸣不久，我便得到通知：我们动身的时刻到了。我立刻赶到司令部去向贺龙同志辞行。

在那间颇为宽敞的砖屋里，好几位参谋同志正在展开一幅很大的地图。贺龙同志则站在靠墙壁的一面，手持红蓝铅笔，面对地图，不断指指点点地讲说着，神情专注而又兴奋。使我感到遗憾的，是我没有发现关向应同志，而在两三天前，他还作为临别赠言，单独同我谈过一次，给了我不少鼓励……

听见我的招呼，贺龙同志绕过那幅地图，绕过那些手持鱼烛、牵着地图角儿的参谋同志，走到房门边来，热情地握住我伸出的手。

贺龙同志一面摇晃着我们紧紧相握的手，一面愉快响亮地笑道：

“再见吧，我不送你了。”

他随即忙匆匆退回去察看地图去了。

“路上当心些呀，老沙！”他同时又大声加上说。

我就这样结束了我五个多月来难以遗忘的生活。但现在想起来，如果贺龙同志当时说的不是“再见”，而是别的话，比如：“走什么，还是留下来吧！”或者：“现在到后方去，——乱弹琴！”说不定我会马上改变我的计划，至少不会走得那样匆忙。

事情非常明白：在离开冀中后，正像我们民族渴望神圣的自由一样，对于贺龙同志那种对党、对人民、对伟大领袖毛主席忠贞不贰的高贵品质，对他那种在革命进程中勇往直前的精神和坚强信心，以及他对同志、对群众的深切关怀，我是多么地怀念和景仰啊！

我在这里仅向我们杰出的民族战士、他的亲密战友关向应政委和其他领导同志，以及一二〇师全体指战员致以崇高的革命敬礼！

一九三九年十月写完

一九八五年六月定稿

（据知识出版社 1940 年 11 月版《随军散记》修改而成）

散　文

巫　山

在黄昏的幕罩中，船慢慢地在巫山抛锚了。

船客们已然踱上甲板，有的抱了烟袋，有的呵欠着，有的留心着茶房们的指点，大家都向江岸上，那城堡所在的一面，不住地瞟送着好奇的探视，仿佛可以找出什么惹眼的建筑，和热闹的市廛一般。

然而，这里，映在人们眼里的，不过是一片刺目的荒凉而已。

那城市，就箕踞在一座不十分高大的土山顶上，低短而且可怜。好像它底故意蹲得高高的，并不是为了要显示一座山城应有的特点，而是让人们来鉴赏它的凋残和落后。那就是说，在连绵的扰乱中，在不良的自然条件下面，一个虽然寄托在一条重要江线上的城镇，是怎样的在濒于死灭了。

观赏家们，摇头，而且已经显出丧气的神情来了。他们好像一点也没有感到什么兴会。一个新出门模样的青年人，瞪着眼睛，自言自语地嚷道：

“呵哟，说了半天，就是这样子么?”他还从鼻子里苦笑出来。

好多人都回转到自己的铺位上去了。从浑浊的江面上，三数只灰褐色的划船，在懒懒地漂浮过来。但既没有叫卖食物的喧嚷，也听不见一声抢接客人的招呼。好像那些船主人的目的，本不过是想赶过来，分享一点所谓人世间的热闹一样。然而因了这零零落落的点缀，江面上却益加显得清冷了。

“有人上岸吗?”留在甲板上的人，无聊似的互相问询起来。

“后面来，后面来。”小船这才比较出力地划向轮船的船尾去。

“不要拖久了，多找些麻烦呵!”护船兵对准备上岸的客人叮嘱着。

当我同着一个茶役，和两个小本烟土商人，蹲在一只破旧的划船上时，夜色已经渐渐地加浓了。一种阴森的感觉包围了我们。但是，虽然我们停泊的地方，依旧还在这漫长的峡道的中途，这阴森，却是广漠的荒凉的，并不带得有山峡中应有的深沉和严肃。因为从上游疾驰而来的山势，到了这里，好像忽然地崩塌了，只留下一些土丘和小山，和一段乱石堆砌的江岸。

“哎呀，”茶房用手上的空酒瓶指了船舱，叫道，“你也出点钱补一下呢。”

“说得容易，补一下……”

好像奇怪指责者的不识相似的，那船夫没有说到底，便又懒懒地偏了头，照顾自己的划板去了。

这是一个五十多岁的老者，沙白胡子，面皮黝黑而多皱纹。他懒懒地支使着他那镶着新木的，破旧的划板，腰肢伸屈着，半闭了眼睛，好像他底工作，倒并不是为了吃食，而是在随意消磨他早已活厌了的时光。由于那茶役加紧的催促，不多久，船已经在“抛江”了。

“老头子，”我向那现在只照管住船的方位便行的船夫，问道，“听说神匪[①]又才闹过么?”

“是呀，又闹呢。前几天，军队才开走。”

于是那两个烟土商人，移动了一下身体，也开始搬出自己的博识来了。就在这样的谈话当中，船靠了岸。于是，踱过一片杂着碎石的沙滩，走上那斜陡的小道，我们进到那荒凉的县城里面去了。

然而说是县城，那大小和热闹，其实，就拿别的区域里的场镇来

---

① 神匪，指当时利用宗教迷信起来造反的人。

比较，也是不相称的。而且它还保持着以前一切小市镇的老样，狭窄的街道，低矮的房舍，街路上横着晒衣的竹竿和待劈的柴料。一个小孩子，一只手提着裤腰，一只手拿了一根藤鞭似的“纤绳”，哭嚷着，向几只狂跑着的小猪奔过去了。

在几家茶铺的阶沿上，都有着熬制烟土的炉灶和设备。那两个烟土商，正正经经地，去讲自己的生意去了，茶房向一家暗洞似的檐下隐没。而我，那时候已经十分灰颓的我，却独自地在那街市上巡行着，直到在城门口集齐了我的同伴，那烟土商和茶房。

我们大步踏上那陡斜的归路了，但我依旧被一种不宁静的心绪压迫着。

“张先生，你把头仰起看看!”那茶房忽而用嬉笑的口调招呼我道，同时打开了他的电棒。

随着那光线的指示，我向路侧的电杆顶上望去了：那上面挂着三个已经失掉了血色的可怕的东西。但我并没有如同伴们所希望的张皇。凝视了一忽，我仍旧回复了我自己的思路。

在划子靠拢轮船的时候，我们碰到了护船兵士的麻烦。

这是一九三一年秋天的事，第二天一早，船便进向那两岸绝壁的巫峡了。

（原载 1934 年 10 月 30 日《申报·自由谈》，署名尹光）

好吃船

我的一个爱说趣话的朋友，把这样的船只，叫作“好吃船”。

好吃船的外观，并不和普通的白木船有着显著的差别。仅只是中舱和后舱，是用木板和较厚的篾笆，装置成了屋子的模样。还在两边开了窗户，仿佛西湖里的大游艇似的。船身往往是很新色的，和刚才下水的一样。我几乎从没见过一只，因为经过风雨的消磨，而显着陈旧的灰褐色的。

在宜昌以上的几处码头上，只要那地方有着比较繁荣的市场，轮船一下锚，这好吃船，就在轮船尾巴上钉住了，几乎神出鬼没似的。但也只有停泊的时候才有，要是短时间的抛锚，便没有这类船只的影子了。

“走呀?”到了夜静的时候，一些长跑江湖的朋友，用下巴往上一点，便这样地互相邀约着。于是两三个一道，趿着拖鞋，“啪——哒”，“啪——哒”地走下厨房去，而从那里，进到另一个小小的世界里去了。

在船头上，就照例地摆了炉灶，杂食担子，酒肉和别的下酒菜，都是齐全的。中舱里靠窗的两面，各安置着两张没有漆过的方桌。要是单只吃一碗面食，或者鸡蛋酒酿，或者喝一两口“地窖”，便就在这里停留下来了，不必再走进后船去。

那里的门，是用门幕遮住的。门幕以上的地方，总照例悬着一条小巧的木制横额，刊刻着“别有天”或者“世外桃源”这一类使人发笑的题字。但是走进来的客人，不管进不进那从稀薄的门幕，透出着诱人的光亮的密室一般的处所去，他们在未招呼食物以前，总要先把那带点神秘性的布幕，用二指头拨开一条缝，躬躬腰向里面瞅一眼，吸着鼻子说“香呢”，然后才退转到桌子边去。

这时“堂倌”已经从船头上踱进来了，站在桌边，懒懒地拖下搭在肩头上的抹布，问道：

“喝酒?”

“哎呀，您看，抹干净来罢。”客人指了桌子上的油污，说。

有的单是为填补肚子来的，吃过一碗面食，就用手掌抹着嘴巴回轮船去了。有的却先要了茶来，很悠闲地喝着，仿佛是坐在岸上的茶铺里的一样。直到把菜食慢慢地摆布好了，这才从桌子上的一堆竹筷里，拿上五六支来，配拣着相称的一双。然后再讨来草纸或者就把窗布扯下一叠，仿佛擦枪一般地打磨着食具。从他们那儿是看不出一点匆忙来的，有的只是死气和停滞，和烦人的啰唆。

这种来客，多半是私运商人，贩卖手枪和烟土的流氓。酒食一完事，他们便又醉醺醺地打着“嗝”，向堂倌招呼说：“听清楚了么？把茶端过来。”于是飘飘然地跨进后舱里去了。

这里面，就对面地安置着两张粗糙的白木床。布置也很简陋，只有一层薄薄的稻草，一张草席，和一条蓝布套子的铺盖。枕头已经很旧了，中间的一段凹陷着，恰如马鞍一样。白布枕套上，沾了泥污似的涂满了头油。

“南土吗?”那个头上勒着一条手帕的“打烟匠”，欠了身子问。

“好……”客人回答着，向枕头上横靠下去了。待到身体躺合适了，于是半闭了充血的眼睛，搔着大腿，用一种“吃腻了”的声调嘟囔道：

"没有大袖子[①]吗?"

"你正碰着我们这里禁屠呢。"勒手帕的人笑着回答。

但是客人已经轻轻地打起鼾声来了。

这种流连，多半是要到深夜才完结的。来客不一定尽是抽烟，而且也不一定是"过瘾"的。他们大都只是为了无聊。在抽完一两个小盒以后，他们便精神百倍地吹起牛来了。谈的总是一些隐秘事件，属于这一埠，这一段河面，或者就是这一只停泊的轮船上的。而那范围的广大真也够得上称作渊博。

"呵，匍的，……又讨小老婆了?"

"就是那草棚里红眼老陈的女儿呀。她妈早些年就是一个烂货……"

打烟匠做起历史的分析来了。

但这里，不管怎样有趣，坐头二等舱的客人，是绝对不来的。就是三等舱里较为穿得周正的人，也宁肯蜷卧在马槽一般的铺位上，去咬嚼旅途的寂寞。然而，即是在这小小的世界里，没有别的比较尊贵的面目了，不也尽够看出我们社会生活的一斑么!

（原载1934年11月12日《申报·自由谈》署名尹光）

① 大袖子：凡吸烟的时候，是由女人当打烟匠的，通称"大袖子烟"。这里的"大袖子"，是指的女打烟匠。

喝早茶的人

除了家庭，在四川，茶馆，恐怕就是人们唯一寄身的所在了。我见过很多的人，对于这个慢慢酸化着一个人的生命和精力的地方，几乎成了一种嗜好，一种分解不开的宠幸，好像鸦片烟瘾一样。

一从铺盖窝里爬出来，他们便纽扣也不扣，披了衣衫，趿着鞋子，一路呛咳着，上茶馆去了。有时候，甚至早到茶炉刚刚发火。这种过早的原因，有时是为了在夜里发现了一点值得告诉人的新闻，一张开眼睛，便觉得不从肚子里掏出来，实在熬不住了。有时却仅仅为了在铺盖窝里，夜深的时候，从街上，或者从邻居家里听到一点不寻常的响动，想早些打听明白，来满足自己好奇的癖性。

然而，即使不是为了这些，而是因为习惯出了毛病，这也不会使他们怎样感到扫兴。他们尽可以在黎明的薄暗中，蹲在日常坐惯了的位置上，打一会儿盹。或者从堂倌口里，用一两句简单含糊的问话，探听一点自己没关照到的意外的故事。

“这样晏……睡得迟吗?”

“水巷子又出怪事哩，”堂倌解释道，“他们就把那烂货弄在阶沿上……”

“嗐，我是说哪里嘻嘻哈哈的。”客人满足地发笑了。

自然，倘是堂倌简捷地回答说，“还早呢”，他们便很快地迷糊过去了，直到把茶泡上，那个在打更匠困觉时就醒转来了的可怜人，招呼说“泡起了呢”，这才从喉咙里应声道“哼”，或者微微点一点头。不过即使他们一无声响，堂倌一经招呼，便算义务已尽，各自管照自己的工作去了。

当他们发觉茶已经泡好了的时候，总是先用二指头沾一点，润润眼角，然后缘着碗边，很长地吹一口气，吹去浮在碗面上的炒焦了的茶梗和碎叶，一气喝下大半碗去。于是吹着火烟筒，咳喘做一团，恰像一个问话符号似的。要到茶堂里有别的客坐下了，这种第一个上茶铺的人，才现出一个活人的模样，拿出精神来，用迟缓的调子，报告出堂倌讲说过的故事，夹杂着感慨和议论。

“还是那坏东西不好，见了人就打打狂狂的。”

“母狗不摆尾，公狗不上背呀!”别的人附和着。

等到这一类的谈话可以告一段落了，报告者呵欠，揉一揉眼皮，向茶炉边嘟哝道：“还没洗脸呢。”于是堂倌拖过一张凳子，摆在客人座位边顺手的地方，打了脸水来。像这样，要洗脸，是不必改变蹲着的姿势的。只需略微侧一侧身子，斜伸出两只手去，就行了。然而，要是还没参加别的茶客的谈话，要洗一张脸子，那时间是会费得很长久的。

“您这话一点也不冤枉她。我看到的，比这更丑呢。比方说……”刚用指头提起来的脸帕，又落在脸盆里面去了。

有时候，需得堂倌另外换上一盆洗脸水，他们才能够完成这一件十分困难的工作。于是一边趿上鞋子，扣着纽扣，一边踱往街对过的酒酿摊上去，躬着身子向装着物事的担子打量一回，然后点着指头，一字一字地叮咛道：

“听清白了么？——加一个蛋。要新鲜的。好，就是这一个罢。您照照我看……”

当小菜贩沿着清冷的街市叫卖起来了的时候，他们总照例买上一点豆芽，堆在茶桌上，一根一根地撷着根，恰像绣花一样的精致。从他们的神情上看来，这还是一种近乎阔气的举止呢。这撷好了的菜，家里的孩童们，是自会来收回的，用不着他们动步：只需千篇一律地关照道：

“说不说得来，——多加一点醋，炒生一点，嗯!”

早饭的时候，直到家里的人催过三五遍了，他们才一面慢腾腾地，把茶碗端到茶桌子中间去，叫堂倌照料着，说吃过饭再来，一面恋恋地同茶客们闲谈着，好像十分不愿意走开去似的。

“又怎样呢?”

“又怎样，还不是认错了事。”

“我早就说罢，再让他吃一点辣子；我倒凉爽呢。……”

到这时，全个早晨的时间，已经给他们花费干净了。但他们毫不觉得可惜。其实，也没有想到这一点。等到肚子一饱，又有许多时光，在等待着他们，像阔人使用资财一样地浪费了。

在这里，我但愿目前的震荡不会搅扰他们。

（原载 1934 年 11 月 27 日《申报·自由谈》，署名尹光）

贾汤罐

这是一个十分健康的老人，留着一划尖锐而雪白的胡子，脸孔像孩童一般的饱满，发闪，只是生满了皱纹，黄里带黑，看来好像焙制过的黄连一样。不管两三个自命为懂得幽默的年轻人，一望见他走进茶馆，就免不了稀开嘴笑，抿一抿嘴唇，其实在县城里，老头儿还算是声望极好的人。他在县里当了十五六年的公事，但在功名上他不过是一个监生，一清查起他的瓜葛来，却又并非什么重要角色的“老表的老表”。单就这一点看，我们也可以知道轻视他是怎样毫无理由的了。

这或许是所谓老运吧，他无声无臭地活到将近六十岁的年龄，才开始在县里的政治舞台上出现，而且竟是那样地突然，就是他自己也有点相信不过。那时全县当政的正是陈三代王，一个狡猾刻毒的汉子，大哥是拔贡，本人住过几天官班法政，兄弟是出名的哥老会的头目，凭着这几种势力，一年秋天，他终于打倒了他那诨名疯子举人的政敌，于是老头儿也就开始了他的政治生涯。

原来三代王一上台，几个机关法团的首脑人物，有的自命清高，有的和疯子举人的关系太深，都一致取了不合作主义，陆续辞职了。对于继任的人，有的他不放心他们，有的他们又不放心他，这使得他好为难。但是一天早上，他正蹲在圈椅上吹水烟，感到懊丧，却忽然把手掌在额头上一拍，大笑着自言自语道：“我怎么把贾汤罐忘记了！”于是从这次起首，一直到死，老头子很少在他那农会会长的位子上动摇一下，仿佛那是一种终身职位一样。

他的为人很和气，时常总是笑眯眯的，闪着聪明而温和的眼色。他对什么人都谈得上几句，虽然不多，却也不会使你头痛。生气和急躁是和他没缘的，他那全部性格的特征，似乎就只算他的安详和开脱了。他有一个儿子，人很漂亮，住过三个月陆军小学，但在他刚满花甲时死掉了，即连这也并没有使他激动多少。半年以后，他还不慌不忙地把一个使女收上房，说是，“这样方便一些”。

这事以后，每当人问起他怎么会像中年人一样的健康呢，他便十分酣畅地笑一笑，用指头捋一捋胡子的尖端，于是故作正经地答道，“你不记得四书上讲过吗：‘小，补之哉!’”他的笑容又立刻在脸上布满了。

他的家境并不丰裕，仅仅有佃客每年送来的两三石糙米好吃，房子是租佃的，可是他却生活得很安适，没有什么奢望，对于一般不干净的钱财，更是不愿意沾手；也正因为这一点，县城里公事上几次关于财政上的污浊的纠纷，他连证人都没有做过。他认为不应该放手的，单只一笔正规的薪水。因为带点义务性质，这笔钱是很小的，而且还不时闹点拖欠。但即使一连三个月地从地方收支所空起手回来，他也并不失望，他尽可以平心静气地去等待一种机会：当那些各地方机关的主管人，发起一份公文来要他盖章时，他只需白着白眼地多和他们谈几句天气，就消了。原来依照老头子的习惯，是一见着马封筒子，就会毫不打闪地摸出他那寿山石的私章来的。甚至有些不知道他的脾味的人，为了名分和责任起见，一定要他看一看公事的内容，他也会加以拒绝。

“我不看，”他摇着头微笑道，“我给你们盖章好了。”于是他极随便地在自己的台衔下盖上一颗印章。

他这样朴实的举动，倘是换一个人，那一定会立刻引起对手方面的不舒服来的，但对于他，却从来少有过。因为天地间尽可以有着这样一种人，他们平常总是难得出声气的，永远默着声息，显出和气的样子，可是当他们冷不防一字一板地说出句把话来时，第一分钟你会不禁红起脸来，觉得那些话里面是生了骨头的，但当你下细一审视他们那聪明而坦白的眼色，便又会自自然然地松一口气，陪着他微笑了。老头儿就恰是这种角色。

而且在有些机会里，他那种脱口而出，有点使没经历的人狼狈的言辞，还能引导出若干意想不到的实际效果来，不仅叫人觉得有趣。有一回在县行政会议的席上，为了附加亩捐，两个势均力敌的政治首脑，一个不对劲，忽地拍起桌子争执起来，甚至两方的党羽，已经准备动武了。这时候老头儿不慌不忙地，用手指摸着茶碗，微笑道："争什么呵，横竖要通过的！"于是大家都立刻皱了一下眉头，但随即就禁不住失笑了。

县行政会议开会时，他是每次都要列席的，虽然他从来很少发表意见。他总是挨着县长坐在一起，默着声儿喝茶，有时望一望那些高喉大嗓地陈诉着意见的与会者，于是又立刻俯视着自己的茶碗笑一笑，仿佛他是来旁听的人，或者是应景的东西一样。不过每当把一桩议案提付表决时，他也不会忘掉举一举手臂，而且还从来没有不举手赞成的事。虽然他和那些偏僻小镇上来赴会的代表相似，很多的时候并不清楚他们表示赞成的议案的内容，所不同的，那些老实而胆小的乡绅，在散会后，总要拍着别人的肩头问一问，"唉，刚才通过的是什么呀?"而在举起手来时，还要瞻一瞻别的与会者，若是举手赞成的人太少，或是他们认为重要的人物依旧在稀里哗啦地吹着水烟的时候，便又红着脸忸忸怩怩地赶紧把手臂拖下来，老头子却并不这样，他只要表示赞成，就好像万事皆了了。

对于别的集会，如像欢迎新到任的长官之类他也很少缺席；尤其是各种宴会。在每一种宴会上，他总是坐首席，而且一上桌子，总是忘不掉一面笑嘻嘻地从怀里拖出一张已经变色的白色手巾来，一面自言自语道："让我给我那个孙儿子带点回去。"于是从从容容地把手向那些水果和各种腊菜盘盏里伸去。

他是在五年前去世的。他的死给几个地位重要的人物带来很大的不方便，每当他们为要解决各机关法团的人选而感到苦恼时，总会记起他来，于是生气道："龟儿子！要是贾汤罐不死也好哩!"

（原载 1936 年 7 月 24 日《申报·文艺专刊》第 37 期，署名尹光）

女巫之家

我的女房东是个女巫，当我才找着这个房子的时候，觉得各方面都很满意，尤其是房租便宜，但我知道了下面的客堂，是一个供神的地方，四周都挂着“有求必应”、“诚信则灵”这类的匾额时，我当时就犹疑起来，旁的倒没有什么要紧，第一我就是怕来烧香的人太多，那就一定会闹得人不得安宁。其次是怕她供的是狐仙，因为据别人告诉我说，这东西是很小气的，稍微一句话说得不对，马上就会弄点鬼把戏给你看。我虽然不迷信，然而和这种东西朝夕相处一定是很讨厌的。于是我便问和我接洽的这个老太婆——后来我才知道她就是女巫：

“你们是，供的什么菩萨?”

她回答道：“是吕纯阳太太。”

我忍不住笑了笑：“烧香的人多么?”

“不多，不多，你住久了就知道了。”她像是看出了我怕吵闹的样子，很着急的摇着手这样回答我。

我因为她既不是供的狐仙，又不会吵闹，便决心搬来住下了。现在将近住了有三个月，这一家人的生活情形，我也很熟悉了，而且还对他们感到悠然的兴趣。

他们一家共六个人，两老夫妻，两个儿子，两个女儿，一家人都是不折不扣的农民，好像长久的都市生活对他们毫无影响一样。

老头子有四五十岁光景，然而人非常康健；身体高而瘦，头很小，头发花白，眼睛小而深陷，但是有一个小而尖的鼻梁陪衬起来，样子倒还不过分讨厌，声音非常粗暴，平常和人谈话都像吵架似的。当我第一天搬来的时候，因为一把拖布还没有找着适当的地方放，暂时放在楼梯口，他看见了便用起他的大喉咙，对着替我搬家来的朋友吵起来。我的朋友吓得不敢开口。我想这可糟了！怎么那天看屋子的时候，并未见着这样一个老头子呢?

到现在我才清楚了他是生成这样一副喉咙，并不是安心和谁吵架，然而这是使人够受的。

他是在替一个外国人种花园，每月有十五块钱收入，他爱贪小便宜，哪怕是一段锈了的铅丝，在他也是好的。他常常从外国人那里拿许多东西回来，什么绿的油漆呀，白的油漆呀，桐油石灰呀。这些东西都是用香烟罐或是别的罐子盛着，再用报纸包好，小心谨慎地端回来，一到下午他没有事情可做了，便提起一罐油漆，不是把那扇门油成绿的，便是把这扇窗油成白的，你总见着他在不停地油就是了。因此将一个屋子里弄得来这里一块绿，那里一块白，这里又一块黑，不成个样子。我想在他看起来或将是很好的。他们的神像面前每天都供着鲜花，这不必说也是老头子拿回来的了。他很怕他的妻子——那个女巫，每遇着她不高兴的时候，他用了他的大喉咙和谁在谈话的时候，他妻子放下了脸孔来这样对他说：

“你又在哇啦哇啦做啥?”于是他会一声也不响地跑去做事情了。自然又是弄他的油漆。

他们一家都很节省，吃得很坏，穿得也很坏。老头子常常对别人这样说：

“你不是看有些人穿得很好么？其实他连房租也付不出哩。”

他们的大儿子，是在一家皮鞋店里学生意，也是这家庭里面唯一漂亮的人物，他好像与这家庭没有发生多少关系了，只是每晚回来睡，天一亮又去了。

第二个儿子，是某小学的快要毕业了的高小学生，奇怪的是他对他母亲做这种生意并没有什么不满意的表示。一个暑假只是和别的孩子们玩玩蝉子，烧饭时替母亲生生火，并未见着他摸过一次书本，他的年龄并不算小，十六七岁，看起来很高大，有一次我问到他的母亲说：

“他小学毕业后，还打算再读书么?”

“不再读了，你看隔壁的中学生不是闲在家里好久了么。我是没有那样多钱给他读书的。”她说的时候样子很愤慨。

她又继续说道：

“我的根弟进学堂，还是先生答应只收半费，半年共有四块钱，不然怎么读得起。”还附带地说到了她的二女儿进学校的原因。

二女儿是个娇养惯的七八岁的孩子，读了半年书，连男女先生也分不清楚，至于书本上的字，更是一字不识，倒是和着别人哇啦啦的念得很好。

大女儿很像母亲，尤其是那双有长而黑的睫毛的大眼睛，看起来是一个假精灵的样子。不过她那一张苍白色的脸孔，和那个完全是骨头的身体，是远不及她的父母了。她在一家香烟厂做工，包够一条烟卷，有一角半的工钱，然而就是这样廉价的工作，也并不是每天都有的，多半隔一天去一次，甚至要碰到一月以上的长期失业。

现在要说到这家庭里面的主要人物——女巫了。单看她的外表，并不像一般的女巫那样阴阳怪气的可怕，和平常一般的四五十岁的老太婆没有大的差别。身体矮而微胖，头发乌黑，眼睛很大，睫毛长而黑，说话时眼睛眨得很快，一望而知是一个厉害的老太婆。她的右脚颈比左脚的粗些，走起路来不很方便。她会替人医病，替小孩挑惊。医大人的病，是靠她的菩萨，医小孩是靠她自己的经验。生意倒还不错，常常都有人来求签，药方是签票上印就的，至于一次给多少钱，那是随便病人了。我看这个收入倒很有限，主要的是要靠她医小孩的病，对于自己的儿女，人们是乐意多出几个钱的。——她并没一定的时间，随到随看，一次总有四五毛钱，据说出一次诊，还有两三块可拿。我有一次曾亲眼见着她替一个婴儿挑口里的白点，她不慌不忙地从药箱里取出一根寸多长的针来，并不用消毒，一只手掀开了婴儿的嘴，一只手送进针去，挑得啵啵啵的响，血顺着她的手指流了出来，婴儿哭得失掉了声音，母亲把头掉开了不敢再看。但她仍是很镇静地挑着，脸上没一点表情，好像她是在一块木头上挑。手续完了，便用一根金属制的管子，一头放上一点白色的药粉，吹进了婴儿的口里去。等别人走的时候，送上一小卷角票在她手里，她这才笑了，说道：

“不要客气啰!”一面慢慢地送进衣袋里去了。

她们的菩萨是装在一口玻璃箱里面的，有一次我要求她大女儿给我打开来看看，她很严肃地拒绝道：

“我不能开!”

“为什么呢?”我奇怪了。

“要等我妈来，她是仙骨，菩萨不会怪她。”于是我便问起了她们的“吕纯阳太太”由什么地方得来？她很慷慨地把她们供神的原因告诉我了：“我们从前没有供神，在三年前我妈病在床上一动也不能动，我爸也病了，还吐过血咧！有一天晚上菩萨附在我妈身上，说要她供她，因为她是仙骨。若相信，他们的病都会好起来的。后来果然病都好了。还医好了许多别的人。”

“那么菩萨又在什么地方请来的呢?”我说时用手指着神像。

她很自若地回答道：“那是在城隍庙买来的。”

“菩萨也能用钱买吗?”我几乎这样地叫出来！但实际上却含糊道：“唔!”便支吾过去了。

这老太婆病倒是没有什么病，只不过在她那只特别粗壮的右脚颈上，有一团红色的丹毒，每月总要发两三次，一发作起来，就一步也不能走，只好躺着，发出厉害的呻吟，而她那喜欢吵闹的丈夫，便也暂时间便成了一个哑子了。

（原载 1936 年 9 月 11 日《申报·文艺专刊》第 44 期，署名尹光）

哀悼之辞

鲁迅先生死了！在作家协会成立的时候，我便从一位朋友口中听到先生病重的消息，而现在却终竟来了这震撼人心的哀耗！

对于鲁迅先生在文学上的功绩，我是不配来提起的，单就创作来说，他所给我们后辈开辟出的道路也就够我们走。但以一个文学工作者来看他，那是太小视鲁迅先生了。

鲁迅先生的伟大处是在直面而坚持地对一切黑暗突击，从古久先生的账簿一直到舶来品的卍字徽章。在五四运动后的十数年中，每逢一次新的巨大的激变，都能够勇敢地站在前线作战的，只有先生一人。而能够使一切丑恶畏慑的，也仅仅只有先生一人。

鲁迅先生现在是死了！但鲁迅先生的精神是不死的，他将永远是中国人文史上一个最辉煌的存在。

（原载1936年11月25日《光明》半月刊第1卷第10期）

这不比强盗更可恶么！

我的房东继续对我说：

“你笑么？目下的年轻人通是这样呀！只知道自己痛快，一点也不为父辈伙着想。要是有了差错，你想想，叫我怎样报账呢？……”

他摇晃着下巴，惘惘然叹息了。

我这房东是一个沉闷而胆小的汉子，战事发生后他就终日皱着脸，担心着轰炸，流弹和毒气；三楼亭子间早给他用报纸裱糊严密了，而在大世界惨案发生以后，只要飞机的影子一显现：他便赶忙关自己在屋里，一面压低声音威吓他的妻儿：

“你们要等在外面送死么——进来！”

他所说的是他的侄儿，一个十八九岁的年轻人，高中毕业不久，便从故乡逃来上海碰撞自己的运气来了。那父亲原是要他当小学教师的。他初来寄住在叔父家里，随后因为居停主人催逼他回去，便又跑往沪东同乡处去；于是阻在战区里了。

听任一个老实人多上一分愁苦是不行的，所以每当这时候，我总宽解他道：

“你不要愁，也许逃回去了。”

“不会，不会！他知道家兄的脾气糟得很。”

但停了一会，却又自言自语似的说道：

“不过小孩子人倒还急跳……”

他的妻子，对那忤逆侄儿的态度恰恰和他相反，她只知道不断地储蓄粮食、煤球和食盐，每天要提一大篮蔬菜回来，但一面却还把自己的饭食紧缩到囚粮一样的单薄。她喜欢嘈杂，人很瘦削，鼻梁和眼圈周围有着过多的雀斑。

虽然有时候也偶尔提起那不幸的孩子，但她的语调照例是冷冷的，暗示出若干恶意的嘲弄：你瞎操心些什么，因为即有了什么灾祸，那倒霉的也不过是他们的侄儿，而并非自己嫡亲的骨肉。她已经养有三个小孩了。

她常用一种说笑的口调打趣丈夫道：

“就这样担心！看你还会多出一个人养老送终么。”

除了这种小家妇女的短见，她也有她自己不必担心的理由：他并不是一具死尸，何况一个人的祸福都是老早注定了的呢？也许人间真有命运这东西，那年轻人不恰恰被派定了一分侥幸，当东区的巷战紧急时，他终于逃出来了。

这是十八号晚间，月亮很好，我坐在天井里倾听着隐约的炮声，一面在祝福着我们那些浴血抗战的民族英雄。而且对自己的平安感到惶悚。

这时妻从室内走出来了，她用嘴唇望楼上一支，意味深长地说道：

“又是她争胜了。”

“怎么——他们的侄儿逃出来了？”

“下午就来了，所以赵先生没见下来……”

“啊！我们去问问他沪东的情形看！”

我一下子从椅子上立起来了。而我的眼前立刻显出一幅暗淡的图画：皇军，浪人，武士道，可怕的无耻的横逆。我在“一二八”时是逃过难的。我不相信那个中学生的遭际会比我的文明一些，但我急想知道他的经历，并不以自己的推想满足。

可是妻却留住我道：

“别人家里正在赌气咧。”

“不是已经好好地回来了么?”

“回是回来了，还强着要上前线去服务呀。”

我忽然注意到头上的扰攘了，房东的话声照例是喑哑的，结里结巴地在说着一长串不必要的废话，女的依旧冷声冷气。中学生是个大块头，结实得像花岗石。他的沉默寡言也和石头一样。他只不时秃头秃脑地插一句嘴：

“别人在火线上不是都会打死嘛。”

半点钟后我才得着上楼的机会。房东闷着脸叹息道：

“你看弄得这副腔调啊!”

他把他的侄儿指给我看：这青年人躺在一张藤椅上，已经睡着了，面貌比以前黑瘦了许多，显得很困惫，仿佛他并不是在困觉，倒是因为精疲力竭，再也支持不住了。我那房东继续道：

“你看昏不昏，还强着要到前方去!”

“本来他们青年人的想法和你我不同……”

“有什么不同——发昏就是了!”

他的咆哮使我局促起来；我很想告诉他，那青年人的想法是正当的，而他倒应该以自己的打算为可耻。就举我本人讲，尽管在摇着笔呐喊，到底也不过是一名啦啦队员罢了。

那中学生给嚷醒来了，于是我乘机问他道：

“请你告诉我，沪东的情形究竟怎样?”

“嗯，嗯，什么……”

他嘟哝着，揉着眼睛，极力想睁开它们：

“打得厉害咧。”

“那你怎么逃出来的?”

“还要说！不是荷包里有钱，连命都送了啊。”

房东太太叹息了；于是我愤恨道：

“那又比‘一二八’更进步了！那时候凶是凶，倒还不像这样贼足摸手的。”

“还要是洋钞才放你走咧，”那青年人说明道，“搜出来的是铜板角子么，就劈脸撒还你，兜肚子一刺刀，肠子肚子一地……”

“这简直连强盗都不如了！……”

“同我一道的有个女人，”他继续说，逐渐兴奋起来，“怕路上哆嗦，把一个毛毛头（婴儿）装在口袋里提起！贼猪猡扑了空的时候那凶相啊！女人不必说，连口袋孩子，一脚就踢下河浜去了！”

他说着，重新躺下去了。……

这一夜我好久不能安眠。我老是怀想着那口袋和婴儿，那无耻的残酷的短腿。而在我的头上，则继续着一种低沉苦痛的争辩：

“我看你愈来愈顽固了。……”

“你老人倒是这样。……”

远处有大炮声传来。

（原载1937年10月4日《国闻周报》第33—35期合订本）

进一步的希望

由故乡进省的第二天，便得有机缘参加“抗战”的公演，这是我回川以来的第一桩愉快事。可惜我对于剧艺是外行，不能有什么了不得的意见提供出来，这是该歉意的。

但自然除开演出上技巧部分的话，倘就大体讲，值得参考的意见，也不能说没有。首先想到的是票价问题。我以为国防剧社的演剧活动，应得尽量看重鼓动和宣传的价值，不必十分关心募捐的事。一个观众，是比一张票价更有意义的。

此外，我更希望不要以都市上大规模的演出为满足，救亡工作的主要阵地，应该是广大落后的农村。虽然较大集团的活动为不可能，但我们可以分成小队工作，或者就把和外县各剧团的联系紧密起来，经常给他们以大量的鼓励和帮助。

听说普训后还要放两礼拜假，这消息若果确实，倘能在此时期内发起一个还乡演剧运动，那就更容易着手了。但这所谓容易，是我嘴上这样讲，那结果还是要看人的努力和环境的如何才能断定。

原载 1937 年 12 月 15 日《四川日报·文艺阵地》第 2 期

用不着忏悔

几天前，偶尔同一位朋友谈起某某先生的近况。这先生我自然是见过面的，经历很多，早年干过革命，也担任过要职，已经赋闲好几年了。

我是年前在省外和他认识的，在上海做寓公，找寻着刺激，但同时也很关心时事。而且，自然年事已经不小，那态度却是热烈的、彻底的，便在年青人听来也不免觉得偏激。

但这当然值得称赞，主张对日抗战，无论如何比主张对日屈膝有理百倍。何况这也合乎目前中国人做人的道德，可是，根据朋友的谈话，这位先生是逐渐沉沦在忏悔里了。

这忏悔大约来自军事上的节节失利。但说得深一点，则是恐日病抬了头，倘是不避挖苦人的嫌疑，我们还可加以发掘：先前他是寓公，光人一个，现在住的大公馆，儿孙满堂，心情自然就两样了。

这样的人，我想是还有的，决不止他一个。但需知救亡决不类于做投机生意，一转眼便会“麦克麦克”，“恭喜发财”。这是苦难，这里能有的是血和火的光荣的斗争。而那最后的胜利，却就正建筑在这斗争的长期支撑上面的。

全民族的解放运动，可以和生孩子比么？但我们都知道，就是生孩子吧，也决不像打呵欠那样的舒服、容易，是要经过大痛苦的。

（原载 1937 年 12 月 18 日《大声周刊》复 7 期）

想不得

有许多事情是想不得的，因为不想则已，一想就糊涂起来了。自然愈想也就愈糊涂。

比如说，最近有人在大谈民众运动，洋洋洒洒分上中下三篇，单看那分量，已尽够叫人佩服了，何况其中有事实，有理论，还有“热泪”！然而也是经不住想的。

限于时间，我们且随便指出一点来略谈一下吧。根据作者的说法，在十六年春天，共产党“报告到国外的准确的数目字”，即以人数最少的上海而论，便有八十万，然而人家才“来一个特别戒严”，“一道命令”，“把刀扬了扬”，那许多人便马上、“无声无息的消灭了”。

单是这一节，就着实叫人糊涂：难道那些“准确的数目字”，实际上不过是个零号么？若然，共产党这个诳也未免太扯大了。可是人家又分明来过“戒严”，“命令”，还“把刀扬了扬”！可见并不是零号了。

的确，不是零号。仅仅在广州暴动中，不是便“被屠杀了一万七千人”吗？想到这里，人似乎清醒些了，然而却也不能再想下去：“把刀扬了扬”就会“屠杀一万七千人”，倘使是认真的砍杀，那又该怎样呢？……

不过就此滞住吧，这牵到“旧账”上去了，而据说，“旧账”又是“我们不忍算不想算”的。

（原载 1937 年 12 月 29 日《四川日报·文艺阵地》第 4 期，署名尹光）

P 医院碰壁记

吃过午饭我就动身到 P 医院去。这还是我的第一次慰劳伤兵，但距八月十三那个痛快日子，却已快两礼拜了。

是的，两礼拜，这说起来是多么的容易呢！然而在我，以及别的伙伴，这却是一个重负，正如“八一三”以前那些日子之为重负相似。所不同的，后者是沉闷，前者是焦灼罢了。

本来战争开头不久我们就想到伤兵的，而且还想上前线上去，做点能够做到的事。但第一，这需要当局的允许，而我们终竟一直被关在门外。这可见便是救亡吧，也决不是一件容易的事。

我们首先是向文救会找工作，希望他们介绍到红十字会去，但没有成功。到难民收容所也不成。最后我们只好竭力向私人设法。

我的能有到 P 医院的机会，就是从私人得来的。他是我的朋友 L 君的熟人，有一个表弟在那里做助手，于是经过种种转折，担保和请求，我得到允许了。

这自然是极麻烦的，但在抗战中闲散起来却是桩痛苦事，也是一种耻辱。

我于是高高兴兴到 P 医院去。路相当远，但在那时候，乘电车早已经是种奢侈了。气温还在华氏九十度以上。柏油溶解着，在阳光下闪着耀眼的晶光。马路上的人却不少，多半伫立在转角处，在关心空战。

我在两架飞机的盘旋下走进医院的大门，进到空坝里去。随后我又仰头看了一会。但这并不是因为想硬绷英雄，或者相信了医院杂役们的帽子，就情理想，我以为敌人的飞机是不会就下蛋的。

杂役们戴的是鸟打帽，帽盘很大，蓝布做的，上面各盘着一个红布卍字：这是很稀奇的，他们似乎相信这些卍字可以保险住他们的生命。

把介绍信递给其中老的一个，我便坐在办事室里了。

M君，那助手医生，皱起眉头问道：

“你就是Y君么?”一面打量着我。

“是的，”我回答说，“我想能够有点工作做做。”

助手沉吟起来了。过了一会他才开口，起始是抱歉，接着便说到医院的困难情形，人多，经费少，而现有的人数，已经超过它的正当需要了。

“不过我并不需要报酬。”于是我截断他道，“连伙食都不麻烦你们。”

“那自然更好!”

他直率地说，同时投给我怀疑的一瞥：

“可是这我也做不得主，让我同医务处谈谈来吧……”

这个短小精悍的汉子走开去了。我独自停留下来。很明显的，我的希望已经显得黯淡了，但我已决定不再隐瞒，索性直接同他说明一切。

所以当他转来，并且用医务处的名义向我表示拒绝时，我就告诉他我是怎样的人等等，于是助手吃惊道：

“啊！你就是××么？久仰得很……”

“哪里……我希望能够相信我。”

“当然当然！不过恐怕你吃不消吧？苦呢!”

“我至少可以帮他们写信，读报纸……”

“你打算成天在这里，或是怎样?”

“成天当然好，可是看你们怎样方便我就怎样吧！……”

我的自白生了效，他又重新进去了。我开始预想种种和伤兵会谈的情形，并且发着热。然而几分钟后，我便被客客气气地送出来了。

“我不知道早已经有人了，对不住!”

“简直对不住得很!”

但我连头也没有回转一下。

（原载 1938 年 1 月 15 日《金箭》半月刊第 1 卷第 5 期）

一伤兵

——沪战回忆琐记之四

我拿起周海泉的名片到××医院去。

老实讲，我是宁愿就在P医院蹲下去的，那里的伤兵，至少是我的同乡，我都已和他们混熟识了。我希望能同他们再混下去，多明了一点他们的生活和性格，以及这次神圣战争所给予他们的影响。

然而事情没有那么如意，我忽然被挡驾了。理由呢？很简单：上面的命令！不过我却有我自己的看法：当时报纸上突然发现出很多指责一般医院的文字，替伤兵所受的待遇大鸣不平，而P医院又知道我是弄笔墨的，于是下戒严令了。

要使他们相信我是不成的。我去请教周海泉，要他把我介绍给他的同志；那些躺在别处医院里的。起初他很生气。骂出一溜串用生殖器和祖宗八代所组成的粗话，坚持我重新进去，不必那么认真。

“个老子！”他捺着拳头嚷道，“实在不对给他妈闹烂再说！”

但我终于劝服了他，并从他手里接过一张名片。这是一张小卡片，纸张恶劣，恰像毛眼粗大的皮肤一样。字也印得坏，每笔都是凹下去的，而且走了油。我猜他和哥老会有渊源，不然，是不会有这种排场的。

××医院在萨坡赛路，离吕班路不远，比起霞飞路来，这里太静寂了，只有两三个难民，正躺在一所外国慈善机关的红墙脚下乘凉，让树荫笼罩着。一条狗在近旁伸出舌头喘气。医院大门是关闭着的，我去按了侧门上的门铃；看门人从甬道里走出来了。

这是私人医院，规模虽小，却没有官家派势。我一进去就觉察出这区别来，从医生到杂役都很和气；看护大半是女学生；她们在和伤兵们随意地闲谈着，仿佛兄弟姊妹一样。

伤兵当中的一个大汉子，脸上束着绷布，在高声恳求道：

“密司李，密司李，帮我们题首诗做纪念吗……”

我没有遭到任何考问，但为慎重起见，我自称是周海泉的同乡。而我便是用这种资格来会叶士先这人的。我走向看护指给我的病床边去：床的一头抵着窗子，可以看见一个小小的庭园。

和周海泉比起来，我这新朋友是太不像个浴血前线的战士了，他太斯文，个子又小，而且嫩气得像个孩子。眼睛很灵活：当它们转动着的时候，你只需一瞬，便会立刻懂得什么叫作青春的激情。我的自白才完，他就滔滔地说下去了。

“嗨，”他惊叫着，“万想不到在这里会碰得见同乡的啊！他们说有个同乡会在什么爱多亚路；可是碰他妈的鬼，真难得找！这真巧极了；吃烟，吃烟……”

我接过烟来，问他同院里还有别的同乡没有。

“多啊！”他指手画脚地说了，“靠窗子那个和我同县，脑袋上给破片炸伤了：这一个也是，伤到腿杆上；那是第三连的，这肏的，又跑出去逛街去了……”

他一连指出八九个人，但我打插他道：“你是怎么进军队的？”

“不要说罢，上了别人的当呀！”

他显出失悔的颜色，随即叹息了。据他的报告，他原本没有心进军队的，但那招募员表示，他们所需要的是学兵队队员，待遇不同，毕业后可以充当排长；于是这个常把希望搁在农村以外的少年，报名入伍了。

他忙忙地结束道："弄下来才是当兵，并且一来就凑上火线！"

"不过这总比内战好呀！单看老百姓是怎样感激……"

"自然，自然，"他不好意思地笑了，"叫人想得过也只有这一点。"

随后我和他开玩笑，问他初上火线害不害怕。他很坦白地承认，那时候他的处境是十分难堪的。不过并不长久，一两点钟后，就一切都落平了。他是在八字桥挂彩的，其时正想救护一位受伤的同志。

"后来我拖起枪爬过去了，"他滔滔地继续下去，"嗨，这个杂种，恰合适了他妈一颗飞子！打到腿子上……"

我故意作弄他道："那你后来不是很失悔么?"

"啊哟！你这个人！失悔！"

他笑嚷着，眼睛转动得更灵活了。他是四川潼南人，只有十七岁，是我在伤兵中所见的最小的一个，而且是最有趣的一个。我很快地，就爱上这个小兄弟了。

现在我希望他依旧在前线上杀敌。

（原载 1938 年 4 月 1 日成都《工作》半月刊第 2 期）

同难小记

除了工作，最使人担心的是生活问题：所有的杂志副刊都停版了，米和燃料一礼拜内涨到一倍以上，再这样半个月，无疑的将会发生困难，直白点说，眼看就要饿肚皮了。

有许多朋友提议变更生活方式，大家挤在一道住，并且尽力降低生活水准。后来这个办法没有实行，但紧缩政策却成功了。主要的是解雇娘姨和在吃食上把夏天延长下去，少食肉类，用薄粥代替干饭。

前者我们是早就实行着的，并决心一直坚持到底，但对于后一个办法，却总打不起勇气来做，我们的顾虑是太多了，怕娘姨找不到工作，这是第一；其次，要是叫她逃回故乡，那无异叫人送死！因为对于难民列车的轰炸，早已成为日本空军的唯一任务了。

可是虽然这样，我们依旧找到机会，互相鼓励着，希望能够意外的发出一种意想不到的勇气。所以不止一次，我向妻试探道：

“你向她探听一下怎样?”

“我看你去说吧！我实在……”

于是我们摇头苦笑，并且因为我们的自私而不安了。

一天，正在这种为难的情形下，我们的房东，一个喜欢吵闹的太太，颧骨突出，眼睛像萤火虫一样，很生动，兴冲冲地跑进来了。她一进来就随手关了门，坐下在妻侧面，并且挽住她的手臂，十分热烈地诉说起来：

“你们李妈出去了么？我同你商量一句话！”

她并没有立刻把商量的事直说出来，却转到一般生活的诉苦上去了。她的声调急而低沉，不时又狠狠地瞟我一眼，仿佛怕我听见一样。在一大段冒头之后，她才说到本题：原来是想联合我们一致对付各人的娘姨！

“你说怎么样?”她把妻的肩头更抱紧了，“对的话我们晚上一起说：不愿意走，就没有工钱。”

她嘻嘻地迫视着我的妻，希望得到一个肯定的答复。然而她失望了。我们没有承认，因为那样做近乎要挟，是不可以的。不仅如此，我们更因她的险诈反省到个人的自私，决定从此不再考虑这件事了。虽然对于生活负担的忧虑并未消除。

我们的娘姨是一个中年妇人，眼睛有点眯晞，一张黝黑多皱的瘦脸。和多数上海娘姨一样，原籍安徽无为，丈夫在做庄稼。每隔两三月，那个同样为沙眼所苦的男子必来一次运输她的积蓄。家里还有子女，大的十四五岁，女儿是残废人，一下子眼睛就瞎掉了。

“你还不知在乡下过的日子啊！”她曾经向我们诉苦，“每天吃饭婆婆都要骂说是害了她，说是会害她一辈子……”

她出门的主要原因就是为了这件事，希望能够缓和一下祖母的脾气。然而在丈夫每次含糊的答话中，我们相信，她的储蓄并没有发生多少效力，那小女儿依旧在一样地吃苦。但使人感动的，是那善良男子离开上海时的情形。她拆开他的衣襟，把钞票藏进吊边里去，然后又再一针一针缝好。

“轮船上当心点，扒手多得很……”

她喃喃着，手抖得很厉害；妻陪着她掉泪了。

她同我们生活，已近一年，虽然有点阴气，但很忠实，好像自己的家人一样。孩子又几乎离不开她；而且十分奇怪，她一来就同他混熟识了。所以老实说，为了我们自己能够有更多的时间做事，倒也并不愿意她走。

可是一天，她忽然向我们自动提出解雇的要求来了。

她说得很亲切，主要的深恐我们负担太重；其次，她怕战事延长下去，放心不下她那残废的女儿。在她的意想中，似乎以为她的故乡断不会遭难，而战争平息后她还可以再来；并且十分肯定地宣称说，她要把她的女儿带着一道，碰碰运气，也许有人会使她从那长远的黑暗中得到解放。

我们没有即刻回复她。听着炮声我想到那些惨无人道的屠杀，想到路上的危险，轰炸和流血。但因为早上向人通融的失败，沉默一会，却也终于按照自己的方便得到判断了。

“你要走也好，”我很吃力地说，“我们说不定也要离开上海的……”

她在当天夜里就要动身。约她同行的有四五个人，都是同乡，而且做着同一职业。其中一个叫大块头，曾经帮李妈做过一礼拜替工，是我们认识的；胆怯，多话，一副神经病患者的面相。她吐一吐舌头，惊叹道：

“哎呀！少奶奶！到底还是我们乡下好些。”

她帮李妈料理着一个煤油箱改做的箱子，催促着，随后便一同走向车站去了。但在三天后，也就是南车站被毁的后一天，我们的面前却又立着那个老是神态失常的女人，而且失常得更厉害了。

她淌着眼泪，擤着鼻涕，答复我们对于李妈的关心道：

“已经给炸死了！……”

（原载1938年5月16日成都《工作》半月刊第5期）

送穆老太太进医院

走完那条长而幽静的僻巷，我才相信时间确是迟了。越过马路，许多熟人已经聚集起来，似乎正待出发的样子；而在他们的头上则有一大幅白色标帜。这标帜是篾笆做的，上糊白纸，横写着“送抗战军人壮丁的母亲穆老太太进医院”几个大字。另一面是句问话：“她的儿子在前线为我们流血，我们应该怎样救济她?”

的确，看见这标语我是发生相当反省的，并非由于那是从一个头戴鸟打帽，画得来眉眼模糊的胖子青年嘴里叫出，因为根据许多人可靠的调查，我确实知道她有一个儿子正在为我们拼命。当进行征调时，保长本来答应过十六元安家费，但一经编入新兵九团六连，并且开出川以后，老太婆却被人玩了一套过桥抽板的把戏。

儿子叫穆合林，是个黄包车夫，日常两母子便单靠这牛马工作的所得来生活。不幸参加抗战后依旧还有家累，而空气又是喂不饱人的，老太婆于是立刻陷进饥饿里面。加之，住的是大杂院，又没有床铺，甚至连一根谷草也没有，就睡在潮湿的泥地上，那必然结果的瘫痪也便跟着来了。然而我要再说一次，她的儿子是正在前线为我们拼命的，并没有安坐后方，而且躲在一块漂亮招牌下囤米居奇!

一架黄包车把她从那破院子里拖了出来。她年龄约有五十带点，面孔好像腐败了的树叶一样，枯黄，点缀着许多黑斑；因为浮肿的缘故，上面似乎涂有一层油光，高朗的额头下嵌着一对浑浊的小眼睛。

鼻子是尖的，嘴唇已经包不住牙齿了。她的头发已经斑白，很稀疏，后脑上编了一个小小的发髻。一位皮匠叹息说，她太本分了，这是一句可以相信的考语。

车后跟有三四个邻居，通是女性，她们扶着车棚，为了避免车身过分震动。因为急眨着她们那程度很深的沙眼，所以脸上更加显出一种严肃的神气。其中一个年纪顶大的太婆，小个子的鼻头上有着很多的麻斑，细而触目，仿佛是用鞋底针刺就的一样。这个精干热诚的女人姓傅，她的儿子孙儿都上前线去了。

她们一直护卫着穆老太太前进，后面栽着一根杂色队伍的尾巴，除了大部分《大声》社的社员外，其余是临时加入的，分子为民生里一带的居民，小学生，喜凑热闹的大嫂二嫂之类的角色。沿途散发着鼓励人民从军的传单，唱着《义勇军进行曲》，但同时也多少引来观众们的讪笑。我听见有人笑说道："车蹍子不晓得又要做啥了!"

这虽然是从一个算八字的老者口中说出，但我想，他的话却可以代表一部分人的意见，他们包含着官僚，某些知识分子和愚民，然而纵是如此，倘因这点丑恶而灰心，丧气，陷入到失望里去，却又太不必了。我们要知道，"一面在严肃地工作，一面是荒淫与无耻"这种矛盾现象是还会继续下去的，它的消灭并不就在眼前。

当到达平安桥医院的时候，一个青年学生当众做了一场讲演，而在结末，就连傅老太婆竟也热烈地鼓掌了。虽然她的外表是滑稽的，她的鼓掌是那样的不合时宜，但我们却可以从她看出一点救亡运动的教育意义。

（原载 1938 年 8 月 6 日《大声》周刊复 39 期）

慰问抗战军人家属小记

我早就听说过《大声》周刊社在发起抗战军人家属慰问团，但是不知其详。一天，主干者来拜会一位和我同住的朋友，于是我想乘机会探听一下，也许可以找到一点有用的材料。

我们知道，世界上有两种人，有的深沉谨慎，不大高兴说话；我有一个前辈他忽然恋爱了，同居了，生小孩子了，但要不是他异想天开邀请几位天天见面的朋友吃了顿满月酒，谁都不会知道他的私生活已经有过变动——且是这样大的变动！

另一种却恰恰相反，他们是什么也藏不住的，似乎也不能够藏住。比如，便是头发里忽然生了个小疮疤，他也会当作要闻告诉你的，说不定还要找出来让你看看，以期证明他的诚实，而车耀先先生就恰是这后一种人，所以我才提起，他便滔滔地说下去了。

不错，“滔滔的”，这是纯然的写实，没有一点虚假。因为我就从来没有听过他节逗繁密的谈话，更不必说吃李子，打干盘了。而且他会说得那样的精细，机巧和热情，再加上他那些从行伍生活吸收出来的丰富的语汇，毫无顾忌的手势，真有点使我觉得脸红。

这个精干、愉快，被一批家伙认为成都四种可怕之一的朋友告诉我，他们已经干过一次了，成绩很好，参加的有十多个人，接着是种种细节的描摹，一共谈了个把钟头，然而我还希望他能再谈下去，并且决定要他下次给我一个参加的机会。

是一天礼拜日。我们原是约定九点半钟到齐，十点钟出发的，因为时计出了毛病，我走到新艺光照相馆的时候才八点半钟。他们自然不会为我提前出发，但也并没有准时出发；一直等到十一点才走成。其时，那些单调平板的相片样本，已经叫我打起呵欠来了。

这天一共去走了六处。大体的经过是这样：起初，那些困苦中的家属大都是很高兴的，仿佛碰见了莫大的喜事一样；而且有的竟会快乐得如此的张皇失措，要不依靠邻居们的指示，几乎连话也不会说。然而等到心情稍微平静，却又立刻伤心地哭泣起来。

在五福街战士余湘藩的家属身上，这两种互相矛盾，而又转换得那样突然的感情表现来最是明白。据邻居们说，战士本人已经捐躯了，只留有一位夫人，一个未满三月的遗腹子，以及一长串生活上的艰窘。因为毕业于军分校，又是以排长的身份出征的，曾经领过一点恤金；可是这是去年十月的事，现在早已断口无粮了。

然而在六家人当中，还只有这一家不是普通的兵士，而且唯一享受过一点所谓恤金！

他们生活的艰窘和困苦真是使人伤心，全是住的铺面房子，而且是用竹笆分隔开的，少有一家人享受一个整屋的阔气。在西御河沿街，战士赵文全的夫人住的还是机房，大约白天让工友们自由工作，到了夜间，这才能在两三架简陋织机之间找个空地，总算可以遮住露水了。

这个体格魁梧，配得上称为一个战士之妻的女人，她赖以为生的方法是替人洗浆衣服，要不然就饿饭，因为在一般穷苦同胞当中，便连苦工也是一种不可得的幸运，养着一个小孩，是去年战士出征前不久才下地的，还不上一岁，但看样子，似乎已尝到了人世的艰苦。

当时我曾经这样地分析过：假设这个弱小的生命忽然获得了一种成人的智慧，知道他有着一个父亲，为了抗战，为了我们这民族的命运，在他出生不久，便留下四百文钱的安家费，掮起枪到前线去了，他将对于他的处境和被漠视做何感想呢？

我们大家能够做的，第一，是安慰；其次，把那些睡眼蒙眬的保长找来，听他们说一场推诿话：上头如何，下头如何。最后是详细解释优待条例；但一被问到如何兑现，便是那一张辩才滔滔的嘴巴，似乎也例外地吃起李子来了。

然而我也并不是说这种慰问毫无意思，在这凡事都有专人管理的成都，那些可怜的家属，是不是连这点恩惠的享受也才第一次呢。

我希望这种慰问活动能够扩展开来！

（原载1938年8月13日《大声》周刊复40期）

由桑镇到成都

在离开故乡的前三天，在一家茶饭馆里一个老头子紧张地说：

“连重庆都被炸了！”

老人还穿着过旧历年穿上的新蓝布大衫，上罩黑缎马褂：略已发红，是旧式的缎褂改修成的。皮黄肌瘦，稀稀几茎花白胡子。染黑的博士帽戴得很低，一直盖着耳朵，使得帽顶像个圆锥一样。

他坐在茶馆主人的火盆边，两手展开报纸；偷看了我一眼后，又继续说道：

“怎样；你真的要走么？”他的眼睛里充满着关心。

我把我的意向告诉了他。

“还要带家眷，”他不满地呻吟了，“倒是听人劝好些！……”

讲老实话，对于轰炸的味道我是尝过来的，那并不高妙。我曾经在大世界门口看过血肉模糊的头，肢体；在梵王渡等车的三个钟头我更不会忘掉；而陆一先生还亲口讲过一个如下的故事：

在保定车站一列装满人和军器的火车，它刚才开到，便被敌机光顾了。受难者当中的一个妇人，当路工会搬走她那残缺的尸体时，她那幸存的孩子，至多不过四岁，却一直哭闹着，叫喊着不许动弹他的妈妈。

这个无知的小人，也许以为她是在睡觉呢！……

可是我却照旧依着我的意向做了。我有我不能不走的理由，并且，看一看我们这堪察加临难时的情景，也不是无意义的。我们在一年前就嚷着“动员”和“指导”，嚷着“防空”，现在，应该是“过硬”的时候了。

在路上，我没有看出任何异样来。绵竹的大曲，什邡同汉州的板鸭和兔子，都照常受着人们欢迎。虽然大都关门闭户的。但这是为了要征收营业税的缘故。时常听见的是关于省政府改组的问题。

就连我那包车夫，也曾经发表过一篇如下的意见。

“那自然不能怪他呵，”他边走边喘气地说了，“你想想吧！他是外省人，他以后只顾自己叽里哇啦地讲，不听你们，也不管你听不听得懂……”

我忍不住发笑了。

“哈哈！”别一个车夫也笑将起来，并且纠正他道：

“快去爬吧！他自己也是四川人呢！”

在成都，参加这种讨论的更加普遍。不管是在茶酒馆里，普通的住宅，一切生活角落，大都在谈着这个使人激动不已的事情。据许多人判断，成都市商民的无形歇业，也同时是对这事情的表示。

一致意志，都希望维持原状，虽然他们所根据的理由有着参差，有的甚至单从个人的利害出发，并没有想到民族抗战的前途。

我的一个老友，三十带点，但已被长期的小职员生活弄成一个半老的老人了，马褂，鸡婆鞋，背有点驼，黄而打皱的瘦脸上架着一副玳瑁眼镜。他已有五个小孩，所以一见就是叹气。

“我就不赞成他来！”一天，这个“八品文官”动情地抗议了，“你去问看，×州人现在连十元以上的小职员也当不成了，变成了殖民地。你想，他未必又不带一大批人来么？我有五个孩子……”

但是，使人兴奋的，倒并不仅是这些形形色色的论调。这是早在预料中的。我很高兴我无意中参加了火炬游行，这是成都第一次的壮举，为影响全世界反侵略运动而发起的。我到达成都的一天恰恰赶到。

是晚间六点多钟。我由走马街穿上春熙路南段，想去拜会两三位熟人；但给头戴草色钢盔，手提光身马枪的宪兵拦住了：要我走人行道。接着我才警觉出来，马路上的确没有人，都聚在阶沿上，显出张望期待的神气。

因为在停市期中，霓虹灯已经收拾起了。只有少数电灯在黯淡地闪烁着，一想到这便是我们成都唯一的闹市。就不免发生出某种恐怖的预感。

向路人打听吧，毫无结果，于是我到新民报馆去。不久，我又出现在人丛中了，邀来一位记者，想要仰仗他探出一个究竟。然而直到几团火炬在东大街口光亮起来，歌声也高响入云了，我们才弄清楚宪兵们“静街”的意义。我们立刻挤到便于观望的处所去了。

就在中山先生铜像对面的阶沿上。那辉煌的行列拖拖过来，是必要经过我们面前的；我们兴奋着，而那火光和歌声也更使我们的脉搏跳动起来。倘要说兴奋，这的确可以称作兴奋了。

当歌声激越的时候，人们便一律高举一下熊熊的火炬：

“起来！不愿意做奴隶的人们！……”

在高呼口号的时候也一样。

“打倒国际法西斯强盗!”

从我们对面已经走过了长串的行列，直拖至提督街了；但它的尾巴却还洒荡在东大街上。确是空前的壮举，歌声，火光，一条中华民族抵抗的脉搏。看了这情形，谁也不相信中国人是会沦为法西斯强盗的奴隶的。

火光下闪耀着各种白黑字的标帜；米粮同业公会，在野军人学会，大商社，群力社……在文救会的旗帜下，我认识出几位熟人，而他们也看见我了。

拖着我的朋友，我们进入行列中去。并且立刻各得了一支火炬，是拉船的竹绳做的，两条一束上面浸了石油。有的是用筋竹梢做成，当中箝着浸透油脂的纸捻；这是参加人自备的，火焰特别粗大。

一个奇怪念头来到我心里：

在需要我们流血的时候，同志们！也一样吧！

沿途的群众单只呆看，这是一桩恨事。但当经过漱泉茶楼的时候，观众中却喊出呼喊口号的声音来了：很凄厉，似乎还混杂到有眼泪。若是没有行列中巨大的回答，谁也不会听清他在叫着什么……

最后，我要直言，许多人基于这次运动而发生一种廉价的乐观，是要不得的；因为我总忘不掉三个月以来的沉闷日子，当天夜里某一部分情形以及那漂亮的整齐的乐队。

一九三八年十一月八日追记

（原载 1938 年 11 月 16 日《文艺突击》第 1 卷第 3 期）

贺龙将军印象记

中共六中全会闭幕不久，鲁迅艺术学院有过一次名人演讲。时候是下午两点钟，起初在一座简陋的棚架底下举行，四面通风，很可减少秋末西北高原地带午后所必有的闷热；但演讲未及一半，所有听众，却被一场愈来愈大的暴雨赶进那间落成不久，四壁生满青草的教室里去了。

这个意外对于我相当有利，我从后排座位移到前排，不但更能听准前线战士们英勇奋斗的故事，而且还可端详一下演讲者的风貌：是个高矮适中的中年人，穿着一身整洁的普通军装。看来肉很多，但并不见得肥胖，只是使人感到他非常结实。因为面部宽大，且又从不隐藏自己的愉快心情，他的眼睛似乎相当细小；一笑起来眼角上便布满了饱经风霜的皱纹。他的神态生动，但在开阔的嘴唇上却横着一撇浓黑的胡髭。当它们闭阖着的时候那便显示出一种不可摧毁的信心。

他很会说故事，有他自己的方式、语汇，以及种种帮助听众了解故事的生动情节的奇妙手势。似乎只需把他那农民型的大手随意一挥，你便可以理会一件事情的重要含义。但却又全都那么朴质，那么自然，没有丝毫做作，或者那种煞有介事的意味。一个真挚的人，既然是述说着他心里想说的人和事，而又衷心地爱着他们，那一切原是会自然流露出来的。对着这样的人你不会有隐瞒，因为他就断不会无缘无故地掩盖起自己。你也无须顾忌，因为纵有苛责，也早被他的厚重和亲切消释尽了。

这演讲的人就是贺龙将军。直到现在，我们虽然已经见过五次，但我还不打算对我的第一印象加以删改，而且相反，我倒十分信赖我的眼力，我们最近一次的见面是在十一月十四日早上。是两天前约定的，算是一次正式访问。同去的有荒煤、其芳和我三个人。因为去不成前线，前者几天来心情欠佳，老是低眉皱眼的，这一天忽然开朗起来，瘦脸上有了一点所谓笑容了。前去拜贺龙将军一事显然已经救治了他的忧郁。

我们被接待在一间简单的窑式平房里面，屋子相当大，是主人的卧室。但是，除掉两张木板床外，临窗的大炕上还架着两个铺位，大约是和他的僚友共同住的。说得上陈设的：只有几张白木条凳，一张同样赤裸的方桌，方桌上的一把瓷茶壶和一只茶盅。我们就在这朴质的环境里待了两个钟头，但走的时候却还觉得十分短促。我们更明白一般人喜欢同“贺胡子”接近的理由了。

他是湖南桑植人，共有六姊妹，自己行四，今年四十四岁。家庭是贫农，父亲相当能干，用自己一双手养活着全家人。因为从父亲那里学到一点拳术，又生性豪爽，十六岁的时候他便以爱打抱不平出名了。一个和孙中山先生相识的留日生，于是说服他加入了同盟会。他运动过绿营和防军，而最重要的是他曾经用湘西暴动来对抗过袁世凯的帝制。但他结果被人出卖！于是怀着愤怒，到湘边创造他那两把菜刀的故事去了。

他从二十二岁起便没有一天离过叶子烟，这一天躺在他手掌里的却是一只精巧的柚木烟斗。但也很少享受，有时刚刚才划燃一支火柴，便又被一个手势，或者一段有趣的谈话打断了。对于我们的询问，他是从不吝惜回答的。我们静静地谛听着，留心着他的手势。而最重要的是分享他的感情。一种真实谈话是不容许你处在静观地位的。

他对于藏族地区的草地似乎很感兴会。并不多想，他便回答我们的问询道：

“草地并不坏，”他做了一个否定的手势，“什么矿产都有，一望几千里的平原，土很肥，麦子人多高，——那个草啊！……”

他叹息一般地说了，眼睛半闭，似乎已经看见了那广阔无边的平原。接着他又兴高采烈地给我们描摹了一番草地里春天的景色，各种颜色的花草都有，“简直像花园一样”。他以为草地的荒凉是前清的大汉族主义造成的；而长征时给养困难的原因也就多在这里，因为藏族同胞总照例规避着汉人的军队。

“想来你们听说过的，”他给我们提出清朝汉官的罪证，“赵屠户赵尔丰一杀就好几千，好几寨，因此有句俗语：蛮姑娘好找，汉官的差难当。”

他暂时沉默下来，显出一种悲悯的神色，在他谈到日本人把他们的重伤兵抛在火里烧得惨叫的时候，他也曾表现过同样的神情。眼睛半闭，右眉向上蹙着，眼睑有点颤动。而眼角的皱纹也更多了。

但是，整个的说来，他对长征保有不少愉快的回忆。尤其是关于战斗方面，因为接受了一方面军长征经验的缘故，他们克服了许多意想不到的军事上的困难。而那方法便是局部转移和沿途发动群众。

“你们想，”这时他站起来了，双手插在裤袋里面，“我们只有两个军团，而跟我们玩尾巴的却有八十几团人，两个侧面还有……”

他扇了扇那只屈着的手臂来表示包围。

“但我们却沿途扩大自己的力量，”他继续说，“而且达到了目的。这简单得很：因为我们有决心打仗！”

他的声调听起来很轻松，重新坐下来了。但却微微改变了原来坐的姿势，两腿微微张开，搭向条凳的两端，脸上显出那种恰像跨上了一匹善走的小马的愉快神气。于是荒煤乘机问道：

“对于敌人，长征的经验八路军是否还有用呢？”

“不但有用，”他坚定而愉快地回答说，“而且更发挥了！”

据他解释，这个经验之能够发挥作用，由于现在有着比从前更加优良的条件。因为那时候是国内战争，可以争取到的力量往往只能局限在工农群众，而目前的范围却扩展到全民族了。便是豪绅地主也可以动员他们为着一种神圣的职责而共同奋斗！

为了进一步取得教益，我们就提出关于统一战线的问题来了。在回答的时候，他的态度是同样坚决而又热烈，认为这“是我们打赢日本帝国主义唯一的武器”。而且认为华北做得最好。

“比如在冀中、绥远一带，”他从容而诚恳地列举着事实，“抗日的党派是很多的，有国民党，共产党，第三党[①]……”在扳着指头念出五六个党派名称以后，他接着又继续道：“但大家都互相帮助，共同在抗日旗帜下打仗，没有什么戒心！”

“一点磨擦都没有过吗？”我们当中的一个问。

“可以说一点磨擦都没有！”

他满有自信地笑了，于是加添道：

“至少八路军没有过。八路军尊重政权，尊重友军。”

他说得很恳切，停了一会才又平静而慎重地举了两三个有关磨擦的例子。他是不大喜欢空洞的判断的。这些例子没有八路军的分，他们总是站在磨擦之外来作调解人，希望大家接近。并且由于统一战线的发展，再加上这些调解，所谓磨擦也早成陈迹了。

“比如，就在我讲的那县份上，”这是他的举例之一，“有一次两位负责人各放一个县长去接事，互相冲突起来，打伤十几个人！……”

自然，结局还是八路军调解好的。但他并不骄傲，倒是显出一种惋惜的神气。指责友人的错误在他看来并不是一件乐意的事。不但不乐意，有时就连他的话语也变得低沉而含混了。还带点困惑的微笑，似乎他正在伤害着别人一样。

在批评某某作家关于草地描写的时候，他的神情就是这样，但也仅仅说了这样一句：

---

① 第三党：二十年代国民党左派邓演达等创立，现农工民主党的前身。

“他写得不大好……”

因此，虽然并不是没有察觉到我们还想继续倾听下去，而且所讲的又是已经早被互相谅解代替了的磨擦，但好像有意规避似的，他把我们准备发问的节目单子拿上手了。一边浏览，一边自言自语：

“好，谈一谈对武汉失守后的感想。”

于是他把我们事先列出问题的拖单，依旧搁回那张白木的方桌上去，用茶杯压好，然后来了一段简洁的开端。说明对于这个问题的意见，中共六中全会不久就要公布，他们是曾经进行过深入的讨论的，并且一面已经打电给全国的最高领袖。

这以后，他用一种决然态度发挥起他个人的见解来了。

“毫无疑问，”他微阖着嘴唇，向前方投了一个坚定的一瞥，“放弃武汉是很灵醒的，很见机的，在战略上是正确的。敌人想消灭我们的主力，找我们的主力，得到武汉却是空的，连铁钉子都被我们搬起走了！”

“我们也这样想，”我插嘴道，“不过有些地方似乎相当骚动。”

“自然。”他微微蹙了一下眉头，“一般的讲起来我们是困难的。但我们可以渡过这个难关，可以用乡村去包围城市，使被占领的城市变成死城。我们是能够这样做的！”

他的态度愈来愈激昂了。这和他闲谈日常生活的亲切活泼恰好相反。在平常谈话中有时他的语调还很幽默。为了帮助给养，在长征期间他曾经提倡过钓鱼。他认为乌江河里的鱼顶好钓，无鳞，一尾有三五斤重。并且还不用准备什么合格的钓具。

“随便拿根竿子伸在岩洞边就会钓起来，”他巧妙地做着手势，“因为看都看得见啦。要是它不吃么，你用竹竿头对准它两戳，就上钩了。……”

说完时他的脸上现出含意很深的幽默的微笑。

然而，我们现在谈到的却是震撼人心的大事件，希望他活泼幽默是不成的；所以直到解释上面的论断的根据时，他这才逐渐平静下来。

他说到中国的人口，土地，以及中国在经济上所具有的特点，而这些却正是保证我们抗战胜利的重要条件。

末后，他又从战局上和敌人的怯懦上来找论证，并且举例道：

“这样的事在晋西北是很多的，敌人一看见老百姓就敬个军礼，”接着就模仿日本兵的动作，“手这样比起——问有八路军没有?”

他平静而柔和地笑了。但老百姓却是不怕八路军的，岂止不怕，并且还用斗笠和草鞋来乔装成八路军的样子，跟着他们在救亡室里学习。而在大多数场合：便是老百姓的生活也是靠当地八路军的合作社解决的。一块钱普通只能买三斤盐，合作社卖六斤。

这一桩事贺龙将军特别满意，而他阔脸上立刻闪耀着那种善良的家长式的微笑了。他又扳着指头告诉我们所以价廉的理由，说：

“牲口是自己的，赶牲口的是兵，没有一分一厘的脚力钱……”

“你喜欢和农民亲近么?”

我失悔我问得太蠢，但他马上大声回答我道：

“我本人就是农民!”

他半闭眼睛，满脸堆笑地站起来了。

“我本人就是农民，”他又重说了一遍，“到了今天我的生活还没有和农民脱离。过路碰见一个赶驴子的我也要谈几句。在前线上，哪里一站，老百姓便围拢来了。……”

他不赞成一般人看待农民的偏见。他认为农民并不蠢笨，目前华北许多青年群众领袖便大半是农民出身的。其实他个人的全部品格中就包含着不少农民的优良成分：朴实，亲切，并且热烈地爱好劳作。他在生活上照旧保持着若干农民的习惯，平常准在六点钟起床；而一有空闲便又立刻干起骑马、打枪种种体力活动来了。

“别人做的我一定去做，”他那样亲切地述说着自己的生活，“不管做不做得好，总比闲散起有意思些。……”

我本来临时还想到几个问题要和他谈的。但是一个身着蓝色军服，眉粗眼大的断臂同志，举了一下右手，左面的袖管飘荡着，一晃就进来了。而且立刻伛向我们的贺龙将军，挨近他坐下，满脸堆笑地同他攀谈起来。这是我们访问中来找他的第三个青年干部，而且照例会被他十分和气地推送走的；但我们却感觉再坐下去不合适了。

我们站起来告辞了。但在临走的时候，虽然明知这个比拟很不恰当，因为除开两把菜刀闹革命之外，人们很少知道他那长期的革命斗争经历和政治思想水平，过去说的人太多了，我也就忍不住想听听他本人的意见。于是问道：

“有人说你是中国的夏伯阳，你觉得怎样?”

并不立刻，他多少带着困惑的微笑答道：

“恐怕也有很多不同的地方……”

现在，我们已经走到街上来了。一个娃儿在拐角的石阶上用木制手榴弹捶着核桃。政治部对面的广场上照例是热闹的，小鬼们嘻嘻哈哈地嚷闹着，在玩篮球。其芳也相当忙碌，他一出门便没有停过嘴，一直在论证着贺龙将军和夏伯阳之间的显著差异，仿佛和我有了什么重大分歧一样。

但我却很少理会他。我一直沉没在一种愉快的兴奋里，只是毫无保留地赞同着他的意见。这时候就是有人打我两下我也会毫不在乎。而那个低头不语，想去前线去不成的同伴果然这样做了。

荒煤横我一眼，随即从袖管里抽出拳头，望我背上玩笑地擂了一拳。

“你个舅子倒开心啰！……”

我没有还手，而且我理解这几天他对我感到不快的全部理由了。因为能够同贺龙将军到前线生活几个月确是一桩值得被人艳羡的最大的愉快。

写于一九三八年冬由延安去岚县前夕

（原载 1939 年 2 月 16 日《文艺战线》创刊号）

一个游击队的故事

几天没有打鬼子，游击队员们的生活变得闲适极了：有的在替老百姓担任逗弄婴儿的义务，做着不大熟练的异性保姆，有的蹲在村口同老乡们谈天，或者放开喉咙当着孩子们的音乐教师；不好活动的则都坐在土炕上纳闷。

其间有两个人感觉得最无聊，他们一面诉着苦，一面搜索着虱子，而在末了，当中的一个忽然提议道：

“娘的！咱们进城去瞧瞧吧！”

这“瞧瞧”两个字包含着很多意思：吃东西，看热闹和侦察敌情等等；而且通是大家平常做惯了的，所以别一个立刻赞成了：

“行！”

和着这简单明了的应声一道，于是在一种略带稚气的惊喜中，他们立刻跳下土炕，动手乔装起来。这并不是烦难事情，因为第一，他们的上衣原是敞开来的；其次，由于同老乡们长久相处的关系，要借两件便衣真像打呵欠一样容易：他们马上化好装了。

向队长请来了侦察的任务，他们就一直往城里走，他们随随便便地通过了敌人在城郊布置的第一道岗哨，因为清楚担任第一道岗哨的照例是伪军，所以他们竟随便得和跨自己家里的门槛一样；但才一通过那个头戴冰铁钢盔的家伙，忽然从身后嚷叫起来。原来他们匆忙中忘却解开绑腿了！

但他们自己并未发觉，单是怀疑着，解释道：

“老总！咱们进城望亲戚的。”

“你们先望望自己的脚下吧!”

两个冒失鬼相当失措了。

“不要害怕，”但哨兵继续道，“俺不会卖你们的。”

沉默。

游击队员们互视着，现出不大自然的微笑；决不定是往回跑呢，或者冒险干掉对方再看。这其间哨兵问道：

“你们打算夜里来摸吗?”

“什么叫摸啊，我们是望亲戚的。”

这回是轮到哨兵沉默了。但想了想，他终于不快地说道：

“你们以为俺真会替鬼子出力么？没有办法……”

两个游击队员用眼睛互相征求意见。

“老实说吧，”停停，对方又继续道，“进城侦察的?”

“你既然知道呢还问。”

其中一个终于微笑着回答了，于是哨兵强笑道：

“那又何必冒这种险呢，让我告诉你们吧。”

这是实在的，因为接着他就认真地满足了他们。

（原载 1939 年 10 月 10 日《西线文艺》第 1 卷第 3 期）

过　去

一九三九年一月二日，我们从沙湖滩去御枣沟参加当地的军民联欢大会。两地相距约有十五里路，同归盂县管辖。虽然是一个大晴天，风沙却也更加跋扈，以至我们有时不能不侧着身子前进，脚步也慢下来。

滹沱河全给层冰封锁住了，但却恰如敌人统治下的广大人民群众一样，它们依旧怒吼着，咆哮着，奔向它们应该流去的地方……

当我们到达目的地的时候，会场的节目已经早开始了。我们正碰上的是一二〇师抗战剧社的表演。激情的讲话和掌声已经过去了，现在需要的是安静，因此大家都专心地凝视着舞台上的活动。

他们是看得那样出神，大都紧闭着嘴，或者把嘴张开，现出一副少有的严肃脸相。站在我旁边的一个老人，三角脸，没有门齿，也没有胡须，头上包着白布。当剧情紧张的时候，他的嘴脸甚至十分厉害地痉挛起来。那时舞台上一个敌人正在蹂躏着一个属于我们自己的兄弟。

另一个只剩下三颗长长的门牙的老人，忽而用手肘靠我一下，小声问道：

“怎么样，那真是一个女同志扮的吗?”

我简单回答了他一句。因为我的注意，业已被一个和这热烈场面极不相称的情景吸引住了。那是一个模样约有二十七八岁的青年人，斯斯文文，脸面污黑，稀疏的头发柔而发黄。戴顶无结的瓜皮帽，小而破烂，可以看见红布里子。灰布短褂，月白色棉裤。大襟边露出一卷破书。

他的鞋子也是月白色的。他老是调换着穿它们；轮番地脱去这只鞋，然后再换上另一只鞋，正像玩把戏样。但是还有更出色的！会场是在关帝庙的广场上，庙门口有两个石头狮子，他不时瞅它们一会，然后小偷似的走将过去，用手掌摸摸狮子的额头，就又偷偷地走开。仿佛医生测量病人的温度一样。

他隔不多久又这样做一次，于是我开始注意他了。我走去向他借书，但是没有成功，甚至连话都不回答。他还有一根短而光亮的铜烟管，不时轮流向老乡们的烟包里掏撮烟装上，随便得像他自己的一样。他们待他也很和气。他又向一个中年人掏烟去了。

我跟在他身后走过去，打算乘机探听一下他的身世。据说是大财主的独养子，已经结婚，而且已经做了两个孩子的爸爸。他们称赞他是当地很有学问的人，曾在太原省立高中毕业，可惜五年前一口猛气给弄病了。原因呢，就连讲话的人竟也觉得莫名其妙。

他老是远离人群，态度悠然自得，而且多少有点目空一切的气概。但我终于把他怀里的书卷借到手了，其中有两本早已过时的高级小学用的教科书；一卷什么公司里的股票，别一册洋装书已经快破碎了，中间还夹着一段燃烧过的木块，一小束头发。

他始终不肯同我交谈。然而半个月后，在另一种场合里，一个同样精神上有着毛病，同样属于过去的阴影的老人却自动向我谈了很多。那是越过平汉线一礼拜后的事情，地点叫张村，属安平县管。其时河间、肃宁刚才沦陷两天，部队已经在积极进行战斗的准备了。

村外空地上，随处都聚集着武装同志。他们正在开小组会，由各单位的负责人讲解，即将来临的这场战斗的形势和意义，鼓励大家拿出充分勇气来完成任务。我们算是非战斗员，所以应该退向滹沱河南岸，离张村几里路的北渠去。只等马夫把马牵来，我们就可以动身了。

我们也很兴奋，就在傍晚的寒风中彳亍行进着来弄暖我们的身体。最后，我单独向村庄北面一家住户大门口走去了，大门外横着一条河道，上跨小桥，我们的马匹将从河对岸牵过来。我在石磨上坐下，一面望着河道里那些闪着青光的冰块出神。

忽然，一阵单调寂寞的叫嚷声，从河对岸传来了。那是一个褴褛瘦小的老头子在叫嚷。他背上背着筐子，嚷叫着，正从桥上过来。他的话语相当含糊，但当他渡过那独木小桥，并且在磨盘上坐下休息一会以后，却又十分明白地表白了一番他的身世：从前在北平做过"大生意"，现在是独自一人，靠捡柴卖糊口了。

末了，他回头望望筐子里的几段木料，然后奇怪地眨眨眼睛，赌气似的自言自语起来。

"你还不买，干得很的柴呢！"他嘀咕说。

"你连老婆也没有么？"

我希望他能多谈一点他的身世。他神经质地干笑一声，回答我道：

"二十多岁的时候就休掉了。……"

"为什么呢？"

"自己发疯呀，——说休就休！"

"后来怎么不再娶呢？"

"没有中意的。多少人来同我讲啊，嘻，都不美！"

于是又是一长串使人寒噤的干笑。他随又吆喝道："真的不买么？肚子都饿空啦！"

他那红肿的三角眼似乎病得厉害，他紧紧闭拢它们，大张着只剩有两横乌红的齿龈的瘪嘴，恰像要打喷嚏一样。他就这样沉默了好一会，最后，突然神经质地悄声笑了。

"嗨，你没说，我原先也阔过呢，吃一顿饭管七八天。"他说这些话时有意把声音压得很低。

而他上嘴唇上那几根黄而粗硬的胡子，则不住颤抖着，仿佛也在为着它们主人过往的繁华感慨万端一样。他又做了一次要打喷嚏的神情；这之间，一个戴着黑布耳罩、个子高大的中年妇女，从大门里走出来，斜靠在门框上。

老头子于是回过神来，问那中年妇女要不要买柴?

“没子儿。”黑布耳罩冷冰冰地回答。

因为想证实老头子的自述，我乘机问黑布耳罩：“他说他曾经在北平做过大生意，真的吗?”

“谁知道呢！他自己是那样讲。”

“那个时候我养了多少人啊!”老头子忽又自言自语起来，“什么有本事的人我都拿大烟收留起来，我自己可不吃。嘻。我就喜欢喝酒。不常喝，一喝要醉他几天才醒，什么事也不管。”

眨眨眼睛，他又一次神经质地悄声笑了。

“你不要说，鬼子很有钱呢!”他显得神秘地接下去道，“我同他们做过好多珠宝生意啊。你没看我吧，什么外国人我都多少来往过，有交情呢，——鬼子的钱好搞得很！你们想得到吧？我还会摸鬼子的屁股呢！……”

他沉陷在一种自我陶醉的神气里面，但是随又变严肃了，叹一口气，愤愤不平起来。

“咱们中华的事全是李中堂一个人闹坏了的：保中华不保大清。他一死，鬼子就打进来了，没有一个人抵得住。他的女婿也不行，就靠娶李中堂的大女子升的官。三十多岁才嫁人，又麻，又丑得厉害，一点不美，谁也不会要的！……”

他更继续发表了一通亡国论者和和平论者的谬见：外国人的机械很厉害，咱们整不住，而这又正是由于咱们“工业不太发展”的缘故，等等。

“所以总是一打就打进大门来了。”这是他的结论。

我向他指出我们目前各方面的有利条件，但他一直唯唯否否。

“不错，不错！”他附和说，“咱们会赶走他们的。……”

“你们这里有游击队吗?”我想岔开他的谎言。

“怎么没有！——还是你们传来的呀！”

他认真地承认着，但又立即做起他以往的好梦来了，用一种唱歌的调子咏叹起来。

“那时候我手里管好多大商号啊！一顿饭要吃五六个钟头，管七八天……”

“你现在吃一顿管几天呢?”那位中年妇女插嘴问道。

“说起来他们乡下人还不相信。”他对黑布耳罩的冷言冷语显出一种瞧不起的神情，反驳道，“他们一辈子也从没见过呢，听到说都算是福分好。”

最后，他从磨盘上站起来了。

“俺就是口馋！”接着他又苦恼地嘀咕道，“谁都骂我口馋。你们想想吧，一个人当了二十多年的大掌柜，怎么不口馋呀！”

最后，他就又寂寞又单调地吆喝起来，踱开了。我没有跟上去，但往后我却仍然不时会念及这个可怜的存在。虽然我明知道他之所以特别触目，只因为他是点缀在一个辉煌壮美的背景上的缘故。而且深信他将永远属于过去，因为经过当前这个伟大的变革，发生那些可怖的阴影的条件，将不复存在了。

不过真正说到可怖！却是另外一件事情。

我们正从冀中回返延安。时间是一九三九年四月二十五号。我们是早上冒险通过平汉线的，算是已经进入路西山区。因为我们一组人负责前卫，一过铁路，大家便单独骑着马疾驰而去。一共七个人，除了我，其他都是农民出身的武装干部，经历过长期的残酷斗争。

我们经过的全是经常发生战争的地区，唐县、完县的敌人不时窜到这些地区来进行骚扰，加之又是山地，所以景况不免多少显得荒凉。

蹲在我们路线上第三个村子叫北宋，曾经前后被敌人烧杀、洗劫过三次，一片死寂，连鸡犬声也没有！我们让牲口缓缓穿过村街，四顾着，希望能看出一点动静。

而我忽发觉出一个我们自己的兄弟来了。那是一个面貌约有三十左右的青年，矮矮的，但却膀宽腰圆。大脸盘，嵌着一双迟钝发闪的眼珠。浓眉，肥鼻头，又厚又短的上唇边露出两颗门齿。和尚头，身上是灰布棉短褂。他的裤子，看来使人担心它快要从腰际垮下去了。

他孤孤单单地站在一方空地上，一面是一堵无依无靠的墙，墙脚有一间久已不用的猪圈；其余两面是杂乱的树丛和废料，当街一面则只有一列墙脚。他站在空地上，两臂微微张开，紧握着拳头，就像木偶人那样。而且他猛然让全身摇荡起来，双手不住摇摆，他真正模仿起演唱戏文的木偶来了！

我情不自禁地勒住马匹停留下来了。我的观察也更为把细了，他的嘴里还在哼哼唧唧地打锣鼓呢！

我惊呼起来，于是我的同伴也就开始注意他了。那第一个转过上身来的是我们的队长，以骁勇著名，经常显得无忧无虑，但他随即骂了一句粗话，在一阵恼怒中疾驰开了。他显然心里也有些不大好受。

一九四〇年秋

（原载 1940 年 3 月 30 日《抗战文艺》第 6 卷第 1 期）

小　鬼

小鬼，这在八路军当中是一个令人充满希望和兴会的重要存在。虽然他们的来历不同，然而，却都仿佛经过专家选择、试验的优良种子一样，一经撒向这块肥沃的土地里，他们都一例地得到正常的发芽、生长，开花和结出丰硕的果实来。

曾经有好多次，在我所碰见的那些豪迈果敢，脸上浮着无牵无挂的笑容的青年干部当中，当谈到各自的经历的时候，他们都坦白告诉我，他们原早是当勤务员的。而且从他们的眼势和口气看来，这是一种光荣的出身，值得夸耀，正如旧社会一个人在谈他们自己是出身名门一样。

他们当中有的甚至担任着相当重要的军职。一次，我向一个老干部探听一位团长的身世，那个高大，瘦削，因为他身上那些光荣的枪伤，一碰到坏天气容易发火的同志告诉我道："从前是胡子的小鬼。你没看，红军时代，他还当过师长呢。"

这事发生在一回雨天，他的面貌阴晦，微微含着恼怒，仿佛有谁触犯了他一样。这是我们最初见面时的情况，而一谈到这个问题，他的声调都变得骄矜而甜蜜了。接着，他更十分酣畅地笑了起来。

"我们里面有好多人都是从小就参加部队的啊!"他用唱歌一般的调子继续道，"这是一个特点，凡是小鬼出身的都特别能干、勇敢，政治上坚强得很!"

其实许多同志在谈到这个问题的时候，意见都很一致，而且带着同样的关怀。平常他们都把那些小孩子当作自己的亲骨肉一样，纵是指责他们的缺点，也没有一点长官的架子，倒是充满着热爱和期望。他们之间的亲切，我以为比一般家族间互相接触时还要浓郁得多。

是驻扎在卧佛堂的时候，一天，我同贺龙将军一同出去逛街。当我们正在一条村街上走着谈着的时候，我们看见两个小鬼正在互相追逐，嘻嘻哈哈，满头大汗。而一看见他们的司令员，他们都立定了，忍着笑举手敬礼。那神气显然认为自己犯了错误，准备接受一场责斥。

贺龙将军默默地走过去，把当中一个已经因为奔跑而弄歪斜了的帽子替他戴正，然后沉着脸，轻声轻气地说道："你们这叫什么？是活泼吗？——你个'山药蛋'！"

这指责人的和被指责的，两方面都忍不住失声笑了。

然而使我感动最大的是另外一回事。

一次，我同王震将军，一个出色的铁路工人出身的军事家，曾在雁北一带创造了很多流传民间的光辉战绩，我们在一处街道边徘徊着，等候汽车。我们已经等得有一点发火了。忽然，一个约莫十六七岁的小鬼走了过来。

这小鬼粗壮结实，仿佛一头牛犊，但他那黑而浑圆的脸上却带着一种少女般的羞怯，红涨着脸。他已经在街对面向我们窥视了好一会，现在，他站立在我们面前，憨笑着，一声不响，好像是在考验我们的眼力。

但他立刻被王震将军认出来了。他正在为等候车生气，而他立刻欢呼起来：

"哎呀！这个小鬼不就是招呼过我那个苗子吗？"

"是呀！"

"好家伙！长得这么大啦！"

于是他立刻走过去，用右臂搂住那个生着一双大眼睛的小鬼的颈项，摇摆着，问询着；他放开那个小鬼，但又立刻双手把他拖到身边来了。还用拳头轻轻擂着苗子宽大肥厚的背脊。虽然实质上有差异，他们之间那股互相热爱的劲头简直同塔拉司·布尔巴[①]欢迎自己那两个儿子归来的时候毫无二致。他们都欢笑得那么畅快。

从他们的回答中，我才知道那小鬼是在长征的滇黔道中参加部队的，在二方面军的司令部当勤务员，不久便分拨到其他单位工作去了。

感情稍稍平静过后，王震将军便又指责似的笑道：

“这个家伙！走过后就把我忘记了呀！”

“没有，——我还给你写过信呢！”

“寄到哪里的？怎么没有见到呢？”

“是托通信站转的，信里还夹了一张相片。”

“是吗？……那恐怕寄落了。”

两个人都因为激动而不自然地默默笑了起来……

当然，革命队伍中间的战斗情谊和温暖对于一个人，尤其对于孩子们是一种必不可少的养料，它会帮助他们健康地成长，但这并非全部；另一件能够使得许多小鬼强壮，成长起来的，是普遍于八路军中的教育制度和组织生活。

就我所知道的说，他们对于学习的看重，在目前其他部队中根本找不出来。哪怕就是行军，他们也从没有松懈过。而在每餐饭后，只要口笛一响，那些大大小小的同志，便胁下夹起课本，到他们临时的课堂里去了。有时就在野外和树林子里学习。

我有一个侄儿，已经十二岁了，人是很聪明的，但提起读书，却恰如俗话说的，无异是要他爬皂角树。其实，便是一般小朋友吧，把读书当成乐事的也很少很少，大半是在强迫下勉强做的。然而，我所接触过的八路军当中的小鬼，却并不是这样，他们似乎都了解把头脑

---

① 塔拉司·布尔巴：果戈理同名小说中的人物。

武装起来，是一种为人民服务的必要准备。

是驻扎河北饶阳附城一个小村子里的事。我们旧有的一个勤务员调走了，一天早晨，副官处一位同志领了一名新的来代替。看外表，有十六岁左右，性格有点阴沉直戆，经副官介绍后，他却并不即刻搁下手里的包袱，想想，摇着头沉吟道："还是调我到别处去啊！"

"这是怎么的！"副官同志吃惊了，"到处是一样呀！"

"我要学习！"

他简捷地回答说，拿身子背向我们，准备退出去了。

起初，我们大家都有点惊异，后来才弄明白这点小麻烦是副官同志的介绍引起来的。他声称我们是客，要好生招呼，最好不要随便离开，并且吩咐了一大串工作给他，于是那个青年人，觉得他的时间将被我们抢夺光了。

当弄清事情的缘由，我们请他相信，虽然是客，我们决不啰唆人的。我随即又笑着加添道：

"学习，那很好嘛。有什么困难来问我们好了。我们三四个人都可以问。我们还可以额外替你上课。"

"这还不好呀！"副官同志叫道，"快把行李搁下来吧！"

小鬼于是车过脸来，打量着我们，然后满足而害羞地笑了。接着便把铺盖卷搁在炕上，拿起洗脸盆来，要为我们打水。在知道我们已经洗过脸过后，他又立刻去拿茶壶，但茶水早泡好了。

他显得有点张皇失措。副官同志打趣他道：

"我说工作轻松你还不信吧！——把书拿出来呀！"

他果真腼腆着去取课本去了。

他名叫温良朋，后来我们一律叫他小温。山西岢岚人，十六岁。一九三六年参加部队的。他的父亲害着半身不遂，母亲死了。祖父早年经过商，有六十亩田。一个小叔曾在太原读过中学，老头子的爱护便完全集中在这个"吊儿郎当"的读书人身上，把他这个小孙儿当作长工使唤，冬天草割少了还要挨打。

小温学习得很好，便在工作上也是个出色的勤务同志。他时常表示他最大的愿望是将来进教导队。然而事实上，许多小鬼在未正式学习军事，或者正式参加作战部队以前，他们便创造着出色的英勇事迹了。

一次岚县遭到敌机狂轰乱炸，两个小鬼在机枪扫射下捕捉过一名汉奸。一位游击队长曾经告诉我一个如下的故事：一回他们袭击同蒲路附近的敌人，把敌人围困在一座窑洞里面，可是老打不下。最后派了两个人去到窑洞顶上，希望从上面对准窗门口扔个手榴弹进去，但也没有达到目的。而且，误扔到一个摸进窑洞门边看热闹的小鬼身上去了。

“那怎么做呢?”听到这里，我忽地惊叫起来。

“怎么做呀，”那个高大结实的同志满不在乎地回答，“小家伙赶快双手接住，往窗门口这样一送，——手榴弹在窑洞里爆炸了！……”

倘是下细访问，我相信，在作战部队上这一类的故事和这一类的小鬼一定很多。单看他们的外表、年龄，有时你会不相信也难说。我在河北高阳的北归还听到这样一个故事。那时候我正动身回延安去，路过那里，恰恰遇见驻扎当地的八路军在开干部联欢大会，于是我们也就顺便留了一夜。

这次联欢，主要是欢迎一支从白洋淀突围归来的游击部队。会场是村上的关帝庙，大门边架着机枪，屋顶有瞭望的便衣同志。因为附近五里路的大团丁村昨天才作过战，敌人正在四近等候出击的机会。

我们进入会场的时候，联欢早已经开始了。当地的武装同志而外，其余全是那些刚才经过苦斗突围归来的战士，全都穿着便服。大家正在齐唱着一首流行于冀中敌后的歌词，曲调悲愤豪迈。

房子烧了，
东西没了，

只剩下：一片焦土，

几堆破瓦！……

热烈讲话和热烈的掌声过后是聚餐，在雪亮的汽灯下，大家吃着，喝着，谈着，其热烈也同鼓掌时不相上下。散席后我走到席棚的一角去；那里站着一个小鬼，守卫似的擎着一条马枪，身上交叉着子弹带，光景有七八岁；他使得我大大地吃惊了。

他不仅个子小，而且很瘦很黑，但也很秀气，漆黑的眼珠闪烁着成年人的智慧。我们两个立刻攀谈起来：保定米阳村人，父亲是个佃农，有七个儿子，自己行五。他已经十三岁，是一年前在父亲的允许下参加部队的。

“是在米阳村参加的吗?”我问，索性蹲了下去。

“不，是大北，我自己摸去的。”

“你为什么要摸去呢?”

“为什么?!参加八路军抗日呀!”

这时一个抗战剧团的胖小鬼走将过来，把他的马枪拖过去瞧看；因为发现是上了子弹的，于是立刻嚷道：

“哎呀！走了火呢？你是帮什么人背的?”

“我自己。”

“吹牛！这点大，你敢放它我才不信呢。”

“可是我一百多发子弹只剩几十发了!”

“那不是你还作过战呀?!”

“没有?!——在竹登一天就打了六次!”

这一下小胖子相信了，遂又担心地问道：

“在火线上他们大家照管你么?”

“谁管你？都在作战呀!”

其芳忽然把脑袋顺了过来。

“你打死过敌人没有呢?”他追问道。

“没有知道。”

小鬼害羞似的回答，没有再张声了。其时，前来主持联欢会的吕正操司令员和程子华政治委员相继走了过来。

大约刚才的对话被他们听见了，程子华同志忍不住大笑道：

“你问他打死敌人没有！他是放鞭炮呀。”

吕正操同志把他的马枪拖过去查看了一番。

“叫他们给你换一支吧，准心都没有了！”他末了说。

“你没看他这样小，满勇敢呢！”一个秃头、阔脸的便衣同志从旁赞扬地插嘴了，“我们突围的时候，船都在淀里，拨不过来，敌人的大炮又打得凶，还有个小东西，两个人裤子一脱，说：‘我去！’就这样跳下去把船拖过来了；水打齐这里！”

“娘的，差一点没把老子冻死！”

小鬼忽又振奋起来，我们全都忍不住大笑了。……

现在我又想起了我的侄儿。顶着一头的秃疮，他现在在做什么呢?母亲没有了，家里只有几间空空洞洞的房间。老子是不管事的，他也早已失学，并已学会打牌掷骰子了。他的未来的命运将会怎样?

我怕想下去了，我为他多么羡慕那些在革命队伍中间生活，学习和战斗着的小鬼。

一九四〇年三月二日

（原载 1940 年 4 月 5 日《中苏文化》第 6 卷第 1 期）

老乡们

我顶喜欢河北的老乡，喜欢他们那同白杨树一样直率的性格。喜欢他们的热诚和他们那一点也不含糊的真挚。

在我所经过的地区上，他们的文化水准也比较高。由于这一点，以及我在上面提到的那好的性格，他们正在华北敌后的游击战争中起着伟大的作用。他们将会成为抗战后我们国家中最好和最进步的人民，正如其他经过民族解放战争锻炼的人民一样。

我记起了一个最有趣的对照。是从岚县出发去冀中的途中，我们经过一个友军驻扎的县城，要在那里留宿一夜。然而我们却老找不到住处，最后，闾长把我们引到一所破院子里去了。他指示一间房子给我们就各自走开，快得恰像受到惊扰的鱼类。

我们跑去敲门，一个长长的老头子出现了。因为天色已经黑了，屋里又没点灯，我们没有看清他的面貌。但声音却是顶响亮的，一听清我们的来意他就砰的一声把门关了。

“这才会想!”他同时嚷叫道，“我自已还不够住呢!”

我们大家叹了一口气，随又耐着性情站在门外同他央告了一阵，但是毫无效果。他拒绝我们的主要理由是他还有一个六十岁的老婆，虽然经过查问，他却是一个光棍，说是他有什么老婆，无非诳骗我们罢了。

“想跟我一炕睡，那你们才好干呀!”他拍着炕一个劲大喊大叫。

他固执着，嚷叫着，越说越难堪了。

我们被他弄得哭笑不是，末了，只好勉强另外找了一间堆满垃圾，窗户破烂的冷屋子住了一夜。那天晚上正刮雪风，现在想起来我还忍不住要咒骂一句。当然，最后我终于把问题想通了，这是阎老西的防区，老头儿又是地主。因此，到达晋察冀边区地界以后，就全然不同了。

在晋察冀边区，要找一间屋子住，那是不会成问题的。哪怕就是一般地主家庭，也不会让你吃闭门羹。而且，他们总是那么客气，你一说明来意，拂尘，茶水，立刻就上来了。我这个不受纪律拘束，喜欢喝几杯的人，当在滹沱河上游行军的时候，还曾叨扰过好几次老乡们的黑枣酒和柿子酒。

他们的殷勤，有时的确使人极为感动。在深泽贾村的一宿，甚至使我感到狼狈。刚才卸下行李，我们的屋里便塞满了拜访者。他们川流不息地跑来慰问我们，向我们探问陕甘宁边区的情形和一般战局。

他们也提供给我们一些当地的情况。一个跛脚青年说话最多，他用一种抱歉的口气说道：

“要不是脚有毛病，俺老早跟你们打游击去了！”

“可是俺们在家里也抗战呢！”跪在地上烧炕的居停主人忽然仰起头来，“比如招待同志们，运军粮，都是。昨晚上人们还去毁路，挖到城边上去了！”

他大笑起来，而且自信地点着脑袋。

他已经四十多岁，掀下巴，没有胡须。身材矮小，满脸皱纹，一顶黄呢绒帽一直罩着眉毛和后脑勺子。他是一个有趣的小老头儿，因为看见我连连地打着呵欠，而且知道前一晚整夜行军，他把客人推送走了。

“让同志们歇歇吧！”他抖着身上的灰尘说，“你们看，他不住打呵欠呢！”

可是他自己却并不离开。他坐在炕对面看我脱衣服，叠被盖，表情显得矜持。当我睡下后他还帮我盖上大衣，把衣裤服服帖帖地扎在被盖下面。随后他照旧一直坐在那里，遇见有新的客人走来，他就把他们推送出去。

“晚上来吧，”他略带不满地说，“同志们走过夜路来呢。”

他的关心使我感到不好意思。我推开被盖，探出头去，暗示他道：

“老乡！你出去的时候请把门带上哇。”

“没有人来的，——你好好睡吧。”

我无话可说了。这时几只鸡婆在院子里大叫起来，他又走到门口赶开它们，一面琐琐碎碎叫骂，仿佛那是一群顽皮的孩子们样。

“混蛋，一天就吵吵闹闹的！滚开点，——那个九斤黄！……”

也许他听见我难以抑制的暗笑了，遂又作古正经加上一句解释：

“你不骂几句它就一个劲儿嘀咕！……”

现在，看了上面的情形，好像招待新女婿一样的情形，读者大约可以相信我的称赞并非无因的了。自然，这除了他们的好脾气，以及别的而外，还有一个顶重要的原因：他们不仅仅是好的人民，而且是真正适合抗战需要、广大群众当家做主的政治机构下的人民。

的确，没有进步的政治制度，他们的情况是不能设想的。就拿对军队说吧，他们也并非毫无择别，对于所有的灰布服装都一视同仁，他们的判断非常敏锐而又坚决。我曾经问过一个老乡对于号称磨擦专家，已被政府撤职的张荫梧统率的所谓民军的意见。

那是一个规规矩矩的小商人，他颇为含蓄地答道：

“他们么，”他含讥带讽地笑道，“他们是——机器！……”

但在望都县属的恩肠庄，我们从老百姓口中听到的意见，却就明白多了。那是一个身坯矮而宽大的老人，结实，健旺，在天津省立师范教过国文，叫孙宗海，已经六十多岁了。

“对于你们，老百姓是欢迎的。”当我们向他抱歉我们的打扰，他兴奋地说了，“说到民军那可不成！他们什么都要，又不给钱，连招呼都不打一个。前几天，因为找不到柴火，连老百姓的炕席都拿去烧了！”

眨了一会他那只有病的略微细小的左眼，老人随又慢声地叹息道：

“同志！又不打仗，这样吃下去怕不成呢。……”

我们谈话的时间是早上。下午三点钟，离恩肠庄十六七里的南直角爆发了一场战斗。一支从清风店出来游击的敌军和冀中军区一个连遭遇了，于是就打起来。起初，因为尚未同部队取得联络，不明究竟，我们在炮声中有一点着慌了。

那时候我们正动身回延安去，大家立刻都备好马，全体到村口驻扎起来，等待动静。我们碰见了孙宗海，他同一个线客正在慢慢踱将过来。

“南边打响了！”他老远就望我们嚷道，“这个线客才从那里来，——打得好。”

“你才从南边来？”我走向那线客去，“情形怎样？”

“打得好！”线客兴高采烈叫道，“咱们三营一早就埋伏好的，鬼子刚打那里经过，就碰响了！单是我看见的就有十几个，枪一响就倒了！还手都来不及，——打得好！”

“同志！”国文教师微笑着插嘴道，“你看老百姓听见打仗好高兴呀！……”

这是不错的，那位健康正直的老先生可以说是看准了一般敌后群众心坎上的爱好。在河北四五个月的逗留中，我几乎没有碰见一个对于打仗表示厌倦的人。而且不仅高兴打仗，高兴勇于打仗、善于打仗的八路军，他们还用行动来证明他们多么愿意支持那些舍生忘死保卫祖国的人们！

一有战事，不管怎样酷烈，老百姓立刻就动员了，送小米粥，送馒头，运送伤兵：这些都是他们自愿参加的主要工作。在黑马张庄的战斗中，一个新郎宁可牺牲了他初夜的甜蜜生活来为部队服务。枪声一响，他就自动站出来了，毫不理会人们的劝阻。

“这算什么!”他严正地拒绝道，“同志们连命都舍得牺牲呢?!”

“你可不成呀！新娘才接到屋里……”

“只要没有人背走她就得啦!”

他红着脸回答，招呼了一声那个略带憨气的同伴，抬起担架就走了。

这个新郎是尹庄人，就在副官处隔壁住家。尹庄离张庄有十多里路，当天半夜就从前线运了一批伤兵回来。月亮很大，在村道上的停留中我认出他来。他还要把伤员抬到十里路外的卫生处去。我听见那个提了马灯的村长在劝勉他，说是抬到医院他就可以回来休息，不必再到前线去了。

担架有十多副，此外还有两三挂骡车。伤兵的周围站着许多老乡，男女都有。他们大都提着开水壶，端着茶碗，可是谁也不声不响。从那如水的月光中看去，他们的表情庄严而略带悲伤，仿佛他们是在守护一个可能即将长逝的亲属。

在慰劳品的募集上，老乡们也是很热心的。我曾经相信农民多少也有点悭吝，这点成见现在全部垮了。他们对于支援抗战的慷慨远远超过一般老财与商人。石马战斗后救国会的干部在村子里进行募捐。一个正在村街上闲逛的农民，立刻奔回家去，扛上锄头，到屋后地里去了。

他接着提来一大捆葱子，那数量之多，从他的经济力量看来会是一桩损失，因而村干们拒绝接收。几经争执，他们这才承认接受一半，剩下的大家要他拿去换钱。

“你们是不是嫌少了呢?”这逼得那个固执的青年人咆哮了，“那就连炕席也卷去吧！……”

一九三八年春募鞋运动中使人感动的事就更多了。谁都知道，由于种种限制，八路军的供给相当窘迫。平常虽然可以利用自己的劳力补救一点，做一两双草鞋，但一到需得经常作战的冀中平原，有时候，不少人便只好打赤脚走路了。

一个在大青山工作过的干部曾经告诉我说，前年冬天他们在绥远也是打赤脚的。这在他们也真像是受过训练的一样，熬得住，但那广大的河北人民，却有点不过意了，他们于是发起一个大规模的募集鞋袜运动。

这运动的主要办法是由“妇抗会”动员女同胞制作新鞋捐助，贫穷的单出劳力；其次是募集旧鞋。有一回，几个区妇救会的女同志去本村附近一个村子上做工作，成绩很好；不到两个钟头，一大堆虽然破旧，但却还可敷衍的各式各样的旧鞋，已经摆起一大堆了。

围着看热闹的人也很多，他们有的已经捐过，有的自己家里的妇女正在准备新的。他们端详着，批评着，偶尔发现一双那种鞋头已经成了鲢鱼嘴巴的家伙，他们就爆发出一阵哄笑。有时他们也鼓动着那些新来的参观者，要他们回到自己家里搜索一番。

“有是有的，”一个青年人回绝道，“已经扔了。”

“他像要留着传家呢。”一个老头子打趣说。

这不信任使得年轻人发火了。

“你哼什么？”他叫嚷道，“给你说吧，我昨天才送了三双新的到农会去，——恐怕还没有你热心吧？要我捐出脚上的都行，咱们就试试看！”

他果真要去脱脚上穿着的一双便鞋，但给一位女同志劝住了。这时，一个乞丐，须发皆白，脑袋看来像个棕树根头，他挤将进来，请求同志们等一等，说他有双捡来的旧鞋，是可以捐出的，随即就走掉了。

几分钟后，他又回转来了。而且果真带来一双棉窝子鞋。会场的主持者对他大为赞赏，但是拒绝接受他的礼物，直到他逃避拘捕似的跑开为止。这给了人们很大的兴奋，那个因为受到反驳而一直显得不好意思的老人，忽然弯下身去，抬起脚来，脱起鞋子来了。

“同志！收下来吧！”他红着脸把鞋子递过去。

“你不是捐过了么？并且你自己还要穿呀！”

“小意思！收起来吧，俺有新的！”

“你回去换过再拿来好吧！”

“不要紧，俺还有袜子！……”

他把鞋子用力塞在那个女同志手上，走掉了。

然而这还不是河北老乡们在抗战中的全部活动。连主要的也说不上。他们毁路的工作才应分是人民力量一种辉煌的表现。凡是到过河北中部的人，都知道那是一种怎样的平原，而且恰恰又在几条铁道之间，正是敌人机械化部队活动的理想地带。

然而，人民的力量是无敌的！现在，那些联系着每一个大小村落，可以通行汽车的坦道，已经变成纵横交错的沟渠了。普通总是三四尺宽，五六尺深，它们使得敌人的汽车坦克成为废物，在平时则是掩护行军的绝好隐蔽。万一为敌人所发觉，那也成，战士们早已进入壕堑，剩下的只是瞄准和射击了。

这是我们能够坚持平原游击战争的重要条件之一，便在敌人也是很清楚的。所以在占领一个据点以后，敌人首先便是强制老百姓修复道路，把那些人造的沟道填平起来。不讲自明，这对老乡们是一桩难堪的负担，正如一个复仇者好容易把敌人击伤了，却又不得不被迫去为他亲手进行诊治一样。

照例，他们找游击队商量去了。但却准时在汉奸的监视下动手修复起道路来了，并且工作得那样认真：这一个在扎衣服，那一个在挽裤脚，并且有的已经在向手掌上吐着唾沫，快要铲出第一铲子土了。

然而，正在这时，枪声响了，人们奔跑开去，一面闹闹嚷嚷。

“快逃啊！——游击队来了！……”

他们有的还那样吃惊地缩着颈脖，虽然他们早已知道那些枪是朝天放的，不会打伤任何人一根汗毛。

就这样，修路的工程停顿下来。而在几天以后，一队敌军来了，他们的任务是武装掩护修路，抵制游击队的骚扰。这办法很成功；虽然成绩很差，总算修好三五里了。至于成绩很差的原因，那是这样的：还没铲上几铲子土，别的工作来了：大便，吸烟，或者铲把松了。

而唯其如此，收工后老乡们的精神依旧是好好的，仿佛不过在野外游乐了一番。所以一到半夜，他们就起床了，到白天工作的场所去了，甚至连那些曾经装病躲懒的老乡和妇孺们，都参加了。

他们自然是去参加劳动，而且比白天少耽搁，不到三个钟头，他们便把白天填好的汽车路，重新改造成沟道模样了。在一些地段上，他们还添补上无数条早前忽略了的横沟。

这种故事是很普遍的，它出在冀中，出在整个河北。并且由于它那种不断的重复，在大清河沿岸，在雄县、霸县一带地区，对于修路，敌人已经转念头了。

有一回，我曾经同一位在饶阳、安平工作的同志开过点玩笑，当他兴高采烈叙述了一遍那里的毁路情形之后。

“一次两次可以，”我说，“久了怕会有问题吧?”

“一点也不！那里的农会同志是保了险的，说，如果这两县的交通修复了你们叨我先人!”

他说时用手指指自己的鼻子，坚定而又自信地笑了；同时我的玩笑也落空了。这是一个农民出身的干部，小个子，脸黑黑的，激动起来脸上就冒油汗，今年刚满二十三岁。

一九四〇年四月十五日

（原载 1940 年 4 月 15 日《文学月报》第 1 卷第 4 期）

悼念叶紫先生

我认识叶紫，已经是六七年前的事了。我们是在上海北四川路底一家饭店楼上见面的，他那时正在编辑《无名作家》，经过介绍，他便热烈地同我谈到创作上的种种问题，散席后又各自交换了通信地址。

他住在法租界的菜市街，我是贝勒路，我们相隔很近，所以虽不能说怎样亲密，彼此的来往是相当多的。他的景况很坏，住的弄堂既破败不堪，一家四口还仅仅盘踞一后楼。家具没有说得上嘴的，连唯一一条竹凳子也只有三条腿，坐上去很容易栽筋斗。

第一次到他家里去他就告诉我，他经常是拿马桶当椅凳，伏在床上写东西的。他尽力地微笑着，仿佛是在排遣自己和他的家人一样，但他给我的印象总很阴暗。他的夫人似乎有点歇斯底里，母亲健旺和气，同她那瘦骨嶙峋的儿子一样的好看。

除了那个喜欢笑闹，不满周岁的无知的小生命外，光景全家人的希望都倾注在他的事业上的；虽然她们同他的动机不尽相同，目的是在改善一下她们那种难于忍受的贫困。的确，凡是在贫困中生活过来的人，谁都承认她们的处境是太艰难了。

据他自己说，为了向朋友借一块钱、几毛钱来往步行于菜市街和北四川路之间，或者菜市街和真茹等处，乃是他的一桩带着经常性质的旅行。他自己有时也希望能够得点稿费，改善一下生活，好在创作上多尽一点力，并且把作品写得更满意一点。

后来，因为得着一两位前辈，以及一些朋友的帮忙，更兼《无名作家》一期上他的《丰收》已经显示出他的认识和才能，我们相交不久，他便开始有了所谓稿费的收入了。随后几年也就更好一点；但这所谓好，是拿他从前比较说的，其实依旧没有脱离过贫困。

然而，不管怎样，哪怕是饿着肚皮吧，甚至就在他的肺病已经严重，每天躺在床上让医生抽水的时候，一碰见熟人他就照常那么热烈地谈着文学，他的创作计划，和中国的命运。现在，那些深夜里一面白口吃着他的湖南泡菜，一面高谈阔论的聚会，将会永远活在我的记忆中了。

他的成就现在我们还没有评价，但是我们可以这样确定，假使没有病和贫困这一对嫡亲姊妹的照顾，他的收获将更可观。不过就他所遭际的讲，比起贫和病来，那最重要的还是要算呼吸和思想自由。

因为有一点我记得很清楚：他的第一本小说集《丰收》是凑钱出版，秘密发行的。虽然他所写的，仅仅是一个有良心的作家，面对现实摄取下来的真情实况而已。

现在他逝世了。我希望有朋友肯出来把他的遗著整理付印，纪念他，同时也算是为他的遗孤增加一点活命的保障。

（原载 1940 年 6 月 13 日《国民公报·文群》第 169 期）

同志间

一九三九年一月，我们到了滹沱河上游的西漂。那晚上的膳食有鲤鱼汤，大半瓜瓢，我和其芳两个喝来一滴都不剩了。它是我们到西北后七八个月中第一次尝到的鱼味，现在我还觉得它比任何种鱼鲜美。在那夜宿营当中，同那些被冰流凝冻在河里的鲤鱼一样使我念念难忘的，还有这样一件事情。

我们住在村街上一家大院子里，这院子的大门上悬着一道蓝底金字的匾额，堂哉皇哉题着这样几个大字："五世同堂"。是宣统元年平山县的绅士们送的，可见这并非冒充，确系货真价实的了。

然而，在旧社会，这也普通，奇怪的是，穿过一片颇为宽敞的院坝，这座完整的院落被一道土墙整齐划一地切成两个部分，使人产生一种莫名其妙的感觉。当然，这是最初的印象，接着却又忍不住笑起来。

因为这种聪明合理的办法，在我小时候就听见过，虽然那只不过是开玩笑，而我也一直当作玩笑看的。现在我倒第一次看见它的实例了。而且这还并非出自普通人家，是以"五世同堂"见称的地主家庭。

正如我的推测那样，这院子里只住着两弟兄。他们同是天主教徒，彼此就隔着一道墙各人祈祷各人的上帝。兄长约有四十多岁，瘦削，满脸的胡子和灰尘。当他出来同我们张罗的时候，我把匾额和那墙壁给我们的那点感触，相当含蓄地向他提出来了。

并不立刻，想了一会，他才回答我道：

“匾是祖父手里的，到我恰恰五代人呢。”

他避免接触墙的问题。而且叹一口气，好像要躲避开我似的，从他蹲着的阶沿上站起来了。

“你知道么，同志！”末了，他忽然又佯笑道，“两个人总有两颗心的呀……”

他的意思非常明白，两个人既然总有着两颗心，便是兄弟也不例外，于是他们颇为别致的做法，也就没有什么不妥当的地方，可以心安理得了。

然而，他只看到一部分的事实，因为在我们这世界上，而且就在我特别跑来向之学习的部队这个有限的范围内，我却看到了完全相反的情形。虽然姓氏不同，籍贯不同，全都来自五湖四海，他们却有着一颗共同的黄金般的赤心。他们是那么互相爱护而又互相尊重。

而且，一切都是那么不带一点做作，那么出于自然，正像一种经过长期存在而又为大家所公认的良善风习一样。这无疑是他们在一致的信仰下成年累月共同奋斗的结果，那是不用说的。就常识讲，那些艰苦共尝的人们总是善于互相体恤。

我记得那是在留楚的事情。部队一连作了三次大规模的战斗，经过两晚的夜行军，我们在那个肃宁、饶阳之间的颇大的市镇上停下来了。大家都很疲倦，尤其是那些任务繁重的同志，睡眠在他们比任何东西重要。有的刚一挨上炕就睡着了。

就在当天吃夜饭的时候，大家都还显得相当疲劳。便是照例精神勃勃的贺龙同志也非例外。还有甘泗淇同志和程子华同志。后者是第三纵队的政治委员，算是司令部的来客。

当大家已经开始吃了一阵的时候，程子华同志忽然带点突异这样问了：

“士第呢?”

随又向警卫员加上一句：

“快去请参谋长来吃饭吧！”

“让他睡吧！”贺龙同志愁蹙地阻止道，“这几天他也累够了。”

于是我们又继续吃喝起来。

“这个人就是这样呀！”

忽然，贺龙同志又叹息了，双手落在食桌上面。

“什么事情他都要亲自做，拼命地做！你给他说吧，总是不听你的。同志！这样下去不行呢。”

他愈发显得愁眉不展了。

“小鬼！”他又吩咐苗子道，“给参谋长留得有菜么？”

“留得有。”

“不准去叫醒他呀，盛在那里就是了。”

曾经有好几次，当其行军作战之后，到达一个预定的宿营地了，他总要关照那些值班的服务员，以及别的同志，有事情可以找他，不必去叫醒参谋长，而在严家坞宿营的时候，他还对一个忘记了他的叮咛的同志发过一顿脾气，激动得满脸通红。

但是，这种对于同志的珍惜的感情，并不为他一个人所独有，是普遍于全体同志间的。

有时候，这种感情的流露甚至表现得那么天真，带着浓厚的孩子气息。比如甘泗淇同志，我是常常看见他攀住那些久不见面的同志的肩头密谈的，而这种动作我原以为只有小朋友当中才有。

还有我在上面说过的参谋长周士第同志，那个高大坦白的海南岛人，虽然由于他的质朴寡言，我一直以为是很严谨的，但当贺炳炎同志带着一批干部从后方来到冀中的时候，我却发现了一桩在他算是难得的孩子气的动作。

他在把细问询着贺炳炎同志通过封锁线的经过，不断发出笑声。而在最后，他轻轻击了一下对方的面颊，笑嚷道：“你这个家伙！……”

于是拖起对方到饭厅里吃饭去了。

在对下级干部，乃至一般战士的时候，这些领导同志同样毫不吝惜他们兄弟般的关怀，我常常发现他们和一般干部说说笑笑，恰像对待同一级别的人们那样。就是对所谓勤杂人员，也不例外。

有一次，当那位同贺龙同志并肩战斗了十年，一二〇师的政治委员关向应同志，正从东湾里村的村街上经过的时候，一个炊事员同志忽然向他走过去了。

那个健壮的中年人，是从一家卖酒的小店里奔出来的。他正在那里喝酒，而且有一点醉意了，所以他只记得关向应同志平日也喜欢喝几杯，只记得他们之间多少年来根深蒂固的战斗情谊，而把另一件重要事情搞忘记了：在前线是禁止喝酒的。

他忘记了这一点，而且忘记了关向应同志性格上主要的一面：严肃认真，一丝不苟。他只知道他们的政委同志才打从延安来，所以便十分高兴地跑了过去，行过军礼，就又和对方紧紧握手。

“喝两杯吧!”他热情地邀请道，“好久没有看到你了!”

关向应同志有点不知怎样表示的好，因为那位炊事员是一个老同志，一个非战斗员。而更为重要的，是他已经醉了。

“哎呀，走吧!”炊事员一个劲催促着。

“我还有事。”关政委轻声说，“你自己喝吧!”

“忙什么啊！河北的酒满不错呢。”

他甚至伸过手来挽劝，但是政治委员终于巧妙地摆脱了。

这动人心弦的短促的一幕，在不深知这个部队的风习或者怀有成见的人们看来，可能会很惊怪。然而，在为时不多的逗留中，最使我难忘、受到的教育也最深的，却正是这样情同手足的同志间的关系。

有好多次，我曾经看到长官们把自己的牲口让给那些脚走坏了的同志们骑，下级干部经常帮助病号扛枪。战士们当中这种事情更是普遍。有时候一个人扛三四支，并且没有丝毫勉强的神色。而在经过一段路程之后，别的人又自动替换去了。

是通过同蒲路那天早上。那是个严寒的日子，大家的胡子上都结了霜了，有的甚至在一夜之间便冻坏了手脚。我同着几个人在杨村镇的村口停下来息气，把皮大衣顶在头上，就这么暖暖和和地抽着烟斗。由于一气走了百多里路，很困乏，随即就睡着了。

当我清醒过来的时候，和我同道的人已经走了。于是我重新上路，准备赶到二十里外的宿营地去再睡。没走多远，发现有个同志正在前边大声地嚷叫着，我就加快步子走去，希望看个究竟。

那是两个炊事员模样的同志，他们身旁摆着一副担子。开始有点莫名其妙，听了一会他们的叫嚷，我这才弄清楚他们互相争吵的原因：那担子原本该那个又小又瘦的炊事员负责搬运，但是他的脚走坏了；同时却又拒绝那个瘦长炊事员同志的帮助，因为他已经帮他担过一段路了。

也许是难为情，或者同自己的脚赌气吧，前者望着对方神经质地叫道：

“你管我捞屁呀！——老子要你招呼?!”

“好的，那我就不管你。”对方心平气和地回答道，“我看你总要爬起走嘛。”

“爬起走是我呀！……”

那瘦小的一个劲生气下去，随即移动一下担子上的扁担，把担子搁上肩头，相当吃力地动身了。他的伙伴跟随着他，注视着他那十分艰难的步履，赌气地冷笑着，不时还用一种讽刺语调自言自语似的嘀咕两句。

“真有本事。……英雄……”

他一路嘀咕着，最后，他的同伴可发火了。

“毛病!”他把担子一撂，嚷叫开了，“我就让你挑吧！……”

“这像是好差事呢，——我怎么不抢着干!”瘦长子话一落音，立刻挑上担子，就重新上路了。

他的伙伴一声不响，忍住痛紧跟上去。他面色阴晦，脚有点跛；但他忽然轻声笑了。好像发现了一件什么可喜的秘密。

末了，他舔舔嘴唇，高高兴兴地说道：

“对！到了贾村咱们搞大米饭吃。”

“真会想！——我的津贴早就光了。”

“谁叫你抽烟的呀！”小个子气恼地说，“我倒动都还没有动啊。”

于是他又给他的伙伴进着忠告，劝他戒烟。接着彼此就兴致勃勃地计议着到达宿营地后怎样安排伙食。而在看了、听了这一切后，竟连我自己也忍不住孩子气地笑了。

这方面的事例是不少的，我还发现过一两桩使人感到不可能出现在经常在枪林弹雨中冲锋陷阵的战士们中间的动人情景；有时甚至不免叫人感到惊异。

比如，一个游击队的青年连长，一个从十七八岁起便已参加了残酷战斗的小伙子，当那个同他一道并肩作战了三年的同志要到延安去学习的时候，他竟会一两天闷闷不乐，竟会蒙着被头哭泣，——这你能相信吗？

然而这是事实！要是他万幸没有牺牲，最近一次发生在大北溜的战斗，他一定参加了。……

可是现在我要说的，是我接触较多的两位同志的故事。他们同在副官处工作。一个是勤务员，一个是副官处的科级同志，主要负责管理勤务人员。前者叫邸地福，后一个大家都叫他刘同志，或者管理员。

邸地福是二十一二岁的青年，山西岢岚人，参加部队只有两年上下的历史。他参加部队，是得到过父亲的同意的。起初在部队上当战士，因为为人细心谨慎，后来便派在司令部做勤务人员。

邸地福身材并不高大，看起来很像小市民家庭的子弟。他生得清秀结实，做事很负责任，所有的熟人都喜欢他。但在通过同蒲的夜里，他的脚走坏了。

那天夜里赶了一百多里路，但在从前，一次走五十里路的事，在他都是很少有的。此后几天也很少休息，当快要接近平汉路的时候，他的脚更坏了。有时候管理员把马匹让给他骑一阵，竟也不见有转好模样。卫生处也很生气，怪他不会将养。

在通过平汉路前一天，因为这比通过同蒲路更困难，照例，所有的人员和行李都得经过一次检查，把病号同不必要的行李留下来，以免妨碍行军，招来差错。于是副官处决定把邸地福遣送到附近的地区去，休养一个时期再说。

但当副官长在会议上宣布这个决定的时候，那位姓刘的管理员，立刻就抗议了。他反对副官处的决定，建议道："我把马让他骑，出了事我负责！"

"你怕负不到这样大的责吧？同志！这是命令！"

其他的人一致赞成组织上的决定。

"这也是为他自己的安全着想呢！"

"就这样决定吧，——还有什么讨论的啊！"

因为绝大多数人的意见一致，管理员沉默了。他是不愿意和他相处熟了的同志分手的，但他得服从纪律。于是他就在当天下午替邸地福奔走着，张罗着担架人夫，等等。他充满热情进行着这一切。

次日晚间便要通过封锁线了。为了积蓄精力，虽然已经上午九点钟了，所有的人却都还在睡觉。我在村街上漫游着，忽然发现了管理员和邸地福，两个夫子和那用门板改装成的担架。夫子在吃早餐。

邸地福坐在副官处大门口石凳子上，双手捧了脑袋，躬着背脊；左脚包扎着纱布。

管理员就站在他侧面。他已经三十多岁，但他脸上的皱纹和那苍老的容颜，却显得他的年龄更要大些。他平常沉默寡言，但当我看见他的时候，他却正在絮絮不休地诉说着，安慰着和鼓励着他的同伴。

他满脸愁闷，不时却又微微一笑，装出一副十分安静和无所谓的神气。

他的手里拿着几张“边钞”和一封介绍信。他摇荡着它们，勾着腰身，在对邸地福说道：

“这也是为你自己的安全着想呀！是害你么？你去了不会有什么困难的，都是自己人。他们会替你医治……”

“我去做什么呀？——我能够走！”

邸地福突然扬起脸哽咽着说，紧接着又把头勾下了。

沉默一会，管理员叹口气，随又轻声笑了，解释道：“你以为我们不要你了么？已经给你说过了，脚医好了还是要带你转来的，经常都有人来！你怕就是这一批么？介绍信里说得很明白呀。”

邸地福重又仰起头来，怀疑地凝望着管理员；这时两名夫子已经吃过早饭，在催促着动身了。

“你就相信我吧！这里是介绍信、伙食钱。”

并不立刻，僵持了好一会，邸地福这才一声不响接过信和“边钞”。而且在不断安慰和叮咛声中，在管理员的扶持下，终于躺在担架上了。

这中间，邸地福始终没有张声；直到夫役们跨开步子的时候，这才忽然扭转上半身，用了哭泣和恳求的声调嚷道：

“管理员！我还是要转来的啊！”

“是呀！我好久骗过你么？……”

管理员烦躁地说，显然是在为自己感情上的软弱生气。他跟在担架后面，伴送邸地福到村子外面去了。……

其实，不仅对属于部队编制的同志这样关切，对外来临时参加一个短期工作，或者进行学习的同志，他们同样充满热诚，甚至更为周到。我记起，当我同着一批男男女女的文艺工作者去前线的情形来了。

由于领导同志对于我们的深切关怀，我们大都有一匹牲口；但我们全都没有经验。尤其是两三位女同志，她们总时常弄得来惊惶失措。这样一来，那些分明驯善、安分的牲口，仿佛也变得喜欢调皮捣蛋了。

似乎有意要在沿途制造笑料，她们，以及别的一两个神经质的同志，在行军的最初几天，有时表演得太精彩了，因而另外一些能够任意驰骋的同学，就不免感到恼怒。

比如，因为牲口偶尔为路旁的草料所引诱，高兴打点“游击”，停下来吃上两口的时候，她们竟也惊叫起来。

“哎呀，你看它又吃草呀!”

在这种局面下，那位最有耐心、最愿意帮助她们的，是常德善同志。他每天总前前后后地奔驰着，帮助着每一位没有经验的骑手，嚼口断了，肚带松了，马镫高了，都是他的事儿。而且毫无怨言！名义上他却还是我们的队长呢。

常德善同志是山东人，现在正在大清河北同着敌人搏斗。他是一个纵队的参谋长，我在这里向他致以革命的敬礼!

（原载 1940 年 8 月 10 日《全民抗战》第 132 期）

游击县长

辛亥革命以前，我还是小孩子，好多事情已经记不大清楚了。“父母大老爷”给我留下的印象只有这样一大堆废料：凉帽，八字胡，四人大轿，堂勇们红底黑边的云腿，以及堂勇皂班对于有服在身的人们的吆喝：“站起来！把孝帕子揭了！”

辛亥革命以后，因为毕竟算是一个所谓“民国”了，没有这样的威风了，但也一望而知其为官老爷。至少抗战以前如此。所不同者，只是他们变得来随便了一些，天真了一些，不大喜欢板面孔，拿架子了。

有一年，就在我的故乡，一个初上任的县长，对着那些前去欢迎他，并给他称贺道喜的绅商们叹息道：“老实讲，要是有五千块的家当，我都不出门了。”

但在华北，在冀中和晋察冀抗日根据地，我却见到好几个既无“官气”，更无“流气”，作风迥然不同的县长。我看见他们自己牵了马在村街上遛。看见他们就在院坝里站着，端着碗小米粥，同科长们和司书们围着一盆青菜进餐。看见一位县长就站在村道上同一个农会会员谈起工作来了。

我还看见一个儿童团团员，就那么毛毛躁躁，冲着一位县长嚷道：

“县长！夜里你要来参加我们的晚会啊！”

他们的服装也只是一套粗布灰色军服，唯一与众不同的享受只有一匹牲口；在碰到需要他亲自带起群众去破坏交通的时候，尽管那大半都是些星光全无的暗夜，却也不能不跟同老百姓一道步行。

他们几乎全都是当地人。一部分是中小学教员，一部分是从平津流亡归来的知识分子。他们都在本乡做过救亡工作，或者同敌人打过游击。而在我们的军队协同地方武装摧毁了各县的伪政权以后，他们便暂时被选出来做县长了。

在最初一个时期，因为敌情紧张，直接由人民选举的仅仅是以县为中心的各区各村的救亡团体的负责人。到了一九三八年，县长、区长自下而上的普遍由人民选举产生。我所见到的几个县长，就都是这样选出来的，而且有三分之二是连任：这是因为他们已经有了使群众信任的政绩的缘故。

除了有着不利的地形的冀中而外，在晋察冀，虽然照样随时都会爆发战争，耕地还是逐年增加，渠道也一年比一年多了。当沿着唐河上行的时候，我就亲眼见过不少修建不久的水渠。在几个月的逗留中，我没有发现过一套纸牌，一副吸食鸦片烟的烟具，而土匪是全绝迹了。

初到河北的时候看到一种莫名其妙的现象，许多村庄的墙壁上都写着一排斗大的红字：今夜更夫三十名。有的甚至是五十、六十名。经过探询，我才弄清楚那是抗战前吓土匪写上的，而现在他们每夜只有两名自卫军守哨，用来防止汉奸的活动。

在望都、清宛和唐县、定县一带地方，因为接近铁路，小偷扒手过去相当的多，但现在，老乡们已经用不着替他们的牲口和钱袋发愁了。因为经过教育，这些不良分子已经起了质的变化，同我们一样在为抗战服务了。

从这一点我们可以看出敌后政权的重要特点之一，那就是尽力争取每一个中国人到抗战的营垒中来，便是小偷也无例外。这自然比拖下去打二百屁股后放他们再去做贼，或者随便关在肮脏发臭的监狱里便不闻不问麻烦得多，然而这却正是新的民主政治应有的做法。

那些刑期满了的偷儿，有的参加了部队或地方工作，有的则继续干着他们的夜间职业；不过对象已不复是自己人，已不复是那些穷苦的老百姓了。他们的新的对象是侵略者，是侵略者的电线之类的器材。

他们是在政府的鼓励下、支持下这样干的。他们唯一的特约顾主也正是这个政府，价值是几角钱一斤。由于那种长期的特种职业的训练，可以随便上墙爬树，可以使人毫不知觉就解下你的腰包，他们的工作成绩远在一个普通的游击队员之上。

在唐县，由于小偷们工作的熟练积极，电线的来源忽然供过于求了。拒绝接受吗，政府会失掉信用的，于是县长同志来了一个新的号召：需要铜丝包皮的电线！这是一个难题，因为这样的电线只有敌人据点附近、车站附近才有！但在一礼拜后，县长的号召已经变成现实。

就是这个县长，我们之间曾经有过好几次长时间的谈话。清宛人，抗战前在北京大学读书。他读的数理系，而且他笑着告诉我，他过去是讨厌政治的，而他现在对于政治，却像从前他对微积分一样的入迷了。

华北沦陷后，他在家乡住不下去了，一方面是环境不容许，一方面是那种一个中国人反抗外来侵略的强烈志愿不让他安静下来，坐在家里进行自学。他动身到山西去住八路军的随营学校，但在唐县，他被一批旧同学挽留住了，要他就在那里同他们一道参加救亡工作，宣传、组织群众搞武装斗争。

他在唐县同他的伙伴们跟汉奸托派组成的伪政权对抗了半年，揭露着他们叛国投敌的无耻行径。八路军一个骑兵营收复唐县后他被任为县长。以后两次民主选举，他又一再连任县长。我们会见的时候他刚兼任专员不久，他的治区是唐县、定县和望都一带地方。

他还不到三十岁。他还保持着一个温文尔雅的知识分子的风度。从他的谈吐看来，他显得很谨慎，很持重。而单看外表，他却绝不像一个在敌后那种尖锐复杂斗争中日夜操劳的行政工作人员。

他的工作能力完全是从经验里一点一滴锻炼出来的，而他现在已经是一个行政工作上的干员了。他的成功是因为他具有高度信心和艰苦奋斗精神。当我们见面的时候，他告诉我不久以前他才解决了一场纠纷，感觉得很愉快。

纠纷的主题是水利。为了一道河流的利用，这场纠纷曾经经过无数次的诉讼、械斗和流血牺牲，在原河北最高行政机关的档案里作为悬案存在了三十年。前河北财政厅曾派大员来调处过两次，但结果依然原封未动，让老乡们继续地诉讼，械斗，流血，自己转回北平报销去了。

纠纷进行的地方在唐县和定县之间。要到那里去须得通过敌人几个重要据点，极有可能遭到意外；但当发现这个悬案应该尽快解决以后，他便化装成老百姓，带了秘书，亲自跑去调查事件的真相去了。

到达出事地点，他在那里停留了两天，向发生纠纷的双方的群众代表谈话，征询他们的意见和了解事件的真相。他准备在第三天进行调解，但是就在头一天的下午，一队敌人掩护着“宣抚班”来了。于是他就在当天夜里返回县府，耐心等待另一个较为合宜的机会。

然而，由于历年来诉讼、械斗积累下来的仇恨，双方的成见太深沉了。加之，少数靠着诉讼吃饭的劣绅是不愿意让问题解决的，所以当他隔些日子再去的时候，纠纷又还原了。但他有的是毅力和耐心，而在四五次之后，那些长期对抗的双方终于被他说服，达成了一个合情合理、切实可行的协议。

这是一件值得庆幸的事，三十年的纠纷终于是解决了。但在县长写好判决和协议的时候，双方却又忽然提出异议，原来他们都不满意县长用的那种劣等纸张！

“这怎么成！”他们大声抗议，“换一下吧！”

“没有关系！只要办法合理就得了。”

“不！有关系！这怎么好永久保存呀！”

但是县长带来的，只有这样的劣等纸，村子里也找不出好货色来，于是只好等待次一日从敌人占据的城里买来上好的贡纸，手续才算正式完结。

这自然不过是一段小小的插曲，但我相信，它已经足够反映出老百姓对于敌后政权的尊重和信赖了。

讲完这段故事以后，那个县长兼专员的年轻主人，要我一道去同他进餐。是特别为我备办的，有着一大盘烧饼，一碟从街上买来的熟猪头肉，此外各人还有一碗挂面做的汤菜。从每天只有八分钱菜金的生活看来，这无疑要算是颇为丰盛的享受了。

在吃饭的时候，我表示希望晚上再同他谈一次。因为当时显然还有许多公事他得处理，在他办公室里早就有几个人坐在那里等候他了，要继续打扰他难乎为情；但我又不甘心草草结束这次访问。

想不到县长同志竟然拒绝了我：

“改天再约你谈好吧?”

“也许我们明天就要出发了呢!”

“真不凑巧,”他扶扶眼镜，蹙着脸道，“恰恰晚上有许多人等我开会。”

“我就来做个旁听怎样?”

他立刻笑着表示欢迎我参加他们的会，于是就在当天傍晚，我又一个人摸到县政府去。通过两道哨岗，我终于找到了那座颇为整洁的小小的院落。

不到一刻钟工夫，会议就在救亡室开幕了。

参加会议的有附近一二十个村庄的村长，以及各村救亡团体的代表，一共有四五十位。他们当中有五个中年、青年妇女，一个老太婆，穿着同一般老百姓没有多大差别，只是整饬一些，态度也大方一些。

整个会场给了我一个生气勃勃的印象。但当县长的报告，以及另外两位干部的补充发言完结的时候，我才明白，县长那么看重的这次会议，原来是为了一件极其简单的事：一床铺盖所引起的小小纠纷!

几天以前，县府的秘书的家眷，从一处敌人陷落了的村庄里逃出来了，除掉生命和周身的穿着，他们什么东西都没带走，一切都留给了敌人。那时在夜半和早晨还相当冷，于是秘书托本村村长借用一床被盖。

几经交涉之后，村长忽然冷笑着这样说了：

“好呀！你要是强迫我，我就搁下来不干啰！”

“你怎么这样说呀？谁强迫你？你……”

秘书有一点冒火了，说时忍不住揎了村长一掌。

而且，他愈说愈有气，不幸对方也不甘示弱，更不去理解秘书生气的原因，句句话都针锋相对。末了，大家终于不欢而散。

心平气静之后，秘书一夜没有睡好。他逐渐反省到自己做错了事，他不该叫嚷，不该揎那一掌。对于村长的误解，他只应该遵循为一般革命干部所一向尊重的优良传统进行耐心解释。于是，次日一早，他就带了道歉和解释再去村长家里。

这一次分手的时候两方面都很愉快。

“我那天人不快活……”村长抱歉地插嘴说。

“现在你该明白了吧!”秘书接下去道，“我是私人借，并不是代表政府分派任务。我为什么揎你那一掌呢，因为你误会得太厉害了。我这个人你知道的，火炮脾气。总之，大家都不是外人，你该了然了吧?”

“当然当然，是匀得出早就借给你了。”

但是事情并未就此了结。因为就在当天，村子里出现了一种与事实大有出入的传说：政府向村长派过铺盖，而且村长还被秘书打了。这个传说也和一般传说一样，是生了脚，生了翅膀的，几天之内它便游遍了政府周围所有的大小村庄。而且，有两三个村子，已经对县政府提出严厉的批评来了。

县政府的秘书是一个瘦长子青年人。村长有四十多岁，身坯宽大，鼻尖有点发红，发言时始终带有一点满不在乎的神气。对县长的报告先后做补充的，就是他们两位。

听了报告和补充发言，我以为会议至多两个钟头便会结束，因为事件的真相已经说得够详细，够明白了。而事实上这次会议竟至延长到七个钟头以上！

时间之所以拖得这样长的原因有下面几种：那些发言人大半要在表示意见的前后讲一些道理，发一些议论；其次，有两位距离稍远，没有听清报告的代表发表了不很恰当的意见，以致县长又把他的报告扼要重复了一次；最后，便是农会会长严厉的追究了。

农会会长是一个三十岁上下的庄稼人，很黑很瘦，但却有着一副极健康的身体。他对了县长坐着，敞开对襟蓝布汗衫，一只手抚摸着他那隆起的胸脯。

"我看，事情已经弄明白了，"他自信地说，"现在我们要追究这些谣言是怎样来的。看看有没有汉奸在背后捣鬼？——我们的警觉性又到哪里去了?！……"

这意见立刻得到拥护。一个青救会的代表，紧接着建议道："看大家的意思怎样，先就请桂村长发言吧。"

"不错！"有人表示赞成，"要问问他是怎样向人们说的。"

这使得那个当事人之一的村长，有一点狼狈了。起初，他老是不张声，最后，经过几个人接二连三地发问，追究，他才下了决心似的，一下子站起来了。

他环视着，苦笑着，然后仿佛控诉似的嚷道：

"这样说不对呢，同志！说我有错，对的；坏名声可不能接受呢！"

他又绕视了会场一周，随即坐下去了。

接着是县长站起来发言。首先，他称赞农会会长几个人的警觉性是值得学习的，因为托派汉奸正在用造谣和离间为敌人效劳；但在目前这个场合，农会会长的看法却不适用。于是搬出种种证据来证明借用被盖引起的传说并不属于敌伪造谣。

“至于桂村长呢，”他继续说，“我们一向是信得过的。”在举出几桩事实以后，他又接着说下去道，“你说他讲话随便是有的，不大谨慎。”

“对了！他就是嘴巴不对劲儿!”

有人叹息着嚷了一句，这时桂村长也忽地站起来了。

“这一点我承认!”他急急忙忙地说，“这一点我承认我错了！我已经同常秘书和解了就不该再讲什么，——这是我的错！坏名声可受不了呢!”

他的坦白、热情使得全会场都笑起来。

笑声息后，秘书以及那两个冒失的，对县政府提出批评的村长又各自来了一番“自我批评”，承认各自的错误。而接着来的则是引申以及有关建议。等到县长在那种疲倦和愉快互相掺和的气氛中做过结论的时候，时间已经半夜过了。

这一次的经历使我增长了很多见识。心情的愉快，更加不必提了。然而我总有点不够心服：为了那样一件小事是否值得开七八个钟头的会进行批评讨论?

临走的时候，我略略向县长表示了我的怀疑。

“不!”县长微笑着，温和地否认道，“不，非这样做不成。你知道么，我们这里连村长也是民选的呢。你含糊他们要说话的，这不是‘国统区’呀!”

“要是经常这样那不麻烦死人么?”

“这种事也并不经常有，”他继续解释道，“不过，万一发生了什么问题，你总得说服他们才好。麻烦呢，自然是麻烦啊。”

说着，他叹了口气，愉快地笑了。

我们没有再深谈下去就分了手。但是他的意思却很明显，在真正由人民大众当家做主的制度下，如果你要得到老百姓的拥护，你就非凡事使他们心安理得不可。而不怕麻烦则是应该具有的工作精神之一。

我理解许多新风尚形成的理由了。

另外一件事也给我留下深刻印象。

是到达唐县以前，在平汉路东发生的事。地点在保定、望都之间，一天，清风店出来一队敌人“游击”，到了我们附近一个村子，于是经过商议，我们决定向东转移开了。

我同另外几个人做前卫，提前到目的地去找房子，但最为重要的是到当地的区政府取得联络，要他们随时提供情报。我们是确确实实知道那里有着一个区政府的，但是整个村子都走遍了，我们的访问依旧没有着落。

当你探询的时候，那些蹲在街沿边，或坐在磨盘上的老乡们总照例使你失望。他们吸着旱烟想想，于是取掉烟杆，沉吟道：“区政府?”仿佛便是“区政府”这名目，他们都从未听人讲过！……

“你知道搬得有区政府来吗?”有时候，那个被问到的人还会躲躲闪闪，转向另一个老乡问道：“我好久没有出过门了，你知道区政府吗?”

“这里有什么区政府啊!”回答比较干脆。

于是我们去找村长，但村长出门公干去了。最后我们又到了寄放马匹的地方。那是一所破旧的院落，门口蹲着两个老者，一个长条条中年人。他们已经叫我们失望了一次，但是我们却又一次向他们打听起来。

为了解除对方的疑虑，我们当中的一个请他们注意他的臂章。

“你们看看臂章也该相信了吧!”

“不是不相信,”那老者回答说，“实在是不知道呀!”

“依我看,”那位中年人也终于发言了，“村长也许知道。同志们都清楚的，这一向，他们都是游击办公，今天这村，明天那村，就是来过，恐怕也搬走了。”

“不！我们刚才还听说在这里!”

老乡们的顽固使我生起气来。恰在这时，我们那一支由三十多人组成的队伍，也终于到达了。

我们队长首先跳下马来，走向我们。

“怎么，该联系上了呀?”他急切地问道，“区署在什么地方?”

“真见鬼！没有一个人肯说呀!”

“让我去！老曹，把护照取出来!”

他提醒了我们。我们忘记让老乡看护照了。而在老乡们看过护照以后，那最使人又好气、又好笑的是：区署就在我们正对面呢!

我对那位指引我们的中年人打趣道：

“嗨！同志，你封锁我们的消息哇!”

“话不是那么讲，同志！你得原谅，我们有我们的责任呀!”

他也忍不住好笑似的回答着我。

（原载 1940 年 10 月 5 日《全民抗战》第 140 期）

事实胜于雄辩[①]

“游而不击”这个用语，已经在顽固分子嘴上成为口头禅了。然而，“事实胜于雄辩”这句成语却更有力量。

不错，在华北，在所谓国军刚刚西撤以后，游而不击的所谓抗日部队是有过的，但是他们已经变成土匪、伪军，一切直接间接为日本帝国主义效劳的帮凶。便是比较好的，也早在敌人游过来，击过去的时候瓦解了。一部分则在八路军的影响下坚持着抗战。

这理由很简单，在那种经常可能短兵相接的敌后，行动的选择是极端尖锐的：做敌人的工具，不然就打击他，此外没有含糊的余地。一方面敌人也是不容许你含糊的，必须有所选择：奴才或者仇对。倘以为敌后是郊外公园，可以随意游来游去，那就大错而特错了。

证明这些的是我在冀中游击区几个月的生活。尽管我住的是指挥部，没有直接参加过战斗，但由这指挥部的行动，很少停歇的炮声，以及经常从火线上运来的伤员，我却深切感到游击战争和坚持游击战争的艰苦。

单从技术的意义上看，游击战也不那么容易。这里需要的秘密，敏捷和镇静应该比其他战斗形式需要得多。因为在冀中平原上，是没有固定的后方的，又经常处在敌人星罗棋布的据点包围当中。最远的

---

① 本文最初发表时题为《游击战》。

五六十里，近的十里上下，遭遇敌人的分进合击，实在太容易了。

那第一次使我这个外行人惊心动魄的是护驾池之役，这是紧接着曹庄战斗后三天的事。在曹庄，我们同从蠡县、献县出击的敌人搏斗了两日一夜。最后我们的一营人中了毒瓦斯，于是全部向南面转移了。

我们新的宿营地叫任庄，离子牙镇三十里，离武强县城才二十里，这两处都有敌人的重兵进攻。在我们到达那天正午，就隐隐听见有炮声传来。由于敌机的狂轰滥炸，就在当天夜里，防卫武强的冀中军区的部队，就掩护着老百姓从武强撤退了。

还在这天早上，指挥部的负责同志就预料到了当天的变化。而从我个人看来，我们的处境相当困难。我们整整行了一个月军，喘息未定又连续进行了三次大规模的战斗，部队已经相当困乏，急迫需要休整！而且我还担心着另一件事：津南自卫军的战斗能力怎样？

这是一支带地方性的部队，正驻在指挥部和敌人可能进攻的据点之间，要是他们不能拒抗那拥有飞机、坦克的一千以上的敌人，指挥部就得直接参加作战！这可又恰好是战争中应该避免的事。

事前我们知道和担心的事情就是这些，而在早饭后不久，炮声却正好从津南自卫军驻扎的村子那方面传来了。

我走到司令部去，那里的空气使我大为放心：平静、乐观，没有一点匆忙景象。

于是我又丢心落意的到三里路外的北张旺去。其芳和几个“鲁艺”的同学住在那里，我早就约好了要去看他们的。同时，我要到张旺的供给处去缝军服，这也是早就和管理被服的同志约好了。而且已经失约过三次。

在半路上来了敌机，我立即走进树丛里去。敌机是来侦察我们的，打了几个旋子，便消失在云层里面。这仿佛是个恶兆似的，接着大炮声更密了。

到了张旺，机枪声也隐隐约约噪响起来。

“我们已经发了手榴弹了。”一个“鲁艺”的同学向我笑道，“今天好像紧呢，都不准离开村子!”

其芳也领到了手榴弹。他用鼻音说道：

“你听，愈响愈近了呢。”

我们接着一同去量军服。当我独自回转任庄的时候，情形已经有了变化了。村道的南头堆满了当作障碍用的骡车，东南面旷地上，战士、老乡，都带着铁铲往那些疏落的树丛下去动手挖掘工事。

一个警卫班的同志微笑着问我道：

“同志，怕不怕哇?”

“你们还在一道有什么怕的?”我笑着回答。

“再等下就热闹了。”

他意味深长地说，跟做工事的人群扬长而去。

我又走到司令部去，那里依旧和从前一样：只是屋顶上多出两个防空哨来。许多马匹已经装备好了。退出来的时候我在门口碰见了我的马夫。肩头上挂着手榴弹，他正牵了我的大青马来。于是我们一同到我的住处去。

这时机枪声响得更清楚了。似乎四面八方都在放射一样。可以望见敌机就在附近的村子上盘旋，不时又从上空横过。震耳欲聋的轰炸声响彻田野。除了一部分老百姓和我自己，所有的人都带着过年过节的神色，喜气洋洋的。尽管已经经过好几次战斗，但是看到飞机就在邻近轰炸，听到那样清晰的机枪声，却还是头一次。我的精神陷入一种极端兴奋的状态。

我急想镇静下来。我问那马夫道：

“枪声响得很近呢?”

“还远！起码有三里路。”

“三里路，也算远吗?”他的满不在乎使我有点生气。

“那不是，”他回嘴道，“你看胡子都出来了就差不多了。”

胡子是贺龙将军，两次我去司令部都看见他在参谋长室里审视地图。根据马夫的口气，他能亲身出来指挥一场战斗应该是一桩值得高兴的事，随后马夫又夸起内战时期贺龙同志亲自指挥战斗的神情。

“那才毛呢!”他快活地叫道，“草鞋一蹬就跑上火线去了，警卫员都不多带一个！……”

当机关枪声逐渐稀疏下来的时候，我到司令部去吃午饭。这时候各部分的负责同志都到齐了，他们似乎刚刚结束了一场会议。贺龙同志照旧那样轻松，那么兴高采烈，他纵谈着敌情，但也没有忘掉他的打趣。

他称誉了一番临时在前线积极做过政治鼓动的小安。

“我很喜欢小安。”最后，等到吃完饭了，他一面谈，一面走向小安的爱人鲁奔同志身边坐下，“就因为她小得好……”

这惹得在座的人都笑了。

从他们的谈话证明，一个钟头以前，司令部的确已经面临一个直接作战的关头，并且已经做好准备，想不到敌人忽然停止进攻，退却了！这使得在侧翼预先埋伏的一支部队，没有发挥它应有的打击敌人的作用。

敌人退却的原因，是由于三五八旅五团之一部的突然袭击，五团是前几天才过铁路的，在和司令部取得联络之后，他们便在紧急措置下向敌人开起火来。至于津南自卫军，倒早已转移开了。……

尽管战争尚未完全结束，但是，所有负责同志全都相信，他们的部队基本上已经把敌人赶走了。附近一些据点的敌人则一时不会轻举妄动。因为他们决不会很快知道我们的兵力部署。

当我走到街上的时候，村子里已经恢复常态，障碍物全撤了。但是，直到夜深出发，才算完全丢心落意。我们新的宿营地是湾里，司令部决定在那里争取两个礼拜的休息，实际上却住了一个月差一天。

在这将近一月当中，因为所有部队已经做了通盘部署，我们算是完全取得了主动地位，开始在冀中各地区展开全面性的战争。司令部则进一步发挥着它的正常作用，真正成了冀中游击战争的首脑机关。而一二〇师的五团、六团，更因此在河间和窝北取得重大战果。

战斗无疑相当剧烈。单是距湾里十里路的吕汗就失而复得三次。最末一次失陷的时候，我们正去吃午饭，那个侦察参谋，走来向贺龙同志报告：敌人已经在造桥了。

“是呀！”贺龙同志回答道，“造起桥来才好过来呀。”

参谋同志多少显得有点莫名其妙。

“没有什么话吗？”他又问了。

“走你的吧！没有了。”

当天夜里我们就离开湾里，朝北转移，留下两部分人在窝北官厅一带伏击敌人。至于转移的原因，因为敌人已经侦察到了我们的主力，动员了两万左右的兵力开始进行“扫荡”，企图消灭我们，至少把我们驱逐出冀中，驱逐到平汉路以西去。

敌人兵力的分布一共是十路，文安、任丘、肃宁的争夺战，已经开始。以湾里为目标，敌人也集中了不少兵力，而且，就在我们转移后的次日，湾里便陷落了。

因为窝北官厅的部队给了敌人以严重的伤害，而湾里又是空的，敌人一无所得！于是在以后的十天内，敌人又一连包围了我们四次。在向北转移到边关以后，因为我们反过来紧跟着敌人走，敌人于是糊涂起来，不久便收场了。

四次敌人包围的目的是：北窝头、卧佛堂、北严家坞和青塔。而在北严家坞，竟差一点就和敌人碰上头了。

这一天战争最激烈的是附近的石角和长丰镇，我们到达严家坞不久大炮就轰鸣起来。我睡不着，于是起来到各处去走了一转。除了哨兵，一切都睡熟了。我们住在一家天主教徒家里，那位老太婆同我很谈得来，于是我就用闲谈来代替瞌睡。

十点钟的时候贺龙同志来看我们。他也参加了我们的谈话。在繁密的炮声中，我们谈到了天主教和耶稣教以及两者的差别。还谈到臭虫、虱子，和希特勒。

前一天我们从收音机知道了德国已经宣布一个和平城市为军事要塞的消息。贺龙同志因而推测起来：

“看样子欧洲会更不太平的！”

笑了笑，他又幽默地加上说：

“我们这里倒很太平，——不过下午就难说了。”

果不出他所料，下午炮声更密起来。间或还有飞机的轰炸声。纵马疾驰而来的通信员相当频繁。石角庄的军事负责人来过一趟，又匆匆走了。傍晚的时候我们得到了准备出发的消息。

在村口，贺龙同志和其他负责人照了电筒在看地图。司令部各单位的同志已经排好列子，正在等候出发。

这在当时我并不感觉这一次的出发比往常有什么不同，因为行列照常整饬，人们照常鸦雀无声。所不同的，就是忽然在出发时翻阅地图这一回事。而我后来才被告知，当我们出发几分钟后，敌人便进村了。

接着一次的情势也同样严重。那夜里我们原是要到七十里外的鄚州的，走了约一半路，我们才知道鄚州同时被占据了。于是我们转而向西，窜过敌人三五个据点，望着青塔转移。达到青塔时是早上九点钟。

那一夜我们走的路在一百里以上，但实际离严家坞只有五十里上下，离长丰镇和鄚州也很近。离任邱则只有二十里！因为得悄无声息地绕过敌人的一些据点，道路也就给拉长了！

可是青塔却也并不太平！到达不久，我们就发觉距离青塔五里路的梁会，在头一天夜里被敌人占据了。一共有七八百人，附有三门大炮。

距离这么样近，引起战斗是极可能的。这且不说，万一引起战斗，邻近其他几个据点的敌人是不会不出动的！到达冀中后，我们根本就没有在大白天行过军！因为这更容易暴露目标。而且头一夜才走了百里以上，部队太疲乏了，这也值得考虑。

当我刚把房子看好的时候，就在我们的对面的院子里，贺龙同志走出来了，同他一道的是六团的指挥员黄新庭。

那是一个渔民出身的青年。身材很小，但却精干，他的部队住在青塔和梁会之间的小梁村，离敌人最近，只有三里。显然他是来向司令部请示的，他走在前面几步，推着一辆飞马牌脚踏车。

贺龙同志直送他到大门口，距离村口只有几十步路。当那位青年团长已经走开相当远了，他又大声地叮咛道："不要理他！回去就叫他们赶快弄饭吃，吃了就睡！"

顺着村口的大道下去，地势很低，那里架着几挺机枪，战士们在挖工事。他们又说又笑，容光焕发。我走近一群老百姓和马兵面前去。

他们在那里闲谈，看热闹。一个个也很兴奋。

"南边不要紧，那里有水。"一个老乡在发议论，"看那白晃晃的就是啊！他来不了。要来，得往北边绕个圈子，走汽车路才成。"

我问一个看来相当老成的年轻人，"最近敌人来过青塔没有？"他回答我，四五天前，任丘陷落不久，来过五六百敌人，驻了两三个时刻就开走了。

"他再多待一些时候就好了！"一个中年人插嘴道，"俺们已经报告游击队去了。那才好干呢！一到村子里就炕上、阶沿上睡起，死猪一样。……"

一个排长同志走来劝大家回去休息，不要在街上荡。当我回到住处的时候，秘书让我们看了一张通告：强迫休息！但在我，这却是多余的，我才脱掉一只袜子，准备洗脚，就倒下去睡沉了。下午醒来我才知道敌人曾经轰过几十发炮弹。

大炮，是梁会村的敌人向小梁村放射的。他们似乎看出了什么可疑的情迹。但是，由于贺龙同志早已对六团下达过命令，非到敌人进入步枪射程之内，不准还击，因此，没有人还过一枪。最后敌人对自己的聪明怀疑起来，终于往西转移开了。

当天下午出发前我在街上碰见了关向应同志。他披着皮短外套，照常从从容容告诉了我当天我们的处境和几次摆脱敌人合击的经过，以及老百姓在其间发生的作用，一面用脚在地上画着图式。

“这就是民族战争的特点呢。”他结论道，“是内战时候恐怕早打响了！除开汉奸都和我们一致的呀。”

这是至理名言。因为无论封锁消息，侦察敌情，若果得不到群众自觉的帮助，是不会做得毫无遗漏的。而在抗战当中，群众这个概念的内容却又比内战时期广泛得多，因此敌人终于变成瞎子，摸不着头脑了，只能顶起砂锅胡碰。

而且，不仅在侦察敌情等方面这样，其他方面同样需要广大群众的帮助。从劳苦大众直到一切不愿做奴隶的人们。这是发动民族战争的一个最高的原则，而在敌后的游击战中就更为适用。

这类事例真是举不胜举，现在我简单谈一谈伤兵问题。在冀中，既然没有固定的后方，一个可以确保安全的后方医院，也就更加谈不到了！因而对于伤员的处理问题，也就成了每次作战以后负责同志的最大苦恼。

那唯一的办法，是开刀过后就赶快送往路西晋察冀边区去。这也就是说，伤兵须得通过敌人无数据点，通过平汉线，然后才能得到那分疗养期间所必需的安静。然而这同样不那么容易，因为通过敌人据点，通过封锁线都有一定危险，不必说了，而且，就是在一般情况下，也都有和敌人遭遇的可能！同时又不能派多少部队护送。

然而，尽管困难重重，我们却经常十分安全地把成百的伤兵护送到目的地，而伴送的则照例只有一个副官，几个杂务人员，以及三五个侦察兵。

这些人员自然都是久经战斗的，然而他们毕竟像还没有三头六臂，人数也的确少得点！他们之所以能够圆满完成任务，只不过是因为他们善于依靠成千成万的群众。每到一个村子，老百姓就安排岗哨，同时四面八方侦察去了。碰到有敌人来村里进行骚扰，就赶快领起他们转移，或者让伤病员化装起来，隐蔽在本村休息两天。

有一次，一批伤兵要通过平汉线。当他们正准备在群众掩护下横过那在暗夜里发闪的铁轨的时候，挨近铁道一两个村子里的“张口汉奸”忽然嗥叫起来。而结果招来一场敌人的袭击，使得通过封锁线的计划推迟了好几天，还拖死了一个重伤病员。

然而，正因为出过这点意外，当我回转后方，打从那同一地区经过的时候，所有那一段铁路附近的村庄里的大小狗类，全被老百姓格杀光了。游击队是鱼，老百姓是水，这句话一点也不假哩！

一九四〇年五月十一日于跳跳河

（原载 1940 年 10 月《七月》第 5 集第 4 期）

一件小事

大约是一九三四年前后的事。一般都知道魏猛克先生是能够画几笔的，忽然灵机一动，他作了一幅速写画：高尔基与鲁迅。

因为是一时高兴了画出来的，没有标题，也并不打算发表，画完，就随便搁下了。

后来这幅画落在一位弄翻译的人手里，他的灵机也动了，然而似乎不大干净。那正是在其对文化和革命同样伟大一点上鲁迅先生被称为中国的高尔基的时候，许多人不好受合，那翻译家，于是标上一个题目：“俨然”，发表在一种刊物上。

这使得鲁迅先生很生气。在文章上回敬过没有，我记不清楚了，但总之大不满意，而且这不满意全然是向魏猛克先生发的。他并不知道事情的真相，不知道这是那位躲在黑角落里的人物弄的诡计。

这件事发生不久几个朋友集议出版一种杂志，魏猛克先生和我都算是编辑人，其中猛克负的责任更大。他应该同鲁迅先生见面，要求他长期撰稿，并且在刊物的全部编辑计划上给以严正的指示。

在决定的时候猛克推辞了一会，后来含含糊糊承认了。当时谁也没有猜透他所以含糊的理由，直到他去见过鲁迅先生，并且大家高高兴兴争着读完先生寄给我们的稿子以后，事情才弄明白。

原来这次的收获猛克是吃过相当苦头的。他从前不便承认是因为他记起了那幅画像的误会。他相信他一定得不出好结果的。苦思了好久，他壮着胆先写了封信去解释，在得到回信后，他很安心了，而且完完全全地感动了。好多知道的人也都如此。

在那封回信上，鲁迅先生大致表示，对于那幅画像他确是很生气的，但这件事却并不妨碍他们的变成战友。他还很感慨地说，在他，敌与友的变更是很常见的。从前的友人现在成了仇敌，从前的敌人现在却又成了战友，简直寻常得很。

这种敌与友的分别的标准先生在那封信上虽然没有说出，但毫无疑义，他是用民族和革命的利益作前提的。在先生一生中这种凭证也就不少。

据我所知，此后猛克同鲁迅先生的交往，一直是很好的。而我愿意在纪念先生四周年的今日提起这件小事的理由则是这样：学习先生的战斗精神固极重要，但同时也得学习他对待战友的胸怀。

无原则的混战，是反鲁迅精神的。所以我希望今后在先生遗教的研究上，能注意到这一方面的问题。

（原载 1940 年 10 月 15 日《文学月报》第 2 卷第 3 期）

利之所在

一个熟人告诉我，发一回疟子要损失四磅血，我很惊异，以为这还了得吗！不相信。

等到自己发了三次，才觉得他的话有点可信了。是的，疟子是停止了，但是却感觉得比疟疾期中还要疲惫虚弱，真像是消耗了数量不小的血液一样。

在虚弱疲惫当中是很闷气的，不做事太无聊，做事精神又难于支持，唯一惠而不费的办法只有随手翻阅旧报章，旧杂志，既不怎样浪费时间，也不致感觉时间无用的可惜。真是一举两得的事。

我有先看插画的习惯。我翻阅着一本三十八期的《文摘》战时旬刊。在八百六十面上的一幅插画，竟引得我那么愉快地笑了，我相信笑于我是极有益的。但画面却也简单，一重很阔气的大门门牌写着唐宁街十号，门是闭着的。表明主人不在。而在门环上则挂有一个牌子，通知道："出卖朋友去了。"

在文章中给我启示最大的是《邱吉尔论中日战争》。他是老牌政治家，现任首相，但失敬得很，我还是第一次读他的文章。但现在总算读了，而且非常佩服他那种大政治家的态度和识见。

所以，在谈到游击战的时候，他就比我们有些人坦白。邱先生写他那篇文章的时候，武汉、广州正相继失陷，所以他又列论着中国新的困难。但最后他认为不足虑，因为经由新疆通俄国的老路，依然每星期从苏联运许多吨军火到我国来，同时别的国家也都卖军火给我们。

他说在后几个国家间卖军火给我们“最多的是意大利”。那时候德意日防共协定还未撤台，因此紧跟着意大利之后，他加说道，“反共阵线是不能在利之所在的地方实用的”。

在邱先生无非是想幽默一下吧，然而他却一句话道破了一切帝国主义国家对外行动和对外政策的本质。老牌的也好，新牌的也好，其着眼点是一样的：利之所在！

就拿近事来说，近几个月来老牌帝国对咱们的行动不多少有点叫人莫名其妙吗？然而，现在我却完完全全地恍然大悟了：利之所在！

移交天津存银，让出上海租界，封锁滇缅路交通：利之所在。而这个“利”，是以为中国虽然会大吃其亏，但却可以再讨好日本一下，使他不要同德意搅在一起，向远东方面捣英国的鬼。单在欧洲就已经够他受了。

但现在滇缅路又开放了，这当然也是利之所在：德意日协定已经成立，讨好日本是不行了，于是开放滇缅路，希望中国能够拖住日本，不要让它自由自在地南进，去加重英国目前的困难……

想起一个人变成别人算盘上的算珠，自然有点寒心闷气，但无论如何，有一条西南交通线总是好的。

……

（原载1940年10月21日《新蜀报·蜀道》第261期）

知识分子

一九三八年一月，一天早晨，我们开始沿着滹沱河上游进军。水流湍急，因而尽管靠近岩岸的河面给层冰封冻了，中流的速率反而更紧，它怒吼着，倾泻着顺流而下的冷然的冰块。

傍山的仄径迂回而险阻。牵了马，挟着臃肿笨重的老羊皮大氅，走不多远，周身便流汗了。然而这无疑是我们出发以来的一次最愉快的行军。我们看见了真的石头的山，看见了常绿树，看见了在明丽的朝阳下那么激动跳荡的河水。野鸽之群掠空而过，使人将那些呆笨而沉默的黄土高原全忘掉了。鸽们不时还从半空发出啸声。

在这次行军中，最愉快的是我和萧克同志闲谈了不少。前一夜留宿牛郎院，我们忽然听说他就要同我们分手，绕道去平西一带指挥战事去了，我和其芳就约他谈过一次。可是时间迫促，以致我们节略了若干预定的题目。

现在我们就并肩地走着，愉快而兴奋地补充着前一夜的话题。关于他的身世，他的家族，以及他的两个兄长的光荣牺牲的详情，他都一一地谈到了。

出乎我的希望，随后我们又谈到中国的命运，中国革命的性质和前途。使人难忘的是他对于革命史实和典籍的广博知识，以及他那坚定不移的语气。最后我们又谈到中国的知识阶层。

他论证着一般中国知识分子的特点，他们在一九二七年大革命和抗战中的种种差异。他承认他们较之从前大大地进步了，坚定，切实，已经扫除了曾经出现过的浮夸和某种动摇。他把这种进步原因归之于十年来内战时期的苦难经历，以及那种为中国知识阶层所共有的追求光明的崇高愿望。

这次行军以后，我们便没有再见到他那年轻英武的风度了。但他却给了我深刻的影响，使我留心观察了一番那些工作于敌后，久已为我所不注意的我们的亲属。

其实，便在我最近接触一批同志当中，知识分子的进步，也是很显明的。他们大半是在国内有名的所谓最高学府毕业的，不用说他们还有着一个富裕温暖的家庭。但他们现在却过着士兵的生活，吃着莜麦卷子，有时一天步行百里以上的山路而不掉队。

对于工作的选择，他们也绝不斤斤计较什么兴趣、身份等等，只要于抗战有利，自己能够胜任，任何工作他们都勇于承担。我所认识的一个搞敌军工作的同志，一个小个子广东人，有一天叹息道："真没意思!"他皱眉，而且摇头了，"要是叫我搞搞炸药多好呀！我会做得更有成绩，工作兴趣也大得多!"

但他随又展然一笑，加上说：

"有什么办法呢？好在一切都是为了抗战!"

他曾经给我看过很多敌伪的宣传材料，汉奸同日本俘虏的口供。就只从材料的保存和分类的精细来说，谁也看不出他是一个对敌军工作不感兴趣的人，倒是一个十分合格的专家。

他抗战前是在日本学习理化的，对于军事工业兴致很高；他做梦也没有想到他一下竟会离开他的酒精灯和种种奇形怪样的玻璃管子。

与他相同的例子，我还可以举出一个专攻建筑的朋友来。是的，他学的是建筑，而且已经在天津打过好几张图样了。前线虽然也需要建筑师，但我们是敌后，我们作战的方式是运动战和游击战，我们用不着一个建筑师来为我们构筑阵地正正经经进行设计。

可是，一个聪明人的才能是多种多样的，只要他认为有道理的事，而且努力去做。他终竟选择了他所认为适当并且必要的工作：一个话剧演员！

他属于师政治部的抗战剧社。当我认识他的时候，他已经在负担导演部的全部责任了。

我没有见识过他的专业，他所打的图样也许并不高明，建筑出来的房屋也许不牢靠吧，但是他所导演和主演的戏剧，我却是看过的：《月亮上升》《大金箍》《流寇队长》，等等，成绩并不比一个行家差。

他引起我的注意的是《流寇队长》这出戏。由他导演，并且就由他串演主角，那个老在女色和酒精当中放荡的土匪头子。当他在台上扮演的时候，虽然我那样激赏他，同时却胡思乱想：这个人一定不大正派吧。

然而我的猜想纯属主观，我猜错了。

我们的建筑师才比道地的正派绅士还严肃哩。他人很瘦长，高鼻梁，浓浓的两道眉毛。面貌白净，有着稀疏的小到难于辨认的麻斑。他的唯一的装饰是一副黄色金边眼镜，一只弯曲的烟斗。

他们大家都叫他老黄。一天我们在剧团里会见了，我急切地很想知道他的身世、经历，等等。

“你在北方待得很久吗?”我动问了。

“唔。”

我们彼此沉默下来，一会我又问道：

“一直就住在天津么?”

“北平也住过。”

“是七七以后离开天津的?”

“唔。”

他简单干脆的对答，以及他那严肃的，似乎对什么都不大感兴趣的面相，使我不好意思问下去了。

我想，这一定是我自己有什么使他感到不很痛快的地方吧，但接触一多，我才看出他原来是一个十分沉默持重的人。他总是抽烟斗的时候比说话的时候多些。他的爱人叫张斌，剧团的台柱，一个天才的艺人。

抗战前她在天津学习产科。当部队向了河北行军的时候，她已经便便大腹，有着五六个月的身孕了。她的冒险行动并非完全由于建筑师的爱情，她具有男性的豪迈和勇敢，她不相信敌后不是孕妇去的地方。而且事实上，没有她剧团会减色的。

她满面春风地骑上一匹乌马，而在马后则跟随着她的建筑师：小眼镜，烟斗，外加一根临时赶马用的树枝。但就此滞住吧，不然，我们的严肃的朋友，可能会大光其火，以为我是在和他开玩笑了。

在外表上恰好和建筑师是个对照，就我联想所及，我现在想起了阮教授，吕正操同志的顾问：矮而微胖，黑黑的，一嘴永远刮不清爽的络腮胡子。他才三十带点，但是单看他的胡子和他那饱经风霜的苍老的容颜，你会认为他早已做过四十岁的生日。

他曾在日本留学，在北平、天津几个大学做着商科教授。他是华北救亡运动的热心支持者，一直坚持到平津陷落！这之后，他继续在太原等地为抗战而奔走呼号。临汾失守前他同一部分青年出现于敌后的察绥边境。那里是他的老家，他相信他能够有所作为。

在建立起一支游击队后，他负责专管政治工作。但是他们的人数有限，他们得扩充他们的部队。他被派去做伪军工作，他成功了。但大多数伪军都有一个共通特点：时而反正，时而又变成伪军了，他们大半是些土匪，所以有时又重新拖上梁山去看风色，等机会。

他正碰上了这样的货色。在彼此同意了双方提出的条件，当他再去领导他们实行反正的时候，出乎意外，他和他的伙伴，被伪军扣留下来了。

他们被关在一个土窖里，要他们承认合伙参加背叛民族的勾当，不然土匪们就准备送他们到敌人那里去，用他们去换取一笔奖金。而在事实上，万全，乃至平津的报纸，已经登载了他们被捕的消息。

然而，半个月后，他们可终于脱险了。

现在，那个为首的脱险者，就隔着一条炕儿，盘了腿坐在我的对面。他不断抽着烟斗，微笑着，好像仅仅那么一点冒险经历，便足以使他面对任何困难而都能保持一种满不在乎的态度。

他告诉我他们是怎样说服了那几个看守人的。第一步他们用金钱；其次，是那一分每个中国人具有的民族仇恨。他们激发着，煽动着，而在最后，他们自由了。

“那几个守卫的一直送我们上了火车才走，”他继续道，“全都是庄稼人，很老实的。”

“脱险以后，你就到冀中来了?”我问。

“不!”他摇摇头说，“还在北平待了个时期。到了北平，才看见报上说我们已经死了。”

他忍俊不禁地笑了起来。

“后来又到天津走了一转，看了看家里的人。”

“你的家庭现在怎么样生活呢?”我担心地问。

“还不是要活下去。”

他微笑着回答，同时像个哲学家似的瞟我一眼，于是默默地装着烟斗，一面转换了话题。

“平津的老朋友很多，要给他们打打气呀!”

从北平到冀中，动身的时候他是个耶稣教徒，由保定到高阳、任丘一段路上，他又变成了布商。现在他是冀中军区司令的顾问，和我们一起翘着烟斗参加平原游击战争。看神气，仿佛战场比讲台对他更为适合一些。

他同杨秀峰先生很熟，他向我讲到了杨先生；但我终以没有在河北的逗留中见到这位知识分子的光荣代表为憾。

杨先生的职务虽然仅仅是冀中行政公署主任，他的影响，却是及于全华北的。这当然是指知识阶层而言；一个名教授，一个生理上有着缺陷的聋子都敢于积极参加民族解放事业的战斗行列，一个寻常的读书人，还好意思袖手旁观？

我在河北碰见的一般知识分子就是这么谈起他的。我记起那个发明家来了，他所津津乐道的避弹车也许可笑，但从心理的侧面看，他的努力却值得我们十分重视。而他是颇以能在军器发明方面做个杨秀峰为荣的。

这位知识青年是东湾里人。他发明的避弹车是这样的：形式和普通的手推车相似，只是前面多出一块很像屏风的家伙。这是许多层涂了油脂的帆布、棉花和钢珠组织成的，它的作用是改变弹道，也就是说抵消掉敌人子弹的杀伤力。

在他的计划书送到司令部不久，我跑去拜会他了。与其说是由于那设计的出奇可笑，毋宁说是他那股傻劲打动了我，因而我很想见一见他本人。

他是东湾里村的小学教员，青救会的干事。他的屋子里有着一种发霉的油脂气味。炕上的布褥子已经污旧，上面堆着花生壳、破布片，以及他的母亲、妻子和三个大大小小的孩子。我一进屋，他的家属立刻退出去了。

发明家身材魁梧，样子还很年轻，才二十八岁。面孔看起来圆滚滚的，焦黄，具有一种不可克服的顽强和自信神气。但他绝不是精神状态异样的人。抗战以前他曾经在北平工学院做过四个月见习生，是县府申送的，因为他发明了一种铡草机。

回来后他依旧做教师，同时努力进行一种纺织机的设计。他终于成功了。他曾经想小规模开厂制造，但他集合不起资本。连那做布商的父亲也反对他。

“好好教你的书吧！”那老年人生气说，“学都没有学过，你能够发明什么机器啊！”

一般乡下人更把他当作疯子，笑话他道：

“这个人东想西想的，脑子有毛病了。”

他说到这些时，多少带点愤激和藐视一切的口气。我安慰他说，一个勇于创新的进步知识分子，在文化比较落后的地区，一向是被视为怪物的，他实在也用不着生气。

我随又问他对于自己的遭际做何感想。

“这几年的经过么，”他微闭了两眼，摇摇头长太息了，“自然遇到不少的非笑，反对。就连受过教育的朋友也责备我：还干什么啊，又花钱，又惹人笑话！——但日子一久也就惯了，由你们说吧，由你们笑吧！我干我的。”

关于避弹车发明的经过，他叙述得顶详细，而且很为得意的样子。他得意，因为他观察周密，没有放过每一个轻微的物理现象。他曾经三次提到牛顿，提到牛顿和他的苹果，以为那种勤于钻研的精神值得学习。

他已经养成了留心并思索任何物象的习惯。他屋子里正好牵着一根绳子，上面晒着毛巾和几张婴儿的尿布，他就用这些来具体化他的说明：一天，他看见绳子上吊着一块布，那块布正因风飘荡着，摇摇摆摆的。他停下来观察了，他捡了一块瓦片抛掷过去。

他留心一看，那瓦片没有发生多大作用，才一挨着布片，随即就落地了。接着他又用石块掷去，也一样！于是一个概念来到他脑子里：布是可以抵挡物力的。最后他做了一个用三十层布重叠起来的靶心，想要用火力来试验了，拿火枪同步枪来射击，看看能否打穿。

鸟枪试验的成功坚强了他的信心，但他老借不到一支步枪。他们都说，这种举动太把子弹看得不值钱了。最后一个肃宁县政府的壮丁队长成全了他的计划，但这一次的试验却失败了：三十层布的靶心给打穿了！

然而，一个发明家不会顾惜脑力，最后他想到了油脂和钢珠。这虽然还没有实验过，但他相信能够成功，因为遇到外力时涂了油脂的钢珠可以使布面移动；这也就是说可以改变弹道，抵消射击力量。

但是没有谁相信他，而为了不致使他丧失掉那股发明家所必具的勇气，大家推口说它笨重，不好携带。

在提起这点的时候，他忍不住发火了。他一下叫嚷着站了起来，不住在屋子里来回走动，摇晃脑袋。

“你想想吧!”他忽然停下来，两眼直视着我，“又不是每个同志都要一架，顶多一班人一架也就够了。一个人推，别的人就躲在避弹板后面：是这样呀!”

他叹息了一声，在我对面坐下来了。

这时我倒感觉他的精神有点异样：他双目微闭，端端正正坐着，而他的脑袋以及全身都出现一种轻微的战栗。仿佛疲劳透了，最后，他长长咽了口气。

“比如我们去破坏交通吧，”他接下去说，已经很平静了，“我们就可以这样推起走，”他闭了眼睛，做出推车子的姿势，“前面把子弹挡住，别的人就在后面拆他的铁轨，这只是利用来作掩护，为什么要每个人推一架呢?”

为了改变话题，我问他什么时候开始想到设计他的“避弹车”的。而且竭力使他相信我发问的诚实。

他告诉我，七七事变以后，他就开始设计军火的制造了。最初，他还搞过一种摧毁飞机的方案哩！曾经要求军政部采纳。那方案是这样的，养一批鹰，让它们忍饥挨饿，不给吃食；直到被饥饿煎逼紧了，然后放它们去找寻食物。而由于它们只能在一定的客观条件下活动，却又只有一些飞机模型的重要部门有着肉食，于是鹰们只好向飞机猛扑了。

这样，经过长期训练，老鹰们深信，只需猛扑猛啄飞机，肠胃问题就能得到解决。然后再向鹰嘴上安置下极端强烈的炸药，等等，在敌机凌空的时候放将出去，让它们在习惯和贪馋的支配下去如法炮制：而我们便可以亲眼看见敌机遭到毁灭。……

正谈得起劲，他翻身跑去把立柜门打开了。他取出一个大小几乎和马封筒子相等的信封，随又从中拖出一张信纸来要我看：是用军政部部长何应钦的名义写的，说是他的设计不大实用，但其志可嘉，云云。

我对这封信不知道应该怎么说好，但我觉得已经到了结束我的访问的时候了。当其告别的时候，我紧握着他的双手，默念着他的寂寞的努力，心里多少有点难受。

“不要灰心！不要灰心！”我连连说，“只要我们随时肯为民族解放事业着想，就了不得了！……”

我说的实在话，请那些万一会嘲笑他愚傻的聪明人，反省一下自己在这神圣战争中的所作所为吧。

（原载1940年11月16日《全民抗战》第146期）

民主政治[①]

当我刚从华北敌后抗日根据地回转后方的时候，一切报章杂志都在热烈进行着关于宪政问题的讨论。

其中，有一小部分人的意见非常别致。他们认为，在宪政的实行上，最困难的因素在于人民特别是泥脚杆。因为一般老百姓很少受过教育，什么都不懂得。而无知又恰好是民主政治的阻碍，所以一定要由老爷们事先加以训练。而且时间还不知要多长呢。

这种看法，无疑地是从人民愚昧，而愚昧又是一种难以救治的痼疾这一反动观点来的。他们的估计也许是不错吧，可惜他们恰恰忘记了一种医治愚昧的特效药品：这就正是他们所含糊其词的宪政。

这不是开玩笑，我是按照我的诚实说的。因为在华北，在晋察冀和冀中，人民已经站起来了！用他们并不低于那些以高等人自命的先生们的智慧治理自己的事情，而且正在为保卫祖国的每一寸土地同八路军并肩战斗。

妄说人民愚昧是极端恶意的，正如将一个人上了脚镣手铐，然后转过来嘲笑他行动笨拙一样可恶。而我在华北敌后一些新的经历证明，在一种合理的、真正由人民当家做主的政权的治理下，老百姓是最能维护公共利益，也是最守法的。这里，我记起我同安国县县长的一席

① 本文最初发表时题为《敌后杂记》。

有趣的谈话来了。

这位县长同志原是中学历史教员，冀中游击区开创时才被举为县长。我是在冀中抗战学院的欢迎会上偶然碰上他的，于是不免向他谈到河北的老乡，赞扬他们热心公务的精神。但也流露出一点错误看法：他们是遵照政府的命令行事的吧?

“那你又完全错了!”

那个蓄着两撇浓黑胡子的老人大笑起来。

“一点也不像你猜的!”他大笑着继续说，“完全是自觉自愿啊！老实说，他们往往热心过火。只要你真的让他们参加公家的事，一点也不妨碍他们，生产照样搞得很好!”

于是他向我谈起一些具体事例。一个县长如果大吃大喝，或者睡点懒觉，质问就立刻来了，或者县府大门上就会贴上一张标语：打倒腐化官僚！一个村公所的报销上因为有一笔五毛钱的酒账就召开了一次群众大会。他们什么也要过问，决不听之任之。

有一回，一个老头子为着一点纠葛，去找他了。这纠纷在当事人看来极为重要，所以他要面会县长，连秘书代见都不成。可是他，这位县长虽然正有一件更为紧急的公事等他办理，也还是亲自接见去了。

他们面对面座谈起来。

“他一直就和我作对，”那老年人陈述着，“他从不放松我。还是前年的事，我家的马跑到他麦田里去了。这是我故意的吗?！那是畜生不懂事呀！可是……”

于是他详详细细叙述着马吃麦子的纠纷。因为他认为这和当前的事情有关。县长忍耐着听完了。

“这还不算!”老人又继续说，“去年我家一个嚼口……”

“你说简单点好么?”县长忍不住了，“我还有事。”

“你忙什么，几句话就完了。”

他在说完马嚼口的故事以后还未接触到本题。

“你再拿今年春天来说吧。一个八九岁的小孩子，他懂得什么呀！哪个小时候没有胡言乱语过几句？……”

“老乡！”县长有点儿生气了，“你究竟什么事啊?”

“自然有事呀！你得让我一件一件说起来嘛。”

“这不成呢，我还有旁的事啊。”

“再有事，你总得让我说完呀。怎么，现在还禁止说话？既然这样，我去找救国会好了。嗨！不准说话！……”

讲到这里，老县长大笑了。随又意味深长地加说道：

“你看，真正谈到民主，我们这些当官的确乎也有点头痛呢。”

最后他又严正地申明，这是政权开放初期的过火现象，这是为着扫除我的怀疑说的。因为在经过无数的批评解说以后，如我所亲眼看见的情形那样，已经完全改观，是上了轨道，有了头绪的了。

其实，他们不但具备着奉公守法的精神，便从办事的才干上说，也很强。事实上，因为有着真正广泛的民主基础，当推进一种公共事项的时候，那种常见的怨恨是没有了；往往是和衷共济，全力以赴。

抗战以前，在那些偏远地区人民的记忆当中，我想，谁都会保留着一些可怖的阴影吧，我们经常被强迫着摊款和应付种种公差。便是纳粮上税这种看来相当正常的义务，也是伴随着敲诈和惩罚来进行的。我们都感觉得我们是在做老爷们的奴隶。

然而，一种新型的民主制度，已经在中国部分地区将旧有的官僚主义气息逐渐扫除尽了。而由于民主制度的确立，农民的才智也大为焕发，从而产生出无数优秀干部和群众领袖。

这些干部和群众领袖，在从前当然并不为人注意。就他们自身说，由于一直被封锁在旧的意识，那种并不于他们自己有利，倒于人民的敌人有利的意识当中，也没有觉悟出自身的重要性来，但是现在，经过共产党的宣传教育，他们发觉出自己也一样是人，一样对这世界能有所作为了。

关于这点，我记起我同其芳一次访问农会的经过。

在通过平汉路之前，我们在灵寿境内有过好几天休息。那里算是晋冀察三省交界的地方，而灵寿的群众动员又是极有名的。所以当疲劳稍稍消除以后，我们就设法到附近一个较大的市镇上去。

最初不过是想上上馆子，好好吃喝一顿。半个多月来我们全是沿着荒僻地界走的。我们第一次接触到敌后较为繁华的镇市，而不管在口福上，在一般日常用品的补充上，它也真正给了我们满足，使人感觉不像是在敌后。

饱餐一顿以后，我们又着手进行我们所预定的其他节目，去访问灵寿的县长。但他恰恰在当天上午下乡公干去了。接着我们又到区农会去。

在农会大门口，我们碰见一个须发苍然，身材高大的老人。他刚从里边出来，是为他的独养子接洽抚恤金的。那青年人一个月前，在反攻灵寿的战斗中牺牲了。从礼貌上和感情上说，我们都情不自禁地停留下来，就站在门堂里表示了我们对他的尊敬。

他用手摸着头发，插断我们的慰问道：

“是个好材料呢。人长得很利落，一手的好拳棒……”

“不要难过，”我们又说，“这是很光荣的。”

“俺知道，这是光荣。他是为了抗战到底死的。”

他同样微笑着说，但在他那双多少有点昏暗的老眼里，却已经闪烁着泪花了。为了避免引起他的哀伤，我们故意问他农会主任现在正在什么地方？

“正在吃饭。”他说，“俺引同志们去吧。”

但是我们谢却了他的陪伴，自己走进去了。

农会主任正端了饭碗，伙着几个农民打扮的同志，站在院坝里吃红薯粥。单看外表，我们还以为是听差呢。上了补丁的蓝布大褂，罩在面上的黑马褂敞开着。别的几个全是他的同事。

我们被领进办公室，同时也是寝室的一间宽敞的屋子里去，而主人们并不放下他们的饭碗，就那么一边吃着，一边同我们谈着农会的组织情形，它的发展历史和现状。他们熟练地使用着各种政治术语。

“起初干起来真困难呢，”主任说，“要不是客观条件配合得好，策略正确，许多困难是不容易克服的！尤其是山区，文化水平低，说服工作费劲。……”

自然，这些话和它的某些辞类，在一个知识分子看来是毫不足奇的，但是它们出自一个农民口里，却无疑具有特殊意义；这正好显示了中国人民在抗战中一种历史性的进步。

最后，我请求他们谈一谈各人的经历。

“行！”他们中的一位勇敢地承认了，“咱们就来谈吧。”

严肃地沉思了一下，他就继续说下去道：

“我小时候很苦，父母去世得又早。我帮人家放牛，只有饭吃，一年到头连裤子都弄不到一条；”他微笑起来，“和奴隶差不多，人又小，又不知道什么叫作反抗；就规规矩矩让他们压迫，——脑筋想不开呀！……”

接着，他大发其议论来了。议论之后，他又畅谈了一番他的身世。一直谈了两刻钟才勉勉强强结束。他个子不大，鼻梁高高的，突出的眼珠上布满着血丝。他的整个谈吐使我觉得他是一个富于想象的热情家。

“这一下让我来说了吧。”另一位紧接着开口了。

这是一位身材高大的同志，听口气有点迫不及待的味道。但他行动迟缓，光景有五十多岁，脸孔作红铜色，两撇漆黑的八字胡。和善、平稳。他有三个儿子，全都是好材料；大的两个已经先后参加部队。他是佃农，清闲月份上赶驴子，搭客运货。

“苦啊！干一年活只够吃个半年。”他和善地微笑说，“不仗着‘赶脚’贴补贴补，就很难过下去。可是现在我已经脱离生产了。工作太多，出了岔子总不好呀。”

其芳问他家庭的生计目前怎样解决?

“目前倒用不着我担忧了。”他笑着回答。“人少，又有代耕队帮忙，比以前松劲多了。”

最后同我们谈话的是一个佃农，穿着得很旧，还有点破烂。但在几个人当中，他的性格却极有特色：愉快，生动，灵活的小眼睛更经常闪耀着衷心的微笑。身坯矮矮的，但却宽大而又结实。脸上有点麻斑。

是一位满怀信心，坦白坚毅的基层干部。

“你们看呢?”当我们问起他的年龄的时候，他却微笑着反问了。随即用手指比了数目，笑道，“三十八了！大家都讲我不出老，你们看呢?”

我们做了肯定回答，认为像他这样的人是该永远年轻。

“是吧?”他快活地叫了，“我这个人就什么也不操心！当然，我说的是私人事，对于工作是不能不操心的。不管半夜，不管五更，天晴，下雨，咱们一个劲儿!”

他只有一个老婆，一个七岁的女儿，在他参加农会工作以后，耕种庄稼的事情，便全部落在那母女身上了。

我同他开了一点玩笑：

“那她不抱怨你吗?”

“一点也不!”他明白我指的是他爱人，于是大笑着回答了，“她还是女自卫队员呢，很能理解咱这工作的意义。你问大家吧，但凡下乡工作的同志，不管认识不认识，她都煮饭呀，烧水呀，招呼得满周到。就连农会主任也说：呱呱叫!”

他这句外省话，惹得我们彼此都大笑了。

“确实的!”他又正经地说下去道，“是一个好同志哩。去年我还可以抽几天空，回去打点柴卖，帮助她们，今年可不成了！工作多了。

不过我相信她能够生活下去，饿不死的！”

他说得很肯定，神情照旧那么愉快。

“春天代耕队要帮忙，我拒绝了。”他随又加上说。

我忍不住插嘴道：“这不是制度么，为什么拒绝呢?”

“你想嘛，同志！我又是在农会里工作的，别人不会讲闲话吗？所以我说，你们先把抗属优待了再讲吧！”他一气呵成地做了回答，随又显得满足地补充道，“我老婆也不赞成：我又不是残废人，她说……”

“你认识字么?”我们当中有谁忽然这样问了。

“这是一个缺点。”

他叹一口气，脸色变得严肃而阴暗了；但他随又开朗起来。

“现在正慢慢地学呢。”他加上说。

在这次访问中，根据我们同几位基层农民村干部的接谈和对他们的观察，我最为深切地感觉到的是：他们多么珍视自己的工作，多么了解自己的工作的含意，多么乐于和善于当家做主！而这恰好进一步证明了我上面的判断：诬蔑人民“愚昧无知”，诬蔑人民是实施宪政的阻碍没有任何根据！

当然，这从愚民政策的拥护者一方面来看，许是要头痛的。因为谁都清楚，人民的自觉，和由这自觉产生出来的伟大力量正是压迫和奴役的死敌。

然而，民族的彻底解放恰好又正该从这里出发……

我并不是说，一切庄稼人出生的基层干部都无瑕可寻。但从我的观察所得来讲，在一种理想的政治社会制度的基础上，对于农村工作，这类干部最能胜任愉快。这不是一个寻常问题，因为在我国九百六十万平方公里的土地上，农村人口在全国人口百分之八十以上。

理由非常简单，他们本身就是农民，他们深知农民的甘苦，农民的风习和趣向，因此，在一件工作的决定上，他们不会违反农民的，也即是他们自己的利益，而在实行的时候，那种因为情形不熟悉可能引起的种种隔膜，自然也就少了。

我说过，他们许多工作一般都是在一种友好的气氛中进行的，没有怨恨和不痛快，这一点不夸张。现在我可以举出一件小事来结束我这篇报道。

是平山县属下槐村的事。我们到达那里的时候，已经下午三点钟了。我们处在疲倦和饥饿当中。我们不能在那里宿营，但要赶到前面的目的地去，又非饱餐一顿不行，我们于是到村公所去了。我们一共有五十多个人，十五匹马，我们希望能够在两点钟内吃完饭重新上路。

“这怎么成！”村长听后大吃一惊，“同志们明天走好么?”

“不行！”我们说，“一定要今天赶到，所以……”

“这是一个难题呢！”村长搔着后脑瓜叹息了，“给你们说吧，上一个月鬼子来过，粮食，草料，都糟蹋了。你们人数又多；单是给牲口弄草料，两点钟都不行！……”

他沉思着听我们继续解释。

“好吧！”他突然打断我们：“你们先休息一下看！”

他一转身走出去了。

我们接着也走了出去，会合起停留在公所对面广场上的伙伴。他们有的已经卸下马背上的被包，在墙脚下排开，睡觉了。马匹在贪馋地啃着枯焦的树枝充饥：嘶鸣着，极不安静地踏着蹄掌。

当我们正在为村长的渺无消息着急，而村长却忽然兴冲冲地走过来了。不仅是他，还有七八个老乡们。

他把那些马匹指点给老乡们，说道：

“就是这些！要细心点喂呀！”

“细心，”一个老头子大笑了，“就像服侍你老子样！”

老乡们还在继续走来。有担水桶的，有搬运柴草的，别的则提着粮食口袋。他们齐声向村长吆喝起来。

“拿来了呀，——怎么办?”

“就在公所里烧么?”

“你们看把我头吵得昏么!”村长假装生气地答道,“怎么办?装肚皮呀!我看你们越来越进步了。”

于是他分派着他们,领他们一起到公所里去。

当量好口粮,正在慎而重之地躬下腰,分别书写名单,记录各个人粮食的数量,以便向我们讨要粮价的时候,一个极端健旺,身肥体胖的老太婆,提着口粮走进来了。

她把口袋向村长背上一搁,笑嚷道:

“你看我不骗你吧,武番!”

“拿下去啊!”

村长生气地说,同时把因为写字而弯曲着的腰背一直,肩膀一抖,恰像躲开一次突然的打击似的。但名单总算在他那么艰难吃力的情况下完成了。

“让我读一遍哇,”他扫了扫喉咙,“写漏了的就说。”

“怎么?”老太婆吃惊了,“不要我的了么?”

“你根本就不愿意呀。让我读吧!”

“瞎说,武番!”

“让我读吧!什么文番武番的。”

“你给我讲清楚来:是想让同志们取笑我吧?”

他两个一个劲纠缠着,开着玩笑,直到村长公开承认口粮已经凑足,他不过是开玩笑而已的时候,老太婆这才把村长解放了。

“这家伙!我看你越来越刁了呢。”老太婆大笑着收场说。

村长有四十岁上下,很壮,精干,长条条的,神色开朗和善,他的儿子已经二十二岁,在部队上服务。老婆死了,现在只有一个十岁的女儿和他同住。

我们一面吃着小米锅巴,一面同他闲谈。

“抗战前你做什么呢?”我继续问道。

“种地，——挖泥巴。”

“什么时候当村长的?”

“当了两年多了。先是许多团体指定我当，后来大家又选举我当。”

“从前当村长的是些什么人呢?”

“地主老财呀。”

“也是选举的么?”

“选什么！几个人轮流当。”

“现在他们反对你么?”

“他们为什么要反对呢？他们自己也投票的呀！又不是什么人包办。老实说，就是选上他们，他们也不当的，离敌人又近，钱哟，粮哟，什么都得公开。”

“办起事来怎样，不棘手吧?”

“有什么棘手的呢，都是打伙儿干自己的事呀。”

（原载 1941 年 1 月 1 日《抗战文艺》第 7 卷第 1 期）

通过封锁线[①]

——敌后琐记

通过封锁线，在事前我感觉得很神秘。

不错，神秘，而且紧张。我们沉浸在一种冒险和恐怖混合的极端兴奋的感情里面。

早上就有人来通知我们，要我们不要出门，只是安心睡觉。我们也知道在精力的储蓄上原是该如此的，因为那一夜里我们将有一百四十里路好走。这是定规的，不然可能遭遇到敌人的追击。

但是我们老是睡不安稳，刚才躺下，不久又起来了；看时间，整理装备；而最主要的是武装我们的一双脚。结上了带子不算；额外还弄了麻绳来，仿佛即使碰到什么不吉利，只要鞋子不闹蹩扭，问题就好办了。

然而我们是怎么越过同蒲路的呢?

我们连敌人的影子也没有见到一个！虽然从铁道附近的堡垒放了十多声大炮，几十响机枪，但那是向他们自己可怜的心境里出现的对方放的。

他们经常总是这样来为自己壮胆。

---

① 作者原注：此篇可能写于1940年冬，发表于1941年1月出版的《中苏文化》文艺特刊上。文中×号，多是些小地名，已无从查对了。至于“毛××先生”，则是指毛泽东同志说的，但也不加改动，让青年读者由此想见当日反动派书报检查制度的森严。

但是还有更加奇怪的事情。一队抗大的学生比我们来得后一两日，我在河北碰见他们中间的一个小队长。那小家伙告诉我，他们刚刚跨上铁道的时候，一个黄色服装的路警出现在他们面前了。

这引来一小部分人的惊扰。有的在准备搭在肩头上的手榴弹了，但那个有点尴尬的顺民，十分笨拙地举手向军帽边上一搁，同时恭而敬之地点着脑袋。

他断断续续地请求道：

“同志！请走快点！……”

有的迸发出笑声来了。

于是他又说：

“看日本人听见，同志！走快点！……”

然而，这绝不是偶然的，这得归功于我们对敌伪军的艰苦工作。其次，群众的帮助，以及部队事前的侦察布置，也是安全通过封锁线的必要条件。我们的几个参谋曾经化了装在附近住过一个星期，随时更有游击队的严密配备，牵掣着各个据点里的敌人。

负担警戒责任的游击队多半是本地人，他们熟悉一切牧者和小偷才会知道的仄径，可以不打山势而在黑暗中随意钻援，一直引导部队到达安全地带。

没有他们你将如失掉了眼睛一样。我记起转来时重过同蒲路的情形了。那时候敌人的据点更加增多起来，兼之正在扫荡曲阳盂县以及汶水交城一带地区。铁路附近的村庄，多少已变成沦陷区了。

那是个暗黑的夜晚，所有经过的道路和第一次全不相同；尤其是在过了铁道以后。

有很长一段时间，我们没有经过任何的村庄，就在那些险峻的倒沟里和山脊上混钻；然而，所谓混钻这是我个人的感觉，实际上，我们是在按照着探察好了的路线走的，不过这只有领路的知道罢了。

拂晓的时候，我们升上一匹孤立的山峰的山脊；两面的高山夹峙着，构成两道深不可测的峡沟，在开始攀登的时候，大家都下了马牵着走，并且绝对禁止讲话。这是因为两边山上都有敌人的堡垒的缘故。

然而，就是没有敌人，也不能骑马的；因为那真正是所谓毛狗路呢。我们摸索着，分开着丛莽。

达到宿营地后，已经九点钟了。

我们相信已经达到安全地带了。并且相信走过的路该在一百五六十里以上，问了一个一道出发的游击队员，他也肯定说有一百五十里路，为了证明他的估计可靠，他还背着地名，算了一个总账。

我们停留在村街广场上一间破厅子里，于是解开着铺盖，准备休息了。但又立刻得到通知，说休息是可以的，却不能解行李，因为离铁路只有二十里呢！

然而，这也并不是说，在通过封锁线的时候人们就像吓慌了的兔子似的，一味担心着敌人的响动。恰恰相反，虽然已经经过严厉的约束了，因为感觉得太平淡，仿佛不像附近就有敌人似的，那些调皮同志，常常倒要抛掷一两枚手榴弹来排遣排遣。

因为这样一来，对着黑夜，对着犬吠处以及一切可疑的黑影，敌人堡垒里的枪炮是轰鸣了，于是战士们也就颇不寂寞地扬长而去。

当在河北的时候，一个抗大毕业的同学，曾经告诉我们他们通过同蒲路的情形。

他们一共有三十多个人，大半是没有经验过战斗，甚至连大炮的响声也没有听见过的，他们十之七八来自偏远的后方。但他们相信护送他们的部队，并且深知，通过铁路后只要多赶点路，到四十里路以外的地区去宿营，问题便解决了。

他们的领队是一个久经战斗，为了到后方学习才去职半年的团长。叫贺炳炎，只有一只胳膊，但喜欢同熟人角力。到去抗大学习为止，他一直都在同蒲路一带打击敌人，所以那些青年人更是毫无恐怖的感觉。

护送他们的只有一个侦察班，以及为防万一，用绳索联起，搭在每个人肩头上的两枚小手榴弹。然而这完全是多余的，他们已经到达铁路东来了。

并且大家很觉扫兴，他们竟连狗子都没有碰见一匹！也许正因为这点不满足，在到了路东第一个村庄的时候，那队长便叫勤务员从马上卸下行李，说：这下可以好好睡一觉了。

然而这里离铁路至多才二十里地，比预定的标准距离还差一半；所以同学中便有人叽咕道：

“要是发生情况，那才好呢！”

于是一部分人前去要求队长重新上路。

“怎么样，他们害怕是不是？”

那个正在洗脚，带点孩子气的队长半玩笑地问着他们，并不等待回答，随又懒妥妥地说了。

“赶快去搞水洗脚吧！明天一早走。”

“要是有情况呢？”

“他哪里敢出来呢，这一向叫我们搞惨了！”

“你敢保险呀？”

“保险！要是来了，你们就说断胳膊团长在这里，他会跑都跑不及呢！给你说吧，妈的！他们在晋西北的部队哪一个没有给我们搞过几下呀！……”

于是他质朴而扼要地为他们叙述了几个主要战斗的经过，使得大家都丢心落意地笑了。

他们最后带了一种平静愉快的心情去就寝，所有原先的顾虑敌情，二十里和四十里的差异等等全忘记了。虽然多少人都睡不安稳，但这是因为那充满精力的队长的谈话过于泼辣的缘故。

正当他们躺在炕上驰骋他们的幻想的时候，房门突然给推开了。这闯入者正是那个短小强悍的青年队长，已经穿得很整齐了，他在炕头停下来。

好像报告秘密似的，他压低嗓音，但却并不压低那在他内部活动的愉快的感觉，他问道：

“嗨！你们听见过大炮没有?”

这时许多人才发觉有人进来，有人在发问，于是好几个同学从炕上坐了起来。

“我就没有听见过!”一个人揉着眼睛说了。

“你们想听吗?”他又问。

大家都莫名其妙，其间一个小胖子半开玩笑地这样答道：

“就是想听大炮才上前线来的呀!”

“好的，好的，你不要慌!”

仿佛在安慰大家似的，他自言自语着，一面离开了他们。而在半点钟后，大炮响起来了。

事实是这样的：在离开那一批青年人以后，队长便骑上他的大红马驰骋向铁道线去，他在附近扔了两三枚手榴弹，放了几枪，于是要来的事情也就终于来了。一般人戏称这办法叫消耗战。……自然，通过封锁线，主要的是铁路线，在有些情况下面，倒也并不见得尽都如此轻松的。我们第二次通过平汉路的情形便是一个很好的例子。

我们在铁路附近三十里路以内的地区迂回了一礼拜。好多天面临敌人巡逻部队袭击的危急关头。而且，曾经有三次，已经到达离铁道只有七八里远近的地带了，却又不能不退了转来。

事情之所以弄得这样麻烦，原因有下面几点：首先，我们碰上了敌人的分区“扫荡”；其次，因为半年多来，那一带的老乡们太热心了，晚上闲着无事，他们便约着去拔铁道上的路钉消遣，以致敌人的碉堡增多起来。而当时寺内又恰好在沿线阅军。

再其次，就是那位河北磨擦专家的干扰了。按照公式，他的一个支队在敌人的“扫荡”下赶紧往路西去。因为那里有的是山，经验证明其比在平原里搞磨擦保险。但由于群众关系和队伍本身的缺陷，更因为太性急了，他们遭到了敌人的伏击。

更为重要的是，这一条在地形上有着种种优点的交通要道，从此暴露出来，引起敌人的注意了。每天，一到黄昏他们便从附近的据点开一小队兵来，在路口和铁道边架起机枪，希望能够再有一次丰富的猎物。他们就这样一直守到日出。

他们已经等了我们半个多月了。因为毫无所得，在我们快要经过的几天，敌人弄起玄虚来：有时他白天也守着，有时却又不来；但在夜半，或者拂晓的时候，却又忽然包围了离铁道最近的村庄，他来了。

我们那几次的徒劳往返便是在这种情形下发生的。有一次已经到了×××，离铁道只有七八里了。时候是夜里两点钟，湛蓝的天空嵌着时明时灭的稀疏的星子。大家都躺在干草堆上等待消息。侦察员是由村公所派遣的，我们的一切都得依照老乡们的判断行事。

几个毫无睡眠的人在进行预测，希望不致又跑一趟空路。我忽然取出那根一直在嘴里嚼着的柔韧香甜的干草，决然地表示说我们这次一定能够走得成！因为据我所知，老乡们不是说敌人在夜里并没有来么?

然而十分明显，我是在向我自己的焦急发脾气了。我也正同样担心着有种种突然而来的变卦呢。

那个替我们送开水来的小学教员插嘴道：

“其实要过去也容易。只要叫乡公所找几套便衣，什么时候过去都成。昨天一批伤兵就这样过去了!”

“那是因为他们的人少呀。”

“不，不，好几十呢！……”

然而我们的人数却在两百以上！而且很少人赞成化装的办法。要是大多数能同意，恐怕我们已经到达路西的目的地了。其实岂止“昨天”，每天都有化装过的，上前天就有大批机械所的工友通过。……

然而我们的领队却坚持非让部队护送不可。他的责任心非常强，我们就无法说服他。可惜护送的却只有两排人。因为日子拖得过久，他们已经不耐烦了。他们曾经提议强制通过。但谁能负百分之百的安全责任呢！

所以我们只好等待下去，望着碧蓝的星空发愁。忽然，集合的命令来了，大家到村街上列队了。

我检查着马背上的行李，马的肚带，检查着自己的鞋带，看看是否牢靠。我相信我们这一回一定走成功了。然而我们老不见有响动，就这样一直在村道上露起。最后，我自己也走进村公所去。

原来铁路附近的×××夜半被敌人占领了。这是我们必经之地，看来又只有照旧退回去了！

但在村长的办公室里，许多人还在问那侦察，一个小贩模样的老乡，以及那年轻的村长，询问着，争辩着。仿佛这样是可以追究出一个为他们所隐瞒而为我们所乐闻的事实似的。大家都很兴奋。

这其间，另一个侦察也转来了。

“××的村长叫鬼子抓去了，”那位中年老乡喘着气说，“他叫人带信给同志们，说一定要过他不保险。”

“带信的呢？”

“他碰见俺就转去了，说怕要挨家清查人呢。”

“那只有再回××镇去！”

我们的领队下令了。××镇是我们一直停留下来等机会的地方，住着一个营部，离铁道三十里地。

但是，有人立刻提出异议：

“怕不妥当吧！要是他再前进呢？”

队长踌躇起来，最后他向村长征求了意见。

“我看去小××好，”村长想了想说，“地方僻，他不会摸去的，又便当，朝东走十多里就到了。”

“那里的群众怎样呢？”

“咱们一个样儿!”

村长大笑着，不以为然地说了。

接着他替我们派了向导来，领我们到目的地去。那是一个很小的庄子，只有不上百户的居民。街上夹峙着很多古老的白杨和小杨树，像公园一样。其实就这样休息几天也好，因为大家都很疲倦。

我们借了房主的家具做着面条，希望能够好好吃它一顿。我们好久以来就没有规规矩矩吃过饭了。其芳还找来小白菜，十分慎重地做着俏头……

午饭前后我们头上一连经过三次敌机。而当我们正要午睡的时候，队部里来人通知我们，说××店增加了敌人，有出来游击的模样，叫我们准备仍然移动到××镇去。那里有着一个营部，要可靠点。

于是我们在五点钟又出发了。我们十多个骑马的做前卫。我们毫无怜惜地鞭打着那些可怜的牲口，奔驰着；但在到达中途的××的时候，我们却引出来一场惊扰。那里的基干队正在上课，但他们是知道敌人可能出击的情报的，所以当哨兵望见我们急驰而来，当中又有人穿着从敌军缴获的大衣，他们便在田野里散开了。

所幸他们大家都没有武装，仅仅在各人手里握着一小卷油印讲义。其中有十多个男女学生。他们都大笑着，在我们进村时陆续回课堂去。

我从马背上问一个跑回去上课的青年人道：

“同志！有敌情吗?”

“误会，误会!”

他吃吃地笑着回答，一面回转头向他的同伴嚷道：

“叫大家搞快点，没有多少时间了！……”

这里离铁道有二十多里，敌人占领过三四次，但时间都不长久，在留下一些可耻的纪念后，便又赶快走掉。

到××镇时已经六点过了。我们在村街上遛着马，几个负责人到营部里去。他们很快就出来了，说这里的军队有限，最好的办法是到

××岗去。那里住着一个团部，也许还能替我们解决安全通过铁道的问题。

“既然是有敌情，”我反问了，“他们也转移呢！”

“你怎么！他们刚才还通过电话呀！”

“靠得住么？走。”

我们一气奔驰了十五里路；但我们扑了空，团部果真移动开了。连朝什么方向走的也问不出来。我们在暗夜里叹着气，不知怎样办好。最后我们决定到七里外的××村去寄宿一夜再看。

××村几天前我们曾经留宿过的，住有一连人游击队。但重要的是，那里是两县交界的地区，遇到敌情容易转移。因为惜疼牲口，走到时已半夜了。

这是一个倒霉的夜晚，又疲倦，又得不到食物，并且，因为游击队早已走了，我们还不得不自己负担侦察站岗的职务。但我们能够迅速到达路西，却正是在那夜里决定的，因为都觉得再拖下去，就更难办了。

这决定是在队部会议上做的，因为尊敬客人，他们要我也去参加。在把几天来的遭遇和环境分析了一通之后，队长又摇着头叹息了。

“情形很明白的，”他结束道：“看大家怎么说。”

首先发言的是曹，一个以骁勇闻名的大队长，一个老兵。他把大腿向椅子靠手上一搭，嚷叫道：

“依我看咱们就强制通过吧！搞响就让它搞响！……”一个行伍出身的参谋人员，想了想说：“白天过怎么样？敌人不曾料到的，并且——”

“也行呀！”曹又叫了，“总之愈拖愈坏！”

愈拖愈坏，这是大家共同的感觉。所以问题便很快转到如何布置上去，而把全部任务交给了姚。

散会时有炮声传来，但随即消失了。

根据大家的推测，我们以为计划的实行当在两三天以后，出乎意外，就在次日夜里，我们便又朝着铁道前进了。我们大家都深信着我们的布置。

在计划的完成上，这里值得一提的是××的村长。因为发觉了他曾经掩护过伤兵，敌人前一夜包围××时逮捕了他。但虽然两腿给打烂了，虽然用脑袋作赌来担保了他以后的“忠诚”，他却仍然为抗战效力，承担了我们全部侦察放哨的工作。

我们是在拂晓的时候到达××的。我掩伏在离村庄约有一里的土岗子下面。从那缺口处，倒戴了军帽的哨兵可以望见下面村街上据守在道口的敌人，以及那个在黎明里发出闪光的铁轨。

我们就这样无声无息地停留两个钟头，而在心意上则无异两月两年，或者还要长些。为了避免暴露目标，人们都成年后第一次蹲在地上撒尿。

然而，太阳终于升上来了，该鬼子去睡觉了……

于是我们在明丽的朝阳下进入了村街。老乡们也起来了，他们拥塞在村道的两旁，对我们表示着种种的鼓励；因为我们有的人不免多少带点慌张神情。

一个高个子人，短胡须的老者，笑嚷道：

“他不敢出来的！同志，沉着气走好了！”

“你知道有多少人么?”行列中有人问。

“不多不多！怕什么，他们现在只会睡的！”

老人回答着，张开脱了门齿的嘴笑了。

出村子半里路便是铁道。它横穿过一条干涸的河床，有着一段好几丈长的铁桥。桥头和轨道上散布着持枪的哨兵。只听得见急促的呼吸和鞋底擦着沙地声音。穿过桥洞后，尘埃更跋扈了。

我急行着，呛咳着，但是一种紧张的愉快，仍然使我想到：日本帝国主义认真是胜利者抑或是傻瓜呢？敌人一个通夜不睡觉为的是什么？结果在哪里？……

而当我在铁路西边跨上马匹的时候，我又忽然记起半年多的，毛××先生一段幽默的谈话来了。

“铁路呢，”他微笑着继续说，“白天是他们的，夜里是我们的；有时白天也是我们的！……”

（原载1941年1月1日《中苏文化》文艺特刊）

悼冼星海先生

冼星海先生在莫斯科逝世了。独处荒村，看到这消息很觉有些话说，但同时又感到无从说起。想来想去，现在只好谈谈他给我的印象，聊志哀悼。

我同冼先生相识，是七八年前夏天的事。

那时我正远道回到教书的地方，一同住在一处寄宿舍里。当朋友把我们介绍了，他就立刻邀约我当夜到十五里以外一座教堂里听他谱制的大合唱。并说，机会很是难得，因为大批参加合唱的同学，行装已备，翌日便要到前线去了，一时难再演奏。

当时虽然口头答应了他，心里却决定了不要去。因为一连走了四五十天，我所需要的是停下来歇口气。但隔不多久，他又走过来叮咛了：一定去啊！当他带了同学出发的时候，更特别找了来，要我一道动身。这个提议虽然为我拒绝，但在当夜，我却真的驼着疲倦，跑去参加了那个盛会。因为他会这样诚恳周到，是我想不到的，也很少见，不去就太不近情了。

翌日他又跑来看我，问我听了过后，有些什么意见。我说了，因为对于音乐虽然外行之极，但我相信他出自诚意，即使说了外行话，他也不会笑我。而从此以后，我们很快就混熟了，而且吃了他好几次猪肝炖肉。"要吃好些才有精神工作"，他爱用广东官话这么样说。

冼先生的外表，看起来又像很健康，又像不大健康。因为说他不健康吧，虽然长得瘦长，却又那么饱满、结实，嵌在肥厚多肉的眼睑里的小眼睛闪闪有神。但说他健康吧，他的脸色，从第一眼直到现在，我总觉有点乌浸浸的，不怎么样正常。而不管如何，他的工作之勤，却也使人替他担心。因为除了上课，他总在房门口伏案工作，很少见他有休息时候。

有人说他脾气很怪，但由我们将近半年的交往看来，冼先生却是一个诚恳谦虚、极富于幽默感的朋友，并不叫人难于相处。有时倒是极好玩的。他曾经给我看过他的照片簿子，有几张是他化装成苦力摄的，使我看了感觉得这个人很有趣。其中一张，他的太太扮着农家姑娘，而他呢，光身赤足，头上是一顶四川乡下说的，捉蛇戴的草帽。两个人正在车水。

据冼先生告诉我，他的父亲是个渔人，小时候家里很穷；而他正同他的朋友，又是同乡的名画家司徒乔先生一样，两个人都由苦读得到成功。当他在国外留学的时候，他还时常得到酒吧间卖艺，藉以维持生活。我们见面时他才二十多岁，看来却已很苍老了，这也许便是他多难的生活留下来的印痕。而他之能于那么轻易地谱出人民的心声，当也与他的出身经历有关，不是一件出乎偶然的事情。

他的太太钱韵铃是著名国际问题专家钱亦石先生的女公子。作为冼先生之富于幽默感的一例，我记起钱女士临褥时一件琐事来了。当其发生阵痛的时候，宿舍里其他许多太太，都动员了，见义勇为地跑去效劳。据她们后来说，因为太吃苦了，或者由于某种特别心理作用，其间，产妇忽然钳子样一把抓住丈夫的手臂，而冼先生那时候正惬惬意意地在啃着糖饼子。

但这充满了爱和恨的一握，并没有使我们的音乐家失措，也不曾怎么样妨碍他吃饼子，因为他一面还继续吃，一面轻松活泼地喃喃说："啊唷！吃不消！吃不消！"而这么一来，产妇挂着眼泪笑了，那些相帮打杂的，也觉得工作愉快起来。产的是个女孩，现在该有七八岁了：

而在那片干净土上，也一定长得茁壮可爱。

毫无疑义，冼先生之死，是中国音乐界一个损失。尤其因为目前正是需要他那样的作曲家，为了千千万万人民发出反对内战的吼声的时候，就觉得更可惜。

一九四五，十二，二十二日夜

（原载 1946 年 1 月 5 日重庆《新华日报》）

我的呼吁

去年十一月，我从乡间寄了篇反对内战的小说给文联社，要他们抄寄上海、香港两处发表，不久得到回信，说已抢先在本埠报纸上发表了，因为稿到时停战协定已经议妥，若果发表迟了，将会失去时效，云云。语气之间，我们似乎准可过过太平日子无疑。

当时虽然多少觉得朋友的看法未免太天真，但在本心上，我可多么希望他的预言能够成为事实。这不是指双方很快会在协定上签字，而是指把协定诚诚恳恳地付诸实施。因为正如我在那篇小说中所表现的，内战给人民带来的只有痛苦，没有一个人欢迎它！而若果牵延下去，不仅八年来敌人使我们遭受的创伤无法复原，未来的苦难将更严重！而且这是每一个人感觉到的。

现在，离那篇小说发表的日子早已半年，但是我的心情却比写它的时候还要沉重。因为在我来重庆的这两个礼拜中间，内战的阴云就一直扩展着，今天的报纸，更加说明了全面的内战危机已经爆发。我已不再亲见范老老师的反应如何，但我手边搁着几封来自乡间的信，而每一封信都痛苦地提出这些问题："时势前途，是否乐观？""内战是否会爆发？目前真不能再打了！""生活尺度，将仍然一味上涨，或可稍稍平抑，使人舒一口气？"……

然而，又何必一定要向乡村里找证据呢！便在日常接触的熟人中间，哪一个又不把内战当成一种灾害，每时每刻提心吊胆地揣想它是否可以避免？唯一把它当成一种生意干的恐怕只有那些嗜杀成性的将军，而且，便是他们，岂不是也觉得内战违反人民意志，内战不正当么？这只需看看当他们飞来飞去布置内战的时候，总是躲躲闪闪，唯恐露出本相，就可以明明白白地理解到的。

然而，明知道不可干，不正当，为什么一定要蛮干？人们醉心权力至于如此地步，我的这点呼吁，真也太无用了。但我还是要说，马上无条件停战吧！这不仅对老百姓应该如此，就是对当事者自身说，也是很有利的。因为我来自民间，我知道人民对于现状的观感已经坏到了什么程度。而内战将会加重人民的反感。

火焰尚未封门，现在还是悬崖勒马的时候；若果一定要与民意为敌，老百姓固然是更吃苦，事实的演变也不会使当事者满意的。这在历史上已经写得明明白白，不要装作不看见吧！

（原载 1946 年 5 月 23 日《新华日报》）

继续搜捕不要让一个坏蛋漏网

重庆市治安机关，十三日一举逮捕潜伏市内，继续作恶的反革命破坏分子四千多人，这是一件大快人心的事，我在这里表示坚决拥护。

我坚决拥护这一重大措施的理由很多，这里我只准备谈一点。我目前是在重庆市巴县界石乡海崇邨。我是来这里参加土地改革实验工作的。这里的土地改革实验已经基本上完成了，每个农民都分得了两石谷的田。

分得了土地的农民弟兄的思想情绪是怎样的呢？这里有个具体例子。昨晚开干部会议前，我们忽然听到嘹亮的山歌声。那是守夜值班的农民在唱，我走向那座大石桥去。月亮很好，可惜等我走到时歌声已停歇了，武装队员们正在桥上闲谈。

谈话最起劲的是朱海元，四十多岁，他有一副唱歌的好嗓子，我们曾经听他唱过。他正在回忆在那里已经死去的和已经老了的歌手，和以往插秧时唱山歌的情景，末后他叹息说："这些年大家都有心事，连山歌都唱不响了。"

我拍拍他的肩头，问，"现在呢?"

他笑笑说："现在毛主席来了，田也分到手了，你不是已经听见么?还没到插秧就唱得响啦!"接着在我的邀请下唱了一支农民们最近自己新编的山歌：

“太阳出来红又红，毛泽东来了大不同！团结乾人把身翻，土地回家永不穷！”

不错，“土地回家永不穷”，这就是千千万万农民弟兄美好幸福生活的基础。从这句歌词，我们也可以体会出千千万万农民弟兄对于未来美好幸福生活的憧憬和强烈的愿望。这也是件极自然的事。因为中国农民遭受了几千年的封建压迫，一百多年帝国主义的野蛮掠夺，以及近三十年国民党反动派的血腥统治，到了今天，真也该过过人的生活了！

然而，一切特务、土匪、恶霸和美帝国主义者的间谍，都是农民弟兄美好幸福生活的死对头！因此，单凭了这一点，我就有理由坚决拥护重庆市治安机关的措施。而且希望继续搜捕，不要让一个坏蛋漏网。

（原载 1951 年 3 月 21 日重庆《新华日报》）

我参加了土改工作

我庆幸自己最近有机会参加了三个礼拜土地改革工作。

我说庆幸，因为虽然一向我是以农村生活为主要写作题材的，解放前七八年又一直住在农村，但像这样公开而全面地投身在一个轰轰烈烈的农村改革运动当中，为农民群众服务，并向他们学习，这还是我从事写作以来，甚至有生以来的第一次。

我参加工作的地区是重庆市巴县界石乡。经常住在界石乡海棠村，也挤时间到过茶店、腊梅、同兴等村。同时参加过好几次全乡性的工作汇报。在这短短三个礼拜中间，比起以往七八年来，我学到的东西是太多了。而最为主要的，是我通过具体工作和丰富生活形象，如实体会了土地改革政策的正确性和伟大性，自己在思想认识上提高了一步。

去年还在成都，就有人向我说，土地改革容易，好多地主已经在希望土改了。来到重庆，在一次会议上，也有人发表同样意见。似乎既然我们的革命已经取得了全国性的胜利，大势所趋，阶级斗争的学说，已经不适用于垂死的地主阶级了。下乡参加工作以后，事实证明，少数好心人的想法是并不实际的，作为一个阶级，恶霸地主决不甘心自己的灭亡。

就我自己的经历说，贯穿整个土地改革运动，一般地主的抗拒破坏活动，是始终没有停歇过的。他们制造谣言，隐藏财产，并且威胁落后分子。甚至抵赖自己的地主成分，不肯向农民低头认错。地主卢�ㄓ章，故意克扣草料，几乎饿死一条耕牛，这是一个打烂砂锅大家吃不成的恶毒想法，因为这条耕牛就快要为农民所有了。而分得土地的贫雇农又正需要它来加紧生产。

但是这里还有更恶毒的。恶霸地主卢旭初的两个老婆，因为拒绝交出红契，被农会监视起来，准备开斗争会，但在当天夜里，两个人都翻窗子跑了。而在巡查队扣留转来的次晨，竟自企图放火烧掉房子。那是一座金漆俱全，三四进深的大院落，卢旭初的父亲，那个同样全县知名的老恶霸卢翰丞手上修的。到了儿子手里，又增建了一座西式楼房，村农会就在楼上办公，而火恰恰又是从洋楼隔壁烧起来的。

大家看吧！上面说的一些情况，也就正是地主阶级希望早点进行土地改革的具体表现。然而，已经有了阶级觉悟的广大农民，他们的眼睛是雪亮的，他们的爱憎是分明的，十分懂得怎样根据政策来划分敌我友的界线，而该镇压的他们做得比我想象的坚决。曾经一度阴谋叛乱的、著名的特务恶霸卢植，就是农民亲自逮捕了的。而在两三千人的公审大会上，更一致要求人民法庭执行了枪决，因为除了血债以外，单是被他打过的善良人民就在一千以上。

好多事实证明，农民群众对于特务恶霸是极端憎恨的。但对一般地主，主要的斗争手段却是说理斗法。而且，在说理斗法当中，他们的耐心是可惊的。划分阶级时，女地主赵陈氏抵死不肯承认她是地主，对于农民所举每一事实她都胡扯，希图赖掉。这花了很多时间，群众已经快要沉不住气了。最后，一个农民一气搬出一堆事实，结论道：“这不是地主吗？还是大地主哩！”这一来赵陈氏低头了，叫道，“好吧！我承认是地主对啦！——加个大字我可是背不起！”

在界石乡整个土地改革过程当中，一般说来，斗争虽然剧烈，运动可是很正常的。打人的事只有一次：一个姓蒋的老农民，在划分阶级时，曾经敲过地主两烟锅子。因为仇恨使他越来越加无法约束自己。

而他一向又是杵起长烟杆走路的，但他后来因此受到了农会的批评，只是过了很久，一天他在岸滩桥头上对我讲起这件事来，还有些不服气，说：“才打了他两下，大家就刮胡子（批评）！跟你同志讲吧，我连零头都没有收够！”接着，算了一遍自己从前挨打的老账。

当然，尽管运动正常，目的既在打垮地主阶级，一般地主的日子总不大好受的。他们起初担心自己分不到田，田分到手了，又担心做不出来。而这也正是他们长期过寄生的剥削生活的一种极其自然的结果。他们大多萎靡不振，说话吞吞吐吐，正如从前农民见到他们时的情境一样。但和一般地主相反，广大农民群众，却莫不正在表现出一种充满自信的乐观态度。而且很喜欢讲几句开心话，便是老年人也不例外。

分配土地那天，须发皓然，已经成了半盲人的朱远清也摸起来了。他早年是村里出名的歌手，也是出名的种田的好把式。他一进来，就有人开他玩笑，问他从前见了地主那样胆小，现在来分地主的地怕不怕？“怕啊！”老头子故意发愁地说：“怕他的地分不到我手里，叫你们分光了。”于是十分甜蜜地笑起来，随又自信很深地接下去说：“怕！毛主席来了，这回地主些背的万年时！未必他们还爬得起来吗？没有那么样怪！……”

这是很轻松的，意义可并不怎么简单。而一般老年壮年农民似乎特别喜欢哄笑，喜欢高声歌唱，实际也只有这样才能发泄他们的满心喜悦。妇女委员钟文氏，看起来快五十岁了，缺齿，头发斑白，但她却是秧歌舞的狂热分子。她的解释是：“现在好容易翻身了！都不痛快下吗？太蠢了！”又比如，照老规矩，山歌总是插秧时期唱的，但在分头收集地主多余的农具家具那天，却漫山遍野地响起了山歌声。半盲的朱远清搔着喉咙笑道：“我都想吼几腔！”

分田过后，就是对付生产。他们也乐观而愉快的，看不出以前那种鼻塌嘴歪，或者像是见了仇家那种硬邦邦的神气。因为劳动的意义，在他们已经变了。他们都异口同声地说："从前做点庄稼好伤味啊！不展劲吧，没有吃的，展劲干吧，他要加你的租！现在一担做成十担老子都不怕了！"土改的中心意义是在发展生产，这我早知道的，但是伴随着劳动而来的那种乐观愉快情绪，现在才算有了实感。所以尽管困难还是有的，我可已经预感到了一个美丽远景。

当然，在整个土地改革运动当中，也是有愤怒的叫喊和悲苦的眼泪的，那就是有人揭发地主从前刻毒的额外剥削的时候。"你求他：'就要忙起来了，多碾几担米存着吃好吧！'"有着哮喘病的蒋海钧忽然气得发抖起来，"硬不干！说：'我吃不来陈米！'啊！等你忙着犁田，他没有米吃了，逼着你把牛从田里牵上去给他碾米！"而在梁隆芳算前保长地主卢俊堂的贪污账时，好几次忍不住淌了眼泪，因为这里牵涉到一个人的死亡。

事情是这样的：卢俊堂好多回天花乱坠地催梁隆芳的丈夫去白市驿飞机场当民工，后来干脆活生生抓去了，但是保上领的工资米却一颗也不给！一共做了七个月工，回来就一直躺起离不开床。"一天我在坡上挖地，怎么狗嗥起来了？"梁隆芳眼泪汪汪地说，"我问三女子，'三儿！啥人啦？''瞎告化子哩。'听见三儿的声音，他就喊，'三儿！'三儿立刻叫我，'爸爸回来了呢！'下去一看，披床蓑衣，杵根棍子，已经拖得来半死了！……"

然而，哭泣究竟不是常有的事，最基本的，到底还是那种充满自信的乐观精神。而只要有了这个，人是什么困难也能够克服的。但是还有一点给我的印象更深：一个新的道德标准，已经开始在农民群众中建立了。在现有文化水平上，虽然他们还说不出一套完整道理，但是他们都肯把它联系到实践上去。农会主任蒋志平评产时几个晚上不睡，连眼睛都快睁不开了，这是好的，因为这是为人民服务的人生观之具体表现，所以得到干部和群众的一致尊敬。

然而，同是这样一个蒋志平，却在一次干部检讨会上受到严格的批评。因为两三个农会委员都连续揭发他私心还未去尽，思想上有问题。事实是这样的：在分田当中，一个落后分子向他讨好，希望他到他们那一组去分田。蒋志平随口说，“田好不好啊?”“好啊！印盆丘的田哩!”“蚂蟥多得很!”“只有几根，我们帮你捉了好啦!”又一回，有人提到另一股田，主任也不合意，因为没有牛圈。又一回，——但我不一一列举了。因为横竖不外这类看起来并无多少实际意义的细小事件。

就把这类事件作为根据来检查一个人的思想，有人也许觉得可笑，但是，那一次检讨会，干部们却为主任的思想问题从上灯热烈争论到大半夜，而结果呢？主任深自反省，承认他还够不上说全心全意为人民服务，因为他有时确乎会想到私人利益。但他愿意委员们调他到任何一组分田，因为只有这样群众才能信服，自己的思想才能提高一步。这是一个切实细致、读过两三年书的年轻农民，性格相当坚韧，但在进行检讨当中，我却好几次发现他快要掉下眼泪。

然而，你认真觉得这可笑吗？而如果这样，这就恰恰证明我们平素对待自己的思想动态何等马虎！但这也正是一般知识分子的特点，当从理论上接触到思想问题时，我们是认真的、严肃的，但一接触到正是足以表现一个人的思想立场的生活“细节”，我们却又以为卑卑不足道了！只是现在我想着重指明的是这个：伟大毛泽东时代的道德观念已经明确地在广大农民群众中树立起来，成了新的农村生活中判断善恶是非的一个最高准则。

毫无疑义，农村的新气象，农民思想觉悟的提高，是和土地改革运动分不开的。农民群众自己就很理解这个道理。一天，我同乡农会主任去七组检查分田工作，停在一座院子外边草堆下息气。不久，廖海山八十岁的老母亲走来了，她很激动地向我们提谈到毛主席、共产党和人民政府。她说：“活了八十岁了，成天做，我就连土坺都没有买过一块啊！现在连小娃娃都分到田了!”说时两眼含着泪水。

她有着五个全村知名的儿子，其中三儿子廖海山更是无人不晓，因为他在弟兄间吵嘴打架的次数最多。于是主任李千百劝她多多教育他们，而老太婆颤巍巍逼进一步叫道："不会打了！——从前怎么不打架啦？吃没吃的，穿没穿的，几颗粮食一下地就叫地主全拿光了！——现在照样打还能叫个人么？"这时，满嘴钢须的廖海山也走来了，后面是他瘦小衰老的阿哥。农会主任就又笑着问他，最近他们打过几架，廖海山受屈似的笑起来，指着老太婆说："快问我的妈吧！……"

的确，长期封建制度的政治压迫和经济剥削，给予我们民族精神上道德上的损害是太大了！然而，一到他们能够自由生存，自由呼吸的时候，这种道德上精神上的恢复和发展又多么快。这个同时也证明了：我们民族的品质是优异的，封建制度是一个必须彻底摧毁的罪恶制度！从乡下回来后，每当同志们向我问起有何心得？我总首先强调这个意见，因为我认为这是新的社会条件经济条件下的宝贵产物，它将成为推动我们祖国前进的动力之一。

我在开头说过，这次参加土地改革工作，我学到的东西真太多了，这一点不夸张，尽管我写出来的很少，更不全面，而且我还没有怎样说明自己思想认识上的进步情况。但我要劝告朋友们，投身到土地改革运动当中来吧！它会使你变成一个毛泽东的好学生和人民的好勤务员。

一九五一年四月十六日

（原载 1951 年 5 月 6 日重庆《新华日报》）

关于邵祖平污蔑鲁迅先生的事件

重庆大学教授邵祖平对鲁迅先生的公开污蔑，自从《新华文艺》予以揭露、申斥之后，已经引起了本市文化界的普遍愤怒。听说重庆大学中文系师生，也正逐渐展开热烈讨论。这是绝对应该的，我们不能听任任何反人民的错误言论思想自由存在。

但是，在这一事件的讨论上，我们首先应该弄清楚一个问题：邵祖平的敢于这样公开地污蔑鲁迅先生，是不是一桩偶然事件?

从邵祖平本身说，这显然不是偶然事件。因为他的污蔑鲁迅先生，只是他思想在这一方面的表现，而绝不可能是：邵祖平在其他方面都对，单是他在这一件事情上犯了错误。我们知道：就是一个梦中人的呓语，也离不开这个人的整个思想情况的。因此我们必须以实事求是的精神，继续揭露邵祖平的平日思想言论，予以彻底批评，帮助他得到改正。

从重庆大学中文系说，这显然也不是偶然事件。比如说，就以这件事的经过而论，事情发生在纪念鲁迅逝世十五周年的时候，但是一直拖延了将近一月，重庆大学中文系部分师生才予以揭发。还有，这些写信揭发的人，无疑当时都在场的，却不见有一人当面予以指责。因而，最低限度，我们可以看出，重庆大学中文系的师生，对于反动思想问题，采取了严重的自由主义态度。

这种对待反动思想问题的严重自由主义风气，可以说是我们目前知识界最大的障碍之一。因为自由主义对一切不正确的思想，乃至反动的思想，不是采取积极的斗争的态度，而是视若无睹，因此一切错误思想不仅得不到及时的应有的批判，反而得到了任意滋长的机会，以致结果造成思想界的混乱。因此，我们固不能说一切错误思想的存在都该由它负责，但是一切错误思想之敢于任意滋长，它该负担一定责任。

从重庆大学中文系同学的来信看，当天全系的座谈会上，系主任何剑薰同志也在场的，而且第一个讲了话。但是，也许正因为第一个讲了话吧，所以何剑薰同志对于邵祖平的荒谬言论竟也充耳不闻！这真礼貌极了，但是何剑薰同志却正犯了严重的自由主义错误。

因此我在这里提议：对邵祖平整个思想言论，我们自然应该进行彻底地批判，直到他虚心接受群众意见，做出深刻检讨，公开在报上发表为止。重庆大学中文系师生，也该同时检查一下他们在这一事件上的自由主义态度。

（原载 1951 年 12 月 2 日重庆《新华日报》）

悼陈波儿同志

陈波儿同志的逝世，是我们文学艺术界，特别是人民电影事业上一个重大损失。我手边正摆着两卷一期的《文艺报》，而单是《电影片从无到有中的编导工作》一文，已经足够说明这一切的。

在这一篇带有总结性的文章里，陈波儿同志不仅实事求是地向我们描绘了中国人民电影事业初期的发展过程，它所遭到的各种困难，及其克服的经过，更重要的，重读了这篇文章，我如实地体会到：陈波儿同志在参与领导这一工作当中忠诚执行毛主席工农兵文艺方针的坚持性和创造精神，因而在人民电影事业上尽了她最大的努力。

在我上面提到的文章中，陈波儿同志说："在我们工作中间最可宝贵的就是坚持精神。"这句话虽然是她就东北电影制片厂全体电影工作干部说的，但是十分显然，这也正是陈波儿同志在电影艺术事业中的基本精神。而更为确切的说法，应该是由于陈波儿同志的不断鼓舞，全体电影干部这才能够"好比战场上的战士一样，前仆后继"，没有人再说"我此后再也不当导演了，这责任太重大了"，而一直坚持下去。

这不是推测之词，在石联星同志，以主演《赵一曼》获得广泛称誉的人民电影艺术家的悼念文里，我深深感觉到：陈波儿同志是如何善于鼓舞和帮助每一个同她一道工作的同志。而正因为这样，她才能够"团结了老的、新的、有经验的、或没有经验的电影工作干部共同为新中国电影事业而奋斗"。但这团结是有坚强原则性的，比如对于编导上的合作问题，她就认为这是思想认识问题，而非单纯人事问题。凡这些，我们都可以从她看出一个共产党员的高贵品质。

我同陈波儿同志是并不熟识的，但我看过她在上海的第一次演出，记得剧名是《梁上君子》。此后她的艺术活动和社会活动，我也从接近她的同志们口中知道一些。一九三八年夏天，当我从冀中回转延安的时候，我们还曾经在山西河北交界的山径上有过一面之缘。那时候她骑着一匹骡子，正在北方的大日头下，率领敌后妇孺考察团，到华北各抗日根据地向广大敌后群众进行宣传教育工作。

一九四〇年我到重庆工作，知道陈波儿同志也在重庆，住在红岩嘴大有农场。不久我就听到她以稀有的勇敢和机智同特务们斗争的故事，并且又返回延安去了；否则，我十分相信，我们是会有一道工作的机会的，而我现在深深为失掉了这个机会而感到难受。

安息吧，亲爱的同志，我们将加倍努力地为贯彻毛主席的工农兵文艺方针而奋斗。

（原载 1951 年 12 月 11 日重庆《新华日报》）

迎接西南区第一届人民体育运动大会

西南区第一届人民体育运动大会胜利地开幕了。这是全西南人民的一件大事，因为它关系着广大人民群众的健康，关系着伟大的生产建设事业和国防建设事业。我满怀热忱地欢迎这次大会的召开。

我们的人民一向是勤劳勇敢的，一般都具有健全的体魄。所谓东亚病夫，那是帝国主义者对我们的恶毒污蔑，而过去一般寄生阶级更随声附和其说，因为他们已经丧失了民族自信。但是，不可否认，由于历来反动政权的仇视人民，由于旧制度下的重重残酷压榨，广大人民的健康一直是不被重视的，而且经常遭到损害。这也正说明了一个事实：为什么旧的体育运动完全脱离群众而为少数人所独享。

然而，新的体育运动和旧的体育运动之间本质上的差异，最主要的还在于这一点：人民体育运动是具有远大政治目标的，即为建设更加美好幸福的社会创造有利条件，这是完全符合于广大人民的愿望的；因为解放以来，全西南人民的政治觉悟业已普遍提高，谁都热望自己能够在生产战线和国防战线上为祖国多尽一分力量；而这就更加需要我们每一个人具备充沛活泼的体力。

正因为新的体育运动有这些本质上的优点，这次参加大会的代表，在其成分上是充分具有人民性的，有不少工农同志参加。他们即将在紧张愉快、友爱团结的气氛中互相观摩，交流经验，并进一步在各项比赛中陶冶自己的新体育道德品质。代表们也一定明确自己的重大政治任务，通过这次大会，将来更好地在群众体育活动中发挥带头作用。

这次大会文艺界没有作为一个独立单位选出代表参加，这说明我们对于新体育运动还没有普遍足够认识。这种情形是必须改变的，因为当我们不是以一个客观者身份，而是以一个战斗伙伴身份深入群众，深入生活的时候，我们同样需要充沛的体力。就严格坚持劳动纪律，身体健康也是一个重要条件。

我希望经过这次大会的启发，我们文艺界同人能够普遍把体育活动重视起来，使之成为我们日常生活一个重要部分。同时希望在下一届的人民体育运动大会上，有西南各地文艺界选拔出来的代表出现。

（原载 1952 年 5 月 4 日重庆《新华日报》）

对坏分子宽大就是纵容他们继续作恶

——四川灌县聚源乡视察纪要

因为工作关系，直到六月二十三日，我才挤时间到灌县去进行了两天的视察。视察的重点，是灌县聚源乡；主要视察内容，是治安问题。虽然时间不多，视察也不够深入，但从所有了解到的情况来看，由于农业生产合作运动的蓬勃发展，由于统购统销政策严重地打击了农村的资本主义势力，目前农村中反革命分子、地主、反动富农的破坏活动，是猖獗的，到了令人难以容忍的地步。

聚源乡离灌县县城不到三十华里，有农业户四千七百二十三户，人口二万一千五百九十八人，土地四万一千三百五十九亩，可以说是灌县全县一个人口较密、自然条件最好的乡。全乡的地主、富农，也比别的乡多。有的村，譬如六村，就有地主二十八户，富农五户。同时，灌县是一九五〇年春解放初期川西匪特进行暴乱的重要县份之一，聚源乡的反革命分子也不少，而过去的镇压反革命运动并没有彻底肃清他们。

根据我在干部和群众中了解到的情况，反革命分子、地主、反动富农的破坏活动，是多方面的。他们散布谣言，污蔑党和政府。有的甚至公开威吓落后群众。如地主施固臣，曾经加入过青帮，参加过叛乱，他三番五次向分了他的田地、分了他的房子的农民胡建庭说：“这个田，就算是你的啦？做梦！要不到三年，国民党转来了，我们再慢慢算这几年的租谷吧!”三村的地主董子才，也一再向分了他的田地的农民说：“把眼光看远点呵！就是万年红也还要败色哩，共产党会红得到一辈子?”他们都顽固地把“希望”寄托在反动政权的复辟上面。

反革命分子、地主、反动富农直接破坏生产的事，最近两年来更不断发生。十五村的反动富农陆克成，单是今年夏季，就曾经进行了一连串的破坏生产的活动。一个联组的玉麦出土不久，他就偷着拔去了一大片；田坎上种的黄豆，他也一有机会，就拔起丢了。农业生产合作社的社员浸麻，他就在夜里放掉麻窖的水。有的反革命分子，向农业生产合作社的秧母田里乱抛石块，甚至用碱水洒在秧母田里，使得合作社缺乏秧苗，不能及时栽种。因为这些坏分子清楚，减产对于农业生产合作社的巩固最为不利。

这些坏分子和阶级敌人的嚣张，听了非常叫人吃惊！十二村是一个工作较差、问题较多的村，一个管制期满的坏分子尤仲武，四月间逼着村主任给他开条子买米，村主任不同意，因为他有吃的；但他拍起桌子又哭又闹，“你把我关起来饿死吧!”把村主任都逼哭了。十五村被管制的惯匪、叛乱分子郭洪基，经常造谣破坏生产合作社，如说：“入了社就跟劳改队一样，你们快进去吧!”他受了村主任的批评以后，就和自己的老婆偷着进城，找法院假装诉苦，要求法院监禁他们，法院未理；回去后就更加嚣张了。

这些反革命分子和阶级敌人，总是针对政府的政策和号召来进行反革命的破坏活动。今年春天，党和政府号召农民多养猪，并对饲料提出了合理可靠的解决办法，农民纷纷响应。但是，正在这个时候，坏分子故意打死小猪，挂在大路边的树上，恶毒地宣传连小猪也不好养了。夏征夏购时期，他们更是尽力阻挠政府政策的执行。十五村的女地主陈淑华，不把菜籽卖给国家，却拿去肥田。三村的被管制分子屠子成，不但自己玩弄手段，不卖小麦给国家，还煽惑愿意出卖小麦的农民，说：“你怎么这么蠢呵！我亩多麦子一颗都没有卖!”

破坏统购统销政策，可以说是农村反革命分子、地主、反动富农近两年来的一项主要活动。因为他们明白，至少他们的反动阶级本能使他们锐敏地感觉到，统购统销政策不仅使他们丧失了投机倒把、扰乱市场的机会，而且巩固了工农联盟和人民民主政权。因此在统购当中，他们不但不按照国家收购计划卖粮，还煽动一般落后农民抗拒卖粮；统购以后，他们装穷闹没吃的，煽动一般落后农民向政府要粮。

聚源乡十一村的反动富农吴利生，一九五三年底统购时，该卖四千斤粮，但他把三千四百多斤大米分装在九口大坛子里，埋在田边地角，还在夹墙里藏了不少，装穷不完成任务。当一九五四年春天，政府向少数缺粮户贷粮时，这个吴利生同他的老婆、儿子，采用“轮番轰炸”的方式，不分昼夜跑到村主任家里哭闹，套购了好几百斤粮食。然后他就四处宣扬，煽动群众：“人民政府的事，要闹才弄得到粮呵!”

为了制造紧张空气，这个吴利生每逢赶场，还四面八方抢购副食品。而且借钱给被他笼络住了的农民，煽动他们也去抢购。十一村当然不止他一个富农，此外还有反革命分子。根据群众的揭发，富农周春岳和反革命分子王友槐，就都是去年闹粮的煽动者，而且同吴利生是互相勾结，互相支援的。由于去年他们部分地达到了破坏国家政策的目的，今年他们又大肆活动；但是终于遭到了群众的揭发。

去年春天，除开极少数的村，聚源乡全乡是普遍闹过粮的。今年春天的情形，虽然不及去年严重、普遍，也闹过粮。而从以上列举的一些事实来看，闹粮问题的本质，绝不如某些人所想的那样，是因为国家对农民统购多了，同时聚源乡全乡的余粮数字，统购数字，特别是农民存粮的实际情况，更证明两年的统购基本上平衡合理。闹粮的根本原因在于反革命分子的破坏活动。

能够说明闹粮问题的实质的材料，是很多的，现在我想起了聚源乡的六村。自从一九五三年冬天实行统购以来，这个村的粮食供应情况，一直很平稳。这不是六村没有地主、富农和反革命分子，也不是没有闹过粮；但当去年开始闹粮时，这个村的党组织坚决遵照省委的指示，不乱开条子，而且及时地粉碎了坏分子的阴谋，问题很快就解决了。

在我到聚源乡视察时，凡是我所接触到的干部，可以说都已经开始认识到了地主、反动富农和反革命分子在农村中破坏行为的严重意义。一般群众的觉悟也提高了；但他们有一种不满情绪，认为县区政府过去对一切坏分子的破坏活动，太宽大了。我认为这样一种不满情绪是正常的，因为事实证明：对坏分子宽大就是纵容他们继续作恶！

（原载《文艺报》1955 年第 14 期）

胡兆坤找到了自己的岗位

在晴朗的天空下，我穿过连接西郊旅舍每一座楼房的水门汀便道，向五号楼走去。前一天我就约好了要看看胡兆坤。胡兆坤是山东潍县申家村红星农业生产合作社的社长。一九五一年申家村成立互助组时，他就被选为组长。一九五二年冬天互助组转为社，他又担任了社长的职务。

现在，除了四户地主、三户反革命分子、两户赶车的和一户商贩，申家村全村农业人口，都已经加入了红星农业生产合作社。这是一个可喜的成就，但是得到这个成就可不那么容易。在红星社的发展过程当中，胡兆坤就曾经碰到过不少困难，进行过不少斗争。建社初期，由于增产不多，制度混乱，少数社员就闹着要退社。但他并不气馁，终于在县委帮助下使社得到巩固。

当我同胡兆坤第二次见面时，我记得，在上次谈话中，这个精干的高个子年轻人曾经向我谈到他自己解决复学问题的经过。我们谈话一开始就又接触到这个问题。

因为家庭生活一时发生困难，胡兆坤一九五〇年在潍坊中学读初中二年级时休了学。他准备一年半载后再复学。这个想法是相当顽强的。而在回到农村以后，由于不断受到某些人的刺激和嘲笑，他就更加感觉参加农业劳动不很光彩。这年秋天，当区委书记动员他参加征粮工作时，他就曾用准备复学作理由表示拒绝。成立互助组被选为组长时，他也提出过同一理由：“我还要上学呵！”可是，正同他对待区委书记的动员那样，当一想到这是有关群众利益的事，他还是让步了，而且干得很好。

让步当然并不等于思想上彻底解决问题。因此当一九五一年他被选为乡人民代表和乡人民委员的时候，他又重复表白他的愿望——还要上学。而且，到了一九五二年秋天，那个暂时压制住的念头，又重新抬头了。在赶集时，他往往会听到这样一些消息：这个同学在铁路上工作，那一个升学了！或者亲戚熟人问他为什么还不上学？……

为了达到复学的目的，他还故意不同区委书记接近。

“为什么？”他大笑着重复我的问话，好像我提出的反问使他回忆起了无比愉快的往事，“区委书记那么好，一见面你会什么思想都向他暴露。他不会碰你的，也不会笑话你，可是慢慢同他一拉，就不由得你自己了，思想就通了！”我打趣地插嘴说：“可是区委书记还是知道了！”

“是呀！看见劝我不住，互助组的组员胡君德就一个人找区委书记去了。有一天晚上，一个组员忽然跑来叫我，说，区委书记在民校等我呢！我一听，炸了，心里老是那么盘算：去呢，不去？……最后我想，丑媳妇终归要见公婆，就到民校去了。

“到民校一看，我才知道，不只是区委书记，还有好几个组员同区委书记坐在一道。

“一见面区委书记就问：‘听说你准备上学呀？’

“我懵里懵懂答道：‘是呀，你看行吧？’

“区委书记说：‘行，怎么不行？’

“我多少有一点放心了，松口气说：‘这就对！互助组也搞好了，有前途了，我呢，也得找我自己的前途。’

“区委书记冷不防切断我的话道，‘要找前途，你还得下深水！’

“区委书记接着慢慢拉起来了。……”

区委书记从互助组几年来的成就，谈到群众对胡兆坤的信赖，谈到一些农业劳动模范的奋斗经历，然后指出：胡兆坤的前途已经明明白白摆在那里，用不着再找了——这就是伟大的社会主义前途！

胡兆坤坦白地告诉我：这中间，他也曾经企图替自己辩解，但是，有的话，他刚一说出口，就感觉不对头；有的话始终说不出来。他说，谈到最后他满头大汗，越来越觉得离开一个党和群众迫切需要自己坚持的工作岗位，太自私了！

区委书记虽然已经停止了讲话，但是胡兆坤还没有表示自己的意见。组员们不吱声，可是他们一心指望胡兆坤这一次能够彻底打通思想。而末了，他们实在耐不住了，就一齐劝说道："应该通了，区委书记讲了这么半夜。""怎么样呢？你上学也是为的社会主义前途呵……"

这时，胡兆坤终于站起来向大家表示自己的意见："下深水吧！党这样关怀和培养我……"

当胡兆坤向我叙述这段经历的时候，他的情绪是健康的，因为从此他不再每天晚上复习几何代数，把工余时间全部搁在农业技术的钻研上。他早就非常重视农业技术的改进工作。一九五一年，他帮助父亲总结了种芋的经验同时又采用了先进方法，结果每苗芋的产量比一九五〇年增产一倍。一九五二年，他领导组员们改进了整个耕种程序，把每两年种三季改为每两年种四季，使得全组增产一万多斤粮食。

这些成就提高了胡兆坤学习技术，推广先进经验的积极性。他买了很多农业技术书籍，一有时间就读。而且，常常因为考虑一个实际问题，连生活秩序都打乱了，吃不好饭或半夜从床上爬起来翻书。申家村一带谷田的蝼蛄是很多的，每年都要糟害不少庄稼。依照旧的方法，只有用小米拌"信石"可以抵制；但这太浪费了。一九五四年他介绍了"六六六"拌麦麸的新方法，成效很好，同时减少了浪费。但是这一年夏天，麦麸一时缺货，哪里都弄不到手。

这是个大问题，因为蝼蛄比往年多，搞迟了庄稼就会遭到损害。

“社员的思想也相当混乱，”胡兆坤追述当时的情景道：“好多人都主张用小米拌‘六六六’。他们说：‘横竖社里还有谷子，不能够再拖了！’可是我总不愿意：这浪费好大呀！后来才想到用谷糠拌‘六六六’。”

“结果怎样呢?”我忍不住追问道。

“一点也不管用！谷糠是干拌的，蝼蛄不吃，药不死呀！这下大家都抱怨我，‘我说你乱搞吧！别白费工夫了！’可是我总不死心，还是在谷糠上打普。有一天，闷得慌，我东荡西荡，不知怎么跑到养猪场去了。这使我想起了一件事：有一次我闹着玩尝过猪食，糠是甜的！——这下我找到窍门了！”

“这回你一定成功了！”我插嘴道，已经从他的神色猜到了事情的结果。

“当然是成功了！你想，就像搞猪食样，把谷糠同‘六六六’用水一拌，搁在盆子里一捂，味道变了，蝼蛄也肯吃了。当天晚上，就药死了好几十个。隔了一夜，就药死了一两百个！我把它们穿成一串，提在手里要大家看，‘你们不相信药得死，这下怎么说呢’？……”

他比比手势，告诉我说，把小米改成谷糠，他们每年要节约五百斤粮食。

由于技术上的不断革新，到了目前，申家村全村的粮食产量，已经比解放前增长了近一倍了。但是胡兆坤并不因此满足，认为只要继续改进耕作技术，发掘土地的潜力，还可能生产更多的粮食来支援国家的工业化建设；但他感觉他的文化科学知识太不够了。

当谈到这点的时候，他显得有点着急，一种庄严的责任感显然使他感觉事情并不怎么轻松。

这时他把两条腿盘在床沿边上，手里舞弄着一根扎书用的橡筋。

“是呀！要搞社会主义，农业是一门大学问呵。”他热情地高声说，“当我引用列宁的话，进一步说明科学知识在农业合作运动中的重大作用的时候，我们村的土有好几种：黑土、黏土、黄土、半沙土……老年人都懂得这种土该种什么，什么对这种土不适宜。比方黑土，种小麦就不肯出。可是它们的化学成分怎样？怎么喂肥合适？这需要有科学知识才能闹得清楚！”

他停下来，现出沉思的神气；一张一合的，双手把那橡筋拉得很大。

“现在连我父亲也感觉他不行了！”最后他望定我说：“一九五一年采用新方法种芋，他好反对我呀！总说，‘我种了三四十年的芋，还赶不上你？’为了试验一次，不知费了多少话。现在算服气了，老向我说，‘这两年书念得值得，没有碰瞎！’……”

他爽朗地笑起来；随即告诉我说，他父亲是个老农，种庄稼很有经验。

我想更多了解一些推广先进耕作技术中的思想斗争情形，我向他说出了我的愿望。

“斗争多呵！”他很激动地挥挥手臂，不由自主地从床边站起来，“一九五一年我主张用‘西力生’拌麦种，免得长起来那么多‘乌麦’——有的多到百分之七十几呵！可是好多人反对！他们说‘乌麦’多是‘天年’不好，哪里来什么病菌。还出难题给我做：‘把病菌拿出来看看吧！’我说，‘那是病菌呀！看看？说得容易！’‘那你怎么知道的呢？’‘书上写得有呀！’‘写书的人他就有本事看见？’‘人家有显微镜呀！’‘对呀，你也找个显微镜看看说吧！’……”

胡兆坤又一次失声笑了，但这笑没有丝毫轻视的意思，而且充满了同情。

“农民都是眼见为实的！”他又接着说，“没有看见过他就不信。最后我说，‘你们不相信，我先来做给你们看吧！’一九五二年大家一看，果然不错，我家麦田里很少有乌麦了，这才有人开始试用。”

想起了我所知道的老一辈农民的习惯，这时候我也忍不住笑起来。

“你以为他们就完全相信了吗?”胡兆坤紧接着反问，显然误解了我的意思，“不！一直到一九五三年大家都用开了，还有人向我说，‘告诉你吧！原早是嘴上通，现在思想才算通了。’”

最后，我们又谈到了干部作风问题，在我的请求下，他还告诉了我好几桩他自己的事情。最使我感动的是一九五四年新年当中发生的一件事情。

事情是这样的：红星社养了三四十头毛猪，都已经很壮了，每一头有二百多斤。而且已经同国家订了合同，准备运出国换机器。因此全社都很重视这一批毛猪。但是年节的前一天，胡兆坤忽然发觉饲养员胡宏来的神气有点反常，老是对他不很自然地笑；似乎有话想说，但又难以出口。胡兆坤断定他有心事，就问他为什么老是笑。

胡宏来答道，“笑什么，明天就过年了!”

胡兆坤说道，“是呀！怎么样呢?”

胡宏来道，“怎么样？另外找个人吧！我想请几天假……”

这是一个毫无道理的请求，它立刻遭到了别的社员的反驳。

“过年你不干了？这不是说瞎话!”

“你想串亲戚，别人没有亲戚?”

“他怕把新衣服弄脏了！……”

这些七嘴八舌的责难弄得胡宏来很窘迫。

“好吧!”这时候胡兆坤说话了，他望着那个狼狈不堪的胡宏来，又拍了拍对方的肩头，“你明天休息吧，我找个人代替你!”

“这太便宜他了!”有人嘀嘀咕咕不同意胡兆坤的做法。

“这两天你到哪里去找积极分子呵?”也有人向胡兆坤提出警告。

“不要担心！有的是积极分子，你们等着瞧吧。”

尽管胡兆坤说得满有把握，但是社员们全都感觉事情很不好办。因此，到了新年这天，那些穿戴一新，准备好好休息两天的社员们，刚一吃过早饭，就陆续走向养猪场去。因为他们都想早一点弄清楚，社长找的积极分子是怎样一个人。

猪圈边的情景使他们每个人都吃了一惊：同样穿戴一新的胡兆坤正在那里忙着喂猪。他们大笑说：“原来找的你自己呀！”他们随即走了过去，争着代替饲养员的职务……

故事正讲到这里，有人来催促胡兆坤去开会。还要把他留下来是很不合适的，我们热情地握手告别了。

（原载 1955 年 10 月 5 日《人民日报》）

迎接祖国的伟大节日

四川算是新解放区，四川人民到今天解放了还不到六周年。

以前，我在四川农村中几乎度过了整整九个年头。在这九年当中，我写了我过去创作生活中一些主要作品。这些作品，现在还有一部分搁在我的案头；但是它们所反映的四川农民亲身经历的黑暗统治，残酷剥削；他们的苦难和斗争，在我一九五二年参加土地改革工作时，便已经一去不复返了。

比起过去长时期的黑暗统治，六年的时间多么短促！但是，当今年春天，我在解放后又一次重回到四川农村的时候，我走进了一个跟过去完全不同的新世界。在这个世界里，充满了歌声、欢笑，充满了生气勃勃的朝气，而劳动也早已不再成为苦役了，变成了创造幸福美好生活的源泉。

因为正同中华人民共和国其他地区的农民一样，广大四川农民正在走向社会主义。今天的四川农村是一个充满阳光的世界。

在我们这样的国家里，统计数字不是枯燥的东西，往往倒像美丽的诗篇；但这里我想起的不是统计数字，而是进行着创造性的劳动的人们。这也许是一个作家的癖好，但我的确觉得他们比诗还要美丽。

我想起了好几个我所最熟悉的人们。他们当中有生产合作社社长，有生产队长和普通队员。当然他们还有性别、年龄以及其他互相区别的各自的特征。但有一点，他们在很大程度上是一致的：他们都在用自己的劳动证实社会主义的优越性，吸引更多的农民走上合作化的道路。

在这六年当中，中国共产党曾经发起和领导过一系列农村改革运动和尖锐的阶级斗争，而这一批合作社运动的先锋，正是从这些运动和斗争中生长出来的国家最可宝贵的财富。四川现在还只有二万八千个农业生产合作社，这和它的人口、幅员比较起来，对于一个缺乏时间观念的人，也许会以为太少了。不错，它们真也不能算多；但是它们却已经使合作化运动变成一种强有力的社会舆论和道德力量。

目前正是收庄稼的时候。在广大的川西平原上，每天都可以看到成群结队的农民到老社参观访问。而且，不少的县份，已经有十分之九的贫农和十分之七的中农，纷纷向各地方支部提出参加生产合作社和建立生产合作社的要求。四个月前，我在涪江流域曾经见到这样一个老人，种着一小片沿河的肥沃的土地，还有一只渡船。家里有三口人：他自己，老婆和一个十六岁的儿子。当一九五三年的春天，红旗农业生产合作社建社时，这个老年人比任何人都冷淡。建社以后，偶尔有人向他提起，他也经常笑一笑说："一人一条心呵！"他根本不相信这是一件可能办好的事情。

但是，红旗社很快变成了这一带地方的旗帜，影响越来越大，各方面跑来参观的人经常络绎不绝。这使老年人得到了不少好处，因为参观的人来回都要坐他的船。

但在过渡当中，人们总爱这么问他："你是社里的吧?"碰到多嘴的人，还要挖根挖底追问他为什么不入社。如果是个热心分子，他更会扎扎实实向他宣传一番。

这把老年人苦够了，但也使他想通了不少道理。就在今年春天，他在老婆孩子的支持下请求入社；但是，因为要到秋收后才扩社，他没有被批准。这是一个说干就干，不到黄河不甘心的人，他又去找乡支部书记去了。我就是在乡支书家里认识这个老年人的。瘦长，背脊挺直，红铜色的脸上配着一部花白胡子。他同乡支书纠缠了好几个钟头，直到后者提出保证，秋收后首先让他入社，这才离开。

当时老年人曾经一再重复着这样一句责难：“我已经掉远了，同志！究竟还要我等多久呵?”

这一句话所表现的真实心情，是有充分代表性的。目前，在广大的四川农村，千百万农民正在这种心情支配下热烈地要求入社，建社，决心走上农业合作化的道路。当然，这不只是四川的情形，为了迎接我国建国六周年和五年计划的正式公布，我国农村正在全国范围内普遍掀起一个合作化运动的高潮。

这个合作化运动的高潮将进一步改变我国农村的面貌，同时更加积极地发挥农民群众支援国家工业化的巨大作用。

（原载《人民文学》1955 年 10 月号）

卢家秀

卢家秀是石塔乡六村的积极分子，青年团员，今年春天刚才满十六岁。十一月初，卢家秀被选作红光农业生产合作社二分社的生产组副组长。当我到石塔前一天，因为组长不够称职，群众意见很多，她又当上了组长。

红光二分社是秋前建社的，我们不妨说没有二分社的建立不会有现在的卢家秀。因为建社以前，这个卢家秀不是积极分子，不是团员，也不是生产组长，是一个“小主妇”。刚十岁左右，卢家秀就开始参与家务活动了。到了十二三岁，她经常得照管大的一个兄弟，背上背个小的，一面做鞋帮子，脚边还摆着一个箩筐，里面睡着最小的妹妹。碰到母亲闹病，她还得在锅灶边搭个凳儿，站在上面做饭。倒霉的是母亲少有不生病的时候。母亲是一九五三年去世的，这一来全部家务都落在了卢家秀的身上。

卢家秀的父亲叫卢世发。解放以前，他时常在外面打短工，只有农忙时候留在家里做活。因为他们只佃了两亩多地，不做零活活不下去。土地改革时，他们全家人分了六份土地，他不干零活了，成天同老婆都在忙庄稼活。老婆死后，有人劝他结婚，但他只是笑笑。他担心孩子们受委屈。

卢家秀更不愿意有个后娘。小时候她听过不少关于后娘的传说，非常替弟弟妹妹担心。她对家务更热心了。农忙时候，干活也比从前上劲。可是，无论如何，这两父女时刻都感到一种无法克服的困难：土地分散，劳动力太少了！还有几块地离家太远，庄稼每年都做不好。

一九五三年他们想参加谢开泰互助组，但被谢开泰拒绝了。因为谢开泰认为卢家的土地过于分散，吸收进组会背包袱，同时还嫌卢世发落后。一九五四年这个组同另外两个组成立了联组，这两父女更加感觉单干不是出路。特别这年夏天抗旱，联组的秧苗全救活了，他们的可坏了不少！

谢开泰联组只有二十一户，今年春天支部就批准了他们建社的要求。等秧子薅过了，全组就开始学习社章。这次学习有不少单干户自动跑去参加，卢世发就是其中一个，而且比任何人都热心。

当我前两天到社管会访问时，就有人向我讲过卢世发参加学习的情况。现在，卢家秀又向我叙说起来。

“学习的地点在高坎上，”卢家秀说，又顺手一指；我望过去，正是我们刚才经过的那座黄土山梁，路很窄很陡，差点跌我一跤，“一到下午，爹就找一把油竹子，捶破，扎成火把。因为他眼睛不对头，天一黑就摸不到门路了，老是跌跌绊绊……”

“眼睛倒勉强看得见，”卢世发辩解道，“我就怕到迟了。”

卢世发有四十多岁。长得又瘦又长，身穿一件蓝布的薄棉袄，拦腰系根白布带子。卢家秀同他相反，矮垛垛的，骨骼宽大，白皙红润的宽脸上长着一对大而发亮的眼睛。

卢家秀继续道：“有时候天下雨，我说，爹，让我去吧！……”

“那时候脑筋转不过弯嘛！”卢世发又插嘴了，有一点窘。

“你猜他怎么讲？”卢家秀接着说道，含笑瞪了卢世发一眼，“他讲，‘你还是留在家里看小的吧！又是半大不小的女孩子了，半夜三更，跑这么远去开会，闹出闲话来不好听呵！’”

“你问她吧！”卢世发用嘴指了指卢家秀，说道，“前一回，她晚上出去开会，才一转身，我们幺婶就扯鸡骂狗，我还跑去质问过呢：‘现在成千上万的女干部，你敢说她们都野?’……”

“再乱说谨防斗她!”卢家秀道，眼睛显得更大更亮。

“现在我还经常催她去开会呵，”卢世发补充道，“她比我心眼灵!”

这倒是的确的，支部书记早向我讲过了。自从入社以后，这两父女好像已经完全对调了职务：卢世发在家里照顾孩子们的时候多些，卢家秀经常代表家庭参与各种社会活动。有时候卢世发还鼓励卢家秀，叫她不必担心家庭琐事。

这个转变的经过，卢家秀紧接着向我做了一番生动叙述。

“告诉你，同志！不是入社碰了钉子，我爹倒不会开通得这么快呵!”她说着，忽然涨红了脸，显然拿不稳是不是说得过分直率。她矜持地接着道：“你莫看他现在，过去会上要他发言，才不像这样呢，一开口就结结巴巴。入社报名的前一天，我就叮咛过他。我说：‘爹！你记性又不好，一定要把土地证带上呵!’你看，他偏偏忘记带了！我们的土地又分散，又零碎，就是我也记不清嘛！到了会上，他才来慢慢想，可是越想越不对头，越不对头越加发慌！就这里站站，那里坐坐，好像有一肚子心事。也不知道转一个弯：回家跑它一趟。……”

卢世发纠正道：“这倒想过，我怕把报名时间给错过了!”

“老实讲也没有多远，”卢家秀接着说，“从高坎到这里，腿快点，一袋烟工夫保险跑个来回。可是他就那么坐立不安地想呀，又扳指头。人家笑他，他也一点都不觉得。直到所有的人都报过名了，谢开泰问起，他才说：‘当然要报名呀！你想，全家只有两个人劳动，土地又多……’谢开泰岔断他：‘这个勉强不得呵，你再回去考虑一下吧!’爹着急得直叫：‘还有什么考虑的呀！这点庄稼早把人苦够了!’可是谢开泰不相信，肯定爹思想包袱很重。”

“他不清楚，我是因为地亩产量老记不确实呵!”卢世发愉快地叹息道，“他只看见我那么坐立不安的，就以为我有包袱。后来名报过了，他又问我，是不是全家同意？卢家秀为什么不到场？我说，‘她呀，一个小姑娘，当爹的到社会主义，她会不跟着走?’可是看神气他还是不相信！……”

“所以后来没批准入社，你回来打我呵！”卢家秀抢嘴道，仿佛故意同她爹开玩笑，“你看，同志！他一回来，我高高兴兴问他：‘爹，批准了吧?’他劈脸就给我两耳光：‘就背时在你这个冤孽身上！’我一时还莫名其妙，他可伤伤心心哭起来了。”

“同志！你猜我哭什么?”卢世发问。

“我爹就是从前苦日子过太多了！”卢家秀说道，接着就代替她爹说明：“他哭呀，‘两三辈人打老鸦的土巴都没一块，搞土地改革跟大家一样，田也有了，地也有了，现在搞合作化偏偏没我的份！……’

“爹这一哭，可把我吓住了。连痛也忘记了！三个小的，我早就把他们安顿睡了，想挤时间做点活计。这时候都一齐惊醒了，从被窝里钻出来，光起屁股坐在床上。大的还好，小的可跟着哭开了，像唢呐叫。

“我当时真气，‘没批准，想办法争取呀，——哭！——’可是，爹又不肯直说，就那么转弯抹角地诉苦，‘我看你们这一窝窝怎么活得出来呵！说起来分了一大堆田地……’

“当天晚上我连眼睛都没有眨一下，爹也老在床上翻身、叹气。早上我一爬起来就找二爸去了。二爸是副社长，又是党员。就是刚才陪你来的那个卢鹤鸣呀。他从前在乡上工作，是调回来办社的。二爸住的正屋，这里去要绕大半个院子。二婶早起来了，在街沿上喂奶娃，二爸还在睡觉。我一直冲到他床面前去。真怪！话都没说一句，我就哭起来了。二爸从床上坐起来，吃惊道：‘你家里出了啥事情哇?!’

“我边哭边没头没脑地说：‘我们不是地主、富农，又不是反革命分子，前年进互助组挡住我们，不让进；今天办社，又把我们挡住！共产党是领导全体贫苦农民走社会主义道路的嘛！……’

“二爸轻轻吐了口气，披上衣服，一边向我解释：‘没批准的不止你

一户呵！再说，当场那么多只眼睛，都讲你爹的顾虑大！你呢……’

“‘我怎样哇？他们凭什么敢说我不想入社？’当时我真有点生气，疑心谢开泰在捣鬼；二爸可和和气气地笑了。接着要我谈谈合作社的好处。他想考我！可是，不要讲爹还时常同我商量入社的事，闹社会主义两三年了，东听点，西听点，合作社的好处也可以说出一大堆呀！……

“跟着我又向二爸说了说为什么爹会闹得坐立不安。

“‘真是糟糕！’后来二爸叹了口气，好像自言自语地说：‘已经批准四十九户人了！上了五十户要请示地委。你这个女子呀！’二爸忽然生起气来，‘明知道你爹脑筋不行，你就一天新娘子样躲在家里！……’

“二爸还批评了我很多。

“我老想大喊大叫：你不要把人看得太没有出息了，哪个会自己愿意当‘小媳妇’?！可是我没有回嘴，我又哭起来了。……”

卢家秀不响了，一对大眼睛亮闪闪的，直瞪着前面出神，她显然很激动，但是她的神色是愉快的。我记起了这天早上支部书记告诉过我，卢鹤鸣曾经对她进行过不少教育，但我相信，这一次的谈话可能对她影响最深。

“现在想起来多傻呵！”她又笑一笑接着说道，“一个人就那么爱哭！哭了一阵，我就回头往家里走。也忘记问问，入社的事究竟行不行。回来爹骂我像野人，一起床就跑了！我也一声不响，就那么闷起。可是半晌午间，二爸来了。二爸说，他同社长研究过了，我们可以再向支部申请。”

“‘可是，精神上要有点准备哇，’二爸接着又说，‘超过五十户得请示地委呵。还有，就是批不准呢，你们也该尽量创造条件，让这个女子多出去开开会，莫管得太紧了！’爹听了一声不响，就那么没精打采的；我忍不住站起来嚷道：‘能入社我都是社员了，我要哪个管哇！今天当着二爸的面，爹！我们说清楚哇，几个兄弟妹妹，照顾我是要照顾的，一天把我捆在家里可不行哇!’”

卢世发辩解地插嘴道：“同志你听，好像我硬管过她样!”

卢家秀逗趣似的笑道：“管倒不管，可是把几个小的推在我一个人身上!”

卢世发质问道：“怎么，就忘记了？我该不止一次说过，要你少管点家务哇!”

“可惜这已经是写过申请书以后的事了!”卢家秀笑嘻嘻反驳道，“同志！你还不知道呵，那时候他总担心入不了社，就一天把你盯住，一瞧见二爸走出院子，他就那么催你：‘快跟着去！快跟着去!’弄得旁人都笑话我，说我像二爸的尾巴！有一次，二爸上街去参加支部大会，他也催我：‘已经上高坎了，还不快点!’我正在纳鞋底，搁下就跑，连针都来不及插上。等我赶上二爸，气都快要断了！我跟在二爸后面，就那么不住喘气；这才叫二爸发觉了。二爸转过身来问我：‘这个女子啥事情哇?’我边喘气边答道：‘跟你一道去开会嘛!’二爸笑了。我从他的神气，感觉自己又像闹了什么误会，因为这已经不是头一次了；但他这一次没有叫我转去，倒要我跟着他一道走。路上他向我讲了很多，鼓励我争取入团。我一直跟着他跑了六七里路……”

卢世发忽然叹口气笑道：“幸亏这一次碰对头了!”

“的确这样!”卢家秀接着道，“一上街二爸就碰到两个熟人，他们边说边向乡政府走，忘记了关照我，我就懵里懵懂跟进去了。人家开会，我也挤在二爸身后。主席个子高大，说话可秀里秀气的，过后才知道是胡书记。

“他讲了很多，主要讲的建社扩社当中发生的一些事情。他讲过后，我可再也憋不住了，就站起来大声道：‘现在就请大家说说我们该不该入社吧！一窝窝小的，牛哩，只有半头！……’这时候全场的眼睛都瞪着我。二爸忽然回转头吼开了：‘嗨！这个女子才怪，这是支部大会呀！……’

“人们接着一齐哄笑起来。

“二爸边走边讲地向胡书记走去了。我呢，一张脸烧得像火烤一样，脑袋里轰轰轰直响。也没想到该赶紧退出去，就那么憨痴痴站在那里。后来，胡书记喜笑颜开地向我走过来了，二爸跟在一道，也很高兴的样子。

“胡书记简单问了问我家里的情形，然后安慰我道：‘跟你爹讲不要着急！我就要到地委开会去了，哭都要把你们这一户哭进社！……’”

“这么说你们终于进到社了！”我高兴地插嘴道。

“当中还有些名堂呵！”卢世发笑道，“你问这女子吧！”

“就是过后两天发生过一点麻烦，”卢家秀道，“有一天，我听说社里在收集种子了，跟爹算了算账，两个人背起粮食就往高坎上跑。没有想到，谢开泰仗自己也是个副社长，他才不接收呵！后来胡书记开会回来传达毛主席的报告，我真想跑去问他：‘怎么样？那天你好刁难人呀！’……

“当时爹说算了，等正式批准再讲吧！我可不肯，我说：‘胡书记亲自讲的，他哭都要把我们这一户哭进社！……’

“谢开泰插嘴道：‘可惜我没有听见！’

“‘难道说是我撒谎？’我有点火了，‘支部会上胡书记当众讲的……’

“有的社员从旁劝我：‘年轻人脚板快，你就上街跑一趟嘛！’

“谢开泰生气道：‘胡书记开会去了！他就是答应过，也还要等地委批准呵！现在已经四十九户，名额满了。……’

“正在这个时候，社长同二爸开完会回来了。他们还没张嘴，谢开泰就抢着讲起来。我想，‘不管你怎么讲，种子我今天总要缴！’”说到这里，卢家秀害羞似的笑了，接着又说明道：“当时我有个想法，以为只要种子缴了，你就是不批准，挤，我也要挤进社！哪里知道二爸才一解释，谢开泰就不响了！一切顺顺当当……”

“你又忘记豌豆种的事了！”卢世发提示道。

“啊，我把豌豆种的事情忘了！”卢家秀恍然大悟地笑道，“豌豆种本来选好了的，后来给弄混了，有几颗虫蛀过的，谢开泰不收！我说，‘这个容易！我马上拿到河里去淘！’……”

这时候卢世发忽然满面春风地站起来了，瘦长瘦长的像根柱子。

“同志呀！”他笑道，“真没想到天也那么凑趣，老大的太阳，豌豆很快就晒干了！……”

“这该你开心呀！”我忍不住笑了起来，“当真入了社了！”

“当然！”卢世发承认道，“现在我啥事也不愁了！……”

“爹呀，你又把事情想得太简单了！”卢家秀叹气道，“你以为社一办起，啥问题都没有了，光等增产？告诉你，上个星期，社里干部开会商量‘划片’，陈久康就一请二请不来，一时说睡了，一时又说生病。他自己一个生产组长都不出席，这个片怎么划？

“这简直是拆台呀！弄得大家情绪都不对头。有人建议改在第二天开会，三个社长硬不答应！二爸主张再派人去，抬都要把他抬起来。听到这里，我一骨碌站起来了，表示我愿意去。跟着刘长庚也站起来了，说天太黑了，多个人方便点。二爸叮咛我们：‘一定要请他来！很快就霜降了。’过后讲了好多话才把他搞去呵！他还一路抱怨……”

卢世发叹息道：“这家伙生产上有几手，就是脾气够搞！”

“认真说也没有什么！”卢家秀很有自信地笑道，“他那一组的麦子早播完了，现在表现很好。可是单为他的事就开过两晚上会！因为胡书记说：‘新办社，千万不要开了坏风气！’

“不止陈久康呵，前两天罗明友也打过不少麻烦！……”

我问道：“这个罗明友是不是你的前任组长？”

“是呀！你已经听胡书记讲过了？这几天我愁得连觉都睡不好呵！……”

卢家秀蹙着脸苦笑了。但这是次要的，她的语调，她的整个神情，都说明她对组长这个职务具有信心。而且，就连我也相信，她会干得很好。因为她是那么头脑清楚，富有朝气！

我记起了支部书记向我介绍卢家秀时说过的几句话："同志！土改时候，好多人都讲我进步快，比起这个小鬼来呀，那才差哩！……"

这是完全可以理解的。我在这里向合作化运动中涌现出来的一切青年积极分子致敬！

一九五五年十一月

（原载 1955 年 12 月 23 日《人民日报》）

悼邵子南同志

子南同志逝世的消息，我是在德阳看报才知道的。整整一天我都无法不想到这个噩耗。后来我给作家协会重庆分会的同志写信，表示了我的哀悼，认为这是我们重庆文艺界一个重大损失。

现在我也还是这样想的。近几天来，我的这种感觉，甚至更强烈了。因为我们正根据全国作家协会的指示对分会的工作进行全面规划。我相信，如果子南同志还在，我们的规划将会做得更好，实现这个规划的要求也将更有信心。而且我同样相信，我们每一个同志都有这种想法。

远在一九三六年夏天，我在上海就知道了子南同志。我是从欧阳山同志口中知道他的，他们正在共同搞一个文艺刊物；但是我们没有见面。我们的直接接触是在十年以后，一九四六年夏天。他在《新华日报》工作，我同艾芜住在张家花园，参加“全国文协”重庆分会工作。我们见面的主要谈话内容，是创作上一些具体问题。

当时，子南同志曾经让我读过他的一个中篇原稿，也对我的某些已经发表过的作品提出过严格批评。他给我的印象是：胸怀坦荡，使人感觉他不会捉弄人，也不会隐藏自己的见解。他总是推心置腹地向一个同志摊开自己的全部思想，没有丝毫保留。一九五〇年九月，我们一道参加了西南文联和重庆市文联的工作，接触的机会更加多了，我对子南同志的这一认识，也更加突出了。我相信，这一最初得来的印象将历久不渝地永远铭记在我的心中。

我记得，我们当中曾经有过不少关于工作上的争论，而且相当激烈；但是这却并无碍于我们工作上的和衷共济。这使我想起了多少难忘的情景呵！这里面不止是包含着一种对待同志的信赖，更重要的，是它表现了一种对待革命文艺事业的忠诚和深厚的责任感。特别是去年八月，他已经躺在病床上了，但他还是那么热情地谈到我们工作上的缺点和应有的努力，而很少谈到自己的病，仿佛它并不存在一样。

这里我也应该直言无隐地说，当我每每想念到子南同志的时候，我也会连带地想到他的缺点。然而，正如我从德阳乡下寄给一个同志的信上所说的那样，“要谈缺点，我们哪一个又没有缺点呢?!”这里还应该加以补充，我们重庆的文艺界，每一个人都需要进一步加强理论学习、政治锻炼，彻底清除思想意识上一切非社会主义的东西。首先我就应该这样，因为我自己身上存在的缺点，也不比子南同志的少。

子南同志逝世带给重庆市文艺工作的损失，还不仅表现在文艺工作的领导方面，更重要的是在创作方面。目前全国社会主义改造事业的高潮正在蓬勃发展，重庆已经在我们亲爱的首都——北京之后进入社会主义社会。如果子南同志还活着，以他的思想水平、政治锻炼，以他的才能，他会从广大人民的生活斗争中获致丰满的创作灵感，很好地反映这一伟大历史变革的。

安息吧，子南同志！摆在我们面前的任务虽然艰巨，你的逝世虽然是我们一个重大损失，但是我们一定加倍努力，坚决在文艺事业中贯彻党性原则，坚决向一切敌对思想进行斗争，使我们的创作能够很快满足群众的需要。

一月二十一日夜

（原载《西南文艺》1956年2月号）

幺木匠的故事[①]

爬上那匹高大的黄土山梁，我们歇了阵气，又朝前走。

我们仍旧得爬坡下坎，但是，比起前面一段路来，可要平坦多了。道路相当曲折，因为它是顺着地形，由人们长时期自然而然走出来的。凡有坡坎的地方，前面每每突起一个小小的土丘，一片树林，但是走不多远，地势就又平坦起来。

沿途有不少水田。田里的水都灌得满满的，田坎上找不出一根野草。因为所有的田，秋收后都赶着犁过、耖过，田坎也都捶过、糊过，加了层盖。这时我们已经进了石塔乡八村地界。而我的旅伴开始不断向我指明，这几块田是属于谁的；有时还有一段动人的插话。

八村秋前只有四个联组，现在已有三个建了社了。我的旅伴就是石塔乡八村的村主任，名字叫陆士元，有三十上下光景，中等身材，赤足草履，蓝布汗衫上套着一件西式黑色棉布背心。关于八村的情况，昨天晚上，陆士元就同支部书记简单向我介绍过了，所以他的插话在我特别感觉亲切。

这些插话说明着一个共同主题：为了争取建社，农民群众的生产积极性增强了！因为根据当地以往的习惯，收割以后，人们大多出门“求吃”去了，水田一般少有人照管的，以致碰到天旱，往往栽插不上。

---

① 本文最初发表时题为《幺木匠》。

一个瘦长老人，扛着锄头，正弯着腰在一块田边察看。

“那不是吴兴国！”陆士元抬抬下巴说道，“就在前面那笼竹林后边坐家。……”

我忍不住笑起来。因为陆士元告诉过我，当八村入社报名的时候，主席还没有讲完话，老头子就跑到桌子边去，说道：“先写我吧！我挤不过他们。”这一下大家一拥而上，把桌子都推翻了。

我们从大路转上田径，走向吴兴国面前去。

“老实讲吧！”当一发现我们，老头子就站直起来，望着陆士元说开了，“做了半辈子庄稼了，我的冬水田嘛，就从没有糊过盖！漏，漏你的，只要堰沟里有水，总会有我的份！”

老头子带点狡猾地笑了。这时我才发觉他的左边眼睛已经残废。

“同志是来帮我们办社的吧?”他望着陆士元问道。

我自己回答了他，然后问他今年多大高寿。

“六十七了！”老头子比比手势，兴致勃勃地说道，“使牛打耙还能够来两手，重活路可不行了！给你同志讲吧，命苦呵，要不搞互助合作嘛，黑头花旦都该我一个人顶起唱！……”

他是那么高兴，但他忽然现出一副愁相，用他的独只眼紧瞅着陆士元。

“我又要反映了，”他叹息道，“幺木匠还在大门外呵。”

“哪一个幺木匠?”我问道，想起晚上支部书记的谈话。

陆士元微笑着说明道：“九村的，和我们接界。”

我又问道：“他是不是有个儿子是个哑巴?”

“快别提这个冤孽！”吴兴国抢嘴道，“昨晚上还缠了我大半夜，怪他爹去年不该拒绝入社！……”

老头子生起气来，变得很激动了。接着，在我的邀请下，我们一同离开田塍，走向大路边一个土坡上去，在几棵桊树下坐下来。因为我想认真了解一下幺木匠的故事。

幺木匠是迁移户，土改时期从城里搬来的。他搬到石塔乡，一方面是组织上的调配，一方面也是他本人愿意。因为这是丘陵地区，可以多分点田，同时和吴兴国又熟识，比到一个完全陌生的地方方便。从吴兴国年轻时候在城里打短工起，他们就已经认识了，当时幺木匠才开始当学徒。

幺木匠有五十多岁。老婆有风湿病，只能纺点线子。大儿子已经死了，留下一个媳妇，三个孙儿。哑巴是木匠的小儿子，二十一二岁。他们分的田地不少，却只有三个人劳动：幺木匠、哑巴和儿媳妇。大孙儿只能做些零活。

去年九村建社，社干曾经动员过幺木匠，但他打了打算盘：谢绝了。因为他错误地认为，入社以后，虽然缺乏劳力的问题将会得到解决，自己的手艺可会受到限制，挣不到多少现钱，太吃亏了。

当谈到这里的时候，吴兴国老头子重又激动起来。

“闹社会主义两三年了！”他生气地接着道，“自己又经常出门求吃，就是粪桶也有两个‘耳朵’呀！现在你看！奔社吧，偏偏又臭又硬，社也早扩建了；奔组吧，也一样奔不上。可是笨人有笨主意，嗨，你不喜欢我吧，我偏要黏住你！”

“不是说已经参加了互助组么？”我插嘴问道。

“我正是说的这个！”老头子忍俊不禁地笑起来，但他抹抹胡子，显得严正地接着说下去道，“打从收小春起，他就有一点失悔了。一天夜里，我正说到组上去，家伙忽然摸起来了。照例不声不响；等我要动身了，这才没头没脑说道：‘听冯贵云说，社里还鼓励他到外面找工做呢！’

“这个冯贵云是幺木匠的同行，九村联盟社的社员。人家觉悟比他的高，社一开办就加入了；我反问他道：

“‘不听老人言，必定受饥寒，有点失悔了哇？’

“‘可是听说小春没有增什么产！……’

“‘那你又叹什么气呢!’我故意忤他,‘还是搞单干吧!’

“这个人就是这样,啥事都钝刀割肉,很不爽快。过去苦日子过多了!人又老实,蛇咬一口,见了黄鳝都怕。他总担心,算盘一打错了,全家的吃食又怎么办?常言道,一张嘴,二寸五,他那一大群合起来不抵根口袋呀!……

“家伙认真失悔自己干了笨事,还在秋收以后。你想,地方只这点大,提个狗粪篼篼多转两趟,就什么情形都清楚了。哪家谷子一亩田打了多少,哪家黄豆瞎了,全都一目了然!

“有天赶场,在石梯子歇气,两个木匠又碰上了。

“‘真是这样子吗?’幺木匠提心吊胆地问冯贵云,‘你们社里的都这么说,一个人分三百斤谷子,二十四斤黄豆,二十四斤玉米,还有五斤棉花,——恐怕不会有这么多吧?’

“冯贵云驳斥道:‘你没有看见我们那个啥庄稼呵!’

“幺木匠道:‘听说你们每亩田谷子也只打了六挑。’

“六挑是起码的,你弄错了。’冯贵云道,‘告诉你吧,社里还有一万多斤谷子,公粮只要八千多斤,将来大家还要分一点呢!单是粮食你就以为多了?另外还分得有现金呵!……’

“这一闷棒把幺木匠打昏了,赶过场又来找我!

“一见面他就叹气:‘真没有料到!……’

“我问他:‘啥事你又把算盘打错桥啦?’

“他只管自己说下去道:‘我也就只有那样花本钱了!给六村张国富做了十多个工,一个钱没有乱花,全部买成肥料塞进去了!薅呢,也薅了三道,可是一亩才打四挑!’

“我问道:‘他们社里呢?’

“幺木匠长长叹了口气:‘起码六挑!……’

“接着他告诉了我他同冯贵云的全部谈话。还说,哑巴已经同他争吵过几次了。他这娃呀,你莫看他说不来话,眼眨眉毛动,精灵透了!

昨晚上就比手画足跟我闹了半夜！

“听了他的诉苦，我又好气又好笑，忍不住责怪他道：

“你好蠢呀！联盟社秋前扩社，你就一点风声不知道吗？’

“怎么不知道呀！’幺木匠叫屈道，‘我还特别找冯贵云问过，’他说，‘噫！恐怕只接收联组的人呀！’我当时思想上也有包袱：人家去年动员你，你不干，今天又削尖脑壳钻起来了？……

“我批评他道：‘你这个想法就不正确！……’

“你看他还要辩解：‘总有点难为情……’

“‘走合作化的道路有什么难为情哇？’我真有点生气，差不多吼开了，‘像你这样缩头缩脑，谨防将来地主、富农都进社了，你还会站在大门外边干着急！要争取呵，老弟！你也带起耳朵四面八方听一听吧！七村的何国良，三联组学习社章，一挤就钻起去了！干部告诉他说，我们户数已经够了，明年扩社你再来吧！不听，还是每晚上都按时去。讨论发言，他也不听招呼，只管说自己的。这你有啥办法？他是响应毛主席的号召呀。后来还不是接收了！……’

“我还告诉了他很多，这里就不谈了。嗨嗨，同志！”老头子忽然感觉害羞似的笑道，“不要见笑，我这个人一辈子就是口敞，话一说开头了就收不住缰！有时真想跟幺木匠打个掉，少讲些话……”

我安慰他道：“爽快人有爽快人的好处。后来呢？”

“后来吗？后来闷着头坐了一阵，一声不响走了。

“大约隔了一场吗两场，一天，我们借村公所开社员大会，商量缴纳公粮的问题。大家讨论得正起劲，周金光跑来了。他是来找陆主任的，跑得满头大汗，不住拿袖头朝脸上、额头上胡乱揩。

“也不看看是啥场合，他一面揩汗，一面望陆主任嚷叫道：‘怕要赶快想一个办法呵！这样下去，将来不扯皮吗？’……”

陆士元补充道，“我挡了他几次，‘这在开会呵！’都挡不住！”

“是呀！就像简筒里的水样，他就那么哗哗哗说下去……”

接着，老头子有声有色叙述了一番周金光向陆士元告急的经过：起初，他的冒失使得会场里的秩序有点儿乱，好在很快就平静了。大家就那么眼鼓鼓瞪着他，希望他早点把事情说清楚。

“周金光是八村一个互助组的年轻组长，他这一组人正在开垦一片荒地。

“‘你看怪吧！’周金光吵架一样接着说道，‘前天早上，才麻麻亮，他两爷子就把牛赶来了，套起犁头就干。连我们组员都还没到齐呵！我想，这是哪个，这样积极？就走过去了。

“‘一看，才是他两爷子！我跟着就向他解释，你这是干空事呵！昨天我就向你讲得很清楚了，我们全组都讨论过，不接收人了！要是接收，我不该当面就答应你？再说，你是九村，这是八村，也不能接收你呵！

“‘这样，两爷子你看看我，我看看你，停下来不干了。

“‘可是等你刚一转身，就又干起来了，简直有意跟你捣乱！这样一连搞了两次，组员们都有点冒火了，我也觉得很不痛快。大家工作都不够安心呀！后来我想，好吧，等晚上评分再慢慢解释吧！就说服大家暂时不要理他。

“‘晚上老头子果然来了。我们老早就商量过，分要评的，不能够剥削别人！可是得给现钱，不记工分。你看怪吧！钱，他不肯收，不记工分也满不在乎。这都不说，今天天一亮两爷子又来了！

“‘这已经是第三天了，再缠下去这笔烂账怎么算呀！’……”

当吴兴国讲述到这里的时候，爆发般大笑了。

“我不是笑别的！”他最后申明道，一面用手掌擦去从他那病眼里滚出来的愉快的眼泪，又抹抹胡子，“我是笑大家还要老那么问：‘哪个?’‘哪个?!’我才听了个头，心里就有点犯疑了。后来越听越觉得是幺木匠两爷子！这里我又要提意见了，”老头子转向陆士元道，“你那天那个话有点不对头呵！”

陆士元带点窘急地辩解道：“可惜我只有这么大点权限!”

“为什么不对头呢?”老头子自问自答地说了下去，“这究竟只是隔个村呵！一没立碑，二没界石，不是铁门槛呀！敢保险，要是你不一口咬定：八村呀，九村呀，说得开豁一点……”

陆士元插嘴道：“你放心吧，支部就要解决他们的问题了!”

“支部当然会解决呵!”老头子同意道，“这个想也想得到的：毛主席的报告大家都听过了，还能把他幺木匠关在社会主义大门外边？不过将心比己想一想看：一边是组，一边是社，他一户人夹在中间，就像个孤鬼样，哑巴又天天叽里哇啦抱怨……”

我截住老头子，请他谈谈那天以后幺木匠的情况。

“我就要谈这个了，”老头子接着道，“啊！陆主任那么一说，‘你再跟他揭穿讲吧，不管他怎么缠，我们八村没理由接收他!’‘万一不听劝呢?’周金光这么一顶，可就顶出事情来了。

“陆主任倒没有说什么。……”

陆士元申辩道：“我想叫他们找九村村主任邓世发的。”

“可惜你没有说！只见老苏一个人在那里吆喝：‘再不听劝，你们更加没责任了！他爱挖吗挖他的嘛！……’

“正像哪个要吃掉他的一样，周金光马上又忙匆匆跑掉了。一到开荒地方，他就一五一十向幺木匠解释；可是这有什么用呢？幺木匠照样跟哑巴一个劲干下去!

“地耕出来了，种小春，他也从不耽搁工夫。他后来告诉我，那时候有好几家人找他做活，他都推了。幺木匠这个人嘛，交往不深你就不容易摸清他的脾味：有时绵扯扯的，一个主意打停当了，牛牵绳可都把他拖不转来！还有呢，自从那天解释过后，周金光就再也没有挡过他呵!

“一直到小春快要种完，他才着急起来。一天晚上，他照例摸去参加评工，他没有找着人。他们有意躲他，另外找了个地点开会。他赶紧四处打听，结果还是摸起去了。

“他坐在一个黑角落里，组员们正在讨论集体交粮的事。

“‘我的谷子也早准备好了，’最后他插言道，‘大家可以检查……’

“一听他的声音，周金光有一点发火了，叫道：

“‘你怎么又来啰！……’”

陆士元纠正老头儿道：“周金光说他没有发火，人家争取缴公粮呀！”

“对啰！”老头子激动地嚷叫道，“他争取交公粮呀！难道是干什么坏事？可是，后来他们把交粮的日子改了，一点风声不漏，害得幺木匠一边老等！告诉你吧，他对这件事意见最多！

“就是我听了也生气啊！这里我要坦白，气头上我自由主义过：‘到县委去告状嘛！’我说，‘县委不行还有地委，省委……’”

陆士元又一遍提醒他，支部正在研究解决幺木匠的问题。

“要快点啊！”老头子叹息道，“庄稼人的脾气你懂得的！……”

他站起来了。我们一道离开土坡，顺了大路走去。

“我干过的事情多啊！”当我问到他的经历时，老头子抹抹胡子，边走边回答道，“帮人家放过牛，当过长年；因为跟地主闹架，不当长年了！跑到城里，啥活都干：挑煤炭，帮石灰窑捡矿子，也假绷内行做过几天木工；最后又跑回来当佃客，——说来说去还是土巴亲热一些！……”

陆士元赞叹道：“老庄稼啊！”

“不中用了！”老头子叹息道，“现在该你们年轻人挡头阵了。”

一九五五年十二月

（原载《新观察》1956 年第 2 期）

柳永慧

这不是一件简单的事：直到临走时候，柳永慧的父亲都还在眼泪巴巴地劝阻她，认定她离开家太远了。这父亲是个老年缝工，妻子早已去世，女儿是由他一手照管大的。在他的心目中，柳永慧好像永远是个小女娃儿。

来到工地的时候，这个十七岁还不到的初中卒业生想学车工，至少到检修部门学习；但她现在却是一名出色的女拖拉机手。而正像每一个走上新的生活道路的青年人样，她也碰过不少钉子。因为没机会学车工，柳永慧很不痛快，她的满腔热忱第一次遭受到了挫折。开始学习驾驶拖拉机的时候，她也并不顺利，大家都笑她个子小，那个笨重的铁家伙不会听她使唤。……

柳永慧印象最深的有这样一件事：初学开拖拉机时，一天休息，师傅不在，她一个人悄悄把汽缸打开了，准备进一步了解它的构造。重新装配时她做得很仔细，一切都顺顺当当，就是发不燃火。结果明明白白：她挨了批评。而且，不止一个人批评她，除了师傅还有班长。更坏的是，这个错误很快在工地上传开了，变成了其他部门的班长、师傅教育徒工的好材料：看你们还乱动手吧！……

对于这些批评和七七八八的传言，柳永慧的抵触很大，心里难过了好久。但她兴致勃勃地告诉我道：

“为了这点鬼事，我前后哭了七八场呵！”

一个工区团组织的女干部明荣秀鼓励她把每一场哭的经过都告诉我。

“你听嘛!”柳永慧毫不迟疑地接着笑道，“才挨批评，哭一场；明荣秀看见我老不快活，把我拖到一边，问我有啥思想问题？我又哭了；一天接到父亲寄来两双袜子，眼泪又那么直往外淌，拼命忍都忍不住！……”

她停下来不讲了；翻起一双秀长的眼睛，搜索着记忆。

她随即手一挥道：“哎呀，记不得了！……”

于是上身往桌子上一伏，就那么天真无邪地望着我笑。但她随后严正地告诉我，她哭，不是因为挨了批评，她很快就认识到她做错了。但是，有一个思想老使她感到难受：机器都不准拆，还学得好啥技术？倒不如回家去准备功课，投考学校的好！……

担心没机会学技术显然是个错觉，这个错觉，很快就被事实否决了。到了去年十月，通过考试，柳永慧正式获得了拖拉机手的称号。她不仅娴熟拖拉机的操纵技术，而且一般懂得了柴油机的构造，能够进行小的修理。当被调往螺回坝取土场学习刮土机时，她显得多高兴呵！她又可以学一门技术了。刮土机是挂在拖拉机后面的，操作起来特别笨重，不好驾驶；但她一星期就学会了。

这是去年年底的事。当时生产量低，一班人八小时只能刮取土二百多方。但是，随着社会主义竞赛的深入开展，今年二月，柳永慧达到了每班刮土五百多方的纪录。也正在这时候，她得到工区团组织授予的青年突击手的称号。但她并不自满，因为其他两个班总是很快就把她赶过了，叫她老是担心掉队！

现在，使用刮土机的一共有三班人。每班一个师傅，一个助手。就在前一星期，柳永慧有一天刮到了六百方，她很高兴，她又把其他两个班赶过了。但是，紧跟着另一个班三天内接连突破纪录，一直把刮土的数量提高到了六百三十多方！

这达到最高纪录一班的师傅姓王，河北人，在北京市建筑部门专门开吊车的。王师傅已经有三年工龄了，技术很好；但他曾经做过柳永慧的助手，因为他从来没开过刮土机。王师傅个子长大，朴实善良的脸上经常浮出一种懒洋洋的神气，而他的言谈动作，老是使人想笑。

事实上，王师傅也很喜欢逗趣。但是上班的第一天，他却差点使柳永慧生气了。因为当柳永慧敏捷地跳上司机台后，他还愁眉苦脸，站在车门口动也不动，准备作弄一下他这个小师傅。

最后，他蹙着脸摇摇头，对柳永慧说道：

“跟你一道工作，我担心苦闷死呵！”

“保险你不苦闷！不要尽啰唆吧！……”

这时候竞赛已经展开，她相信一分一秒的耽搁都会使自己掉队。她最担心这个，但在车子开动以后，她又发觉这个助手时常妨碍工作，因为他必须在她面前串来串去，照管刮土卸土，而他的个子太长大了，又不熟练，于是只好劝他坐在一边见习。……

等到交班的时候，柳永慧心里多愉快呵！因为尽管有过耽误，她还是赶上了上一班自己突破的纪录。而且她的助手进步很快。然而，正是这个曾经向她学习过刮土、早已同她一样当了师傅的人，现在却使她苦恼万分。因为恰像故意作弄人样，只等你千方百计突破纪录，他又一下追上来了。

一种可能掉队的危险感觉经常占据着柳永慧。而在三天前上班的时候，这个矮小结实、生就一副圆脸、扎着两条刷把头短毛辫的年轻姑娘，几乎没勇气工作了。

下班的人已经走了，柳永慧还一径坐在拖拉机旁边发愁。

“怎么做嘛！”她嘟着嘴对游育义说，“老是掉在王师傅后面，倒还有脸当突击手呢。”

这游育义是个新来不久的助手，颈子又细又长，还不到二十岁。

“哎呀！”他安慰柳永慧道，“我们总比汪师傅刮得多！”

“你这个思想就是保守!”柳永慧一下跳起来了，接着就登上司机台；但她随即回转身来，兴致勃勃地堵在车门口同游育义商量道，“你听！你专管卸土好了，让我来刮！免得两头跑耽误工作，——这样你看好吗?”

“当然好呀！可以缩短非生产时间。我就担心你累不下来呵。”

“少说空话，赶快坐上来吧！……”

这个办法立刻就见了效：助手既然不必在车门两头乱串，拖拉机同刮土机的联合动作，就更加紧凑了。不到两个钟头，他们就刮了二百方土！她暗自算了算账，她相信这一班至少可以追赶上王师傅。

然而，正在这个紧要关头，天落雨了。“真是见鬼!”柳永慧抱怨着，无可奈何地把拖拉机开到一座篾棚里去。因为根据施工上的严格要求，土的含水量至多是不能超过百分之十九的。而且天雨地滑，容易发生事故，他们只有停工一条路了。

当柳永慧告诉我事情的经过时，她是多懊丧呵！特别因为汪师傅昨天的深夜班已经达到了七百二十多方，赶上那个北方大块头了。这汪师傅是个东北同志。

“不要发愁!”我给她打气，“你一定追得上！……”

接着我提醒她，依照下雨那天两个钟头的成绩，她还可能达到八百方呢！而且劝她千万不要失掉信心。

“应该有这个把握吧?”我忍不住又追问了一句。

“我不知道!”她说，摇摇头笑了。她笑得那么单纯，但她随又现出一副愁相，接下去道，“你不想想王师傅好大个块头呵！开起车来就跟打仗一样。那天我不是给你介绍过吗？他们说，像我嘛，他一个改成两个还要剩点零头！……”

她孩子气地大笑起来，接着向我大谈那个大块头的趣事：他就说一句简单不过的话都会引得你发笑……

她一直谈了很久。而在她那充满稚气的闲谈当中，我老是对自己说："简直还是小女娃儿呀！"因为一面听她有声有色地说下去，一面我总惦挂着她的竞赛；而她自己，好像早就忘记掉了，只顾天真无邪地同我瞎扯。

分手时候，我要求柳永慧带我到取土场看看。她爽快地答应了。她住在我的附近，还不到两点钟，就忙着跑起来了。面孔通红，满头大汗，显然就是爬坡上坎她也毫不知道爱惜精力。因为我是住在狮子寨山顶上的，她的宿舍却在狮子寨山脚下，中间有个很大的陡坡。

她的装束也换过了：头戴制帽，身穿一件夹克式工作服，上面全是一团团油渍。才一见面，她就从头顶上摘下帽子，又像好气又像好笑似的举起来向我直晃。

"你快看吧，简直像狗肚子里呕出来的一样！……"

我说，这是劳动的标帜，她该为它感到自豪。事实上，她的心情正是这样，不同的只是表现形式。当我们一道走向取土场的时候，这一点就更加明确了。而我仿佛开始接触到了这个小姑娘的跳动的脉搏。

途中，我们在第二坝的堆石上停了一阵歇气。这是个土石混合坝，有二十七公尺高。这个坝的规模，比起拦河大坝要小多了，工程，也简单多了，但是，取土场的工人们，却正在为它需用的二十多万土方日日夜夜劳动。因为他们必须在洪水到来之前完成这个任务。

我们坐在陡峻的堆石上，一面歇气，一面继续扯谈，想到什么就说什么：她那缝工父亲和她的学校生活，以及摆在眼前的这个艰巨工程。

随后她又谈到水电站建成后四周围可能发生的变化。

"将来这一片都是水呵！"她接着说，把手举得高高地画了半个圈子，而她的眼色和神气说明她的眼前已经展开了一个巨大的人工湖，里面浮着无数青翠的岛子和白色游艇，"他们讲，就是大轮船都可以一直开到垫江！听说那里的山还要大得多呵！你到过垫江吗？我还没有去过，但是我猜得到：垫江的老百姓，现在一定也时常谈我们狮子滩！……"

她高声笑了，随即猜度地回转身望定我。

“你猜我平常惯爱想些什么?”她自问自答地接下去说，现出那种青年人谈到重大问题时的严肃神气，“我呀，我总是想，只要将来回忆起狮子滩水电站工程的时候，不会感到难受，就幸福了！……”

我肯定了她的想法，而且认为她工作得很不错；但她似乎不大相信。

“走吧！”她站起来叹息道，“还有三公里呢！……”

这以后一段路，她很少说话，也不再像个跳跳蹦蹦的小姑娘了。非常明显，怎样才能使自己将来回忆起狮子滩水电站工程时不会感到难受这个思想，已经占据了她整个心灵。

柳永慧做的是中班。当我们到达螺回坝时，快到四点钟了，正好赶上交班。取土场规模很大，一共有好几十亩。那些已经刮好的大量泥土，全都盖上一层油布，防止下雨增加水分。一条轻便铁道联系着三四座平台，每座平台下面都停着载重汽车。另外一座平台，离开轻便铁道较远，特别高大，在用人工上土。一架吊车正在缓缓地扬起手臂。……

两三辆装载好了的汽车，风驰电掣地向第二坝驶去了。翻斗车、推土机和刮土机的轰鸣，欢快地演奏着劳动的赞歌。我仔细看了看柳永慧，她已经戴上了手套，表情也一下紧张了。而她的心好像已经飞上了拖拉机。可是，王师傅在我们附近卸完了土，却又拐向取土场去了，显然还不准备交班。

我看了看表，不禁替柳永慧着急起来。于是我提示说：已经过去五分钟了！她应该接班了。柳永慧踌躇了一下，随即跟着拖拉机走去。我同游育义跟在她的身后，这个瘦长青年人比我们到得早。

王师傅头戴雨帽，身穿一件枣红色的统绒汗衫。他无疑已经猜出了柳永慧的心事，但他笑嘻嘻地瞟了我们一眼，就又板起面孔，用足全力刮土去了。真的就像打仗冲锋那样。

柳永慧抑制地叹口气，停了下来。我又忍不住看了看表。

“怎么你不叫住他呢？”我问，更加替她着急。

但她没有理我，似乎已经把我忘记掉了。带着一种焦急和监视的神气，一双眼睛就那么一直紧跟着刮土机转，好像担心它闹乱子。因为王师傅一个劲开过去，机器颠簸得很厉害。而末了，她忽然显得兴高采烈似的同我闲谈起来。

她告诉我王师傅很好，工作积极，竞赛开展后进步很大。

“从前他才不是这样呢！成天就只知道开玩笑。”她接着说下去，但我觉得，她说这些，只不过为了克制某种不快的情绪，“你不要以为他跟我学过，技术比我高呵！从部队转业下来他就学开吊车……”

游育义不满地插嘴道：“他像还舍不得交班呢！……”

柳永慧意外地把话头顿住了，没有继续称赞下去。而她眉宇间的焦急和不安忽然一下变成了恼怒。接着，她匆忙地挨近我看了看表，就迎着刚才卸完泥土、正在望我们开过来的刮土机冲去了。

王师傅在柳永慧的嚷叫下煞住了拖拉机。

“怎么没有听见汽笛叫呢？”他从车门口探出头问。

“你忘记了这是取土场呵！吊起十多里路……”

王师傅闭起眼睛长长叹了口气，跟他开车时猛冲猛打的神情完全两样。他显得失望地嘀咕道：

“刚好干得带劲！……”

接着，让助手下了车，王师傅这才从座位下边找出一条抹布一样的毛巾，望肩头上一搭，缓缓走下车来；而且堵塞在拖拉机门边，提心吊胆地张开两只满是机油的手掌。

他巧妙地摇晃着他那两只污黑的手掌，又假装向柳永慧诉苦道：

“看吧，刚才把机器修理好，你就来接班了！……”

我插身过去，客客气气问他刮了多少方土。

“说不上呵，还差那么一点才八百方！……”

柳永慧忽然一下连脖子也通红了。

“不要转弯抹角夸口！”她鼓足勇气嚷道，“让我们来突破你的八百方吧！”

她带点鲁莽地推开王师傅的肩头，抓住拖拉机门边的把手，一纵身上去了。那个瘦长的青年助手早已坐在司机台上，他似乎比柳永慧还积极。马达响了，拖拉机狠狠蹦跳了几下，滚动起来。而我立刻就感觉到，它对柳永慧比对王师傅驯服多了，走得那么平稳……

王师傅忽然津津有味地笑了起来。

“几乎时常都这样呵！”当我听见笑声回转头去的时候，王师傅接着说，“交班迟点，就急得团团转！你还没有看见月终评比那个味道：碰到自己比别班刮得少，马上话也不肯讲了，就把嘴嘟起！……”

我插嘴问他，照他看来，柳永慧的打赌有没有可能实现。

“怎么会没有可能呢！”他笑嘻嘻回答道，接着又指指正在开动机器的柳永慧，“你看吧，就像个猴狲样，小家伙多灵动呵？——我就担心她跌下来！……”

王师傅叫了助手一道走了。

我感觉有点纳闷，因为我不能肯定这个爱开玩笑的人说的是不是真心话。而当我正在东猜西疑的时候，拖拉机忽然停在我的身旁，柳永慧把我叫上去了。

这是我有生以来第一回坐拖拉机。本来，来到取土场后，我就打算提出这样一个要求：让我坐一坐拖拉机！但是我怕妨碍工作，始终没有开口。我感谢柳永慧，她好像猜透了我的心事。她把我安顿在司机台上，让助手蹲在我的对面。她又继续开动拖拉机刮土了。

起初，我还不很理解，那个青年助手为什么不肯坐在司机台上，不久我就明白过来，他必须为柳永慧让出尽量多的活动地盘。因为司机台的对面，一长列安排着好几个操纵杆，它两边还有两个，是管制刮土和卸土的。而她个子又那样小，这样她工作起来也就更灵活了。

跟王师傅有点两样，柳永慧是很少停停稳稳坐上一分钟、半分钟的。刚才回复到原来的姿势，斜跨在座位上，扭转身子，那么专注地从一个小窗孔里留心着刮土机的每一动作，以及地面的情况，一眨眼地又溜到我身边来了，调整一下排挡；有时又猛然弯身下去，使得短小的管制刮土的操纵杆发出震耳的响声。而这一切她都做得多么熟练、机灵。……

对于一个年轻姑娘说来，这需要多少的精力和专注呵！但是，柳永慧却越来越加容光焕发，动作也更加敏捷了，她那秀长的眼睛不断闪射着愉快的光芒。而这种精神状态，只有当人们自觉地为了一种崇高理想而辛勤劳动的时候才会产生。

我沉没在巨大的喜悦当中。对于柳永慧是否能够突破八百方的纪录的担心，全部都消失了。我相信，她自己也不会记挂着这件事的。她那专注的神情，敏捷的动作，就充分说明了这一点。

而当跳下拖拉机的时候，我可又担心起这场竞赛来了，忍不住转回头大声叫道：

“好好干吧，你们一定会跑到前面去的！……”

接着我就离开取土场了。当天晚上不说，早晨刚一睁开眼睛，我又记起了取土场上轰轰烈烈的竞赛。好容易挨到十点多钟，估计那些做中班的人已经休息够了，我就立刻走下狮子寨去。

刚才走到体育场边，出乎意外，明荣秀有说有笑地向我走过来了。

“黑板报已经登出来了！告诉你吧，柳永慧昨晚上刮了八百三十多方……”

我还来不及答话，就又一眼发现了柳永慧：她落后明荣秀十多步，步子迟缓，态度平稳，完全变了样了。正像昨天我们一道离开混凝土坝时候那样，她不像个跳跳蹦蹦的小姑娘了，但也不像一个精力充沛的拖拉机手。

我走上去跟她握手，道喜，随又笑道：

"你估计还能够突破九百方吗?"

柳永慧微笑着摇摇头，轻声道：

"我不知道。……"

"可是你终于赶过那个大块头了!"

"不行!"她又微笑着摇摇头，"他会很快追上来的。……"

明荣秀把我们拖到路边一个土包上去了。这个长条子姑娘跟柳永慧几乎同时到工地的，年龄也很相近；现在，她用一种响亮迅速的语调，开始告诉我她同技术员一道帮助柳永慧总结经验的详细过程。

一九五六年四月

(原载《草地》1956 年 8 月号)

炮工班长冯少青[①]

就在工棚附近，拌料楼的碎石机不断地轰鸣着，冯少青可照样睡得很香。

冯少青是进水口工程队的炮工班班长。他做的深夜班，交班时间是早上八点钟。当他检查了爆破情况，开过班后会议，就已经九点了；可是他却照旧感觉不到一点睡眠的需要。

这一回的爆破成绩，太叫他兴奋了！他的伙伴也是这样。因为瞎炮已经减少到百分之一点几，那些保守主义者不会再吵吵嚷嚷了。这也就是说，“黑火药延期爆破法”将会很快在各个工作面推广开来，为保证提前十三个月全部完成电站工程增加一项条件。

谁都知道，“电引放炮采石法”是先进经验，但是它在进水口工程队的遭遇却很曲折。一九五五年，这个经验的创造者就到狮子滩推广过，后来被二工区所采用；而且改进为“延期爆破”。可是它在进水口却很快被人们遗忘了。直到今年春天开展反右倾反保守思想运动，这才又慢慢走了运；不过倒也不是什么了不起的好运。

当冯少青他们从二工区“留学”回来，经过讨论，请求行政部门准备器材的时候，他们就接二连三碰过钉子。开始说器材不好买，后来又一再拖延；等到器材到手，有的又不合用，而且偏偏缺少一样必不

① 本篇最初发表时题为《瞎炮问题》。

可少的钨丝；最后就是这个瞎炮问题。……

可是，现在好了！这一回瞎炮比“雷管放炮”都少多了。开过班后会议，他就向接班的工人展开宣传；回到工棚，他又同其他有关工程的工人们扯谈了很久；他兴奋得跟一团熊熊燃烧的烈火样，而他眼前却睡得像块石头。

忽然，他听见耳朵边发生了爆破声，于是大吃一惊，立刻把眼睛张开了。

“快起来呵!”队部技术组组长弯身在他耳朵边叫嚷道，“我喉咙都快要喊哑了！……”

冯少青大大伸了个懒腰，又睡意蒙眬地抓抓脖子，这才显得无精打采地坐了起来。如果换一个人，他会立刻精神抖擞，告诉他爆破的经过的，可是现在他却为他的睡眠被打扰感到不满。

他勾腰折背地坐在床上，显出一副疲倦透了的神气，嘀咕道：

“啥事情就这么着急呵？我刚才躺下呢！……”

“啥事情？就是这个事情：不要搞延期爆破了！……”

冯少青的腰背立刻直了，用一种异样眼光紧瞪着技术组长。仿佛他不认识这个面孔尖削、腮巴绯红、时常架着一副圆框近视眼镜的青年人样。虽然他们中间有过不少纠纷，因为在延期爆破的整个试验过程当中，他挑剔得最厉害。

“你这样望着我做啥哇?”技术组长接着道，“今天夜班就不要搞了!”

“这个总该有一点理由呀?!”

“怎么没有理由？你们前两天放了瞎炮，差一点把风钻工打死了……”

“这个瞎炮绝对不会是我们的!”冯少青大叫，一蹦从床上跳下来了，光着上身，紧接着抗辩道，“爆破过后，我们都详细检查过，一共七十三炮，只有一炮瞎了！我还亲自插了红旗……”

看见冯少青那样激动，一向爱板面孔的技术组长，反而感觉有趣似的笑了，插嘴道：

“照你讲这个瞎炮是石巴里长就的呢！……”

“可是你也不能硬往我们头上栽呀！”冯少青接着说，两片肥大的嘴唇微微有些颤抖，“二工作面挨我们那样近，又一向出瞎炮，——呵！我记起来了，前两天他们也出过三个瞎炮……”

“这我知道！可惜人家全都找出来了。”

“不！只找到两个，这你可以调查。”

技术组长踌躇起来。冯少青仿佛得救似的笑了，他进一步加上道：

“这个我敢乱说？你想想吧。的确有一个他们始终没找出来！……”

然而，不管他的辩解多么有力，而且口气也开始和缓了，经过考虑，技术组长却丝毫没有改变他原来的判断，照旧宣称：“立刻停止延期爆破！”因为那个向他汇报的技术员说得那么肯定。而更为重要的是，不仅技术组长本人，就是队长，也都一直认为，黑火药早已经落后了，提倡用黑火药爆破，这等于开倒车！……

“当然呵！”他匆忙地结束道，“你的意见我可以反映上去！”

冯少青睁着眼睛让技术组长甩足甩手走了；他屏着气，竭力控制着自己的感情。因为他很清楚，只要松一口劲，他就会嚷叫些不三不四的胡话的。可是末了，他拔步跑向工棚门口去了。

他站在竹笆门边叫喊了一句，可是他只听见一片机器的轰鸣。

“啥呵！”他接着狠声地对自己说，“这又不是我一个人的事情！……”

他长长透一口气，感觉灰心地退回来了。

他重新倒在床上，挪过被子，严严实实地掩蔽好他那只穿了一件紫红色裤衩的长大的身体。现在，什么先进经验呀，推广延期爆破呀，反对右倾保守思想呀！他连想也不愿意再想了，他只准备好好睡上一觉。但他忽又骂了一句粗话，翻身坐了起来。

“干师傅！——干师傅！——都睡得好香呀！……”

他想叫醒他的同班工人，同他们商量商量办法，因为他毕竟不甘心就这样把推广工作搁置下来。可是，听了伙伴们的鼾声，他一下心软了，决心不要打扰他们的酣睡。

接着，他想他该直接去找队长，把问题弄清楚；但他随又叹了口气。他记起队长的冷冰冰的作风来了，跑去找他，一定会来个老一套：“好，让我考虑下看！”而且，队长又一向相信技术组长的判断，对于群众的意见兴趣不大。“妈的，官僚主义！”他嘟哝着；一面立刻穿好衣服，蹬上已经有了裂痕的套鞋，走出工棚去了。

他决定去找工会主席。冯少青到二工区“留学”，就是在队工会的倡议下进行的。试验当中，工会主席又不断鼓励他们。工会主席从前是个印刷工人，中等身材，大脸盘，说话火辣辣的；可是也很容易敞声大笑。冯少青相信他会支持他们，但他一连跑了几处地方，都扑空了。

最后，在俯瞰进水口的一个土坡上面，他发现工会主席正同本队的石工班长程启祥在那里谈话。工会主席满面含笑地蹲在那里，程启祥可很激动，一面说着，一面不住挥手。

冯少青停下来透了口气，接着忙匆匆走过去了。

“延期爆破，我们决定不推广了！……”

他撩足挽袖、秃头秃脑地大声说；而他的态度、话语以及口气，就连他自己也有一点吃惊。工会主席更加不必说了，他感到迷惑，猜不透这个一向有说有笑的青年炮工，怎么会有这样大的火气。

工会主席紧跟着站起来了，多少也有一点激动；他带点责备口气问道：

“你这究竟啥意思呵?！要记清楚：你们是突击班呵！”

“这我们倒经常记着的呵，人家可禁止你推广呀！……”

冯少青于是开始叙述他同技术组长谈话的经过。而当他刚一提到技术组长的姓名的时候，满脸不快的石工班长，忽然歪着嘴角笑了。“又算碰到鬼了！”他说，想起自己同技术组长在劳保问题上不断发生的纠纷。

“真是太主观了！”冯少青接着说道，“你要他调查吧……”

“我只问你一句，”工会主席插嘴问道，“你敢保证那个瞎炮不是你们放的?”

“敢！怎么不敢？爆破过后，我们全班人动手仔细检查过呀！……”

冯少青继续解释下去。工会主席沉默下来，不张声了。

“我再问你，”最后，工会主席忽又十分专注地问道，“你们的瞎炮是不是还可以再减少一些呢？比如说，至少比放雷管少些……”

“昨晚上已经比放雷管少得多了，问题在‘连线’上面！我们已经找到了窍门了！只要把两股改成四股，就有把握叫它不出瞎炮。……”

“那你们照样干吧!”工会主席豪迈地挥挥手说，“我晚上去找队长!”

“只要工会支持，那我们倒不怕呵！——保证今晚上就彻底消灭瞎炮！……”

冯少青没有料到结果会这样圆满的，展开肥大的嘴唇笑了，而且接着用一种讽刺语调反映了一些群众对技术组长的意见：主观，固执；清规戒律又多，就是领双手套，都得经过无数手续。……

当他回转工棚，工人们已经从食堂里吃罢饭转来了，正在高谈阔论延期爆破的新成就。特别干师傅谈得起劲。他曾经想方设法弄来几丈钨丝，使得试验提前了好几天。他是负责管做炮的，为了消灭瞎炮，他也有过贡献。而他们现在正在谈论如何向各个工作面推广的问题。因为根据他们过分乐观的想法，保守思想已经给冲垮了！

干师傅是个瘦小的中年人。大额头，深眼眶，鼓鼓的一双眼珠。平常沉默寡言，一张口又总是硬邦邦的。早上的爆破，在他看来显然很不平凡，因而异常激动。冯少青本想对他谈谈技术组长的事，但他叹口气忍住了。

“莫忙谈推广呵!”他淡淡地笑道，“彻底消灭瞎炮才是大事!”

“保险明天一个瞎炮没有!”干师傅满有把握地大声说。

“刚才大家已经商量好了，”有人紧接着说明道，“万能器也搞到手了，哪个炮不通电就另外做过：我不相信这么仔细它还会出瞎炮！问题是‘纱包线’呵，不换过，节约价值不会提高！……”

“另外谈一点什么吧！”干师傅嚷叫道，“提起这件事我就生气！……”

“值得生气的事情多呵！”冯少青抑制地叹息道，“等以后再谈吧！……”

于是他建议大家赶快休息。而他自已，立刻跑去睡了。

当半夜冯少青被同伴叫醒时，已经快十二点钟了。但是，从工棚里向外面望出去，电灯通明，生活照旧同白天一般沸腾。而人们正是这样夜以继日，毫无间歇地为提前完成电站工程进行劳动。

听到轰轰隆隆的机器的声响，冯少青立刻摆脱了睡意，变得很清醒了。接着，他随同干师傅他们一道走下山坡，打从拌料楼外边走向炮工加工房去。这是一间简陋的用木板钉成的棚子，孤零零地站立在进水口附近一小片洼地上。离房子不远有条轻便铁道，联结着拦河大坝和采石场，不时都有运输片石的车辆通过。

房子里的设备也很简单，只有两张临时搭成的木板桌子，上面堆着制炮用的工具、器材。等到大家刚要动手工作，冯少青关上板门，开始述说技术组长的无理阻挠。

叙述当中，干师傅好几次跳起来想发言，但都被冯少青阻拦住了。

“你们听！”冯少青最后说，“不管他说得多么硬，我们今晚上还是放延期炮！正在反保守思想，又有工会支持，我们有啥着急的哇？不过，万一闯起来了，不要乱张嘴呵！就说是放雷管……”

干师傅不平地嚷叫道：“又不是做贼呢！”他气愤得好像眼珠都要突出来了。

“还不知道工会主席跟队长谈好没谈好呵！家伙又毛病深沉，屁大点事都会咬住不放！……”

这段谈话产生的直接影响，是大家工作时更细心了。而且全都感觉到一种紧张神秘味儿。他们担心会出瞎炮，又怕技术组长突然闯来。

因为对于延期爆破的漏洞，他一向钻得特别厉害，往往叫冯少青不免暗中怀疑：这只是思想不对头呢，或者还有别的什么玩意？

验炮工作，是冯少青掌握的。因为存在顾虑，有的炮试验过两三遍，他都好像还不放心。直到试验完了，就分批包扎，以便带到工地安置，放在钻工们打好的炮眼里。但是，正在这个时候，他们听见了敲门声。接着就是技术组长的叫喊。冯少青应声着，一面对伙伴们飞着警告的眼色，走去开门去了。

炮房里的电灯光恰恰射在技术组长的眼镜片上，只是发闪。而在冯少青看来，家伙腮巴更红，下巴更尖，表情也比往常更严肃了。冯少青一面大大方方地请他进去，一面却用眼势制止着轮睛鼓眼的干师傅。

“你们今晚上放的啥哇?”技术组长问了，依旧站在门槛外边。

“总不会是延期炮嘛!”冯少青故意笑扯扯回答道。

技术组长抓抓腮巴，跨进去了；但他忽然又驻了足。

“发生事故你们要负责呵!”他点着下巴，一字一顿地警告说。

“你这个人怎么的呵！要不相信，我们一个个拆开来你看好吧?……”

技术组长考虑了一下，觉得没有什么可怀疑的，这才转身走了。这时候，已经深夜三点钟了，他也真该回宿舍睡觉了。可是，等他刚一跨过门槛，冯少青忽然想起了一个重要问题，赶紧追上去叫住他。

冯少青堵在门口问他：“那个瞎炮的下落现在怎样?”

“晚上区工会拿起去了，说是要研究呢。”技术组长冷冷一笑。

“请问你呵，等到问题搞清楚了，我们还可以推广吗?”

“这个要看行政上怎么决定!”技术组长回答得很干脆，但他随即又用一种劝诱口气接下去道，“不要迷信！只要不出事故，不放瞎炮，出碴又多，这就是好经验。钻在牛角尖里瞎碰啥呵！……”

说完，技术组长带着沾沾自喜的神气走了。

“这家伙真说得漂亮!”冯少青大笑，当他关好门，转回伙伴们面前的时候说。

“你怎么不问他那算是什么思想呢!”干师傅嚷叫道，靠我真老早就嘴痒痒的了！……”

“这阵何必跟他打麻烦呵！已经三点过了，动得手了……”

大家随即戴上藤帽，拿起做好的炮，走向现场去了。

在引水系统中，进水口是座大门。工程量大，工作的条件也很困难。在那强烈的明晃晃的电灯光下，不少风钻工腰系着安全带，正在悬空钻打炮眼。斗车在卷扬机粗大的钢绳上滑动着，发出轰隆隆的响声。它们得把片石不断送往拌料楼去，装进碎石机永远吃不饱的肚子，为整个工程需用的混凝土制造骨料。

一片风钻声和捶打石块的声音正像一阵疾风骤雨。尘埃同碎石飞扬着，有的地方，几乎连人的外形也模糊了。冯少青一班人的工作面正在闸门附近，是平地作业。钻工们给他们指示了钻好的炮眼，大家就动手验收、安装，用正负纱包线把它们串联起来，接在子母线上。等到所有的炮群全都接上头了，就又开始逐一检查。

这是一件需要极大耐心的工作，任何一点粗心大意都会招来危害。当他们勇敢、细心地做好这一切时，天已经大亮了。冯少青跟大伙商量了一会，接着摸出口笛，开始动员河槽里的工人撤退。而他自己，也一面吆喝着，一面登上那座傍着对岸岩壁搭成的狭小简陋的临时梯子，望河坎上走去了。

河坎上立着一根装置电钮的电线桩子，电线桩子附近有个掩盖得很好的坑道。当人们陆续登上河坎，河槽里的工人已经全部撤退走了，回工棚吃“保健餐”去了。一片静寂笼罩着整个的进水口。而和前几分钟的喧腾比较起来，它使人感觉得这不过是一种假象，不可靠的，眼睛一眨就会立刻消失。

冯少青的心情非常紧张，而且比他们第一次试验延期爆破时紧张。那时候他的思想背景单纯：横竖是试验性质；现在可就复杂多了：击败那个保守主义者，或者让已经成功的试验工作就此搁置下来。而仿佛示威那样，那个尖下巴、红腮巴、架着眼镜的家伙总不时在他眼前晃来晃去。……

最后，等到大家进入坑道，冯少青用力按了一下电钮，也跟着进去了。随即掀起了爆破声。一批接着一批，连成一片，继续了一两分钟。而末了，惊人的静寂掩盖过来……

冯少青迫不及待地从坑道进口处跳出去了。

“快转来呵！”一个学工慌张地探头在洞口叫道，“谨防还没有炸完！……”

冯少青没有理会，他已经很快踏上了河坎边那座摇摆不定的梯子。紧跟着过来的是干师傅。因为一直没有响动，其他工人也陆续跟来了，都想立刻看看爆破情况。

硝烟还没有散尽，尘埃比工作进行时候浓重。前一刻钟炮工们安置炮群的那一大片岩石，已经不复存在，彻底地爆破了。有好几处地方，片石和碎石都堆得像个小山。冯少青同他的伙伴们，手执钢钎，这里那里地掀着石块，动手进行检查。他们没有发现瞎炮。显然瞎炮已经被彻底消灭了。

炮工们都不由得松了口气，于是开始坐下来休息，抽烟，扯谈，准备交接班了。这时候，风钻工、出碴工们也都回转到了工地。他们杂在炮工中间，发着议论，因为爆炸的好坏，同他们的工作有着直接关系。

“好了，这下你们不会再怪我们打眼有问题了！”风钻工们说。

“你胡扯呵！我们就从没有瞎怪过你们。”冯少青笑嘻嘻反驳着。

出碴工们也很满意，爆破出来的石块大部分符合拌料楼提出的规格，他们可以少花费力气了，不必每一块都得使用铁锤来敲碎了，可以直接通过卷扬机装进碎石机的肚皮里去……

结实干练的工会主席忽然出现在人丛当中。他昨天夜里没有碰见队长，但他把那只引起纠纷的瞎炮从技术组拿走了。他拆开它，立刻证明它是第二工作面的，因为里面装的是黄色炸药！但他还不放心，不知道冯少青他们在消灭瞎炮上有了多少进展，出碴情况怎样，就又一早赶到现场来了。

在各色各样的口实下，延期爆破的推广工作，拖延得太久了，而他已经得到了支部的同意，要在这天的支委会上弄个明白！……

冯少青立刻兴高采烈地站起来了，开始向他汇报爆破情况。

“你说，这个成绩能巩固下来吗?”工会主席插嘴问道。

“保险巩固下来!”干师傅吵架般地抢着回答，从一个工人身后的石块上站起来了。

“呵！你也来了!”工会主席走过去拍了拍干师傅的肩膀。

“不来？人家安心扼死你呢！……”

“你们的意见怎么样呢?”工会主席又问风钻工、出碴工。

“像这样出碴嘛，突破两万方的日计划没有问题！……”

“只要没有瞎炮，不打‘改炮’，咱们风钻工哪个不欢迎呵！……”

这时候，技术组长忽然也在人丛中出现了。他已经了解了爆破情况，他很满意，而他现在正准备进一步打通炮工们的思想：不必搞延期爆破了。他一出现，人们立刻停止了谈话，静下来了，闪着期待和好奇的眼光。

技术组长嗽嗽喉咙，又扶扶近视眼镜，慎而重之地笑道：

“现在怎么说呢？去年大家闹起推广延期爆破，队长就讲过了：管它啥经验呵，我们以不放瞎炮、出碴多为原则！这里这么多只眼睛，放雷管哪一点落后呵？碴出得这么好，又没瞎炮……”

他说着，人丛中忽然发出吃吃的笑声；于是皱着眉头，掀起下巴，他一下子不响了。而接着，人们吃吃的笑声立刻转变成为一种愉快的哄笑。……

一九五六年五月六日

（原载《红岩》1956 年第 4 期）

范桂花

这是社会主义青年积极分子代表住的一间宽敞的宿舍。

当我开始向代表之一的范桂花进行访问的时候，我多少感觉有点紧张。因为正在这个当儿，一个摄影记者来了，正像打仗似的，向我们瞄准了镜头；接着好几个工作人员也挤来了。……

可是范桂花本人却很镇静。这个皮肤黝黑、瘦削脸蛋上嵌着一双明亮沉着的大眼睛的年轻姑娘，照旧现出一副沉思神气向我摆谈她的经历。仿佛她所考虑的只是怎样才能把事情说得清楚、准确，并把自己当时的思想感情传达出来。

井研雨台乡乐园农业生产合作社是一九五四年秋收后成立的。当时范桂花只单纯地感觉得入了社好，她同她的母亲，可以彻底摆脱缺乏劳力的痛苦了。然而，事实逐渐使她明白过来，要办好合作社，这需要多大的劳动和热情呵！而且，她自己很快就碰上了考验：社委会决定她两母女喂养六头公牛。这都不说，有人还要她提供这样那样保证！

范桂花并不怕吃苦。她父亲死得早，母亲又有残疾，十四五岁时她就成了家里的主要劳动力了。然而，她就从来没有饲养过这么多牛！而且，其中一头老牛，已经垮了架了。

她母亲顾虑更大。当一听到这个决定，她就吵嚷开了。

“我的天呀！”正像大祸临头一样，老太婆边拍衣包边嚷，“我活了几十岁，就没有听说过这样的事！六头牛要值多大一堆钱呵，喂死了这不倾家荡产？你怎么这样傻呵！……”

这一来范桂花更动摇了，而且想到喂牛是个下贱活路。

“这个人真怪！”范桂花紧接着追述道，“当时我想得多坚决呵，好像打死我我都不会答允！理由呢，也越来越多。可是党小组长才找我谈了一次，我很快又承认了：干就干吧！……”

她开朗地笑起来，好像对自己这个大转弯特别感觉有味。

“谈得多呵！”范桂花接着道，当我追问她同党小组长的谈话经过的时候，“他向我谈了好多道理，我呢，也讲了自己的各种各样顾虑，到了后来，大家都感觉没办法谈下去了。

“这时候党小组长忽然问我：‘你是个团员吧?’好像真的不知道样。

“‘入团宣誓的时候你也在场的呀！’我说，‘这个你还要问?’

“‘我倒以为你是个群众呵！’党小组长不满地叹息道，‘一来就讲价钱，扯了这半天了，生意还没有讲好。你开口闭口喂牛下贱，我只问你一句，团课上是不是讲过，劳动也兴分贵贱呵?’

“我没有回答上嘴；可是想了很多，结果就答允了。……”

但这只是一件事情的开端，她还得费把劲说服她的母亲。而且不仅要说服她同意喂养公牛，同时还得说服她搬家。因为她的家距离牛棚有四五根田塍，不搬家无法保证饲养好六头公牛。而这两母女很快就跟六头公牛住在一个屋顶下了。

在饲养当中，党小组长经常去帮助她，指点她应该这样那样。几个先前的喂牛户也经常跑去拜访，而且不断叮咛：“不要一入社就跟我喂垮了呵！”而这些拜访、叮咛，使范桂花感觉肩头上的担子越来越沉重了。但在饲养工作上她却越来越加细致。冬天一到，六头牛立刻都披上了稻草大衣，牛栏也打扫得更勤了……

她特别担心那条老牛。每每遇到吹风下雨，她总睡不安稳，变得来跟一般老年人样。因为那条老牛的影子直在她眼面前晃来晃去：枯瘦，衰老，闪着迟钝的悲哀的眼色。……

范桂花曾经向我详细叙说过一个落雪晚上的经历。

“雪是半夜才落起的。”她追述道，“当时我上床好一阵了，可是风越刮越大，我没有睡着。最后我想，啥呵！连墙壁上一个小洞都是塞好了的，让你吹吧！你总不会把墙壁吹倒。

“我翻了个身，准备好好睡一觉再说。可是我一看窗子外面白蒙蒙的，心里更加不安稳了。那是牛肋巴窗子，又没糊纸，外面啥都看得清楚。我想，要是落雪就糟糕了！

“也不知道怎么搞的，想着想着，我已经跳下床了。

“我跑近窗口一看：那不是下雪是什么呢！我回头抓起铺盖，身上一披，就往牛圈里跑。牛圈里漆黑，牛些就那么喘气、磨嘴，好像都在打战，我一摸，牛大衣都挣脱了！

“我一个一个摸着替它们绑扎。铺盖老是碍足碍手，只好把它摔了，就穿一件单衣服干。最后我摸到那条老牛，怎么一身都颤圆了！我害怕起来：冻死了怎么办？我向社委会提过保证的呵！我赶紧抓起铺盖，给它搭上，扎上绳子。……

“这一下我才算放心了！可是，你看怪吧，正在高兴，我自己忽然一身又颤圆了！牙齿就那么抖得壳壳壳响。我赶紧跑回房里，钻进妈铺盖里去。这立刻就把妈惊醒了。

“‘这个鬼女子呵！你自己没有床吗？’

“我没有张声。我周身还在发颤，牙齿还在打抖。

“‘是不是发疟子呵？’妈一筋斗坐了起来，‘床都快给你抖垮了！’……”

范桂花又一次笑起来，而且笑得特别开朗，正像那些习惯于严肃对待自己和工作的人们那样。她显然满意自己通过了第一个考验，因为由于她的忘我劳动，几头公牛不但安全地度过了寒冬，便是那头老牛，也都壮实起来，长了膘了。

群众是会充分估计到一个人的辛劳的。春耕时候，范桂花得到了社员们的普遍赞扬。而这并没有叫一个十九岁的年轻姑娘得意忘形，她工作得更勤谨，也更懂得怎样爱护社了。这正像她自己充满情感说的：“我逐渐明白，我的家已经不止妈同我两个人了！它变大了，全社老老小小都是我的亲人。……”

范桂花不仅全心全意做好自己的分内工作，凡是于社有利的事，能干的她都干。去年春天一个晚上，她去参加团的支部大会回来的时候，已经夜深了。雨很大，浑身淋得透湿。她是那么疲倦，脱掉外面的湿衣服，就上床睡了。

可是，不久她又醒转来了。对着窗户尽量伸出脑袋。

“我听见水声哗啦啦直响，可是耳朵不敢相信。”范桂花带点紧张味儿接着说道，“这时候雨已经小多了，差不多停了，‘这是怎么搞的?’我想，‘如果那块大田田坎垮了，那才糟呢!’

“这块大田要打二三十挑谷子，前几天刚才灌满了水。……

“也不知道哪里来的一股傻劲，我蹬开铺盖，鞋子衣服也忘了穿，只穿一件单衣，就赤足跑出去了。我一连跑了三家，告诉他们田坎垮了：这田水花了社里好几十个劳动日呵！……

“可是大家都不相信！好像我在造谣生事。

“他们有的说，‘你光这么催！看清楚没有呵?’

“有的又说，‘落雨时候我还去检查过，都没垮呀！……’

“我一想，就连自己也怀疑了。我半夜回家也顺路看过，田坎还是好好的呵！我犟不过他们，又望那块大田跑了过去！田坎可不是垮了！有两丈多宽，水白花花的直往外翻。

“这一下我嘴硬了！说话也胆大了，催他们立刻起来。

“‘总得扎一根火把嘛，这么黑!’他们还在拖拖延延。

“‘等到扎好火把，水已经流光了!’我真有一点生气。

“‘总得把衣服穿上呀！……’

"'不会冷死你的!'我说,'我都只穿了一件汗衣!……'

"我一边催他们,一边又对着左树青的院子吆喝。左树青是生产组长,住得稍远一点;那块大田就是他组上的。可是嗓子都快要叫哑了,还不见有人应声;倒是住在堰沟对面,比左树青还远一些的社长,冷不防搭腔了。

"我把情况告诉了他,就领起六个给我叫喊起来的社员,抢救那块大田去了。缺口冲得更大,水也淌得更凶,可是大家一个个叹气的叹气,抱怨的抱怨,就是没有一个人肯下水!

"'你们怎么只顾瞪眼睛呵!'我忍不住了,'下去堵呀!……'

"'光是两把锄头,这个怎么堵嘛!'人们照旧唉声叹气。

"'那你们就这样站在一边干着急吧!……'

"我一气,连裤足也忘记挽了,就跳下水去,用手掏起泥土去堵,这比说话有效,其他几个社员也一个个跳下来了。接着社长又从家里拖来一块门板。这块门板实在来得对劲,一个钟头不到,缺口全堵住了;我们开始望田坎上走去……

"可是,你说这气人吧,左树青他们忽然阴缩缩摸起来了!

"'你们怎么不睡到明天早晨来呢!……'

"我忍不住对他们批评起来,照旧站在水田里面。

"'就睡得那么死呀!'我接着道,'我喉咙都吼哑了!……'

"'没听到呀!'左树青只顾辩解。

"'没听到,怎么你们又摸来了?……'

"'快赶紧上来吧!'社长忽然叫道,'再不看看你冷得啥样了呵!……'"

接着,范桂花用一种亲切口吻告诉我说,他们的社长姓廖,已经四十岁了,是个党员。他把她叫上坎,然后又半带强迫地劝她赶快回家更换衣服。因为她不仅只穿了一件单衣,而且几乎全给水弄湿了,正像刚从水里捞起来的那样。

这天夜里，她对左树青的不满，是可以想象的。她就是看不惯那种对于集体利益无动于衷的人们。然而，就在这年冬天，左树青的房子被火烧了，她却自愿空出自己的一间房子来安顿他一家老小，照旧把他当成亲人看待。

事情是这样的：一天下午，范桂花正在家吃晚饭，忽然听见田坝里闹嚷成一片。她立刻放下碗跑了出去：左树青的院子失了火了！一团团的浓烟带起火焰一个劲向上蹿……

“当时我真着急！”范桂花接着道，“里面保存有社里的粮食呀！……

“等我赶到，大家把箩篼、夹背都准备好了；可是还没有人动手，就那么抱怨着保管委员。后来我才知道，门是上了锁的，保管员又把钥匙带起走了。他们已经前前后后派了好几批人找他，可是一直还不知道哪里有他的影子！左树青几家人呢？只顾抢救自己的东西，什么铺盖呀，帐子呀，坛坛罐罐摆了一地！……

“‘你们怎么不动手呢！’我嚷叫道，‘已经烧到保管室了！……’

“‘你带眼睛没有呵？门是锁上的呀！……’

“我一看，门确是锁上的；但我立刻冲过去了。

“我提起足头砰砰砰砰就朝门踢！才几下门就破了。这一下人都拥了进去，进进出出地忙着抢救社里的粮食。直到火封了门，我们这才撤退出来；又一起跳下田帮大家担水灭火去了。……

“结果还好，社里的粮食算救到了。房子呢，只烧了左树青一家。”

“你真是个勇敢的姑娘！”我忍不住赞叹道。

“是呀，社员些也这样说。可是我妈却骂我孽胆大！”

范桂花仿佛害羞似的笑了，脸蛋上现出两个圆润的酒窝。

这倒是的确的，在一般习惯于旧的生活方式的人们眼中，范桂花的行为无疑显得有一些“孽”。这是一九五五年插秧时候的事：天老不落雨，旱得很，棉花、苞谷种在地里二十多天才长出一点苗苗；秧子也栽不上，眼看一季庄稼完了！

社员们很焦急，成天都面对着稀牙裂缝的田地叹气。可是同时，尽管社委会号召过两三次抗旱了，大家的信心总是提不起来。“依靠车水、担水不中用呵！”他们用一种宿命论者的口吻嘀咕道，“把你忙得屁滚尿流，一个太阳就晒干了！”

认真在那里同自然灾害做斗争的始终只有一般党团员和少数骨干分子。有的社员，好容易被动员起来了；然而，一天半天又泄气了！仿佛倒是叹气发愁心安理得一些。……

这时候，范桂花腰杆上生了个鸡蛋大的毒疮，社主任叫她就在家里休息。

“可是这咋坐得住嘛！”范桂花接着道，“每天我总要弯着腰杆，忍着疼痛，到田坝里跑两转，看看抗旱工作怎么样了。一面我也四面八处串门子，动员大家抗旱。到了最后，实在看不过了！我就跑去参加挑水，淋灌坡地上的棉花、苞谷。

“可是社长阻止我这么干，一定要我回家休息。

“‘我的事我知道！’我反驳说，‘吃不消我自己会回去！’

“‘你还犟嘴呢！三步两步一歇，一挑水快叫你洒光了！’

“‘背干粪我总行呀！……’

“就这样，我又开始背干粪了。这比挑水方便，不必担心撒掉，撒掉了也可以拾起来，不会浪费。有时疮痛得过于厉害，也可以勉强慢慢挣起走了，用不着停下来歇气。”

我忽然感觉到一阵难受，这无疑是自己感情脆弱的表现。

“这样做效果好呢！”范桂花笑一笑接着说，仿佛看出了我情绪不大对头，有意安慰我似的，“我才干了一天，就连最不愿意参加抗旱的范刘氏，也积极起来了，其他的人更不必说！……”

为了转换话题，我插嘴问她在工作中碰过钉子没有。

“碰的钉子多呵！”范桂花惊叫似的答道，好像我是个无冲突论者，不懂得现实生活充满了矛盾斗争，“就拿去年收割小春说吧，好多社员只顾工分，不顾质量。麦子、胡豆撒得很多，看了真是心痛！有一天，我在一小块胡豆田里才一会儿就捡了四五斤！

“我想：‘这样抛撒，算算总账，一季要损失多少呀！……’

“我越想越觉得这个不张声不行，就立刻去找社委会提意见。社委会认为我的意见对头，结果又做了一些规定，保证不让一颗粮食撒掉。可是你看，少数社干才不愿执行呵！

“这都不说，他们还讽刺我，一见面就尽说风凉话。

“‘收点粮食都箍得这么紧，哪个又不是犯人呢！’

“‘你懂啥呵！人家将来要戴牛角顶子，当几天模范呀！……’

“这样那样的怪话还很多呵？可是怪话没有叫我灰心，只要事情对头，我这个人嘛，你越打击我越要干。我不理他们的，通过团组织串联了四十多个青年积极分子，一下就搞开了！……”

“那些反对你的人呢？”我插嘴问道。

“他们还不是跟上来了。一个社总不能有两套制度呀！……”

对落后思想作风进行斗争无疑要比对自然现象进行斗争复杂得多。因为当谈到这里的时候，不管语调、神态和谈话本身，这个年轻姑娘的某些特征更显著了：沉着，勇敢，坚定。……

很可惜那个摄影记者离开得太快了，没有抓住这个最好的镜头。

一九五六年五月二十八日

（原载 1956 年 6 月 9 日《四川日报》）

廖老娘

正是吃午饭的时候。有的人家屋顶上的炊烟，已经在明净的天宇中消逝了。男的坐在食桌边抽饭后烟，女的用木桶提了猪食，穿过前屋，到后屋去。他们很快又要去地里劳动了。

可是廖老娘贺廖氏还在井坎边打水。这不是她的错。她是孤人一个，快要七十岁了，又是一双小脚，地里家里的活路都得她一个人顶起做。碰到耕种和收获的时候，她还得四处央告人帮忙。因为驶牛打耙，抛粮下种这些活路，她根本不能干。而这么一来，除开人工口食，剩下的就不多了，经常缺吃少穿。

按照年龄，廖老娘不能说是衰弱，她还相当健旺。腰背挺直，脸孔亮光光的，黄而显得浑圆。这同她那满头白发对照起来，更加显得康健。她已经用辘轳把水扯上来了；但她在井坎上坐下，盘了一条腿坐着，似乎还不准备回去烧饭。她得歇一歇气，而更为重要的，是她重又记起了她最近遭到的损失。

这是两个月以前的事，一天，她出去捡柴草，等她回来，看见屋子里扯得很乱，遍地稻草，正像遭过抢劫那样。她惊惊惶惶，立刻四处查看，但是什么东西好像都没损失：被盖、帐子都在，锅头碗盏也不缺少。可是后来，她发现满满装的一囤包粮食变了样了，凹下去一个大坑。而且床铺草几乎光了，只剩几块木板。

这是一种奇怪的偷盗，很快她就猜到这是那侄儿两夫妇干的。长时期来，那两夫妇总不断地偷她，磨折她，有时连一把柴草都不放过。他们这样恨她，因为她嫁过来不到两年，老头子就死了，凭空得到一分遗产，一些坛坛罐罐和破烂家具!

事情发生过后，她一连哭了几天，骂了几天。而从那两夫妇幸灾乐祸的笑脸，她就更加断定她的猜测不会错了：那一定是他们干的!但她无可如何，照例只好背着他们向旁人诉苦……

碰不到熟人，她就向自己说，现在，她一边歇气，一边说道：

“人家说的，一锅饭，饭叫别人挖了，自己只剩一块锅巴，你要叫我连锅巴都吃不成呀!”她越说越难过，而且扳着指头算起过去一年的旧账来，单是种大春就去了七个工，收谷子又去五个。这时四周围很静，井坎上水桶里的漏水不住滴进井里，发出单调幽雅的音响。

“唉，唉，”她又叹息着接下去道，“粮食不算，你连床铺草都要偷呀! ……”

这是叫她最难受的，那两夫妇显然存心要坑死她! 因为她已经睡了两个月木板了，碰到打霜下凌，总是冷得一夜都睡不好。这里柴火又缺，有时扯点茅草，连烧饭都不够，更谈不到拿来铺床。

她一直自言自语下去，但她忽然把话头顿住了，皱起脸孔。

“我怕是哪个呵!”她接着惊呼道：“一肚皮话正想找人说呢! ……”

乡支书陈显文本想招呼一声就走掉的，现在，他也在井坎边坐下了，摸出短烟管来。

“不是政府救济，这不是坑死我么?”当诉说了一遍事情的经过以后，老太婆嚷叫了，“可怜我背了两个月门板呵：又硬，又不暖和!”

“怎么不向社里要上几把草呢?”陈显文问。

“你忘记了我还是单干户呵!”老太婆又大声叫唤了；但她随又横过大路，戒备似的向井台斜对角一列草屋扫了一眼，压低声音说道，“我跟你讲，丑媳妇终归要见公婆，一到扩社我就一定加入!”接着她笑起来，“不要看我这么老了，只要有口气在! ——”

她没有说完便顿住了，嘟一下嘴，又长长出口粗气。

陈显文当了十多年雇工，现在，除了一身粗劣的干部服，一切举止动作，还同一般庄稼汉一样。他就是本村人，火把社最初一个社长，一年多前调到乡上去的。他两三个月才回来一次，因为他的工作重点不在本村。他深深为贺廖氏的谈话打动了。因为老太婆的意思非常明显：只要有口气在，她就决不会躺下来做懒虫！

“秋收扩社你报名没有呢?”陈显文问。

“还不是那两口子!”廖老娘生气道，“你知道的，那个婆娘多会说呵，嘴巴跟八哥儿的一样，都是自家人，我们牛也有，庄稼出来，打个招呼好了！你这么老巴巴的，入了社，出工，你抢得过人家?”

“这完全是胡说！社里的工作，都是统一安排……”

“他两个有啥好心肠呀？就只想坑死你！……”

廖老娘接着重又述说了一遍她所遭受的损失。而且连解放前的旧账也牵扯到了。直到谈了很久，这才叹息着住了嘴；于是尽管她再三推谢，说她经当不起，陈显文还是帮她把水提了回去。她是同自己的侄儿住在一个屋顶下的，这就是井台斜对角那列茅屋。一共有五六间，但她只是占有一间摸角；从前是堆灰粪用的，现在却被锅台、床铺，以及一切破烂农具塞得满满的了。

床侧蹲着一只满身桐油石灰补疤的水缸。当陈显文倒好水，正皱着眉头，翻看老太婆的床铺的时候，老太婆忽然牵牵他的袖口，又向那扇泥壁努了努嘴。因为摸角隔壁就是那侄儿的灶房，那侄儿媳妇正在对她得到救济这件事进行指桑骂槐式的攻击。

那妇人高声说，这下该老家伙神气了，可惜只有这么一点，吃不到一辈子！

“幸喜岁数那么大了，要是再转去几十年……”

“快吃饭吧!”那丈夫开口了，这人廖兴贵曾经当过伪政府的保长，在群众的控诉下被判了几年管制，“她有啥神气的？连自己给人家党员干部当垫脚石都不知道，还神气呢！这一套你怕我不懂吧，让你几个笨货在前面抵住，人家好拿大头！”

“真没见过，连邱正坤都要领救济呵！”

“你这个死老脑呀！不想吃锅巴，肯在锅边转？”

邱正坤是本村同附近两个村的分支书记，陈显文走向隔壁灶房门口去了。虽然有些激动，他的神态，仍旧那么从容不迫。这个外表平凡，满脸胡碴子的农村干部正是这一种人：只有在行动起来的时候，你才能够对他做出正确估价。他被坏分子认为厉害的原因，也就正在这里。

因此，当那两夫妇在灶门边发觉了他那高大身材的时候，他们立刻显得有些张皇失措。首先，那妻子，一个柿饼脸的年轻妇人，她拖着娃儿，红着脸站起来招呼了；廖兴贵要沉着些，只从他那贼眉贼眼的神色露出他的不安。这是一个寡骨脸人，他照旧坐着，也在招呼客人吃饭。

食桌是一张大方凳，陈显文应着声，一面走过去了。菜蔬平常，但吃的是大米干饭；在这苦寒的丘陵地带，以往只有地主才能这样吃的。便是现在，由于习惯，节省，一般农民也间搭着吃些红苕，很少吃净米的。

那个柿饼脸女人脸更红了，她开始做着虚伪的解释。

“东省西省，省一点米，你说留到种大春时吃，怪吧，这几天就生虫了！……”

“你们对救济款有意见哇？”毫不理会她的解释，陈显文直望着廖兴贵问道。

“是呀！我们就说，像往些年么，你有吃的也好，没有吃的也好，哪个管呵！……”

做解释的仍旧是那女的，廖兴贵没有声张；只是神色更紧张了，不时向老婆飞送着警告的眼色，怕她说话说走了火。

“你们有一点弄错了!”陈显文冷静地笑了笑，照样望着那男的说，同时从头上取下那顶洗过多次的、软奄奄的制帽，在大腿上抹着沾在上面的阳尘吊子，“想么，那些孤人啦，人口又多、又缺乏劳动的家庭啦，才是救济的对象嘛。像你们二婶、郭大爷、张华富……我们党员干部挨不到边的。名单呢，群众讨论了，乡上还要审查！……”

“我们没有哪个说二话哇!”那女的东张西望地插嘴说，好像在找人做证。

“你让陈书记说完来嘛!”那男的开口了，又骂了一句粗话。

“本来用不着向你们解释的，”陈显文照旧冷静地，懒懒地说下来，带点嘲讽味道，“既然亲耳朵听见了，就顺便谈一谈，免得你们心里老揣根红萝卜；不讲出来呢，又不舒服！……”

“天晓得!”那女人着急得假装赌起咒来。

“干饭都把你的嘴塞不住哇?!”廖兴贵更生气了。

“呵！你的帽子揭掉了吧?”陈显文忽然想起似的问道。

“还没有揭。”廖兴贵轻声说，同时叹一口气，顺下眼睛。

“还没有揭?”陈显文重复着，“那就认真老实点吧!”

当陈显文回转摸角门边的时候，廖老娘已经一团高兴地从屋里迎上来了。

“我平常硬惹不起他两个呵!”她靠近他悄声说。

“有啥事你找村主任嘛!”陈显文故意高声说道，“还可以到乡上来！……”

这时节，廖老娘忽然一把抓住了陈显文，而且把他拖到院坝里去了。

“说一句老实话，像我这样的人，入了社做得够口粮么?”

“你去问杨开达他妈吧!”陈显文回答道，“看她这两年生活怎样……”

这杨开达的母亲也是个孤老太婆，相当老迈，入社前经常缺吃少穿，现在却早已改变了这种可怜状况。她们两家虽然隔得较远，偶尔也碰碰头，各自摆谈过自己的情况；廖老娘深深地叹息了。

“我这个人就一辈子上不完当!”她自怨自艾地说，想起那侄儿两夫妇。

“好吧，你也该生得火了！……”

临到陈显文离开的时候，廖老娘又拜托他问问社里，是否可以匀几把谷草铺床。她会照市价给钱的。而当她刚好吃完午饭，保管委员就亲自把谷草送来了，而且没有收取任何代价。

廖老娘是在农村社会主义高潮中入社的。同时也从那间窄狭卑陋的摸角，搬进社办公室所在地的祠堂里。她尽量找手头活路做，有时相当忙乱；今年社里开始养蚕，工作才比较固定了。她自己也很高兴这项工作，因为年轻时候，她就喜欢养蚕。

现在，正当蚕儿做茧的时候。特别每天夜晚，她都要调好嗓门，唱些她还记得的歌儿，认为这样养蚕子做起茧来，又快又大，可以获得丰收。好些青年人笑她迷信，但她还是照样地唱下去：

“蚕娘娘，蚕婆婆，

“做个茧儿像竹箩；

“蚕婆婆，蚕娘娘，

“做个茧儿好赶场。

……”

一九五六年写，一九五七年修改。

（原载《红岩》1958年第4期）

乔迁之喜

一天下午，我们五六个人，一同到成都市西郊友谊农业社第一个新建的居民点去，向那些新搬进去的社员祝贺乔迁之喜。

这个居民点叫跃进村，一共有二十一幢砖砌楼房，已经迁入社员一百八十三户。是今年春节开始，经过八十多天的紧张劳动，最近修建成的。走出茶店子不远，就可以望见那一排排高耸在竹林树丛间的楼房，青瓦红墙，四面全是一片连着一片的碧绿的稻田。

我们既没有介绍信，也不认识任何一个社员，跨过村口那条小溪，我们便开始活动起来了，见了人就握手祝贺。出乎意外，对于我们这批不速之客，主人们招待得比我们想象的还热烈。这几天正忙着栽中稻，凡是能够栽稻的人，都到田里去了，留下的几乎全是小孩和老人，因此我们可以随便问东问西，不致妨碍生产。

在街道中一个花坛旁边，我们碰见一个胡须花白的老人，叫钟清荣，已经七十岁了。他告诉我们："三月间周总理到我们社里来，我向他说，'早几年就在闹楼上楼下，我想，我土巴都埋到下巴了，没有这个福啊！哪里想到现在就干起来了！'你看，到处都亮堂堂的！"扶着叶子烟杆，他打了一个转身，瞧瞧前前后后的楼房。"你们还没看到我那些孙娃子啊！"他接着说，"上楼下楼，总是把楼梯踏得咚咚咚响，跟下操一样！本来也是，从前住的房子，你就爬上屋顶，也望不到这么远呀！"

很快，这个老人就成了我们的向导，领我们去看副社长张锡荣。副社长不在家，他又四面八方去找，结果找来了一个生产队长，叫谢惠礼，精干瘦削，只有二十多岁。这个生产队长向我们介绍了全社的修建计划，以及跃进村修建过程中的一些主要情况。这个社一共有一千四百多户，除开跃进村外，他们还准备再建三个更大的居民点，明年秋前完成，全部集中起来居住。

这个生产队长兴致勃勃地告诉我们，四个居民点建成后，全社可以扩大耕地面积一千二百多亩，每年增加粮食二百一十六万市斤。他还向我们介绍这个创举带来的其他许多好处，说道："原来到处都是院子，拖拉机开起来只顾倒拐，怕把房子撞倒。现在好了，可以笔直开过去了！"这中间钟清荣插嘴道："这个村开会也好呀！原先么，晚上开它个会，不把你的喉咙吼破！老听见在答应'来了！'老是人影子也不见！……"

在谈到经费来源时，生产队长一气说了不少动人的故事。他们是严格按照"自筹自建"的原则办事的，一不向国家贷款，二不动用社的公共积累，完全依靠社员投资。而为了投资，不少社员，把平日毫不在意的破铜烂铁，都从床脚下、灰堆里掏出来卖了。而且，所有的社员都自动把全年的布票交到社上，准备不要添制衣服，把钱节约起来投资。"当然啊！"生产队长接下去道，"没有各方面的支援，也不成的，就连那边一个精神病院，都动员了一些轻病号帮我们搬过木料！……"

我们全都忍不住大笑起来。旁边两三个小孩子，也跟着笑起来；但是，他们笑的原因，显然和我们多少有点不同。因为接着他们就乒乒乓乓，一起大踏步上楼去了。正跟钟大爷形容他的孙娃那样，像在下操。而当他们同样乒乒乓乓走下来时，生产队长正在告诉我们，他们怎样在一夜之间修成一条便于卡车运砖的公路。"生产的劲头更加大啊！"他接着道，"去年二十亩双季稻，队员都叫唤忙不过来，你看怪吧！今年一搞就是八十亩，还是搞下去了！……"

因为听说队上正在剪接苕藤，我们就告别了出来，请钟大爷领我们再找几家看看。但是，好些社员全家人都不在，下田去了，红漆的小门上挂着洋锁。透过玻璃窗子，可以看见洗刷得透亮的木器、相片框和五彩图画。每每走过一家，那个老年人总要为我们介绍一番这家人过去的居住情况。他形容它们说，“屋檐边栽窝南瓜，都得担心从房顶上漏下来啊!”

最后，我们到了冯光华家里。冯光华本人下田去了，只有他妈一个人在家。这是个五十多岁的寡妇，人很瘦小，患着严重支气管炎，正在一株洋槐下面缝补衣服。除开灶屋、她有两间楼房。才一说明来意，她就亮着眼睛，站起来笑嚷道，“好呀！请到楼上坐吧!”一面忙着收捡衣服，一面忙着张罗我们，把我们领上楼了。一路不住喘气。

她几乎很少停嘴。但是她的话语有点零乱，显然她想说的话太多了，而又来不及理出个头绪。她一时要我们坐下来，一时又一头奔到窗子边去，笑道，“你们看吧，这要望多远呀!”接着却又回过头来，指着那些破旧家具诉苦，“就是这些东西摆在这屋里太不称了!”

钟大爷插进来笑道，“你们还没有看过她从前住的房子啊，在我们这一带要考头名!”这个提示很好，接着我们就得到冯大娘的同意，一道去看她的老屋。这座老屋在个竹林盘里，一共五间，的确破烂得有些吓人！东倒西歪的，周围撑的树料比柱子多。

冯大娘照样忙个不停地张罗我们，“同志！这根柱子还是用铁丝拉住的啊!”我们顺着她的手势望去：一根歪斜得很厉害的柱子上面，紧紧绕着两股铁丝，一头套在屋外一根苦莲树上。

这真有些不可想象，冯家已经在这个屋子里住了三代人了!

“你问过去我们怎么住下来的?”因为有人问起这个，老太婆笑嘻嘻回答道，“一吹大风就往竹林里边跑呀，解放后好多了，还有钱多撑几根树子，解放前么，晚上起一点风，总是觉得睡不着啊!”

“现在好了!”我的一个同伴笑道，“晚上可以安安心心睡了!”

冯大娘笑着叹了口气："这两天还是睡不好啊！……"

钟大爷打趣道："这是太高兴了！"

"就是这个话啊！一想到会住那么亮堂堂的房子，哪里还有啥瞌睡呀！……"

冯大娘一面满口承认，一面畅快地笑起来，好像一下变年轻了。

其实，这天我们碰见的每一个人，精神都很振奋。晚上回去，就连我也激动得没有睡好，反复思索着友谊农业社这个大胆创举的深刻历史意义。

（原载 1958 年 6 月 26 日《人民日报》）

一个建设山区的共产党员

——七十七岁老人陈镜田印象记

去年夏天，陈镜田在省人民代表大会上做了一次发言。

这是一篇令人振奋的精彩的发言，它把整个会场立刻变成了激情的海洋。我还记得那篇发言的最后一句：“人见稀奇事，必定寿禄长，——我是不会老的!”于是会场里响起一阵暴风雨般的掌声。

毫无疑问，这是一个从我们亲爱的党和新社会获得了无穷生命力的劳动人民的心里话！它和我们伟大人民的气概是相称的。而且，就在昨天下午，一个同志还曾经告诉了我一些这位已经七十七岁的共产党员最近几个月来的动人事迹。

我记起了我同陈镜田的两次长谈，和一些短促的会见。这个须发皓然，满面红光的老人的一生，可以说是一本活生生的生活教科书，它是平凡的，因为陈镜田的一生遭遇，正是中国每一个贫苦农民的遭遇。同时，它又是极不平凡的，因为从他身上深刻地反映了两个不同的时代和中国劳动人民的优良品质：在反动统治下，能够不屈不挠地活下去，到了自己当家做主，始终把党当成血肉相连的亲人，在党所指引的道路上奋勇前进。

这是陈镜田三十岁前在大清王朝的生活：刚才两三岁的时候，他就躺在一只破箩筐里，被带起逃荒了。从涪陵新场，辗转流离，讨口告化，到了丰都的回龙村。八岁开始给富农放牛，一直到十九岁。这中间没有得到过一个工钱，挨的臭骂、毒打可是不少。到了蒋介石王朝，情况就更坏了，他好容易从地主手里佃到几团薄土，可是打来的粮食连交租都不够！因为吃食困难，他的大儿子一落地就让邻居捡去养了，老二老三都成年在风风雨雨里给地主放牛……

有一次，当他谈到过去的痛苦，谈到他怎样在那些令人诅咒的磨折下打发日子的时候，他轻松而又愉快地解开制服、衬衫，亮出他那结实的，布满汗瘢的肩头，一面说道："你们快看，已经给蓑衣磨得跟石头一样了！"因为解放以前，他曾经光着身子，整整披了四十年的蓑衣！晚上困了，就在柴草里扒个窝儿睡觉。他补充道："过去我们这一带的穷人，都这样生活啊！……"

可是，这种披蓑衣过活的日子，已经一去不复返了！而陈镜田也不喜欢多谈他过去的日子。这个信心坚强、单纯的老人，是不高兴朝后看的。他谈得最多，谈得最起劲的，还是他解放以后的主要经历：在党的鼓舞和支持下，怎样在合作化的道路上同一切旧思想、旧习惯做斗争，从而改变着一穷二白的三坝的面貌……

这是一九五五年底的事情。一天，区的领导同志，冒着寒冻，到三坝去了。那时候，回龙村已经成立了初级社，只有二十七户，陈镜田是社主任。但他并不满足，因此，就在这天，他要求区委批准他们转高级社。而且提出要开三百石田，作为迎接转社的礼物。"干吧！"区的领导同志热情地鼓舞他道："田挑成，马上批准你们！……"

于是事情很快就干开了！陈镜田告诉我，他之所以敢于提出这个大胆的计划，因为在二十七户社员当中，有十六个党员，四十六个青年团员，而且早就同好多积极分子交换过意见了。但是，他可看漏了一点：几户富裕农民的抵触是不小的。因此，讨论当中，他们当面讽刺他道："我看你是秦始皇修万里长城，昏了君了……"

这些反对者的理由，是并不新鲜的，早已流传了好多年了：山里风大，稻子容易倒伏。而且硬说这是从来没有的事！可是大多数社员并不这么样想，在一个社管会指定的日子里，天还没亮，大家就打起灯笼火把，从温暖的屋子里跑出来出工了。当时正是数九寒天，风呼号着，雪下得正紧，田野上已经白茫茫堆积了六七寸厚。

可是，天气尽管这样坏，经过四十多天的紧张劳动，三百石田的任务，终于超额地完成了。接着的是挑塘。因为没有水照样无法种上稻子。这个挑塘的地方，地形很好，不少人看了都说一定有水。但是等到他们一气挖下去，费了两千五百多个工以后，人们这才发觉：这个塘不盛水，他们白费了功夫了！于是好多人叽叽喳喳抱怨起来。

根据许多事实，以及陈镜田本人给我的印象，我觉得这个同志相当韧性。他不因为人们的责难生气，反安慰他们："莫着急嘛，唐僧还要到西天取经，就地取点水就没有办法啦?"一面在支部主持下召开党团员会议，研究一个补救办法。而根据会议的决定，只有打龙洞最可靠，于是很快他就同着几个党团员一道，带起干粮，出发到大山里去。

当他告诉我这个故事的时候，正是省人民代表大会闭幕那天下午。地点是总府街招待所。天气相当闷热，尽管屋子那么宽敞，窗户都敞开着，坐在里面还是不住淌汗。我听到他不慌不忙地漫谈着，一面不禁想到那莽苍苍的大山，想到积雪，想到一个头缠黑布帕子，飘着短短的银色的须髯的老人，怎样在荒山旷野中寻找水源……

最后，他们在离回龙村二十多里的地方找到了一股泉水，正在老山口上，地名叫吊岩嘴。但是，要想引水去灌田，还得修一条二十里路长的渠道。而且要把山口上的岩石打下两尺多深，才能让水流到山这边来。这个工作比开渠道更艰苦，全社又只有他学过石匠。于是他自动承担了这项任务，在那里一气工作了好几个昼夜。

"这岩比房子高，"他告诉我道，"我怕晚上不当心滚下去，半夜人疲倦了，就在手足架上靠着岩边打会儿盹，接着又摸着干。主要是打炮眼，每晚上打完两个炮眼才得天亮。"这在最初几天，人们还不在意，因为大家都信服陈镜田那分干劲。可是到了六七天上，人们的担心越来越强烈了，好多社员跑去劝他休息。

这中间，区上的李国忠同志就去过两次，他再三劝陈镜田道：“七十几的人了，白天黑夜都干，受不住呵！回家休息下吧。”因为他不同意，李国忠生气道：“我看你总有一天会磨死在这个棚子上的！”老人笑了，和颜悦色地说道：“你放心吧，劳动磨不死人！”他的老伴最懂得他的心性，她每次给他送干粮来，但只简单叮咛他不要过于大意。

当他把龙洞打通的时候，渠堰也修好了。山泉哗哗哗地流了过来，经过大堰，灌溉着新的田亩，让稻子第一次在这大山里出现就获得丰收：总共打了一万六千多斤。因为大家没有碾米的习惯，也没有这项设备，这一年的谷子，是由社管会统一加工，直接把米分配给大家的。而一直到过春节，吃米问题也就成了人们一般的谈话中心。

嘈吼得最多的是小孩子，他们天天都嚷着要吃米饭。可是大人有大人的打算：“留到除夕过年下嘎嘎（猪肉）吧！”而好多妇女都想得更长远，她们准备存起将来生孩子吃。陈镜田屋后有一户姓唐的，他的爱人前后养过四个小孩，解放前坐月子，想吃搅团都很困难，解放后可以吃到母鸡和鸡蛋了；可是，在这以前，始终没有吃过大米！……

接着，他又用一种朴素的，真正的谈心的口气告诉我说，到了除夕晚上，他曾经走了十多户人家，希望看看大家第一次吃大米饭过年的情形。当他刚刚走到唐明贵门口的时候，一家人正在堂屋里吃年夜饭，而一段又温暖又亲切的谈话立刻把陈镜田吸引住了：

唐明贵：“这个饭呀，老的是等到的，小的是碰到的。”

唐明贵的母亲：“没有共产党来，就是二辈子你也等不到呵！”

唐明贵的女人：“妈，我想留点将来坐月子吃呢！……”

人们对于党的感激，显然给了陈镜田以巨大的满足。因为当他谈到这里的时候，他带点孩子气地悄声笑了。可能正为这个，社里的稻田逐年都在扩大，庄稼也越做越细致，到了一九五八年秋天，稻子的生产已经从一万六千斤增加到七万斤！

现在三坝的妇女，早已用不着担心坐月子没有大米吃了。而且还可以吃到面食。因为紧接着栽种稻子的成功，一九五六年冬天，社里又在这个本来只能出产一季大春的山区种上小麦，进一步改变了古老的耕作制度。这个措施似乎比开田种稻子还要新鲜，因为他在讨论当中遭到过很多人的反对。

这时，社已经扩大了，连回龙村一共包括四个村。而反对得最凶的，恰恰是原来的一大队。他们冲着陈镜田说："你才名堂多呢！一个没完，二个你又来了！"最后，陈镜田只好说：万一麦子瞎了，由我赔偿损失。可是，陈镜田胜利了，麦子丰收了。

关于对保守思想进行斗争的故事，陈镜田向我谈到的当然不止这些，但是已经足够看出他在这一类斗争中的特点：那就是敢于坚持真理和不怕自己吃亏。而他的口气一直都充满着极大的容忍，仿佛他所说的，无非一些同志间不可避免的分歧。但一谈到阶级异己分子的破坏活动，他可立刻变得很激昂了。

他曾经向我提到这样一件事情：一九五七年夏天，他去北京参加烈属模范会议，一直到年底才回来，他首先碰到乡上的总支书记。这位总支书记一见面就对他说："怎么才回来呀？你们那个社的官司，都打成'麻团了！'"原来几个大队正在闹着分社，而有的大队，已经在单独搞生产了！

回到家里，他爱人因为听了不少闲话，才一进门就冲着他问道："你这回出去到底花了多少钱哇？"他搭讪着回答道："算不清呵！我遍游了一次天下，这要花多少钱呀？"随后他才把问题弄清楚：群众中一直传播着很多谣言，说陈镜田去北京开会，带走了大批钱去，把社里挖空了！但他并不在意他个人受攻击，他最痛恨的是闹分社。

他立刻找了党员同志研究情况。随后亲自到各队开会，起初，大家都不开腔，接着就一个接一个大发议论，一致认为分成小社有利得多。理由呢，全部含含糊糊，不肯明说。有一天，天快黑了，团员罗启书忽然气喘吁吁地跑去找他，告诉他说，有几个队长已经商量好了，准备明天就进城去，要求县委批准他们分社！……

听了这个消息，陈镜田很气恼。而且，仿佛去迟一步，县委真的就会批准分社似的，想都没有多想一下，他就动身进城去了。从回龙村到县城有一百二十里山路。当他摸黑赶到丰都对岸王家渡的时候，鸡才叫了头道。他没有找到渡船，也没有发现一个行人，眼前只是白茫茫一片江水，和耸立在长江北岸的丰都县城。

他蹲在渡口上等着。一连抽了两杆烟后，天终于发亮了。他是这天王家渡第一个过渡的，也是第一个到县委会汇报请示的干部。当一见到县委书记，他就迫不及待地把要讲的都讲了。而且向县委保证，“要是我把社办不好，把我的党籍搁下来吧！”

可是县委丝毫没有批准分社的意思，因此，县委书记不仅同意了他的请求，而且在他回去不久，还很快派了一个工作组到回龙村去，帮助他解决分社风潮。后来风潮解决了，问题弄清楚了：原来所有的纠纷，都是一个姓蔡的富农分子点火煽风的结果！……

谈话中间，因为陈镜田提起党籍问题，我禁不住问了问他入党的经过。“我入党不简单呀！”老人笑着回答，随即告诉我说，一九五二年他就申请过入党了，可是没有批准！他非常闷气。起初，以为可能是年龄大了，文化又低，所以没有批准；可是很快又把它推翻了，觉得不会是年老和文化低的问题，一定是自己还不够党员条件。

“有什么办法呢！”陈镜田接着告诉我道：“展起劲争取吧！”而且就从这时候起，不但工作更加积极，而且每年都要申请一次。一九五四年是他第三次申请入党，当时他的生产和工作都很好，只是关心社员的生活不够，结果又把他批“落”了！

那个每一次帮他写入党申请书的，姓秦，小学校的教师，一个年轻党员，对陈镜田的入党问题特别关心，不但帮着陈镜田写申请书，而且还给他一些鼓励。到了这第四次，一天深夜，当陈镜田跑到学校里去，向老秦提出自己的请托的时候，起初倒还没有什么，等到写好申请，老秦不由得轻轻叹了口气：

“我都帮助你写了四次申请了啊。”他说，带着鼓励和批评的情感望着陈镜田。

陈镜田立刻理会了他的心情，但他笑一笑回答道：

“没有关系！除非死了，我就不申请了……”

这是一九五五年五月的事情。这一次，这个当时已经七十三岁的老人，终于被批准入党了。而且，从那时以来，陈镜田始终没有辱没过共产党员这个光荣的称号。

（原载四川《上游》1959 年第 7 期）

这就是战斗

——访李光进同志

外面正在落雨。屋子里有点闷热。从邻室里不断传来热烈的话语声，石油工业组的小组会还在照常进行。我有点失悔，觉得时间、地点，都叫我选错了。我应该把我的访问推迟到晚上。

可是，很快，一个容光焕发、身体结实的中年模样的人，从那敞开着的小门走进来了。这是李光进同志。他动作敏捷地随手掩上了身后那扇小门，随又推开桌子边那两扇玻璃窗，一面同我打着招呼。而且，还不到五分钟，我就被他带进了另外一个世界。

我们的谈话，是从他十五六岁时学钳工开始的。他现在是五十一岁，算起来，单是在旧社会，他就已经干了二十多年活了。当他从南京跑到上海茂生洋行机器部当学徒工的时候，他有一个非常天真的想法：荒年饿不到手艺人！他的家庭是从破产的农村逃到南京去的，经常没有饭吃，他相信从此他会给他们带来幸福。

可是他想错了！在旧中国：生活不可能像他想望的那样美好。在那二十多年当中，他过了不少饥寒交迫的日子，也受过不少迫害。然而，这是一个不可驯服的人，迫害来了他会反抗，因此时常由这个工作转移到另外一个工作。有时被资本家开除，有时是他自己不想干了。而这同时也使他熟悉了不少行业：造冰、搞自来水、修建铁路桥梁。……

抗战爆发以后，李光进从江西到了湘桂交界的茶洞，参加茶洞大桥的修建工程。随后来到四川，在川陕路工作；但他中途碰到了解雇。最后，生活的鞭子又把他从绵阳赶到泸州、赶到重庆。

这是他最穷困的时候，一到重庆，他就只剩有一身的衣服了。

“这是我第一次来重庆。”他接下去道，“不但一个钱没有，连路都不认识，一头闯到江北去了。当时我也不管它呵，就在街上荡来荡去，忽然，我看见一个招牌：南京澡堂！我就走进去了。……”

“找到同乡的没有呢?”

“当然是找到了!”他回答道，望着我笑起来，“我小的时候母亲告诉我：一个人呀，不识字不要紧，不识人会吃大亏！这个话有些道理。在泸州，不是认识一个姓李的轮渡工人，让我在他家里养病，我早就拖死了！这次我又碰上了熟人，从前一个街坊，是烧老虎灶的。他瞒住老板收留了我，晚上住在那里，白天到重庆找工作。

“那时候找工作不容易呵！不是找不上，就是找上了没有铺保。人一天就像热锅盖上的蚂蚁一样，因为我已经在人家那里混了两个月了！后来还是在澡堂里遇见另外一个老乡，这才介绍我到建国机器厂当钳工。不过，没有干到多久，我就又到中国银行干活去了。”

“到中国银行干活?”我反应似的沉吟了一句。

“开机器打防空洞呀！那时候你知道的，轰炸得好凶呵！……”

“那么你是怎么离开建国机器厂的呢？——又是被开除的?”

“不是!”他回答，忍不住笑了，“后来在石油沟才是被开除的。……”

事情是这样的：结束了为中国银行打防空洞的工作，由于一个偶然机遇，他转到了巴县的石油沟，在一个钻探队当大班司机，负责管理一口井的钻探机器。他对这个工作很有兴趣，干劲满大。不管队长，也不管工程师，他都肯从工作上提意见，希望早点把石油搞出来。可是，正因为这样，有一天，他被处长叫起去了。

这个处长，是负责石油沟全部钻探任务的。才一见面，他就受到一顿申斥；而他的积极负责被处长诬蔑成故意捣蛋，不服调配。这把他气炸了！最后逼得他拍起桌子大吵起来，连文具墨水都打翻了。

谈到这里，李光进站起来大笑了；我也跟着他笑起来。

“你这个人太痛快了!”

“痛快自然痛快，可是结果被开除了!”他笑着接下去道，“这次差点又弄得走投无路。好在已经在重庆混熟了，后来只得担个担儿，到附近一些地方赶场；给老百姓焊茶壶、配钥匙、修理钟表……

“最后，一家新工厂搞安装，需要技术工人，才把这个烂担儿搁下来。可是，不到一年，我又焊起茶壶来了。直到一九四七年冬天，才在甘肃油矿局重庆修配厂找到工作。主要是修配汽车，因为局里有好几个汽车队。厂址在歌乐山，工作也不算多，生活清闲得很。我呢，一天就跟工人们蹲茶馆，讲义气，吹谈时事，正想，管他的呵，就这样混下去吧！等八路军打起来了再讲。

“我们一共有三百多人，那时候都有一肚皮的气呵！也都希望党来替我们出。可是，就在一九四九年夏天，有一天，天气正跟今天一样，局里忽然宣布，要我们全部解散。这一来大家就闹开了！

“他要我们解散，我们才偏不走！一直坚持到解放。”

“这么说不是闹了好几个月?”

“好几个月呵！国民党什么鬼花头都用尽了，我们就是一个不走。临到快要解放的那几天，大家担心被抓去开汽车，就成天躲在歌乐山山上。这时候大炮越响越近，秩序更加乱了，敌人呢，四面八方抓交通工具逃命。我们厂里，一天就有好几批人拥出拥进!”

“搞了多少汽车走呢?”

“一辆都没有搞走！我们早就取下重要零件，藏起来了！……”

这时候，一个面色红润的青年人，推开门走了进来。这也是个石油工业方面的代表，和李光进同住一个房间。他一进来，就走到我对面一张床铺边去，脱下一件毛线背心，接着又匆匆走掉了。

可是，这个打岔丝毫也没有影响到我们的谈话，它照样像流水那样滔滔不绝，仿佛不会有个止境。而对一个胸怀坦白，心直口快的人说来，这也是个非常自然的现象。他接着告诉我，重庆解放不过三天，他就参加了工作了。跟随一批汽车把解放军运到简阳的贾家场。经过西南革大一段时间的学习，一九五二年他才到了隆昌汽矿。

在隆昌汽矿，他已经工作了七年了。在这七年当中，他才真正体会到生活是美好的，一个技术工人有机会、有条件充分发挥自己的智慧。那是一九五三年的事情，一个牙轮掉到井里去了，这只有依靠电磁铁才能打捞起来；可是，比起二五二公斤的牙轮的重量，汽矿上电磁铁的吸力无论如何不能胜任。生产停顿下来，大家都很苦恼。而他呢，尽管责任不大，可也弄得日夜不安。

最后，局领导决定用飞机从西北调一个电磁铁来，进行打捞。可是，正在这个当儿，他已经设计好了一个打捞工具，而且，居然把那个笨重家伙捞起来了！很快恢复了正常生产。他的先进事迹是不少的，而他最大的成就，是他在其他工人同志的协助下，试验成功了利用天然气代替油料烧柴油机，带动泥浆泵和钻机打井。这是一个创举，它为国家节约了大量迫切需要的柴油。

这本来是石油工业部早就提倡过的。在四川石油勘探局隆昌气矿首届职工代表大会上，还做过决议，认为这是一个奋斗方向。而且还在黄瓜山成立了专门机构，由几个工程师根据苏联资料进行研究，希望能够照样使用半油半气烧柴油机。这给了他一个启发：既然半油半气都行，为什么不能够全部都用气呢?

这个敢于打破陈规的大胆设想不断鼓舞着李光进。通过同一些老师傅的讨论，他的信心越来越加大了，经常在库房里出出进进，用心琢磨那些旧柴油机；同时，对于一九五六年改制成的那部只能发电、半油半气的柴油机，观察得也更仔细。晚上回到家里，就熬更守夜，不是伏在桌子上画草图，便是一个人在房间里走来走去。……

有一次，很夜深了，他还在画草图，他的老伴忍不住惊问道：

“你这一向究竟怎么的呀！老是搞到夜深，是不是写检讨呵?”

她以为他犯了错误。李光进大笑了，接着，他告诉了她自己的计划。

“快早点死心吧，人家工程师都没办法，你在想些啥呵！……”

这个老伴是个家庭妇女，不可能没有迷信观念，这是不足怪的。而且这里面充满着关心，因为从她的语调可以听出一种甜蜜的感觉。而当他把话题转到保守思想的阻挠的时候，他可变得很激昂了。

这当中也渗透着苦恼，因为他显然感觉到，他不应该太动感情。

“同志！有些事该怪自己，大家知道你是个大老粗呀!”他稍稍放低声调接下去道，“我是一九五二年开始学文化的，外国书根本不懂；可是有的人就喜欢拿这些吓唬你：看看书上是怎样写的吧！我们矿上有个工程师就是这样。不支持你不说，还泼你的冷水！不找他吧，这又不能唱独角戏，需要人力上技术上的帮助。去年冬天，我就碰过他几次钉子，一次比一次不愉快。

“‘你这个从理论从实际都说不上!’一来他就拿这句话把你卡住！

“我说，‘你这是怎么说起的呢？试都还没有试验!’

“‘这个还用得上试验？柴油机的压缩比不同呵!’

“‘我知道压缩比不同，’我说，‘可是，用气可大可小，完全能够调节!’

“‘可是温度高呵！爆炸了怎么办?’他又把你顶住。

“我说，‘这个我早就想过了，我有办法降低温度！……’

“‘同志！这是个原则问题，不信你看书吧！……’

“这怎么谈得好呢？他又把外国书搬出来吓唬你了！……”

谈到这里，李光进无可奈何似的笑了起来。而他接着又告诉我，这个工程师有一次还警告过他：如果他瞎胡弄，万一气缸炸了，他得负责。而且一直坚持：要搞，就只能搞苏联的半油半气！

这个时期，李光进最苦恼。放下来吧，他的设计对国家是有利的，合乎石油工业部的指示精神和首届职工代表大会的决议，而且设计本身有着充分根据；干下去吧，他又得不到支援，而能够得到的却是阻挠和泼冷水！最后，一天深夜，他跑去找党委书记。

看来这是一个关键，因为找过党委书记以后，他就痛痛快快干起来了。

“安书记给我的鼓舞真大!”他激动地说下去道，“太大了！回去一晚上没有睡好，老是想到应该找些什么人协助我进行改装。早上起来，我就跑去动员周代银、李大禄。这两个小伙子都是团员，很快我们就一起干起来了。技术员李维海也帮着绘图纸。日子我还记得清楚，是十二月十一，转眼就过年了。我们互相鼓励，决定早点搞出来迎接元旦。

“一切都顺顺当当。大家情绪很高，全都相信把它作为元旦献礼，是满有把握的。没有一个人怀疑。我呢，每天都是这样，一早就到车间去了。去的时候，大家照例总是已经干开头了，很起劲。

“可是，有一天，情形变了！大家都闷在那里，好像有满腹心事。

“我一看，就招呼他们说：‘怎么坐在那里，动手干吧!’

“没有人答应我。我想，这是啥讲究呀？隔了一会，才有人说道：

“‘李师傅呀，现在正在整风，我看还是搁下来吧？……’

“‘为什么呢?’我问，有点火了。

“他们才回答的好：‘整风当中，搞出问题来不好弄呵!’

“‘呵，这样!’我说，‘我的想法可就不同，正因为在整风，我们更应该鼓劲干！我们是为生产，不是为哪个个人，这不该挨整。小伙子！我问你哟，你入团宣过誓吗？我入党是宣过誓的，这个我一辈子不会忘记！……’”

也许过分激动，话也说得太多太快，他吁一口气，停下来了。

“那么后来呢?”停停，我轻声问道。

“你猜，这是怎么来的?”并不回答我的问话，李光进顺着自己的思路接下去道，“又是那个工程师呵！他知道了我们正在动手改装 B_2—300 柴油机，担心发生事故，派人到车间打了招呼！

“他好像就只有这样一个思想：气缸一定会烧爆的！这个思想好些人都有，就连帮助我的几个青年同志，也都传染到了。这是几个好同志，他们一直帮着我把那个柴油机改装成功，做了不少工作。我清清楚楚记得，那天是十二月二十七，离元旦还有三天。你替我想想吧，那时候心里多高兴啊！我们认真赶上了元旦献礼。

“可是，等到一切装配停当，就等着发动了，那个该死的担心，又在好些人头脑里钻出来了！大家都怕气缸爆炸，不敢开动机器。当然，我也并不是百分之百相信没有问题，但我能蔫气吗?

“也不知道哪里来的一股傻劲，我跑过去了，站在气缸上面。

“我掌着电门叫道，‘这就是战斗！——哪个来发动马达吧！……’

“你猜怎样?周围那么多人，都站着不动，也不张声。我气极了！

“我说，‘小伙子们！不要怕，我今年五十一了，要爆炸也会先打死我！……’

“这时候周代荣站出来了，跑去发动马达；好多人都直望后退。

“‘好，打马达吧!’我望着周代荣说，‘怕死的赶紧跑远一点！……’

“周代荣揿了一下电钮，我把电门一开，机器立刻就转动了！……”

说着，好像蹦跳似的，李光进从座位上站起来了，在屋子里绕了半个圈子。

“同志，这几分钟真紧张呢!”最后，他停在我面前说，随即照旧在我对面坐下。“当时我们一连试验了两次，检查了两次，一切都很正常。在场的人也都承认搞成功了。二十八号那天工会就组织全厂参观。

“这天，我刚才讲的那个工程师也来了，走过来向我说：‘你看，我们跑到黄瓜山前面去了！……’

“不要吹牛!’我说，‘也不能这么讲。还没有拿到开场去试验呢！……’”

这时候，那个和李光进同房的青年人，可一下掀开门走了进来。而且带来一片欢腾的笑语声和移动椅子凳子的响声。而且，不止邻室里是这样，好像整幢楼房都在发出同样的声音。这说明小组会结束了。

我站起来，同李光进同志握手道别，而且留下我成都的地址。

一九五八年六月十二日

（原载《四川十年散文特写选》，四川人民出版社 1959 年 9 月版）

在一个耕作区主任家里

淋着毛霏霏雨，这天下午，我到公社附近一个耕作区去。

大堰上的水早已经下来了。堰沟都关得满满的，所有的小春，都在立春前一两天浇灌过了，长得茁绿。四面雾蒙蒙的，那些维护着每一座院落的碧绿的竹林，带着露水，冒着蒸气，使人感觉一切都生机勃勃的。沿途都是庞大的肥料堆子，上面插着一个个小竹片儿，标明着采集者的姓名和每一堆肥料的重量。当到达目的地时，天已经放晴了。

这个耕作区的主任，是个妇女同志，身材高大，蓝布短袄上套着一件红得耀眼的羊毛衫。她叫方叔琼，四十上下。丈夫是在解放初期，征粮剿匪当中牺牲了的。那时候她还是个家庭妇女。但是，就在开过追悼会那天下午，她把大的三个孩子交给邻居照看，背上小的一个，跑到武装队报名去了。而且，就在当天夜里开始站岗放哨，满腔悲愤地监视着一切阶级敌人的罪恶活动。此后她被选做村妇女主任，村主任，农业社主任，一直到现在这个职务：公社的一个耕作区的主任。

我在耕作区一个幼儿园找到了方叔琼。她就在这个竹树围绕的大院子里住家。几个社员，正在把几张刚才扎好，准备给孩子们睡午觉的竹笆子床，从坝子里搬到房间里去。而方叔琼本人，则被一群小娃儿包围看，吵吵嚷嚷，把她推过来又拉过去。

这使我产生一种奇怪感觉：这个说起话来正像放枪一样的女同志，

孩子们会这样喜欢她！她是才从田坝里回来的，两手沾满污泥，她就捉弄地用这个吓他们；但是，孩子们的笑声，却更加响亮了！……

直到阿姨摇了铃子，方叔琼这才算脱了身。她吁着气向我笑道：

“哎呀，碰着这伙小鬼，我就一点办法也没有了！”

“你早该答应他们唱个歌呀！”瘦长的，拖着两条辫子的阿姨从旁嚷道。

“我这一副喉咙唱啥歌呵——吵架倒还来得一个！……”

她大笑着，把我领到她家里去。随即忙着洗手和张罗烟茶，一面不停地用响亮、愉快的调子向我诉说着自己的童年。恰和那一群幸福、活泼的孩子相反，她的童年是不幸的，看不见一点阳光：六岁上爹娘就死掉了，十一岁到地主家当丫头，经常饿得来偷猫饭吃……

接着，我们又从眼前孩子们黄金的童年扯到妇女，扯到公社，扯到公社成立以来农村社会各方面的变化。这在开始，倒也脉络分明，很快可就有点乱了，不断调换着题目：刚刚谈到大炼钢铁，一下又跳到深耕运动中热火朝天的战斗了！

末了，在彼此大笑一通之后，我们又把话头拉回到妇女问题上来。主要是说她们的劳动热情。在这一方面，我可已经很少有插嘴的机会了。因为作为一个农村妇女干部，方叔琼的体会显然比我丰富深刻得多。

现在，她解开红毛线衣的纽扣，越说越兴奋了。

“你猜，我们女同志一天要淋多少菜子？”忽然，她神秘地瞪着我问道。

“八分！”我想了想说，这是一个男子全劳力通常能够达到的标准。

方叔琼满足地、静静地笑了。

“前天我们五队三十个妇女，一天淋了三十一亩七分！”她紧接着一口气喊出来，随又停一停接下去道，“收工的时候我问大家：‘明天还能继续干吗？’因为我自己已经感觉有点累了！肩头精痛。可是大家都主张接着干，——昨天就又淋了三十一亩！……”

“哎呀，你们这个劲头子真大！”我满心钦佩地赞叹道。

“这个就连我也没有想到呵！”她接着说，声调忽然变得很轻，很恬静了，“顶多淋九分吧！怎么会干了一亩多！……”

方叔琼意外地沉默了，多骨的阔脸上的线条变得来很柔和。

“这个话我永远不会忘记！”末了，她笑一笑望我说道，“那时候大家选我当社主任，有些人背地里说怪话：‘是不是人都想来搞生产，爬回去当她的锅边转吧！’可是，我这个人就不相信蛇是冷的，不懂我会慢慢地学，咬紧牙巴地学，——偏偏不要当这个锅边转！……”

“现在哪里也找不出一个锅边转了！”我大笑着插嘴道。

“是呀！”方叔琼也笑了，她接着说道，“我们开办食堂的时候，就有几个女同志不愿意当炊事员。三队的秦桂贞，说死说活才答应下来，不上一个星期，又不干了！说是胃病犯了，一天拿手捂住胸口。可是，等到找到人代替，立刻又下田做活了，就跟风车车样！

“这个女同志只有三十多岁，锅头上有几手。我们调她当炊事员，一方面因她为人正派，一方面想让她给大家把菜搞好点。这一来两头都落空了！我狠狠批评了她几句，你猜她怎么说？

“你贴我的大字报吧，就是不想当这个锅边转！……’

“我没有立刻和她分辩一个锅边转同一个集体食堂的炊事员的根本区别，我想起了一年多前一件旧事：我为动员她出来抢收几天谷子，打了多少麻烦呵！起初，她把事情推在丈夫身上，但是，等我说服了她丈夫，她自己又变卦了！开口闭口家里没人喂猪、煮饭，领一窝窝孩子。后来，好容易答应了，隔不两天，又不干了，说是不稀罕这点工分！……

“想起这些，又生气又好笑，我就截住她道：‘前一两年你对锅边转怎么又那样有兴趣呢？为了动员你出来收点谷子……’

“刚一提头，她就立刻懂得我说的是啥了，马上红着脸插断我：‘哎呀，那时候又没有办食堂，一家人都张起嘴等你一个人做来吃呀！’她笑着嚷叫道，‘认真说吧，对煮饭早伤了味了！一天忙了这样又忙那样；他爹呢，收工回来，就吧起烟杆，门口一坐，翘起个二郎腿，连柴都不帮你加一块；饭迟一点，还要大吵大闹，说你把他工误了！……’

“这倒是实在的，而且相当普遍，并不是个别现象；可是我又截住她道：

“‘你怎么拿炊事员跟锅边转比啊？炊事员是为社员群众服务嘛……’

“‘这个我懂！’秦桂贞插嘴道，‘办了这么久的食堂了呢。’

“‘那你为什么整死都不干呢！’我接着道，‘是不是当炊事员也一天忙了这样又忙那样？无论如何，该比你在家侍候丈夫、侍候孩子强得多吧：不愁油盐柴米，分工又很具体，又不是要你一个人顶起干……’

“我一直说下去，她可只是嘻嘻哈哈地笑；最后，这才深深透一口气，自言自语似的笑道：

“‘真怪！现在这个人怎么搞得来在屋子里坐不住了！……’”

“这倒是实在的！”我忍不住插断方叔琼的叙述道，“去年四秋运动那向，好多老太婆自动跑出来参加夜战，帮着照火把，抢谷子，劝她们回去呢，总是笑嘻嘻说，‘到处热烘烘的，哪里还有啥瞌睡呀！’”

“我们这里也一样呵，你挡都挡不住！”方叔琼插嘴道，“说句老实话吧，去年一批两批调人去搞工业，我的抵触也不小呵！每天夜里睡在床上，一个人就那么老想：男同志调走了这么多，这个工作摆起来怎么搞呀？——就是嘴里不好意思说得！……”

方叔琼纵声笑了。这点暴露，好像给她带来了巨大满足。

“同志！有些事情，从前真是想也不敢想呵！”停停，她又接着说道，声音拖得很长。“那回深翻土地，我到社上开会，大家都说，这几天也够累了，让大家好好休息一两夜吧！正好放映队在社上，社管会就决定晚上放场电影，招待一下附近几个耕作区的社员。

“消息立刻就广播了。吃过晚饭，又广播了一次。可是，到了放映电影的时候，我们耕作区可一个人都没有来！我问几个一道跑来开会的队长，大家都说，管它的呵！总是愿意留在家里睡觉嘛。……

“这样，我们就一心一意看我们的电影！……”

“结果究竟是怎么一回事呢？”我插嘴问道。

“怎么一回事嘛？”方叔琼重复道，“好多人的确愿意留在家里休息，我们看完电影回去，大家都睡觉了。可是五队的几十个女同志，照旧打起火把在翻土呵！——满田坝照得红朗朗的！……”

她把这最后一句叫喊得很响，随即又爆发般笑起来。

接着又向我介绍了这个队当中的好几位女同志。其中一个叫孙昌凤，三十多岁，拖着五个孩子。大的十岁，最小的一岁多，以往每年都要拿出部分现金，才能分够口粮。“大跃进”以前，方叔琼始终没有把她动员出来参加生产，因为家庭副业和孩子已经够她受了；“大跃进”当中，她也只做一些附带劳动，但是现在已经成了五队的生产能手。

上一个月，这个孙昌凤的最小一个孩子病了，是麻疹。医疗站、托儿所都劝她留在家里照看，免得变症，免得传染。可是，麻疹刚才现点，她就在家里坐不住了，一天吵着要托儿所接收。

“有一天，跑来找我来了，”方叔琼接着道，“叫喊托儿所没有生产观点，没有协作精神，没有集体思想；噼噼啪啪吼了多长一串！

“我说：‘人家托儿所不收做得对呀！我能批评她们一顿？’

“‘我不要你批评她们，’她赌气道，‘我也不想跟她们讨气瘪了！……’

“‘那么把你爱人从铁矿上调回来帮你领娃娃吧！’我说，真有一点生气。

“‘我还没有这么糊涂！’她嚷叫道，‘我只请你想个办法，找人帮我带一两天。’

“我批评她道：‘你也张开眼睛看一看哩，现在哪里有空人呵！’

“‘就是这个话啰，’孙昌凤理直气壮地叫道，‘遍坝堆起活路，连好多老太婆都自动参加了工作了，我可一天腌在家里面领孩子，就跟抱鸡婆样！’

“我安慰她道：‘你孩子有病呵！’

“孙昌凤瘪瘪嘴说道：‘呵哟，你说得好凶！我另外几个大的都像没有出过麻子！’

“‘你不要把麻子看轻了！’我向她解释道，‘招呼大意一点，受点风寒，就会变症。你还记得去年冬天，汪秀清幺娃子是怎么“走”了的么？不要满不在乎，快赶紧回去吧！……’

“我的劝说终于发生了效力。可是，隔了两天，她又来了！说是麻子完全免了。

“‘会免得这么快？’我说，有一点不相信。

“‘难道我还会说谎么？’她和我打赌说：‘你自己去看看吧！……’

“我警告她道：‘就是免了也不能大意呵！医疗站的同志怎么讲呢？’

“这一来孙昌凤发火了，一张面孔涨得通红。

“‘依得医疗站的话么，’她气呼呼嚷叫道，‘依他们的话，我这一个月都不要出工了！横竖现在吃饭又不要钱，大大小小一窝窝都有人供——就是生产搞瞎了都有人供！’

“我劝她道：‘这是不得已的事情呵！哪家的娃儿能保险不生病？再说，你一个人耽搁几天，也不会怎样影响生产。……’

“我说了很多话，总算让她平复下来，回到家里照看孩子去了。次日一早，大家给油菜试验田追肥，我掌档档。刚才淋完一挑水粪水，我忽然发觉，孙昌凤也出工了，在担粪水；可是，神色有一点诡，光景像有意回避我。

“我感觉这中间有问题，跑过去了。在半路上拦住她。

“我说：‘一个人怎么不听劝呵！你娃娃呢？……’

“她显得狡猾地笑笑说：‘我已经找到人帮我带了！’

"'现在人是宝贝，你这个开不得玩笑呵?！……'"

我忍不住插嘴问方叔琼道："是不是有人带呢?"

"当然有人带呀！是幸福院一个七十多岁的老婆婆。可是，不知道是路上着了凉呢，或者张婆婆大意了，当天晚上就发高烧。隔了两天，转症了，变成肺炎，只好往公社医院里送!"

我忍不住又问道："后来呢?"

方叔琼笑着答道："那还会坏事么，早就出了院了。……"

这时候，一个穿着花布棉袄的三十多岁的妇女，抱着一个奶娃走进来了。身材不高，但很健壮，生着两片薄薄嘴唇。我想，这是什么人呢？随即想起耕作区主任刚才告诉我的那场喜剧性的纠纷。她一进来，就在一张方桌边坐下，把娃儿搁在上面，由他满桌子爬起来。

我没有猜错，这正是孙昌凤。刚才坐下，她就开始不停地谈着她们这一季搞起的土温床。

"茄子、辣椒都又稀得秧了!"孙昌凤继续道，"我刚才看了看温度……"

方叔琼这时深深透了口气，插断孙昌凤问道：

"淘了那么多气，这个小家伙现在该完全复原啦?"

"你快看吧!"孙昌凤兴高采烈地大声说，接着，忙匆匆地把那个头戴酱色灯草绒小军帽的奶娃儿扶了起来，让他坐直，面对着耕作区主任，一面说下去道，"现在不管哪个叫声小狗，就笑嘻了！……"

果然，那个奶娃，坐在那里，立刻稀开鲜红的小嘴笑了。而当方叔琼跟着笑了起来的时候，小家伙甚至笑得打起噎来，哇啦哇啦地不断挥着手臂……

我也笑了，一下想起许许多多人类最尊严、最美好的东西。

一九五九年三月一日于成都市郊区

（原载《峨眉》1959 年 10 月创刊号）

祝日本人民乘胜前进

在我还很年轻的时候，我曾经向往过日本，希望有机会到日本去看看。因为我们的鲁迅、郭沫若都是日本留学回来的，通过他们对于日本的介绍，我也更喜欢日本了。

由于日本进步文化界的努力，不少俄国革命文献，有个时期，好像比中国介绍得更快更多一些，这也是我向往日本的原因之一。为此，一九三〇年前后，我在上海还学过一个时期的日文，硬着头皮阅读车尔尼雪夫斯基的《艺术与生活》及别的一些东西。

当然，我始终没有到过日本，也不认识一个日本朋友。后来，中日战争爆发了，日本军国主义者打破了我的希望。但在广阔的冀中平原，我却有机会接触到个别日本人。因为一九三九年我随同八路军的一二〇师在河北中部的游击区住过一个时期。大约是大团丁村战役之后的事，一天，我在一所砖木结构的院子里，同一个负伤的日本士兵会见了。

这是一个普通日本人民，他被迫征调到前线，还不到三个月。他是有家室的，已经有三个孩子了。他的伤口在胸部上，稍微偏左，我们的卫生员正在替他换药。他用一种愤怒的语调告诉了我一些日本士兵的情况：他们都很厌恶这场肮脏的侵华战争。他还对我举了两个比较突出的例子：在高阳，一个年轻日本士兵，一天夜里，在军营房里对着自己的口腔放了一枪，自杀了；一个在放哨当中切腹而死……

这件事给我印象很深，因为它清清楚楚地说明了日本军国主义和法西斯反动派，是中日两国人民的共同敌人，只有打败日本军国主义和法西斯反动派，中日两国人民才能获得解放。在中国共产党领导下，中国人民终于赶走了日本帝国主义，摧毁了蒋介石王朝和它的主子美帝国主义，开始用我们自己的勤劳的双手创造美好幸福的生活。

我是刚从四川的红旗县武胜回到成都来的，当我想到那些活跃在生产战线上的英雄人民的时候，我也更加对日本人民目前进行的反对日美军事同盟条约的斗争充满同情。因为根据我们自己的切身经验，不反对掉这个彻头彻尾复活日本军国主义的侵略性的条约，不把这个肮脏条约的主谋者美帝国主义赶出日本，不把美帝国主义的走狗岸信介打倒，日本人民将不可能摆脱帝国主义和国内反动派的奴役。

眼前的事实证明，日本人民是不可屈服的。由于他们持续不断的英勇斗争，由于斗争规模和范围的不断扩大，他们已经赢得了斗争的一个又一个胜利。梦想在日本神圣国土上进一步策划侵略战争的瘟神艾森豪威尔，已经尝到闭门羹了；美帝国主义的忠实奴才岸信介也已经在人民的铁拳下坍了台。

毛泽东主席在接见日本文学家代表团时说得好，他不相信，像日本这样伟大的民族会长期受外国人统治。他说："日本的独立和自由是很有希望的。"现在，日本人民正在不松一口气地把斗争进行到底！斗争到底，胜利就必然属于日本人民。

我遥祝日本人民通过坚决斗争获得彻底的胜利。而且，我万分相信，不会过很久，有那么一天，我能够以一个中华人民共和国的公民身份，心情舒畅地到一个独立、民主、和平幸福的日本国土上做客。

（原载 1960 年 6 月 26 日《人民日报》）

记老共青团员周尚明同志

在“二一六”[①] 惨案的死难烈士中，有好几位都是我在省立第一师范学校读书时的同学。

这桩惨案已经过去三十多年了！这不是个短时期，但当我想起年轻时候的革命战友时，我的眼前往往首先浮起这样一个形象：高高的身材，两颊经常泛着红色，向左边横梳过去的头发，总是拖一撮在额头上；发觉时便那么敏捷地把头往后一摺。……

这就是周尚明同志，当时担任共青团川西特委书记。周尚明同志是成都市人，父亲是个缝纫工。我们并不同班，但我们却很喜欢跑华阳书报流通处，久而久之大家就熟识了。这家书店开设在成都昌福馆里面，很别致，革命的和反动的书刊经常杂存在同一个书架上，招揽着思想倾向各不相同的顾主。

我和尚明同志的两三个同年级的同学，也很熟识，尚明经常和他们在一道的。因为家境都不富裕，又渴望得到更多的新知识，他们用一种“分买共读”的办法尽量收购各种革命的和进步的书籍。从《响

① 1927年，蒋介石公开叛变革命后，四川各地国民党军阀对革命力量也进行了疯狂的迫害。当时，中共地下党川西特委、成都市委坚持反帝反封建的人民民主革命，得到了各阶层群众的热烈拥护。国民党军阀妄图以血腥屠杀来镇压革命力量，于是在1928年2月16日，在成都制造了可耻的“二一六”惨案。这天，中共川西特委宣传部长袁诗荛、共青团川西特委书记周尚明等十四位同志壮烈牺牲。

导》和《中国青年》直到鲁迅主编的《莽原》，都是他们购买的主要读物。尚明同志负担买《响导》和《中国青年》。照例，一到星期天，几个人一早就到昌福馆去了，然后把抢先买到的书刊带到附近一家茶楼上去，阅读起来。

尚明同志的学习热情是惊人的。一九二五年少城公园图书馆成立后，因为馆内备有不少关于社会主义的书籍，他便特别向学校办了个通学证，每天晚饭后跑去阅读两三个钟头。他不但自己努力学习，还善于组织别人学习和创造学习条件。他曾经和几位同学办过一种文艺性的板报，叫《砧声》。这在今天当然寻常得很，但在当时却是创举，而且很快影响了其他班上的同学，纷纷编写板报，使板报成为一时的风尚。

对于旧社会一切不合理的事情，尚明同志总是坚决反对的。刚进省师的时候，同学中存在着旧生侮辱新生的恶习，有一次，他便对一个流氓习气很重的旧生当众进行了尖锐的指责。虽然他自己从未受过侮辱。

这里特别值得提一提的，是他对国家主义派[①]的斗争。这些未老先衰的小顽固，当时我们都叫他们作狗儿派，因为他们实在同“醒狮”连不到一起。而在十二班的同学当中，这种学生就不少。尚明同志那种富于幽默、锋利机智的谈吐，却往往使得那批伪君子狼狈不堪。

尚明同志是一九二五年加入中国共产主义青年团的。那时候我已经在省师毕业了。等我一九二六年冬天重新来到成都的时候，他已经做了共青团成都市委书记。这是很自然的，因为他早就具备了一定的思想基础和组织才干。通过市团委的积极活动，当时成都市共青团的发展很大，全市的大专中学，几乎都有团的核心组织和各种群众团体。

---

① 1923年，国家主义派曾琦等在巴黎出版一种杂志，提倡国家主义，认为国家是超越阶级而存在的，故有国家主义派之称。1927年他们又正式组党，定名为国家主义青年党。该党以贩卖法西斯主义和以反共、反苏，为其反革命职业，向各当权反动派及帝国主义领取津贴过日子。

省师的“赤犀社”，就是当时团的外围组织之一。

这一次的会面，尚明同志给我的印象和以往没有什么两样。只是那些他原早具备的性格上的特征，更突出了：坚定，乐观和永不枯竭的革命朝气。那时候我刚从北京回来，但我从他那里才真正认清了当时的革命形势。而且在他的帮助下参加了实际斗争。我很快就回到故乡去了，直到一九二七年才又来成都，当时蒋介石已经背叛了革命，“三三一”惨案也发生了，白色恐怖弥漫全国。

这是一个革命和反革命之间斗争最尖锐的时期，也是考验和锻炼每一个革命青年的时期。在这次会面当中，我从尚明同志那里得到了不少鼓舞。我还记得，他曾经用他那惯有的幽默口吻和尖锐的措辞描写过好几个轰轰烈烈的斗争场面。特别对工人群众将国民党反动派的市党部执行委员张赤父、龙尊三穿戴上麻衣麻冠，罚跪在春熙路孙中山铜像前悔罪这一场面，刻画得有声有色。

这是我同尚明同志的最后一次见面，而且，事情真有那么凑巧，当我下一次再来成都的时候，恰恰是一九二八年二月十六日。这天下午，英勇不屈的尚明同志被强盗们枪杀了。这是一个令人诅咒的日子，也是一个值得我们骄傲的日子。它令人诅咒，因为我们不少好同志在那一天被军阀惨杀了！而它之所以值得我们骄傲，因为那许多共产党员和共青团员在死亡面前始终不屈不挠，勇敢坚定，充分表现了一个共产主义者的英勇气概。

到那时为止，我虽然也经历过亲人的死亡，但我从来没有像那天夜里那么震动、难受。特别因为给我带来噩耗的同学一再重复地说：“前天他还叫我到学校里去吃他种的油菜呢!”当然，这种感情，早已经过去了。因为尚明同志曾经为之英勇奋斗，牺牲生命的伟大理想，正在我们国家里迅速地变成现实。

（原载 1962 年 10 月 10 日《四川日报》）

洪唯元

当在县航管站——那座耸立在嘉陵江边的楼房里面，人们谈论起洪唯元的风度的时候，我多少有点吃惊。因为通过我事先了解到的有关他的许多事迹，在我的想象中，他个子不大，非常灵活，但他却魁梧而沉静。

我们在方山才见到洪唯元本人。这个镇子和我们会见洪唯元的地方也在江边，可已不再是嘉陵江，而是它的支流，有名的东河了。县航管站的同志当然说得不错，洪唯元的确高大，而且跟大巴山的岩石一样厚重。当我们向他提起他那些我们早已熟知的事迹时，他的语言是朴素的，但却远比一般传闻具体生动。

这是我们国家里值得向之学习的千千万万先进人物之一。而那位曾经和我同行的诗人，已经重返方山，同我们的主人公一道劳动，并向他学习去了。现在，因为实在憋不住了，我只准备做些简略的记述。

这是从前没有人告诉过我们的：洪唯元的大哥一九三三年参加红军，后来在抗日战争中牺牲了。哥哥随军北上抗日的时候，洪唯元还很小，只有十岁；但他很快就当了放牛娃。

他当放牛娃完全出于被逼。因为地主金毛根，在红军北上后从外乡回来了，对洪家进行了刻毒的倒算，而在最后把洪唯元抓去放牛。他很多时候得不到吃喝，草割少了，又得准备接受一顿痛打。他就这样整整受了两年折磨。第三年上，一天，他把割草用的镰刀丢了，他知道这是闯了一场大祸！

他着急，他害怕，他带着恐惧四下寻找。从他割草经过的毛狗路一直到每一处草坡。最后，他走向河滩，因为那时还是初秋天气，他中午到河里洗过澡。可是，在那一目了然的河滩上，洪唯元没有找到地主那把镰刀。他不知道怎么办好，于是坐下，失声痛哭起来。

两三个刚才拉完滩的船工，因为听见哭声，其中一个走过来了。

"小娃儿，啥事这么样伤心啦?"那个老伯伯问。

"镰刀丢了。"洪唯元哽咽着回答。

"不要紧，下回小心些好了。赶快回去给你爹认个错！……"

"镰刀是东家的。爹死都死了。"

洪唯元重又哭起来了。可是夹着很大的痛愤，开始诉说他平常在金毛根家里受到的种种虐待。最后，那个老船工走去同他的伙伴交换意见，随即容颜开朗地走转来了，邀约洪唯元同他一道去船上学推船。

东河全长三百二十四公里，上通旺苍，下至河口。除开洪水季节，江水一清见底。险滩可也不少，一共七八十个：黄家浩、麻柳子、鬼错、狗窝岩、檬子溪……

航行东河的船只跟一般船只不同，所以叫东河船。船身不长，坦坦的，相当宽；尾巴却非常窄，翘起多高，以致整个船身看起来像只瓢羹，因此又叫作"瓢羹船"。它轻便灵活，载重量却不小，而且一个人就照管过来了。没有舵，全靠两个桡子行驶。

于是，为了一把镰刀，洪唯元就坐上一只"瓢羹船"，逃难去了。同时却也开始认真学习谋生的本领：推船。他是在东河边长大的，懂得一些船工生活，但要摸熟这条时而平滑如镜、时而滩陡水急的三百多公里变幻莫测的水路，可也并不容易。整整学了三年，他才算满了师，开始正式帮人推船。这也就是说，他每个月可以拿两三块钱的工资了。原早，他是只有碗饭吃的。无疑这是好事，但也埋伏着可怕的一面。因为如果打烂了船，就有被老板吊打的危险，甚至把脚筋给你割了，或者将损失折成债款，强迫你无尽期地拿劳动来偿还，就像做奴隶那样。

这时候，洪唯元有一点想家了。以前，也想家的，但他还记挂着那把镰刀和金毛根，不敢回去。于是，当一天晚上，一队船只在王渡停泊时，他就带上预先买好的挂面、黄糖，上岸去。因为顺河走不上三五里，就到家了。那是一座只有三间低矮破烂的茅草房子。妈告诉他，他走以后，金毛根端走了他家里一口破锅，镰刀的事，不必再管它了，可以经常回来走走。如果能佃点地，就回来做庄稼。俗话说："船拐子，两条路，不讨口，就摆渡。"一想起这些话来她就害怕。一句话，推船是没有下场的。而且，妹妹已经送给人了，姐姐早已在地主家里做丫头，她一个人太孤单了。

从此以后，洪唯元就经常回家看望母亲。照例，晚上到家，清晨一早赶到河下推船。一个冬天晚上，他又回家了，而且准备多住几天。因为东河两岸，河滩是不多的，几乎全是陡岩峭壁，碰上冬天拉上水船，也得下水。因此，洪唯元的腿脚，就这样冻坏了，需要将息将息。可是，第一天深夜，房子忽然被包围了，保长带起人抓了他的壮丁。这是抗日战争时期，国民党和各类各色反动派发家致富的捷径之一。而一个身材魁梧，无权无势的青年人，正是他们的理想对象；更何况他又是一个红军的家属呢！

为了赎买自己，家里好几年来的积蓄，这一下全光了！而通过整个抗日战争和解放战争，他却前后被拉了七次；幸而只有三次没有跑脱。最后一次的被抓对他印象最深，谈起来忍不住又气又笑。那是一九四七年春节前两天的事情，他回家去结婚。他早就成年了，母亲多盼望能有个帮手呵。可是，刚刚拜堂，保队长就带了几个队丁来了：要拉他去参加反共反人民的内战。经过母亲的哭诉、张罗，这些家伙才同意了老太婆的哀求：让洪唯元明天把新娘送回娘家，就上街去报到。于是队长吃过饭走掉了，留下一名醉醺醺的队丁看守；而新郎就这样在半夜逃跑了。

就从这一夜起，直到川北解放，他没有回过家。因为随着反动政权末日的迫近，反动派的胃口也更大了，随时都在要丁要粮，回去是准会被拉的。但是行船也不保险，他们经常都得停在河心过夜，不敢靠岸。而如果碰上国民党军队拉差，就更糟了。一九四九年冬天，他们一队船又在檬子溪被扣了。那形势很吓人，沿河架了机枪，他们动弹不得。这队国民党败兵是从广元退下来的，准备拖到阆中。一个个全都褴褛、狼狈、蔫眨眨的，一上船就躺下睡着了，沉酣得跟死猪样。

船到滑滩，那批溃军还在睡觉，船工们就将船靠了岸，壮起胆子上街探听消息。这天滑滩正当集期，金圆券已经没人肯接手了，只有硬洋才有资格进行交易。谣风也大：解放军已经把广元攻下了，国民党正望东河沿岸溃退。于是船工们就开始商议了，而且很快得到结论：他们决不能让自己的命运跟反动派联在一起！这就是说，他们应该丢开那批“死猪”，不要再下河了。

洪唯元绕了几十里路，就在当天半夜回到家里。他低声唤了许久，才把母亲叫醒，因为他怕嗓门高了，走漏消息。但是老太婆告诉他，保长们这一向态度变了，不只不再向她敲诈、辱骂、叫她作“匪婆”了，前几天，蹇跛子还跑上门来，送了她几斤洋芋。

洪唯元轻声笑道：“杂种一定听到红军把广元攻下了。”可是他仍然不放心那些坏蛋，他们是说变脸就变脸的。因此，他向母亲要了点干粮，跑到后山去了。因为他听说那里聚着一批躲避壮丁的青年。

回忆起第一次参加县农代会时的情形，洪唯元忍俊不禁地笑了。因为这是想不到的，而为了准备进城参加会议，全家人几乎为他瞎忙了两三天。

最大的苦恼是，那时正当初春，东河河滩上的冰凌尚未融化，很冷，他无论如何不肯让母亲妻小凉起，拿去她们的铺盖；可是她们却不同意。而单为这件事就打了不少麻烦。最后，她们虽然终于强迫他背走了那床所谓“油渣子棉絮”，半路他可又托人捎回家了。

哥哥在抗日战争中英勇牺牲的消息，就是他这次进城后才知道的。这以前，每次碰到解放军和工作同志，他都曾打听过，好像他们准会知道哥哥的下落；但是他们一无所知。而在农代会闭幕那天，一位县委负责同志找他谈话来了，告诉他说，他的亲手足已经成了烈士。他很激动，可是没有落泪。但当他带着几件县委赠送他母亲的礼物回家，走到郊外的时候，他却忍不住一下坐在路边，痛哭了。……

通过这次会议，比之第一次碰见访贫问苦的工作同志，洪唯元进一步感觉到自己真正站起来了。因此，在“四大运动”当中，他一直是石床沟的民兵队长，经常带起人翻山越岭捕捉特务、土匪、恶霸和逃亡地主。而且，土改以后，又做了当地第一个农业生产互助组的组长。可是，正当谷子扬花，眼看可以指望一个好收成的时候，方山区委一位负责同志看他来了。

他所领导的互助组，就是在这个区委负责同志的直接鼓舞下搞起来的，所以才一见面，洪唯元就忙着向他汇报本组的生产情况；但是对方笑着拦住他道：“生产我看过了，很不错!”接着就提出自己来这里的任务：动员洪唯元仍旧去东河划他的“瓢羹船”。互助组长没有料到这个变化，也没有想到他再去玩“桡脚板”，因为他对船工的生活太熟悉了，家里人手又少，他不大愿意去。

洪唯元第一次在一项新的任务前表现出犹豫。可是区委同志带来的不止一项新的任务，他还带来大批足以使人信服的理由：东河航运在这大山地区的政治经济意义。而经过民主改革，航运上的封建把头和残酷剥削，虽然被废除了，在它们影响下长期形成的陈规陋习，却还相当严重。这需要耐心细致、经常性的政治思想工作，才能得到更新，而且，需要有一批人用实际行动带头。……

可是区委同志没有大费唇舌，因为刚才摊开问题，洪唯元就苦笑着叫喊了："怪板眼多呵！"接着举了几个生动例子，认为这些习惯的确跟已经当家做主的劳动人民极不相称。一句话，他很快就向区委表示，只等组里工作安排好了，他就到方山去。

他是早稻开镰时候去区委报到的。但在县委主办的党训班住了三个月后，这才下河工作。因为他在这年春天就入党了，区委一直把他作为重点培养对象。

石灶、鬼错、黄家浩和大浪是方山一带的险滩，经常发生事故。大浪山头有一座王爷庙，船快要经过时，庙子里的钟磬就响开了，因为人们相信，就是王爷的幺儿子经过这里也"不保险"！……

这类迷信和禁忌相当多，但在洪唯元去到方山以前，就改掉不少了。船只失事的记录，也在逐渐降低。按照旧规，如果一只装载的船在滩上打烂了，沉没了，进行打捞的人，对于抢救出来的物资，有权利分得一半；现在也改过了，减为十分之一。这是很自然的，因为过去为老板运货，现在是为集体和国家运货了。

这看起来有一点说不通：东河上的船工有一部分不大会水；而且，滩陡水急，又相当深，因此碰到船只失事，人们就只有依靠别人来帮忙了，那些能够下水打捞的人，有些是别的船上会水的船工，有些是沿河居家的"水猫子"，而报酬问题，正是这些人提出来的。因为过去老板的"王法"非常刻毒，打烂船了，船工的灾难就临头了：赔偿、吊打，甚至割去足筋；或者罚做苦工，三四十年不给工钱。……

合理调整打捞报酬，无疑是东河航运上一项重大变革。而如果这一条行通了，船工们的精神面貌将会进一步发生变化。因此，提成百分之十的新规定，区委是在发动群众进行充分讨论之后才批准的。然而，当洪唯元来到方山的时候，已经两三年过去了，少数曾经是打捞能手的船工和“水猫子”，抵触一直很大。有的对打捞不那么热心了，有的在打捞当中要弄手脚。

足足有一年多，洪唯元在这个麻烦问题上同一些残留的坏作风进行了斗争，但是收效甚微。主要在于他自己并不怎么会水，这要说服别人，也就更困难了。而且，大凡有他在场，“专家”们总故意躲避开；或者推口有病，不能下水，因为他们知道，洪唯元执行制度很严。

有一回，洪唯元参加领导的一个船队中的一只，在檬子溪沉没了。他们好容易找来两三个当地的“水猫子”，大家一道共同打捞。而奇怪的是，船上装载的千多斤铜，有一部分始终没有捞起。

最后，他要求大家再打一次搜索，可是人们都不同意。

“算了吧！”船工们劝他道，“已经搜索过三次了！”

“你们这个钱真不好拿！”“水猫子”说，“以后有事不要来找我哇！……”

于是披上衣服，各自回家去了。好像受了极大的委屈。

洪唯元已经很孤立了，但他并不灰心。因为人们的态度使他更加感觉非把那部分下落不明的铜打捞起来不可。而且得靠自己单独作战，因为当时时间已经不早，不能再耽延了。

这次搜索，他抛开了船只沉没所在的河心，把阵地移向北岸去了。那里有座石岩，水相当深，要到水底工作，在他是困难的。起初，他老沉不到底；随后，他抱起块大石头，沉下去了；但又很快浮了起来。应当说，一个有了觉悟的劳动人民的革命毅力，是势不可当的。到了黄昏时候，他毕竟把那几包铜捞起来了。

这些铜，是在三五处石缝里找出来的，它说明了这中间有蹊跷。因此，尽管已经筋疲力尽，冻得发抖，洪唯元还是找了那几个“水猫子”来，一道同队上的船工开了大半夜会，彻底讨论了如下一些问题：“过去生活好呢，还是现在好？”“为什么现在生活比过去幸福？”“应该怎样对待国家的物资？”等等。

多数人的发言是踊跃的、热情的、坦率的，有的甚至眼睛都润湿了；但也有一些人，他们一言不发，只是闷着脑袋抽叶子烟。

到了最后，那些准备沉默到底的人，终于也憋不住，开口了。

“各人捡个人的账哇，反正我只藏了一包!”一个“水猫子”说。

“不是家里吵着要搞把铜茶壶，哪个要呵!”一个船工也认了账。

“对!”洪唯元鼓励说，“把包袱卸掉轻松一些！……”

应当说，为了解决打捞当中长期存在的问题，洪唯元尽管参加了许多次会，可是只有这次的会开得最好。后来区委帮他总结了两条经验：一是密切结合实际；一是以身作则，充分发挥带头作用。

于是，就在这次航行以后，约有半年左右时间，他又一连进行了三次打捞工作。这些船，都不是他自己社上和队上的，只是偶尔经过那里，碰上了，他就自愿带头参加。而且做了最艰苦、最出色的工作。因为几乎每次总有个把个“水猫子”或船工要弄手脚。

这是值得提一笔的：洪唯元几次都拒绝接受自己应得的一部分报酬。而当时他的第三个女儿已出世了，妻子经常无法出工，因此每年分口粮都要补社上几十元。

“大跃进”使得人们精神上达到一种新的境界。东河航运上的道德风尚，也进一步更新了。因为自从那时以来，即使是件无主之物，船工们也会全部交给有关单位，保存起来，等候失主认领。

举个例说：有一次，方山木船航运合作社许华东组运布匹和百货到旺苍，刚刚航行到白家滩，船工们发现一只从旺苍下来的煤炭船打烂了，沉在河底。既没有人打捞，也不见有人看守；船工们可能到附近镇子上搬兵求救去了。于是这个组的船工动手下水打捞，把煤炭搬到河滩上面。随即通知当地的生产队，说明经过，要求队上派人保管，最后，大家就又立刻往目的地进发了。

而且，当我们在那个作为嘉陵江边名城之一，唐代诗人杜甫送客到过的地方逗留的时候，我们还听到不少新近发生的船工们的故事。东溪木船航运合作社一个组，航行当中，船工们发现了一些顺流而下的漂流物，他们立刻捞起来了，原来是五床被子，五床毯子。于是在洗净晾干之后，把它们如数交给社上；装载当中，船工们主动为仓库洗好口袋；一个住在山里的公社社员，进城拣药，钱没有带够，一个船工自愿把钱补足，然后扬长而去。……

我们曾经拜访过那座高踞在嘉陵江右岸的航管站的砖木结构楼房。除开东河的变化，我们希望得到几种书面材料。航管站的同志满足了我们的要求。而且还被告知这样一个不够完备的统计数字：在一九六〇年到一九六二年三年中间，单是洪唯元组就打捞了十八万斤以上的粮食。在那些老天爷伙同国内外反动派不断向我们作对的日子里，大家知道粮食多么宝贵！而由于这个大山区连年丰收，国家又有不少储备，也就更加需要运出去支援一些重灾地区。

很可能因为进一步懂得了粮食在我们国家里的重大意义，又连续参加了三次省、地、县召开的先进工作者代表会议，而就在这个时期，洪唯元本人把他一套六七年来练就的本领，从航运扩展到了农业。事情是这样开始的：一九六一年冬天，他到石门公社登高大队为方山木船航运合作社验收木料，发觉一座水库漏了。

起初，他并不在意，一直走过去了。而那颇不寻常的水声，却又很快使他回身转来。站在堤坝上面，一眼可以望见坎脚三沟两坝的两百多亩水田，它们的丰收，显然有赖于水库里的蓄水。

洪唯元跑到支书家里，找到了那个正在生病的老同志。

“同志，你等我讲完嘛！”洪唯元安慰着那位已经翻身坐了起来的老支书，“我开始也不感觉有这么严重呵，以为只是有点浸水。……”

“听到没有？叫你马上去找老顺！”老支书接着嚷叫。

“这个老顺能下水吗？”洪唯元关心地问道。

“哼！水库一直都是他在管啦！我愿意陪他一道喝几口水，这样大家印象会深一点，对工作有好处！”

洪唯元微笑着轻轻吁了口气。

“这样好吧，你们赶紧准备点人手，我帮你们找个人下水。”

“这样数九寒天，你就找得到会水的，人家也不见肯干呀！”

“肯干的！这个我敢保险。”

老支书不响了，平静了，但他随又摇摇头叹口气。

“你同志哪里人哇?”他末了问。

“王渡，离这里四十多里。”

“你回王渡找人?!”

“船上找呵。”

“你们船队来啦?”

“我一个人来的。船到歧坪装运粮食去了。”

从老关到歧坪有一百里，老支书又气又笑地哼了一声。

“等你人找来水都快漏光了!”老头儿嘀咕说，“老顺还没来哇!? ……”

“你不要着急嘛！”洪唯元说，“赶快先派几个人跟我去看看吧！”

负责看管水库的老顺来了。瘦削，五十多岁，没有蓄须，身后跟着五六个青壮年。他刚才走了几天亲戚回来，未曾料到会出这样大的乱子，早已经急坏了。因此，刚一到场，他就不断责怪自己的疏忽。

“好啦！好啦！”老支书嚷叫道：“秦守前买牛还没有回来啦?”

“他不回来算了！”管理员说，“我跟我娃下去！……”

“你不要老命了！现在蓄的水那样深，你那娃也不大顶事呵！”

“书记同志！”洪唯元插嘴道：“我已经说过了，保险找得到人！……”

“好吧！”老支书叹口气说，“你帮我们到东溪船队上找个人，行吗?”

“当然行啦！你听，这一带码头上我都熟。”

“好！只要是塞住了，报酬多少没有问题！”

比起歧坪、王渡，东溪离登高近多了，走捷路只有二十多里，因此老支书同水库管理员都比较放心了。可是，洪唯元却坚持一道先去水库看看，然后再到东溪；而且保证只要吸一袋叶子烟的时间，就可跑个来回。还说：“我是出名的铁脚板哩，你去问看！”

于是，一行人带起谷草、晒席、家家私私，以及冬天下水必需的烧酒，向水库出发了。渔洞溪水库，地形不错，看起来像只长柄瓜瓢。它蹲在一条山涧的沟口，汇集着好几匹山岭淌下来的雨水。而站在坝上回头一望，那些山岭，仿佛几扇绿色屏风一样，绕着水库，远远包围过来。坝有三四丈高，漏水的声响更加大了。

耳闻不如目睹，老支书、水库管理员，还有几个社员，这一下才真正感到问题的严重了，也更加着急了。因为他们比谁都能理解：如果听任它漏下去，那就是对社会主义建设的犯罪！

漏水地方在涵管出水口附近，淌出来的流水已经汇积了两三寸深。……

“老顺！赶快叫你幺娃子领合作社那位同志到歧坪找人吧，利落点！”

“咋能等得到这么久呵！算了！”老顺说，开始在解纽扣。

“你不听招呼哇？”老支书大叫，制止着水库管理员脱衣服。

“那不是船上那一位同志来啦，啰！”有人忽然惊喜地指着坝脚下叫喊。

这时候，社员已经来了不少。于是在大家的吆喝下，洪唯元从容不迫地上坝来了。而对于老支书催促他立刻到歧坪找“水猫子”，他却毫不在意似的，只顾自言自语哼道：“洞可大呢！”

“是呀！”老支书说，“不管出多少报酬，请你一定到歧坪找个人！”

“走嘛，同志！”老顺的幺娃说。他刚才下过水，声调有点发颤。

“莫忙，莫忙，让我先下去看看。”洪唯元一边解纽扣一边说。

“原来你会水呀!?”老支书抓住对方叫了，一双老眼闪着亮光。

“试一试嘛。”洪唯元轻言细语回答，开始在褪下装。

水库管理员的幺娃，提着酒罐跑过来了。

“先喝它几口吧！同志，我才泡了一下，牙齿都还在打架哩!”

“我平素喝碗醪糟都会红脸!”洪唯元推辞说。

“身上无论如何得搽一点!”老支书带点强迫叫喊道。

“这倒不错。……”

洪唯元同意了，于是蹲在坝上，从碗里沾着烧酒，一把一把往身上擦。这中间，其他两三个懂一点水、曾经下水做过试探的青壮年社员，也都裸着身子披了棉衣，颤颤抖抖，一下拥过来了。

他们一面喝着烧酒，一面热情地向洪唯元介绍经验。

“光擦不顶事呵，硬是要喝几口！……”

“水深哩！我刚才抱了那么大块石头，都没有沉到底！……”

老支书一蹦跳起来了；他也蹲在坝上，守候着洪唯元。

“哪个去砍根斑竹来！杉木条子也行，——快!”

“千万不要挨近漩流，我差点给吸住了!”人们还在进着忠告。

若论洪唯元的本须，不管水多么深，漩流又多么大，他都能够对付。但是，他不愿辜负大家的好意，更不愿在群众面前突出自己，所以一直等到斑竹砍来，他才顺着竿儿，笔直下到涵管附近。

毛病不在涵管，也不在卧管，可是涵管出水口附近却漩了个大窟窿，而且正在迅速扩大！当洪唯元浮出水面，爬上坝来，他立刻把情况向老支书汇报了。接着又提出建议：先用晒席、树条和稻草把漏洞堵起来，然后顺着堤坝边沿，倾倒几十挑鹅卵石和泥沙下去。而且，堵塞的范围越大越好，力求明年用水以前不再发生差错。

洪唯元的建议立刻被采纳了，而且立刻变成了行动。尽管大家竭力劝阻，他还是同社员一道参加了搬运沙土的工作，说是这比喝酒容易提高体温。可是，由于得远远避开漩流，又得在两三丈深的水里把晒席擦着库壁，逐步地、准确无误地拖下去堵住窟窿，当他完成了这项艰巨任务，又一次从水里起来时，他却几乎给冻僵了。

人们再三劝他喝一点酒，他仍然拒绝了。也不同意燃起篝火，烤一烤。他照旧坚持自己的老经验，认为活动活动就会暖和起来；所以准备马上回方山去。但是人们不同意他，半带强迫地把他拥到队上去了。

一到老支书的家里，他们又为报酬问题同他争扯起来，相持不下。

“这样好吧，”老支书终于让步地说，“一顿饭你总得吃!”

“将来打扰你们的机会多呵!”洪唯元说，站起来，打算走掉。

但他又被阻拦住了。因为那几个会水的青壮年一直把守在门口，无论如何不肯让他脱身。原来他们早就准备向他取点经呢。最后，洪唯元只好承应下来，但他希望吃饭前好好睡上一觉。

“这个容易!”老支书大笑，“保证你睡个痛快!”

“等我搞床新棉絮来，让他暖和一下！……”

老顺边说边跑掉了，回家抱他的新棉絮。但当他抱着新棉絮转来时，洪唯元已经被安顿到隔壁房里休息去了。约定晚饭时叫醒他。而颇为歉然的是，客人睡了一觉就溜走了，话都没留一句。……

自从帮助石门的登高大队补好渔洞溪的水库以后，不到一年时间，沿着东河一带，本县大部分公社，都知道洪唯元不止是个打捞能手，同时也是修补水库、塘堰的能手了。因为他一气接连修补了五座水库和山湾塘，其中一处，也是他自己找上门的。而且，照例不收报偿，仿佛不过顺手搬开了一块妨碍交通的石头。

到了后来，就连东河上游的旺苍，也知道了。去年春天，他带起船队，由南充运布匹、杂货到旺苍。他们是吃过午饭不久到的，刚卸完货，县航管站的同志就领起山泉公社一个队长，找他来了。

他们是来请他修理山湾塘的，时间约在次日上午。

“今天去不行吗?”洪唯元说，感觉有点奇怪。

“让我揭穿说吧!”航管站的同志笑道,“他们知道你不要报酬,可是便饭总得吃一顿呀!今天又准备不及了,只好推到明天。”

“有啥准备的呵,素坐一下!”队长客气地接着说。

“这样好吧!”洪唯元说,“横竖七八里路,今天先去看看!……”

山泉公社那座需要修补的水库就在县城附近,沿河走一段路,爬几架坡,就走到了。洪唯元跟队长到达时,一些会水的社员已经摸清了渗漏的底细,卧管内面一节放水孔的木塞坏了。

这工作很简单。但是水很深,漩流又大,换一个塞子并不那么容易。

“让我下去试试!”洪唯元说,一边解着纽扣。

“同志!”一个下过水的社员叫道,“一拔塞子,漩流会更大呵!”

“请你们搞根结实点的杉木条子!”洪唯元请求说。

杉木条子很快就搬来了,而由于洪唯元的勇敢、敏捷,以及将近一年来修补塘堰的经验,不到一个钟头,就全部完工了。这也就是说,他已经爬上坝来,穿上衣服,准备回船上去了。……

但是,一看架势不对,生产队长立刻拦住了他。

“莫忙呵!无论如何要住一夜,明天我送你走!”

“这个不行!还要赶回去装载呀!”

生产队长叹一口气,沉思起来。

“这样好吧!”他最后说,“明天清早就在河街上吃个素饭!”

“行!……行!……呵唷,快打麻影子啦!……”

洪唯元一边说着,一边赶紧溜了。而在当天夜里,船队就到达下游二十里外的镇元了,准备在镇元装载桐油。

东河一带,流传得最广的,是洪唯元打捞锅炉的故事。

这是一个带有革命浪漫主义色彩的故事。它引起了成千累万的年轻人的向往。有一次,城关公社一座水库的卧管出了毛病,挂长途电话到方山木船运输合作社，邀请洪唯元赶紧进城修理。

电话员是位刚出学校不久的姑娘，但她很有耐心。因为正像我们国家里许多革命青年一样，在毛泽东思想的抚育下，他们懂得什么叫作全心全意为人民服务。所以尽管在这大山地区，由于幅员辽阔，船队流动性又大，费了约莫半天时间，她终于把洪唯元找到了。只是地点不是方山，而是方山上游的歧坪。

这真是一件值得高兴的事，电话员可以在顷刻之间完成自己的任务了：把目的告诉对方，把电话转接到城关公社。但她并没有这样做，倒是忍不住抛开一切常规，同洪唯元扯起家常来了。

“你就是洪唯元叔叔呀?”声调响亮，充满了兴高采烈的情绪。

“究竟城里哪一个找我呵？……”

“让我先向你保证吧：我一定向你学习同洪水做斗争的精神！……”

电话员指的就是洪唯元打捞锅炉的故事。因为它正发生在洪水季节，而据老人们说，那是嘉陵江三四十年来没有过的大水。

锅炉是川中矿务局的，十一吨重，用大卡车从重庆运往矿区。当汽车准备在矿区附近横渡波涛汹涌的嘉陵江时，那块临时搭在渡江轮船上的跳板忽然断了，于是驾驶员、乘务员连锅炉一起掉到了江里！

驾驶员很年轻，懂点游泳，因而没有遭到洪水吞没，泅上岸了；其他的人也被搭救起来。可是当他弄清楚人们对于打捞锅炉丝毫没有办法的时候，就又立刻奔向河边，光景打算跳水；但他被拦住了。而且末了，通过派出所和乡人民委员会的协助，那些闻讯赶来的矿务局的工作同志，终于请来好几名当地的“水猫子”，一道商量打捞的事。

这时候，码头周围的交通早已经断绝了。因为整个市镇已经沸腾起来，人们带着关心，正在不断从各方面汇集拢来，希望看个究竟。洪唯元也想看个究竟，而且远比其他群众迫切。因为他的船队停在附近，已经知道那台锅炉的作用了，很想下水去试一试；但他好几次都遭到民兵同志的干涉。

最后，经过一位热心分子指点，洪唯元抓住一位派出所的负责同志，谈起来了。而且出乎意外地做着较为详尽的自我介绍。有什么办法呢！水位还在继续上升，他希望快一点取得人们的信任。

洪唯元被领到河边去了，那几个“水猫子”正在那里争论价钱。

“呵哟!”洪唯元脱口而出地惊叫了，“一千元要买多少米哇!?……”

“嫌贵了你又来嘛!”一个“水猫子”说，顺势回过头去。

这是本地的有名人物，因为他很会打捞，但也很会要弄手脚，早已没有人敢挨他了。而人们找了他来，只因为想抢救那台锅炉，利用他救下急。其他几位没有他本领大，有的作风也不算好。

这人叫张光头儿，一看洪唯元在脱衣服，更气愤了。

“伙计，你像不是我们这一带的人啦?”光头儿充满了蔑视问道。

“东河的，小地方。”

光头儿敞声大笑。另一个“水猫子”把洪唯元一推，叫嚷开了。

“慢点嘛，看凉到了！你究竟懂得打捞的规矩么?”

“呵，抢救国家物资还有个规矩呀!”派出所的同志大声责难。

光头儿一拖，把他的同伴给拉开了，同时邪恶地挤挤眼睛。

“人家大江大河来的，你这叫啥话呵!”他说，腔调跟保宁醋一样。

因为他有他的打算：一个推“瓢羹船”的船工，能够在洪水季节的嘉陵江进行打捞？而且不是打捞一般玩意儿，是一台十一吨重的锅炉，——这简直是神话！而神话的破产将对他们非常有利。

正是由于这个坏念头的支配，当洪唯元第一次跳进波涛滚滚的嘉陵江，不久就像旧社会春节前，乞丐们装扮的泥财神，带着满脸满身泥浆泗上岸来的时候，光头儿更兴高采烈了。他以为那个土头土脑的船工，起来得太快了，显然没有摸到门路。

矿务局和派出所的同志也有一点失望，立刻拥过来包围着洪唯元。

“究竟情况怎么样呵?!”人们接连发问，正像放枪一样。

“锅炉还在汽车上面，——泥浆子太厚了，只能过摸。”

大家沉默下来，不张声了。全都在琢磨着他所作汇报的真实性。

“依我看么，”洪唯元接着又说，“得有架起重机才搞得起来……”

“起重机已经在路上了!”一位负责人说，“不过，你真的摸到啦?”

“这样好吧!”驾驶员插嘴道，“请你把汽车上的钥匙先摸起来！……”

为了不过分得罪人，引起对方猜疑，那位年轻人还着力渲染了一番那把钥匙的作用。但这是多余的，洪唯元一般不大注意人们对他的看法，相信或者怀疑，他所经常考虑的是，怎样才能永远做一个合格的共产党员，每天都替人民做一两件好事。

因此，驾驶员刚把话交代完，他又投身到泥浆一样的嘉陵江了。可惜要在浑浊的洪水里打捞一把钥匙并不容易，他没有找到。但是歇息一会，他又下河去了，而且是完全自动去的。因为他从人们的神色感觉到，这个任务不完成会坏事。特别使他恼怒的是，光头儿们已经开始利用自己的失败，又在向矿务局敲诈了，而且有些嚣张。

为了这把钥匙，洪唯元一连在汹涌澎湃的嘉陵江下去上来了五次。这最后一次，他仍然没有捞到钥匙，但却割了一段捆扎锅炉的特制的绳索。而当他带着这段绳索，又一次泅上岸来的时候，矿务局同光头儿的“协商”，已经初步谈妥当了。

这次协商的结果是：一千元太多了，八百元以下可以考虑。而洪唯元正是在这个节骨眼上，带了那段绳子上岸来的。这就不止破坏了那场讹诈性的所谓“协商”，而且真正给人们带来了希望。

驾驶员当然最能鉴别这段绳子，他争辩似的向大伙欢呼道：

“不是挖我眼睛！——这下有办法了！……”

“同志!”光头儿也在嚷叫，“就依你们八百元吧！……”

这个长期以来，几乎被种种剥削阶级思想意识侵蚀透了的角色，显然有一点着慌了，他四处活动着，对于打捞报酬，一再表示让步。

然而，正在这时，打从矿务局驶来的救急车开到了。

这是三部汽车组成的一支抢救队伍，不仅带来有起重机，钢丝绳，还有三五名从那座嘉陵江边的历史名城，现在算是这个专区的首府选拔出来的打捞能手。可是，在察看水势，问明情况以后，这些热心肠的能手，有一点怀疑了：洪唯元真正发现了那台锅炉？一句话，他们不相信一个人在这样大的洪水里能有多大作为！……

洪唯元本人可没有管这些。始终只有一个思想支配着他：赶紧把锅炉打捞起来！而且越快越好！因为当他最后一次下水，也就是在浑浊的江水里割取那段绳子的时候，他就已经发觉，比他第一次了解到的情况，在那滚滚波涛的冲击下，汽车和锅炉已经向江心移动得相当远了。而这正是危险的征兆！因此，抢救的车队到达不久，他就已经主动牵起钢绳，下水去了。

全部工作的重点是打捞锅炉。这中间的水底作业，就是使锅炉同卡车分家，然后用钢丝绳绑扎起来。而这一切自始至终只有洪唯元一个人担当。但当锅炉由起重机吊了上岸，那几个最后来到的“水猫子”，可全部下水了。他们绝大部分人不是为了报酬，可是都跟光头儿一样，下去不久，就被浪子、漩流，以及呛人的浑浊的江水，赶上岸了。……

正跟洪唯元过去在水底作业一样，这一次他也干得出色。他连一些汽车上的零件都打捞起来了。只有一点例外：第一次接受了报酬。起初，人们要送他五百元，他拒绝了；接着，就又添了一百，可是他仍然不肯接受。这把大家弄糊涂了，不懂这是怎么回事。

最后，经过很久推让，洪唯元这才把本意告诉了他们：他不要钱。

“这咋行呵！”有人嚷叫开了，“洪水天冒险干这么大的活！……”

“我告诉你，这比冬天补水库松活多了，——那个水好浸人！……”

“这样好吧，多少不拘，你总得接受一点，我们心里才过得去！”

洪唯元四处望望，他几乎被矿务局的同志严严包围住了。同时，他又发现，光头儿一伙，还在吵吵嚷嚷："喜钱总该分几个吧！……"

"那我就破个例吧!"他叹口气说，"拿你们一元钱好了。"

"咋个一元钱都说出来了呵!"

"你听我讲：我三十几块钱一个月，给你们半天活都没有干到呵！……"

他边说边从几堆票子里捡出一元钱来，接着赶紧挤出人群。这次没有人阻拦他，人们已经领悟到这是怎么一回事了。因为在我们国家里，洪唯元的行为尽管突出，却已经不是不可理解的奇迹了。不过，虽没有阻拦他，大家却都怀着激动心情紧跟过去，问这问那……

光头儿还在人丛外面愤愤不平，嘀嘀咕咕："喜钱都不分几个吗?"而洪唯元已经走过去了，把那一元钱塞给他，说是请大家喝杯水酒。

洪唯元就这一些事迹吗？不！他已经做过的，我所知有限，只写了一部分；而他还将为人民做更多更好的事。但是，它们需要用饱满的革命热情，发光的语言文字来写，我的笔可太拙了。

这里，我只希望那位诗人同志，能从东河带回若干较为壮丽的诗篇。

一九六四年十二月十日

（原载《收获》1965 年第 1 期）

沉痛的悼念

——纪念贺龙同志逝世八周年

五年以前，我曾同一些同志在成都北郊学习了一段相当长的时间。一年春初，关于贺龙同志的消息，又开始在同志们间流传了；但都三言两语，不仅不详，且有分歧。每一听到这些传闻，真是幻想联翩；但大多却也并非幻想，而是实实在在的回忆。因为在一九三八年冬到一九三九年夏，在抗日战争的烽火中，主要在敌后的冀中平原，我曾经同何其芳同志和一批“鲁艺”同学，在八路军一二〇师学习过一段时间。我一直在司令部，因此同贺龙同志见面的机会较多。

我听到有关贺龙同志的一种说法是，他还在养病；另一种说法，则传说他已被林贼于叛国投敌前，乘他有病时暗害死了。在一九七二年冬我离开成都北郊以后，这后一种说法才得到证实：他竟然在一九六九年六月就逝世了！同时还得知他被害的具体经过。但对伟大领袖和导师毛主席都丧心病狂到妄图暗算的坏人，是任何恶毒的手段都用得出来的，说它有什么必要呢！简单地说，贺龙同志经过精神上和肉体上的折磨，以致病情日益恶化，而林贼一伙的罪恶目的，也终于达到了。但是他们自己，却也很快暴露了叛徒卖国贼的丑恶嘴脸，成为不齿于人类的狗屎堆。

是的！各种消息都向我说明：贺龙同志确乎在他治病期间被林贼一伙暗害致死了！而且是被加上种种莫须有的罪名后折磨死的。而这些莫须有的罪名，似乎已成“铁案”，不可动摇。这是使我最难受的，最痛苦的，因为我无法相信它！因为在那难忘的将近半年的战争生活中，那么多他的生活侧面和言谈片断，特别是为了教导我而谈论到毛主席和党中央时，他那种纯金般的忠诚，还有他性格上本有的豪迈、爽朗，这怎能叫我相信那些卑劣无耻的捏造呢?!

有一次，他曾经用一种充满敬仰的感情，叙述了一些毛主席在同陈独秀、李立三等的错误路线进行斗争中，为党为革命建立的不朽的功勋。特别热烈赞扬毛主席在民族生死存亡关头，对和平解决“西安事变”问题所做的具有历史意义的伟大决策，因为它迫使蒋介石停止内战，从而促成了党所领导的抗日民族统一战线的形成和发展。贺龙同志对这段历史讲述得很生动。“他只是说不能打！”他模拟着毛主席的神情动作——不住摇晃着手掌说服当时少数过分激动的同志，“绝对不能打，——无论如何不能打”！最后，他是那么酣畅地哑声笑了，鲜明地表现了他对伟大领袖的无限敬爱。

贺龙同志对他的政治委员关向应同志的尊重和他们互相间的融洽无间，也可以看出他是多么自觉地体现了毛主席的建军思想。贺龙同志在一二〇师的威信是很高的。但在谈到干部、战士的政治觉悟和作战能力的时候，他没有一次不强调这位党代表的作为。在一九六二年，他还特别要他的一个亲属向我指出，我所写的一册有关他的小书的主要缺点之一是：对关政委写得太少了，因为在掌握党的路线、方针和政策方面，关向应同志对一二〇师的作用是主要的！

南昌起义，继之以广州起义后，在毛主席亲自领导建立井冈山中央根据地的伟大革命创举的鼓舞下，由于党的积极支持，重返湘西进行革命活动的经历，贺龙同志也向我谈得不少。当时，连他本人在内，一共只有七个人、几条光身手枪了，但是，就凭着这点武力，他在鹤峰一带同白匪军展开了武装斗争，当然他也谈到贺英同志、贺满姑同志以及其他亲属。因为她们都程度不同地在重新组成一支较大革命武装和开辟湘鄂西洪湖根据地工作中做过不少贡献。而且都先后在反动派的屠刀下牺牲了！他非常敬佩他的大姐贺英同志，她的牺牲只是由于一时大意。这个牺牲是惨重的，从他事后分派一位同志前往探查结果时说的话可以完全体会出来：“你摸去看看，总还剩得有点渣渣嘛。”而反动派随后却连祖坟也给他挖了！

对于个人说来，这确是悲剧性的打击；但在党的鼓舞下，它却丝毫没有挫折贺龙同志壮大红军和扩大根据地的雄心壮志。在聚集力量的过程中，工作的艰巨，是可以想象的。但在谈到这一时期的活动情况的时候，既富有教育意义，却又那么引人入胜，有时甚至使人感觉他所说的绝非严峻的斗争生活。我记起马克思在回答什么是人生的最大幸福时的名言来了：“斗争！”真的，对一个矢志革命的人来说，在同反革命的搏斗中只会感到幸福！

现在连“红小兵”也知道伟大长征的艰苦了。他在谈到过大雪山时也讲到这一点：冷冻大，空气稀薄，而山又特别高，有些体弱有病的战士，一爬过山就牺牲了。因而碰到这类战士，他就让他们分别拽着马尾，攀附着马的颈子，自己又一手拖上一个，让他们迅速翻过雪山。就这样，在好些次往返中，保存了不少体弱多病的战士的生命。但他也兴致勃勃地谈过一些这种艰苦生活中的琐事和插曲，使人感觉，对于一个真正革命者说来，马克思的名言确有至理。

现在，我想起了在跟随贺龙同志去晋西北前夕对他所做的一次访问。在这次访问中，我们也谈到过长征。而在谈了些通过草地时的艰苦生活，诸如缺吃少穿，经常露宿，沼泽又多等等而外，他就引人入胜地讲到过在草地上的河流里钓鱼的情形。他打着手势，说是只需要根细麻绳，扎上钓钩，鱼很快就上钩了。这不是那里的鱼老实，因为从来没人钓过，太缺少经验了。在岚县和冀中，我没有看见他钓过鱼，但却知道他在战争间歇中高兴同一批青年干部打篮球……

我觉得，对于这些生活琐事和插曲，不能孤立地看待，而应当把它们同当时硝烟弥漫和补给短缺的情况联系起来，特别可以看出，在毛主席革命路线指引下，他对待战争、对待困难的革命乐观主义精神。因为在指挥战斗当中，尽管有时镇静沉着，有时振奋豪迈，现在回想起来，却无不叫人感到激动。而这才是他生活的主要部分。我记起冀中大曹村的战斗来了。那是敌人一次规模较大的分进合击，河间、蠡县和高阳都有大量敌人倾巢而出，还放过一次毒气。而在敌人的冲锋被击退时，他却对着电话，猛勇而又愉快地嚷叫道："那你们马上反冲锋呀！听见了吗？——马上反冲锋！……"

在所有的战斗中，不论这个战斗的发展进程有无多大意外变化，他却总是那么镇静。我记得，一次饶阳、河间、献县等地的敌人都在增援后出动了，准备来一次新的"扫荡"。那天，我们正吃午饭，一位参谋同志来报告了：离司令部不到十里的吕汗，被敌人占据了，而且正在造桥。参谋同志显得有点紧张，是特别跑来向他请示的：应该怎样行动？

但他照旧用饭，一面充满机趣地答道：

"是呀，造起桥他才好过来呀。"

"没有什么话要说吗？"对方有点莫名其妙，就追问了。

"没有了，走你的吧。"他若无其事地回答。而当对方转过身去的时候，他又望着我笑道："同志，敌人对我们的兴趣真不小呢。"于是，我也仿佛太平无事一样，丢心落意地笑了。

然而，尽管镇静，随便和满不在乎似的，就在那次连续十天的战斗中，实际上，他的工作却比平常繁重。有时，经过一夜的行军，大家都睡觉了，他却还得同别的领导人忙着军事上的布置。而且不仅限于直属部队，全冀中的部队的行动，都得取决于指挥部，因为在那广阔的平野上，几乎无时不在进行战斗。在我看来，除开长期战争生活的锻炼，就是他胜利信心的坚强。而这种信心，是建立在毛主席伟大人民战争思想基础上的。我在冀中所直接体会到的正是这样。

在到达冀中不久，为了保护群众的基本利益，贺龙同志一再强调加强村政权薄弱环节的重要性。而对于一些地区没有认真执行合理负担政策，感到非常愤慨。其实，这种在毛主席建党建军中长期形成的热爱群众，关心群众疾苦的优良传统，就在贺龙同志的日常生活中，也体现得相当突出。一天下午，我们在岚县城外碰见两个牧人，一老一少，他走过去，从那老人手里要来洋铲，试用了几下，这惹得两个牧羊人笑了。接着他就同他们十分亲切地闲谈起来，问起他们的家庭情况，工资待遇，等等，表现出极大的关怀。

可以说，离开延安，在青化砭宿营那天，我就突出地感觉到这点了。那是一处只有二三十户人家的村子，到达不久，他就和一个青年农民闲谈起来，周围围着不少头缠羊肚帕的山村居民。而当我们在一位农民家里吃晚饭的时候，忽然，一个身材高大的老太婆，在窑门口出现了，相当健旺，于是贺龙同志立刻亲切地用筷子指点着盛面的瓦甏，招呼道："快来盛起吃吧!""吃过了，同志!""至少得吃一碗才对!""的确早吃过了!""那么吃两个饼子好吧?"接着他拣了两个饼子，站起身来，让警卫员传递去。这类事在以后更常见。

在参军问题上，我们可以看出党的这种优良传统所起的巨大作用。这在冀中特别显著，青壮年参军的踊跃，不必说了，由于敌人据点的星罗棋布，在新兵的集中和运送中间，时常有被敌人冲散的危险，但是，往往只需一个干部，就可以安全地领起一队新兵到司令部听候分配。而且，正像贺龙同志说的："今天入伍，明天就可以打仗。带点伤，从医院出来，就是个老兵了!"接着他又嘲笑了一通那些与人民为敌的旧军队用机关枪、大刀、动辄杀人等手段督战的丑恶反动嘴脸……

但是，尽管在谈到干部、战士冲锋陷阵时充满了革命的自豪感，同时，如果哪一次战斗后的伤亡情况比较严重，却总叫他一两天寝食不安。这是大小黄龙战斗刚刚结束以后的事，一天，贺龙同志显得愁闷地告诉我："昨晚上一夜没有合眼啊！翻来覆去总睡不好。早晨一早，我就到卫生所去了：脚呀、手呀，一大堆！同志！”他忽然变得很严肃了，“这就是我们共产党的肉，共产党的血呢！”下午，他特别同一位负责同志认真研究了好一阵有关伤员问题：从改善伙食到怎样护送他们去路西疗养。而且一再强调，要采取措施保证伤员们安全到达路西。

贺龙同志是经常以政治上的坚定鼓励我和评价干部的。他曾经好几次向我提到的一个“红小鬼”出身的主要负责干部，首先就肯定他政治上坚定，在任何困难面前都不悲观失望。而且“越艰苦越挺得住”。有一次，在谈到这位已故的同志时，他赞扬道：“你还没有看见他当红四师师长时候的情形呢，那才真叫勇敢！一次在鄂西作战，敌人一个师追我们，他一个人带一班人断后：就蹲在山口上，面前摆起这么大一堆手榴弹！……”

他对干部的赞扬、关心，以及同他们亲如手足的关系，我想到的还很多。这是到达岚县前一天的事情：我们一道去宿营的地方，他忽然一眼发现一个穿着件新制皮大衣的中年干部，站在一座空地上堆满驮子的院落里面，于是欢呼道：“喝！马夫，哪里搞来的皮大衣啦！”接着跨进院子，走到那马夫同志面前去，翻看着那件大衣，最后，认真地评价了：“不错，准可穿七八年。”而在重又前往宿营处的途中，他告诉我们：“这个马夫参军一二十年了！全家人都是为革命牺牲掉的，现在只剩他和一个兄弟了，人很老实！……”

八路军中不少干部，差不多都是在党所领导的武装斗争中成长起来的“红小鬼”，因而他们对党的忠诚、对革命的坚定，可以说已经成了天性。至于对革命优良传统的继承、发扬，那就更习以为常了。在遍地烽火的冀中，参加部队的“小八路”也不少，这一点我印象比较深：有一次，贺龙同志抚摸着一个又黑又瘦的“小八路”的头顶，端详着，询问着，因为那孩子刚参加部队不久。而在问明了他的父亲是高阳城里的铁匠的时候，他惊喜地叫道：“哎呀，那这个小鬼的成分还不错呀！你认识字么?”“认识两三个字。”“才认识两三个字！要努力学习呀!”对于这一类“小八路”,一有机会,他总鼓励他们努力学习政治、文化。

对于参军不久的青年革命知识分子,贺龙同志当然同样关心,随时耐心地为他们解决思想政治上的疑难。有一次,一个这类青年干部颇为祖国的发展前途担忧,其他两三个也不大相信坚持抗战我们的国家就能做到真正由人民大众当家做主。他们全是长期生活在“国统区”的,因而贺龙同志用生动的群众语言,列举了大量党所领导的抗日根据地中的确凿事实,诸如“县长民选,村长民选,群众都有了自己的组织”等等,来说服他们。最后,他又语重心长地说道:“同志,要多从进步方面看,我们对抗战才会有信心呢!”于是大家心悦诚服地笑了。

想起贺龙同志,有时候,我总想起他在长期战争中养成的一种爱好,而这种爱好,又是和他性格上豪迈、在革命进程中勇往直前的精神分不开的:他喜欢马、和骑上一匹好马在平野上驰骋。有一次,因为听说冀中“抗联会”的主任有一匹小红马,被夸为冀中第一,于是他访问住在邻村的“抗联会”去了。还未坐定,他就用一种行家口气问起这匹小红马来:“跑的是野鸡柳子吗,蝉头?”我们都莫名其妙,于是他又用手势和声响区别着马的种种步法。但是,我们仍然插不上嘴!

最后,他望警卫员叫道:“张娃儿!去把那匹小黄牵来,骑起给史主任看看!”于是我们一同到村外去了。但他并不满意,老是惋惜着年轻警卫员和小黄马的错误:“又颠了!”或者:“他压不住它!”末了叫道:“一定叫马兵骑坏了!”随即脱掉大衣,贺龙同志亲自骑上那匹小黄马了,在广阔的平野上驰骋起来。而小黄马因为得到了老练的骑手,它的步法,精神面貌也随之而变了:平稳、欢腾……

贺龙同志的生活,是相当简朴的,他的屋子里只有一点日常生活用具,而最触目的,则是满壁作战行军用的地图。如果要说陈设,装饰,这可以说是唯一的陈设、装饰了。而他唯一的嗜好,恐怕就是用烟斗吸旱烟。有一次,他看见一个年轻连级干部抽烟卷,马上带点指责似的笑道：“怎么还抽纸烟？总部早就通令禁止抽啦!”随后他又亲切地劝告对方：“我给你讲，最好是抽旱烟，你看吧，又不贵，又好买，像我，一个月顶多才抽一块钱的。……”

经过“文化大革命”的动乱，我更加觉得需要向贺龙同志学习的东西太多，而我自己的弱点，也自觉更突出了。我深为懊悔在冀中离开他太匆忙。而且，他曾经好几次鼓励我留在部队上啊！我相信，如果我真的留下去，我在解放后的十七年中，将会在工作中少犯一些错误，为党减少一些损失。

我又记起林贼一伙暗害他以至于死的另一种传闻来了，——但还是不必说那么具体详细吧！总之：折磨！折磨！无止无休地折磨！必欲置之死地而后快。而这个传闻如果属实，那么这批害人虫真是坏得来出乎人的想象！……

使人感到欣慰的是，在伟大领袖毛主席、敬爱的周恩来总理的深切关怀下，贺龙同志的受冤诬，终于被昭雪了。林贼早已自我爆炸了。在党中央的领导下，又一举粉碎了“四人帮”，从而挽救了党、挽救了革命和人民。我想，贺龙同志如果健在，他将怎样的欢欣鼓舞啊！

在贺龙同志逝世八年之后，我才有机会来写点悼念文章，心情无疑是沉重的。但一想到我竟能在全国大好形势下来发抒自己久积于怀的哀思，心情又开朗了。

安息吧，敬爱的贺龙同志！

（原载《安徽文艺》1977 年第 6 期）

悼朱委员长

今年八九月间人们像发现了奇迹：你是那样矍铄，竟连手杖也扔掉了！这给党政军民带来了多大喜悦——谁料到竟来了一个晴天霹雳。

我老是忘不掉这个简单故事：几个干部在敌后打出来一支部队，但又垮了！它的政委于是到太行向你汇报真情，还准备向你检讨，并接受你的批评。

他迟疑了好久才去见你的啊。可是你说："垮了嘛，总结总结经验，又去搞嘛！"这算得批评吗？这多出乎政委同志的想象！同时都感到再接再厉的鼓舞力量。

毛主席说从来没有百战百胜的将军，而这正是对伟大革命路线的贯彻。因为你们都坚持干部对革命无比忠诚，也深懂历史，从没有不受挫折的革命事业。

在这激动人心的十年中间，人民知道你是受尽了林贼和"四人帮"的陷害、诬蔑！这些害人虫都已经永久成了历史垃圾。但是，安息吧！我们的朱总司令。

末节于 1977 年改写

悼念·回忆·誓言

伟大领袖和导师毛泽东主席逝世转瞬就一年了！时间过得真快，但又感觉时间为他老人家的逝世而停止了。我们总时常感觉他还健在！事实上，他的光辉形象将永远活在我们心中，他的光辉思想将永远指导我们怎样工作，怎样为建设社会主义、共产主义努力奋斗！

一九三八年九月初，由于我们的请求，毛主席曾经在延安接见了我和已故的何其芳同志，同时接见的还有卞之琳同志。毛主席指示我们说，文艺工作者应该到前方去。又说，上前方去，走路很可能会成为一个困难，但是很快就会习惯。毛主席这次亲切的接见是我终生难忘的事，也是我终生感到光荣的事。

其芳同志在一份寄给我的回忆这次幸福接见的文章校样中说了这样一句话："我们是得到伟大领袖的批准到前方去的。"这是指后来我和其芳一道跟随贺龙同志去晋西北，随又去冀中敌后。但他讲得最切要的是我们得到毛主席他老人家的"批准"、鼓舞和关心，就满足了，没有再问了："怎样解决一些更困难、更根本、更深刻的问题。"我猜想，他的意思也就是指后来毛主席在延安文艺座谈会上的讲话中的指示，作家应该专政地，无条件地，全心全意地深入生活斗争、改造世界观一系列问题。我是猜想的，因为他寄给我的校样就这一点！

其芳自谦他是一个"新兵"，而我相对说来，却是一个"老兵"了，竟也没有进一步向毛主席请示。因此，尽管随同一二〇师在硝烟弥漫的冀中生活了一段时间，却始终存在着“做客思想”，而且不顾贺龙同志的劝告、教育，一九三九年初夏就又一道离开了部队，自以为所得已经不少了。

这且不说，更为难受的事，是我重在“鲁艺”工作了一段时间以后，又为创刊《文艺战线》离开了延安！而且在皖南事变后，竟撤回了故乡，住在一处山沟里埋头创作。是的，创作，但是那是怎么样的创作呢？讽刺和暴露国民党反动派的丑恶罪行。当然这也不无意义，但较之歌颂党领导的军事斗争和解放区的伟大变革，又是多么地不足道呵！……

一九四三年前后，由于长期只身困处在山沟里，我对敌后和解放区的向往，是相当强烈的，也很失悔，因而写过一个以敌后生活为背景的中篇小说的主人公在离开敌后时，曾经向两三位无家可归的江南一带的革命知识青年，说过这样的话：“老实讲，我倒很羡慕你们呢！若果没有一个可以苟安的老巢，也许我离开敌后的理由会少得多！”我认为这些话正好反映了我当时的思想感情。

回到国统区后，尽管也写过中篇，以及好几篇散文，但绝大多数，却是讽刺暴露国民党反动派法西斯统治的东西，因此一些人也都认为我是专写讽刺暴露东西的作者了。乃至于一九五五年我争取到一个搞创作的机会，被免去原中国作家协会创委会的工作时，就连至今卧病床褥的张天翼同志也不免为我担忧：是否能写出歌颂社会主义新农村的作品？这个话，是我写出反映农业合作化高潮的几个短篇后，他才向我说的，因为这些东西虽然尚多不足之处，但他终于放心了。

我记不大准确了，我是否向他谈过我自己经过总结创作这些作品的经验后所得的结论，但我现在只想谈谈当时的经历。那时，我早已离开创委会了，但是我仍然参加了毛主席和党中央关怀下作协党组召开的党组扩大会，经历了轰轰烈烈的反右斗争。这场斗争却开展得平常及时、必要，时间约有两月之久，我是始终参加了这场斗争的，精神一直振奋。但是，真正说到振奋，是我在会末学习了毛主席的光辉著作《关于农业合作化问题》以后，因为那时我的心就早已飞回四川农村，投身在合作化高潮中了。

事实上，我也是会一结束，就转回四川的。正如伟大领袖毛主席所作的科学论断：合作化高潮已经典型。而且，省委统战部已经组织过一批民主人士到农村参观访问，正在进行汇报。于是我立刻要求旁听了所有汇报，并对所有书面材料进行研究，而汇报一结束，我就赶往我较为熟悉的绵阳。

事情真有那么凑巧！我又正好碰上绵阳县委召开各乡支书会议，传达和学习毛主席的《关于农业合作化问题》这篇经典著作，于是我又抓住时机，同几位参加会议的支书同志做了长谈。而他们都曾因为在“法规戒律”和贫下中农积极走社会主义道路的两面夹攻，用他们的话说，叫“受夹板气”，弄得苦恼不堪！当然，经过学习，他们已经摆脱一切“法规戒律”，准备回去带领广大群众直奔社会主义大道了！

因此，还没等会开完，我又由《四川日报》长住绵阳的一位记者同志陪同，先到他们中间两三位支书同志所领导的乡去，采访他们举例中一些具有典型意义的人物和群众去了。向他们报告，向他们学习，也向他们探询各自的经历，特别是力争“建社”“入社”的动机和经历，及其辛酸苦恼。而这最后一次访问，也就向我直接提供了写作《过渡》《卢家秀》的基础。

不！不能用“基础”一词，说是素材较为恰当。因为真正成为我创作基础的，应该是两个月积极参加反击资产阶级右派向党进攻激发起来的斗志，事前较为广泛的调查研究，而这些都是和毛主席《讲话》中的主要精神相符合的：深入工农兵群众，深入实际斗争，学习马克思主义和学习社会。

然而，我在解放前所写的一些东西，主要三十年代在上海期间写的某些东西之所以存在这样那样的缺点错误，用《讲话》提出的标准加以衡量，正是由于违背了伟大的毛泽东思想，自己的世界观没有得到应有的改造的结果。因为它们大多是我单凭一些有限的书面资料和传闻就写出来的，不是完全来自现实生活斗争和缺少相应革命实践。这都是教训！

因此，农业合作化高潮这一时期我的作品，以及以后写作的东西，如果说在大方向上还对头，这首先应归功于毛泽东思想的哺育！显然，我这次下农村，还只能说是“走马观花”，但却已经获益不浅。那么，要是严格要求自己，长期地在农村“安家落户”，认真和群众打成一片，好处还会更多。因此，现在长期战斗在工矿农村的广大业余作者们，我对你们是多么地羡慕啊！

我已年愈古稀。但我并非老骥，却也还有那么一种革命壮志。在伟大领袖和导师毛主席逝世一周年之际，我向他老人家庄严宣誓：我坚决永远高举和捍卫伟大的毛泽东思想的光辉旗帜，在英明领袖华主席为首的党中央抓纲治国的战略决策指引下，跟随广大革命文艺工作者一道，在无产阶级专政下继续革命，彻底肃清“四人帮”在文艺战线上的流毒，把文艺革命进行到底。

1977 年 8 月

回忆贺龙同志

我是一九三八年在延安认识贺龙同志的。同年初冬，我就和已故的何其芳同志以及“鲁艺”一批同学跟随他到晋西北岚县去；在岚县住了一月以后，于千里冰封的严冬，又一道通过同蒲路、平汉路，奔赴硝烟弥漫的冀中平原。这是敌人据点星罗棋布的敌后。一直到一九三九年初夏，我们才离开部队。在这几个月终生难忘的敌后生活中，因为我们一直都住在司令部，从贺龙同志那里领受到的教益也比较多。因此，可以想象，当一九七三年知道他早在四年前就已经被林贼一伙诬陷、折磨而死的时候，我是怎样一种心情了。回忆是痛苦的，因为这种结局多么出人意外！

现在，我记起我们在延安访问贺龙同志，在他谈过贺英同志、贺满姑同志以及他的其他几位亲属，先后牺牲在蒋匪帮屠刀下之后的情形来了：握了烟斗，背靠在军委招待所的檐柱上，勾着脑袋，他沉默了好一会。他似乎很痛苦。一个人不是石头，在谈到自己亲姐妹的牺牲时，怎么会不感到难受呢？我真有点失悔自己失言，不该向他问起贺英同志和贺满姑同志的革命事迹。但他终于嘘了一口气，昂起头来，坦然地说了：“革命是要牺牲的，他们的血并没有白流！”而他的神色、声音竟是那样坚毅！

到了岚县，特别在到达冀中以后，我们更从较多的生活侧面和言谈片断，进一步了解到作为革命前辈的贺龙同志优秀的革命品质，从中得到不少教益。首先，他对伟大领袖毛主席制定的路线、方针政策的信赖，非常真挚。这个判断，主要是以他从日常生活中自然而然表现出来的言行为依据的。我记起了这样一件事情，当我们行进到河北境内的平山地界时，因为汪精卫投敌叛国的罪恶行为已经传播开了，他这才告诉我们，还在延安的时候，毛主席在分析政局时就断言过：汪精卫迟早都会依附敌人。于是他不能自已地赞扬道："毛主席政治上、军事上的天才真要些人来比呢!"语调、神色充满了对毛主席的崇敬。

他对当时一二〇师政治委员关向应同志的尊重和他们互相间的亲切关怀，也充分表现出他对毛主席"党指挥枪"这一光辉思想的深切体会。在谈到南昌起义前的军队生活时，他常说："现在打仗是靠党的力量了。"而认为关政委是全军掌握党的方针政策、政治思想工作的主要支柱。当一九五八年我的那本有关记录他在敌后生活的小书《记贺龙》出版后，一九六二年，他还特别要人告诉我，它的缺点之一是，对关向应同志写得太少了！并着重指出，关政委在一二〇师整个工作中作用最大。

他也谈到过长征，但他从未说过，遵义会议后，在毛主席的革命路线指引下，二方面军全体指战员在紧急关头，怎样反对张国焘的投降主义和逃跑主义，特别是批判张国焘另立中央的罪行，因而促进了红四方面军广大指战员坚决继续北上抗日的功绩。他只谈了些翻越大雪山的艰苦，以及在穿过草地时用细麻绳扎上钓钩，就可以轻而易举地钓起一两斤重的大鱼之类的故事。这种不自居功的优良品质，正是革命队伍中加强同志间的团结所最需要的。

他也谈到南昌起义，但更简略。现在，我记得准确的只有一点：南昌起义前两天，他曾经同叶剑英同志和已故的叶挺同志一道，在鄱阳湖开过会。这还是我们在谈到日本军阀在鄱阳湖一带肆虐的时候，他顺便说的。而他从未说过，当革命面临陈独秀右倾机会主义路线招致的最大挫折时，他怎样在敬爱的周恩来同志的直接领导下，协同朱德同志和其他负责同志一道，向叛变革命的蒋匪帮进行反击，打响了第一枪！我愿以怒火烧毁林贼一伙的无耻谎言！因为他们总妄图用诬蔑言辞抹杀贺龙同志在中国革命重大转折关头所起的作用。

我从记忆中想起另一件事。南昌起义后，继之以广州起义，而由于陈独秀右倾机会主义路线的干扰破坏，由于反动派的暂时强大，这两次起义，表面上都失败了；党中央原本要他去苏联学习的，最后，他却同其他几位同志，在毛主席亲自领导建立井冈山革命根据地伟大创举的鼓舞下，回到了湘鄂西，建立红军，开辟苏区。这种坚强的党性和革命气魄，同林贼一伙所捏造的种种无耻谰言，相去何止天壤！而由此可见，在毛泽东思想阳光的照耀下，“人咬一口”也是有药医的！[①]

“星星之火，可以燎原！”就凭着几个人，几条手枪，贺龙同志在毛主席革命路线的指引下，终于开辟了湘鄂西洪湖苏区。刚回到湘西，工作是非常艰苦的。贺龙同志将光身手枪，就像电筒那样挂在肩上，头戴草帽，足蹬草鞋，身着蓝布短褂，经常从这个山头移向另一个山头：捕捉战机，突破敌人的包围。但在不久之前，他却还是一位北伐军的军长！

由于坚决贯彻执行党的群众路线，仅仅少数几个干部，在很短时间就建立一支革命队伍和开辟一块革命根据地，可以说这是毛主席秋收起义后，亲自领导建立井冈山革命根据地过程中的又一个伟大创造。这在抗日战争中更有了重大发展。比如在一二〇师直接领导下的邓宋支队，正像贺龙同志说的：“不多几个干部，东一搞，西一搅，就搅出一个大队伍来，一直通到冀东去了！”而冀东，却是敌人的咽喉地带。一个已经失去一条腿的长征干部，则在乌拉山一带搞出一支部队，通到了包头附近……

---

① 四川有句成语：蛇咬一口有药医，人咬一口没药医。

这后一个消息，是我们一天正在谈论国民党顽固派对陕甘宁边区种种实际上与敌人暗中配合的破坏活动的时候，才从贺龙同志那里知道的。因为他刚好读完一封来自大青山的电报。接着，他又用手背轻轻敲着那封电报，十分酣畅地笑了，而且边笑边继续说：“不只是一条腿，才出去好久呀？他就搅出一支队伍来了！而且就在包头附近！这太有趣了，正在谈顽固派！”另外一次，在谈到这类党的干部“白手兴家”的业绩时，他却严肃而又自豪地说道：“同志！这点特长，老实说，也是共产党拿血换来的呢！”

前一向，《人民日报》有一篇传诵一时的报道：《硬骨头六连战歌》。这个连队的指战员那种压倒一切敌人的狠劲，使我联想起贺龙同志和我的一次简短谈话来了。当时，我和一位秘书正收听了一次敌伪攻击他作战“蛮横”的广播；他进屋后秘书把记录给他看了，他毫不在意地说：“难道对敌人该客气吗？”他的意思是说，对敌斗争就是要狠！但我主要的联想却是他用感叹口气说出的这些话：“这几天大清河一带才打得厉害呢！都是整天打，一连打了三天了！”因此我忍不住问道：“那里面老干部很多吧？”“是呀，我就担心老干部。一个营长在前天带花了！”于是沉默下来，显出一种忧虑神情。

其实，贺龙同志本人就无时不在严重的战斗当中，而他却又多么镇静！这里，我想起了那天拂晓宿营青塔的情形。为了粉碎敌人的分进合击阴谋，我们已经转战了十天了，因此一到达宿营地，我同其芳和一批“鲁艺”同学，就在一家机房里躺下休息。不少人一躺下就睡熟了，我也正在入睡；忽然，贺龙同志神态闲散地在房门边出现了。我想翻身起来，但他微笑着阻止我道：“好好睡你的吧！”而在当天下午，我才从关向应同志口中得知，那是十天当中最紧张的一天，有一股敌人离我们最近，在我浓睡时候，还对青塔轰过几十发试探性炮弹！……

为了壮大革命队伍，对于培养新生力量，地方干部，贺龙同志也是以毛主席的建党建军的路线为指针的。他曾经在谈话中一再强调这两个问题，并为新生力量在成长过程中不可避免的挫折辩解。我记得，在大小黄龙战斗中，我就对一支成立不久的地方部队向贺龙同志做过错误批评，因为它竟连司令部也打得不见了。而如果不是五团之一部的猛烈袭击，其结果将会更坏！我认为我的批评是有根据的，而贺龙同志却尽力说服我道："它才成立好久呢？坏处是我们来得太匆忙了，还没建立起整个作战计划。"而仅仅才三个月，这支部队却又在岔头镇战斗中大显身手！

毛主席教导说："人民，只有人民，才是创造世界历史的动力。"对于这一马列主义的光辉思想，我从贺龙同志一些生活侧面和谈话片断，感觉他的体会是深切的。他本身就来自人民，又经过辛亥革命到南昌起义和创建湘鄂西苏区的大风大浪，无疑深知人民力量的伟大。这从他对干部，对人民的态度，是完全可以看出来的。他对干部、群众那种平等相待的态度，非常自然；而且他是那样叫他们乐于同他亲近。他的极为旺盛的精力，也足够他广泛地同人民群众和干部接触。

就像磁石一样，他每到一个单位，比如"战斗剧社"、"抗联"，贺龙同志总立刻为那里的干部和革命群众所包围。有时真是差点挤破他所在的屋子。而由于他的有问必答、知识广博、谈吐机智幽默，人们总是用不断的询问和要求淹没了他。结果呢，大家既受到了革命传统教育，这是主要的，同时也得到了愉快。我想，如果要说宣传，他应该是一位出色的革命宣传家。因为正同毛主席在反对"党八股"时所倡导的，他所用的是具体、生动的群众的语言、事例。而且他多么会刻画人物啊！要讲，这方面的事例可太多了。

由于不到二十岁就参加了同盟会的政治活动，组织发动过湘西起义，他对于旧社会的弊害和各色反面人物了解很深。因而，当他谈到这些历史垃圾的时候，轻则尖锐地加以讽刺，较突出的，则是无情地抨击。他对像湖南的旧官僚傅英这类人物的刻画，加深了不少年轻人对封建制度和官僚主义的愤恨。与此相反，他对一大批长征英雄和革命干部的赞扬，却又多么鼓舞人啊！关于这个，我前面已多少提到过了，但我忍不住还想啰唆几句。

贺龙同志在赞扬那个扔下铁匠手艺不干，只身奔赴湘鄂西苏区的贺炳炎同志时，曾经谈到一个识别干部的标准："是不是好干部，要在最危险的关头去看：好的，一定坚决，一定不悲观动摇！"要说他特别赏识的这位已故的同志的事迹，那太多了！他曾经面对强大的敌人，带领一个班掩护大部队安全撤退；他曾经只身深入虎穴，胜利完成捕捉一名俘虏的重大任务，从而如实探索到敌人兵力的部署。而贺炳炎同志当时正是苦战于冀中敌后大清河一带的领导人之一。

但我现在却想起了另外一位同志的事例，特别因为这位同志就是冀中地区的干部，抗战开展后这才参加了党所领导的武装斗争。

那是一二〇师整顿和加强所有地方部队期间的一场斗争：一个支队叛变了！支队长叫柴恩波，曾经在吴佩孚部下做过连长。煽动柴恩波叛变的是敌伪特务和一名托匪分子。由地方党派到这个支队的政委同志，是柴恩波的旧相识，因此，叛变前夕，柴用威胁利诱的卑鄙手段，逼迫对方同他一道叛变。最后，这位政治委员从身边掏出一枚手榴弹来，大义凛然地表示：柴如果真的要强迫他叛变，他们只好同归于尽！结果，这个反击竟生效了。而在讲述这一事件之后，贺龙同志忽然声调高亢起来，一再地赞叹道："这个人够得上是个共产党员！值得表扬，——真值得表扬！……"

据我所知，一二〇师不少骨干都曾经过长征，而且大多是长期革命战争中的"红小鬼"。他们的成长，主要是靠负责干部根据党的路线、方针政策和革命传统进行教育。抗战时期，还分批送他们去中央学习过一段时间。对于这类在革命斗争中成长起来的革命干部，贺龙同志大都知道他们的姓名、籍贯、性情和优缺点，对待他们就像对待亲骨肉那样无拘无束。当然，对于抗战时期参加部队的年轻同志，他也非常关心，而且非常容易叫他们同他亲近。

毛主席教导我们要以平等态度待人。这首先是革命的需要，但又多么不容易啊！而在贺龙同志身上，却总表现得那么自然，好像是天性的流露。我记起了我跟他一道去看望一批从延安结束了学习后回来的青年干部的经过。凡是部队上派去学习的，他都熟识。"还记得吧？"他对其中一个说道："叫你去放哨呢，你跑到老百姓家里睡觉！"于是问起对方的学习情况，特别是思想意识锻炼得怎样了？而对于新来的革命的青年知识分子，只需在问明籍贯、姓名后，加上句把考语："啊，那么又是一个山药蛋了！"或者："这么说是个河南侉子！"就这样，对方很快就忘记了这和自己对话的是位首长，同他亲近起来。

贺龙同志是我们努力实践毛主席关于"关心群众生活"的教导的榜样。他不止同大家混熟识就算了，临走之时，还充满关切地要他们开一张详细单子，看还需要些什么日常生活必需用品。随后又顺便到副官处走了一趟，叫把那些青年同志的菜金，暂时由每天六分加到一角，让他们在长途跋涉后的休整中好好滋补一下。而如果一些参加部队不久的青年同志发生了差错，他总是批评领导。我记得，有一次，我向他反映"鲁艺"个别同学惹起的麻烦时，就是这样。而且他早就知道了，还处理得比我希望的更好！

前面我曾提到一些在土地革命时代还是"红小鬼"的干部。这里我想补充一点他对那些在晋西北和冀中参加部队的"小八路"的态度，这也许可以帮助读者理解这类干部对党、对革命为什么那样忠贞不贰，那样坚定。有一次，他病了，一个"小八路"给他送文件来；但那孩子到了该走的时候了，却还含愁地凝望着他，终于问道："好了点么？""好多了，也不发冷了，早上还吃了这么大一碗粥。"贺龙同志轻声回答，同时用手势比了比碗的大小。连我当时也感到一种说不出的温暖，眼睛还有点湿润……

还有一次，——但是这样联想下去，会写得太多了！还是谈谈另一个重要方面：贺龙同志对待人民群众的态度。伟大领袖毛主席教导我们，共产党是代表人民群众的利益，保卫人民群众的利益的，而贺龙同志正是遵循毛主席的教导做的！有一次，在谈到加强地方政权建设某些薄弱环节的时候，他曾经愤愤不平地嚷道："挖路拆城，老百姓起带头作用；报名参军，老百姓起带头作用；抬伤员、运粮食，也是老百姓起带头作用；老百姓本身的利益就很少管了！结果连合理负担也是老百姓起带头作用！"说到这里，他重重地击了一下炕几，认为不能这样继续下去！而不久这种状况就普遍得到了改进。

便是在日常生活中，偶尔发现损害人民利益的事，他也是极为不满的。有一次，我跟他到"抗联"去，在隐隐传来的大炮声中，一个老乡，跟着一架牛车，从我们正对面赶来了。走近一看，车上只装着一名友军和一架自行车，此外便再也没有值得用牛车载运的东西了！于是贺龙同志轻声问道："同志，你有自行车，为什么还要坐老百姓的牛车？"回答是："前边河解冻了。"他沉吟着望望几丈以外的明晃晃的河流，又问："那么过了河呢？"尽管对方答应过了河就让牛车转来，但他并不放心，一面走，一面几次回头张望，直到老乡赶了牛车转来为止。

贺龙同志同老百姓那样容易混熟，我是能理解的，但却很少见过。一次，我们从留楚镇出发时，已经半夜过三点了。又黑，又冷，是在积雪的映照中行军的；因而老是迷失道路。在黄甫村找到向导后，贺龙同志就和那位老乡并排着带头步行。同时问到当地的庄稼，一般老百姓的生活情况，以及那位老乡本人的家境。而在知道对方业已婚配之后，他打趣道："那就太对不住人了，同志！我们把你从热烘烘的被窝里拖出来。"这竟使得那位老乡也失声笑了。而他们之间的谈话也更亲切起来。

在一般谈话中，贺龙同志的语言虽然生动、活泼和机智幽默，但一接触到重大政治问题、原则问题时，却又非常严肃认真。而每当这样的时候，他说话的语调，甚至也缓慢了，好像他在衡量着他所说的每句话的分量。

在对我进行教育，以及要我说服极少数想早点返回延安的“鲁艺”同学时，贺龙同志的态度就是很严正的。而在好些年后，我才稍稍懂得他很理解毛主席、党中央批准创办“鲁艺”和鼓励文艺工作者到前线去的深远意义。“同志，没有政治上的坚定，写不出好东西来的！”他加重语气说，“比如，高尔基、鲁迅，如果不是政治上坚定，关心人类解放事业，会那样伟大吗？”他还批评过个别同志抱怨写不出东西来的错误思想：“一天就盘在炕上扯乱谈，不到群众中去，怎么会写得出东西?!”这些话当然也是针对我说的，因为我也感觉经常都是战斗、转移，环境太不安定了，而且“做客”思想也相当严重。最后，以致一九三九年夏天就离开部队了。

由于我没有接受贺龙同志的说服、教育，匆匆离开了前线，川西解放后第一个春节，当一位区党委的负责同志领我一道去看望他的时候，他还对我进行过批评。这个批评是尖锐的，但我深切感到的却是爱护、鼓励和真诚的关怀。这次批评，将同我跟随他在晋西北，主要是冀中敌后的生活，成为我此生中最珍贵的记忆！而作为一个无产阶级革命家的英雄形象，他将永远活在人民心中。

一九七七年三月二十八日初稿

同年十月修改定稿

（原载《浙江文艺》1978 年第 4 期）

回忆与悼念

我第一次会见郭老是在上海。时间呢，是“八一三”前夕。确切日期，一时是无法查对了。一九四〇、一九四二年我在重庆工作期间，同郭老见面的次数较多，印象也最丰富，但一时更不可能较为准确地一一回忆了。

在这悲痛的日子里，只有去年秋末那次会见，记忆犹新。这是“文化大革命”结束后，十年来我同郭老的第一次会见，也是最后一次会见。因此这次会见的印象特别深刻，它将永远铭记在心，成为我此生中最可宝贵的记忆之一。因为过去的十年是多么不寻常！

在“文化大革命”的十年中，主要是最后四五年，革命人民中经常流传着“四人帮”假借批孔，把他们的反革命矛头指向敬爱的周总理，同时也流传着这批害人虫迫害郭老的罪行。像这样的消息谁听了不义愤填膺呢？国民党特务张春桥竟然穷凶极恶地一再对郭老施加压力，妄图迫使郭老屈服，而这个坏蛋最后却也只有徒唤奈何：“郭老还是思想不通。”

“四人帮”在郭老名下所犯的罪行，当然不止是这一桩。但我还是趁记忆犹新，把我最后看望郭老的经过，扼要写几句吧。对我个人说来，这至少可以减轻一点我眼前的悲痛。那是去年九月二十二号的事。前一天臧克家同志就告诉我，王庭芳同志通知他，二十八日上午我可以去看望郭老了，他愿意陪同我一道去。

因为正在修缮房屋，那时郭老寄居在北京饭店。我们一进底楼大厅，王庭芳同志已经等候在那里了。上楼后，我们在接见室没坐多久，郭老就由王庭芳同志伴随着从卧室里出来了。他扶杖而行，多少有点伛偻。但是颜面相当丰满、红润，看了叫人安心。因此，当我迎过去扶他坐定之后，就向他表白了我最初的一个印象，认为他健康情况不错。而他却笑一笑说："虚有其表啊。"神态慈祥安静。

接着，他又用一种赞叹口气，提到过去文化界一位负责同志，含意深深地说："想不到他身体那样好！"因为在以往的岁月里，这位同志受到"四人帮"的诬陷、迫害，精神上和肉体上的折磨不少，就连我也没有料到他会那样健康。的确，这是不容易的，也是令人高兴的事。我体会，郭老的赞叹可以说是对"四人帮"一个尖锐嘲讽：你们的罪恶目的毕竟是落空了！而更为重要的是他对一个同志的革命阶级感情和所赋予的殷切期望。

在整个会见中，一个强烈的愿望一直支配着我：我应该尽力使郭老感到宽慰，向他谈些足以鼓舞人心的话。尽管十年来在一些不同的场合，向一些不同的对象，由于不同的起因，或者是解说，有时则是驳斥，我已经说过好几次了，就是还从没有向郭老本人谈过。我说了很多，主要是谈到他的革命诗篇《女神》，他的讨蒋革命檄文《请看今日之蒋介石》，历史剧和对古文字的研究。还有就是它们对我的启发和教育。但他总是不以为然地摇摇头，而且，最后微笑着这样说了："十个指头按跳蚤，一个没按到啊。"

这种不自满足，在党所领导的整个革命进程中，直到最后一息，还准备对社会主义的科学文化事业有所作为，有所建树的坚持精神，原是郭老的本色，也正是我们应该向之学习的优点之一。不过，他这个十根指头按跳蚤的比喻，却过于自谦了。我倒很同意会见后王庭芳同志和我与克家谈起这一点时的看法：在郭老多方面的成就中，就个别项目说，无疑都将有人突破他已经达到的水平，但却不大可能有什么人能像郭老那样，一个人在众多方面都能取得同样卓越的成就。

现在想来，这也许是一种不祥之兆吧。前去拜访郭老之前，克家同志就一再叮咛我，我们只能叙谈二十分钟。我非常理解克家对郭老的深切敬爱之情。因此，会见当中，我不时掏出怀表来看。眼见二十分钟过去了，我就断然向郭老告辞；但他按着我的手问：“有约会吗?”我告诉他，没有约会，但我怕他累了。而他力说：“一点不累！再坐会吧。”于是我们就又留下，照样叙谈起来。时间过得真快！又二十分钟一晃就过去了，我感觉真地到了应该让他休息的时候了，但他却又一次留下我们。在这一回停留中，我的情绪相当激动……

早知道去年那次会见竟会成为永诀，尽管我多么担心会累坏了他，我也不会离开得那样匆忙。但我最为难受的是，今年，我来北京已经三四个月了，曾经好几次想去看他，可终于因为他在病中，医生禁止会客，而我自己又忙乱不堪，没有去成。五月初出差，去武汉、南京和上海征求对文学研究所的规划草案提供意见前夕，我原本曾经提醒自己，临行前一定得写封信向郭老问好、致敬，可是……

提到这次出差，其间有一点倒使人感到欣慰——同时也感到难受！这就是，不少文学研究工作者和作家，在对文学研究所拟订的科研规划项目中，有一项是批评我们：对“郭沫若研究”重视不够，没有摆到应有的地位。我认为这是对我们的一种鞭策，我们应该急起直追，全力以赴，迅速做出较为合理的安排。

当然，郭老的成就是多方面的，从文学创作到古文字研究，其间项目很多，我们愿与全国文艺界、学术界的同志共同努力，在党中央领导下，协力对郭老在整个科学文化上的业绩进行全面研究。

（原载 1978 年 6 月 26 日《光明日报》）

敬爱的周恩来总理永垂不朽

打从敬爱的周恩来同志住进医院的消息开始传出以后，我一连几个夜晚没有睡好，心情异常沉重。而且总想探听一点较为确切的消息：病情究竟怎样？不会太严重吧？

没有多久，情绪稍稍安静，感觉得有望了。报上有了人民的好总理在医院接见外宾的报导。因为我想既然还能接见外宾，病势一定不怎么严重。可是，接着又出现了另外一种情况：如果三五天报纸上没有我们伟大领袖的最亲密的战友的活动消息，心又一下沉下去了，而且浮想联翩：已经出院了？病势重啦？……

随后无数事实证明，这不止我一个人这样，全党、全军和全国各族人民莫不如此。当时我尽管已经离开“牛棚”，实际上仍在“软禁”当中，同我过从的人不多，而在这有限的熟人当中，每一见面，不是忧心忡忡地沉吟道：“怎么今天报上还没有周总理的消息？”或者喜形于色地说：“总理昨天还在医院接见伊文斯呢！”

到了一九七五年，周恩来同志在医院里接见外宾的消息可越来越少了。报上固然没有，打听呢，更不容易。尽管我的前院就是《四川文艺》的编辑部，全是熟人，个别同志有时也悄悄向我走漏一点消息，但都未可全信。因而在那一段日子里，经常教人陷于极大苦恼当中。心想，如果周恩来同志果然得的是那种现代医学尚还无能为力的险症，怎么办？……

在林彪、“四人帮”相继作乱那些苦难的年头，除开叛徒江青一伙，谁不想念总理、祝望总理早日康复，以便团结老一辈的无产阶级革命家，协助毛主席挽救党和国家的命运于危难之中！有时人也联想到自己个人的命运：周恩来同志是严格按照马列主义、毛泽东思想办事的，抗战期间，我曾多次亲聆教诲，那么只要是他健康长寿，我就迟早都会获得解放。

我还曾经不止一次这样打算：给总理写封信怎么样？但一想到他在医院中还得处理党和国家的事务，我怎么能为了个人的问题去麻烦他呢？只要这么一想，我的决心就告吹了。而这种矛盾心情支配了我相当长一段时间。

我永远也忘不掉一九七六年一月九日那个哀声震动寰宇的早晨。照例，起床以后，我就摊在卧室门首一张马扎上面。长夜失眠，头脑昏沉沉的。我准备稍事休息后就去郊外散步。

正在这时，《四川文艺》资料室一位同志，忽然走到门边来了。但凡凌晨从收音机听到什么重要消息，这个热心肠人总亲自到附近的四川日报社取报，而且对我这个“靠边站”的干部也一视同仁。

资料室的同志照例是送报纸来的。她把着门枋，随手从门外递过一张《四川日报》，一边说道，“嗨！快看，今天的报纸。”我立刻从马扎上撑起来了，伸手接过报纸。这其间，她又紧接着补充了一句：“总理都逝世了！”

于是我毫不自觉地缩回手臂，手指同时也松弛了，让报纸就掉在门槛边，立刻跌落在马扎上，躺下去，号啕痛哭起来！无法抑制，也根本没有想到要抑制……

我父亲去世时，我还是个不懂事的孩子，我母亲去世时我已经快三十岁了，我也遭遇过其他重要亲属的丧亡，但我还没有这么样号啕痛哭过……

我的哭声显然惊动了前院编辑部的同志，因为隔不多久，那个同我长期共事的编辑部负责人，走进屋里来了。

“……”他一面说，一面在一张藤椅上坐下。

我没有听清他说的话，照旧哭，像个大孩子样。

“……”他继续说下去，但他自己也流泪了。

“李部长今天也够受的。”我忽然哽咽着说。

这是我们会见中我说的唯一的一句话。

我之忽然想起早已依靠输氧过活的亚群同志，而且料定他在那个极不寻常的日子里会很悲痛，因为前不久我们曾经像解放前搞地下工作接头那样，做过一次短促交谈，从时局扯到总理的健康情况；而且我深知他对总理的敬爱……

走来安慰我的那位同志离开以后，我继续在马扎上躺了很久。也许是午后吧，因为情绪已经平静下来，我上街散步去了。编辑部照旧静悄悄的，没有什么表示。私下问起，才知道“四人帮”已经下达了种种禁令，妄图禁锢人民对自己的好总理的悼念之情！

到了街上，情形可不同了。一些普普通通的老百姓已经在家门前挂了半旗。而在附近的大街上，一大队中学生正抬起花圈，整齐肃穆地朝着东风路缓缓走去。听了行列中播送的哀乐，我停下来了，摘掉帽子，低垂了头，眼睛里不断涌出泪水……

我担心无法控制自己，就赶紧转向一条长长的窄小巷道。这里更是家家户户挂了半旗。一位工人装束的中年人正理直气壮地在向邻居讲说这天早晨发生的一场风波：他们车间几位工友，在听了周恩来总理逝世的广播后，立刻爬上工厂正门屋顶，挂了半旗。

这是理所当然的事，厂长同志却大为吃惊了，因为这不符合上面的规定。于是立刻吩咐人把国旗收捡下来，免得“闯祸”！可是群众纷纷提出抗议：“哪个今天就上去试一试吧——谨防老子把他捶扁！”厂长最后当然只好让步……

这是一个令人神往的故事！要说化悲痛为力量，我的情绪是开始转化了。走出巷道，不远有一家三间铺面的布店，里面挤满了人，几乎全是些普通妇女，正在购买黑纱，准备为总理志哀！我为自己扯了一幅黑纱，就回家去。

这时候，街道上悬挂半旗志哀的人家更普遍了。已经佩上黑纱、孝花的行人比比皆是，刚一到家门口，我就看见几位编辑同志正在厅堂上指派人上屋顶悬挂半旗、制备黑纱、孝花。十分明显，广大人民群众敢于公开同“四人帮”对着干的大无畏精神，把他们也鼓动起来了！

现在看来，一九七六年一月九日这天群众的纪念活动，以及此后一连串同样的纪念活动，无疑是一场最广泛、最深刻、史无前例的民意测验：“四人帮”罪不容诛，敬爱的周恩来总理永垂不朽！

1979 年 1 月 7 日

悼念关向应同志

没有想到关向应同志逝世竟已三十三周年了！这对我仿佛还是前不久的事情。当一九四四年我在重庆听到他在延安养病时，曾经托何其芳同志寄了一本《闯关》给他，聊致慰问之忱。

因反动派的图书检查，《闯关》当年曾经招来不少麻烦，最后是改名为《奇异的旅程》，由一家小书店印行的。我寄他这本小书，还有一层意思，也可以说是主要的意思是希望能够得到他的指正。因为这本小书正是以反映一二〇师在冀中敌军的抗日战争为背景的。

而且，在开头两章，我还直接写到他和他的亲密战友贺龙同志。只是没有提名，仅仅称之为政治委员和司令员而已。然而，尽管未须指明，可是写小说，但凡见过这两位一二〇师主要负责同志的人，都会看出来他们是以谁为模特的。不！不能说是模特，因为我在写他们两位时力求合乎实际。

那位身材瘦长，留着一横深黑唇须，多少带点病容，身披一件姜黄色的皮短大衣，神态自若，动作闲雅的政治委员，不就正是我们敬爱的关向应同志吗！而且直到如今尽管四十年过去了，这个形象还鲜明地保存在我记忆里，并未因为岁月的流逝而有多少改变。

我是在延安认识关向应同志的。那是一九三八年初冬，一天，我同何其芳和李伯钊以及其他两三位同志一道去军委合作餐厅吃饭，恰好关向应同志也在那里。虽不同席相隔却近。伯钊同志和关向应同志是老战友，其时又在“鲁艺”工作，因而就把我们介绍给了关向应同志。

由此，我们知道他是一二〇师的政治委员。可是，当我们随同贺龙同志前去晋西北的时候，他却不在一道。到了岚县以后，也没有再见过他。直到我们将由岚县出发开赴冀中敌后前夕，才在司令部同他见过一面，接着可又无影无踪了！行军三十多天，我们于一九三九年一月中旬达到冀中。

我们又一次在肃宁的万里休整的时候，已经是三月初了。这是刚刚粉碎了敌人一次较为严重的分进合击阴谋之后的事。一天，副官处的同志告诉我们，关政委从陕西来了！但我没有很快同他见面，而且，一连有两三天，就连贺龙同志也难见到。

这是可以理解的。平原游击战是一个新的课题，贺龙同志领部队进入冀中以后，已经连续战斗了近一个月，需要总结经验。同时还得协同第三纵队整编相当庞大的地方部队，这都需要付出极大精力解决。这也就是我们一连两三天见不着他们的原因。

其实，想要找关向应同志谈谈的，又何止我一个人。一天当他穿过村街，准备去司令部开会的时候，忽然，从一家卖酒的小店里走出一位炊事员同志，兴冲冲地跑到他面前去了，规规矩矩敬了个军礼，接着笑道：“好久没有见到你了，走去喝两杯吧……”

这位相当壮健的中年人是一位老同志，长征过来的英雄，已经有一点醉意了，因而显然忘记了在前线是禁止喝酒的，只记得他们的政委平日里也喜欢喝两杯，而且，他们好久没有见过面了。

正因为如此，他不断地催促道：“哎呀，走罢!”“我还有事，”关向应同志终于说了，“你自己喝吧!”“忙什么！河北的酒蛮不错呢。”炊事员同志异常热情，不止不断催促，甚至早已伸出手来，抓住他们政委的手臂往店里拖……

关向应同志当然没有让对方如愿以偿，因为他的确忙。而且他得遵守军纪。看了这种情形，我也仅仅和他打了个招呼，就和他分手了。我们真正的会见是在两天以后，而且，一直到我离开冀中首途回返延安为止，我们有过好几次难于忘怀的长谈。一般的接触就更多了。

我说难于忘怀，因为谈话的内容对我富有极大教育意义。而且至今回忆起来，还不免感到惭愧。当时他是多么希望我能长期留在部队上啊！可是，直到一九五〇年春节，贺龙同志在成都坦率地对我提出批评的时候，我才开始领会到这一点。

贺龙在批评我过于匆忙离开冀中以后，加重语气责问我道："你知道关政委为什么三番两次找你谈话吗?"我真无言以对！而且猛然体会到那些谈话的深刻含意。关政委之向我大谈高尔基和鲁迅，分析他们的为人和受人尊敬的原因：原来意在鼓励我把民族国家的利益放在首要地位，坚持在抗日战争的第一线。

而且，有一次，他不是明明白白向我建议，劝我把我爱人从延安接到晋察冀边区去么？但我却婉辞推谢了。因为我仅仅记得她身体确实不行，而且早就念叨着我们寄养在家乡的孩子了，日夜都想早日返川。这是事实，但也说明自己的觉悟是多么低！

由于他知道我有一个写作计划，想为贺龙同志立传，而且已经记录了一些有关材料，因而他谈了不少他对贺龙同志的看法。而如果《记贺龙》这本小书所记事实，在一程度上相当准确地反映了贺龙同志的性格特征和革命风格，这是和关政委的帮助分不开的。

他还向我谈到八路军其他一些负责同志。在谈到敬爱的朱德同志的时候，他的声调是那么柔和，充满一种对待年长亲属的不同寻常的感性。可惜我在前线的日记、杂记，绝大部分都在坐牢和全国人民遭受"四人帮"迫害时散失了，记忆力又日益衰退，我没把握写出他所谈过的一些具体事例。

他很佩服彭德怀同志，说是尽管外表冷静严肃，实际却很热情。对一二〇师的负责同志，除开贺总，他还谈到肖克同志，称赞他不世故，临事慎重，喜欢钻研问题，而且对文学很有兴趣。在谈到王震同志的时候，他显得有些激动，充满热情地向我复述了一遍一位有名的电影工作者对王震同志的赞扬。

到了我即将离开冀中的前夕，他还劝我经过阜平陈南庄时，一定设法访问一次王震同志。我按照他的嘱咐做了，真是获益不浅。那次在观阳西河村话别，除了嘱咐、教言，他还送了我一张他同贺龙同志合摄的照片，一只精致、漂亮的进口货烟斗。

那只柚木烟斗，是三纵队的，敌军工作者从天津备办来的，一共两只，他和贺龙同志每人一只。但他那时因为胃病已经决心戒烟，就把它送给我。可惜这只烟斗连同那照片都先后散失了。而更为可惜的，是有关他的言行的记录也已不知去向！

我是一九五〇年初才知道他逝世的消息的，而且知道他就安葬在延安。最近，更知道他逝世后不久，晋绥分局为他举行追悼会的情形：是贺龙同志致的悼词；但是刚才用颤抖的声调读完一句，便泣不成声，由旁人代读了。

正是他这位亲密战友，在六十年代初，还通过一位同志捎话给我，批评《记贺龙》一书对关政委写得太少。而关政委在一二〇师的作用最为重要！……

由于材料丧失殆尽，现在已无法补救了。但我相信，不管如何，关向应同志的战斗业绩绝不会因此泯灭，而他的光辉形象将永远活在革命人民心中。

1979年6月27日

忆邵荃麟同志

一九四四年秋冬之交，我奉调由川西北农村到重庆工作。其时，大批文化界的同志陆续由桂林逃难到了重庆。不久，听说邵荃麟同志也带起家属从桂林到重庆来了，就住在通远门内不远一家旅馆里。我过去听熟人谈到过他，知道他是大革命失败后，曾经在上海长期进行地下斗争的老同志，于是我去旅馆里看望他。

这家旅馆，主要是经营饮食业，交通方便，当日相当有名。恰好是沈起予同志在那里搞日常经营管理工作，因为饭店老板就是他一个曾经在旧军队里共过事的兄弟。我正是先找到沈起予，由他领我在一间楼房里会见荃麟和葛琴同志的。因为我们还从未见过面。房间小而零乱，葛琴拥被坐在床上，一幅帐子是放下的；他的一个小孩病了，在出麻疹。

因为是初次见面，他们的孩子又在生病，没有留多久我就走了。谈话的内容呢，主要是他们从桂林到重庆的经历和治疗麻疹的验方。这事多么简单！谁料在“文化大革命”中竟然成为一个严重问题。因为北京的“造反派”曾经派人到成都专为这事“提审”过我，追查荃麟和沈起予那弟弟的关系，以及我去看望荃麟时的全部情节。而单从他们对我那种粗暴态度看来，他们会为此怎样对付荃麟，也就不难于想象了。林彪、江青一伙的目的也很明确，妄图诬蔑荃麟同志为“反革命”！

我那次在重庆同荃麟只见过一两面。那时他才三十多岁，但却显得相当苍老。这同他那相当瘦长、单薄的体态，以及刚才经过长途跋涉有关。同时却也可以看出，长期艰苦的革命生涯已经损耗了他的健康。我同他接触较多是在建国以后，一九五三年我在北京工作期间。他那时是中国作家协会党组副书记、创委会第一副主任，我是党组成员，负责处理创委会的日常工作。我们一道工作了约有两年半时间，这时了解他也更多了。

因为自觉水平有限，全国解放前，我又长期住在乡下，同文学界隔绝的时间相当久了，创委会又是一个新成立的机构，几乎凡事都要向他请示汇报。他呢，尽管身体那样瘦弱，整个作协的日常工作又都得由他抓，他却不仅不感到烦琐，有时还主动找我商量工作，总想尽力促使创委会的工作不断得到改善。《作家通讯》的创办，就来自他的倡议。创刊号前面的“关于《作家通讯》”，虽然署名“编者”，实际是他自己亲自动手写的。

应该说，经过党组讨论通过的《作家通讯》的方针任务，就从现在看来，大体也是恰当的和必要的。当然，由于具体负责搞这个工作的是我，缺点错误也不会少。不过，看了他那病蔫蔫的神情，真也不好意思每事向之请示，篇篇文稿都要他审阅。同时也因为他那种细致认真的工作作风，对我这个性情比较急躁的人说来，有点不大习惯，这当然也说明我的实际斗争锻炼远不及他。

比如说吧，为了发表他讨论李季同志的长诗《菊花石》的发言，由于他那出格的持重，同时也由于他管的工作过多过细，直到其他参加讨论的同志们的发言都发表了，两三个月之后，他才把他的发言大加删改，作为通信发表。因此，对于有些工作，有时我同创委会办公室的同志商议一下就处理了。而工作中的缺点错误，大都也是这么来的。老实说，有时真也不忍多打搅他，因为往往不上十天半月，他就又病倒了。

是的，病倒！因为他一生病总是直挺挺躺在床上，而若果他还能勉强支持的活，他也绝不会躺下来。在我们一道工作初期，有一两次，看了他躺在床上那副神情，是相当吓人的，仿佛他即将同这世界告别一样！可是，只要精力稍微得到恢复，他就又开始工作了。在工作不大紧张，恰好又碰到什么节日，有时他却也有那么一点闲情逸致，约你去喝杯酒，尝尝新上市的螃蟹。

不过，很快你会发觉，这是葛琴同志为他安排的，他自己根本不会想到这些。而且，这哪里是喝酒聊天呢！不等你动筷子，他就又谈起工作来了。我记得，就是吃螃蟹那次，我们曾经谈论过这样一个问题：为甚么有的同志对于现实生活斗争不像建国前那样关心，因而缺乏革命激情？而过去对于革命事业的成败利钝，却总经常感到切肤之痛！我们还列举了些有关实例。

现在想来，荃麟同志那种不顾死活地坚持工作，随时都在考虑、谈论重大问题的精神，正是他一贯深切关心党和革命利益的表现。我同他一起工作时是这样，在我回到四川以后，每逢来北京开会，有时去小雅宝胡同看他，尽管健康情况日益欠佳，但一坐下来，也照例三句话不离工作，不离文学战线上存在的问题。而且，只要谈开头了，照例没完没了，不把问题讲透不肯罢休！

我记得，曾经有两三次，因为就连我这个比他健康的人，也感觉有点累了，于是起而告辞，而他立刻显得惊怪地问道：“你还有事?!”除了想让他休息休息，我有甚么事呢！我如实告诉了他，他可大不为然地笑道：“我这就是休息嘛！”因为每次谈话都于工作有利，我就又只好留下，同他继续扯谈下去。而且往往谈到兴头上来了，他会连饭也顾不上吃，必须葛琴同志催之再三，这才边谈边动身领我前去进餐……

有人曾妄言荃麟同志喜欢“清谈”。不！尽管我们谈话不少，他却从未说过空话，更没有说过无原则的话。而他所有谈话，总的说来，无非力求团结一切来自五湖四海的同志，团结一切对人民和革命有过贡献的作家，各尽所能，互相促进，共同为社会主义文学事业服务。因此在创作和理论批评方面，他一直按照党的“双百”方针办事，尊重作家对现实生活的独到见地和艺术上的创新精神；但也为此承担过一些风险。

这件事我得感谢荃麟，一九五五年他很支持我回四川搞创作的要求，说：“全国一解放就搞文艺团体的工作，也该下去搞创作了。”因为这以前，四川省文代会就选举了我做“文联”主任，为了避免我再一次卷入行政组织工作，他还作出安排，让我作为全国作协一名专业创作人员回转四川，每月从创作基金中津贴我一笔生活费。我们都以为这样一来，我就可以如愿以偿了。

然而不然！主要由于自己懈怠，没有严格遵循毛主席的指示办事，仍然没有搞出多少东西，质量更不理想。而在我断断续续写出的一些作品中，哪怕就是《廖老娘》那样的速写吧，他都曾经认真看过，提过意见。对于两篇有过“反映”或遭到非议的小说，不是面谈，便是通信，我们就不止一次进行过同志式的讨论，得到他的鼓励和支持也比较大。因此印象也比较深。

一篇是《老邬》。这篇小说的内容是反映合作化高潮后出现的某些问题的，有人认为我在故事的发展中对主人公老邬，一个党员生产队长作了歪曲描写。一篇叫《摸鱼》，内容是写一个青年农民，因为得不到机会参加社会主义工业建设而闹情绪和消极怠工的故事，因而被认为不符合当时有的报刊对此类事件的评论。至于讨论中我们的意见是否完全一致，记不大清楚了。

这不是说我们之间有多大分歧，而且，即使意见并不完全一致，也是正常情况，不足为怪。何况尽管他是那样衰弱多病，还肯对一个同志的作品给予深切关注，这件事本身就值得我感谢！“文化大革命”前夕，我曾经来北京参加过作家协会召开的专业创作会议，但是我们只见过一两面。那时候，他好像已经把工作转到科学院社会科学部了，他的住处则仍然在小雅宝胡同。

这是我们最后一次见面。会议刚一结束，我就赶回四川去了，接着就开始接受各色各样批判：由小到大，由党内到党外，由会场到街头，真是丰富多彩！这中间我也想到过荃麟。在最初一个阶段，我以为他会比我轻松，因为三十年代他主要是搞实际工作，只是偶尔写点、翻译点东西，而且已经调离作协。可是，而后一些传言、特别前面讲到的对我那次“提审”证明，我把事情看得过于简单，把林彪、江青一伙看得太善良了……

前年冬天，我曾去看望过葛琴同志。那次来北京我看过好几位多年不见的老同志，而这一次印象最深，也最难受。那间客厅我曾去过多少次啊！但却出乎意外的零乱、破败，仿佛不久前被抄过家，又多年没有住人那样。我如坐针毡地等了好久，阿姨才把瘫痪了的女主人搀扶出来。

当我问到小琴们的近况时，都由阿姨代她答复。而她本人则只能十分激动地爆发出一串毫无意义的单音。而且总是一面不住揩抹眼泪，一面却又笑个不停。看来，她既为荃麟的含冤逝世感到悲痛，同时却也为林彪、“四人帮”的覆灭感到庆幸！党和国家的大毒瘤总算被切除了。

我当时的想法可能主观，但是，安息吧，荃麟同志！作为一个同你一道工作过的幸存者，我将永远会记得你！而且力求像你那样勤勤恳恳地重新为党工作。

（《原载《人民文学》1979 年第 5 期）

安息吧，立波同志

九月二十七日上午，得小严电话：周立波同志逝世了！定于二十八日在八宝山革命公墓向他的遗体告别，问我是否能去？因为她知道我久病初愈，医生要我全休一个时期。

在获悉这个噩耗时我相当平静。立波得的是不治之症，已经在三〇一医院住了将近两年了。今年初秋，我刚住进首都医院不久，他的长子周健明同志一天傍晚跑来看我，告诉我说：他是得到立波病危的消息从湖南赶来的；而经过抢救，病情又稳定了。

健明还告诉我，他父亲光景已经渡过难关，情形还很不错。不仅没有那种刚被抢救转来的痕迹，同家里人谈话时还显得相当轻松。但他说着说着，却忽然哭起来。十分明显，他清楚他父亲不是不知道自己的病情仍极严重，他的毫不在意，无非既不愿让亲人们为他难受，也不愿向病魔示弱而已。

不错，当我得到立波逝世的噩耗时，我并没有感到震惊，更没有流泪。虽然当天夜里睡得不好，从三十年代到近两年我们之间交往中的一些回忆片断，不断涌现脑际，我的情绪却也照样平静。我记得，我最后一次去三〇一医院看他，是今年九月中旬。

我是跟荒煤同志一道去的，那时我从首医出院才两三天。一路上我们很少交谈，彼此的心情都有些沉重。因为我们都知道三〇一医院已经作出最大努力，但却无法帮助立波从死神的魔掌下脱身了！我们这次去探望立波，停留的时间比以往哪一次都短。还不到十分钟，在医生劝告下，我们就被林兰同志领出病房。不仅没有跟病人交谈一句，甚至连病人的面貌也没有看清楚！因为立波已经失去知觉，眼目、口鼻全部捂着纱布，正在输血、输液，进行抢救……

尽管一夜无眠，二十八日早晨，不到七点我就起床了。卞之琳同志也起得早，我们二十七日午后就约定一道去向立波的遗体告别的。同我一道去的，还有舒群同志和许觉民同志。之琳跟他们两位都比较熟，因为久不见面，一路都在娓娓叙谈。我呢，只是木然不动地坐在一边，几乎目无所见，耳无所闻，仿佛连思想也停滞了……

直到车子开进八宝山革命公墓礼堂前面，我才清醒过来，同时也有点儿紧张。可是，当我签过名，佩戴白花和黑纱时，手却不怎么听使唤了！还是刘锡诚同志帮我佩戴好的，而且一直搀扶着我。否则我真不知道自己能否跨上停放立波遗体的礼堂的台阶，以及怎样走进礼堂向立波的遗体告别。因为当签过名，向礼堂走去时，我恍惚觉得全身都瘫痪了！眼泪夺眶而出，无法抑制。我也不知道是怎么走出礼堂，回到汽车上的，只记得刚一坐下，就失声痛哭起来……

返回院部宿舍，是觉民同志把我扶上楼的。每上一层停下来歇气，我总忍不住要向他谈谈立波。有我自己的印象，也有旁人对他的看法。经过一次痛哭，思想好像也逐渐活跃了。直到我独自在卧室里留下来的时候，脑子还是不肯休息，越来越感觉立波的逝世是我们文学界一个重大损失。因为尽管曾经遭到“四人帮”残酷的迫害，但他仍然雄心勃勃，希望在创作上有所作为。

一九七七年冬，我由北京回到成都不久，立波在十一月二十九日给我的信上说：“林兰开始写一个新的电影剧本。我想先写个短篇试试笔，此道已十余年未问津了。”他这作为试笔的短篇，就是发表在去年《人民文学》七月号上的《湘江一夜》。这个已经获得读者和评论界赞扬的短篇，真也得之不易。因为他在一九七八年二月五日的信上又告诉我："我的短篇还没有做出。杂务多，客人也不少。"还有，就是他的房间兼职过多，睡觉、吃饭、工作、会客都得用它……

在这样的条件下写作，是有一定困难的。但他没有怨言，更没有抄起手等待条件改变了才动笔。他出身于旧中国一个普通农民家庭，不是在蜜罐子里长大的。青年时代，不管是在白色恐怖笼罩的上海，抑或敌人的监牢和硝烟密布的战场，生活的艰苦，更加不必说了，因此他终究有办法克服困难："用钻的精神，有一点时间就钻。"他所担心的是怕"影响作品质量"。但事实证明，这篇构思于七七年冬，完成于七八年初夏的《湘江一夜》，丝毫不低于他"文化大革命"前已经达到的创作水平。由此可以想见立波同志的饱满革命干劲和严于要求自己。

立波同志之所以把《湘江一夜》作为被迫停笔十年后的试笔，是他已经决定要写一部以抗日战争为题材的长篇。早在一九五三年我在作家协会工作期间，他就向我谈过这个计划了。一九五五年回到四川以后，每逢来京开会，在谈到他这个计划时，我总要敲敲边鼓，劝他早日动笔。因为他准备写的这部小说，是反映八路军三五九旅的一次远征：从陕甘宁边区冲破国民党的层层封锁、日寇的沿途堵截，一直打到湖南敌后；由于形势变化，随又回师北上。

我之所以一再敦促他写作这部小说，不只是因为它足以体现毛主席的战略思想和人民解放军的优良传统，最主要的，是因为他自始至终参加了这次远征。特别不像我自己跟随一二〇师进军晋西北和冀中敌后那样，是"做客"、是参观访问，立波却是作为部队的成员，直接参加了战斗的，因而感受比我深刻得多。两相比较，这是我远不及立波的地方，也是我的《闯关》没有写好的主要原因。

我深感不及立波的地方还不止于此。他的才能比我的强多了。左联时期，他曾经经常用化名在报刊上发表理论批评文章，翻译过两三部长篇和中篇外国名著。其中，基希的《秘密的中国》，对于抗战时期进步文学界兴起的散文报道，有过一定影响。而我呢，尽管搞创作比他早，建国以前也糟踏过不少纸张，但质量都比较差。新中国成立后则只写过少许短篇小说散文，有两三篇且有错误。他却接连发表了《铁水奔流》和《山乡巨变》，虽然未见全都突破了《暴风骤雨》的水平。

我相信，凡是认识立波，看过立波的作品的同志，不管私人交往深浅如何，对于他的逝世都会感到痛惜。我们文学界的前辈茅盾同志，在一次同我谈到立波的病情时就表示过极大关注，还提出过一个民间流传的单方；巴金同志在知道立波病情严重后，今年夏天，趁他女儿小林同志来京之便，还特地打发她去医院代他探望过立波。在同辈作家中，关心他的人就多了。这说明他有才能、有成就，主要更说明他的为人深受人们尊重。我不是说他十全十美，但他对人诚恳、热情、坦率，没有架子，没有机心……

我同立波同志的交往时间较久。从他逝世以来，几乎每天总有一些往事浮上心头；但我目前还不可能把它们一一移到纸上。现在，我想起了一九三五年春夏之交我从上海去青岛的情形。在知道我这个打算以后，跟一位负责同志一样，他也劝阻过我，但我同样没有采纳。直到我快要动身去车站了，他还又一次到我家里劝阻，力说我应该留在上海坚持工作。他们的意见无疑是正确的，但我最后还是赶往车站，决然离开了上海。

我离开上海的主要原因，是有人老爱制造麻烦弄得工作难做，文章也无法写。我那次去青岛，真是下了很大决心，而且准备长期住在那里，所以把几件破旧家具也全都带去了。但是，出乎意外，尽管一位先于我住在那里的同志经常都那样关心我，我在青岛却只住了个把月，写了一篇《祖父的故事》，就又卖掉全部家具，带起妻小，乘搭海船回上海了。因为完全没有料到，青岛对我竟是那样陌生、沉闷……

回到上海以后，组织上帮我搞了个职业谋生，在私立正风中学教点国文。后来我才知道，立波也为这件事奔走过。一九三六年春我们都在辣斐德路住家，两个弄堂相隔不远，所以来往也比较多。因为他一个人住，多半是我跑去看他。如果碰巧他刚写好一篇文章，我总会得到一份先睹为快的权利。有时读到一些充满机趣和有独到见地的段落，我会忍不住停下来提谈两句，或者望他笑笑。于是他也紧接着哧哧地笑了，眉宇间流露出亲切、朴质的喜悦。

那个时期立波只写理论批评文章，他搞创作开始于一九三七年离开上海以后。我在延安才读到他初期创作的短篇小说《麻雀》。这篇作品是以他的监狱生活为基础写成的，它的艺术特点一直保存在立波以后的长短篇小说中：语言生动、朴素、幽默、极少雕琢痕迹。通过一只麻雀，作者为我们展现了那些为革命遭受禁锢的人们的心灵：他们坚强，乐观，对于黑暗势力报以最轻蔑的嘲笑。这也可说是立波同志自己的写照。

这里，我想起近一年多去医院探望立波的情形来了。至迟，今春以来，他不会不知道他得的是不治之症。但他总是那么安详自若，看不出有什么痛苦和懊丧的痕迹。在他逝世前二十多天，当其又一次从昏迷里被抢救转来之后，他还立即口述一首七绝：《祝第四次文代会召开》。这首七绝，已经在《文艺报》发表了。而从这篇遗作可以看出，立波同志在病势垂危的时刻他心里想念的是什么，他的神智又多么清明。

而且，这一切说明：作为一个共产党人，他自信他没有虚度此生！事实也正是这样：他曾经在白色恐怖下积极参加革命活动；在敌人监牢里，他经受住了严峻考验；在革命战争中，他不愧是一名坚强战士；在文艺战线上，他也取得了众所公认的成就！……

安息吧，立波同志！

一九七九年十月二十日夜

（原载《文艺报》1979 年第 11、12 期合刊）

贺龙同志，我永远不会忘记

——纪念贺龙同志逝世十周年

一九四九年冬，川西地区几个主要城市相继解放不久，因为得到组织上的通知，我当即离开安县和绵竹交界的板栗园，到成都去了。不久就参加了成都市各界人民代表欢迎贺龙同志的招待会。

这是我一九三九年离开冀中后第一次看见贺龙同志，心情很不平静。我坐得离他很远，参加招待会的人又那样多，我一时真不知道怎么是好。最后，一位前去向他敬酒的代表告诉了他我也在场，于是他大声叫着我的名字，接着笑道："记不得啦？我们还一道打过几天游击呵！"

这事已经过去三十个年头了！在这贺龙同志逝世十周年的今天，他那直率而充满感情的语句还朗朗在耳，如闻其声。而我在冀中敌后那一段最难忘怀的生活，也一幕一幕在我记忆中展现了。看吧，他正领着我们十多个人，各自牵了牲口，在一片已经冰封、积水很深的洼地上走过。因为冰层很薄，随时都可能陷进泥沼里去，我们全都轻手轻脚，默不作声。

在这种静寂而又略带紧张的气氛中，只有贺龙同志偶尔悄声向我们叮咛道："隔远一点，当心踩破冰呵！"仿佛我们是在进行着一场带点惊险的游戏，他老担心我们发生差错。等到我们走上大道：跨上马匹之后，他又带头在落日余晖中驰骋起来，一面大声赞扬着那个主动为我们指引路径的老乡："河北的老百姓太好了！"而他的声调、气概已经完全变了，显得又高亢又热情。

这是他第一次要我跟他一道行军，同行的只有少数参谋同志和警卫员。说是这样少受一点拘束，可以得到较多休息。而我最高兴的却在于能有更多机会向他学习，从而也更加了解他。就拿从边寨村转移这天的情况说吧，当我们夜里九点钟在任庄休息的时候，他就叫我增长了不少见识：甘肃人对于水的珍惜，以及甘肃的风习和甘肃双眼井地方的冷冻。

贺龙同志是在长征中经过甘肃的，当然他也谈到过反动派对红军的追击。而且向我们指明：反动派并非钢板一块，一个骑兵团因为同情红军北上抗日这个伟大目的，就一再暗中放弃追击任务。有一次，甚至把整个作战计划都送给红军了。但是，追击红军的并不止这个团，因而照旧得经常进行战斗。而且相当感到为难："打吗，怕破坏团结；不打吗，又太气人了！"因为打从湖南开始长征，红军就再三声明自己是北上抗日的，希望反动派不要坚持内战，彼此联合起来抵御外侮。

贺龙同志是健谈的，凭着他那丰富的经验和敏锐的联想，一开了头，他的语言总像长江大河一样倾泻而下。这天夜里，他还向我们谈到红军和东北军建立统一战线的经过。而且特别提到东北军的高福源团长。有一次，这位团长被俘了，红军耐心地对他进行思想工作，把民族仇恨摆在一个失掉了家乡的人面前。结果，高福源大为感动，自愿当一名和平使者，回转西安去了。同高福源谈话的是彭德怀同志。

贺龙同志很赏识高福源，他热情地赞叹道："可惜后来牺牲掉了，这个人真了不得，是个英雄！"说时浮上一个傲然的微笑，轻轻用拳头击了一下炕头。只要谈到有功于民族和广大群众的人物，贺龙同志照例总很激动，从不吝惜赞扬之词。而且总是是非分明：好在哪里，坏在哪里，绝不因为一个人做过错事，就连他的优点和功绩也抹杀了。我觉得他对张学良的评价就是这样，不是用的"金要足赤"的标准。

这是一次谈到西安事变时的事情。他称赞张学良有魄力，很了不起！因为张学良在西安事变中起过重大作用，对民族对国家做了好事。但他也不掩饰九一八事变后对张学良的极大不满："父仇不报，一枪不放就丢掉东三省！我把他好骂呀，——一直骂到甘肃！"他大笑起来，正像是在谈一件可笑的往事一样，早已把他的不满掷之脑后了。他显然很欢迎一个人迷途知返。

对于那些一直站在革命人民一边的人们，贺龙同志更是一提起就赞扬不置。他曾经向我和其芳谈到健在的宋庆龄和已故的何香凝这两位杰出人物，叹息道："听说都穷得很。可是她们对于中国革命的贡献并不少呢。"接着叙说了一番她们对民族解放事业所做的贡献。那是一天深夜的事，我跟其芳离开以后，因为发觉忘记把手套带走了，我又单独转去。而我没有料到，他还一个人在院子里徘徊，赞叹道："老沙！你莫说，我们刚才讲的两位老太婆的确很不错呢！"

可是对于人民的敌人，哪怕就在共赴国难期间，他也界线分明，保持住一种不卑不亢的态度。他曾经向我谈到过他在抗战初期会见那个当时所谓全国最高统帅人物蒋介石的某些细节。贺总说：蒋介石有一次同他会见的时候，尽力做出关心的神情问他："你家里还有些什么人呢？"他却按照实情和自己的脾胃直率地回答道："我家里的人早就叫你们杀光了！"

可惜我在冀中敌后所作的笔记、日记，几乎全掉光了，以致至今没有能够写点悼念关向应同志的文章。此刻，就连试想写点贺龙同志和他那种情同手足的关系，我都感觉无从下笔。除去前年我在一篇文章中提到过几句而外，这一点也许相当重要。一九四九年冬，我曾经多次向一些晋绥同志表示，准备找贺龙同志谈一谈他对关向应同志的印象，大家立刻紧张起来，力加劝阻："不行！不行！"说是每一提起关政委来，贺龙同志就十分悲痛……

关于贺龙同志同甘泗淇同志的关系，我倒还有记录可查。作为一二〇师领导班子的主要成员，他对这位政治部主任的态度值得学习。凡是重要作战计划，他都要找甘泗淇同志商量，共同决定。而在日常生活当中，他们更经常对一些具体工作交换意见，提出建议。有一次，因为听说老百姓在实行坚壁清舍时遭到了敌机扫射，他大光其火，勒住马嚷道："老甘！这怕要对'抗联'详细谈一谈才对呢！"

有时候，他还会提出一些建设性的批评："老甘！老实讲，我们的敌军工作还要好生干一下才成呢！他们冀南做得顶好。"而在提出要求和批评时，没有一点伤感情的地方。他们之间偶尔也开点无伤大雅的玩笑。有一次，因为不断进行战斗，甘泗淇同志叹息道："这样老得不到休息，怎么搞呀?!"贺龙同志立刻笑道："你看，老甘悲观失望了呢!"而且要一个小八路同他一道跟甘主任的"悲观失望"斗争！

周士第同志算得贺龙同志一位军事上的得力助手，同时也很得贺龙同志的信任。有一次，大约是在曹庄战斗、大小黄龙战斗相继结束之后，一天早上，吕正操同志、程子华同志来司令部做客，同他一道吃饭。其间，程子华同志忽然发觉周士第同志不在座，立刻吩咐警卫员道："快去请参谋长来吃饭吧!"而贺龙同志却赶忙阻止道："让他睡吧！这几天他也够累了。"于是我们照旧吃喝起来；但他随即叹一口气，让刚好拿上碗筷的双手落在食桌上面。

"这个人就是这样!"他接着发愁道，"什么事情他都要亲自做，拼命地做！你给他说吧，总是不听你的。同志！这样下去不行呢。"他愈发显得愁眉不展了。"小鬼!"他随又问苗子道，"给参谋长留得有菜么?不准叫醒他呀！盛在那里好了。"我记得，每逢夜行军后，到达预定的宿营地了，他总要叮咛那些值班同志，有事情可以找他，不要去叫醒参谋长。而在严家坞宿营那天上午，他还对一个忘记了他的叮咛，干扰了参谋长睡眠的同志发过一顿脾气。

已故的贺炳炎同志是他经常赞扬的高级军事干部之一。这里，且让我转述一点他在贺龙同志对待干部问题上的亲身体会吧："只要不犯错误，工作积极，那他对你好到天上去了!”他还举了两个例子：当从洪湖撤退出来的时候，有一回，他带了一团人单独出去工作，给敌人隔断了，贺龙同志急得几个通夜没有睡觉。而当他因为重伤锯掉手臂的时候，贺龙同志拿手巾把碎骨头包起，见了人就取出来，打开手巾，说：“这就是贺炳炎的骨头呀!”

当然，不能说贺龙同志对待干部只有赞扬，他对他们的要求也很严格。而当谁犯了错误的时候，他总按照不同性质、情节，轻则批评，重则处分。可是他的批评是有分寸的，不伤感情；特别不让那些受过处分的人永远背上思想包袱。有一次，因为听到一些同志由于犯过错误而长期受到歧视，他愤愤不平起来，嚷叫道：“这不对哩！一个同志犯了错误，难道胡子这样长了，他的错误也还在吗?!”

于是，他十分严肃地叮咛周士第同志和其他负责人，要他们对那些受过处分的同志认真进行甄别，看他们犯的是什么性质的错误，改得怎么样了？改正了就马上注销！其实，据我所知，那位深受贺龙同志赞扬的独臂英雄，就曾经因为犯错误受过批评处分，还降过级，但他最后仍然受到重用，为革命做出不少贡献。当然，这是我们党的整个干部政策的优良传统：有功必赏，有过必罚，而且欢迎干部认真改正错误……

我本想写点我尚能记忆，且有资料可查的有关贺龙同志在冀中敌后的一些生活侧面，我却写起他议人论事的言谈片断来了！对了，我开始想起的是一些行军中的场景，而同贺龙同志一道行军真也叫人感到愉快，同时可以学习到不少东西。有一次，我们出发时已经半夜下三点了，很冷，为了暖足，我们各自牵着马在积雪映照中步行了很久。上马不久，我们又迷失了道路，于是我们在黄甫村口停留下来，让其余的同志去找向导。

留在村口的只有三个人：贺龙同志，我和一个经过长征、刚从部队调来的警卫员。四周静寂，可以听见马匹啃嚼枯草的声响，从村街上偶尔传来一阵短促的犬吠声。吧着烟斗，坐在打麦场边石磙子上的贺龙同志，忽然轻声同警卫员谈起家常来了，问对方，刚才离开的那位团政委有几匹马？“一共四匹。”“都很好吗?”“有一匹栗色马不错。”“赶得上我们通信兵骑的马么?”贺龙同志这次的发问没有得到回答，而两个人却都悄声笑了。

可是，这种亲切有趣的闲谈并未就此结束，抽了会儿烟，贺龙同志又慎而重之地继续问道：“老实告诉我吧，究竟是怎么个好法呀?!”“总归好就是了嘛。”“你要说出它好在哪里呀！”并不立刻，隔了一阵那个青年人这才带点迟疑，但又相当自信地答道：“想么，好马你看毛子也看得出来嘛，很顺……”他有点口吃了，于是贺龙同志轻声笑着接上话头：“真了不得！张桂生已经学会认马了呀。”而我当时的心情，简直就忘记了自己是在敌后……

这种心情，在我和贺龙同志相处的那些日子里，经常都有。而且不止发生在战斗结束后的夜行军中，甚至就在战火纷飞的时候，也出现过。当部队在窝北、官厅给了敌人以严重打击后，司令部迅速转移到严家坞。然而，这里也不平静，早上刚好睡下，严家坞附近的石角和长丰镇，又干开了。大炮的轰鸣震耳欲聋。我睡不着，起来走了一转；除了岗哨，人们都睡熟了！于是我就跟房东老太婆闲谈起来。

大约十点钟光景，贺龙同志悠闲自得地跑来看望我们。每逢战斗激烈，而在做好必要军事部署之后，他都要跑来看望我们。可能由于房东老太婆和善而又健谈，这天一来，他也立刻跟我们一道闲谈起来。房东老太婆是个天主教徒，于是就在紧密的炮火声中，我们由天主教谈到耶稣教，以及两种教派的差别。不知怎么搞的，随后我们又谈到臭虫、虱子和希特勒！我们是顺着怎样一种思路谈起这一切来的，已经记不清了。

大约这就叫作扯乱谈吧。但当谈到希特勒的时候，因为我提起前一天我们从广播听到一则法西斯德国已经宣布一个邻近奥地利的城市为要塞的消息，贺龙同志的情绪显然起了一点变化，他慎重地推测道：“看样子，欧洲更不会太平的。”停停，随又意味深长地加上一句：“我们这里倒还太平，——不过下午就难说了。”下午，战斗果然更紧张了。炮声更密，同时还有敌机轰炸。而在夜里，我们刚从东头撤出村子不过十多分钟，敌人就从西头开进村了！

这一次的战斗真不简单，一共延续了十天。严家坞的战斗刚一结束，卧佛堂又打响了。但在做过具体部署之后，贺龙同志却还发起过一场篮球赛！我们宿营青塔那次的处境可以说最危险。队伍是早上到达的，我发现贺龙同志正跟六团的负责人黄新庭同志一道从司令部出来，一面继续下达命令：“不要理它！回去就催他们弄饭，吃了就睡！”直到那位短小精悍的年轻团长离开他相当远了，他又大声地嘱咐道：“没有命令无论如何不准动呵，——黄新庭！”

这一切，并没有叫我吃惊。我毕竟多少有一点战争的经验了。因此，回到那间鼾声四起的敞房里，我立刻躺下睡了。当我酣睡了一场醒来，我忽然发现，翘起烟斗，双手把着门框，贺龙同志正在不声不响地细打量着我们的屋子。我翻起身来，但他下巴一扬，打趣似的阻止我道：“快好生睡你的吧！”一转身走掉了。而到了傍晚我才知道，我们这天差点陷进敌人的包围圈！离青塔五里的梁会村的敌人，还在我沉入酣睡时，轰过我们几十发试探性的大炮呢。

这场历时十天的战斗，敌人一共出动了两万人，妄图捕捉我们的主力，而结果却一败涂地！我们原是住在东湾里的，经过十天的连续战斗，我们又回转到原地区来了。不过已不是东湾里，是东湾里附近的侯村。一天上午，贺龙同志忽然又到我们的住处来了。一来，他就微笑着问我道：“怎么样，这几天的行军有意思吧?”“很有意思!”“是吧！同志，这是亭子间里看不到的呢!”

接着他又为我们分析了一番这次历时十天战斗的经过，以及敌我在这场战斗中的得失和对战争前途的展望。但是，我现在想的不是这个，而是另外一些回忆。不错，我当时对贺龙同志说“很有意思!”从感情到思想都没有半点虚假。然而，隔不多久，就在大团丁村战斗爆发的时候，我可就同已故的何其芳同志和“鲁艺”一部分同学离开一二〇师，动身回后方了!

很久以来，一想起这一点我就感到难受。我记起贺龙同志批准我们回转后方那天晚上的情形来了。我呢，不必说了，贺龙同志的心情显然也有点异常。尽管他照例健谈，向我们讲了不少他在湘西建立苏区的经过，但总不像往常那样有声有色。而且曾经忽然用一种惋惜口气说道：“唉，这一次老沙不值，连白洋淀的螃蟹都没有吃到，就走了!”

到了离开的时候，他更热情地从正面鼓励我道：“最好把家里的事情弄清楚，这一来就可以搞它几年了。才三十五六的人，年龄并不大呀!”接着他朝门外走去；但才走到门边，他又站定，回过身来，严正而又热情地这样说：“你一定来，老沙！将来我们还要一道到关外去呢。”

想起四十年前那天晚上的情形，并不是一件好受的事。但在悼念贺龙同志逝世十周年的前夕，我又怎能不想起这些呢！我应该怀着感激之情，细细咀嚼他对我的期望、鼓励，从中吸取教益。

一九七九年三月二十一日

（原载中国社会科学院现代革命史研究室编《回忆贺龙》，上海人民出版社 1979 年 12 月版）

痛悼李季同志

本月九日上午，我正伏案阅读《人民文学》编辑部送来的第三批一九七九年全国优秀短篇小说，我儿子进房来告诉我，草明同志打电话来，要我认真读读其中两篇作品，以便交换意见，因为她也是评选委员。

我刚读完一个短篇，我儿子又进室内来了，说，刘剑青同志要我接电话；我到邻室去了。但是，才听他讲了一两句话，我就把电话筒交给儿子，坐在一张藤椅上痛哭起来。同时也哽咽着说了几句话，要他转告剑青同志，一径陷在悲痛里面。

得到立波同志逝世的消息时，我的情绪是平静的，因为这是意料中事。而这一次却真是一个晴天霹雳：最近三五天我们还见过两次面的李季同志，竟蓦地因心脏病而逝世了！一次是本月五日，我们曾同全国优秀短篇小说评选委员会的同志们一道，讨论读者群众推荐的大部作品。而恰好我和他坐在一起，显然由于工作繁重，精力不如以往饱满，但却照旧主持了这次的评选会议。根据这以前两次会议的情况看来，较之一九七八年的评选工作，同志们做得更周到更扎实了，进一步体现了专家与群众相结合的原则。当然，最叫人高兴的是，短篇小说创作更繁荣了。

可惜因为年老力衰，上午已经倾箱倒箧说了一通，吃过午饭，我就请假回家。现在想起，真有点内疚，因为热情的会议主持人显然希望我能留下来，参加下午的会。而且，午休以后，我才想起我的确应该留下，对其他两篇作品的意见作些补充。因此，当夜我又写了封信给他和同他合作得很好的葛洛同志，补足我的未尽之意；这才算稍稍减轻了自己的不安。

事隔一天，三月七日，因为听周扬同志传达五中全会的精神，或者如他本人所说，不是传达，是谈体会吧，我估计李季同志也会去的。可是，因为场子较大，各协会的负责同志都参加了，人又多，张望了好久才发现他。因为有两三位同志知道我的听觉早已失灵，助听器也不怎么顶事，都劝我坐得靠近主席台的地方，而李季同志却坐得离开我相当远，但我预计散会后一定得找找他。

我想找他，因为准备同他商量，一俟评选工作告一段落，我们可否约个时间，彼此交流一下思想。孰料会议结束时，我一时心血来潮，忙着拜托正好坐在我对面的袁文殊同志，要他帮我搞点川剧《杜十娘》影片中廖静秋同志的唱段录音。孰料这一耽延，等我回转身去，李季同志已无踪无影了。更没有想到就这样成了永诀！

同剑青同志打完电话，整个上午，我一直坐立不安，几乎什么事也摸不上手！中间，我还同荒煤同志通过一次电话，问他是否已经知道李季同志逝世的噩耗。他说，前一天夜里，他就知道了李季同志心脏病发作的消息。向他谈过我自己的一些感受以后，我仍然无法安静下来。因为是星期日，儿子、媳妇都在家里，我曾经两三次向他们摆谈李季同志的为人，摆谈他自从参加毛主席召开的延安文艺界座谈会以来，以及建国前后，他在三边和玉门两地长期深入生活，为我国诗歌创作做出杰出贡献。

经过这些谈话，我儿子看见我情绪已逐渐稳定了，这才告诉我，草明同志来电话时，就已告诉过他李季同志逝世的消息了。他之扣留下这个消息，没告诉我，显而易见，无非担心我会因为一位年富力强的著名诗人，近两三年又积极参加文学界领导工作的同志猝然逝世而悲伤不已。因为他知道我容易激动，并时常劝我不要激动。同时他还知道两三位老同志也一直为我容易激动担忧。

人的性情的确不那么简单！有些习性，对身体、对工作都不利，自己也不是不知道，可就是往往旧病复发，不大容易根治。更不可解的是，对于具有和自己相同习性的同志，却又偏偏看得最为分明，而且深知其对身体、对工作都不利。我前面说七号那天准备约李季同志谈谈，交流一下思想，内容之一，就是劝他不要一触即发，并以自己的经验教训为例，说明容易激动没有什么好处：经常失眠，往往脱口而出地说些不尽恰当的话，影响团结。

何况他还有心脏病呢！我记起一九七七年冬，高缨同志领我一道去三里屯看望他的情形来了。这是粉碎“四人帮”后，我应人民文学出版社严文井同志、韦君宜同志之约，第一次来北京。当日李季同志和葛洛同志在负责主编《诗刊》，我们到达时他们正在商谈《诗刊》的编辑工作。不知是怎么谈起来的，他告诉我们，有的作协分会，在筹备过去主编的刊物复刊时似乎有些犹豫：就用原来的名称呢，或者另外调换一个？这无疑由于“文艺黑线专政”论的流毒在继续作怪，以致心有余悸。

这是一个原则性问题，李季同志坚决主张刊物复刊时应该使用“文化大革命”前的名称。他举了一两个例子，并追述了一位同志来京同他商谈这类问题的经过。当他阐述自己的意见和追述商谈经过时业已相当激动，最后，他更拍着椅子靠手，放开嗓门亢声嚷道：“我就是要到处扇风点火！为什么现在还怕这怕那？”我赶紧从他对面靠墙一张椅子上站起来，走到他面前去，轻声说：“不要这么激动好吧？事情得一件一件办啊！”这时，他已经不怎么激动了，于是点点头，逐渐平静下来。

有些事想起来真也不胜慨叹。半个多月前，在一次作协主席团扩大会上，当讨论到全国优秀短篇小说评选工作的时候，李季同志那天精力充沛，神情特别安静。我呢，尽管尽力控制，可又不免激动起来，哇啦哇啦了一通。次日，我给李小林同志，也可能是李济生同志写信，在提到这一点时，我曾写道："我真担心哪一天会在哇啦哇啦中报销。实则报销并不可怕，可怕的是报废!"

可以肯定，李季同志不是在我设想的情况下逝世的；但他比我小十多岁呀！因而更感悲伤。我想起两位年龄相差不远的前辈来了，不妨就借用康强如昔的叶圣陶叶老，六十年代初痛悼遽然辞世的李劼老的唁电来结束我这篇短文吧："不幸君竟先逝矣，呜呼!"

一九八〇年三月十四日

《原载《人民文学》1980 年第 4 期

沉痛的悼念

今天上午，我正在家里向卞之琳同志请教他对我一部旧作的修改意见，忽然，天翼同志的女儿打电话来，告诉我：茅盾同志早上去世了！

这个消息一下可把我炸憨了！泪水立刻模糊了眼睛。之琳也感觉很震惊，随即告辞而去。

送走之琳同志，我叫儿媳给文学研究所打电话要车子，准备前去医院向茅盾同志的遗体告别。回答却说：总务科长不在，而且要下午才有车调。接着我又叫给作家协会打电话，又一再占线。后来，总算同文联一位负责同志的秘书联系上了，但因遗体已经安放到太平间去了，秘书同志力劝我不必忙着前去医院。

因为去不成医院向茅盾同志遗体告别，致使我坐立不安，思绪也更乱了，许多往事都纷至沓来。

去年春末，我请假回四川疗养之前，茅公正在医院治病，我曾经前去向他辞别。可惜我去得不是时候，护士同志刚好动手向他鼻孔里喷什么药。他向我摆摆手，要我放心回去养病。我看他精神不好，又不便干扰医务人员的治疗，没有说多少话，就到三楼探视另外一位同志去了。

秋末回转北京，我几次三番想去看他，但又怕耽误他写回忆录的时间、精力。主要也因为知道他已经回到家里，不怎么为他的健康担忧了。最后只专人送去一册新版《祖父的故事》，并附上一封短简问好。

今年春节前一日上午，我觉得我无论如何应该去看看他，同时为今年九月召开纪念鲁迅先生百周年诞辰大会，我也得亲自把有关书面计划送他过目。那天我去的时候，他正在卧室里一张当窗的书桌上写东西，不知道是写信，还是在为别人题字，也可能是写他的回忆录。因为他前年曾经告诉过我，他每天上午能写四五百字，下午呢，如果是精神好，也可以写一点。

他看见我来了，随即离开书桌，走向卧室外那间会客室接待我。我把纪念鲁迅诞辰一百周年大会的计划纲要，向他说了，就请他准备为大会致开幕词，他同意了。他说可以写一个开幕词，但是需要请人代读。我又请他为《鲁迅研究》写稿，他也答应了，并说三月下旬可以交稿。我见他身体虚弱，未敢久留。当我把他扶回卧室，他立刻气喘吁吁，在床上躺下了，显得十分疲乏。我当时真有点失悔我的拜访，几乎难以控制自己的感情。他以八十五岁的高龄，身体又那样虚弱，还坚持天天握笔，这需要一份多么大的革命毅力！

这之后，我总老是想念到他，也记挂着他为《鲁迅研究》写的稿子。本月中旬，在文学所一次安排学习中央工作会议文件的会上，荒煤同志告诉我，茅公又病倒了。因为联想起上一次看望他所得印象，一种不祥的预感不时爬上心头。最近几天，本想向他家里探问一下他的病情，却一直不敢去拨动电话号码盘。当然更不忍心催问他为《鲁迅研究》写稿的事了。

到了今天早上，实在忍不住了，我找出电话号码本，一定要打个电话，问一问他的病情究竟怎样。因为在几天前短篇小说评选的授奖会上，又有同志告诉我他的病情相当严重。但我犹豫再三，自己催促自己，又自己阻止自己，终于没有勇气去拿话筒。

哪想到，我竟不能再见他一面了！但在我将近五十年的文学道路当中，他对我的引导、指点和鼓励，却将永远铭记在心！

是他，在我一九三二年十月刚刚出版第一个短篇小说集《法律外的航线》的时候，就在周扬同志主编的《文学月报》上发表评论文章，充分肯定了我的成绩，及其稍稍露头的个人创作风格，并且热情而中肯地指出了我的缺点：像《码头上》几篇作品存在显著公式化概念化的倾向。就我记忆所及，接着他就明确指出，作家应该从纷纭的社会现象实地体验出革命意义，不能先立一个革命主题，然后去“创造”故事情节。文章最后说他“盼望沙汀努力，再给我们一些！”这是我国现代文学巨匠的真知灼见，也是我国老一辈革命作家对文学新兵的深切关怀！他的评介，使我有勇气把创作坚持下去。

是他，曾经启发我，作家要写自己所熟悉的生活。因此开始抛弃那种我在短篇小说选集《兽道·题记》里说过的，但凭一些零碎印象，以及从报纸通信中掇拾的素材拼制作品的简便途径，转而将眼光投向四川，写我比较熟悉的川西北偏远城镇，并首先写出了《老太婆》和《祖父的故事》。七七事变前后，更加不必说了，我的全部小说几乎都取材于川西北偏远城镇的社会生活。而正因为这样，不但写起来顺畅，还逐渐形成了自己的一点创作个性。

是他，在一次左联常委会开会之前，鼓励我写中篇，并对作品的结构和艺术处理作了不少指教。从谈话中，他知道我有些胆怯，还进一步提出，如果写一组人物相同，故事互相衔接的短篇，可能较为省力。而这样的中篇，在国外也常见。于是，约在两年以后，我动手按照他的建议，为良友图书公司写一部自传体的中篇。这个中篇也是以我比较熟悉的四川中小地主家庭的生活为题材的，写起来也不怎么困难。可惜因为预支版税问题，刚好写成《某镇纪事》等三篇就中断了。但在四十年代，我却已能鼓起勇气进行创作长篇小说的尝试……

如今，我是再也得不到他的指正和鼓舞了！当然主要是我们文学界又丧失了一位曾经和鲁迅、郭沫若并肩战斗，功绩卓著的前辈，这个损失的重大意义，是不言而喻的……

安息吧，敬爱的茅盾同志！

一九八一年三月二十八日写，三十一日定稿

（原载 1981 年 4 月 3 日《光明日报》）

我所知道的“二一六”惨案

我所知道的“二一六”惨案的情况是很有限的。因为在牺牲的十四位烈士中，只有周尚明较熟识，每从家乡来省，必然见面。袁诗荛教过我，但为时较短，且无任何往还。张博诗、石邦桀虽是同学，但不同班，也无交往，仅止认识而已。

你们需要查对的两点，回忆如下：

（一）死难的十四位烈士中，袁诗荛是川西特委宣传部长，周尚明是共青团川西特委书记。

（二）十四位烈士都是当年二月十六日晨，于各自所在的学校被捕的。……据被释放出来的、周尚明的同班同学杨思举说，他亲眼看见十四位烈士，正由所谓“军法官”之类的角色依次唱名。第一个是袁诗荛，当叫到他的名字时，他破口骂道：“你们叫向二娃（指向育仁[①]）出来跟我说！”随后又回过头向周尚明以次的烈士们大叫“不要怕”！可是叫骂之间，已经一个个被拖出去绑赴刑场了！而“打倒军阀!”、“中国共产党万岁!”之声则不绝于耳。时间是十六日上午，而那所谓“军法官”所做的，无非是“验明正身”、“宣布罪

---

① 向育仁：1928年驻成都国民党二十四军、二十八军、二十九军三军联合组成的军警团联合办事处处长。

状”，绝不能说是审讯。

一九七九年一月八日

（原载《四川文史资料选辑》第26辑，

四川人民出版社1982年3月版）

祝贺《妇女生活》的创刊

最近我正在校订解放前部分短篇小说，而且正校订到三十年代写的《在祠堂里》。这篇小说的故事是围绕一位反抗捆扎婚姻的青年妇女而展开的，结果却很悲惨：那位妇女被丈夫打得半死，然后装进棺材！

在旧中国，从具体故事说，可能相当个别，但是那位青年妇女的命运却也具有普遍意义。想起这点，我不禁为我们人民政权建立以后，所有晚解放区的青年妇女感到庆幸！她们不仅跟革命根据地的青年妇女一样，有了婚姻自主的权利，而且自觉地跨出厨房，不再老当“锅边转”了！在党和政府的号召下，踊跃地参加社会主义建设的各条战线，为振兴中华与男同志一道积极工作。

我曾经写过两三位未婚女青年参加工农业劳动的事迹。在农业合作化高潮中涌现出来的《卢家秀》就曾经引起过较为广泛的注意。我记得，这篇作品发表以后，东北一位初中毕业、准备下乡落户的女同学曾经来信向我查询“卢家秀”姐姐的通信地址。叫人感觉歉然的是，这篇以特写形式出现的作品杂有虚构成分……

当然，我也写过纯属真人真事的工农业生产战线的女青年《范桂花》和《柳永慧》。可惜由于自己懈怠，有些先进妇女我还没有来得及写，“文化大革命”就来了，大部材料也随之散失！而残余材料中一些新型妇女形象，粉碎“四人帮”后，我在中篇《青㭎坡》中也曾尽力根据她们在小说中的地位，以及故事发展中的作用加以描绘，只是没有写好！

材料尽管失散不少，但在我的记忆中，有时也闪现一些还曾经活跃在农业生产战线上的青年妇女。现在，我记起了三台县尊胜农业社一位闯将。那是在农业合作化高潮时期，社员群众纷纷从涪江河滨起淀泥做肥料，有的肩挑，有的用鸡公车推，而这后一种办法费力较多，我正碰上这位闯将将车子停在中途，坐在车把手上息肩，我乘机向她走过去了。

在那次为日不多的逗留中，我又听见不少有关她的先进事迹，我想进一步向她本人探问一下，也许可能加深我对她的了解。我问她："听说你准备学习驾驶拖拉机呀?""你怎么知道的呢?"她反问，显得有点惊奇。我又追问她道："你真的愿意吗?"她扑哧一声笑了："这个也值得问!"仿佛我说了什么傻话！于是我又提出另一个问题："那么你真的找到对象了啦?""那倒还说不上呵，不要说三五年，至少还得考验他一两年!"这些话是她板起面孔回答我的，这表明她对爱情问题的持重，随即推起载满淀泥的车子，供应正在田间劳作的社员施肥去了。

"文革"十年以来，我长久不曾到农村了，但从部分文学创作和新闻报道以及菜蔬肉类的供应情况，可以想见目前农业生产战线多么活跃！而其中必然出现大批女将、闯将。这里使我想起了王润滋的《内当家》，在三中全会以来党中央方针政策的指引下，这位女同志敢作敢为，排斥了一切对现实生活中出现的新情况产生的误解。与《内当家》反映的情况相反，今年复刊的《新民晚报》有一则报道，也可说是短评，说某地一位公社社员，因为实行生产责任制后，家庭收入不断增加。高兴之余，丈夫就自作主张买了台电视机。结果呢？他的妻子却认为这种安排大欠妥当，一气之下就跑回娘家住了三个月才回来！而那位记者虽无细节描写，却可想象在这三个月中，那位专断的丈夫是吃过一些苦头的。所以记者同志评论道："家庭也需要民主!"

这个结论是有道理的。夫妇之间应该互敬互爱，互帮互谅，才能维持和巩固家庭这个共同体，为繁荣社会主义农业贡献出各自的力量。

榴红同志的《燕儿啁啾》就为那种习于行使“夫权”的“大男子主义”者提供了深刻的教训！而要尊重妇女，就必须了解妇女，不只了解作为自己妻子的妇女，还需了解一般妇女生活中存在的问题。

基于上述观点，我希望即将刊行的《妇女生活》在成为女同志的良友的同时，它也应当受到男同志、特别是青年同志的重视，从中接收教益，以利于正确处理婚姻、家庭问题，因为它们都直接牵涉到男女双方的幸福和利益，乃至社会风尚的问题。何况这个刊物涉及的范围广泛，它将包括一切文化科学知识，因而它就更加值得男同志重视了。

我祝愿《妇女生活》在建设社会主义精神文明中充分发挥它应有的作用！

（原载《妇女生活》1982 年 4 月创刊号）

怀念杨伯恺同志

最近，中共四川南充地委党史资料研究办公室派人来访，要我提供有关杨伯恺同志的革命斗争经历。现已根据他们提出的要求完成任务。因为有的段落写得相当粗略，回想起来又最有意义，情难自已，兹趁《人民政协报》副刊约稿之便，于是顺笔补写出来。

伯恺同志是南充专区营山县人，原名杨道庸，青年时代曾去法国半工半读。归国后，国共合作时期，曾经在重庆以吴玉章同志为校长的中法学校，任教务主任。一九二七年重庆“三卅一惨案”后流亡武汉；蒋汪合作时又奔赴上海。在二十年代这两次历史大动乱中，他都幸免于难，谁料成都解放前夕竟然死于敌人屠刀之下！这同他在川西的声望和作为有关，因为他对外既是民主同盟川西地区的负责人，又是《华西日报》的主编，还暗中同进步的川军将领陈离、刘文辉常相过从，且有广泛社会联系，因而早已成为反动派的眼中钉！

川西解放前形势的险恶，他不是毫无察觉，但他顾全大局，勇于为革命甘冒风险，不惜牺牲个人生命。一九五〇年初，我刚到成都，二十年代国共合作时期做过重庆莲花池国民党四川省委主任委员的李筱亭老人，曾经向我大发感慨，惋惜伯恺同志太耿直了！因为两三位亲友在一九四九年夏秋之交就劝告他离开成都，隐蔽一段时间，以防敌人暗算；但他都谢绝了。

到了刘邓大军逼近重庆，胡宗南部队在川陕边境节节败退的时候，李筱亭老人他们又退一步劝说他，不转移，隐蔽也行，为防万一，最好夜间到平日极少社会活动，不大为人注意的亲友家中宿息。但他也没有接受，认为盟员知道了同样动摇人心！一句话，为了维护革命事业的利益，维护与群众同呼吸、共命运的党的优良传统，他始终坚持在自己的工作岗位上，无所畏惧地照常活动。

不久，伯恺同志终于被反动派逮捕了。这真叫不幸而言中！被捕以后，有人征询他的同意，自愿代他前去请托陈离、刘文辉和邓锡侯设法保释出狱。但他认为这是向敌人求饶，照样劝阻亲故进行保释活动！……

最初，所有烈士遗体装殓后都停放在支矶石公园，随后就埋葬在青羊宫。当我前去支矶石公园凭吊时，一位参加丧事的同志告诉我，伯恺同志的遗体和其他烈士一样，双臂绳捆索绑，只是口腔里还塞了一块手巾！这很容易理解：从监狱押赴西郊十二桥时，虽是深更夜静，他一定高呼过革命口号！至今念及，我耳际仿佛犹萦绕着他那洪亮的嗓音……

（原载 1984 年 1 月 11 日《人民政协报》）

我的悼念

光阴似射，日月如梭，罗广斌同志逝世，想不到已经××（原文如此）个年头了！若还健在，他将为我们创作不少反映现实生活斗争的作品。真是太可惜了！

我初次认识他是在川东的长寿湖。我的目的地是武胜，但当我从成都动身前夕，临时决定先到重庆向市委宣传部文艺处的王觉同志谈谈我对《红岩》前身《禁锢的世界》修改、加工的一些建议。

原因非常简单，当时成都一般文艺工作者都对它持否定态度，认为就连修改的基础也微乎其微。我听了感觉奇怪：既然如此，出版单位为什么不惜一而再再而三地印行它的征求意见本呢？

于是，我把它的第三次征求意见本找来读了，从而产生了相反的意见：它有修改的基础！而且认为就其题材、主题思想而言，它也值得作者付出全部劳动，党和文艺组织则应大力协助。王觉是老熟人，一见到他，我就毫无保留地谈了我全部设想。

我立刻得到了他的赞同，认为我把作品的成败关键一下子抓住了。作家们是只看到了《禁锢的世界》而没有高瞻远瞩，当年渣滓洞以外天翻地覆的革命形势：蒋家王朝已经总奔溃了。因而那些刽子手、狱王才是真心被“禁锢”的囚徒！……

王觉不仅赞同了我的看法，他还劝说我到长寿湖找罗广斌他们当面谈谈。因为那时候罗他们正同市团委一批骨干，在长寿湖参加劳动。

我同意了他的建议，当天就到长寿湖去了，而一住进招待所，那位负责同志立即满足了我的愿望。

在三位老年作家中，使我印象最深的是罗广斌。热诚、开朗、反映问题敏捷，很健谈。真像《禁锢的世界》那样的眉飞色舞，谈了□[①]信同志被捕以前及渣滓洞以外的革命经历。

他谈得最多的是江竹筠、许云峰事迹、被捕经过。而在提到车耀先、华子良的时候，也不再那么简单、被动，已大不同于一般囚犯了。在他的语言洪流中，有时我也插几句嘴，诸如大西南解放前夕，大小反动派头目的虚胆的多种表现。

最后，他，还有他的两位伙伴，向我提出，经过这次交谈，他们恨不得马上动起笔来，跳出《禁锢的世界》对原稿进行修改！然而，在繁重的体力劳动中，这是不可能的！因而希望我能向重庆市委反映一下，让他们回去把作品修改好了，再来这里参加劳动。

我是四川文联负责人之一，又多少预见到《禁锢的世界》修改成功后的分量，当然同意了他们的要求，而且一回重庆，就相继向市委组织部长、市委主要负责人做了长寿湖组之行的汇报，特别要求市委让他们回重庆修改《禁锢的世界》。

市委同意了他们的要求，于是我也按照原定计划，前往武胜。当我又一次同广斌和他两位伙伴见面时，经过修改，《禁锢的世界》已经突破原来的框架，把狱内狱外的斗争联成一气了！全国的革命形势得到了应有的反映，于是我同他们进行研讨。

讨论的地点呢，既不是长寿湖，可也不是重庆，而是四川省文联宿舍。而且，时间也不止在扯三两个钟头。尔后，还同他们一起在重庆、南充地盘对好几位解放前就从事革命活动的老同志进行访问，时间就更长了。

---

① 手稿字迹漫漶，无法辨认，用“□”代替，后文同。——编者注

其时《红岩》已经出版，显然他已精心同他的伙伴在为创作一部新的长篇做准备了。在那一系列谈话中，我的兴致也相当高，预感到他们将获得同样，乃至更加重大的成就，获得更多更高的赞赏。

然而在我们蒙受史无前例、持续十年之久的动乱中，罗广斌同志却与世长辞了！在他逝世×周年前夕，因应他的写作伙伴刘德斌同志之约，特表示我的悼念之情。

1986 年 9 月 25 日

祝周扬八十诞辰发言

打从上个月九号傍晚，我的荒煤同志表示，在庆祝周扬同志八十贺岁的座谈会上，我一定作一个发言，力求简短，而且写出来照本宣读，因为我这个人容易激动，如果但凭口讲，可能一发而不可收拾，既不耽误时间，也可避免诳言。

从事写作，我已经有五十多年的经历了，远在一九三〇年初，我就同周扬开始了交往，可以写的事儿也不少，然而，再过三天就二月七号了，还是一张白纸！因为想说的太多了，可又不能任笔浑洒！一连三次，都刚好写成一千多字，把细一想，又几下撕毁了。

一般说，近事容易出现脑际，但往往伴随着巨大冲动俱来，难免过于感情用事。最后，无可奈何，只有来个想当年了！约莫一九二九年夏秋之交，我从白色恐怖笼罩的川西南到达上海不久，定居于东横浜路荣桂路德恩里时我们就开始有了接触。

我住在十三号亭子间，他同立波，还有刘宜生则住在我前面一个单元的前楼上，而打从窗口望去，经常可以看见他们在走廊上备办伙食。那时候他还叫周起应，经常来我家策划出版《摩登月刊》。不久创刊号出版了，有他一篇美国果尔德的短篇小说，这可能是他第一篇翻译文章。

可能流年不利，他和立波离开德恩里了。但在搬迁之前，因为我要同杨伯恺、任白戈开办辛垦书店，我还邀请他提供了一本《果尔德短篇小说》，尔后，作为书店第一批书，同拉法格的《经济决定论》和《伊里奇的辩证法》等一起出版。

辛垦是同人书店，资金有限，幸而他也从未过问，而且直到一九三二年底，介绍我参加“左联”的艾芜，才领我到他新居，北四川路，上海大剧院一个幢里的底楼相见，并有了往还。

其时，我同任白戈已经退出辛垦，见面不久，就把我们退出书店的内幕，全都告诉他了，发现他很大意见。

这以前，在我的短篇集《法律外的航线》付印时，艾芜曾经介绍了其中两篇给《北斗》，《北斗》遭查封后，就在三三年冬《文学月报》上发表了，他当时是《文学月报》的主编，同时还发表了一篇茅盾同志评介《法律外的航线》的文章。这充分体现了当日“左联”在培育新生力量的重要决策，使我受益不浅。

从此我们的往来开始频繁起来，因为他很关心艾芜的问题，不是他来找我了解营救情况，就是我去找他汇报有关消息等。

我是在淞沪战争爆发后离开德恩里的，在和周扬同志重逢时，居住于虹口菜场附近。一九三三年春艾芜在曹家渡被捕的消息，就是他告诉我的。鲁迅捐助的五十元，作为延请律师的费用。而在两个月后的《文学月报》，还发表了艾芜的《人生哲学第一课》，艾芜从南洋来到上海以后，尽管就开始发表文章，而直到这篇作品发表后，才引起普遍的注意。

艾芜只关了两个月，就由史良同志到苏州出庭，申辩了一次，就保释出狱了。不久，他就以“左联”党组书记身份，派我做“左联”常委会秘书。这也同我的居住条件有关，那时我已经由虹桥搬到施高塔路路口四达里的家了，距离鲁迅先生大陆新村住处很近，第一次会议，鲁迅、茅盾都参加了。此时穆木天同负责组织工作的彭慧结婚不久。

茅盾同志那天到得最早，在创作上给了我不少鼓励、指示，彭慧同鲁迅、周扬来后，他还同“新姑娘”开了点玩笑，引得鲁迅都十分酣畅地笑起来，而这次会议的主要议题，则是讨论如何配合“世界反帝大同盟”组织的“满州调查国”来中国进行调查，并举行召开“第二次世界反帝大会”采取的各种活动。

反帝同盟这两项活动都是针对这之前由国际联盟组织的“李顿调查国”偏袒日本，牺牲我国领土主权，以致激起我国人民反对和世界进步人士义愤而采取的具体措施，旨在主持公道、伸张正义。领队是法国的巴比瑟罗。

回忆恩来同志

一九三九年冬，我从延安到了重庆。当我去红岩村接关系，并领取托军车捎带的稿件时，秦邦宪同志告诉我说，我得去曾家岩找徐冰同志，他们通知他为我安排工作。

当见到徐冰同志约个多星期后，收到他的通知，要我前去向周副主席汇报我所了解到的重庆文艺界的情况，主要是当日早已从上海转移到重庆，前“左联”盟员的情况。我如约去了，情绪相当激动。是的，激动！因为一九三八年我在延安偶然望见过这位我在青年时代就十分敬仰的革命前辈，到了重庆后，也望见过，但还不曾交谈过。

可是，出乎意料，汇报还没开始，一阵紧张就过去了，只是感觉无比亲切。也许是职业病的表现吧，汇报当中，我偶尔讲一点个别同志在上海贫病交加中的生活细节；而这往往引起一阵爽朗的笑声。对于有的同志过去的一些情况，恩来同志显然相当了解。于是，就从这一天起，我开始在重庆文艺界搞点通讯联工作，得以亲聆教诲的机缘也多起来了，受益不浅。

按照规定，除开临时前去汇报请示一些亟待解决的具体问题外，我同其他几位同志，主要是搞社会科学、青年工作的同志，大体一星期总要到曾家岩周公馆一道汇报一次工作，接受南方局的指示。这些会议，一般都是徐冰同志主持，但我记得，或迟或早，他每次大都要到场的。而只要他一到场，会议的气氛也就更生动活泼了。

这些会议，多数是在晚间举行。有时候，连我这样年岁较轻，工作更远为清简的人，都感觉疲倦了，恩来同志却照旧神清气爽，精力充沛！而最叫我吃惊的是，有些时候，因为休会时已经很夜深了，我们就留在曾家岩歇宿，次日一早离开。我一般是在会议室隔壁一间小屋里睡，但是，睡下不久，我察觉另一场会议又开始了，而且分明是恩来同志直接主持会议！而他的声调则一样爽朗……

我体会最深的，是他老人家对文艺工作者的深切关怀。这里，我只简单谈谈皖南事变后的情形吧。当日反动派真是气焰嚣张，不可一世，为文艺工作者的安全，更重要的是为了让大家经受锻炼，把皖南事变的真相传播开去，同反动派进行斗争，他指示我们劝说一些较为敌人瞩目的同志疏散到各自认为比较便于工作的地区去。愿意去延安的，则设法送往延安。

那时候，我早已从张家花园文抗总会，搬到化龙桥对岸的鹅项颈住家了。因为一个五岁的男孩患中耳炎，有一次，为了讨论疏散问题，就顺便带他进城诊治；晚上开会，又带他去曾家岩，把他安顿在我身后一张椅子上。会一直开下去，没想到孩子竟睡熟了。首先发现沉入酣睡的孩子的，竟是恩来同志，他立刻叫人取来一床毛毡，给孩子盖上。而直到这时，我才发觉孩子在深夜的寒冻中睡熟了！这件事给我印象很深，好多年来我总是充满感激之情想起它。感觉自己接触到了一个博大、崇高的精神境界……

那一夜的会开得最久，但是，由于局势紧张，总理没有让我们按照往例就留宿在五十号。他让我们坐了他的车一道离开。不过，我们不是在巷道口上的车，正像我在敌后通过封锁线那样，我们悄悄走出大门，摸了相当长一段黑路，因为五十号二楼上就住得有国民党一个单位，附近则有化装的特务，汽车是在求精中学门口等候我们。

两三天后，我又到曾家岩去了。白天，我向徐冰同志汇报了我同以群一道安排一些自愿离开重庆的朋友的经过：谁们到延安，谁去香港、南洋。汇报完了，徐冰同志告诉我说：“那就赶快催他们动身吧！这几天恩来同志觉都睡不好呵。”随又问到我本人的打算，我说了，准备回故乡去。因为那时候我已经开始写作《淘金记》了。

我的打算、计划，我早已谈过了，而且还详细讲述过当地的政治情况、我个人的一些社会关系，所以很快就得到了徐冰同志的同意，于是我问到我的组织关系问题，这也很快就解决了。十分明显，连同其他同志在内，恩来同志早已做了通盘考虑。因为这是一次总结性汇报。

但是，当我起身告辞的时候，徐冰同志却拦住我说：“你不向恩来同志交代下就走啦?”接着就走出办公室去。而很快，恩来同志就以轻捷矫健的步履走来，神采奕奕地出现在我面前。

我赶紧站立起来，他右手一摆，要我坐下。

我想扼要向总理汇报一下整个疏散计划落实的情况，以及我个人的打算，但我意想不到地说了些别的话：“我最近一两个月工作得太少了！一个星期才进城一两次……”

“你要写东西，当然给工作的时间就少了嘛。”

恩来同志插断我说。他显然看到我有些激动、内疚；但我并不因为他慈祥的笑容、宽慰的口气而平静下来。我更加激动而难受了，还不自觉地想起一句古话：“恰难勿苟免!”因为我一下想起了当日那个险象环生的局面，想起了他同董老、颖超同志正在同敌人进行面对面的斗争……

我的眼睛里冒出了泪水。我赶紧埋下头，无法说下去了。要是他批评我几句，我倒反会好受一些。而结果他要我留下，跟随他一起战斗，我相信，尽管我老想安静下来写点酝酿已久的《淘金记》，我也将服从他的命令，不会有多少犹豫。

也许为了转移我的注意，减少我的难受，他就又问到我回到故乡后是否有把握不出问题，我又扼要向他汇报了已经向徐冰同志谈过的情况。

他显然放心了，于是指示我早日离开重庆。

“要走的人都安排好了，”我说，“我打算一两天就离开……”

他表示同意点了点头。我感觉不能再耽误他的时间了，接着就站起来告辞而在两天后就离开了重庆。直到一九四四年秋，才又一次来到山城。

这次我是奉调而来。到达重庆的那天夜里，我正碰上恩来同志邀请文艺界一些熟人在曾家岩五十号聚餐。饭后，我一个人被留下来，依旧睡在会议室隔壁那间屋子里，直到次日午饭后才走。因为我得阅读所有在延安印制的整风文件。我以为我这次会在重庆留住相当长的时间，但因独山失守，我就接受了一项新的任务，即为必要时疏散外籍文化人做出安排，又匆匆离开了。

直到四五年，我又一次到重庆，乘抗战胜利结束，四川省委成立之后，我是“五四”后两三天到达的，恰好恩来同志前一天去了上海，同志们也将离开重庆，前去上海，我将主持重庆文艺界的工作，任务是成立全国文协重庆分会。

当时我正有一肚皮牢骚，因为《希望》不必说了，成都的《□□》《□□》，也把我当成客观主义的代表进行批判，而我刚准备在这些刊物上进行反击。

可是，乃超劝阻我说，恩来同志前两天还再三嘱咐我们，内局并不稳定，文艺界的同志应以团结为主，绝不可互相抵消力量！于是，我就只好专心一意进行成立重庆分会的工作。

1979 年 1 月初稿，1988 年 6 月定稿

忆老舍

当我还是一个青年文艺爱好者时，我就读老舍先生的《猫城记》了。而直到一九三八年，我才见到他本人，地点是延安。当时我在“鲁艺”文学系教书，他呢，因参加“北慰劳团”到延安。

老舍先生代表重庆“文抗”总会参加“北慰问团”的。团长则是国民党的元老张继。那是陕甘宁边区政府举行的一次相当盛大的招待会，由边区政府政府主席高自立主持。可是毛主席那天也参加了。而在张继的致辞中，张继说他去看望毛主席时，曾经谈到过敌机轰炸延安的经过，赞扬了毛主席热爱人民。因为在谈及老百姓的伤残、死亡时，毛主席满眶润湿，几乎快掉泪了！

张致词中间，陈伯达递了张条子给我，要我对反动派的图书审察制度提出抗议，希望慰问团返回重庆后进行劝告，使之改弦更张，由于我已经决定到重庆工作，不便作此发言。同时也担心会破坏当时团结友好气氛，就向陈伯达说明原因，推脱了，于是陈伯达就自己出马了。

陈伯达的福建官话虽然一般人都不可完全听懂，但是主要内容，加上气势、表情，都使全场里的空气立刻紧张起来，不大像欢迎会了，而正在这时，老舍先生紧接着起来发言了，他主要是赞扬延安的名胜古迹，他都一一瞻过了，而他相信，凡是来延安的中外人士，都会前往参观。因此他建议延安政府要尽力加以俘获、修缮。而他的发言逐步使得气氛缓和下来。

老舍先生这次的发言给我印象很深。而若果不是他，这欢迎会议会受到更多损害。由此可见，为了保存原有团结气氛，他的反应和行动又多么敏捷。然而，就全国形势说，延安和重庆差距很大，真有天渊之别。而老舍先生对这一点并不是不理解，当我们聚餐时交谈中，立刻就非常清楚了。

和他同席的，还有斯诺。中间，毛泽东同志曾来坐了一会，还举杯同在座的同志喝了杯酒。而在闲谈当中，因为涉及刚才发生不久，已经震撼全国的“平江惨案”，老舍先生曾经语重心长地说过这样意思的话：“都能像我这样开心胆地把问题挑开来说，事情就好办了！”给我印象很深。

一九三九年冬，在我从华裕农场调到中山三路观音岩下面的张家花园中华文艺界抗敌协会以后，我同老舍先生的接触也更多了。因为他尽管不住在总会，而在《新蜀报》的负责人为他安排在报社的宿舍里，但他每天必到总会办公。打从文抗成立起，他就开始用全力推文抗工作了。这不是一件简单事情，单从文艺界本身说，早在三十年代中期就以“民族文学”相标榜的王平陵一伙人，就不容易对付。

我记得有这样一件事。有一次反动派一名负责文化工作的头头张道藩找他谈话，而在谈话以后，他曾义愤填膺地向我讲述，在按照他们本性诬蔑、谩骂了一通共产党之后，他向这位不可一世的文化教务反驳道：“我是共产党吗?！你怎么向我骂?！——你该是找共产党骂嘛！”他会这样火有点出乎意料。

为了支持“文抗”，现在回想起，老舍先生当年真也煞费苦心，而张道藩对他辱骂我们党的原因，主要还因为他太靠近党了，《在延安文艺座谈会上的讲话》发表后，我是从家乡奉调去重庆南分局的组织学习和讨论的。当时，这篇名著，在国统区大多城市也公开印行了。

赞扬·感谢

我爱故乡，故乡人，更爱这块哺育着我们千千万万人成长的大好河山。因此，绵阳市政府诸公造注了这册诗集，借以感发、培养、加深爱乡、爱国之情，其用心值得赞扬。

从古现今，凡是来往过绵阳市境内的诗人墨客，达官显贵，大都有吟哦题咏，有的还被载入史册。而我呢，由于只学习过写作小说，因而没有任何诗作可供选注！这却使我深感不安。

幸好主其事者，体察到我的心态。在诗集付印前要我写上几句，以资弥补。而这种对人宽厚的品质，也正是故乡人的本色，我在此表示衷心感谢！

1988 年 7 月

悼念蒋牧良同志

想不到牧良同志逝世十周年了！光阴似箭这句成语真是屡试不爽。

我是一九三六年为鲁迅先生举行追悼会期间认识牧良同志的。准确时间、场所，全都忘怀，只记得是和张天翼同志一道认识他的。仿佛他们两位都是从外地赶来参加鲁迅先生追悼会的。他们原本就很相知。在我想起这位，那一位的声音笑貌便也立刻浮上脑际。很少有单独想起某个人的时候，这也因为他们那些年几乎常在一起。

老实讲，没有天翼一道，给我们当义务翻译，我就很难听懂牧良的土语土腔，正像是听外国人讲话。而这些土语土腔，也正和牧良本人相称。不仅外表，他的粗豪、直爽也更为突出，这是我一九三六年的印象。五十年代初彼此在北京工作时，这个印象也无多大改变。那时我在作家协会创委会工作，他呢，仿佛是在总政文化部《解放军文艺》编辑部工作。

我记得，我们同时在“大跃进”前夕，准确讲应该是合作化高潮前夕离开北京搞专业创作的。他回湖南，我回四川。我们再度见面，是我写的《卢家秀》发表以后不久，可能都是来北京开会，见面地点是东总布胡同天翼同志家里。他曾要我述说写作《卢家秀》的经过。那时，他好像已经当上劳模了，正在酝酿一部长篇小说。

此后我们是否还见过面，已经记不起了，但在四十年代末期，有件事我始终难于忘怀，我十二指肠溃疡吐血，他知道了，曾寄我一信，随又函汇了一笔钱给我，指明这钱是一位和我素不相识，现在且已忘记尊姓大名的电影戏剧工作者，因见牧良同志爱莫能助而干着急请他转赠我的……

这封信我一直保存着，可惜经过十年动乱，竟也找不着了！否则，将来捐献给现代文学资料馆，倒也并非毫无意义之举。现在且就此来纪念他的逝世十周年吧。

1989年2月初

题安县县志

每一片祖国的土地都可以说是“人杰地灵”，否则我们无法理解我中华民族日益昌盛、长达几千年的历史，对党中央制定的社会主义宏伟目标也会信心不足。而安县的历史，也就是县志，正足以说明我的论断大体不错。因此我希望这部在县委、县政府，根据上级规定的原则指导下，费时七年编成的新县志出版以后，首先，我们的知识阶层、特别是青少年，必须认真批阅、深入钻研我们的前辈如何全力克服各种困难，不断同全国人民一道前进。而现在更应信心百倍，为创建社会主义文明付出巨大努力。当然，全县人民都该这样，就拿我说，尽管已经八十五岁了，仍当学习这部县志，从中吸取智慧、力量，实践为共产主义奋斗终生的誓言。

一九九〇年六月六日

悼茅公逝世十周年

真的流光如矢，茅公逝世竟已十周年了，他一生留给我们文学遗产是多方面的，而且非常丰富。举如翻译、评论创作，他都富有成就！大病初愈，我没有精力，识习也有限，我在今天的纪念会上也不敢班门弄斧，要作论述。并谨就我初学写作时他对我的鼓励、教导略表悼念之忱。

三十年代初曾将我的习作《码头上》投寄《文学报》，主编人将它送呈茅公审阅，他在审阅后，于一方土纸上写道：“还写得可以，只是我不大喜欢那种印象式的写法。”主编者决定发表了！又送一册我刚出版的《法律外的航线》给他，请他评介，因为当年左联正大力培养文艺形象。

茅公的评介和《码头上》在该刊一卷五、六期合刊上发表了，使我意外，他竟对《码头上》和另一篇上期发表、且已得到一些人赞赏的《汉奸》大加批评，说它们尚未摆脱前几年一些覆辙，在□□□□□的激励下□到作品公式化/概念化，而以新写实主义为标榜的弊端，并详细分析、批判了那种弊端的各种表现。以警来者，特别是我这样的初学写作者。

但同时，他却肯定了《法律外的航线》中《恐怖》《航线》《莹儿》等五篇，认为我能用写实手法精细描写生活现象，有一定生活经验，末尾还鼓励我再写一篇，而使我有自信把创作坚持下去。然而道别一两年后，我才比较完全领会了他那篇评介，以及印象式写作的含意。写了《老人》等补篇，当然，茅公对我的鼓励教导还很多，直到晚年，他还对我的《你追我赶》写了评介，鼓励我努力适应社会主义新农村的生活！而我已无能为力了！

我相信，作为我们革命文学的开拓者、奠基人，茅公将同鲁迅、郭沫若一道永远光照我国文艺史册。我的发言完了，谢谢大家！

1991.3.18

剧　本

风和日丽

阳春三月好风光　四川出现双太阳
青山起舞河欢笑　人民领袖到农庄

——四川民歌

时间：一九五八年三四月间一个风和日丽的星期天的下午。

地点：成都市某条僻静的街道上，一个群众团体的大门外面。

这个群众团体的大门口拥挤着不少群众：工人、农民、青年学生、城市居民、机关干部，男女老少都有。不只是大门口，大半节街道都给人站满了。而且，不断有人从街道两端奔跑过来，望了大门边挤。

在温暖的阳光的照临下，所有的人都显出一种愉快、虔诚和期待的表情。从这种表情可以断定，人们的沉默随时都会暴发成狂热的欢呼。而从大门内面，则不时传出鼓掌声和通过扩音器的讲话声。

一个大个子通信员，推着自行车，通过人群，从大门内走出来。一眼便可看出，这是一个诚恳而又和气的同志。

通信员：（站在大门口的人堆外面，一面擦着汗水，一面回过头去）已经告诉过你们好几次了：毛主席不在这里。如果是在这里，你们这么多人想要见他，他还不早就出来啦？（耐心解释）是我们机关里开跃进大会呵！……

工人：（不相信地笑笑）开跃进大会毛主席会不来？

通信员：（口气又严肃、又认真）可惜只有一个毛主席呵！现在全国哪里都在跃进……

农民：可是大家都讲毛主席在你们机关里面！

通信员：（叹气）你们实在不相信，那就守在这里等吧！

通信员正跨上车，一个显然是从农村里来的少先队员，一头碰上来了；通信员赶紧用手一扶。

通信员：看跌倒呵！（微笑着叹口气，下）

少先队员迈过车子，头也不回，只顾望人堆里挤。同少先队员先后两三步上场的，是一个七十岁上下的老太婆，乡下人服装。

老太婆：（边放小跑边嚷）现在你就不管我啦？真快，一溜就不见了！（四面望望，在一个卖水果老头儿的摊子旁坐下。那里早就坐着一个脸庞瘦削、眼睛灵动，三十岁上下的农村妇女）这个鬼娃呵，把足都给我跑痛了。

老头儿：那是你孙子哇？

老太婆：是啦！已经缠着我在街上跑了大半天了。今天早上，他姑爷说，你们到花会去吧，毛主席可能到农业展览馆去。他姑爷是在邮政局工作的，总会听到一点消息。我两婆孙就在展览馆东旋西旋，旋了半天，哪里有这回事呀！

农村妇女：我还不是！从省立医院出来，我就在展览馆门口凉粉摊子上坐起，心想，我刚才开过刀，不要跟着人家挤吧！……

老头儿：你啥事开刀哇？

农村妇女：这个病缠了我十年了！原早都说是鼓涨病，可是总医不好！一九五五年，县立医院给我放水，可是肚子还是涨得跟鼓一样！前一向，我们社主任说："老刘！人是活宝，把你爱人抬到成都去医治吧！"我爱人就拿了介绍信，把我抬到省立医院来了。开了刀，才是个瘤子呵，——这么价大！

老太婆：难怪你人这么瘦呵！

农村妇女：好多了啊！（开朗地笑起来）你还没看到我才进院那个样子，就像刚从土巴里拖起来的那样。现在你看！（抹抹脸颊，左右顾盼）至少有血色了。你不知道一天吃些啥呵：又是牛奶，又是鸡蛋！开刀以前，还输过好几百CC的血！

老头儿：呵哟！你这回可要花些钱喃。

老太婆：钱算什么！像她这样年轻，好好劳动一年就尽够了。

农村妇女：就是这个话呵！你这个大娘，像也是从外县乡下赶来的吧？

老太婆：白水河红星社的，我们那里是工业区。前几天就有人说，毛主席来了，在成都。鬼娃就天天吵着要我来看他娘娘。——其实，哪里是想看他娘娘呢！我想，好吧，我已经是大半节埋在土巴里的人了，这辈子还有多少机会看得到毛主席啊？昨天下午就搭火车赶起来了。

厨师：（胖，四十多岁，气喘吁吁地从人丛中挤出来，揩着汗水）哎呀，汗都给我挤出来了！（走近水果摊子）还是你们这样舒服一些。（坐下）

老太婆：这位同志，究竟是不是在里面呀？

厨师：这个，我也说不清楚。昨天挨黑时候，我开过饭从机关里出来，正打春熙路过，看见好多人都在望总府街跑，一问，说是毛主席在省人委礼堂里！我也就跟着跑。走拢一看，正跟这个情形一样，大半条街都挤断了！人越挤越多……

老太婆
农村妇女：（又惊又喜，眼睛发亮）你看到毛主席没有呢？

厨师：……那一带我还熟，就钻到省人委礼堂对面一家铺子里去。心想，让你们去挤吧，只等毛主席一出来，我就首先看到。后来，有几个穿呢制服的同志，果然从里面出来了！当中有个戴口罩的，身材高大，很像是毛主席。这一下，大家就那么鼓掌，跳起喊“毛主席万岁!”我把手掌都拍木了。……

老头子：
老太婆：（羡慕，激动）你总算看到过毛主席了！……

农村妇女：这时，挤在大门口的群众忽然动荡起来。坐在水果摊子旁边的人，也一下忙着站起来了；那个乡下来的少先队员，一头从人堆里挤了出来。

少先队员：（愉快地四处瞧看，呼喊）婆婆！……婆婆！（一眼发现了老太婆）你站那么远做啥呀？赶快这里来嘛！

少先队员重又挤进人丛去了。老太婆、农村妇女、厨师，紧跟上去。

挨大门最近的地方，传播着愉快而又紧张的话语声。

甲：你看！人都从礼堂里出来了。……

乙：雅静一点！——雅静一点！……

丙：怎么都往后面拐呢？看，有的还在那里喝茶！……

甲：（笑起来，叹气）恐怕是休息呵！你们看……

丙：我说是呀，怎么没有人鼓掌？（笑）

乙：我倒差点要鼓掌了！心跳得咚呀咚的……

厨师：（从人丛中挤出来）怎么这几天就这样热呵！

老头儿：会还没有完吗？

厨师：它今天总要完呀！横竖是放星期。（坐下）

老太婆：（农村妇女跟在她身后）哎呀，还是坐在这里等好一些！（坐下）

农村妇女：啥都不怕，我就担心把伤口挤到！（坐下）

老头儿：你该多住两天院呵，大手术呀！

农村妇女：医生也这么说，可是哪里住得下去哟。一听到毛主席来了，心就跟着从医院里飞出来了！你想，他老人家多忙，难道会在成都住上一月、两月？就担心我出来他又走了。

老太婆：（望着厨师，羡慕地叹口气）你总算看到了。

厨师：（半懂不懂地瞪着眼睛）我在哪里看到过哇？

农村妇女：你刚才不是说，还在省人委礼堂对门子鼓过掌？

厨师：呵，呵，呵，（醒悟地笑起来）你说这个！让我讲完它吧。的确，身材那么魁梧，谁也相信那就是毛主席呀！可是，后来那个高高大大的同志把口罩取掉了，大家一看：才不是呵！（厨师、农村妇女、老太婆、老头儿，还有其他几个人，都笑起来）

老太婆：（安慰地）哎呀，这个也是表示点心意呵！要不，总像揣着一饼事样，五心都不做主。像我们老幺吧，社上不准假还闹情绪！

农村妇女：（忽然间笑起来，自言自语地）老刘这一回运气好！

老太婆：你讲你爱人哇？

农村妇女：是呀！他知道我该在明天出院的，会来接我。（发愁起来）现在我只担心，他那一队的十多亩麦子，不知道抢转来没有呵。如果瞎了，毛主席就在当面，也没脸去看呀！

老太婆：这个你莫担心！我们老幺那个队么，好大一片，才突击了两三天，就完全变样了，乌顿顿的。我原先也很着急，产量规划得那么高，这拿来咋做呀！那娃还批评我老脑筋："有党和毛主席，你的老天爷就一滴雨都不下，我们今年照样要叫麦子增产！"

厨师：（打趣地）好呀！等阵看到毛主席了，你就拿这个报喜吧！

老太婆：（吃惊地）呵哟，我才不干！

农村妇女：这个有啥关系！只要是有机会，我就要说。说我的病，说我这次在医院里的生活。不怕你们笑话，解放前我跟老刘过的啥日子呵？现在想起来还有点心梗梗的。（眼睛里浮出泪光，但接着又笑起来）真的，我啥子话都会向他老人家说！三天三夜都说不完。

老头儿：（善意地）可惜毛主席没有那么多时间呵！

农村妇女：我会在心里向他老人家说！（笑起来）你看怪吧，有时候不大痛快，说一阵子，心里好像就亮堂了，劲头子也来了。给你们讲，哪怕这两年背时病特别拖得我苦，不管队上搞啥活路，积肥也好，改造土地也好，从来没有逡过边边！有的人开玩笑："这个家伙铁打的呀！"我说："不管铁打的，泥巴捏的，我们又拚拚看嘛！"

厨师：你这个话对！（嗽嗽喉咙，显出慎而重之的神气）去年我们那娃娃从朝鲜回来看我。讲起他们打坑道战的情形，那才叫多少人吃惊呢！就跟电影上看见的那样，粮食没有不说，连吃水都困难；可是结果还是把鬼子打垮了！现在呀，好多事情老脑筋就想不通，他们把人看成泥巴捏的！

老头子：看不出来，同志还是个军属呢！

厨师：当个军属不容易呵！（矜持）事事你得起带头作用；要不，群众反映起来多丢人呀。自己的儿子胸口上挂满了牌牌，——这样章那样章的，当爹的是个落后分子?!（忽然笑了起来）想起来跟做梦样，那娃生下不久，我们还差点把他吃到肚皮里去了呵。那时候，我在马脚井一家饭馆里跑堂，他妈帮人洗点衣服，有个地主，稀儿欠女的，想跟我买……

老太婆：幸得你没有卖！……

农村妇女：（笑）要是卖了，现在还不知成了个啥子人呢?!

老头儿：像我们这起人，过去都有一本难念的经呵！……

厨师：（笑嘻嘻望着老太婆）你这个老大娘家底子恐怕厚点？

老太婆：（像火烫着了似的）呵哟！哪个不知道白水河李家坪从前是个有名的叫花子窝窝哇？每年要吃三四个月野菜，铺盖破得像渔网样，钻进去连路都摸不到。说起来二三十户，难道哪家人挂过帐子？夏天来了，蚊子就像请会一样，一晚上叮到亮！……

厨师：（抱歉地笑一笑）我还以为你过去就不错呢。

老太婆：同志，告诉你吧，土改时候诉苦，说着说着，我一筋斗就气倒了！（笑起来）昏迷了大半天才醒转来。呵哟，过去那个苦呀，就是拴住太阳都说不完！可是，有些人已经不太愿意听了！一提过去，我们老幺就批评我："妈呀，解放都八九年了，怎么还老是扯旧账呵！"

农村妇女：我们老刘也是这样，骂我爱朝后看。我说："这个有什么坏处哇？有时候想想过去，你才会真正懂得现在的日子有意思呢！"像我们队上李万有老汉讲的，就跟吃蜂蜜样！

老太婆：（大笑）就是这个话啰！——就是这个话啰！……这时，从机关内传出一阵热烈的鼓掌声，群众重又激动起来。坐在水果摊子旁边的人，又一下忙着站起来了，朝着大门口跑。

甲：这一下像真的散会了！（长长松一口气，开始检查纽扣，又抹抹头发）

乙：（用手拐靠靠丙）你看看人家吧，把领口扣好呵。

甲：你们听，这巴掌多热烈呵！一阵又一阵的……

丙：（已经扣好领口，向甲）同志！等阵你带头鼓掌哇。……厨师、老太婆、农村妇女，三个人东碰西碰，一直没有挤进人丛中去；站在外面，又连大门都看不见——前边给挡住了。

厨师：（摇头叹气）哎呀，这个劲仗，简直连水都泼不进！

农村妇女：嗨，这里也许挤得进去！（回头向老太婆招手）

老太婆：（用手把农村妇女一拖）看把你伤口碰到！……

三个人更着急了，因为群众已经朝两边分开了，让出一条路来。

厨师：（对农村妇女和老太婆）走！还是到对面去！……

于是，三个人又忙忙匆匆回到街对角水果摊子旁边去了。老头儿正在把摊子望墙脚边撤，因为拥过去不少人。大家都是那么激动，兴奋，眼睁睁审视着那道宏敞的大门。接着，一大队排成行列的人们从里面走出来了：抬着喜报，敲锣打鼓。

乙：怎么还没有出来呀？

甲：这是给上级送喜报的啊！毛主席一定还在里面。

丙：对！一定还在里面，——坝子里摆着好几辆汽车，动都还没动呀！……

厨师、老太婆、农妇、老头儿，全都背靠着墙，尽量地踮起足，伸长着脖子。

厨师：对吧，这里一眼就望到大门了！又不挤……

农村妇女：（聚精会神地望着大门，边笑边说）刚才我心都差点从口里跳出来了！好像毛主席已经走到我跟前来了那样。……

厨师：听，汽车马达又在响了，这回一定是了！

老太婆：同志！等阵出来，告诉我一声哇。

厨师：毛主席的相片你都没有看过？

老太婆：天天都看到的呵！打土改时候起，我们哪家人没有挂得有毛主席的像哇？我眼睛不对劲呵。……

从那大门里面，忽然传来了歌唱声："东方红，太阳升"，挤在大门外面的人们，也跟着唱起来。起初，声音较低，而且只有少数人在唱；很快，声调高昂起来，几乎所有的人都在唱了。

老太婆：（抱歉地）哎呀，记都记得，就是嗓子不听使唤。

农村妇女：没关系，我们就在心里跟着大家一起唱好了。

老太婆：（叹口气）要是毛主席能到我们社里去看看多好呵！听说已经到郫县一个农业社去过了。

农村妇女：随便他到哪个社看看都好！高潮那年，农民报上印的那张照片，你该看到过哇？就是毛主席跟那个放羊子的老头儿谈话的照片呀！

老太婆：怎么没有看过？我们社里一个落后分子，还哭过一场呵！

厨师：（停止了不大自然的小声的哼唱，打趣地）他哭毛主席没有去看他？

老太婆：（笑）你这个同志才会讲笑话呢！他哭呀，毛主席这样关心我们农民，自己还不争气。大家学习社章，他不参加；群众争到报名入社，他照样一天到晚躲在家里面编篼篼！社干些都想拉他一把；可是，你前门进去，他从后门溜了！土改时候，还是个村干部啊。……

厨师
农村妇女：后来呢？

老太婆：后来呀，后来当然是入了社！工作比哪个都积极……

这时，歌声已经停了，群众忽然动荡起来，随即闪开一条路来，陷在庄严而愉快的沉默里面。接着，汽车从大门内开出去了，缓缓地从人丛中穿过去。

老太婆：究竟是哪一个呵？你们看到了吗？

农村妇女：（低声）我怎么也没有看到呀！

厨师：不要着急！听说里面还有汽车……

忽然，那些站在机关大门附近的群众，一下子全都奔跑开了，一致朝着汽车开过去的方向拥挤过去。而那个少先队员，则愉快地、奔走呼号地在人堆里乱跑乱窜。

少先队员：婆婆！……婆婆！（一眼望见了老太婆）怎么你还在那里站起呵？（有点生气、着急）赶紧跟到来嘛！……

老太婆

农村妇女：（一起抢前走了两步）究竟怎么一回事呀?!

厨师

少先队员：这还要问！人家都讲：毛主席就在前面一辆车子上呀！……

少先队员一溜烟跑了。厨师、老太婆、农村妇女，还有其他几个人，都先后紧跟着追上去；老头子急急忙忙地收拾着水果摊子。

老头子：（自言自语）哪个帮我看到下摊子也好呢！……

厨师：（边放小跑边说）这几天怎么就这样热了！……

老太婆：（望着跑在前面的农村妇女，颤巍巍地边走边说）当心点呵，看把你伤口震着了！

农村妇女：（愉快地）没有关系，你快跟到来吧！……

一九五八年九月三日

焊茶壶的人

（电影文学剧本习作）

一

1943 年左右，一个夏天的早晨。

重庆，天气晴朗，没有雾罩。沿江一带的“邦扎屋子”裸露在初出的阳光下面。在那笔陡的坡道上，骨瘦如柴的轿夫们，抬着客人，正在一步一停地登着石级。不少的脚夫也在扛着行李爬坡。

储奇门的轮船码头。从一条靠岸不久的轮船上，乘客们正在拥到囤船上来，然后通过一道便桥，向着河坎上走。这是不容易的，因为一路上都有数不清的力夫兜揽生意，抢夺行李。乞丐和小偷也不少。一片混乱的叫嚷声和咒骂声。警察不断地挥着鞭子“维持秩序”。

河坎上堆着各式各样的箱子和大件行李，大半都是打开了的，宪兵们正在进行检查。一个宪兵从一口破旧的板箱里随手扔出一些书籍：《论持久战》《新民主主义论》，等等。另外一些宪兵则在审视着那些他们认为形迹可疑的乘客。

一个报童也在人丛中拥挤着、叫喊着：“卖《新华日报》!”一个宪兵恶狠狠地冲过去了。

这时，一辆装载汽车，由小汽轮拖着行驶，刚好从海棠溪开过来的驳船，也正好靠拢岸。所有驳船上的人们，船夫们和司机们，全都被河滩上的景象吸引住了。其中，一个身材瘦削的中年船夫，抽着烟卷，薄薄的嘴唇边浮着冷笑，好像早已经看惯了这一切卑鄙无耻的反动勾当。

一个穿着整洁三十岁上下的工人从小汽轮机舱的窗口探出头来。这人身材高大，满脸的胡碴子，也在向着岸上瞭望。一摺撕破了的《新华日报》从河坎上飞过来了。他一直恼怒地目送它们掉到河心，然后从容不迫地回转身去，从吊铺上拖下一张《新华日报》，叠好，藏在荷包里面。

一个穿着整齐、蓄着牛角胡子的中年人，装腔作态地在驳船上嚷叫道："这有啥好看呀!"船夫们于是忙乱起来，开始把两块大木板从驳船上拖到河坎上去。只有那个瘦削的中年船夫，照旧站在船边抽着烟卷。他冷静而又沉着，身穿一件破旧的、满是油渍的蓝色工人服装。

胡子忽然一眼发现了他，立刻威严地向他抬抬下巴。

胡子："老纪！你像不想吃这碗饭啦?"

纪（冷静地望着对方）："你怎么知道呢?"

胡子恼羞成怒地叫喊起来。

胡子："不想干了，你马上就给我搁下来吧!"

纪（调皮地）："慌什么呀？等主意打定了，我会告诉你的!"

他满不在乎地把烟蒂顺手抛在江里，毅然地走向船头去了。

胡子："嗨！这个家伙才又臭又硬呢……"

那个高大的轮机工人从机舱窗子边嘲讽地笑道：

"你怎么又在发脾气呵！……"

胡子飞快回转身去，忽然显出一副得意忘形的神情。

胡子（扬败地）："妈的！还说他是个老技工呵！像他这一副气味么，就有天大的本事，都该饿饭!"

轮机工人："照你说什么人才不该饿饭呢?"

胡子一下子怔住了。因为他完全没有料到这个外表那么稳重的人会把问题提得这么尖锐，而且态度照例那么从容，使你不能不认真考虑一下他的言辞的分量。但是胡子随即神气活现起来。

胡子："老朱，告诉你吧，不是张师傅面子大，我早就叫他滚蛋了……"

朱（带点告诫味儿）："不要这么样说，咱们的饭碗都不是铁打的！"

在汽车的马达声中，驳船上忽然有人笑道：

"又挂起红灯笼了！"

胡子立刻丢开老朱，显得慌张地昂起头来，向了南岸望去：一副耸立山垭上的，用两根木料构成的木架右边的柱子上，已经有一个鲜红的红球高高升起来了。这是警告人们：敌机可能进行轰炸。

驳船周围顿时显出一片紧张气象。那些停在江岸上等候过渡的汽车，都在准备望转开了。沿江一带传出尖锐的汽笛声和叫嚷声。江面上的船只，也行驶得更快了。穿过来往的大小船只，装载汽车的驳船正在横渡长江……

二

将近中午，旭日临空，在灿烂的阳光下，南岸一带的山岭显得更苍翠了。在好几个山头上，红球已经增加到两个。这说明敌机侵袭的可能性已经增加。树丛下，山崖边，可以看见一些跑警报的人。

在一堵崖壁下，那只拖载汽车过渡的小汽轮，带着木驳，静静地停泊在那里。驳船上只留了两个人，其余的人都走散了。那些走散的人远远离开驳船，有的在江边洗着衣服，有的在崖头上晒太阳、捉虱子、抽叶子烟……

那两个留在船上的人，有一个是纪大明，还有一个是那身材高大的轮机工人老朱。纪大明敞开短衫，仰睡在驳船上，望着天光云影。

他那一向闪着冷嘲锋芒的眼神，已经变得柔和了，仿佛他本来就很和气似的。

轮机工人老朱显然很尊重纪大明。他坐在那个长期失业的老工人身边，充满一种挂虑神情，正在向他问东问西。因为他才来这里不久，对纪大明还不十分了解。

朱：“这么说，你在石油沟待得相当久啦?”

纪：“闯出闯进两三次了!”

朱：“听说那里的工人很不少呢。现在还能找机会转去吗?”

纪（摇摇头）：“他们不会要我，我也不愿意再去了!”

朱：“为什么呢?”

纪：“因为我在那里发现了纪大明油层！……”

他纵声大笑，同时一下翻身坐起来了。他笑得那么爽朗，有点叫人不能相信，这个人的生活会有这么困顿：拖着三四口人，经常四处流浪，没有饭吃，而且还是一个熟练的技工!

老朱也像受了传染似的跟着笑了起来，随即摸出一包香烟，递了一支给纪大明，同时闪着亲切的、渴望知道一个究竟的眼色。

朱：“啥事情呢？我还不懂你的意思。”

纪大明接过香烟，在船板上顿着，带着一点被回忆所陶醉的神情。

纪：“这样的：有个星期天，他们硬要我到井场上修理机器。好，老子就饿起肚皮给你加班加点干吧！可是越干越鬼火冒，后来我把废油全部倒在井里去了。星期一继续开钻，泥浆一喷上来，大家都嚷开了：‘出油了！出油了!’这一来，我们那个处长立刻忙得屁滚尿流，就到处打电话……”

他顿住，擦燃火柴，打算吸烟；但他忽又忍不住笑起来，随手抛掉燃着的火柴。

纪：“想起来笑死人，家伙些蠢得跟猪一样！不到半天，资源委员会那些大头头就都坐起小汽车来了！……”

朱："后来呢?"

纪："后来么?（幽默地笑着，同时摊开手臂）后来就是这样：跑来当勤杂工!"

老朱意味深长地笑起来。

朱："你这个玩笑开得不小，可是他们对你也并不马虎呢!"

纪大明长长吁了口气，随即切齿地嘀咕道："他妈的都是些混蛋!"接着站起来了，离开驳船，朝着河坎走去。

老朱照旧坐在原地，看来他更喜欢这个老工人了。

朱："怎么，不再吹一吹呀?"

纪："喂了肚子再来吹吧!"

三

一柱柱淡青色的炊烟从那些散落在山坡下的屋顶上冒出来。大路旁边，在那打碎石的空坝子里，一共只剩有十多个工人了。这些打碎石的人们，大半是老头子和妇女。他们顶着太阳，大汗直流，全不在乎"警报"还没有解除。

纪大明顺着河滩走过来了，穿过几堆碎石，朝着一个年轻妇女身后走去。这个年轻妇女背着奶娃，正在敲打碎石，奶娃睡得很好，歪着头，鼻孔对着母亲的后颈不断地出着气，吹得颈窝里的茸毛直是飘动。

青年妇女埋着头，只顾一直地打下去。从她的动作里，可以看出有点光火。纪大明带点疼惜的神情凝望着她的背影。最后，他轻轻叹一口气，在她身边停下来了，弯下身子望望奶娃。

纪："老魏，你看这个家伙才舒服喃!"

魏素真高高举起锤子的手臂一下软了，锤子落在地上，仿佛顿时感到气力都耗尽了。她有三十岁多一点，脸型端正，面带病容，露出一丝莫可奈何的神情，显然已经尝够了生活的折磨。

魏（口气是生硬的）：“他倒舒服，我可是受够了！”

纪（打趣地）：“当妈妈是不大容易呵。小明咋不见呢？……”

魏（解着背带）：“我叫她煮饭去了。你快把小家伙抱下来吧。”

纪（接过奶娃，滑稽地）：“呵哟，嘴巴一扁一扁的做啥哇？像很不痛快呀！”

周围捶着石头的人们，全都忍不住笑起来。他们大家同他都很熟识，而且很喜欢这个人。其中一个头戴破呢帽的老头子，最喜欢同他闲谈。

老头子停住工作，咳嗽一声，仿佛决心要谈个痛快。

老头子：“纪师傅呀，听到说么？街上都传遍了，说是有个留洋学生，回来半年没有找到工作，前几天一索子在公园里吊死了！”

一个妇女：“留洋学生会上吊？”

纪（冷嘲地）：“现在么，想不开的人都会逼得上吊！”

老头子：“这个话对！你一个留洋学生，当个抄写员也可以生活呀。”

纪（活泼起来）：“是吧！你看，不让老子搞机器，到汽车轮渡上打杂也是人干的呀！说不定我还要来捶几天石头呢，——可是决不上吊！”

人们大笑起来。魏素真也笑了。

魏（娇嗔地）：“看你还回不回去吃饭哇！”

纪大明故意做出一种无可奈何的神气，跟着妻子走了。

老头子：“喂！纪师傅，茶壶烂了，帮我焊一焊吧。”

纪：“你拿来吧。（忽又站住，回转身去，兴高采烈地）嗨！生意这么好，担个担儿焊茶壶也是人干的呀！这个又不怕失业……”

四

海棠溪市街后面。傍着山坡，点缀着五六座破烂瓦房。在一列瓦房的阶沿上，有一段是用破晒席遮拦住的。阶沿脚下摆着一只水桶，一个只剩大半边的破瓦钵，洗菜洗碗的污水都倒在这里面。这是一间灶房，是临时东拼西凑扯搭起来的，但它冷冷清清，没一点烟火气。而在右首边那间屋子的房顶上，却正冒着炊烟。

纪大明两夫妇穿过田塗，穿过那块周围插了竹片的菜园地，向着屋子走去。他们情绪都很不错。可是，一到菜园地的尽头，神色却都变了，毫不自觉地停了停脚步。接着，魏素真嘀咕起来，奔向阶沿。

魏（边走边说）："这个女子今天是咋个搞的呀！"

她跑进那间破晒席围成的灶房里去。随着一团灰尘和碗盏的声响，几只母鸡飞出来了。一只公鸡则出现在晒席上面。它四面望望，跳下来，于是高声啼着，慌慌张张地四处奔跑……

魏素真咒骂着，一面闪开身子。接着，她冲进里面去了。灶房里只有一台行灶，污黑的墙壁上挂着筷子篼篼。靠晒席摆着一张破烂的条桌，上面有几个大土碗。锅灶都是冷的。这可把她气极了。最后，她又叫嚷着走出来，多少带点慌张，仿佛预感到发生了什么祸事。

纪（向魏走去，拖长声音）："不要吵吧。碗打烂了还有瓦片！"

魏："这阵啥时候啦？旁人家两顿饭都煮好了！"

纪（在堂屋门槛上坐下）："没关系，晏点就晏点吧。"

魏："你尽说松活话！"

纪大明忽然神经质地站起来，随即跨进堂屋，走向他们租佃的那间唯一的屋子的房门边去。屋子狭小，黑暗，只有一股从天窗上投下来的光亮。两张临时搭成的木板床和一张旧式方桌，就把整个屋子塞满了。墙壁上随处都是木钉，挂着破烂衣物。

他们的大女儿小明背朝门外，坐在门槛上哭啼着。当听到父亲的脚步声时，她哭得更伤心了，哭声也逐渐大起来。

纪（轻松地）："嗨！叫你回来煮饭，你倒坐在这里敲锣打鼓地哭呢！"

听说女儿在哭，魏素真也跟着赶进来了。

魏："我问你哟，这半天了，你在搞些啥呀？"

纪："不要哭了，赶快帮你妈淘米吧。"

魏："我不要她煮了，——让开！"

小明咽哽着站起来，让开路，魏素真跨进房门，抓起一个升子，忙匆匆地走向墙脚边去。那里蹲着一个装米的缸钵，她揭开木盖一看，里面只有薄薄的一层大米！于是她很快就没精打采地退转身来，恰好同丈夫碰个对面。她眼泪汪汪地把脸一车，搁下升子，不声不响地夺过孩子，走向那架朝门安置的床边，坐了下来。

魏（痛苦地）："米吃完了，你怎么不早点开腔呀？"

纪大明沉重地叹了一口气。

纪："不要怪她了吧，——这都是我不好！……"

他的声调是痛苦的，再也没有一点轻松和嘲讽的味儿了。他显得难受地退到门边，在门槛上坐下来。这个一直显得坚强乐观的人，第一次挫折了，眼睛里闪烁着微不可见的泪光。

在一种迫人的寂静里，小明还在哭泣，魏素真也偷偷落泪了，低头奶着小孩。纪大明躬着腰身，拐肘靠在膝头上面，两手捧着下巴，一动不动。

忽然，外面有人一直叫嚷着闯进来："赶快走呵，警报都解除了！"

这是汽车轮渡上的一个船夫。刚一走进房门，由于感到一种沉重的气氛，他突然不响了。停停，这才又说起来，只是声音很低，也不自然。

纪大明终于从门槛上站起来了，好像下了很大的决心。

纪（声调冷静，利落）："管它多少，你们煮起来打个尖再说吧！"

魏（显得难受地抬起头来）："未必米汤你都不喝一口又去干么？"

纪（并不回头）："我这阵还不饿。"

那个矮胖矮胖的船夫，闪着吃惊和好奇的眼色，蹑脚蹑手地跟在纪大明的身后，心想："这个家伙啥事情呀？"等到快下阶沿，他又身子往后一缩，停下来。因为纪大明忽又退转来了。

纪大明走到晒席后面，拿起瓜瓢，在水缸里舀了大半瓢水，喝起来。然后，抹了抹下巴上的水滴，又走了。始终闭紧薄薄的嘴唇，一声不响。

五

海棠溪汽车轮渡码头。驳船上已经装上卡车，正待向储奇门码头驶去。纪大明同着那个跑去叫他的船夫，也已经赶到了。但他并不上驳船去，抄着手臂，挺立在河岸上。

他带着一种无所畏惧和有所准备的表情，应战似的望着那个正站在驳船头上吵吵嚷嚷的胡子，显然完全没有把他放在眼里。胡子旁边站着其他两三个船夫，他们脸色阴沉，时而偷眼望望胡子，时而又望着纪大明轻轻叹一口气。

纪（出其不意地）："现在你该吵够了吧？"

胡子（气急败坏地）："混蛋！"

纪："混蛋是你！（向船夫们挥挥手）请你们来说吧，他还不混蛋吗？才当他妈个汽车轮渡的管理员，你就要不完了！见钱就吃，见人就吼。可是碰到那些坐小轿车的，你的尾巴又甩圆了！……"

胡子："他妈的，你今天安心要怎样哇？"

纪："老子今天就安心要揍你个狗崽子！……"

纪大明嚷叫着，握紧拳头，一纵上了跳板。胡子往后退了一步，赶紧回过头去，准备去抽一根插棒。船夫们上前阻拦他们。老朱已经从机舱里跳出来了。

朱（严正地指着胡子）："我看你今天就打他几棍子！"

胡子（放下棍子）："是我要打他吗？"

在两个船夫的劝解下，纪大明已经退下河滩；但他还想冲到驳船上去，不断企图从那个好心肠的伙伴手中挣脱出来。

纪（望着驳船）："你听！老子早就想揍你了！"

船夫（挽着纪大明倒退着离开码头）："纪师傅，听点劝吧！"

纪（照旧望着驳船）："有胆子你今天就下来！"

六

早上。海棠溪。在一条临江的横街上，在一家关闭着的店铺门前，一个细颈子的青年学徒，正在把一张竹绷子床从阶沿上撤去。

两个妇女从街口走过来。一个是魏素真，手上拿着一只升子；另一个身材高大，穿着整齐，提着一只菜篮，里面装着小菜、猪肉；一到铺子门前，就把篮子交给那个细颈子青年人。

魏："老蓝，不是两个小的，我真想帮人去了！"

蓝（吃惊）："这才使不得呢！"

魏："你还不知道呵，他这两天天天闹起要出门焊茶壶，都在做担儿了！"

蓝（笑起来）："他那么好一副手艺去焊茶壶？那才叫笑话呢！你不要着急吧，我叫老张跟着就想办法。……"

七

将近黄昏的时候，纪大明坐在一张矮凳上面，正在院坝里给两口已经钉好了的木箱系上绳子，脚边摆着几件不大成器的木匠家具。他身穿一件布满大洞小眼的麻纱背心，看来人更瘦了。

那个捶石子的老头子，打着赤膊，蹲在他的旁边，叭着叶子烟袋。稍远一点，魏素真正在晒席后面煮饭，不时嘟着嘴穿出穿进，把碗盏菜刀弄得直响。小明打着赤脚，担着半担水回来了。

老头子一直在同纪大明零零落落地谈着话。

老头子（怜惜地笑笑）：“我又要说直话了，犯不着呵！”

纪（无所谓地抬起头来）：“啥事犯不着哇？”

老头子（莫名其妙）：“啥事？我是说你不该跟他们闹翻呵！”

纪大明微微一笑，没有作声，依旧做他的担儿去了。虽然是失了业，但他一点也不悔恨。因为他实在看不惯那个蓄着胡子的汽车轮渡的管理员——他嚣张，他装腔作势，他克扣薪水！而且，近几年来的遭遇，已经使他对这个社会绝望了，不愿意再求告任何人找工作了。

老头子（继续说下去）：“现在的事，哪里都一样呵，干点芝麻大点差事，都爱耀武扬威。好吧，我就装着不懂，让你去神气吧！”

纪（轻声一笑）：“可惜我没有这个本事！”

老头子（叫起来）：“快不要这么讲！……”

魏（在灶房里嚷起来）：“张大爷呢，看可惜你的话了！……”

接着忙匆匆走出来，手里拿着一把锅铲。

魏：“他都会听劝吗？去年好容易又到了石油沟，我嘴都说出血了，你那个牛脾气要改一下才好呵！他才左耳进右耳出呢。总是这也看不顺眼，那也看不顺眼，结果又惹些事，弄得失业了好久，把大娃子也跟我拖死了！——依我看呀，总还要拖死一两个的！”

纪（吟哦似的）：“没有那么危险，——说得那么危险做啥！……”

魏（一口气接下去）：“像你这样犟么，我倒要先把愿给你许在这里！”

老头子不好意思地站起来，敲着烟蒂，考虑着如何脱身。

这时候，那个颈项细得像磨心一样的青年学徒，穿一条短内裤，忙匆匆地走过来了。他气喘吁吁，不住用手肘在额头上擦着汗。

青年学徒：纪师傅，我们老板请你去一趟呢。

纪（显然多少有些成见）：“他找我啥事哇？”

魏（张扬地）：“你们看这个人有好怪，——人家总有事情才找你呀！”

纪（解嘲地笑起来）：“这个钉子碰对劲了！”

于是，所有在场的人，除开魏素真而外，全都忍不住笑起来。

八

海棠溪。一间质料粗劣的楼房里。这间楼房，又像寝室，又像办公室。对面安靠着两张床铺。当窗一张条桌，上面整整齐齐地摆着闹钟，算盘，一些图表，两三本账簿。窗边的壁上钉着几根钎子，上面穿着长短不齐、大小不等的各种单据。

纪大明已经来了好一阵了。他的破背心上罩着蓝布短衫，敞开纽扣，坐在右首床边。条桌前面的藤椅上，坐着一个相当壮实的中年男子，单从外表，一眼也可以看出他和纪大明的处境大不相同。

现在，那中年人正在用一种圆滑的腔调说着。纪大明眉宇间的嘲讽味儿越来越明显了。

纪：“哎呀，老张，你找我来，是卖劝世文的呀？”

张（正经地）：“不是卖劝世文！我是想，你老这样下去，怎么行呵？一晃就是四十几岁的人了，又有老婆孩子。还是让我介绍个正经工作干吧！（忽然灵机一动，笑起来，一字一板地）不过，老弟，介绍呢我倒介绍……”

纪（锋利地）：“怎么，又不准备介绍了吗？”

张（迟疑地）：“当然是要介绍……”

纪：“就是有一点不放心？”

张：“也没有什么不放心的——只是你这个脾气，倒要改一改呵！”

纪：“未必见了人就趴下来？”

张（大为见怪，叹气）：“你看你吧，老弟！我是觉得你那副手艺闲起来太可惜了！”

纪大明沉重地叹了口气，不作声了。接着，他带点忧闷的神情，把脸转向窗外，这个店铺在海棠溪的横街上，面临大江，从这里可以望见对岸点缀着万盏灯火的山城。他从南京敌伪统治下来到这个陌生的城市，已经好几年了，经常失业、经常在饥饿线上挣扎，——难道这个真正由于自己的脾气坏么？

沉默。楼下传来铁器的碰击声。远处可以听见卖炒米糖开水的在沿街叫唤。张朝中自以为他的一片好心，终于在这倔强的技工身上发生了效力，他满足地叹口气，便又卖起劝世文来了。

张（沾沾自喜地）：“大家都是同乡，认识的时间也不短了。说句真心话吧：现在变人，怎么能够凭气性呵！……”

纪大明抑制地吁口气，接着慢慢回过脸来。

纪：“先讲清楚，石油沟我不去哇！我赌咒这一辈子不搞柴油机了！”

张（失望地叹口气）：“还说不上这个呵。依我看，暂时再去找一找胡子吧。”

纪：“你要我求告他?!”

张：“熟人熟事，讲几句好话算什么呵。”

纪大明一蹦跳起来了。

纪（义正词严地）：“告诉你吧！如果会讲好话，我不会从南京跑到重庆来了！”

说完转身便望楼下走去。

张（打过转身）：“你怎么就走了呵？他妈跟你打酒去了呢。”

纪（连头也不回）：“留到你们自己吃吧。”

张朝中感到没趣地站在那里，直到楼梯的响声消失尽了，这才不以为然地摇摇头，嘀咕道：“怪物！”接着开始查账和敲算盘。

九

次晨，天刚见亮，纪大明就轻脚轻手地撩开破帐子，下了床。昨天夜里，他从张家回来，跟魏素真吵了一架，一夜没有睡好。但他毫无倦容，正和平常一样，神清气爽的。他那薄薄的嘴唇边还带一点笑意。

他从扯在墙角的麻绳上取下一根面巾，准备出去洗脸；但他忽然又停了停。他听见了对面床上传来的魏素真的咽哽声。

纪（满不在乎地）：“这个有什么呢，怎么还没有想通呵！”

魏（哭声）：“你把两个娃娃也带去我没说的……”

纪（玩笑地）：“这也行嘛。”

门开了。从微明的晨光里，可以看出他那坚定的表情里多少掺杂着一些苦趣，嘴唇也勒紧了。他到了外面，到灶房打了点水，开始蹲在阶沿边洗脸刷牙。

那个打石头的老头子打着哈欠，顺着阶沿走了过来。

老头子（关心地）：“今天认真要开张啦？”

纪（活泼起来）：“怎么样，准备放一饼火炮恭贺我呀？”

老头子（忸怩地）：“暂时记笔账吧。”

纪（站起来）：“行！”

老头子（叹口气）：“说句正经话吧：那么一副好手艺，该到厂里找个事呵！”

纪：“可惜我舅子又没有当厂长！”

于是他淡淡地一笑，退回卧室去了。搭好帕子，他从墙脚边搬出那副担儿，动手收拾家具。魏素真还在一边哭一边嘀咕。

魏："昨天晚上我就说了，你把两个娃娃都带起走！"

纪（照旧收拾担儿）："行！我担子一头担他一个！"

在长期的困苦生活中，对于一个家庭妇女难以避免的抱怨，以及各种各样烦琐的争吵，纪大明已经养成了一个习惯：开点玩笑，说几句顺气话。但是，现在，连他自己也忽然感到厌烦了。

他把话头顿住，叹一口气，接着显得痛苦地离开担儿，走向魏素真床边去了。撩开帐门，他在床沿上坐下，望着眼泪汪汪的妻子。

那个奶娃已经醒了，躺在母亲身边，正在津津有味地吮吸着自己的拳头。

纪（沉重地）："你这个人怎么这样迂呵！就跑附近几个场份……"

魏（截住）："你就跑几百里、几千里，我都不怕！"

纪（笑起来）："这就好呀！"

魏："怎么不好！一个技工，跑去跟人家焊茶壶，配钥匙……"

纪（陡然激动起来）："你的忘性真大，我早就不是啥技工了！"

他原想给她一些安慰、温存，谁知她在无意之间竟揭开了他那一直用冷嘲和玩笑掩蔽起来的深沉的愤怒。他恼怒地掀开帐子，跳起来走掉了。

这个社会多么不合理呵！一个满腔热情，千辛万苦从敌占区跑到大后方来，准备为祖国效力的熟练技工，竟会迫于生活不得不挑起担儿去焊茶壶！魏素真哭得更伤心了，好像这一下她才理解了纪大明比起她更不好受！

小明已经被父亲的嚷叫惊醒了。她蓬头赤脚，坐在妈妈对面一张床的床沿上，睡意未消的眼睛里充满着惊惶。

纪大明又在收拾担儿了。他面带怒容，出着粗气，显然是想用匆忙的行动尽力克制自己。他几下就收拾好了家具。接着，跑到魏素真的床边，掀开帐子，从枕头下面取出两三件换洗衣服；可是始终没有看望魏素真和那个奶娃一眼。

最后，担儿终于收拾好了。他套上扁担，担在肩头上试了试。

纪（对小明）：“不要在家里淘气哇。”

搂着奶娃，魏素真哭嚷着从床上跳下来了。

魏：“这就是千辛万苦跑到大后方来的好结果呀！……”

她转向床头，蹲下去，拖出一口破烂的柳条箱，打开，翻抄起来。当她从那些破破烂烂的衣服里好容易找出一件酱色毛线背心的时候，丈夫已经担起担儿走了。于是，仿佛生气似的，她把它塞给那个哭咧着嘴，依旧坐在床沿上的大女儿。

魏：还不赶快一点！

小明立刻明白了她的意思，接过背心，鞋子都忘了穿，赶紧赤着脚跑出去了。她一直跑到公路上才追上纪大明，红着眼圈把背心递给他。

十

就这样担着担儿，纪大明在重庆附近一带的乡镇上开始了他新的流浪生活。他替老百姓焊茶壶，配钥匙，修理钟表。

他有时出现在寒风飕飕、两旁都是水田的石砌的村道上；有时出现在春光明媚，遍地野花，古老的黄桷树笼罩着的山垭口上；有时又戴顶破草帽，在烈日当空、尘土飞扬的公路旁边走着，不住淌着大汗。

担儿在他肩头上闪悠悠的，发出咯吱咯吱的声响。看来，他依然没有向命运低头，只是又黑又瘦，显得有些苍老。

十一

魏素真照旧在海棠溪公路上打碎石。他们的大女儿也跟着她参加了打碎石的工作，在开始挣钱了。小明显然干得比母亲还起劲。

一天，老朱蹲在魏素真面前，谈了很久。最后，叹息着站起来了。

朱："估计他啥时候能回来呢?"

魏素真摇摇头，随即重新敲打石头去了。老朱转到她的身后，摸出一张"关金券"来，悄悄塞在躺在她背上的奶娃的手里。

十二

早晨，一个小场镇上。街道很宽，因为有条公路通过这里。

小贩们用铺板和门扇在搭摊子。随处都是茶馆，每家茶馆里都有赌早钱的。纪大明坐在一家茶馆当街的桌子边，面前搁着他的担儿。直挺挺插在担儿旁边的扁担上，挂着那件酱色棉毛背心，上面插一根草标子。

他的穿着破旧、单薄，瑟瑟缩缩地正在用烟棒吸水烟。茶馆对面是一家饭馆。火焰熊熊的灶门口围着一群乞丐。其中一个壮年，只穿一条裤衩，他不停地打着转身，反反复复地烤着；可是正像他的同伴那样，始终保持着一种有所准备的神情——只等里面那些大吃大喝的顾主们一走，他就立刻奔跑进去，以便抢夺一点残汤剩饭。

随着一阵尖锐的喇叭声和狗吠声，几辆标着"石油局运输队"字样的大卡车，从西头开来了，陆续停在茶馆对面不远的街沿边。司机一个个跳下车来，跺着脚，搓着手，向了茶馆走来。

其中有一个正是老朱。当他刚刚在一张茶桌边坐下，又立刻迈开茶堂倌的提得高高的，准备冲茶的开水壶的时候，他一下吃惊似的站起来了。接着带点激动走到纪大明面前去。

朱："认真就是你呢!"

纪（带点感慨地）："想不到在这里碰头了!"

老朱在纪大明对面坐下，又望了望茶馆桌边的焊茶壶的担儿。

朱："近来怎么样呀?"

纪："还不是照样吃饭睡觉！"

老朱赞赏地笑起来。

朱："你知道吗，我去找过你呀？"

纪（点点头）："你是怎么离开的呢？"

朱："我早就离开了。那家伙不是他妈个好东西！"

纪（笑一笑）："你总算也尝到他的味道了！"

朱（叹气）："不过，老纪，你就这样拖下去也不是个长法！"

纪（活泼起来，但是带点愤激）："怎么不是长法？我比以前潇洒多了！哪里黑，哪里歇；生意好，多住几天，生意不好，闪悠悠地担起担子就走！——老子想怎样就怎样！"

朱（精明地望着对方，又摇一摇头）："不见得吧？"

纪大明微笑着叹口气，于是茫然望着前面，而他的神色越来越严肃了，掺杂着一些苦趣。

朱："这样好吧，到咱们运输队工作！"

纪："没那么容易吧？"

朱："很快就会帮你搞好！……"

十三

1949年秋天。在这个伟大的充满着希望和新生的年月里，人民解放军正以破竹之势摧毁着蒋介石匪帮，绝大部分中国人民已经站起来了。

重庆西面的歌乐山。一个秋天的中午。天空晴朗，田野上的庄稼已经收割完了，到处是谷桩子和草堆。太阳火辣辣的。从公路上不断飞驰过去的兵车扬起烟雾一般的尘埃。

一大片简单明了的"疏散"房子。屋顶上盖的麦草乌浸浸的，围墙已经有好几处裂缝了。大门口砖砌的方形柱子上挂着一块油漆已经剥落的牌子："石油局运输队"。大门内坝子里聚集着不少工人群众，这里三个，那里五个，都在愤愤不平地议论着。通过左首边一道侧门，不断有人穿出穿进……

运输队办公室外面拥挤着更多的人，大家都在争着看贴在墙壁上的一张通告：

> 由于战事影响，奉局长手令，著即将本运输队及修配厂移交卫戍司令部接管。如愿回家者，每人发给三个月薪水遣散，各回原籍，另谋生计。限于三日内分别登记。
>
> 中华民国三十八年九月三日

工人们有的在默声念着，有的在高声朗诵，大家全都充满了恼怒。不少人在大声发着议论："这又是啥把戏呀!""真是说得轻松!""我倒振死不登记啊!"……

纪大明也在人丛里面，他正在嚷叫着往前面挤过去。他显然刚才丢下工作，匆忙赶来的。

纪："对！把它撕下来点火烧烟吧!"

好几个声音："要得，把它撕下来吧!"

一个身材中等，脸色严峻，看来随时都会同人顶碰几句的老年工人，气呼呼地嘀咕道：

"这个有啥用啊!"

纪大明已经一手撕掉了那张通告，紧接着带点嘲笑神气地回过脸来。

纪："怎么，怕哇？一枪顶多打一个窟窿!"

老年工人："哎呀，看来只有你一个人胆子大，别人都是脓包!"

纪："咱们又来试一试吧!"

朱（半开玩笑，半责备地）："老纪！你这叫啥话啊?！我就认为王师傅说得对！”

纪：“怎么，扯了它会出鬼?!”

朱（和气地）：“鬼不会出，可是笔墨是现成的，他又贴上一张好了。”

纪大明瞪着眼睛，一时不知道怎么回答的好，但他随即解嘲地笑起来。

纪（坦白地）：“对，我的话说错了！那又怎么办呢?”

有谁应声叫道：

“咱们找黄胖子（主任）讲道理！”

一片赞成的声音。

朱：“这倒是个办法！”

王（照样气呼呼地）：“那就走呀，老朱！”

于是大家全都把眼光移到老朱身上。当纪大明挤到办公室门边的时候，老朱已经带头跨进去了。那个胖胖的、年轻的、穿着夏威夷衬衫的胖子主任，感到纳罕地搁下了笔。接着，因为看见进来的工人群众越来越多，他就唰地一下站起来了，恼怒里掺杂着一点惊惶。

胖子：“你们这是啥事情哇?”

朱（从容不迫地）：“很简单，大家希望你解释一下……”

胖子（嘲弄地看着老朱）：“这回又是你呀！该不会暴动吧?”

纪（嘲笑地）：“怎么一来就乱扣帽子呵！”

胖子（神气活现地坐下去）：“我问你，你们看过戒严令吗?”

朱（笑一笑）：“请你把戒严令读一遍，让大家听听好吧？看有哪一条规定过，戒严期间，连道理都不准人讲了，你们说怎么样就怎么样……”

群众：“没有这么怪的事情！”

“这不是戒严，是活埋人！”

在工人群众的叫喊下，胖子主任一下萎了。

胖子："这样好吧，你们派两个代表来。"

老朱回过头去，扫了大家一眼。

朱："大家的意见怎么样呀？"

群众："对！我们商量好再跟他慢慢扯！"

人们从办公室里拥出来了，一直往大门外走，随即停在大门边上。

朱："这样好吧：下午到乐园茶社去开个会！"

群众："对！那时候人会到得多些……"

十四

工人群众已经各自回宿舍去了。老朱同着纪大明离开运输队的大门，穿过田野，向着公路走去。他们边走边谈着话。

远处，在炽热的阳光下，卡车在公路上不断地奔驰着。有的是兵车，有的车子载着各色各样的行李、家具、杂物——从漂亮的沙发到洋瓷马桶，应有尽有。因为中国人民解放军快迫近四川了，反动派正在忙着搬家。

老朱和纪大明停下来，站在一蓬树荫下面。

朱（严肃地）："现在该懂了吧？我们的目的就是不让一辆汽车落在敌人手里——要做到这一点，不把大家团结起来，行吗？"

纪（爽直地）："你放心吧，以后不会点大炮了。"

朱："大炮当然要点，只是不能对准自己人放！"

纪大明大笑；但他随又变得很严肃了，笔直地望着老朱的眼睛。

纪："老早就想问你了，你是不是个共产党啊？"

老朱亲切地、从容不迫地笑起来，右手缓缓地搁在纪大明肩头上。

朱："晚上到你家里慢慢扯吧！下午早点到乐园去。"

接着他们就分手了。纪大明单独向了公路上走去。他一个人静静地穿过田野，带着一种忘乎其形的神情：有时深思地锁着眉头，有时微叹一口气，有时薄薄的嘴唇边掠过一丝微笑，仿佛自己已经明确地接触到了一个伟大的存在。

这时，只有少数几辆卡车在奔驰了，公路上逐渐清静下来。当他跨上公路的时候，一个颇为别致的情景忽然引起了他的注意：几位所谓“阔人”正在掀动一辆装满行李的抛了锚的卡车。男男女女都有，装束都很时髦……

纪大明忍不住笑了起来，站在公路边不想走了。

忽然，一个人气喘吁吁地横过公路走来，蹿到纪大明身边，一把手抓住他，这人是张朝中。

张：“哎呀，我是说像你嘛！”

纪：“你怎么会跑到这里来呢？”

张（含糊地）：“有点事情……我问你啊，你现在在哪里工作啊？”

纪（顺手指指）：“就在这里石油局运输队。”

张：“好极了！我正想在运输队找个人帮帮忙……”

纪：“看你有啥事情嘛！”

张：“这样的，我在附近买了点机器，好久了，找不到车子运……”

纪（正色）：“不要趁浑水打虾笆啊！公家的东西……”

张：“不！不！公家的东西，不要钱我都不敢接手。”

纪：“好吧！请了，我下午还有事情。”

接着，纪大明走上坡道，回家去了。张朝中大为失望地叹了口气，于是愤愤地望着纪大明的背影，嘀咕道：“怪物！”

十五

一段临时拼凑起来的街道，只有二三十家店铺：理发的，开馆子的，缝衣的，样样俱全。街道东头有一家茶馆，门口悬着一块纸糊的横匾：“乐园茶社”。

茶馆里有十多张竹子做的矮桌子，大部分已经坐上人了，只有挨近茶炉的两三张桌子还是空的。茶客全是石油局运输队的工人，而且人数还在增加。招呼声始终没有断过："拿茶来！""我给了！"不要乱收钱哇！"

茶堂倌提着茶壶，卡起茶碗，叫喊得最响亮。两三个捧着香烟盒子的老头子和小孩，在各个茶桌间窜来窜去。有时又躬下身子，从地上拾起一个烟蒂，装进挂在肩头的口袋里。他们显然都同运输队的工人熟识。

在阶沿东头当街摆着的一张桌子上面，坐着纪大明同其他几个工人。纪大明很少停嘴，每来一个都要招呼一声，再不然就前后左右地跟人谈话。

纪（回过头去）：你问我呀，——我怕打死了不好做得祭文！

这立刻引起一阵笑声和七嘴八舌的叫嚷：

"就是这个话啊……"

"总之，没有人愿意跟他们一道拖滥滩啊！"

"依我看么，这些鬼把戏都是我们那位主任老爷搞起来的……"

纪："这个话有点道理！把你这批家伙送走，他们溜起来方便呀！"

王师傅忽然神色诡秘地从一张茶桌边站起来。

王："让我告诉你们一个消息好吧？"

茶堂里立刻雅静了。王师傅于是四面瞧瞧，压低嗓子接着说了下去。

王："你们听到讲么？黄胖子前天就把家眷送到成都去了，单是皮箱就七八口，还有不少坛坛罐罐……"

纪（全神贯注地）："你知道坐的哪个的车子么？"

王：他会叫队上的车？他没有这么笨！

这时，突然走来一大群人，其中有一个是老朱。茶堂里显得更热闹了。招呼声和说话声响成了一片，只有堂倌的叫喊声可以听得清楚。

所有的桌子都挤得满满的，还有好几个人坐不下，留在阶沿上徘徊……

朱（站在一张桌子边）：“大家都进来好吧！”

一个声音：插脚都没地方啦！

又一个声音：大家打紧点，怎么样？

纪（大笑）：“对！挤到坐亲热一些！”

他让出半个座位，拖着一个嫩得像个娃儿的青年工人，跟他一道坐下去了。其他几个站在阶沿上的工人，也都陆续走了进去，找到了座位，这一来空气反而有一点严肃了。

纪（玩笑地）：“怎么样，这不是走人户哪！哪个开个头吧？”

王：“依我看还是请老朱主个席啊！”

一片赞成的声音。

朱（站起来，背靠着墙壁）：“好，那我就来先讲几句……”

十六

冬天。午正时候，太阳忽然阴下去了。

一座修建在歌乐山山坳里的“疏散”房子，这座房子只有三间，看起来孤单而又丑陋。穿过屋子前面的菜园地，纪大明走上那个已经崩陷下去的阶沿。魏素真三娘母正在当中一间屋子里围着一大钵咸菜吃饭。看见丈夫走了进来，闷闷不乐的魏素真，神色忽然有一点开朗了。

魏（迫不及待地）：“局里已经答应不遣散了哇？”

纪（满不在乎地）：“遣不遣散倒还由不得它！”

魏（叹口气）：“我还以为都交涉好了呢。”

纪：“不要唉声叹气，快吃你的饭吧！”

那个小女儿已经和小明争着给他添好饭了。纪大明笑了笑，摸摸她的头顶，接过饭碗，顿顿筷子，准备吃饭，但他忽然又停下了。

纪："告诉你吧，他就发十年八年的遣散费，都没有哪个肯干！"

魏："发十年八年遣散费都不干？"

纪（深信不疑地）："是啊！"

魏："好！随便你吧，拖到哪里算哪里……"

纪（吟哦地）："不要这样提心吊胆的吧，拖不到多久了！"

魏（勃然大怒）："我看你越来越怪了：这样也不要紧，那样也不要紧，你又来试试看：拿到手里的一点钱，就跟把贼娃子关在屋里一样，吃，吃不得；睡，睡不得，眨眼就变成废纸了！"

纪（恍然大悟似的）："难怪！你以为蒋光头的日子还很长呢！"

接着哈哈大笑起来。魏素真更气了，她把饭碗一推，很响地掀开凳子，退到床沿边去，从枕头边拖出几大卷"金圆券"，一下撒在地上，于是回转身去，十分伤心地哭起来……

小女儿饭碗一搁，逡下桌子，跑到母亲身边去了。小明这时已经十七岁了，像个成年人一样，她陡然一下拉长了脸。

明：爹也是，一回来就开玩笑！

纪（严正地）："这不是开玩笑！过一个时候，你娃娃就懂了！"

接着，在一种迫人的静寂中，不声不响地吃起饭来。这时候，那个嫩得像娃儿一样的、小个子的青年工人，蹦跳着跑来了，他双手把着门枋，大张着嘴不住喘气。

纪（搁下饭碗）："小曾！你这啥事情哇?!"

曾（喘气）："啥事情呀……"

纪："你进来歇歇气又说好吧？"

曾："还要歇气？杂种黄胖子搞了些丘八来抓人啦……"

纪大明一蹦跳起来了。

纪："跟他个舅子干！"

十七

两三点钟以后，乐园茶社斜对面的公路上拥挤着很多运输队的工人同志。空气相当紧张。大家全都聚精会神地凝望着半里以外，离开马路较远的那一大片运输队的厂房。在紧张的沉默中，偶尔可以听见一句半句低沉的话语声。

工人甲：“你看，杂种些又疯狗一样的跳出来了!”

工人乙：“可能是到宿舍里去!”

纪大明一直蹲在一株麻柳树边，这时，他扭转头望过来。

纪：“咱们人都出来完了?”

工人丙（叹气）：“有的人，你催死催活，他都不在乎呀!”

曾得才忽然一蹦跳了起来。

曾：“你们看，那不是王师傅!”

人们骚动起来。纪大明这时也站起来了。王师傅正在跳过一条溪沟，抄小路飞奔过来。而在一片松树林子后面，又陆续出现了七八个跑得气喘吁吁的工人，他们全都带着一种欣喜的神色。远处，还可以看见更多的人，三五成群地在朝公路对面的一个山坳里奔跑，有的手里提着木棒。

纪大明跳下公路，迎着那个带头飞跑过来的老年工人，快步走过去了。他的身后跟着一大群人。大家都想早点把情况弄清楚。

人们立刻在一块空地里把王师傅围起来了。

工人丙：“杂种究竟来了好多兵呀?!”

工人乙：“你先说说哪些人被抓了?”

纪：“还是让他歇口气吧!”

王（大笑，喘气）：“杂种些一进宿舍就首先揪住我。我说，我是杂工，懂得啥机器呀！他手一松，老子就拖根棍子，一趟子跑掉了!”

纪："老朱呢?!"

王："这个我说不清楚!"

工人丙："糟糕！他昨晚上摆子翻了……"

人们不断从公路上跳下来，问询着，争着往王师傅身旁挨过去。这时候，那几个跟在王师傅身后跑来的工人，也都陆续到了。

纪（焦急地）："你们哪个看见老朱没有?!"

王："我看他恐怕根本就不在宿舍里呵!"

纪："等我到厂里去看!"

跨过一道小沟，纪大明从坎下纵到公路上面去了，准备直接去探听老朱的下落。一辆卡车望着重庆方面开了过来。同时传来一声振奋人心的喊叫：

"兄弟们，千万要坚持下去呵……"

纪大明正像吃了一击似的停下来了，昂起头望过去：在那辆恰好驶过的卡车上，老朱用手掌圈着嘴，正在热烈地叫喊着。他的手胫上戴着手铐。一个持枪的丘八粗鲁地咒骂着，另一个抓住老朱的膀臂，正在强制他坐下去……

朱："不要害怕——他们不敢把大家都抓去关起的！……"

纪大明已经跟在那辆卡车后面，飞跑着追过去了。那些留在坎子下面的工人同志，也已经跳上公路来了，而且已经一齐尾随着纪大明追赶过去。一面奔跑，一面发狂似的嚷叫。大家决心要从敌人手里夺回自己的亲兄弟，完全没有考虑这个是否能够办到。

纪（边跑边嚷）："停下来！……老朱！……"

群众（边跑边嚷）："前面把车子挡住呵!"

逐渐远去的老朱的呐喊声：

"一定要坚持到底……"

所有茶馆里、铺子里的人们，全都拥到阶沿上来张望。

纪大明他们已经一口气跑出街道的东口了。可是，他们能看见的，只有一片飞扬着的尘埃。大家沉默不语地站在市街附近的公路上。他们感到无比的愤激、难受；小个子曾得才的眼眶里闪着泪花。

最后，纪大明严峻地扫了他的伙伴们一眼。

纪："大家都听见老朱的话了吧?"

群众："当然要坚持下去!"

纪："走！咱们找黄胖子算账!"

于是，大家回过身来，用一种沉重、有力的步子穿过街道。市面上的生活重又"正常"化了：人们提着大捆大捆的"金圆券"在铺子里、街沿边抢购货物，兑换"硬洋"。一个老年农民蹲在一群老百姓当中，从一个银圆贩子手里拿来一块"硬洋"，小心地用两根指拇捻着，朝着花边吹了一口气，赶紧又凑在耳门边听着……

刚刚走到乐园茶馆门口，大家忽又停下来了。胖子主任正在顺着公路走来，身后紧跟着两三个丘八。带点紧张严肃味儿，纪大明挥挥手，说："叫他们喝茶的都出来!"接着，所有的工人同志全都拥过来了，绕在纪大明的周围，曾得才悄悄拖着一根茶灶上的铁锹，藏在背后……

胖子神气活现地走过来了。一阵使人感觉闷气的、紧张的沉寂掩盖过来。

胖子（假笑）："你们这个做法怕有点过火吧?"

纪（不能抑制地）："究竟是哪个过火哇？带起枪杆子，还要抓人!"

胖子（叹气）："这你们误会了……"

纪（喊叫）："误会？黄胖子！告诉你吧，赶快规规矩矩把老朱放出来!"

胖子（假装吃惊）："呵，你们讲的老朱？他是另外一搭事呵……"

群众："老朱另外有啥事哇?"

"杂种少说些鬼话吧!"

"……"

严重的沉默。胖子气急败坏地望过去，但他碰见的却是纪大明坚定不移的眼光。显然已经看出形势于己不利，他完全挫折了。

胖子（叹气）：“既然是不相信，那就谈谈你们自己的事情吧!”

纪：“行！等老朱回来了，咱们啥时候都可以谈!”

胖子陡然发起火来。

胖子：“随你们的便吧！不过把话说在前头：队伍上派人把车子开走了，你们不要怪哇!”

接着带起丘八走了。

群众怒目送着他们，一边抛掷出极为尖刻的咒骂。……

纪大明忽然飞快回过身来。

纪：“大家说这个怎么办呀?”

群众：“是呀，黄胖子这个家伙手段辣呵!”

“他妈的，交通团就有一营人住在山洞!”

曾：“啥呵！每辆车子取它两件家伙下来，看他有本事开走吧!”

纪大明赞赏地瞧看着那个喜欢调皮捣蛋的青年工人。

纪：小伙子，你这个办法提得带劲!

十八

石油局运输队的大门。昏暗的灯光。门堂里燃着一堆柴火，围坐着好几个国民党的丘八。

一个背着上了刺刀的步枪的丘八，则在大门外来回地走动着。偶尔听见一点响动，就立刻停住，问道：“口令!”随即捂着嘴打个哈欠，重新走动起来。

在那长长的、正面一列垣墙的尽头，可以隐约看见两三个工人同志，手持木棒，蹲在一个荆棘丛生的坟包上面，在向运输队的大门口警戒着。不时有人绕过坟包，随即在阴影里隐没了，最后出现在院子左前的垣墙下面：这是巡逻放哨的工人。

垣墙下聚集着十多个人，大部分也都手持棍棒，正在守卫着一架临时用树料扎成的梯子。这架梯子，斜靠在垣墙上，有人正在攀登上去。因为里面正是停放汽车的厂房和汽车修配车间。

这个正在翻墙过去的是纪大明。他已经到了墙头上了。

纪（悄声叮咛）：“大家沉着点哇！”

王（气呼呼地）：“既然交给我你就不要管吧！”

纪：“行！”

纪大明沿着搭在垣墙另一面的梯子，下到院子内面来了。这是一座四合头形式的院子，坝儿很宽，三面都是停车用的麦草棚子。每座车棚里都有手电筒闪烁着，可以听见轻微的铁器声。

当纪大明走进一间车棚的时候，因为一不当心，撞着了一件铁器，立刻有人低声问道：“哪个？”所有的电筒接着都熄灭了。

纪：“这么紧张做什么哇？”

曾：“纪师傅哩！……”

纪大明寻声走过去了。车棚里面的电筒重又闪烁起来。从电筒的光亮中，可以看见好多庄严而又愉快的面容：工人们正在拆卸汽车上的分电盘、离合器，用抹布包好，往荷包里藏……

纪大明在一座车棚的屋檐边和曾得才碰了头。

纪：“你听！小伙子，王师傅他们在外面早就布置好了，叫大家安心干吧！”

曾：“行！”

纪：“还有呵！一辆都不能放掉呵！干完了咱们一起上山！”

十九

早晨。山坡上随处都有运输队的工人同志。

他们天一亮就上山了。现在有的正在挖着坑儿，准备把夜里从卡车上卸下的零件埋藏起来；有的在抽烟，闲谈，回忆着昨天夜里的经过；有的紧紧搂着单薄的衣服，靠在树脚下睡着了。

纪大明正在一个岩包下面用锄头挖掘着，他的身后站着曾得才和其他两个工人，手上托着用旧衣服和布片包扎好了的零件。等到坑儿挖好，他们就当心地放下去，开始堆上石头、土块。

最后，纪大明约着曾得才一道穿过一些人堆，一边向大家问询着，接着绕到山坡前面去了。这里只有七八个工人同志，蹲在一片松树林子下面，一面闲谈，一面啃着冻硬了的馒头。

曾得才蹦跳着走到那几个“哨兵”面前去了。

曾：“有什么动静吗?”

纪：“我猜都猜得到，黄胖子这阵一定是在挨揍!”

人们大笑起来。纪大明走到一株松树前面停下。

王：“他不挨揍才怪，已经进进出出好几批丘八了!”

二十

石油局运输处。宽广的坝子里，东一辆西一辆地停着好几辆破旧的汽车。人们不住地在平日停车的屋子和修配间穿出穿进。一群丘八把一辆卡车推出来了。

他们围住车头。可是汽车始终一动也不动，连马达声都没有！一个人嘭的一声打开车门，从司机台上跳下来了。他打开车头上的罩子，检查起来，接着又砰的一声关上，挥挥手，带头冲向办公室去。黄胖子被拖着出来了，他一路申诉着；一个士兵赏了他一耳光，于是放弃了他，领着他的伙伴，一路地咒骂着，奔出大门去了……

公路上停着不少反动派的军队，坐在路边，神色疲惫。每逢有卡车经过的时候，便都显出不平的眼光。那一群从运输处出来的士兵们走上公路来了。于是横断了公路，拦住一辆正由重庆开来的汽车，爬上去，不断扔下行李……

二十一

黄昏来临。石油局运输处只有几点鬼火似的灯光，比往日阴沉多了。远远传来猛烈的爆破声。这种可恶的声响，最近经常都有，这说明敌人的破坏活动更加频繁起来。

运输处的工人同志正在下山。大家全都带着一点欣喜的神气。

工人丙（充满希望）：“这要是解放军的大炮，该多好呀！”

纪：“大家不要着急，也就是这两天了……”

他说得很自信。这种自信，是完全可以从他那照例干脆利落的声调里听出来的，虽然他那坚定、单纯以及和他那种惯有的冷嘲绝不协调的微笑，人们无从看见。因为黑夜已经来了。

一个运输处的杂工迎面走了过来，站住，响起一阵开朗的笑声。

杂工（夹着笑声）：“黄胖子今天给整惨了！”

群众：“杂种活该！”

纪（严肃地）：“大家特别留意点呵！”

王：“咱们今晚上站双岗！”

纪大明同大家分手了。转过一片篱笆，他往公路走去。公路上不断有汽车通过。在灯光下，他的神色显得多么爽朗。他横过公路，走上坡道，远远可以看见一点微弱的灯光。

他推开房门，但是欢迎他的，却是一声意外的叹息。

魏（搁下针线）：“你们这个背时事究竟还要拖好久呵?”

一阵猛烈的爆破声掩盖过来。

纪（笑，解纽扣）：“听吧，已经差不多了!”

魏（使气地收拾针线）：“你光说松活话！家里啥子都卖光吃尽了……”

纪：“早睡早起——有话明天说吧!”

灯光熄灭了。一片暗夜。爆破声又起了。有一个长时间，时断时续，几乎连成一片。纪大明摸下床，重新点燃了灯；他倾听，凝想，又不自觉地笑一笑。最后，他打开房门，走了出去，怀着一种少有的激动的心情。他在阶沿上站立了好一会，这才回房里去，熄了灯。

在最初的曙光中，曾得才从山下气喘吁吁直奔到纪大明的门边，愉快地响亮地叫道：“纪师傅，解放军都来了!”一面擂着门扇。

只穿一条裤衩，纪大明光着身子从床上跳下来，打开房门。

纪（一口气地）：“啥?! ……在哪里? ……”

魏素真也从屋子里冲出来了，手上提着纪大明的衣服。

二十二

当天中午。半天之后，歌乐山已经变了样了。阳光和煦，一只雄鹰在晴空中回旋着。田野上，山坡上，聚集着不少三五成群的老百姓。他们笑逐颜开地凝望着正在公路上向西进军的解放军。

越过一片麦地，在石油运输处简陋的厂房里，同样洋溢着一种愉快舒畅的气氛。马达声和铁器声交织着，随处可以看见工人同志正在忙着试车，忙着装修机器。他们曾经卸下的卡车上的重要零件，已经从山上挖起来了，现在正在重新装配。

可能车子搁置的时间太久，零件尽管是装配上了，问题可还不少。有的发不燃火；有的马达响得很凶，可就是不动，好多人都急得团团转，叫喊着几个工人的名字——其中叫喊纪大明的最多，因为大家都很佩服他的本事。而且，早上开会的时候，他自己提过保证。

纪大明还是那副模样：灰色睡帽，破棉短褂，好久以来没有刮过的稀疏焦黄的胡子。但是他的神情异常开朗，老是用一种轻快的口气安慰着旁人。他刚才装配好了一部车子的机器，现在，他砰的一声关上车头上的罩子，扣好。接着举起臂膀一挥。

纪："小伙子，这下来吧!"

司机："该不会扯拐了吧?"

纪（边走边说）："扯拐捶屁股!"

从他身后传来了马达声。接着那车子滚出车棚，滚向坝子里去。但他仍然没有回头看看，一直走向另一部车子面前去了。车头是打开的。周围围着好几个人，正在争着卸下的分电盘。

纪："怎么样，找不到座位哇?"

人们爆发出一阵哄笑。这种笑，只有情绪饱满的人才能够有。

工人丁："安上去老是打不燃火呀!"

纪："肯定是座位不对头。"

接过分电盘，他自己动手装配上去了。但是，当他正在聚精会神地工作的时候，忽然响起一阵欢呼。初起，这没有惊动他；到了最后，他身边几个人都走光了，于是不由得停下工作，望了过去：一群工人同志，中间有王师傅和曾得才，正簇拥着一个好久没有理过发的人，对着他走过来……

这是老朱！纪大明终于认出来了。他迎上去。而且，忘乎其形地，用了他那涂满了机油的手握住老朱宽大洁净的手掌。

纪："真想不到！……你是啥时候出来的?"

朱（愉快地摇着纪大明的手）："这些慢慢谈吧。走，办公室去!"

他们彼此都放开手；纪大明忽然发现老朱手上满是油污；四周的人也同时发现了这个，于是全都忍不住笑起来。

二十三

办公室。几个月前，老朱和纪大明曾经在这里同那个黄胖子进行过面对面的斗争。

一个武装同志迎着纪大明站起来，离开座位，热情地伸出手去；纪大明不由得回避了一下；但是对方已经毫不犹豫地紧紧握住他的手了。

这是一个短小精悍、神色开朗的三十上下的同志，一个团级政治委员，跳蹦蹦的，浑身充满了活力。他行动匆忙，好像忍不住任何沉默。

政："我已经听老朱说过你了！（放开手，哗啦一声拖来一把椅子）坐下来吧！（退回台子边去坐下，扫了纪大明和其他几个工人同志一眼）大家说吧！今天能够出动多少车子?"

纪："三四十辆不成问题!"

政："路上该不会扯拐哇?"

纪："我准备跟着这批车走。"

政（玩笑的）："会打仗吗?"

纪："跟到你们学嘛!"

政："行！……"

政委同志接着哈哈大笑起来。十分显然，他一向喜欢的就是干脆利落。

二十四

冬天。成渝公路。沿线到处都有溃败的敌人和特务土匪的骚扰。他们抢劫，他们杀人放火和破坏我军的交通线。

公路上路断人稀。风在荒凉的田野间呼啸着。一架烧毁了的轿车倾倒在公路边麦地里，旁边躺着一具尸体，一大群老鸦正在那里尽情享受；但是，随即聒噪起来，一阵风飞开了。

一队载着解放军的大卡车飞奔过来，经过那部烧毁了的轿车，接连向西驰去。隐蔽在公路附近山头上、林莽里的土匪特务们不时放着冷枪。站在卡车上的解放军回击着……

纪大明庄严地坐在司机台上，掌握着方向盘；他的侧边是那个政委同志。出发几个钟头以来，他们已经向土匪作过两次战了。

政（瞄了纪大明一眼）："有味道吧?"

纪（笑起来）："很有味道!"

政：有味道就好！你看，前面可能又有鬼把戏了。

沿着一条峡谷，前面出现了一个坡度很大的垭口。这个垭口，是人工开凿的，峡谷右边的山头看来有些阴森。纪大明朝前投了一瞥，接着开始调整排档。马达声高起来，车子朝着垭口冲了过去。

枪声响了，但很零落，噼噼啪啪的，正像放鞭炮样。车子一直冲过山垭，冲下坡了。半点钟后，面前展开了一片旷地，远远有一个大镇子。而从一座桥梁下面，一群反动派的丘八，正在那里埋藏炸弹，企图炸毁桥梁。但是他们没有料到车子已经来到，于是忙匆匆跑开了。

纪大明驾驶的车子走在最前面。在离桥洞半里路的地方，他忽然发觉了从桥洞下面跑出来的那一群反动派的丘八。他警惕起来，同时飞快望了那政治委员一眼，随即让车子慢下来。

车子离桥洞更近了。随着一声巨响，木料和尘土飞扬起来。当所有的卡车全都刹住，战士们一个个跳下车后，机枪声又响了。我军立刻向敌人进行回击，而且很快渡过了河。枪声连绵不绝……

二十五

河有三丈多宽，但已经干枯了，只有一股几尺宽的流水，但是很深很急；纪大明正同一群司机在上面铺设便桥。

子弹在空中飞啸着。纪大明坐下，动手脱去鞋袜、棉裤。一个声音问道："你想跳下去搞?"

另一声音担心地说："哎呀，这不冷死人吗?"

纪大明一声不响，只顾干自己的。最后，他跳下去了。

纪（命令地挥挥手）："再下来两个吧！保险一点不冷。"

二十六

初春天气。四川中部的丘陵地带。夕阳正在沉落，随处可以看见隐蔽在土坎和树丛下面的解放军战士。战士们持着枪，全都瞭望着那个耸立在一座险峻的山包上的寨子，不时用步枪射击着……

纪大明正在顺着一条溪沟走去。他提着一只铅制的军用水瓶，一面走着，一面望着前面，轻松活泼地嚷道：

"让我来慰劳你们一下吧！……"

掩护在溪沟侧石岩边的是政委同志。同他一道的只有一个十六七岁的小鬼。政委同志也正向着走过来的纪大明瞭望，现出一副愉快开朗的神色；但他忽然脸色变了，同时蹦起来用手一挥。

政（对纪大明叫喊）："卧下！……"

纪大明反应似的在一块田埂边卧下了。一颗呼啸着的迫击炮弹在他身后不远的地方轰一声爆炸了，接着扬起一阵尘土。……

纪大明站起来，一面拂着尘土，一面继续向政委走去。

纪："哎呀！差一点给报销了！"

政："怎么，这个味道不大好受合吧?"

接着愉快地大笑起来。这时，纪大明已经到了政委的身边了。

纪："不！我倒觉得这样痛快，——还是让我扛扛枪吧!"

他坐下，把水瓶递给政委同志。政委同志若有所思地凝望着纪大明，然后接过水瓶，拔开塞子，喝了几口，随即递给那个小鬼。

政（擦一擦嘴）："你说说吧，革命的目的是打仗吗?"

纪大明大吃一惊，他瞪着眼睛，不知怎么回答的好。

政："同志，打仗并不是革命的目的啊！就拿我说，也许很快就不要扛枪杆了，跟着你学搞生产，让老百姓过活得像个样儿!"

纪："仗就快要打完了?"

政："这么样说，不打仗了，你像还有点舍不得呀?"

政委大笑。纪大明也忍不住笑了。

政："听我说吧！生产建设才是革命的目的，像你这样的人么，国家以后当然不会让你焊茶壶了，汽车也不会让你开……"

纪（振奋）："好！战争一停还是搞我的柴油机!"

枪声骤然繁密起来。迫击炮声更紧骤了。硝烟同尘土弥漫空间……

二十七

时间飞奔过去，崇高的劳动在人间留下了永不磨灭的功绩，不断改变着祖国的面貌。

四川南部一个丰饶的气矿区，几年以来，已经打通好几口气井了。一根根钢管接连起来，沿着山坡，横过峡谷，把天然气引导到所有的炭黑车间去，为祖国日益发展的橡胶工业制造填充材料。而那些被拆卸了的井架又在新的一个山头上耸立起来。纪大明正在机器间安装着柴油机。

二十八

一列莽苍苍的山岭和无数葱翠的圆圆的小山包。在一个小山包上，耸立着一座雄伟凌空的井架。它俯瞰着山野、深谷，整个井场和那些正在井场各个工作面从事和平劳动的人们。

从泥浆池边，从那些穿着长筒胶靴的男女青年当中，不时传来一两句悠扬的歌声："我们要和心爱的青山做伴……"

在井架后面铺了楼板的机器棚间，柴油机转动着，发出愉快和谐的轰响。几个青年学工，有的在擦抹机器，有的站在一张小条桌边，在一只装满了汽油的搪瓷盆里，洗着零件。纪大明手拿一个表尺，正在揭开一部机器的机油箱。

一阵震耳的脚步声和笑语声从井架旁边那副短短的楼梯边一直响了过来。纪大明量好机油，显得好奇地抬头望了过去：敞开黄呢军服，照样生气勃勃的政委同志带了井队上的干部笔直走来。

政（在机器的响声中）："嘿！老纪呀，还认得吗？"

纪："怎么会不认得！上个月就听说你来当咱们的党委书记来了。"

两个人已经紧紧握住了手。

政："听老朱讲，你这几年干了不少的工作啦。"

纪："可也闹了不少别扭！"

连同政委在内，所有的人都大笑了。

政："这里讲话嗓子太吃亏了，咱们下去走一走吧！"

纪："行！"

政委同纪大明离开了机器房，走下井架旁边那座楼梯，来到了堆着黄土、钢管和钻头的空坝子上，坝子边排着一列工棚。

政委深深注意地瞧看着纪大明。

政："同志！调你当技师，你怎么不肯去呀？"

纪：“简单得很：我怕一不对劲，就跟我们那位庄工程师闹崩！”

政（笑起来）：“同志！只要你能注意到这一点，问题就好办了！”

纪：“不！依我看很不容易搞好！这不是我主观，这几年我跟我们那个工程师打的交道还少了吗？迈迈腿都要翻翻书本，找点根据。最近又跟他妈张朝中缠在一起。前一向，我才一提起准备把柴油机改装过，让它全部烧天然气，老庄就好像吓倒了！”

政：“怎么，你准备完全用天然气来发动柴油机？”

纪大明摇摇头叹口气，在一堆钻杆上坐下了。

纪：“我估计庄工程师不会同意我搞！”

政：“你们已经讨论过啦？”

纪：“只是随便扯了一下。”

政委同志掀开嘴大笑了。

政：“倒还说自己不主观呢！同志，你听我说：赶快到矿上报到，跟着就同老庄认真扯一扯吧！……”

二十九

一座围着篱笆的大院落，里面有着好几座各不相挨的楼房。这里是气矿和气矿党委的办公地方。

庄学儒的办公室。窗户是敞开的，可以看见躺在屋后的山坡。坡顶上高耸着一个农业社的简陋的哨棚。山腰有很多人正在播种小春。一长列竹竿插的篱笆在山边把这个办公室和外界隔开来。

办公室内的陈设很简单：写字台，柏木书柜，一幅矿区的图表张挂在雪白的壁头上。一个瘦长苍白，穿着黑呢制服，将近中年的知识分子模样的人坐在写字台的面前。一眼可以看出，这是一个严肃认真的人，有一点神经质。这是工程师庄学儒。

写字台上堆着一些蓝图、书籍。屋子里一共有三个人：庄学儒、纪大明和张朝中。张朝中穿着整齐，态度恭谨；纪大明则照例显出一副满不在乎的神气。

庄（看看手表）：“要讲的话，我都讲了，纪师傅，你不要再坚持了好吧？”

纪大明不断吸着烟卷，思索着，最后含笑直望着庄学儒。

纪：“庄工程师，你不要以为我这个人一点不通商量……”

庄（迫不及待地叫起来）：“这好呀！我看你就同老张干起来吧！”

张：“对！咱们两弟兄合作！”

纪：“不，半气半油我不想搞。”

庄：“同志呀！你不要嫌半油半气，这当中困难还不少呵！”

纪（脱口而出）：“那就干脆不要搞了，横竖又不要咱们掏腰包买柴油！”

片刻不大自然的沉默。庄学儒感觉受屈地冷笑了。

庄：“纪师傅，我看这样，现在你又把你那一套拿出来谈谈吧！”

纪：“我有什么一套？眼前只有一些简单的想法。”

庄（做出高兴的神情）：“好呀，详细说说你的想法也不错呀！”

纪：“我的想法就是这样：既然半油半气都行，为什么不可以全烧气，一滴柴油都不用呢？最近一向，我经常跟井队上的同志扯到这个问题，……”

庄学儒抑制地叹了口气。

庄（忍不住插进来）：“请你让我插一句哇！不只你们，全国的工程技术界，这两年也经常都在扯这个问题呵！可是，没有一个人敢肯定这搞得通，因为世界上就还没有过这种事情。”

纪（自豪地）：“中国人一下就蹦得这样高，世界上从来也没有过的呢！”

庄学儒不以为然地笑起来。

庄：“这是两回事呵！”

纪："不！是一回事！……"

他的口气是执拗的。庄学儒感觉头痛似的笑了。

庄："好吧，我看我们一时说不通的，你再认真考虑下吧！"

张（嘲讽地）："老纪呢，我看你还是算了！……"

纪："笑话，这又不是哪个私人的事情呢！"

他随即站起来，拉开房门，走了出去。

三十

一个冬天的傍晚。大多数工人已经下了班了。纪大明从内燃机车间走了出来。这时，五六个从冷铸车间下班出来的工人，一路说说笑笑，正在穿过内燃机车间外面那块空地；纪大明在门道外面停下来了。

走来的五六个工人中间，有着老朱和冷铸车间的学工小明；小明已经成了人了，精悍、瘦削；老朱已经开始秃顶，可是精神却比从前开朗。他们接着也停下来，而且爆发出一阵清脆响亮的笑声。

朱（望着纪大明，打趣地）："这个小家伙正在提你的意见呢！"

纪（幽默地）："她对我的意见多得很呵！"

明（娇憨）："硬是就多！看你们见过没有？这么久了，今天画张草图，明天又撕掉了！与其这样浪费时间，我不如一面绘图，一面干起来呀！"

纪："你不要吵，老子明天就要干了！"

朱："明天就动手干？"

纪："是呀，你这个车间主任帮我搞两个助手吧！"

这时，从内燃机车间里，两个刚才下班的青年工人，一个眉粗眼大，一个面貌清秀，恰恰出现在纪大明的身后。

朱（用嘴指指那两个青年工人）："就是戴银洲、宋大海他们两个行吗？"

戴、宋："我们咋个干得下来这个活呵！"

纪大明笑着回过身去。

纪（活跃起来）："小伙子！不要当脓包吧！照我们工程师的看法，我也干不下这个活，简直在瞎胡搞！我把机油利用率提高到五百小时，他们说我违反操作规程；现在又说要大家推广了，好像操作规程并不是紧箍咒！可是，告诉你们，前一向我从井上调来的时候，已经提高到一千小时了！——不过，我一直还没有向他们说，——我怕他们又说我违反操作规程！"

戴（爆发地）："对！跟你学到干吧！"

纪（赞赏地抬抬手臂）："这就像个共青团员了啰！……"

宋（悬心地插进来）："搞完全烧天然气的哇？"

纪："我这个人踱不来方步！"

戴："我听张师傅说，庄工程师根本不同意啦？"

朱："横竖试验性质，你们不要管这些吧！"

纪："对！出了笨我一个人包干检讨！"

明："你这个啥思想呀？一来就想到检讨！"

纪："好吧，老子承认又把话说错了！……"

三十一

下午。内燃机车间外面。车间前面是一片空地，上面堆着两三部各型的柴油机，一些零星的机器和搬动机器的家什。车间内面，不断传来铁器的敲击声、马达声和简短的吆喝声。

车间左首的窗户临着一条小河沟，种着很多柳树。而穿过空地望去，可以看见一队敲锣打鼓、抬着喜报的工人群众，正从沟边公路上经过。

纪大明跟着张朝中从车间里走出来，两手满是机油。

纪（在几个石凳子前停下来）："怎么，是开秘密会呀？"

张（回转身）：“就在这里也可以呀。”

纪（在石凳子上坐下）：“对，坐在这上面牢靠得很！”

他很当心地从衣包里掏着烟卷。张朝中郑重其事地嗽嗽喉咙。

张：“老纪，咱们两弟兄人不同了……”

纪：“直劈点说好吧？”

张（笑起来）：“急躁了没有啥好处呵。你知道吗，开始我不相信；老庄都没点头，怎么就干开啦？！就说上天，技术上总是他领导呀！”

纪（调皮地）：“你要说的就是这些？”

张（叹气、摊手）：“你这个态度叫我怎么说下去呢？”

纪大明自我解嘲地悄声笑了。

纪：“好，我不打岔你了，痛痛快快说下去吧！”

张（高兴起来）：“这就对啰！难道我会害你？依我看，早点搁下来吧！还是咱们两弟兄一道搞半油半气，说到柴油机你比我熟，我呢，机器上多少懂点；这个又是老庄提出来的，干起来风险也不大呀——你说是吧？”

沉默。他们互相望着，可是两个人的神态和情绪完全是对立的；所缺少的，只是那种表面化的争吵。

张：“唉，老纪，你看我这个话怎样呢？”

纪（指指自己）：“现在该我说了？”

张：“是呀，我就是专门来征求你的意见的哩！”

纪：“我的意见简单得很：绝对不搞半油半气！”

他说得干脆、沉着，接着站起来了。张朝中也跟着站起来。

张：“唉，老纪！你这样搞下去会犯大错误呵！”

可是纪大明一直回到车间去了。“怪物！”望着纪大明的背影，张朝中嘀咕说。接着他想了有一秒钟，随即带点蹒跚地快步走向车间，靠在车间门首，像煞有介事地用手掌圈着嘴。

张：“呵！老纪，庄工程师要你一定去一趟呢！”

三十二

次日。下午上班的时候。庄学儒的办公室。

庄学儒满脸不快地坐在写字台前的藤椅上。纪大明昨天并没有来，他为这个相当生气。张朝中小心谨慎地坐在窗边。

纪大明终于拉开门进来了，在庄学儒的对面坐下。

纪（解释）：“昨晚上一直脱不开身……”

庄（有点不耐烦）：“没关系！怎么，听说你都干起来啦？”

纪：“摸着来嘛。”

他随随便便地说着，一面从容不迫地从衣包里掏出纸烟，在桌子上蹾一蹾，吸燃；这中间庄学儒望着他，神色愈加不耐烦了。

庄（冷笑一声）：“这么大件事情，多少总该有一点根据吧，难道完全是摸着来?!”

纪：“什么根据?”

他抬起头凝望着庄学儒：那张瘦长、苍白的脸，几乎被嘲笑和不满扭歪了；但是这个一点没有叫纪大明感觉气馁。

纪（紧接着说）：“庄工程师，对不住，我这个设计相当简单：主要是用电火花引爆公式……”

庄：“我是问你根据什么要这样搞呵!”

他把声调拖得很长，好像十分可怜对方的理解能力。纪大明有点火了。他充满自信地笑起来。

纪：“我的根据就是机器!”

庄：“这个说法未免太简单吧?”

纪：“一点也不简单，（庄严地举起双手）我这双手摸了三十多年柴油机了!”

张朝中不以为然地一下拉长了脸。

张："你这叫啥态度呵！"

纪（坦然地）："工人阶级就是这样：有啥说啥！"

紧张的沉默，这中间，张朝中暗示性很强地偷偷望了庄学儒一眼，又微微叹口气，好像是说："对付他这种人实在没有办法！"最后，庄学儒气呼呼地哼了一声。因为他忽然感觉到，在这个倔强的老工人面前，他的威信越来越低了！

庄（狠心地）："同志！让我告诉你吧：你这个理论上、实际上都没有多少根据！"

纪："话不要说早了！我还没有试验呢。"

庄学儒理直气壮地从椅子上撑起来了。

庄："这个还用得上试验？首先压缩比就不对头，其次，天然气的温度比柴油高得多，爆炸了怎么办?!"

纪大明瞠目结舌地望着对方，显然还没有从理论上充分考虑过这些问题。

庄："唉，你说呀，爆炸了怎么办?!"

张（火上浇油地）："这个倒没有人敢保险呵。"

纪大明弹簧一样从凳子上跳起来了。

纪："不要怕吧，就是爆炸了也不会碰到你们！"

三十三

黄昏。纪大明家里。

纪大明刚从庄学儒那里回来不久，一个人在房里来回地走动着。他忽然碰着了一张小竹凳儿，一脚就把它踢开了，让它一连翻了两三个身，最后四足朝天，躺在床边的那个木板箱儿旁边。

纪（嚷叫）："这是哪个搁在这里的哇!?"

魏（从灶屋里）："你今天研究啥事情啊！"

接着，魏素真拿着一把汤瓢，忙匆匆地走出来了。额角虽然已经有了不少皱纹，但她红润、健康，穿着整洁。

魏："这么恼火，你就搁下来呢!"

纪："什么搁下来哇?!"

他叫喊着，咬牙切齿地直瞪着魏素真。魏素真无可奈何地叹息了。

魏："好吧，现在该你发脾气了!"

纪（嘶哑地）："无聊！……"

显然他还可能嚷叫下去，可是魏素真已经转身走了；而且，外面忽然传来了皮鞋触着门阶的声响，接着，门从外面敞了开来；纪大明哼了一声，随即回过身去：老朱走了进来。

朱（笑扯扯地）："听说你同老庄刚才谈得很别扭呀?"

纪（古怪地笑一笑）："就要闹点别扭才好！——坐!"

他忙着张罗烟茶。老朱在窗子边坐下了。

朱："其实你搞你的，跟他们闹啥啊!"

纪（匆忙地坐下，指头敲着桌子）；"不！这一闹很有好处，我劲头更大了！一定要在元旦以前试验成功!"

朱："我看你也太紧张了!"

纪大明愤愤地拍了一下桌子。

纪："可是他们就死死卡住你不松手呀！——要爆炸！——要死人!"

朱："同志，冷静点吧!"

纪："你听我说，老朱！我已经想横了：就是爆炸也是先打死我!"

魏素真忽然奔走呼号地从厨房里跑出来。她已经听清楚了丈夫同老朱的全部谈话，而她现在完全懂得了纪大明暴躁的原因了：纪大明正面临着一个生和死的问题。

魏："听不听由你便哇！……"

纪（痛苦地）："你怎么又来啰!"

魏："是，我又来多嘴来了！我知道你是天不怕、地不怕，可是为什么一定要睁起眼睛去跳岩呵?！……"

朱："老魏！放心吧。认真有危险，党不会让他干！"

魏："是呀！万一出了问题，就连党也对不住啊！"

纪："当胆小鬼半途搁下来那才对不住党！"

窗外忽然传来一阵热烈的嚷叫声："为什么要叫搁下来哇?！……"

屋子里立刻清静了。所有的人全部透过玻璃窗，向外面望出去；接着又把视线转向那道小门。门开了，进来了精悍活泼的纪小明。站在门阶上面，纪小明飞快向室内扫了一眼。

明（一口气）："哪个在叫搁下来哇？大家熬更守夜地想办法，做配件，现在忽然要叫搁下来了，——先叫他挖了思想根子咱们再讲！"

除开魏素真，纪大明和老朱都笑了。而以老朱笑得最响。

朱："哎呀！你简直像放机关枪样！"

纪（爱抚地）："不要嚷吧！吃了晚饭，咱们一道到你们车间去。"

魏素真无可奈何地长长咽一口气。

魏："我知道你们两爷子一个鼻孔出气的啊！……"

三十四

当天晚上。内燃机车间。工人们大半已经下了班了。电灯也大半是熄灭的。只有右首边一个角落里还有灯光在闪烁着。灯光下面摆着一部拆卸了一半的柴油机。戴银洲坐在旁边，显出一副愁闷的、沉思的神情。

纪大明出现在灯光下面，手里提着混合气的配件。

纪："喝，小伙子！宋大海呢?"

沉默。最后，戴银洲偷偷望了纪大明一眼。

戴："宋大海不干了。"

纪：“为什么呢?”

戴（嗽嗽喉咙）：“我也觉得是不是考虑一下……”

纪大明一下把配件搁在柴油机上。

纪：“同志！直直劈劈地说吧!”

戴（叹气）：“事情是这样的：大家都讲完全烧气不保险呀！……”

纪大明几乎给气炸了；但他尽力控制着自己。

纪：“气缸会爆炸是不是？小伙子，不要听到一点风吹草动，就毛骨悚然吧！我问你哟，你入团宣过誓吗？我入党是宣过誓的，它的每一字，我一直到死都会记得！……”

他一口气喊下去，好像疾风骤雨一样。这中间，戴银洲在感情上起着急剧的变化，他吃惊，他惶恐，最后他笑着站起来了。

戴：“哎呀，我也不过是跟你商量的啊!”

纪：“那么你是不是还在想开小差?!”

戴（气恼地）：“哪个在想开小差呵!”

纪大明号召似的抬抬手臂。

纪：“好，小伙子！咱们两个照样干起来吧!”

戴：“啊，纪师傅，刚才张技师找你来呢。”

纪大明“呵”了一声，大彻大悟似的笑了。

纪：“他来干什么呢?”

戴：“他呀，他说，庄工程师在办公室等着你。”

纪：“让他等下去吧！横竖除了办公室他也没有地方好待。……”

他的语气是辛辣的，好像已经预感到了一场更加尖锐的斗争。随即就同着戴银洲开始安装配件，看它是否合用。

张朝中忽然在车间里出现了。

张（喘气，笑）：“哎呀，把我到处都找遍了！……”

纪（冷冷地）：“该没有传锣吧?”

张：“你咋这么大的气呵!”

纪："这个你比我清楚！"

张朝中假装叹了口气，又灰心丧气地挥挥手。

张："好吧。庄工程师已经等了你好久了。……"

纪大明愤激地敞声大笑。

纪："他对我的兴趣就这么大呀！"

张（准备走掉）："去不去随便你呵。"

纪："去！—— 一定去！——我这里丢得下马上就去！"

三十五

一点多钟以后。内燃机车间。纪大明和戴银洲继续在车间里工作着。

在深夜的静寂里，可以听见铁器的敲击声和短促的话语声。纪大明还没有到工程师那里去。在紧张、专注的劳动中，他很可能已经忘记了那个预示着争吵和不快的约会。

庄学儒忽然在车间里出现了。张朝中尾巴一样跟在庄学儒的身后。当他走到纪大明面前的时候，张朝中捂着嘴打了一个呵欠。

纪大明正躬腰在机器上；他立刻停下工作，站起来了。

庄（讽刺地）："哎呀，你的架子真不小呢！"

纪（针锋相对）："我有什么架子？我的架子都叫你拆掉好几回了！"

庄："好！简单说吧：你是不是硬要干下去呵？"

纪（坦然地摊摊手臂）："当然干下去呀！"

庄（追逼地）："爆炸了怎么办？"

纪："我保证不会爆炸！"

张："这些事可不要随便打包票呵！"

庄："是呀，你敢百分之百保证不爆炸吗？"

纪大明感觉有趣似的笑了。

纪："照你这么样说，什么事情也都不要干了！最好连大门也不要出。哪个敢担保正在街上走着，不会啪嗒一声，哪家子的老墙倒了……"

张（假笑）："挨到题目说呵！"

纪（态度严正起来）："我老早就知道你的题目是什么了！……"

张（恼羞成怒）："你这是瞎扯嘛！"

庄（斥责地）："纪师傅！你这个人怎么不肯听招呼呵？"

纪："要是肯听招呼，恐怕换回机油，现在照旧只能用到五十小时！"

庄学儒充满决心地把手一挥。

庄："我们永远说不通的！你马上把它搁下来吧！"

纪（切齿地）："好！我知道你会来这一手！……"

庄："你将来又检查我的保守思想好了！"

庄学儒一边说一边离开车间。张朝中呵欠着，紧紧跟在庄学儒的身后。带着一种愤激和失望的心情，纪大明吁了口气，于是闭紧嘴唇，一声不响地在身边一张凳子上坐下。戴银洲叹息着，他不知怎么做好。

小明同着两三个冷铸车间的工人，兴高采烈地拥进来了。

明（忘其所以地）："爸爸！我们刚才想了个办法，比你的设计好：不必接在连轴杆上，也不用支架，前后安个套管，分电盘就固定下来了！……"

一个她的同伴示意地用手肘碰了碰她；于是她住了嘴，立刻冷静地审视着纪大明；而他的神色使得她吃惊了。

纪大明已经充满信心地从凳子上蹦起来了，神色开朗而又坚定。

纪（叫喊）："你们干你们的吧！——我去找党！……"

三十六

纪大明正在顺着寂无行人的市街走去。他的步子很快，很重。有时在房屋的阴影里走着；有时又出现在路灯投下的微弱的光圈里。

他已经来到这个新建的市镇的十字口了。这个平常比较热闹的地带，只有两三家铺子各自留着一两块铺板没有关上，还在继续营业。大礼堂里的灯火照旧是辉煌的，一阵阵越来越高的歌唱声打破着深夜的静寂。

这是厂矿的业余文工团在为迎接一九五八年的元旦排练文娱节目。纪大明望都没有望它一眼，就又一直走过去了。他已经来到了野外，正在横过那座架在溪沟上的西式小桥。随即穿过一道篱笆，隐没在树荫里了。

纪大明一下从树荫里来到了灯火通明的党委会办公室的面前。他跨上阶沿，抓着当头一间办公室的门扇上的把手，推开，走了进去。屋子里只有一个小公务员正在津津有味收拾着几张喜报。

公务员（兴高采烈地）：“今天党委已经收到三四起喜报了！……”

小公务员显然很想说个痛快，可是纪大明已经转身退出去了。匆忙得连门扇也忘了拉上，就让它敞开着。小公务员莫名其妙地想了一会，随即亮着眼睛，奔跑似的从屋子里一下跳了出来。

公务员（对着房子面前的道路）：“你是找政委哇？到槽黑车间去了……”

朝着刚才相反的方向，纪大明重又在市街上奔驰着。很快，他又出现在野外了，正在攀登一道石砌的、两面都是树木的长长的坡道。坡道右边土坎下的空坝子里，电焊工正在焊接着铜管。强烈的电焊的闪光，不时照亮着山谷和纪大明的严峻的脸。

三十七

群山环绕，高踞在一个陡坡上的槽黑车间。火房。酣畅的天然气的燃烧的声响，浓烟在空中盘旋着。在一列火房的一个敞开着的风门前面，政委同志正拿着一根铁杆儿拨弄着火嘴。

这个铁杆儿是灭火熄火的新工具。那些创造发明它的工人绕在政委同志身后。他们戴着口罩，只有一双发着愉快的闪光的眼睛露在外面。老朱也在中间，可是神色有点忧闷。

政委同志兴高采烈地从风门边站起来了。

政："你们看，我可以出师了吧？这个办法真是简便极了！"

一个工人同志笑道：

"我们计算了一下，至少可以提高十倍工作效率。"

政："这很好呀！呵，老朱！就在这里谈谈怎样？又有火烤！"

老朱微微叹了口气。

朱："老纪这一两天弄得很紧张呢。"

政："是不是他也担心汽缸会爆炸呀？如果他都没有把握，就叫他不要忙着试验，多动点脑筋吧！"

朱："不！依我看把握倒是有的，就叫机动室闹昏了！……"

纪大明忽然出现在火房前面。他紧绷着脸，额头上和鼻翼间凝结着汗珠。虽然十分激动，但是他的神气照样是坚定的，还带一点笑意，因为他相信党委一定毫无条件地支持他干下去。

他一到场，就直着嗓子，理直气壮地嚷叫开了。政委同志不以为然地皱皱眉头。

纪："政委，我那个东西已经搁下来了！"

政："碰到麻烦了吧？碰到麻烦了暂时搁搁也好，把庄工程师提出来的问题认真地钻一钻：什么压缩比呀，温度呀……"

政委同志意外轻松地说下去，带着一种叫人感觉安慰、熨帖和宽解的调子。但从纪大明迅速变化着的神色看来，它的效果越来越和政委同志的预期相反：纪大明开始有些震惊，接着大为失望，最后，显得痛苦而又委屈地把头埋下去了。

政委同志忽然发觉了这个变化，周围的干部也都露出一种担心的神情；于是，政委同志停下来了。短暂的沉默。火房里传出天然气燃烧着的声响。

政（笑起来）："同志，我这个话好像不大合你的口味呀？"

纪大明猛地昂起头来。

纪："很合口味！——马上我就搁下来吧！……"

政："我不是叫你不要干了……"

纪（一直喊叫下去）："现在我才知道自己把书翻夹页了：你一个工人，大字都认不到几箩筐，搞什么创造呀？这些事情只有他们知识分子才有资格！……"

朱："老纪，你这是瞎闹呵！"

纪："当然是瞎闹呀！不信你看：今天起我提都不提它了！"

这最后一句，他特别叫得响，接着转身就走。

三十八

内燃机车间。戴银洲、纪小明和其他两个年青工人正在安置着分电盘。纪大明忽然旋风一样闯了进来。他冲到机器边，抓起搁在上面的蓝图，几下就撕毁了。

人们全都莫名其妙地停下工作，一齐显得吃惊地抬起头来。

纪（喊叫）："你们搁下来吧，不要搞了！"

明："你这究竟啥事情呀?!"

她惊叫着，向了纪大明冲过去；可是纪大明已经又很快走掉了。

戴（从身后）：“他是不是又跟政委闹崩了呵？”

纪小明风车一样回过身去。

明：“哪还像个什么党员！”

有人微微叹了口气：“可能党委也不准搞呵！”

明：“没有这么怪的事情！”

戴：“那么怎么办呢？”

明：“管它的呵！就是搁下来吧，咱们今晚上也要把这个家什装配好才休息！”

于是大家重新工作起来。

三十九

除了坡脚下的路灯，所有职工宿舍的房间都漆黑而悄静。

纪大明到了自己的房门边了。他站在门首刚才叫了一声：“开门！”随即咚咚咚擂着门扇；最后一脚踢去，门扇乒的一声敞开了；在墙壁上狠狠碰了一下，接着又弹转去……

这时，屋子里的电灯忽然亮了。魏素真披着棉袄，大为惊怪地站在屋子当中。

魏：“怎么来迟一步你就这么大的气呵！？……”

纪大明一声不响地进了门。既没有注意一下那张摇摇欲坠的门扇，也没有看望惊惶、恼怒、吵嚷不休的魏素真一眼，他走向自己的床边，只顾气喘吁吁地解着纽扣。

魏素真叽叽咕咕走到门边去了，开始察看门扇，希望损坏不大。

魏：“气就再大，门总没有惹着你呀！……”

敞开制服，纪大明坐在床沿上忙匆匆脱着黄色翻皮皮靴。他已经脱掉右脚上的，啪的一声扔在地板上面，开始脱另一只。

老朱忽然神色严重地走进来了。

朱："老纪！你这啥态度呀，话都没听清楚，就又吵又闹呵?！……"

纪大明停住脱鞋，随即爆发般地截住老朱。

纪："你是来斗争我的哇?！"

老朱忍不住发火了。

朱："没有哪个要斗争你！现在我也没工夫跟你吵，咱们赶快一道走罢！党委今天晚上就要专门讨论一次你那个计划……"

纪："我的啥计划哇?！我连这个背时工作都不愿意干了！"

于是他胡乱脱掉剩下来的一只靴子，翻身上床，放下帐子，睡觉去了。好像真的什么都不愿意干了！这中间，老朱一直没有住嘴，而且对纪大明的态度越来越加感觉不可忍受。

朱："你这是跟哪个赌气呀？——是跟党赌气呵！你知道吗？——一开口就是我不干了，好像自己是长年月伙样！难道咱们现在还是在歌乐山运输队工作吗？让我告诉你吧，尾巴翘得越高越好！……"

魏素真已经怒气冲冲地从门边走来了。老朱的谈话使得她很激动。

魏："你这个脾气呀，依我看还要焊个几年茶壶才改得过来！……"

纪大明从帐子里咬牙切齿地嘀咕道："无聊！"随即深沉地吁了口长气。

魏："我当然无聊呵，——可是我还没有像你这样忘恩负义！……"

朱："老魏！不要跟他吵吧，现在不会有人跟他说得通的！"

老朱离开屋子走了。魏素真长长咽了一口气，叽咕道："真是越来越加怪了！"接着转身过去关门。而在帐子里面，纪大明躺在床上，眼睛张得很大。十分显然，那种单是感觉痛快的激情，已经在逐渐消失了。一声关闭电钮的声音，屋子里顿然黑了下来。在深夜的静寂里，可以听见床边桌子上的闹钟的匀整的声响。

过了很久很久，桌子上的台灯忽然亮了起来。闹钟的时针正指着一点半。纪大明披起衣服，坐在床沿上面，吸燃一支纸烟；但才吸了两口，他又把烟卷熄灭了，穿上衣服，下了床，心情沉重地在屋子里来回地走动着；最后坐在桌子面前，从靠窗摆设的书堆里抽出一本书来，翻开，取出十多张自己画的草图，翻检起来。

四十

党委会会议室。灯光通明，墙壁上的挂钟已经指着五点。屋子当中的会议桌上坐着八九个人，其中有庄学儒和老朱。桌子上堆着图表、文件和茶具。几个烟灰碟已经给烟蒂塞满了。

有人在捂着嘴打哈欠。那个小公务员，已经靠在墙角落里一张沙发上睡着了。其他的人却都精神勃勃，显然全都希望问题能够很快明确起来。

政委同志俯身在桌子上，笑嘻嘻地望着坐在对面的庄学儒。

政："同志，依我看，避免爆炸的办法是找得出来的！可是首先你得换个方向来看问题：咱们就是要它全部烧天然气！"

庄（慎重地摇摇头）："我看麻烦。"

政："我也并不要你今天晚上就全部解决呵！"

政委同志苦笑着把身子拉回去了，沉思着靠在椅背上面。老朱神情激动地斜望了庄学儒一眼，准备发言；这时房门开了，纪大明冷静沉着地走了进来。

政委同志首先发现了纪大明。他把身子坐直起来，大笑着用拳头敲了一下桌子。

政："吙！老纪，你像也没有睡觉呀!？……"

纪："我是来向你检讨的。"

政委同志笑着一撑站起来了。

政："同志！现在没有人对检讨有兴趣！冷冷静静谈一谈你的计划好吧?"

纪（飞快望了庄学儒一眼）："好！我也准备向党委汇报一下。"

政："那就坐下来吧！……"

于是，哗的一声，他把自己身边一张空着的藤椅从桌子边拖开一点；纪大明立刻走过去了，坐下，又把椅子往桌子边一拖；接着就从荷包里摸出十多张草图，一面翻阅，一面开始发言。

纪："我就先来谈谈压缩比吧！……"

四十一

两三天后。车间外面的空坝儿上，堆着大堆的柏树丫、树料和竹子，这是人们准备用来扎牌坊的。因为再过两天，一九五八年的元旦就到来了。

上午。内燃机班车间。车间里里外外都聚集着很多人。更多的人是在车间里面。同着纪小明和那个青年学工一道，纪大明正在大家的关心和注视下，对那部已经改装好的 B_2-300 柴油机进行着最后一次检查和试车的准备工作。

这不是正式试车。可是，一般知道这个消息的人，都抽空跑来了。因为这的确是工程技术史上从来未有的创举，同时那个该死的爆炸问题，已经在矿区引起了普遍的注意。这些跑来的人，多半是附近几个机器车间的工人同志，他们有的手上还拿着工具。

他们全都带着一种严肃和关心的神情，目不转睛地看望着那几个在柴油机边活动的人物。主要是纪大明。他的脸是严峻的，因为经过三番四复的挫折和严重斗争，他最懂得这场试验的深刻含义。他很少说话。但当他偶然发出一句半句短语"这是怎么的啦?""你等我来!"的时候，四周的气氛好像更显得紧张了。

那些站在人丛中最里面的，一般多是内燃机班的工人同志。车间主任老朱也在里面。他有时帮着审查配件，有时提出一句两句忠告："这里还没有上紧呀!"或者转过身来，望着人丛中笑说道："同志们，不要挤这么紧好吧！”——因为还零零星星有人加进人丛中来。

张朝中忽然不动声色地出现在人堆外面。装作偶然跑来找人的神气，他仰起颈子，东张西望起来。随又不怀好意地摇摇头叹口气，准备走掉。这时一个老年工人招呼住他。

老年工人：“你也来啦？大家今天好像都捏了一把汗呢。”

张：“是呀。”

老年工人（悄悄地）：“该不会出事吧？”

张（笑一笑）：“我这个人不给哪个算命！……”

老朱的响亮沉着的声音：

“大家退一退吧，要试车了！……”

人丛动荡起来。大家都望车间两头走去。张朝中忽然被暴露在车间的栅门边了。他显得有点狼狈。因为单独走掉显见得不合适；跨进去吧，又不愿意，最后只好硬着头皮站在原地方不动。可是他立刻成了注意的中心，因为大家都知道他对爆炸问题叫喊得最厉害。

纪大明已经注意到张朝中。虽然飞快瞥了一眼，他就把视线挪开了，但是张朝中的出现，无疑给他带来很大激动。他的脸色红润，他的神情忽然很开朗了，洋溢着一种战斗的乐观精神。

纪（调皮地抬抬下巴）：“小伙子，怕不怕爆炸呀？”

戴：“怕爆炸早就搁下来了！”

纪：“好！咱们就动手吧！”

戴：“等我去掌握混合器上面的节气门！”

戴银洲嚷叫着，即刻爬上一张板凳，准备站到机器上去；但是纪大明手一挥制止住他；同时，脸上的表情忽然变得很柔和了。

纪：“让我来吧！小伙子，你们的日子，比我的长得多！”

负责照管汽门的小明一面绕向柴油机的头部，一面叫道：“爸爸！”准备跑去代替她的父亲；但是纪大明已经十分敏捷地跳到柴油机上面去了。

纪（严肃而热情地）：“这就是战斗！ （望着戴银洲）打马达吧！……”

戴银洲走去揿动电钮，他的手指和手臂由于情绪紧张不断地抽搐着；纪大明早已抓住节气门上的把柄了，而他的手也是不平静的，手背上的皮肤绷得很紧，可以隐隐约约看见一条条的青色血管；绕在周围的工人同志们的脸色，忽然变得更严肃了；一贯平静自如的张朝中不断眨着眼睛……

机器转动起来了。而随着那支掌握着节气门上的把柄的手的转动，机器的轰鸣越来越高，人们的神色也越来越紧张。这种紧张，可能爆发为一种热情的欢呼，也可能是深沉的失望。

张朝中的神情也很紧张，只是中间杂着大量不干净的东西，主要是恐惧和幸灾乐祸的味儿。忽然眨眨眼睛，他感觉吃惊地倒退了一大步。看光景，他很可能一下子跑掉的；他的大胆停留下来，只是为了希望看个究竟。

老朱忽然情不自禁动了动手臂；他想阻止纪大明不要把节气门开大了。但一瞥见纪大明的神色，他又轻轻松了口气，浮上一个满足的微笑。

纪大明已经没有前一两分钟那样的严肃了。带着一种陶醉的神气，他专心倾听着机器转动的节奏，好像倾听一支愉快雄壮的交响曲。

张朝中忽然阴悄悄从门边溜走了，代替他的是政委同志和庄学儒。政委同志蹲在门脚，仰起头望了一眼站在身旁的庄学儒。

政：“怎么样，大致还算行吧？”

庄（有点尴尬）：“看来是成功了。”

于是政委同志转向纪大明笑起来。纪大明也像受了传染似的笑了。

车间里猛烈掀起一阵欢呼声和鼓掌声。

一九五九年五月